Linda Schipp
A Thousand Words Missing

LINDA SCHIPP

A Thousand Words Missing

Roman

everlove
by PIPER

ISBN 978-3-492-06403-3
© everlove, ein Imprint der Piper Verlag GmbH, München 2024
Redaktion: Jil Aimée Bayer, www.jil-aimee.com
Satz: Satz für Satz, Wangen im Allgäu
Gesetzt aus der Cormorant Garamond
Druck und Bindung: CPI Books GmbH, Leck
Printed in the EU

Für Lea
meine 14/14

Vorwort

Liebe Leserinnen, liebe Leser,

erst einmal möchte ich mich herzlich bei Ihnen für Ihre Bereitschaft bedanken, der Wahrheit eine Chance zu geben. Garantiert ist die Medienberichterstattung der vergangenen Monate nicht an Ihnen vorbeigegangen. Nachdem ein Gerücht das nächste jagte, was nicht nur mein Leben für immer verändert hat, habe ich entschieden, unsere Geschichte selbst zu erzählen. Mit unseren eigenen Stimmen. So offen, transparent und ehrlich wie nie zuvor. In der Hoffnung, das Rätselraten, was im vergangenen Jahr hinter verschlossenen Türen der *Storyhacker Agency* vorgefallen ist, ein für alle Mal zu beenden.

An einigen Stellen werden Sie überrascht sein. An anderen schockiert. Wir möchten Sie darauf hinweisen, dass die Wahrheit nicht immer angenehm ist und stellenweise Themen aufwirft, die Sie in unserer Geschichte nicht erwartet hätten, weil bislang keine einzige Investigativredaktion dahintergekommen ist. Gegebenenfalls möchten Sie sich mit diesen Themen nicht beschäftigen. Für diesen Fall finden Sie eine vollständige Übersicht auf S. 384. Sollten Sie sich entscheiden, diese vorab zu lesen, machen Sie sich bewusst, dass sie Spoiler enthält. Ich sags ja nur. Als kleine Warnung. Eine verdammt gute Geschichte muss überraschen. Habe ich im Praktikum gelernt.

Herzliche Grüße
gez. Kolja Barker

»**Lieber will ich** in einem Eimer Kotze baden, als *da* reinzugehen«, murmelte Kolja Barker und ließ den Blick durchs Taxifenster auf die andere Straßenseite gleiten. Über den Bürgersteig und den gepflasterten Vorplatz, zum Eingangsportal des in der Sonne funkelnden Wolkenkratzers.

Da stand er. *The Cone.*

Dieser hässliche Glaskegel, der seit der Fertigstellung letztes Jahr aufgrund seiner einzigartigen Form, geschwungen wie eine gläserne Sahnehaube, als Topattraktion der Stadt galt. Was wirklich schade war, wenn man Kolja fragte. Auckland hatte so viel Wunderbares zu bieten. Dramatische Klippen, die steil abfielen ins tosende Meer. Wilde Naturstrände und schroffe Küsten, von denen aus man die Windsurfer beobachten konnte, wie sie abgefahrene Backflips performten und wieder sanft auf den Wellen landeten. *Mount Eden*, einen mit Gras überzogenen Vulkan mitten in der Stadt. Am Abend konnte man von dessen Gipfel den Sonnenuntergang beobachten und in der Nacht die Lichter Downtowns, die sich am Fuß des Hügels ergossen wie ein funkelndes Sternenmeer. Die *Waitomo Glowworm Caves* etwas außerhalb, die erleuchtet wurden von blau biolumineszierenden Glühwürmchen an den Höhlenwänden, überlegte Kolja, während er mit den Fingern auf die Innenverkleidung seines Wagens trommelte. Nicht zu vergessen der Baumkronenpfad im Regenwald der *Waitakere Ranges*, die *Hunua Falls*, das *Goat Island* Marine-Reservat, in dem eintausend unterschiedliche Unterwasserspezies lebten ... Kolja könnte ewig so weitermachen.

Die Maori hatten Auckland einst *Tāmaki Makaurau* getauft, was »von hundert Männern begehrt« bedeutete – wenn man ihn fragte, mit Recht. Aber ihn fragte ja keiner. Wenn die Touristen in sein Taxi stiegen, wollten sie *The Cone* sehen. Einfach nur *The Cone*, obwohl sie das Helix-Glasgebilde online schon von allen Seiten bewundert hatten. Sie wollten davon träumen, wie es wohl wäre, dazuzugehören zu jener Elite, der es tagtäglich vergönnt war, hinter den Scheiben sechzehn erhabene Stunden lang ohne Pause an Stehschreibtischen in ergonomische Tastaturen zu hacken.

»Nicht mit mir«, wisperte Kolja zu sich selbst und beugte sich näher an das Seitenfenster. Er musste es fast mit der Nase berühren, um bis zur geschwungenen Spitze des Kegels hinaufsehen zu können, wo sich das Sonnenlicht brach. Von genau diesem Punkt aus schlängelte sich das architektonische Highlight das Gebäude hinab – spiralförmig, immer um den Glaskegel herum, bis zum Boden: ein begrünter Pfad. So breit, dass ganze Schulklassen ihn begehen konnten. Er war üppig bepflanzt mit Gras, Büschen und sogar Bäumen. Wenn man bereit war, sich zwei Jahre im Vorfeld dafür anzumelden, durfte man den Glasturm darauf besteigen. Wie einen Berg. Immer um den Kegel herum bis zum Gipfel.

Die Taxischeibe beschlug, so lange atmete Kolja nun schon dagegen. Er warf sich zurück in den Fahrersitz. Verdammt. Wie sehr konnte man das nachhaltigste Gebäude Neuseelands verabscheuen? Kolja Barkers Antwort darauf: Ja! Dabei hatte es ihm nicht das Geringste getan. Was das, was er gleich vorhatte, ehrlich gesagt noch schlimmer machte.

Kolja schielte auf den Zettel, den er mit einer Hand fest umklammert hielt. Ließ seinen Blick über die gedruckten Zeilen fliegen, ohne ein einziges Wort zu lesen. Dann sah er wieder auf zu *The Cone*. Dem Arbeitsplatz, zu dem die Leute aufschauten. Dem Ort, den sie einmal im Leben besuchen wollten. Alle außer Kolja.

Mit dem Papier in der Hand langte er nach dem Autotürgriff und verfehlte ihn, seine Finger zitterten. »Reiß dich zusammen«, flüsterte er zu sich selbst. »Reiß dich verflucht noch mal zusammen und machs.«

Ein zweites Mal tastete er nach dem Griff, diesmal erfolgreich. Mit einem Ruck stieß er die Taxitür auf und stolperte auf die Straße, den Zettel in der rechten Hand, eine bis oben hin gefüllte Wasserflasche in der linken. Morgenhitze schlug ihm entgegen, viel zu warm für einen Septemberfrühling. Kolja legte den Kopf in den Nacken und sah zu dem imposanten Platinschriftzug auf halber Höhe des Gebäudes.

Die Buchstaben verschwammen vor seinen Augen, plötzlich begann sich alles zu drehen. Der Bürgersteig, der verwirbelte Glasturm, die Bäume auf dem Grünpfad. Seine Kehle verengte sich wie ein Strohhalm, den man zusammendrückte. Zwar kam Luft hindurch, aber sie reichte nicht. Sosehr er auch darum rang, sie reichte nicht! Kolja tastete nach seinem Taxi hinter sich, um sich daran entlang bis zur Bürgersteigkante zu hangeln.

Dann dachte er an das Telefonat von gestern Abend. Was sein Vater zu ihm gesagt hatte. Nein, was er ihm *eingebläut* hatte, sodass er es auf gar keinen Fall jemals wieder vergessen würde. Die Flecken verschwanden. Und die Übelkeit wich einer eiskalten Wut. Kolja kniff die Augen zusammen und nestelte am Drehverschluss seiner PET-Flasche. Er setzte sie an. Die Flüssigkeit rann seine Kehle hinab und breitete sich wie eine wärmende Decke in seiner Magengegend aus. Der Knoten in seinem Bauch lockerte sich.

Okay. Kolja festigte den Griff um das Papier, bis es zerknitterte. Er konnte das schaffen. Er konnte und er *würde* es schaffen. Auch wenn Kolja Barker nicht vieles gelang, sollte er doch diese eine Sache hinbekommen: es zu verkacken.

Denn so lautete sein Plan. Nicht mehr und nicht weniger.

Er würde da jetzt reingehen, mit dem Scheißzettel und der Wasserflasche, und es so richtig deftig verkacken.

Am anderen Ende der Stadt, wo die Mieten unaufhörlich in die Höhe schossen und die Klippen steil abfielen ins tosende Meer, saß Leyla Ahmadi auf einen Schlag aufrecht im Bett. Sie zwang sich, die Augen zu öffnen. Gott, wieso war es denn schon wieder hell? Hatte die Nacht nicht gerade erst begonnen?

Es waren höchstens Sekunden vergangen, seit der Schlaf sie in seine Arme gehüllt hatte. Seit er sie mit sich gezogen hatte in die Dunkelheit, als Leyla gestern Abend endlich erschöpft genug gewesen war, um keinen Widerstand mehr zu leisten. Doch kaum hatte sie die Augen geschlossen, hatte der Wecker geschrillt. Der alte Terrorist.

Leyla rieb sich mit den Ballen die Wangen, im Versuch, die Kissenfalten herauszureiben, reckte sich und strich Haarsträhnen zurück an ihren Platz. Erst dann schaltete sie den Handywecker aus und schwang die Beine aus dem Gästebett. Ihre Knochen knackten beim Aufstehen. Die Matratze war viel zu schmal und unbequem gewesen, wie jede Nacht, und wie jeden Morgen wusste sie, dass sie trotzdem auch diesen Abend wieder darauf einschlafen würde. Komme, was wolle.

Sie seufzte.

Auf nackten Füßen tappte Leyla durch ihr Penthouse. Raus aus dem Gästezimmer, über den Marmorboden, auf dem ihre Schweißfußabdrücke sofort wieder verblassten. Vorbei an dem frei stehenden Kamin, durch den offenen Wohnraum bis in den lichtdurchfluteten Essbereich. Die drei Küchenblöcke waren aus dem gleichen Marmorstein gefertigt wie der Boden und sahen aus, als würden sie wie quadratische Pilze direkt daraus hervorwachsen.

»Grace, Jalousien runter«, wies Leyla das Smart-Home-System mit ihrer rauen Guten-Morgen-Stimme an, als die Sonne sie jäh blendete. Sie blinzelte. »Bitte.«

Lautlos glitten weiße Lamellen vor die Fensterfront und verbargen den atemberaubenden Blick aus dem sechsten Stock auf den Ozean.

»Und Grace?«

Das System pingte freundlich als Zeichen, dass es zuhörte.

»Ein Wasser hätte ich gern. Und sobald Alba im Office eingeloggt ist, bitte sie, mir eine kurze Tageszusammenfassung als Sprachmemo zukommen zu lassen. Nach ihrem ersten Tee, versteht sich.«

»Gerne, Leyla«, antwortete Grace' digitale Stimme. »Brauchst du heute ein SharedCar zur Arbeit?«

»Nein danke. Ich fahre mit der Bahn.«

Auf der Küchenzeile stand das Glas unter einem in der Rückwand verbauten Hahn bereit. Leyla leerte es in einem Zug, stellte es ungespült wieder zurück und setzte ihre Morgenrunde fort ins Badezimmer.

»Routine ist alles«, flüsterte sie zu sich selbst, während sie ihr Schlafshirt abstreifte und sich, ohne die Temperatur zu testen, unter die prasselnde Regendusche stellte. Der eiskalte Strahl spülte die letzten Spuren der Nacht von ihrer Haut. Tropfen verfingen sich in ihren Wimpern und rannen ihre Wangen hinab. Dieser Teil des Tages war der schlimmste. Eine Zwischenwelt, in der Leyla nie wusste, wohin sie gehörte. Ihre Gedanken schwirrten längst im Büro umher, doch ihr Körper befand sich noch immer an dem Ort, den sie ihr Zuhause nennen wollte, aber nicht konnte. Hätte Grace eine Funktion, sie vom Weckerklingeln binnen eines Fingerschnips gestriegelt und geleckt in ihr Office zu teleportieren, Leyla hätte ihr aktuelles Lieblingsbuch dafür geopfert.

Keine fünf Minuten später kam sie unter der Dusche hervor, hüllte sich in einen flauschigen Bademantel und trat vor den Spiegel. Der nervige Part war vorbei, ab jetzt ging es bergauf. Denn von nun an wurde aus Zombie-Leyla ein Mensch. Sie nannte diesen Teil des Tages genau wie Kafkas Meisterwerk: *Die Verwandlung.*

Leyla betrachtete ihre Augenringe im Spiegel – kein Wunder, wenn der Wecker immer schon Sekunden, nachdem sie eingeschlafen war, schrillte. Die eingefallenen Wangen – na ja, besser als die aufgeplusterten von letztem Jahr. Die fahle Haut – selbst schuld, wenn sie nie in die Sonne ging. Es hatte schon bessere Zeiten gegeben. Aber das dachte sie jeden Morgen, wenn sie der nackten Wahrheit ins Gesicht sah.

»In einer halben Stunde sieht das anders aus«, murmelte sie und öffnete die Flügeltüren ihrer Make-up-Vitrine. Augenblicklich sprang die Beleuchtung an und hüllte die zahllosen Fächer ihrer Schatzkammer in ein warmweißes Licht.

Zielsicher griff Leyla nach den Utensilien auf Augenhöhe, Serum, Foundation, Make-up, reihte sie auf der Ablage vor ihrer Spiegelwand auf und begann mit der Arbeit. Wenn sie einem Kunstwerk gleichen wollte, musste sie die Künstlerin sein. Jeden Tag lag es in ihrer Macht, zu entscheiden, was die Welt von ihr sah. Die Powerfrau, die vor rotem Lippenstift und scharfen Konturen nicht zurückschrak? Die Understatement-Aktivistin, die geschminkt-ungeschminkt natürliche Eleganz ausstrahlte? Die Boss Bitch, die die Züge ihrer Wangenknochen noch härter hervorhob?

»Heute mal eher natürlich«, murmelte Leyla, während sie mit in die Länge verzogenem Gesicht Mascara auftrug, was sie immer etwas an *Der Schrei* von Edvard Munch erinnerte. Tja, Kunst eben. »Oder sagen wir: So, wie ich gerne in Natur aussehen würde.«

Noah hatte sie regelmäßig damit aufgezogen, dass sie für ihr *ganz natürliches* Make-up sage und schreibe vierundzwanzig Produkte benötigte. Einmal hatte er sie gefragt, ob es sich nicht widerspräche, Feministin zu sein und all diese Beauty-Produkte für den Eindruck zu verwenden, sie hätte kein einziges gebraucht.

»Wieso?«, hatte Leyla unschuldig entgegnet, während sie ihren Lidstrich mit einem Wattestäbchen korrigierte.

»Na, weil du dagegen kämpfst, dass man von Frauen bestimmte Dinge erwartet, die Männer nicht tun müssen, um gesellschaftlich anerkannt zu werden. Wie zum Beispiel, morgens ihr Gesicht zu restaurieren.«

Daraufhin hatte Leyla einen Lip Primer nach Noah geworfen und gegengehalten: »Erstens restauriere ich nicht, ich veredele.«

»Soso.« Grinsend hatte er eine Augenbraue hochgezogen.

»Und zweitens ist die Annahme, Frauen sollten sich auch ungeschminkt selbstbewusst fühlen, für mich der unfeministischste Gedanke. Ich kleide mich, wie es mir guttut, und ich schminke mich, wie es mir gefällt. Darüber zu urteilen, ist niemandes Recht. Gilt für dich übrigens genauso. Willst du etwas Rouge?«

Daraufhin war zwischen Noah und ihr eine heiße Debatte ausgebrochen, ob es legitim war, Menschen anhand ihrer Kleidung zu beurteilen. Wonach beide Parteien sich murrend hatten eingestehen müssen, dass die jeweils andere in manchen Aspekten recht behielt. So war das immer zwischen ihnen gewesen. Bis es ein jähes Ende gefunden hatte.

Nur noch achtzehn Tage.

Leyla stellte das letzte Produkt zurück in die Vitrine, schloss die Türen und betrachtete sich im Spiegel. Keine Augenringe mehr. Alles, wie es sein sollte. Perfekt.

Eine Melodie aus den versteckten Lautsprechern kündigte den Eingang einer Nachricht an.

»Grace?«, sprach Leyla in den leeren Raum hinein, und ihre samtige Stimme hallte von den hohen Wänden wider. »Bitte spiele die Sprachmemo von Alba mit meiner Tagesplanung ab. Und danach: Finde die schnellste U-Bahn-Verbindung zu *The Cone*.«

Kolja Barker erwartete, dass eine Airconditioning-Welle seinen Körper herunterkühlte, sobald er den Glaskegel betrat. Doch nichts dergleichen geschah. Im Gegenteil. Er stand im Eingangsportal und schwitzte noch immer. *The Cone* wurde offenbar nicht klimatisiert. Zumindest nicht auf die üblichen minus drölfzig Grad, wie es sich in modernen Gebäuden dieser Art gehörte. Stattdessen fühlte sich die Luft schwer an. Und feucht. Ein bisschen wie in einem Tropenhaus.

Mit wenigen Schritten eilte Kolja an den Rand der Eingangshalle und stellte sich mit dem Rücken gegen die Wand, darauf bedacht, die urwaldgrünen Pflanzen nicht zu zerdrücken, die sich an einem feinen Netz entlang die innere Glasmauer hinaufrankten. Seine Pupillen zuckten hin und her, um alles gleichzeitig erfassen zu können. Das hohe Gewölbe. Den glänzenden Boden aus einem ihm unbekannten jadegrünen Stein. Vielleicht war es sogar Jade? Die Sicherheitsschleusen rückseitig. Die Aufzüge dahinter. Die beleuchteten Notausgänge zu den Seiten.

Er prüfte alle Risiken. Alle Gefahren. Doch sosehr Kolja sich auch darauf konzentrieren wollte, seine Umgebung zu sichern, er konnte sich nicht losreißen von dem, was über ihm schwebte. Wovon er schon so viel gehört hatte und das er sich so doch niemals in seinen kühnsten Träumen hätte vorstellen können.

Die Decke drei Stockwerke über ihm bestand aus Glas. Ohne Ausnahme. Sogar Stützbalken und Verbindungselemente waren transparent, er konnte von hier aus die Schemen der Menschen erkennen, die dort oben geschäftig umherwanderten. Doch die Oberfläche war nicht ebenmäßig glatt. Das Glas war gesplittert. Abertausende von Rissen zogen sich über die Decke, was sie milchig erscheinen ließ. Teile schienen herausgebrochen, riesige Glasscherben schwebten an unsichtbaren Fäden über ihm, als könnte die gesamte Konstruktion jeden Moment mit einem ohrenbetäubenden Klirren in sich zusammenstürzen und ihn unter sich begraben. Die *Gläserne Decke*. Die Medien verwendeten den Ausdruck meist im Zusammenhang damit, dass bestimmte Bevölkerungsgruppen, beispielsweise Frauen, oft nicht in Führungspositionen aufsteigen konnten und stattdessen auf der Ebene des mittleren Managements hängen blieben. Eine unsichtbare Aufstiegsbarriere, sozusagen. Eine *Gläserne Decke*.

»Nur dass diese Decke gesprengt worden ist«, flüsterte Kolja ehrfürchtig, legte den Kopf in den Nacken und ließ den Blick durch das scherbenförmige Loch in der Mitte schweifen, durch das man wie in einer Kathedrale hinauf bis in die Spitze des Turms schauen konnte. Bis zum obersten Büro. Das *Glass Office*.

»Verzeihung, kann ich Ihnen helfen?«, riss ihn eine Stimme aus seiner Starre.

Er zuckte zusammen, das Blatt Papier in seiner Hand knisterte.

»Bestimmt«, entgegnete Kolja und räusperte sich. »Ich suche die *Storyhacker Agency*.«

Er löste sich von dem Deckenspektakel, sah umher und stockte, als er bemerkte, dass er seinen Blick nicht nur auf Augenhöhe, sondern noch weiter runter senken musste. Der Empfangsherr im Rollstuhl lächelte ihn geduldig an.

»Beeindruckend, beängstigend und bestärkend zugleich, nicht wahr?«, kommentierte er und ignorierte, wie Kolja nervös von einem Fuß auf den anderen trat, im Versuch, zu dem Mann nach unten zu schauen, aber nicht auf ihn herab. Er wusste nicht genau, warum, aber es fiel ihm schwer, eine natürliche Körperhaltung in seiner Gegenwart zu finden.

»Die *Gläserne Decke* ist wirklich ein architektonisches Meisterwerk.« Der Mann schielte auf die PET-Flasche in Koljas Hand, und er glaubte, einen Hauch von Missbilligung in dessen Blick zu erkennen. Im nächsten Moment war er wieder verschwunden. »Na, dann folgen Sie mir mal.«

Der Empfangsherr wendete auf der Stelle und rollte lautlos über den glatten Steinboden. »Haben Sie gut hergefunden?«

»Ja. Problemlos.«

»U-Bahn? Fahrrad?«

»Äh. Taxi.«

»So?«

»Ich, ähm, bin Taxifahrer. War Taxifahrer.« Warum hatte er das gesagt?

Sie hielten vor einer Sammlung Holzkästen, die kunstvoll in den Raum gewürfelt wirkten. Manche hüfthoch, andere reichten bis zum Knie. Der Rezeptionist stoppte vor einem kniehohen und tippte darauf herum. In der Oberfläche war, wie Kolja jetzt erkannte, ein Tablet eingelassen.

»Na, wer beehrt die Storyhacker denn heute?«

Scheiße. Das hier passierte wirklich.

»Kolja Barker.«

»Kolja mit K, nehme ich an?« Der Typ tippte. »Mein Name ist übrigens Blake. Auch mit K. Ah, hier habe ich Sie. Ihr erster Arbeitstag, Glückwunsch!«

Und mein letzter, hätte Kolja am liebsten geantwortet, sagte aber stattdessen: »Danke.«

»Sind Sie zum ersten Mal in *The Cone?*«

»Ja.« Kolja nutzte die Chance, die sich ihm bot. »Ich kenne mich noch gar nicht aus.« Lüge. »Das hier ist ... monumental.«

Blake lachte. »In der Tat! Nehmen Sie mal an einer Führung teil. Das ganze Grünzeug hier, allein in der Eingangshalle ...« Er deutete auf die bepflanzten Wände, die begrünten Säulen und die Ranken, die sich durch das Loch in der Decke bis nach oben zum *Glass Office* schlängelten. »Es entspricht ungefähr der Menge, die alle zwanzig Sekunden im Amazonas abgeholzt wird. All das! Alle zwanzig Sekunden!« Er schüttelte den Kopf. »Verrückt, wer sich das ausgedacht hat.«

Kolja nickte und versuchte, gegen den gigantischen Kloß in seinem Hals anzuschlucken. Das hier war schon wieder zu viel. Viel zu viel. Er wollte weg.

»Ich bin etwas spät dran«, log er und schielte in Richtung der Sicherheitskontrollen im hinteren Bereich der Empfangshalle. »Wo genau muss ich denn hin?«

»Ganz einfach. Einmal durch die Schleusen dort, wo Sie Ihre Ankunft und ein paar Datenschutzdetails unterzeichnen – nur am ersten Tag. Und Ihren Ausweis müssen Sie scannen lassen.«

Kacke.

»Danach bitte einmal die Treppen hochlaufen bis in den siebzehnten Stock. Fahrstühle haben wir keine. Energiesparmaßnahme.«

Blake wartete einen Wimpernschlag lang Koljas geschockten Blick ab und lachte dann auf.

»Der zieht jedes Mal! Ne, natürlich geht es mit dem Aufzug in die Siebzehn. Wir decken hundert Prozent unseres Eigenstrombedarfs selbst ab. Der Boden des Vorplatzes ist eine Fotovoltaikanlage. Und alles hier, was Sie für Glas halten, sind in Wirklichkeit transparente Solarzellen. Klingt jetzt vielleicht nach Science-Fiction, ist aber tatsächlich eine Erfindung einer deutschen Universität. Unsere Fenster sind dadurch in der Lage, Strom zu erzeugen. Für den Fahrstuhl reicht es gerade noch.« Blake klang ein wenig monoton, als hätte er dieses Tonband schon einige Male abgespielt, aber Kolja hing trotzdem an seinen Lippen. »Oben landen Sie direkt im Eingangsbereich der Storyhacker, wo Dylan Sie in Empfang nehmen wird.«

Kolja nickte. Er hatte sich jedes Wort gemerkt. Was dazu führte, dass er am liebsten auf dem Absatz kehrtmachen, wieder in sein Taxi steigen und für immer verschwinden würde.

Aber sein Vater ...

»Verstanden. Danke noch mal«, sagte er heiser, straffte die Schultern, biss die Zähne zusammen und wandte sich den Sicherheitskontrollen zu.

»Bisschen aufgeregt?«, gewann Blake seine Aufmerksamkeit zurück. Kolja drehte sich wieder um und sah, wie sich sein Blick veränderte. Von freundlich zu wachsam.

»Wie könnte ich nicht?«, entgegnete er und schluckte. »Die Storyhacker sind ein großes Ding. Hier zu sein, ist ... einmalig für mich.«

Blake nickte.

»Du machst das schon«, wechselte er auf die persönliche Ebene. »Du wirst sehen, in keinem Arbeitsumfeld triffst du herzlichere Menschen als hier. Sieht man ja an mir.« Er lächelte ihm aufmunternd zu.

»Ach, und Kolja!«

»Hm?«

»Die Wasserflasche musst du vorher austrinken oder in die Pflanzen kippen. Die schafft es sonst nicht durch die Sicherheitsschleusen.«

»Oh, danke.«

Kurzerhand löste Kolja den Verschluss und leerte die Flasche in einem Zug. Womit er höchstwahrscheinlich den größten Fehler seines Lebens beging.

»Es tut mir wahnsinnig leid, Alba«, begrüßte Leyla ihre Assistentin, kurz nachdem der Fahrstuhl sie auf ihrer Etage ausgespuckt hatte. »Ich war zu Hause schon im Flur, wollte gerade los, als ein Kunde mich mit einem Krisenfall anrief, der ihn heute Morgen überraschend aus dem Bett geschmissen hat. Ich bin sofort an den Laptop und habe das Thema vom Küchentisch aus erledigt. Alle Unterlagen dazu in deinem Postfach. Wäre super, wenn du an Charlie und Team übergibst. Kunde weiß Bescheid.«

»Also *business as usual* bei Madame Ahmadi«, entgegnete Alba trocken und schob eine Emaille-Tasse über ihren Schreibtisch in Leylas Richtung. »Schluck kalten Grüntee? Heute: vier Stunden gezogen.«

»Deliziös.« Leyla schnappte sich die Tasse und nahm einen Schluck. »Auf einer Skala von eins bis zehn, wie witzig findest du es, mir Tee für meine geplante Ankunftszeit im Büro vorzubereiten, wohl wissend, dass ich ihn eh viel zu spät trinken werde?«

Albas Mundwinkel zuckten. »Ich habe dich gewarnt, dass ich sadistische Züge habe. Dein Fehler, wenn du mich trotzdem einstellst.«

»Auch Giftnudeln eine Chance geben, lautet mein Motto in Personalangelegenheiten«, antwortete Leyla und stellte die Tasse zurück auf den Tisch. »Nun sag schon. Ich warte seit über vier Stunden auf die *big news*, die du in der Memo angekündigt hast. So lange lässt du mich warten! Was ich dir hiermit übrigens gern verbieten möchte. Dein Job ist es, mich schnellstmöglich zu informieren. Nicht, mich *längst*möglich hinzuhalten. Das ist eine Arbeitsanweisung.«

»Abgelehnt. Ich habe dich lieber persönlich um mich, wenn es was zu feiern gibt. Du brauchst das.« Alba erhob sich und kam um den Tisch herum auf sie zu. »Wir haben den *Patagonia*-Pitch gewonnen. Die E-Mail liegt als wichtig markiert in deinem Postfach. Wir kriegen deren Etat.«

»Ja!«

Leyla stieß die Faust in die Luft, legte sie sich gleich darauf voller Erleichterung ans Herz und schloss die Augen, woraufhin Alba sie umarmte.

»Glückwunsch, Boss.«

Und da kam er. Der Rausch, auf den Leyla sehnsüchtig gewartet hatte. Als flutete Serotonin ihre Adern, als schossen die Glücksgefühle in jede Zelle ihres Körpers. Wie Standing Ovations, nur als Gefühl. Die Wettstreite um Kundenaufträge gegen andere Agenturen zu gewinnen, sogenannte Pitchs, sättigte sie immer. Stillte einen Durst, den sie schon unzählige Male versucht hatte, auf anderen Wegen zu befriedigen, doch es gelang nie. Nur der Erfolg, einen Pitch zu gewinnen, verschaffte ihr diese Art der Erleichterung. Nur der Erfolg drang in jene Fasern, in denen sonst ein Kummer regierte, den Leyla vor einem Jahr nicht für möglich gehalten hätte. Der Erfolg nährte sie. Zumindest eine Zeit lang.

»Außerdem habe ich noch eine zweite Neuigkeit für dich«, ergänzte Alba und löste die Umarmung. »Aber ich bin nicht sicher, ob wir diese Nachricht zum Schreien komisch finden oder unfassbar schockierend. Besser, du setzt dich erst mal. Und nimm dir einen frischen Tee.«

»Eine Unterschrift brauche ich noch«, verlangte der Sicherheitsbeamte hinter der Plexiglasscheibe, während er Kolja seinen Ausweis unter der Sicherheitsabtrennung hindurch zurückschob und ihn aufmerksam musterte.

Kolja bemühte sich, möglichst unbeteiligt dreinzuschauen. Die Übelkeit herunterzuschlucken und die Panik, die in seiner Brust wütete. Die darum kämpfte, endlich auszubrechen. Die Angst saß so fest in seinem Bauch, dass er sich am liebsten zu einer Kugel zusammengerollt hätte.

»Klar.«

Auf einem Tablet, das wie am Empfangswürfel in die Theke eingelassen war, erschien ein Dokument.

»Datenschutz«, erklärte der Beamte. »Sie haben das Formular im Vorfeld zur Prüfung an Ihre E-Mail-Adresse geschickt bekommen.«

»Richtig.« Kolja scrollte mit einem digitalen Stift bis zum Ende. »Hier?«

»Dort, bitte«, sagte der Beamte und deutete auf eine Signaturzeile. Kolja setzte seine Initialen darauf, der zweite Buchstabe erinnerte im Entferntesten an ein B.

B wie Barker.

B wie Versager.

B wie der Typ, dem nicht mal ein Synonym für Versager mit B am Anfang einfiel.

»Keine Tasche dabei, kein Gepäck?«, erkundigte sich der Beamte.

»Nur das hier.« Er hielt die leere PET-Flasche und den zerknitterten Zettel hoch.

»Gut. Sie dürfen.«

Kolja legte die beiden Gegenstände in eine Plastikkiste, passierte den Bodyscanner, nickte dem Wachmann zum Abschied zu und steuerte mit klopfendem Herzen die Fahrstühle an.

Es ging los.

»Sorry, auf welcher Etage finde ich noch mal die *Storyhacker Agency*?«, erkundigte sich Kolja mit zitternder Stimme bei einer rothaarigen etwa gleichaltrigen Frau, die mit ihm den gläsernen Aufzug betrat.

»In die Siebzehn müssen wir.« Sie lächelte ihn an, und Kolja glaubte, den Bruchteil einer Sekunde ein etwas zu begeistertes Funkeln in ihren Augen zu lesen. Dann drückte sie den Knopf. »Ich fahre mit dir. Ein neues Gesicht oder ein Termin in der Agentur?«

»Mein erster Tag«, erklärte Kolja, ohne zurückzulächeln.

»Oh, stimmt! Heute ist Monatsanfang. Na dann, herzlich willkommen. Ich bin Marcie, Teil des Redaktionsteams. Vielleicht laufen wir uns ja noch mal über den Weg.«

»Vielleicht. Soweit ich weiß, bin ich in der Kommunikationsabteilung.«

»Sehr gut.« Marcie freute sich sichtlich, ihre Wangen wurden rosig. »Das ist nicht ganz mein Bereich, aber das macht nichts. Bei uns gibt es eh keine festen Abteilungen. Die Leute setzen sich so auf der Fläche zusammen, wie es für sie Sinn ergibt. Open Space nennt sich das. Falls du mal kein Lunchdate hast, melde dich im Agentur-Chat bei mir. Die Kontakte sind voreingespeichert. Ich bin, äh, die einzige Marcie.«

Sie blinzelte ihn aus viel zu großen Augen an.

»Alles klar«, entgegnete Kolja, ohne es zu meinen. Er wickelte das Papier um die Flasche und zog sein T-Shirt glatt. Die Türen gingen auf.

Showtime.

Leyla

Alba drückte Leyla den Emaille-Becher in die Hand, diesmal mit dampfend heißem Tee.

»Okay, sitzt du?«, fragte sie, aber was sie eigentlich meinte, war: Bist du bereit? Dass Leyla auf ihrer Schreibtischplatte saß, die baumelnden Füße ineinander verschränkt, konnte Alba sehen.

»Schieß los.«

»Halt dich fest.«

Leyla umklammerte spaßeshalber die Tischkante mit der freien Hand. Ihre Assistentin war schon immer etwas sensationslüstern gewesen, aber wenn sie so ein großes Ding daraus machte, musste etwas auffallend Beunruhigendes passiert sein. Mal sehen, ob es zur Abwechslung auch Leyla aus der Ruhe bringen konnte.

»Heute ist ein neuer Praktikant bei uns in der Kommunikation gestartet.«

Leyla horchte auf. Dass zum Ersten des Monats Mitarbeitende in der Agentur anfingen, war nichts Besonderes. Doch sie hatte letztens etwas aus der HR aufgeschnappt, das jetzt relevant werden könnte.

»Okay?«

»Er ist heute Morgen angekommen. Zwei Stunden zu spät.«

»Der Arme!«

»Habe ich auch gedacht«, fuhr Alba dazwischen. »Kaum jemand kommt absichtlich zwei Stunden zu spät an seinem ersten Tag, nicht wahr? Da muss etwas Unglückliches dazwischengekommen sein. Aber bei ihm bin ich mir da nicht so sicher.«

»Wieso nicht?«

»Als er sich bei Dylan auf der Siebzehn angemeldet hat, kam kein Wort der Entschuldigung oder etwas in der Richtung von ihm. Da meinte Dylan noch: Gut, vielleicht hat er sich in der Uhrzeit vertan. Und er hat den Typen darauf angesprochen. Der zuckte jedoch mit den Schultern und sagte nur: ›Zeigst du mir jetzt endlich alles hier?‹«

Leyla sog scharf die Luft ein, aber Alba sprudelte einfach weiter.

»Unhöflich! Dylan war so perplex, dass er nichts Schlagfertiges entgegnen konnte, und hat ihn erst mal herumgeführt. Ihm seinen Laptop überreicht, die Kolleginnen und Kollegen vorgestellt, all so was. Bis dahin kaum ein Wort von ihm. Kein Lächeln, nichts.«

Leyla kniff die Augen zusammen und verschränkte die Arme vor der Brust.

»Alles etwas komisch, aber okay. Dann hat Sam ihm von dem Projekt erzählt, an dem ihr Team gerade mit Hochdruck arbeitet. Und bei dem er in nächster Zeit unterstützen sollte.«

»Die Cruelty-Free-Fashion-Show Anfang nächsten Monats?«

»Genau. Und anstatt zumindest ein wenig Interesse zu zeigen ... hat er gekotzt.«

Leyla riss die Augen auf. »Nein!«

»Doch. In den Mülleimer. In so ein Ding mit Löchern, leider.«

»O Gott. Tut der mir leid«, nuschelte Leyla zwischen ihren Fingern, die sie sich vor den Mund geschlagen hatte.

»Alles lief raus, über den Korkboden. Wie wenn ein Kind Wasser in so ein Strandeimerchen mit Löchern gießt, weißt du? Alles läuft raus. Alles.«

»Shit. Wahrscheinlich war ihm den ganzen Morgen schon übel.«

»Unter Garantie. Und ich sage dir auch, warum. Gleich nachdem er unter lautstarkem Gewürge den letzten Rest Magensaft in den undichten Eimer gerotzt hat, rappelt er sich nämlich auf und rempelt gegen Marcie, die ihm ein Taschentuch hinhält. Er geht rüber zu einer der Schneiderpuppen, über der ein Stoffmuster für die Cruelty-Free-Show hängt. Und wischt sich damit den Mund sauber.«

Leyla rutschte von der Tischkante und richtete sich auf.

»Sam ist ausgerastet. Sie brauchen das Muster dringend, und es hat wohl ewig lange Lieferzeiten. Aber der Typ ist anschließend nur schnurstracks in die angrenzende Küche getorkelt. Zum Kühlschrank. Und hat sich ein Konterbier aufgemacht. Ein Konterbier, Leyla. Der Kerl ist total betrunken!«

Leyla schüttelte in Zeitlupe den Kopf. Niemals in den letzten neun

Jahren seit der Gründung der Agentur hatte sich jemand derart danebenbenommen. Niemals zuvor hatte es jemand gewagt, einen der beliebtesten Arbeitgebenden des Landes so mit Füßen zu treten.

»Und jetzt kommt der Haken an der Sache«, kam Alba zum Finale, und an ihrer bedauernden Miene und dem leidigen Tonfall erkannte Leyla schon, dass ihr die eigentliche Katastrophe noch bevorstand.

»Der Typ ist der Sprössling von Ernst Barker.«

Das lief ja bestens! Kolja setzte die Bierflasche noch einmal an, spülte den ekelhaften Kotzegeschmack herunter und wischte sich mit dem Stoffmuster den Schweiß von der Stirn. Mit einer noch sauberen Ecke, na ja, fast sauberen, aber egal.

Eigentlich hatte er sich heute, seit er sein Taxi vor *The Cone* geparkt hatte, nur hemmungslos betrinken und wie ein Arschloch verhalten wollen. Die Kotzerei war nicht geplant gewesen. Aber hey, umso besser. Auch schlechte PR war in seinem Fall gute PR. Davon mussten sie hier in der Agentur ja was verstehen. Er wollte nämlich genau das: schlecht, schlechter, am schlechtesten dastehen.

»Okay, Junge, das reicht jetzt«, sagte Dylan, trat beherzten Schrittes zu ihm in die Küche und packte ihn am Ellbogen.

Obwohl es sich in seinem Kopf drehte, Dylan auch und alles um ihn herum, bemerkte Kolja eine Spur von Unsicherheit an der Art, wie Dylan sich von ihm weglehnte. Der Empfangstyp hatte Angst vor ihm. Kein Wunder. Er fand sich ja selbst unberechenbar! Diesen Stofffetzen als Taschentuch zu missbrauchen, obwohl er dieser Sam offenbar so wichtig war … Niemals hätte er gedacht, dass er sich so etwas trauen würde.

Aber Wodka regelte offenbar.

Kolja schüttelte Dylans Hand von seinem Arm und fummelte an der Kühlschranktür herum.

»Is' okay, ich komm allein mit«, versprach er, leicht lallend eventuell. »Aber ein Bier noch, ja? Hab so ekligen Geschmack im Mund. Vom Brechen. Glaub mir. Nicht schön.«

Dylan entschied sich scheinbar, den Kampf um die Bierflasche nicht mit ihm ausfechten zu wollen, tauschte sie wortlos gegen ein Wasser, trat kopfschüttelnd einen Schritt zurück und deutete ihm die Richtung.

»Komm, bitte.«

»Is' okay«, versicherte Kolja noch einmal und trottete hinter Dylan her über den langen Flur. Ein Schlamassel. Er hatte hier ein richtig schönes Schlamassel angerichtet. Apropos Schlamassel! Wie angewurzelt blieb er stehen.

»Soll ich nicht erst sauber machen?«, fragte Kolja gespielt bestürzt und schickte sich an, zurück ins Büro zu stolpern. »Beim Eimer, mein ich!«

»Nein, nein, nein«, ging Dylan dazwischen, lief einmal um ihn herum und schob Kolja weg von der Kotzzone. »Wir regeln das schon. Du musst jetzt erst mal raus hier. Sam, hast du die Security gerufen?«

Oh, Sam war auch hier? Ja, sie lief da neben Dylan. Hatte er gar nicht gesehen.

»Klar«, entgegnete Sam kurz angebunden, ihr Gesicht immer noch knallrot, während sie auf den Stofffetzen in Koljas Hand schielte. Der musste ihr wirklich am Herzen gelegen haben. Sorry, Sam.

»Kannstu ruhig wiederhaben«, bot Kolja an und streckte ihr den Lappen entgegen. Aber Sam wich nur zurück, als wäre er giftig, stieß ein wütendes Knurren aus und stampfte ein paar Schritte voraus.

»Hm. Will wohl nich'.«

Er zuckte die Schultern in Dylans Richtung, der vorsichtshalber auch einen Schritt an die Seite des Korridors sprang, falls Kolja auf die Idee kam, ihm ebenfalls sein Spucktuch anzubieten. Doch Kolja stopfte es nur in seine Hosentasche.

Ein richtig schönes Schlamassel!

Er stolperte über einen seiner Füße, der im Weg stand. Dummer Fuß.

»Alles okay?«, fragte Dylan.

»Jap. Aber ich glaub, ich hab jetzt ein bisschen Erbrochenes auf meiner Hose. Vom Tuch. Ups.«

Blitzschnell öffnete er seinen Hosenknopf und streifte die Jeans über die Boxershorts bis zu den Kniekehlen.

Dylans Hand klatschte gegen dessen Stirn. »Ich hätte nicht gedacht, dass ich das mal in diesem Job sage, aber: Zieh sofort die Hose wieder hoch, Kolja. Hier herrscht Hosenpflicht. Oder Rockpflicht. Mir egal, aber man muss untenrum was anhaben.«

»Das is' aber diskriminierend!«, protestierte Kolja, die Jeans schlackerte bereits um seine Knöchel. »Ihr sagt, ihr seid super divers und alles, aber man darf nich' anziehen, was man will.«

Da Dylan eine beeindruckend tiefe Stirnfalte machen konnte, was ihn wirklich streng aussehen ließ, wie Kolja fand, rupfte er die Hose trotzdem wieder über die Hüftknochen und pfriemelte den Knopf zu.

»Du hast Nerven, Mann«, murmelte Dylan, und Kolja glaubte, neben all dem Ekel auch einen winzigen Hauch Bewunderung in seinem Unterton herauszuhören.

»Eigentlich nich'«, entgegnete er wahrheitsgemäß. »Eigentlich hab ich nur 'nen scheiß Haufen Probleme.«

»Der soeben um ein Vielfaches gewachsen ist«, ergänzte Dylan, als eine Frau und ein Mann von der Security schnellen Schrittes um die Ecke des Flures bogen und Kolja links und rechts flankierten.

»Wir machen das, Dyl.«

»Alles klar. Nehmt ihr ihn mit in euer Büro?«

»Erst mal in den Erste-Hilfe-Raum. Dann sehen wir weiter.«

»Okay. Aber Jane?«

»Hm?«

»Seid nett zu ihm. Ich glaube, nüchtern ist das gar kein schlechter Kerl.«

»Ich bin schon 'n schlechter Kerl. Du ahnst ja nich', wie schlecht«, widersprach Kolja nach wie vor lallend, und sein Kopf sank kurz an die Schulter des Sicherheitsmannes. »Aber gerade is' mir vor allem schlecht.«

»Dann haben wir das ja schon mal geklärt«, antwortete Dylan und nickte in Janes Richtung. »Ich geb das so weiter. Bin gespannt, ob wir uns noch mal wiedersehen, Kolja. Alles Gute dir.«

Leyla stützte sich mit den Handflächen auf dem Schreibtisch ab.

»Schick ihn zu mir.«

»Bitte was?«

»Ich meine es ernst, Alba. Ich würde ihn gern selbst sehen. Irgendwas stimmt da nicht. Ich muss dem auf den Grund gehen.«

Alba nickte und senkte den Blick auf ihr Handy, mit dem sie, wie Leyla nach all den Jahren der Zusammenarbeit wusste, bereits veranlasste, dass Barker junior aus dem Erste-Hilfe-Raum in ihr Büro gebracht wurde.

»Was meinst du genau?«, fragte ihre Assistentin tippend.

»Ich habe kürzlich bei einem Update mit dem Personalteam davon gehört. Ernst Barker hat sich direkt mit unserem Personalmanagement in Verbindung gesetzt und um einen Praktikumsplatz für seinen jüngsten Sohn gebeten. Na ja, oder, besser gesagt, er hat danach *verlangt*. Er scheint sich dabei seinen Namen ziemlich unverhohlen zunutze gemacht zu haben.«

»Sorry, aber würde ich auch, wäre ein Medienimperium nach mir benannt«, spottete Alba und ließ ihr Smartphone zwischen Daumen und Zeigefinger kreisen.

»Dounia hat sich bequatschen lassen und die Stelle zugesagt, da ihr just an dem Morgen eine andere Kandidatin abgesprungen war. Damit hatte er den Praktikumsplatz in der Tasche ohne richtigen Bewerbungsprozess. Barker hat an dem Tag nur noch höchstpersönlich einen Lebenslauf seines Sohnes rübergeschickt. Offensichtlich ein Fake.«

Alba rang die Hände gen Bürodecke. »Woher weißt du denn das schon wieder, du Übermensch? Und vor allem: Wann hast du die Zeit gefunden, ihn dir anzuschauen? Um fünfundzwanzig Uhr?«

Leyla schüttelte den Kopf.

»Ich habe ihn mir nicht angesehen. Nur kurz reingeklickt, weil ich neugierig war, warum der Sohn eines so erfolgreichen Mannes nicht selbstbewusst genug ist, sich eigenständig bei uns zu bewerben. Sein Lebenslauf war das reinste Namedropping. Ausschließlich eindrucksvolle Namen. Aber nach heute weiß ich, dass das nicht sein Verdienst war, sondern der kreative Erguss seines Vaters. Jemand, der in diesen Unternehmen gearbeitet hat, legt nicht so einen Auftritt hin wie heute. Das ist unmöglich.«

Es klopfte zweimal.

In Windeseile war Alba an der schweren Tür, steckte den Kopf hinaus und wechselte ein paar dumpfe Worte mit ihrem Gegenüber. Sekunden, die Leyla nutzte, um ihre Mails zu checken – außer der Etat-Mail nichts Eiliges. Da zog ihre Assistentin schon wieder den Kopf in den Raum. Sie fixierte Leyla, riss die Augen auf und formte einen stummen Satz mit den Lippen, den sie auf die Schnelle nicht verstand. Als Nächstes bewegte sich Alba rückwärts aus dem Raum.

»Was?«, fragte Leyla lautlos zurück, aber Alba schüttelte nur den Kopf, die Augen immer noch weit aufgerissen, und schlüpfte durch den Spalt.

Gleich darauf wurde ein junger Mann in den Raum geschoben. Er starrte erst Alba hinterher und ließ, als die Tür hinter ihm mit einem Knall ins Schloss fiel, den Blick durch den Raum gleiten. Er zuckte mit den Schultern, vergrub die Hände in den Hosentaschen und tippte mit der Fußspitze dreimal auf den Boden. Dann erst wandte er sich Leyla zu und begrüßte sie mit einem schiefen Grinsen.

»Kuckuck!«

Kolja

»**Kuckuck**«, **antwortete ihm** die Frau, ohne die Miene zu verziehen, und lehnte sich an die Schreibtischkante. Nicht übel. Wäre ihm kaum so trocken über die Lippen gekommen, wenn ein betrunkener Hampelmann wie er in sein Büro gewackelt wäre. Mal davon abgesehen, dass ihm gerade gar nichts über die Lippen kam. Diese Frau da vorne, sie war garantiert auch *Tāmaki Makaurau*, von hundert Männern begehrt. Er schluckte.

»Das *Glass Office* also, ja?«, versuchte sich Kolja schließlich in Konversation, schob die schwitzigen Hände noch etwas tiefer in die Hosentaschen und sah sich nickend um. Man fühlte sich wirklich, als würde man in einer gläsernen Sahnehaube stehen – mit der Kirsche ihm gleich gegenüber. Aber nicht nur sie, auch der Blick aus den geschwungenen Fensterwänden rundherum war atemberaubend. Zur einen Seite sah man bis zum Vulkankrater von *Mount Eden*, auf der anderen das Meer. Wenn man den Kopf in den Nacken legte, konnte man das Gesicht in die Sonne halten. Nur dass sie nicht blendete. Und den Raum auch gar nicht zu erhitzen schien, obwohl sie quasi im Dach des Gebäudes standen. Irgendein Fluch musste auf dem Außenmaterial liegen. Hinter dem Schreibtisch führte eine Flügeltür auf eine abgetrennte Panoramaterrasse, die das Ziel war für all jene, die den Grünpfad von *The Cone* hinaufstiegen. Der Gipfel.

»Hätte nicht gedacht, dass ich das hier mal von innen sehe.« Er ließ das Minzbonbon, das Dylan ihm aufgezwungen hatte, zwischen den Zähnen klicken.

»Geht mir ähnlich«, antwortete die Frau, schlug ein Bein über das andere und hakte die Daumen in die Taschen ihres weißen Hosenanzugs. »Ganz ehrlich? Ich würde viel lieber irgendwo unten auf der Siebzehn bei den anderen sitzen. Hier oben ist es unfassbar einsam. Aber unser Marketing-Team hat mich dazu verdonnert. Sie fanden die Idee, mich im Rapunzel-Turm einzusperren, gut für unsere Marke. Mein Aufstieg, symbolisiert von diesem Büro, sagen sie. Ich habe daraufhin einen Kompromiss vorgeschlagen: Eine Woche arbeite ich hier. Die nächste tausche ich mit einer Kollegin oder einem Kollegen, der oder die schon immer mal hier oben sitzen wollte.«

»Nach welchem Prinzip kommen die anderen dran?«, entschlüpfte es Kolja, obwohl er gar keine so vernünftige Frage hatte stellen wollen. Besser für seinen Plan wäre es gewesen, sich nach ihrer BH-Größe zu erkundigen. Die, ganz nebenbei bemerkt, nicht allzu gering ausfallen dürfte.

»Nach dem Prinzip: Wer mich zuerst fragt, sitzt zuerst. Gilt für alle Mitarbeitenden. Auch für Praktikantinnen und Praktikanten übrigens.«

»Ich würde ja sofort nachhaken, ob du nicht mal Lust hättest, an deinem Tisch ein bisschen für mich beiseitezurücken«, frotzelte Kolja drauflos. »Aber ich weiß ja nicht mal, wie du heißt.«

Wow. Woher nahm er den Mut? Gegenüber einer Frau. Gegenüber *dieser* Frau, deren dunkle Mähne Rapunzel in nichts nachstand und bei deren Lippen er schon wieder an Kirschen denken musste. Sehr köstliche Kirschen.

Sie hob eine Braue. »Wirklich? Sonst kennen die Menschen meinen Namen und ich ihren noch nicht. Was für eine schöne Abwechslung heute, Kolja.«

Heiliger, sie wusste, wer er war. Natürlich wusste sie das. Augenblicklich wurde Kolja wieder schlecht. Kurze Frage am Rande, zur Mülleimersituation hier oben: mit Löchern oder ohne?

Vorsichtig blickte er sich um, da stieß sich die Boss-Lady so abrupt von der Tischkante ab, dass er zurücktaumelte. Nicht ganz sicher, ob es daran lag, dass er diese Erscheinung doppelt sah, oder an der Shampoo-Note, die ihre schwingende Mähne zu ihm herüberwehte. Sie durfte bitte nicht näher kommen.

Mit drei lässigen Schritten trat sie auf ihn zu und hielt direkt vor ihm, fast Auge in Auge. Interessant. Die meisten Frauen reichten ihm kaum bis zum Kinn, da sich irgendwo in seinen Stammbaum mal ein Riese eingeschlichen hatte. Aber sie schaffte es mit dem Scheitel bis an seine Nasenspitze. Hohe Schuhe bestimmt. Kolja schielte auf ihre

Füße, wo er zu seiner Überraschung lackschwarze Sneakers entdeckte. Keine Absätze.

Als er ihr wieder ins Gesicht schaute, fing er ihren tadelnden Blick auf.

»Ich habe Sie nicht abgecheckt«, versicherte Kolja und verspannte sich. Um Himmels willen, was tat er denn hier? Und warum siezte er sie auf einmal? »Nur mal nach den Schuhen geguckt.«

Er musterte die Linien und Schwünge ihrer Gesichtszüge. Sie schien kaum geschminkt zu sein. Was auch gar keinen Unterschied gemacht hätte, da ihr intensiver Röntgenblick eh von allem anderen ablenkte. Okay, jetzt checkte er sie doch ab. »Schön. Sehr, sehr schön. Also, die Schuhe.«

Ihre Mundwinkel zuckten, und sie streckte die Hand aus.

»Leyla. Höchst interessant, deine Bekanntschaft zu machen.«

Jup. Sie war es. Er hatte es geschafft. Er war am Ziel.

»Kolja«, antwortete er überflüssigerweise und bemühte sich, den Mund möglichst geschlossen zu halten, ohne zu nuscheln. Aber warum eigentlich? Den schlechtesten Eindruck machte man lallend und mit ein bisschen Kotzi-Atem, nicht wahr? Und das wollte er doch. Einen schlechten Eindruck machen. Schlecht, schlechter, am schlechtesten.

Er ergriff die ihm dargebotene Hand, und Leyla drückte sie so fest, dass er seine am liebsten gleich wieder zurückgezogen hätte. Ihrer entspannten Miene nach zu urteilen, zerquetschte sie ihm die Knochen aber nicht mit Absicht. Er stieß einen leisen Pfiff aus. Ganz schön stark, die Frau. Und ganz schön verrückt, dass man einen Händedruck im Bauch kribbeln spüren konnte.

»Muss ich mir die Hände jetzt eigentlich waschen, oder hast du das Erbrochene vorher mit dem Stoffmuster abgeputzt?«, versuchte sie offensichtlich, ihn aus der Reserve zu locken, aber Kolja zuckte nur mit den Schultern. Zu viel Wodka im Blut, als dass er dafür im Boden versinken würde.

»Keine Sorge. Hab sie mir gewaschen, im Erste-Hilfe-Raum. Ist allerdings schon zwei Stunden her, seit deine Gorillas mich dahin verschleppt haben. Wer weiß, was ich seitdem wieder alles Ekliges angefasst habe.«

Provozieren konnte er auch. Und zwar in vielerlei Hinsicht. Falsche Gedanken. Ganz, ganz falsche.

Ohne auf ihn einzugehen, wirbelte die Frau herum, was in Kolja einen weiteren Schwindelanfall auslöste. Sie ließ sich auf ein olivgrünes Ledersofa fallen, Kunstleder wahrscheinlich, machte es sich bequem und bedeutete ihm mit einer eleganten Geste, ebenfalls Platz zu nehmen. Er rührte sich nicht von der Stelle.

Sie nickte, setzte sich breitbeiniger hin und stützte die Unterarme auf die Oberschenkel. »Grace, Milchglas, bitte.« Kolja drehte sich zu dem leisen Surren hinter ihm um und beobachtete gerade noch, wie die Scheiben zu Albas Vorzimmer undurchsichtig wurden.

»Okay. Also gut, Kolja. Die Neugier bringt mich fast um. Bitte erzähl mir deine Geschichte. Was steckt hinter dieser spektakulären Show?«

Auf diese Frage, bemerkte Leyla, war er nicht vorbereitet gewesen. Oder wusste so schnell zumindest keine Antwort, denn Kolja stand vor dem Sofa wie zu Stein erstarrt, die Muskeln unter seinem T-Shirt deutlich angespannt. Er öffnete den Mund, als wollte er etwas sagen, und schloss ihn wieder.

An dieser Stelle verspürten die meisten Menschen den Drang, die Stille zu füllen und noch einmal nachzuhaken. Aber Leyla wartete einfach ab. Nutzte die Zeit, um den Praktikanten zu mustern. Er war auffallend groß. Athletisch und schlank. Nicht die Art von schlank, die man durch eine gezielte Ernährung herbeiführen konnte, sondern die aktive Art. Wie Leute sie an sich hatten, die viel unterwegs waren. Die nie still sitzen konnten. Die braunen Locken trug er kurz, den Mund inzwischen fest zusammengepresst. Um seine Augenwinkel zeichneten sich leichte Falten. Leyla war sicher, wenn er lachte, dann ging die Sonne auf. Aber sie war sich ebenso sicher, dass man das sehr selten zu sehen bekam. Die Augenringe zeugten davon und der Bartschatten, nicht sehr ausgeprägt. Ergab Sinn – Kolja war noch jung. Seine Hände wirkten kräftig, sehnig. Offenbar jemand, der körperlich arbeitete. Die Jeans saß ihm ungewöhnlich tief auf den Hüftknochen. Offenbar jemand, der seine Hose sehr oft schnell ausziehen musste. Um Himmels willen, was dachte sie denn da?!

Leyla kämpfte gegen die Hitze, die ihr in die Wangen stieg, indem sie lang ausatmete. Wie unangenehm. Und vollkommen unangemessen. Jetzt überkam sie eine grobe Ahnung, was Alba ihr vorhin stumm zu verstehen gegeben hatte. Irgendetwas Versautes, für das sie Alba eigentlich abmahnen musste.

Gott, der Typ ist unfassbar heiß!

Dabei war er für Leyla mindestens zehn Jahre zu jung. Was komplett irrelevant war. Ein komplett irrelevanter Gedanke.

»Ehrlich gesagt, bist du selbst schuld«, riss Kolja sie aus ihren Überlegungen. Leyla zuckte zusammen.

»Woran genau?«

»An dem Schlamassel. Ich hatte vor, mir hin und wieder einen Schluck aus meinem Fläschchen zu gönnen. Sagen wir, um den Kram hier erträglich zu machen. Aber eure Sicherheitsschleusen haben mich gezwungen, die bis oben hin gefüllte Wasserflasche, in der vielleicht gar kein Wasser war, auf einmal zu exen.«

»Dafür möchte ich mich im Namen meines Teams entschuldigen«, antwortete Leyla trocken.

Er runzelte die Stirn und schüttelte kaum merklich den Kopf. Sie schien ihn aus der Fassung zu bringen. Na, endlich.

»Warum hast du dir deinen ersten Tag hier erträglich saufen wollen?«, schoss Leyla hinterher.

Kolja schwieg und starrte ihr direkt ins Gesicht. Ein Muskel an seinem Hals zuckte. Sekunden vergingen, in denen niemand sprach. So viele, dass eine leise Unruhe in Leyla wuchs. Normalerweise hielt sie das Spiel am längsten durch. Doch heute hörte sie sich nachhaken: »Du hast dich nicht selbst bei uns beworben. Das war dein Vater. Warum?«

»Liegt das nicht auf der Hand?«, raunte Kolja.

Seine Stimme klang kratzig vom Alkohol und bedrohlich leise, sodass Leyla ein Schauder über den Rücken lief. Hätte sie nicht so ein untrügliches Gefühl, dass dieser Typ ihr niemals auch nur ein Haar krümmen würde, wäre sie jetzt langsam zum Schreibtisch geschlendert und hätte nach dem Sicherheitsknopf unter der Arbeitsplatte getastet.

»Ich finde, das liegt überhaupt nicht auf der Hand«, flüsterte sie zurück.

Kolja lächelte bitter, wobei sich seine Nasenflügel aufblähten, und er reckte das Kinn, fast so, als wäre er gleichzeitig beschämt und stolz auf die Erklärung, die er als Nächstes abgeben würde. »Ich bin ein Versager.«

»Ein Versager also.«

»Jep, ohne Zweifel.«

»Ich habe das Gefühl, hinter deinen glasigen Augen verbirgt sich alles andere als ein Versager, Kolja. Vielleicht sogar ein echter Storyhacker. Müsste ich nüchtern sehen.«

Er wandte sich ab. »Wird nicht geschehen.«

»Weil du nie nüchtern bist oder weil du davon ausgehst, nie wieder herzukommen?«

»Eher Letzteres. Und weil ich damit rechne, dass deine beiden Security-Gorillas sich lieber den Bizeps vom Arm schälen würden, als mich noch mal zu dir zu lassen. Hättest mal ihre Gesichter sehen sollen, als die Einladung in dein *Glass Office* einging.«

»Ist das so?«

»Die eine, Jane, glaube ich, hat mir gedroht, dass sie mir den vollgespeiten Mülleimer als Helm aufsetzt, wenn auch nur ein einziger Kotzfleck auf deiner Kleidung landet.«

Leyla verbarg einen Lacher hinter einem Räuspern. »Ich muss mich dringend noch mal mit ihr unterhalten, dass wir hier nicht in einem Lara-Croft-Blockbuster arbeiten.«

»Und der andere hat eine Schnapsflasche hinter dem Sofa hervorgeholt und mir mitgeteilt, dass er mich zwingen würde, die auch komplett auszutrinken, sollte er erfahren, dass ich unhöflich zu dir war.«

Leyla seufzte. »Und mit Ray muss ich über seinen Hang zu After-Work-Partys sprechen.«

»Sie mögen dich.«

Leyla zuckte mit den Schultern. »Das ist ihnen überlassen.«

»Sie mögen dich. Ich habe nachgefragt. Du tust Dinge für sie. Für ihre Familien.«

»Das ist mein einziger Job hier.«

»Dein Job ist es, dein Unternehmen zu führen. Nicht, Security-Mitarbeitern Privatkredite für die Operation ihres Hundes zu gewähren. Selbst dann nicht, wenn sie wirklich niedlich sind. Hab das Bild an der Wand von Rays Büro gesehen.«

»Ich mag Sparky.« Leyla lächelte.

»Ich jetzt auch, nach allem, was Ray von ihm erzählt hat. Frage mich trotzdem, warum du den Kredit nie zurückverlangt hast.«

Moment, in welche Richtung verlief dieses Gespräch? Irgendwie verlor sie die Kontrolle.

»Warum hast du den Kredit nie zurückverlangt?«

Leyla löste die Unterarme von den Oberschenkeln und schlug die Beine übereinander.

»Wir haben einen speziellen Fonds für solche Dinge. Tierschutz. Naturschutz. Private Projekte des Teams. Ich habe es für ebenso wertvoll gehalten, einem Hund zu helfen, dessen Familie sich seine OP nicht leisten kann, wie Wiederansiedlungsprojekte in Patagonien zu unterstützen.«

»Sinnvolle Projekte.« Kolja nickte langsam. »Und was ist so sinnvoll daran, deine Zeit mit dem kotzenden Praktikanten zu verschwenden? Was lassen sich Kunden eine Stunde mit dir kosten, tausend Dollar? Mehr? Mit dem besoffenen Barker-Jungen zu schäkern, kostet dich gerade also mindestens mehrere Hunderter.«

Leyla zog die Brauen in die Höhe.

»Ich wusste nicht, dass wir schäkern«, antwortete sie, doch ihr Magen strafte sie Lügen. Das hier war kein professionelles Mitarbeitendengespräch. Auch kein Flirt an der Hotelbar. Aber irgendwas dazwischen. Was war das hier überhaupt?

»Natürlich tun wir das, Leyla«, erklärte Kolja und schwankte, sodass er einen Ausfallschritt machen und Leyla erneut ein Grinsen unterdrücken musste. Er stützte sich an der Sofalehne ab, ohne hinzusehen. »Vernünftig wäre, mich rauszuwerfen. Aber ich stehe immer noch hier.«

»Mehr oder weniger aufrecht.«

»Stimmt. Mehr oder weniger aufrecht. Wie ein Schluck Wodka in der Kurve. Aber du wirfst mich nicht raus. Warum?«

Leyla ließ sich langsam nach hinten in die Polster sinken, legte einen Finger ans Kinn und fuhr mit dem Blick an ihm entlang. Kolja hatte recht. Es ergab überhaupt keinen Sinn, dass sie ihn länger ausfragte. Er würde ihr heute nicht mehr die wahre Geschichte beichten, warum er sturzbetrunken hier aufgekreuzt war. Das stand schon seit Minuten fest. Trotzdem behielt sie ihn bei sich. Versuchte, hinter seine verschlossenen Türen zu blicken.

Wieso?

Vor ein paar Jahren war Leyla auf einer Reise quer durch Spanien mal einem Guru begegnet. Wie einem schlechten Film entsprungen, lebte er in einem Van am Wegesrand, mit Blumenaufklebern an den Scheiben. Ob sie an Wiedergeburt glaube, hatte der Guru sie gefragt. Und als Leyla bejahte, hatte der Typ, auf einem Sitzkissen an seinen Hippie-Van im Schatten gelehnt, ein Silberpendel über die Handfläche geschwungen und bedauernd mit dem Kopf geschüttelt.

»Das hier ist dein letztes Leben«, hatte er behauptet und mit gespannt leuchtenden Augen auf ihre Reaktion gewartet. »Klingt erst mal erschreckend, nicht wahr? Deine Seele ist bei Ebene vierzehn von vierzehn angelangt. Es bedeutet, dass sie in diesem Leben erleuchtet wird. Und das ist doch etwas Wunderbares. Oder nicht?«

An diesem Tag hatte der Guru ihr einen Gedanken ins Gedächtnis gepflanzt, der von da an unaufhörlich in ihr gewachsen war. Sie hatte ihn sich sogar auf ihrem Körper verewigen lassen, so sehr ging er ihr unter die Haut. Manchmal schielte sie auf das winzige Tattoo über ihren Pulsadern: *14/14*. Und dann erinnerte sie sich: *Das hier ist mein letztes Leben.*

»Ich glaube«, brach Leyla die Stille und sah Kolja tief in die Augen, »ich habe dich noch nicht gebeten zu gehen, weil du etwas an dir hast, das mich fasziniert. Etwas, weswegen du eine Chance verdienst.«

Das Herz klopfte ihr bis zum Hals, und auch in seinem Gesicht glomm kurz ein Gefühl auf, das sie nicht benennen konnte und das ebenso schnell wieder erkaltete.

»Was?«

»Die Fähigkeit, aus der Spur zu brechen.«

Kolja antwortete nicht. Sie glaubte, nur zu sehen, wie er etwas blass um die Nase wurde.

»Wegen deiner Fähigkeit, genau zu wissen, was auf dem Spiel steht. Und trotzdem drauf zu scheißen. Die Dinge einfach zu tun, als gäbe es kein Morgen.«

Vielleicht, überlegte Leyla, während ein Stoß Adrenalin durch ihre Adern fuhr, hätte sie in ihrem Leben selbst etwas mehr aus der Spur brechen sollen. Wie Kolja. Etwas mehr darauf scheißen. Vielleicht hätte sie dann kein Milliardenimperium gegründet. Vielleicht würde dann nicht das Gewicht von *The Cone* allein auf ihren Schultern lasten. Vielleicht wäre dann alles nicht passiert. All das, was ihr nachts den Schlaf raubte. Und vielleicht könnte sie sich dann noch selbst ertragen.

Nur noch achtzehn Tage.

Sie richtete ihre Aufmerksamkeit wieder auf Kolja. Zwischen ihm und ihr lagen Welten. Ihr Leben war durch und durch vernünftig. Eine Vierzehn von vierzehn. So verdammt kritisch und ernst. Kolja hingegen ... musste schon wieder kotzen.

Koljas Antwort auf die Mülleimerfrage lautete wie folgt: Leyla Ahmadi hatte keinen. Zumindest keinen, den er auf die Schnelle entdecken konnte, als der saure Shake aus Wodka, Bier und Magensaft seine Speiseröhre hochstieg. Im Gegenzug für den mangelnden Kotzbehälter grenzte ein Badezimmer direkt ans *Glass Office*.

Kolja stürzte durch die Tür und rutschte wie ein Fußballer auf den Knien über die Holzoptikfliesen bis zur Kloschüssel. Starrte in das klinisch sauber glänzende Porzellanloch. Würgte. Doch da kam nichts. Sosehr er diese Übelkeit auch loswerden wollte und sein Magen sich zusammenkrampfte, was ihn würdelos zucken ließ – der erlösende Kotzschwall blieb aus.

Verdammt. Mit dem Handrücken wischte sich Kolja die tränenden Augen trocken. Er hätte direkt, als ihm übel war, auf den cremefarbenen Teppich in Leyla Ahmadis Büro brechen sollen. In die Mitte des Raumes am besten. Das wäre das perfekte Schlamassel gewesen. Das große Finale seines Katastrophenauftritts in der *Storyhacker Agency*. Seine Übelkeit zu unterdrücken, um die Toilette für seine Kotzattacke zu benutzen, war viel zu ... konservativ. Viel zu richtig. In den Sekunden zwischen Würgereflex und drohender Fontäne hatte er nicht vernünftig nachgedacht.

Wieder mal.

Scheiße, nicht mal das bekam er hin.

Abrupt drückte sich Kolja vom Klobrillenrand hoch. Das indirekt beleuchtete Badezimmer um ihn herum schwankte, und er stützte sich an den Wandpaneelen ab.

Er war mit einem einzigen Plan hergekommen: es zu verkacken. Doch Kolja Barker war sogar zu dumm, um die Dinge zu vermasseln.

Ruckartig drehte er sich rum. Im Türrahmen ein paar Schritte entfernt lehnte Leyla und beobachtete ihn, die Arme vor der Brust verschränkt, die Mimik entspannt, ohne einen Hauch von Ärger oder Ekel. Sie registrierte jedes Muskelzucken in seiner Miene, als würde sie in seinem Gesicht lesen – so, wie er selbst oft in den Gesichtern der Menschen las. Ihres erzählte von Mitgefühl. Von Geduld. Von ... Verständnis. Wie machte sie das? Warum zur Hölle brachte sie Verständnis für ihn auf? Er wollte doch nichts als ihre Ablehnung. Nur diese eine Sache. Und nicht mal das bekam er hin?

Kolja ballte die Fäuste, um die aufsteigende Wut aus sich herauszupressen. Wut auf sich selbst. Wut auf seinen Plan. Wut auf Leyla Ahmadi, die überhaupt nicht so reagierte, wie er erwartet hatte. Wut auf Rezeptions-Blake, der ihn dazu gebracht hatte, die Wasserflasche mit dem Wodka zu exen, anstatt sich hin und wieder einen Schluck zu gönnen, wodurch er unachtsam geworden war und selbst im Versagen versagte. Wut auf Empfangs-Dylan, der behauptet hatte, er wäre nüchtern gar kein schlechter Kerl. Obwohl er doch einfach nur wollte, dass die Menschen endlich sahen, *dass* er es war: ein schlechter Kerl. Ein abgefuckter Typ. Wenn es nicht abgefuckt war, besoffen in einen löchrigen Mülleimer im Büro des beliebtesten Arbeitgebers des Landes zu kotzen und sich mit einem wichtigen Requisit die Visage sauber zu wischen; wenn es nicht abgefuckt war, auf dem Flur blankzuziehen, vor den Augen der gesamten Belegschaft; wenn es nicht abgefuckt war, die Geschäftsführerin zu duzen und um ein Haar in ihr Privatklo zu kotzen – was war es bitte dann? Was musste er denn noch tun?!

»Du siehst einfach ätzend aus!«, spie Kolja aus einem Impuls heraus in Leylas Richtung. Spucketröpfchen sprühten ihr entgegen. Ein banaler Versuch, sie aus der Fassung zu bringen, zugegeben. Aber schöne Frauen wie sie traf so was für gewöhnlich. Oder?

Ihr Ausdruck blieb unverändert, zumindest schien das ihr Bestreben zu sein, vermutete er. Kolja sah das winzige Zucken ihrer rechten Augenbraue trotzdem. Ja! Er hatte sie erwischt.

»Wenn du die Achillesferse deiner Gesprächspartnerin finden willst«, sagte Leyla ruhig, »dann solltest du dich so tief wie möglich in die Person hineinversetzen, Kolja. Du musst hinter die Fassaden schauen. Dein Versuch war nicht schlecht. Ich besitze tatsächlich zu viele Make-up-Produkte und habe ein Faible für Fair Fashion und Secondhand-Klamotten. Aber es ist nicht mein Aussehen, das mich angreifbar macht. Es ist das, was ich hinter meiner Optik zu verbergen versuche. Diesen Aspekt hättest du herausfinden und gegen mich verwenden müssen.«

Kolja atmete schwer. Was sie zu verbergen versuchte? Fuck, ihm war kolossal schlecht. Aber es hatte nichts mit seinem Kater zu tun.

Er öffnete den Mund, um etwas zu erwidern, doch alles, was herauskam, war sein säuerlicher Atem. Erbärmlich. Schnell presste er die Lippen zusammen und lockerte seine geballten Fäuste. Kacke. Es war egal, was er sagte oder tat. Schlichtweg egal. Diese Frau, die die dreißig gewiss noch nicht überschritten hatte, regierte aus gutem Grund in einem der bekanntesten Bürogebäude der Welt über ihr

Imperium: weil ihr niemand das Wasser reichen konnte. Weil sie sogar ihren Angreifern dabei half, noch besser zu werden. Er war am Endgegner gescheitert. Wie immer in seinem Leben. Zeit, endlich zu beenden, wofür er hergekommen war.

Ohne den Blick von Leyla zu lösen, nestelte Kolja an seiner Hosentasche und rupfte den Zettel, den er seit gestern mit sich herumtrug, so ruckartig hervor, dass eine Ecke riss. Er hielt das Papier hoch, sodass Leyla lesen konnte, was darauf geschrieben stand.

»Ich bin hier, um dir zu sagen«, sagte er mit vom Kotzen kratziger Stimme, »dass ich kündige.«

Nun zuckte eindeutig ein Lächeln über Leylas Lippen. Was ihn geärgert hätte, wäre er nicht viel zu resigniert wegen seiner Niederlage.

Langsam zerriss er den Zettel vor ihren Augen, und das Deckblatt seines Praktikumsvertrags rieselte in Schnipseln zu Boden. Wie dramatisch. Ein Fetzen blieb an einem verkrusteten Kotzerest auf seiner Jeans kleben.

»Und jetzt ...« Kolja setzte sich steif in Bewegung wie ein Roboter. Leyla trat einen Schritt zur Seite, um ihn durch die Tür zu lassen. »... jetzt gehe ich.«

Er hielt vor ihrem Schreibtisch und tastete seitlich unter der Platte nach dem Rufknopf für die Security. Sein Vater hatte genau den gleichen Tisch in seinem Homeoffice. Mit dem gleichen System. Sein verdammter Vater.

Er drückte fest darauf.

Hinter sich hörte Kolja Leyla auflachen. »Okay, ich muss mir eindeutig ein moderneres Sicherheitssystem zulegen. Wer kennt heutzutage nicht den Knopf unter der Schreibtischplatte, nicht wahr? Das ist ja wie der Safe hinter dem Wandgemälde. Oder der Panic Room hinter dem Bücherschrank.«

Ihre Augen zuckten vielsagend zu einem vollgestellten Regal neben der Badezimmertür, zu der einzigen gemauerten Wand. Sie schlenderte um Kolja herum, der vor dem Schreibtisch ins Leere starrte, setzte sich auf die Kante und wandte sich ihm zu.

»Weißt du, das Gute ist, dass hier im Büro überall Lautsprecher verbaut sind. Ich brauche einfach nur ›Grace, Hilfe‹ zu sagen, und schon schließen sich die Türen von innen – hörst du die Riegel einrasten? Jane und Ray sind dann auf dem Weg zu mir. Genauso wie ein Sondereinsatzkommando. Das übrigens gleich da sein dürfte, weil du auf den Knopf am Schreibtisch gedrückt hast. Danke dafür, Kolja. Ein ziemlich teurer Spaß.«

Er schnaubte und schielte zu den Lautsprechern an der Decke. Sehr gut. Dann hatte er ja doch noch ein denkwürdiges Chaos angerichtet.

»Ich lasse dir von Alba einen neuen Vertrag zuschicken«, fuhr Leyla unbekümmert fort, als würde sie ihm von ihrem Wochenende erzählen. »Sie sendet ihn digital an deine E-Mail-Adresse. Morgen früh um neun Uhr bist du bitte hier. Neun, nicht elf.«

Er riss den Kopf zu ihr herum. Das konnte diese Irre nicht ernst meinen.

»Außerdem schlage ich vor, du reichst für heute einen Urlaubstag anstelle eines Krankheitstages ein. Ich habe das Gefühl, du könntest ein bisschen weniger Spaß vertragen.«

Kolja konnte nicht anders, Zorn flackerte in seinen Augen auf. Er hieb mit der Faust auf die Tischplatte, dass es krachte.

»Was soll ich denn noch tun, damit du es verstehst?«

»Damit ich was verstehe, Kolja?«

»Dass ...« Er rang nach Worten, strich sich mit den klebrigen Händen durch die lockigen Haare und drehte sich einmal im Kreis. »Dass ich das hier alles nicht will. Dass das hier scheiße sein *soll*!«

Etwas in Leylas Miene veränderte sich. Ihre Schultern sackten herab, woran er erkannte, dass sie trotz ihrer lässigen Körpersprache angespannt gewesen war.

»Glaub mir«, sagte sie leise. »Das hier *war* scheiße von dir. Ich weiß nicht, wieso du das gemacht hast. Aber es ist dir gelungen. Du hast riesige Scheiße gebaut. Aber ich würde dir gern zeigen, dass es so nicht sein muss. Gib mir eine Chance. Gib *dir* eine Chance.«

Kolja hörte ein Klacken an der schweren Bürotür. Im nächsten Augenblick knallten die Flügel links und rechts gegen die Wand, Jane und Ray stürmten herein und auf ihn zu.

»Halt, stopp!«, rief Leyla und hob die Hände, aber die beiden ließen sich nicht aufhalten und beugten Kolja mit geübten Handgriffen vornüber in eine schmerzliche Lage. Instinktiv zerrte er an seinem Arm, ruckte an seinem Handgelenk, aber er konnte sich nicht befreien.

»Bist du verletzt, Leyla?«, erkundigte sich einer der beiden Sicherheitsgorillas schnaufend.

»Es ist alles gut, Jane. Kolja ist versehentlich an den Knopf gekommen. Er wusste nicht, dass da ist. Ich war nicht schnell genug, euch Entwarnung zu geben. Ihr könnt ihn loslassen.«

Sogar aus seiner verdrehten Position heraus konnte Kolja erkennen, dass die Sicherheitsfrau ihr kein Wort glaubte.

»Wir übergeben diesen Freak jetzt den Sondereinsatzkräften und kommen dann noch mal hoch zu dir. Keine Angst, Leyla, du bist sicher. Alba, bitte verlasse den Raum.«

Der neugierige Kopf der Assistentin schnellte aus dem Türrahmen zurück.

»Ehrlich, Jane«, beteuerte Leyla. »Es war ein Versehen. Wir haben uns nur unterhalten, und ich habe Kolja erklärt, welche Konsequenzen jetzt auf ihn zukommen.«

Jane versuchte zu flüstern, aber er hörte es trotzdem:

»Kastration?«

»Nicht ganz. Aber was Ähnliches. Erkläre ich euch später. Jetzt geht Kolja erst einmal nach Hause und nüchtert aus.«

Jane schnaubte. Er konnte sich denken, dass das nicht ganz die Maßnahme war, die die Berserkerin sich für ihn ausgemalt hatte.

»Okay, Boss. Wir bringen ihn nach draußen.«

»Er kann alleine gehen«, winkte Leyla ab und warf ihm einen warnenden Blick zu. »Ist doch so, oder?«

Er nickte knapp. Da löste sich Rays fester Griff in seinem Rücken, und er konnte sich wieder bewegen, jedoch nicht, ohne ein gezischtes »Benimm dich, Freundchen« an seinem Ohr zu vernehmen.

Leyla nickte zufrieden.

»Dann sehen wir uns morgen um neun, Kolja.«

Jane fielen beinahe die Augäpfel aus den Höhlen, als er zu ihr blickte. Aber ehe sie etwas einwenden konnte, kam Kolja ihr zuvor.

»Wenn ich dir eins versichern kann«, entgegnete er über seine Schulter, während Ray ihn nach draußen stupste, »dann, dass du mich hier definitiv nie wieder sehen wirst.«

Leyla

Kaum war Kolja in Begleitung von Jane und Ray aus der Tür verschwunden, stürzte Alba ins Büro.

»Was ist da gerade passiert? Der Panikknopf? Das Sondereinsatzkommando steht unten? O mein Gott, geht es dir gut?«

Als Leyla nickte, packte Alba sie an den Schultern und schob sie quer durch den Raum. An der Kunstledercouch drückte sie Leyla in die Polster und setzte sich selbst ihr gegenüber auf das zweite Sofa.

»Erzähl mir *alles*. Muss ich Popcorn holen?«

Leyla lächelte schwach.

»Als ob du nicht wieder Grace gehackt und jedes Wort mit angehört hättest, Al.«

»Habe ich nicht!« Alba kreuzte die Finger und hielt Leyla beide Hände vors Gesicht. »Ich schwöre, ich habe mich an mein Wort gehalten und nicht gelauscht.« Sie rümpfte die Nase. »Na ja, zumindest nicht am Anfang. Erst kurz nachdem der Alarm ausgelöst wurde. Das war nicht wirklich ein Versehen, oder?«

»Doch«, beteuerte Leyla, überschlug die Beine und schlang die Arme um den Oberkörper. Mit einem Mal fröstelte sie.

»Und habe ich da gerade richtig gehört? Er soll morgen wiederkommen? Das ist nicht dein Ernst. Wie soll ich das bitte dem Team erklären?«

Leyla rückte sich auf dem Sofa zurecht und schloss die Augen, um sich zu konzentrieren. »Okay, mal von vorn. Spielen wir durch, was die Kolleginnen und Kollegen gesehen haben. Ein neuer Praktikant übergibt sich, leider Gottes, in einen Mülleimer. Er sucht verzweifelt nach etwas, mit dem er sich den Mund abputzen kann, und erwischt versehentlich ein Muster, das er für einen Stoffrest hält. Dann geht er in die Küche – Ende. Viel mehr hat niemand mitbekommen. Gar nicht so wild, oder?«

»Außer, wie er die Hosen im Flur runtergelassen hat. Eine Kleinigkeit.« Alba verdrehte die Augen.

»Ja. Aber wie du mir erzählt hattest, ist Sam in dem Moment vorausgegangen. Außer Dylan war niemand da. Also hat außer ihm auch keiner etwas gesehen. Ebenso wenig, als Kolja sich in der Küche gar kein Wasser, sondern ein Bier aufgemacht hat. Niemand ist so diskret und loyal wie Dylan.«

»Hey!«

»Okay, korrigiere: *Außer Alba* ist niemand so diskret wie Dylan. Wenn wir ihn bitten, keine Details zu verraten, wird niemand erfahren, dass Kolja absichtlich zu spät gekommen ist. Oder dass er betrunken war. Ray und Jane werden kein Wort darüber verlieren. Das gehört zu ihrem Job.« Leyla kratzte sich geistesabwesend am Hals. »Kolja könnte ... eine Lebensmittelvergiftung gehabt haben. Und deshalb spät dran gewesen sein. Das ist auch der Grund, warum er der Belegschaft gegenüber ein bisschen kurz angebunden war. Es ging ihm nicht gut.« Leyla sah zu Alba, um zu prüfen, wie wasserdicht die Geschichte klang. Doch ihre Assistentin blickte sie nur an, als würde Leylas Kopf popelgrün anlaufen und langsam anschwellen wie eine Wasserbombe am Hahn.

»Das ist nicht dein Ernst«, wiederholte Alba und klimperte mit den Wimpern. »*Warum?* Warum diese Story? Warum sollte er weiter bei uns beschäftigt sein? Wofür der Aufwand? Wofür die Lügen? Unsere Wartelisten platzen bald aus allen Nähten. Gib mir eine Viertelstunde, und ich serviere dir einen neuen Kandidaten, der Barkers Ausgeburt der Hölle schon morgen ersetzt.«

Leyla schwieg einen Moment. Die Einwände waren vollkommen berechtigt. »Mein Bauchgefühl sagt, er ist jemand, der eine zweite Chance verdammt gut zu nutzen wüsste.«

Alba schnaubte. »Das hat er bislang ja fantastisch unter Beweis gestellt. Überlege mal, wie du damit von deiner Führungslinie abweichst, Leyla«, gab ihre Assistentin zu bedenken. »Die Wahrscheinlichkeit ist hoch, dass jemand seine enorme Fahne gerochen hat. Dass jemand von dem Bier mitbekommen hat. Oder von der Hose. Der Verrückte könnte auch jemandem erzählt haben, dass er ohne die drei Promille im Blut den Eimer bestimmt besser getroffen hätte. Egal was! Deine Geschichte ist ein Risiko. Außerdem: Seit wann baust du Lügengerüste um unangenehme Geschehnisse auf? So kenne ich dich nicht. Deine Devisen sind Transparenz und die Wahrheit; immer gewesen. So hast du dein Geschäft zum Erfolg geführt. Ich verstehe nicht, warum wir vom Kurs abweichen für diesen ... für diesen ...« Alba stockte. »Halt. Hat Ernst Barker etwas gegen dich in der Hand? Oder sein Medienunternehmen? Ist es das? Steckst du in Schwierigkeiten?«

Leyla schüttelte heftig den Kopf. »Nein. Das ist es nicht, versprochen. Auch wenn ich glaube, dass Barker etwas damit zu tun hat.«

Sie löste die überschlagenen Beine und stellte beide Füße auf den Boden. Dann beugte sie sich vor, um die Ellbogen auf den Knien abzustützen, die Handflächen wie zum Gebet aneinanderzulegen und das Kinn auf den Fingerspitzen abzulegen.

»Ich höre, was du sagst, Alba. Und ich gebe dir in Teilen recht. Aber ich muss darüber nachdenken. Bitte.«

Alba erkannte immer, wann ihre Chefin Grenzen setzte, die sie nicht überschreiten durfte, weshalb sie sich jetzt langsam erhob.

»Gut. Aber du bist sicher, dass mit dir alles in Ordnung ist, ja?«

Nein.

»Absolut.«

»Und du rufst mich, wenn du mich brauchst?«

»Auf jeden Fall.« Sie warf einen Blick auf die Wanduhr. »Der Termin mit Clearwater fängt in ein paar Minuten an. Könntest du meinen Laptop im Konferenzraum aufbauen? Ich komme gleich.«

»Klar. Und ich soll Baby Barker einen neuen Arbeitsvertrag zukommen lassen, sagtest du.«

»Das hast du sehr richtig belauscht«, entlarvte Leyla Albas Flunkerei von vorhin, sodass die Assistentin rot anlief. »Es wäre super, wenn du ihm den Vertrag schickst. Danke.«

Alba schnappte sich Leylas leere Teetasse vom Schreibtisch und lächelte ihr über die Schulter zu.

»Das muss eine unfassbar gute Geschichte sein, der du da auf der Spur bist, Boss. Wenn du dich bereit erklärst, dafür dieses Risiko einzugehen.«

Sie setzte sich in Bewegung und hielt nach zwei Schritten inne.

»Vorausgesetzt, der Typ traut sich überhaupt, morgen noch mal hier aufzutauchen. Ich wette, Jane prügelt ihn gerade auf dem Vorplatz windelweich.«

»Es wäre töricht, dagegen zu wetten.« Leyla grinste zum Abschied, und die Tür fiel hinter Alba ins Schloss.

Stille. Endlich. Leyla atmete aus.

Mit wenigen Schritten schleppte sie sich zurück aufs Sofa, fläzte sich in die Kissen, ließ den Kopf nach hinten fallen und spürte, wie sich ihre Nackenmuskulatur entspannte. Was war hier gerade passiert? Kein Arbeitsgespräch und keine Privatliaison. Sondern irgendwas dazwischen. Irgendeine Verbindung, die Leyla so noch nie gespürt hatte. Ein Interesse, das der Kerl in ihr geweckt hatte, entfacht von dem tiefen Wunsch herauszufinden, wer oder was ihn dazu gebracht hatte, diesen Aufstand zu veranstalten. Vielleicht sein Vater? Er wolle das hier nicht, hatte er gesagt. Das hier sollte scheiße sein. Was hatte er damit gemeint? Sie spürte, wie die Frage ihr Gehirn befeuerte, als hätte man den Lufteinzug am Kamin geöffnet. Die Frage weckte in ihr einen unstillbaren Ehrgeiz. Ein wenig so, wie wenn sie Pitchs gewann.

Etwas stank hier ganz gewaltig. Und das war nicht Koljas Kotze-Atem. Es musste wirklich eine verdammt gute Story sein, die Kolja da vor Leyla und der Welt verbarg. Mit dem Unterschied, dass es ihr bei dieser Sache ausnahmsweise nicht um die Geschichte ging.

Es klopfte an der Tür. Alba steckte noch mal den Kopf herein. »Ich musste den Clearwater-Termin absagen. Die von der Spezialeinheit wollen erst mit dir reden.«

Kolja

Kolja starrte wie hypnotisiert auf sein Handy, als könnte er es so dazu bringen, endlich zu klingeln. Das Ding lag vor ihm auf einem kleinen Felsen, den er vom Sand befreit hatte. Dahinter erstreckte sich der spektakuläre Ausblick über den schwarzen Vulkansand von *Muriwai Beach* und die Tasmanische See, die man von hier oben aus genießen konnte – wenn man den Geheimpfad kannte, der hoch auf diese Klippe führte.

Koljas Steißbein schmerzte, so lange saß er bereits auf dem steinigen Boden vor seinem Smartphone, weshalb er seine Sitzposition veränderte. Er stellte die Füße auf und zog die Oberschenkel an. Dann legte er den Kopf auf den Knien ab, ohne den Blick von seinem Handy zu lösen. Alle paar Minuten leuchtete der Bildschirm auf, weil eine App eine Push-Benachrichtigung sendete. Aber Kolja las keine einzige davon. Kolja hasste lesen. Was er wollte, war ein Anruf.

Eine leichte Meeresbrise pfiff über den steil abfallenden Felsen, auf dem er saß, und Kolja reckte dem Luftzug das Gesicht entgegen. Obwohl es von Angesicht zu Angesicht mit dem Meer wie immer angenehm kühl war, stand ihm der Schweiß auf der Stirn. Gleichzeitig zitterte sein Körper, als hätte er die Nacht im Freien verbracht. Was er heute vielleicht noch tun würde. Mal sehen. Er hatte schon oft hier oben geschlafen, zusammen mit seinem Schlafsack in einer windgeschützten Sandkuhle unter einem Felsvorsprung. Wann immer er nicht wusste, wohin mit sich.

Eine weitere Benachrichtigung ging ein, der Handybildschirm leuchtete auf. 17:34 Uhr, konnte Kolja gegen die spiegelnde Sonne erkennen. Ihm war schlecht. Nicht auf die Kater-von-Alkohol-Art, obwohl die Überbleibsel seiner morgendlichen Eskapaden noch immer in seinem Magen rumorten. Ihm war übel auf die Kater-vom-Leben-Art. Die Uhr schlug um auf 17:35, und der Bildschirm erlosch. Knappe viereinhalb Stunden hockte Kolja nun schon hier oben. Bis auf sein Sitzpositions-Yoga hatte er sich keinen Millimeter fortbewegt. Nicht mal zum Pinkeln. Dabei musste er so dringend. Aber auch das konnte er nicht. Er hatte das Gefühl, das aushalten zu müssen. Damit er bereit war, wenn der Anruf einging. Falls er heute noch einging.

In den letzten viereinhalb Stunden hatte sich Kolja die perfekten Worte zurechtgelegt. Sie wieder und wieder umformuliert und auswendig gelernt, bis jeder Satz saß. Er hatte sie so oft aufgesagt, dass er befürchtete, sie könnten gleich, wenn er sie brauchte, an Wortgewalt verlieren. Aber das glaubte er nicht wirklich. Sobald er die Stimme hörte, würde alles zurück sein. Die Enttäuschung. Der Schmerz. Die Wut. Der Hass.

Kolja beschwor den Anruf nun schon so lange herauf, dass es ihm ganz unwirklich vorkam, als das Handy tatsächlich begann zu summen. Plötzlich musste er so dringend pinkeln, dass er das Gefühl hatte, keine Sekunde länger einhalten zu können. Er krampfte die Muskeln im Unterleib mit aller Macht zusammen, bis er merkte, dass er das nicht musste. Sie taten das von ganz allein. Genau wie sein Magen. Kolja streckte die zitternde Hand nach dem Handy aus, wischte den grünen Punkt zur Seite, um anzunehmen, und stellte auf laut, um den pfeifenden Wind zu übertönen. Er hielt den Atem an.

Die Person am anderen Ende der Leitung sagte kein Wort. Dann, nach endlosen zehn Sekunden, hörte Kolja sie Luft holen, was sie immer so laut und schneidend tat, als bräuchte jedes ihrer Worte besonderen Nachdruck.

»Was hast du getan, Kolja?«

Die Kälte in der Stimme, die trügerische Beherrschtheit ließen ihm das Blut in den Adern stocken. Nein. Gefrieren.

»Das hat aber lange gedauert«, presste er hervor.

»Was du getan hast, habe ich gefragt.«

Kolja atmete tief durch. Es war Zeit für sein vorbereitetes Plädoyer.

»Deinen Ruf zerstört«, antwortete er leichthin, als wäre das nicht alles, was seinem Vater lieb und teuer war. Das, worein sein Vater am meisten investierte.

Er hörte, wie Ernst Barker die Luft lang und geräuschvoll einsog, wie er es vor einem Wutausbruch immer tat. Gleich würde er anfangen zu brüllen, sodass Kolja ihn auch ohne Telefon verstehen würde. Doch anstatt zu schreien, atmete sein Vater nur langsam wieder aus.

»Du hast dich im Büro einer der wichtigsten Frauen unseres Landes übergeben. Weil du betrunken warst.«

»Leider nicht ganz. Es war nur das Büro ihrer Angestellten. Ich hätte auch die Chance gehabt, meine Markierung auf ihrem persönlichen Hochflorteppich zu hinterlassen. Doch ich habs verschissen. Verkackt. Nicht hinbekommen. Aber das dürfte dich ja nicht weiter verwundern.«

Pause.

»Ich habe dir diese Praktikumsstelle höchstpersönlich besorgt.«

»Wie?!«, rief Kolja in gespielter Überraschung. »Höchstpersönlich? Du hast nicht dein Betthäschen dafür vorgeschickt? Sorry, ich meine, deine Assistentin Bella?«

Stille, Stille, Stille.

So still wie die Ruhe vor dem Sturm. Aber Kolja sah trotzdem vor seinem geistigen Auge, wie er sich in der Mimik seines Vaters zusammenbraute, der Sturm. Ein Orkan, der Häuser mit sich riss und Menschen. Der auch vor Kindern nicht haltmachte. Ein alles vernichtender Hurrikan, der ihn mit Leichtigkeit von dieser Klippe fegen könnte. Doch das würde er nicht zulassen. Nicht diesmal. Nicht wenn Kolja ihm zuvor die Luft nahm, aus der er sich nährte.

»Du dachtest wirklich, keiner wüsste von dir und Bella, oder?«, fuhr Kolja fort, ehe sein Vater dazwischenfunken konnte. »Lass mich dir etwas versichern: Wirklich alle wissen Bescheid. Mum auch. Warum sie bei dir bleibt, kann ich nicht sagen. Vielleicht hat sie noch keine Zeit gefunden, die Scheidungspapiere zu unterschreiben. Aber sie weiß es. Genauso wie jeder Angestellte deiner Firma. Deshalb war es mir auch zu langweilig, dein Image mit dieser Sache zu beflecken. Ich dachte, ich mache stattdessen einfach, was du sagst. Ich habe dieses Praktikum angetreten. Wie du es wolltest. Ich bin hingegangen. Ich habe sogar dein Versprechen gehalten, es nicht zu vermasseln. Versehentlich zwar, denn eigentlich hatte ich genau das vor. Aber du hast recht: Ich verkacke es sogar, die Dinge zu verkacken. Ich habe also genau gemacht, was du gesagt hast, *Dad.*«

Nichts als Atmen am anderen Ende der Leitung, schwer wie ein

Stier. Kolja hätte gern weitergemacht. Sie waren alle da, wie er es vorausgesagt hatte: Enttäuschung, Schmerz, Wut und Hass. Die neuen Untermieter in seinem Herzen, seit diesem Telefonat, das er vor ein paar Tagen mit seinem Vater geführt hatte. In dem dieser die alles entscheidenden Worte ausgesprochen hatte. Aber Kolja redete nicht weiter. Was er sich zurechtgelegt hatte, war aufgebraucht. Sein Plan sah vor, jetzt aufzulegen. Einfach aufzulegen. Das sarkastische *Dad* hatte das Schlusswort sein sollen. Der finale Dolchstoß, der dem Telefonat ein Ende setzte.

Doch Koljas Hand war wie versteinert. Er konnte nicht. Er konnte nicht auflegen. Scheiße, er brachte es einfach nicht über sich, von der Reaktion seines Vater *nicht* zu erfahren.

Stattdessen kniff er die Augen zusammen und umklammerte das Handy. Er sollte einen Schlussstrich setzen. Das hatte er doch gewollt mit der ganzen Aktion. Einen Schlussstrich unter seinen Vater zu setzen. Trotzdem interessierte er sich immer noch für dessen Meinung. Trotzdem wartete er brav ab, wie sein Vater gleich eine Salve aus Worten auf ihn abfeuern würde. Wie ein gepeinigter Hund blieb Kolja am Telefon, seinem Herrchen treu ergeben bis in den sinnlosen Tod.

Obwohl er die Lider noch immer fest zusammenkniff, merkte er, dass sich eine Träne aus seinem Augenwinkel presste. Scheiße, *warum* legte er nicht einfach auf?

Ernst Barker holte Luft, die Kolja zeitgleich aus den Lungen wich. Er hielt den Atem an.

»Gut, Kolja«, fuhr sein Vater schließlich ruhig fort. Er sprach langsam und akzentuiert, um zu verdeutlichen, wie sorgfältig er seine Worte wählte. Dass er jedes einzelne im vollen Bewusstsein sprach. Und genau so meinte.

»Mir war klar, dass du dieses Praktikum nicht ohne, sagen wir, gewisse *Reibungsverluste* überstehen würdest. Aber ich muss zugeben: Dass du dazu fähig bist, in gerade mal zwei Stunden nicht nur deine eigene Zukunft zu ruinieren, sondern auch der Krisenabteilung des Familienunternehmens ein gewisses Maß an Mehrarbeit zu bescheren ... damit hast du mich überrascht. Ich muss anmerken, dass es sich längst nicht um eine so große Katastrophe handelt, wie du vielleicht zu hoffen gewagt hast. Ein paar Anrufe und ein, nennen wir es, finanzielles Entgegenkommen – mehr brauchte es nicht. Das liebe Geld hat schon weitaus Schlimmeres geregelt. Was du aber stattdessen bewirkt hast, was ganz gewiss auch dein Ziel gewesen ist – und deshalb beglückwünsche ich dich an dieser Stelle ganz herzlich –, ist deine Streichung aus dem Testament dieser Familie. Falls dir meine Worte aus unserem Gespräch letzte Woche nicht mehr ganz präsent sein sollten, zitiere ich sie noch mal: ›Das Vermächtnis dieser Familie muss man sich verdienen.‹ Ich habe dir, obwohl die Lage hoffnungslos aussah, eine weitere Chance geboten. Doch das Einzige, worum du dich heute verdient gemacht hast, ist meine Missbilligung.«

Kolja stellte das Handy auf stumm, damit sein Vater den lauten Schluchzer nicht hörte, der sich gerade an die Oberfläche kämpfte. Kolja hustete, um ihn loszuwerden. Aber es half nichts. Der nächste folgte direkt.

Er wollte etwas sagen. So was wie: »Ich brauche dein Erbe nicht. Was ich gebraucht hätte, ist ein Vater.« Eine Punchline, die Ernst Barker mit wenigen Worten so tief traf, wie dieser es mit seinen Tausenden bei Kolja schaffte. Mal wieder. Aber Koljas Hals war wie zugeschnürt. Trotzdem fingerte er auf dem Handybildschirm herum, um sich wieder laut zu stellen, denn er wusste, er musste etwas entgegnen. Das Zeitfenster verrann, in dem eine Antwort noch Wirkung entfalten würde.

Kolja holte Luft, da schnitt sein Vater ihm das Wort ab.

»Wir machen das wie folgt: Ich rate dir hiermit inständig, nie wieder auch nur einen Fuß in die Nähe der *Storyhacker Agency* zu setzen. Ich rate dir, nicht einmal an die Agentur zu *denken*. Damit meine Abteilungen bereinigen können, was du versaut hast. Wenn du dich nicht daran hältst, erfährst du am eigenen Leib, wie *Barker Media* mit Widersachern kurzen Prozess macht. Deine Familienzugehörigkeit schützt dich davor nicht mehr. Denn du gehörst nicht länger zur Familie. Darum ruf bitte nicht mehr an. Weder mich noch deine Mutter. Nicht morgen, nicht nächste Woche und auch nicht nächstes Jahr.«

Und dann legte er auf. Legte einfach auf. Nur noch ein leises Tuten kämpfte gegen das Pfeifen des Windes. Und Koljas Herz brach in der

Mitte entzwei. Sein Vater hatte etwas getan, das Eltern niemals tun durften. Niemals. Er, der an ihn glauben sollte wie kein anderer, hatte einen Schlussstrich unter seinen Sohn gesetzt.

Leyla nahm die Blaulichtfilterbrille ab, rieb sich die Nasenwurzel und schob sich auf ihrem Stuhl rückwärts vom Schreibtisch weg. Sie ließ den Kopf kreisen, um ihre Verspannungen zu lockern, legte ihn dann in den Nacken und sah durch die gläserne Decke in den Himmel. Sicherlich war er in einer klaren Nacht wie heute mit Sternen überzogen. Aber die Großstadt überstrahlte die Lichter. Sie machte den Himmel langweilig. Je mehr an einem Fleckchen auf Erden passierte, desto weniger offenbarten sich die Sterne den Menschen dort. Traurig eigentlich.

Leyla strich ihre Haare über die Schulter und sah auf die Uhr. Es war weit nach Mitternacht und nicht nur im Büro gespenstisch still, sondern auch in ihrem Posteingang. Die schönste Zeit des Tages. Mit den Fingern tippte sie auf die Lehne ihres Drehstuhls und überlegte. Für diesen Arbeitstag war sie so etwas wie *fertig*. Natürlich häuften sich in ihrem Postfach die Anfragen, Aufgaben und weitere zu treffende Entscheidungen. Wenn sie wollte, konnte sie ein ganzes Jahr lang durcharbeiten, ohne zum Ende zu finden. Aber da war nichts mehr, das nicht bis zum Morgen warten konnte. Sogar ihre liebsten Fair-Fashion-Onlineshops hatte sie durchgescrollt und hier und da eine kleine Beruhigungsbestellung aufgegeben. Ihr fiel beim besten Willen kein Grund mehr ein, noch länger im Büro zu bleiben.

Was schlecht war.

Denn sobald es nichts mehr gab, das sie ablenkte, würden ihre Gedanken wieder zu dem Thema zurückkehren, um das sie seit heute

Morgen ständig kreisen. Na toll. Da war sie also wieder. Wieder bei Kolja Barker. Leyla hob einen Stift an die Lippen und kaute darauf herum, eine ihrer lästigsten Angewohnheiten. Warum hatte Kolja versucht, einen Skandal auszulösen? An dieser Nuss hatte sie heute immer wieder geknackt und war bislang zu folgendem Ergebnis gelangt: Entweder musste Kolja etwas oder jemanden sehr lieben oder sehr hassen. Eine andere Option gab es nicht.

Sie hatte mit eigenen Augen gesehen, welchen inneren Kampf er mit sich ausgefochten hatte. Das hier hatte er nicht gern gemacht. Es war nötig gewesen.

Sie verschränkte die Beine.

Welche Personen kamen infrage, die Kolja sehr liebte oder hasste und die von seiner Aktion heute beeinflusst wurden? Nicht viele. Leyla und ihr Mitgründer Gee, falls er ihre haltungsreiche Unternehmenspolitik ablehnte. Ernst Barker, den Kolja ordentlich blamiert hatte. Ein Team-Mitglied der Storyhacker vielleicht. Ein Wettbewerber der Agentur, der von einem potenziellen Skandal profitierte. Ein Kunde der Agentur, der durch einen potenziellen Skandal nicht mehr profitierte. Und natürlich Kolja selbst. Um das herauszufinden, müsste sie ihn besser kennenlernen. Müsste wissen, wie er tickte. Sie müsste schauen, was man online so über ihn ...

Nein.

Leyla warf den Stift auf den Tisch. Er rollte über die Platte und fiel auf der anderen Seite zu Boden, wo er mit einem dumpfen Geräusch auf dem Teppich landete. Sie biss sich auf die Unterlippe und verschränkte die Arme über dem Scheitel. Der Bildschirm ihres Laptops leuchtete ihr weiß entgegen. Informationen über Kolja Barker waren nur einen Tastenschlag entfernt. Sie hatte heute nicht nur entdeckt, dass er leicht auf Instagram zu finden war. Sein Profil @koljab22rker war auch noch öffentlich.

»Hm, hm«, murmelte Leyla sich selbst zu und schüttelte den Kopf. »Ich stalke meine Mitarbeitenden nicht. Mache ich nicht.«

Entschlossen klappte sie den Laptop zu, und das Licht erlosch. Jetzt saß Leyla im Dunkeln, nur die Lichter der Stadt fielen noch schwach in den Raum.

»*Ich würde das vielleicht nicht gleich Stalking nennen*«, meldete sich eine freundliche Stimme zu Wort. Leylas Gesicht erhellte sich. Sie wusste nie, wann die Stimme mit ihr sprach. An manchen Tagen, an den glücklichen, hörte sie sie in ihren Gedanken, als würde die Person gleich neben ihr stehen.

»Weißt du, Hase«, plauderte die Stimme, »wir befinden uns hier in einer außergewöhnlichen Situation. Du willst Kolja Barker im Unternehmen als Mitarbeiter behalten, schön. Dann hast du aber auch eine Verantwortung gegenüber deinen anderen Team-Mitgliedern. Du musst mit allen dir zur Verfügung stehenden Mitteln sicherstellen, dass ihnen keine Gefahr durch den Barker-Jüngling droht.«

Leyla lachte leise auf. Die Stimme neigte sogar in ihrem Kopf zur Übertreibung. Wie immer schon. Eine Gefahr würde Kolja Barker nun wirklich nicht darstellen. Allerdings war an dem Gedanken etwas dran, dass es zu Leylas Aufgaben gehörte, bestmöglich einzuschätzen, welches Risiko sie dort auf ihr Team losließ.

Leyla drehte ihre dunklen Haare zu einem Zopf und benutzte einen neuen Stift, um sie am Hinterkopf zu einem Knoten festzustecken. Dabei fiel ihr Blick auf das kleine Tattoo am Handgelenk. 14/14. Das hier ist dein letztes Leben.

Scheiß drauf. Sie klappte den Laptop wieder auf. Was hatte sie zu verlieren?

»Nichts Wichtiges. Nur deine Ethik«, witzelte die Stimme in ihrem Kopf. »Mitarbeitende bei Instagram zu überprüfen, das ist neu.«

»Die Sicherheit meines Teams geht eben vor«, murmelte Leyla und schloss die Stimme in einen imaginären Raum mit Schallschutz. Nicht ganz sicher, ob das so in Ordnung war. Aber ausreichend überzeugt, um ihre Instagram-App zu öffnen.

Kolja

Die jüngsten Geschehnisse auf der Klippe über *Muriwai Beach* führten Kolja zu dem Entschluss, heute nicht im Freien übernachten zu wollen und sich auf den Heimweg zu machen. Zu so etwas wie einem Zuhause, das er zum ersten Mal kennengelernt hatte, als er achtzehn gewesen war.

Sobald sich die Gelegenheit ergeben hatte, hatte Kolja damals die Flucht aus seinem Elternhaus ergriffen. Er hatte sich einen schlecht bezahlten Nebenjob an einer Tankstelle gesucht und dort Daisy gefunden, die die Nachtschichten machte, um ihr Biologiestudium zu finanzieren. Sie wiederum hatte einen gut zahlenden Mitbewohner für ihre Zweier-WG gesucht und dort Kolja gefunden. Seit vier Jahren nannte er die acht optimal genutzten Quadratmeter seines Zimmers nun schon sein Zuhause. Das unter anderem deswegen ganz optimal war, weil es sich am anderen Ende der Stadt befand und damit so weit weg von seinen Eltern wie möglich.

Kolja schleppte sich zu Fuß die vier Etagen hoch, steckte den Schlüssel ins Schloss und ruckelte ihn auf diese ganz bestimmte Weise, wie man es tun musste, um das kaputte Ding zu entriegeln. Dann öffnete er die Tür zur Hälfte, weil gleich dahinter ein IKEA-Regal stand, das den Öffnungsradius der Tür blockierte und dafür sorgte, dass nur sehr schlanke Personen die Wohnung betreten konnten. Ein optimales Sicherheitssystem, wie Daisy stets scherzte. Sie hatte gut reden, war sie gefühlt nur halb so groß wie Kolja.

Er traf Daisy im Flur, wo sie gerade aus der Küche tappte, eine dampfende Teetasse in der Hand, ihre fuchsroten Locken sprangen um ihren Kopf herum. Wortlos musterte sie seine Jeans. Den vielen Sand, der daran klebte, und die Kotzreste am Hosenbein. Starrte ein paar betretene Schweigesekunden lang darauf und sagte dann: »Gib mir mal die Hose. Ich mach gerade Wäsche.«

Das Optimale an Daisy war, dass sie nie forderte, über alles informiert zu werden. Das noch Optimalere war, dass sie ohne viele Worte erkannte, wann er sie ohne viele Worte brauchte.

Mitten in dem engen Flur knöpfte Kolja die Hose auf, streifte sie samt Unterhose ab und trat aus dem Jeans-Knäuel auf dem Boden. Daisy und er bedachten es einen Moment lang mit einem mitleidigen Blick, als wäre es tatsächlich das Häufchen Elend, das es symbolisierte. Dann bückte sich Daisy danach, drückte Kolja einen Kuss auf die Schulter, ohne seinem nackten Unterleib Beachtung zu schenken, und drehte ab in Richtung Bad. Ihren Gute-Nacht-Tee in der einen Hand, die Jeans mit ausgestrecktem Arm in der anderen haltend. Wenn eins feststand, dann, dass sie gerade keine Wäsche machte.

»Komm einfach in mein Zimmer, wenn du mich brauchst.«

Als würde er das nicht eh machen.

»Okay.«

Auch wenn er heute wirklich mit niemandem mehr reden wollte.

Die Tür zu seiner Kammer knarzte vertraut, als Kolja sie hinter sich schloss. Ein paar Putzbrösel rieselten vom Türrahmen, weil die Wand die Erschütterung durch die Tür stets nur unter Protest ertrug. Mit dem Fuß kickte Kolja die Krümel unter die Fußleiste und ließ sich auf sein Palettenbett fallen. Selbst wenn er lag, berührte die Efeuranke über dem Kopfteil fast seine Stirn. Er hatte versucht, sie mit Paketschnur an den diversen Weinkisten festzuknoten, die er als Regale überall an die Wände geschraubt hatte. Aber sie wuchs einfach zu schnell. Den einen Tag band er sie fest, den nächsten schickte sie sich wieder an, ihm in seiner Nase zu bohren.

»Ich gieße dich nicht mehr«, drohte Kolja ihr zum unzähligsten Mal.

Dann drehte er sich auf die Seite, drückte sich in sein Kissen und dankte sich selbst im Stillen dafür, dass er getan hatte, wovon alle ihm abgeraten hatten: die Weinkisten als Kleiderschränke an seine Wände zu bohren. Eigentlich war sein Zimmer dafür viel zu schmal. Es war geformt wie ein Schlauch, und die Kisten ragten so weit in den Raum, dass man darin kaum zu zweit nebeneinanderstehen konnte. Es war so eng, dass man sich eher fühlte wie in einer Höhle als in einem Raum. Genau diesen Effekt hatte Kolja bewirken wollen. Platz nur für ihn. Für genau eine Person. Perfekt.

Überall auf die Weinkisten hatte er Pflanzen gestellt, die über ihre Blumentöpfe hinauswuchsen und sich zwischen den Ebenen entlangrankten. Dazwischen, wo sich Platz fand, quetschten sich fein säuberlich gefaltete Kleiderstapel oder Socken-Knubbel-Pyramiden in die Fächer. Kolja mochte es, wie sich das Chaos der Natur mit dem Drang des Menschen zu einer geregelten Ordnung verband. Seine ganz private Form von Kunst in seinen eigenen vier Wänden. Denn für echte Kunst blieb hier kein Platz. Und kein Geld, wohlgemerkt.

Er war ja jetzt enterbt. Offiziell und von seinem Vater höchstpersönlich.

Kolja horchte in sich hinein und kam zum gleichen Ergebnis wie schon die Male zuvor: Es machte für ihn überhaupt keinen Unterschied. Es war ihm egal. Er hatte nie mit dem Vermögen seiner Familie gerechnet. Und außer einer Profi-Kamera, die er eh nicht verdient hätte, gab es nichts im Leben, das ihm wichtig genug wäre, als dass er es dafür hätte gebrauchen können. Anders als seine beiden Brüder hatte er auch nie Blut geleckt. Kolja hatte nie etwas geleistet, das seine Eltern mit einem Vorgeschmack auf ihr Vermächtnis belohnt hätten. Mit einer kleinen »Finanzspritze«, wie sie es nannten, von der man sich witzig-spritzig mal eben einen Lamborghini leisten konnte, wenn man denn wollte. Seine Brüder hatten beide gewollt. Kolja hingegen fuhr höchstens mal Taxi.

Das Erbe dieser Familie muss man sich verdienen.

Kolja war kein geborener Unternehmensnachfolger und Investor wie sein älterer Bruder Alex, den er aufgrund seines Jura-Examens manchmal Alegis nannte. Und noch weniger war er hochbegabt wie sein jüngerer Bruder Valentin, der den Master im Wirtschaftsingenieurwesen mit zwanzig abgeräumt hatte. Dafür wusste Kolja, wie man bei einer Abschlussprüfung durchfiel und in welches Kühlfach an der Tanke die neue Coke-light-Lieferung gehörte. Nach ganz rechts unten nämlich.

Er streifte die Socken von den Füßen, strich die Efeuranke aus seinem Gesicht und setzte sich am Kopfende auf. Nein. Wenn man nie wirklich zur Familie gehört hatte, war es auch nicht weiter schlimm, offiziell daraus ausgeschlossen zu werden. Schlimm war, dass sein Vater mit einem recht behielt: Kolja Barker war ein Loser. Ein Versager auf ganzer Spur. Dagegen konnte er auch nichts tun. Selbst dann nicht, wenn er wollte. Niemand konnte etwas gegen das tun, was mit Kolja falsch war. Nicht einmal Ernst Barker. Wenn er denn davon wüsste. Hätte er sich je auch nur einen Moment lang Zeit genommen, seinen mittleren Sohn so richtig kennenzulernen.

Kolja starrte an die bröckelnde Wand ihm gegenüber und versuchte, etwas zu fühlen. Aber da war nichts mehr. In den drei Stunden, die der Weg von seinen Eltern hierher zu Fuß gedauert hatte, hatte er so viel geheult, so viel gefühlt, dass der Zeiger in ihm nicht länger ausschlug. Die Enttäuschung. Der Schmerz. Die Wut. Der Hass – sie alle hatten sich heiser geschrien und dösten gerade in einem Dämmerschlaf vor sich hin. Es fühlte sich ... erleichternd an. Ja, Kolja fühlte sich leicht! Als hätte jemand das Gewicht von seinen Schultern genommen.

Es gab keine Familienkonstrukte mehr, für die er sich verbiegen musste. Es gab keinen Maßstab mehr, dessen Bereich *mangelhaft* er nicht mal dann erreichte, wenn er sprang, weil er so tief in *ungenügend* saß. Es gab keine Erwartungen mehr, die er zu erfüllen versuchen musste. Es gab keinen Vater mehr. Denn der hatte mit ihm Schluss gemacht.

Erneut horchte Kolja in sich hinein: nichts. Nur Leichtigkeit. Es fühlte sich gut an. Zumindest für den Moment. Er konnte alles, was in den letzten Jahren und Jahrzehnten schiefgegangen war, hinter sich lassen. Einfach alles.

Na ja, fast.

Da war noch eine Sache, die ihm keine Ruhe ließ, seit er heute Mittag von Berserker-Jane aus den heiligen Hallen von *The Cone* gejagt worden war. Kolja tastete an seiner Hüfte nach seinem Handy und stieß auf nackte Haut. Da durchfuhr es ihn wie einen Schlag; er sprang aus dem Bett.

»Daisy!« Er stieß die ächzende Holztür auf und stürzte, nur mit einem T-Shirt bekleidet, hinaus. »Meine Hose! Die Waschmaschine! Nicht anmachen! Stopp!«

Seine Mitbewohnerin reckte den roten Schopf aus dem Badezimmer.

»Wieso?«

»Mein Handy ist noch in der Tasche! Mach das aus! Schnell!«

»Oh. Mist.«

Daisy eilte zur Waschmaschine und drückte presslufthammerartig auf den Startknopf, was keine Wirkung zeigte.

»Sorry, Kolja. Ich hab vorher nicht in die Taschen geschaut. Ich hab mich bemüht, die Hose so wenig wie möglich anzufassen, sie war etwas ... schmutzig.«

»Nicht deine Schuld.«

Kurzerhand riss Kolja den Stecker aus der Wand, woraufhin er nach ein paar schweißtreibenden Sekunden die Tür entriegeln konnte. Ein Restschwall Wasser brach aus der Trommel und ergoss sich über die Fliesen, über Koljas nackte Füße, durchnässte Daisys Socken. Und lief unter die Maschine. Hilflos sah Kolja hoch.

Daisy blinzelte auf die Lache zu ihren Füßen, in der sich das Waschwasser mit rotem Tee mischte, den sie in der Eile verschüttet hatte. Dann blinzelte sie Kolja an.

»Ich mach das sauber«, versicherte der, während er das Handy an seinem T-Shirt trocken rieb, dabei mit nacktem Hintern aus dem Bad in die Küche hechtete und in den Schränken zu wühlen begann.

»Shit, shit, shit ...«

»Was suchst du?«

»Reis!«

Daisy öffnete einen Schrank hinter der Tür und reichte Kolja ein offenes Paket. Der schnappte danach und warf sein Handy hinein.

»So«, sagte er, atmete auf und sah seine Mitbewohnerin an.

Daisy musterte die Reispackung. »Um die Feuchtigkeit rauszuziehen?«

»Ja. Habe ich mal in einem Video gesehen.«

»Willst du nicht erst schauen, ob es überhaupt etwas abbekommen hat? Dein Handy ist relativ neu. Müsste doch wasserdicht sein?«

»Wer vertraut schon auf dieses Wasserdichtgerücht?«

Kolja winkte ab, fischte das Handy aber trotzdem wieder aus der Packung. Es ließ sich einwandfrei einschalten, keine Anzeichen von Feuchtigkeit hinter dem Bildschirm.

»Glück im Unglück.« Daisy lächelte aufmunternd. »Du schuldest uns Reis.«

»Kann ich mir nicht leisten«, murmelte Kolja und fügte dann hinzu: »Ich glaube, ich lasse es heute trotzdem in der Packung übernachten.« Er ließ das Smartphone wieder in den Karton plumpsen und trug ihn in sein Zimmer.

Wenn sein Handy zerstört gewesen wäre ... Kaum auszudenken. Er hätte nicht nur all seine Bilder verloren. Und die einzige Kamera, die er besaß – denn für eine echte Systemkamera reichten seine beiden Nebenjobs bei Weitem nicht aus. Er hätte sich auch bis morgen gedulden müssen, um diese Sache zu googeln, die ihm die ganze Zeit schon im Hinterkopf spukte. Und er war sich nicht sicher, ob er das ausgehalten hätte.

Kolja zog das vom Handyabtrocknen feuchte T-Shirt aus, pfefferte es in eine Weinkiste, ließ sich splitterfasernackt ins Bett fallen, verschränkte eine Hand am Hinterkopf und entsperrte mit einem kribbeligen Gefühl im Bauch den Bildschirm. Der Reis musste noch ein bisschen warten. Und die Waschmaschine auch.

Kolja Barker pflegte ein höchst interessantes Instagram-Profil.

Leyla scrollte ein zweites Mal durch den Feed. Es mussten Hunderte Bilder sein, vielleicht Tausende. Alle muteten dunkel an, kunstvoll. Kolja schien gern mit Licht und Schatten zu spielen. Und er war gut darin. Professionell.

Überwiegend bestand sein Portfolio aus Nachtaufnahmen oder Szenen an düsteren Orten. Ein halb voller Kristall-Tumbler im Club. Eine Pfütze, in der sich das Mondlicht spiegelte. Schroffe Klippen am Abend. Pflanzen, aus interessanten Perspektiven beleuchtet. Holzmaserung. Ein tiefes Stirnrunzeln, von einer Locke verdeckt. Eine zerwühlte Bettdecke in der Morgendämmerung. Und was war das? Leyla sah genauer hin. Morgentau? Sie öffnete ein Bild einer spiegelnden gewellten Oberfläche, an der zwei Wassertropfen entlangrannen und eine feuchte Spur hinter sich herzogen. Das war kein Tau. Das waren Schweißperlen. Und die glatte gewellte Oberfläche war ... Haut. Den weichen Konturen nach zu urteilen ein Frauenkörper. Sie erkannte die feinen aufgestellten Härchen.

Hmpf.

Leyla tippte das Foto an und scrollte ein wenig runter. Keine Bildunterschrift. Kolja Barker ließ sich nicht in die Karten schauen. Auch bei den anderen Bildern postete er in die Captions meist nur einen einzigen Hashtag oder gar keinen Text. Er ließ die Bilder für sich sprechen. Ein Auge, das von einer schnurgeraden Schattenkante mittig geteilt wurde. Eine kräftige Männerhand, die etwas Dickes fest im Griff hielt. Leyla schluckte. Oh! Es war ein Nudelholz. Warum ließ einen dieses Foto in eine ganz andere Richtung denken? Lippen. Völlig entspannt, aber doch irgendwie genervt.

Uh! Sie zuckte zusammen. Das waren *seine* Lippen! Und das ... Sie scrollte ein paar Striche zurück. Das war sein Auge. Sein Stirnrunzeln. Seine Locken.

»Du bist gut mit Fotos, Kolja«, wisperte Leyla und öffnete eins, auf dem er selbst zu sehen war. Ganzkörper-Shot. Die Kamera musste er dafür auf den Boden gestellt haben, denn sie traf ihn von unten. Kolja lehnte an einem Geländer auf einem hohen Gebäude bei Nacht. Es musste ein Wolkenkratzer der Stadt sein, Leyla erkannte die Form von *The Cone* in der Skyline im Hintergrund. Kolja stand mit dem Rücken zur Kamera, die Arme weit ausgebreitet, und beugte sich über die Balustrade. Was sollte die Pose ausdrücken? Die Welt liegt mir zu Füßen? Oder aber: Die Welt tritt mich mit Füßen – ich will nicht mehr?

Leyla verzog das Gesicht. Das Foto hinterließ einen bitteren Nachgeschmack, einen beklemmenden Eindruck. Einen schmerzlichen. Aber auch einen sehnsüchtigen.

Sie scrollte über die nächsten Bilder hinweg, bis eines der neueren ihre Aufmerksamkeit fesselte. Wieder Locken. Wieder Haut. Wieder Muskeln. Die kurzen Haare wurden von oben nach unten hin dichter.

Bis sie am unteren Bildrand auf eine Kante trafen, die sich der Kamera entgegenwölbte.

»Kolja Barker«, schimpfte Leyla laut in den Raum. »Hast du wirklich den Ansatz deines Schaftes gepostet? Hast du da deinen *Penis* online gestellt?«

Sie checkte die Caption, die aus einem einzigen Emoji bestand: die weiße spitz zulaufende Muschel. Mit der dunklen Öffnung nach vorne.

Leyla schluckte. Ihr Kopf lief brennend heiß an, das Blut pumpte in ihrer Halsschlagader. Sie wäre gern empört gewesen. Sie wäre gern angewidert. Aber das Foto hatte nichts Abstoßendes. Es wirkte ästhetisch, künstlerisch. Charlie, Chief Creative Officer ihrer Agentur, wäre begeistert, das wusste sie genau. Leyla würde das Foto gern so betrachten, wie sie ihre Arbeit betrachtete, mit einem genauso professionellen Auge wie Charlie. Aber es ging nicht. Ihr schlug das Herz bis zum Hals. Die Härchen auf ihren Armen stellten sich auf, und sie konnte nicht anders, als noch mal ranzuzoomen. Das da waren Adern ...

Gott, was tat sie hier! Sie war seine *Arbeitgeberin*. Und sie stalkte höchst intime Fotografien ihres Angestellten. Wenn er es denn überhaupt war. Wieso warf sie der Anblick von gelungener Aktfotografie heute so sehr aus der Bahn?

Leyla schaltete beherzt das Handy aus und knallte es auf die Tischplatte. Dann holte sie tief Luft und atmete langsam wieder aus. Das hier war total falsch. So gern sie sich auch einreden würde, dass das Kribbeln in ihrem Unterleib gerade ein Frühwarnsystem war, das davon abriet, Kolja Barker zu nah an sich, an ihre Agentur kommen zu lassen ... Das war es nicht. Sie hatte Kolja Kotzkopf Barker gerade attraktiv gefunden. Oder vielmehr seine Qualitäten als Aktfotograf.

Mit einem Ruck stand Leyla vom Stuhl auf und strich ihren Hosenanzug glatt. Sie steckte den Laptop in die Tasche, warf das Handy hinterher, hob den Stift vom Boden auf und rückte ihn auf dem Schreibtisch zurecht. Schnappte sich ihre Jacke und schob den Drehstuhl ran. Ein letzter Blick durchs *Glass Office*. Alles war perfekt. Unberührt.

»Grace, bitte mach das Licht aus und bestelle ein SharedCar zum

Haupteingang«, ordnete Leyla an und lief schnellen Schrittes zur Tür.

Auf den Gängen vor ihrem Büro war es stockfinster. Sie hatte aber auch keine Lust, jetzt die gesamte Etage zu erleuchten, nur um zum Fahrstuhl zu gelangen. Deshalb würde sie ihre Handytaschenlampe nehmen, um den Weg zu finden. Wie immer. Mit einem mulmigen Gefühl kramte Leyla in ihrer Handtasche. Sie sollte das Ding heute nicht mehr in die Finger kriegen. Aber sie brauchte die Taschenlampe. Nicht wahr?

Ich bin seine Arbeitgeberin, schoss es ihr erneut durch den Kopf. Aber er war genauso ihr Angestellter. Nicht sie hatte diese Bilder eingestellt und für alle Öffentlichkeit zugänglich gemacht. Das war er. Sie schüttelte den Kopf. Zu ihren Juniorzeiten hatte man sich noch darum gesorgt, was Arbeitgebende von einem denken mochten, wenn man zu intime Bilder und Infos ins Internet stellte. Heute schien es zu heißen: »Akzeptiere, dass mein Penis über tausend Likes erhält, oder lass mich in Ruhe.«

Sie hielt einen Augenblick inne und zuckte mit den Schultern. Na ja. Andererseits: Warum nicht? Solange er visuelle Kunstwerke wie dieses da erschuf, konnte Kolja Barker privat von sich posten, was auch immer er wollte. Zu den Werten der Storyhacker gehörten Diversität und Respekt. Da konnte sie sich ja wohl kaum anmaßen, auch nur zu bewerten, wo Kolja Barker die Grenzen seiner Privatsphäre setzte und wo nicht. Erst recht nicht, weil sie selbst so durch den Wind war, dass sie beim Anblick von Aktfotografie gleich die Fassung verlor. Dabei und bei dem Gedanken, dass sie jetzt schon etwas besser erahnen konnte, was sich heute Morgen unter der rauen Jeans verborgen hatte ...

Ah, da war das dumme Ding ja. Leyla zog ihr Handy mit zwei Fingern aus der hintersten Ecke ihrer Tasche und schaltete es ein. Da war die Taschenlampen-App. Und direkt daneben Instagram.

Nur ganz kurz vielleicht ...?

»Ach, verdammt.« Leyla knurrte, als die Neugier siegte und sie statt auf die Taschenlampe auf das bunte Icon tippte.

Sie öffnete sein Profil. Und ihr Herz setzte einen Schlag aus. Kolja Barker hatte gerade eine Story hochgeladen.

Kolja

Kolja konnte seinen Vater noch so sehr verabscheuen, eines musste man ihm lassen: Wenn er behauptete, eine Person sei wichtig, dann war sie wichtig. Und wenn er behauptete, eine Person sei den Dreck unter seinen Fingernägeln nicht wert, dann war sie dem Untergang geweiht. Unter dem Dach des Barker Medienkonzerns vereinten sich einige der wichtigsten digitalen Medien Neuseelands. Wenn einer den Überblick darüber behielt, wer Einfluss nahm und wer nicht, dann dessen geschäftsführender Gesellschafter.

»Du hast dich im Büro einer der wichtigsten Frauen unseres Landes über-geben.« Ein Ernst Barker sagte das nicht einfach so.

Kolja starrte auf die Landingpage, die sich kriechend langsam auf seinem Handyscreen aufbaute. Daisys Internet war einfach grottig. Das Header-Bild erschien nur Streifen für Streifen. Erst ein Haaransatz, glänzend schwarz wie Obsidian. Dann die glatte, hohe Stirn. Die dichten Brauen. Die braunen Augen, deren äußere Winkel interessant nach oben gebogen waren. Die kurze Nase mit den geraden Wangen. Und schließlich diese Lippen. Dunkel und voll. Sie sahen so weich aus, dass Koljas Blick heute schon einmal daran hängen geblieben und glasig geworden war. Genau wie jetzt. Er klickte auf die Vorlesen-Funktion des Artikels, sodass er noch ein wenig ihr Bild betrachten konnte.

Die einflussreichsten Kommunikationsagenturen der Welt

#3 Storyhacker Agency

Seit ihrer Gründung durch Leyla Ahmadi und ihren Geschäftspartner Gee Rankin in 2015 ist die *Storyhacker Agency* von einem Wohnzimmer-Start-up zur globalen Multimillionen-Dollar-Brand gewachsen. Bei den Storyhackern dreht sich alles um Geschichten, die etwas verändern. Die Storyteller der Agentur entwickeln hochkreative, aufmerksamkeitsstarke Story-Stunts für Kunden: gesellschaftsrelevant, provokativ, oft skandalös. Wie ein Hackerangriff fluten die Inszenierungen der Agentur regelmäßig die Nachrichten und digitalen Medien, um auf globale Problemstellungen aufmerksam zu machen. Ihre Bilder gehen um die Welt – Content-Marketing next level.

Zu den Kunden der Agentur zählen nach eigenen Angaben »[…] ausschließlich Non-Governmental Organizations und Unternehmen, die die Storyhacker im Kollektiv als würdig erachten. Nur wenn sie sich für wichtige Themen wie zum Beispiel Nachhaltigkeit, den Meeresschutz, Gleichberechtigung, Antidiskriminierung, Diversity o. Ä. starkmachen, werden Unternehmen ins Portfolio der Agency aufgenommen.« Um eine Vertretung durch die Agentur reißen sich derzeit Marken auf der ganzen Welt.

In Anfangszeiten finanzierten Leyla Ahmadi und Gee Rankin ihre Projekte durch Crowdfunding. Mittlerweile ist die Agentur zu einem Imperium mit Standorten in über zehn Ländern gewachsen.

»Leyla Ahmadi«, murmelte Kolja und rückte sich auf der Matratze zurecht. Er startete wieder den Podcast, den er kurz zuvor bei seinen Recherchen entdeckt hatte. Kaum dass er losging, überkam Kolja eine Gänsehaut. Leyla Ahmadis Stimme klang wirklich eindringlich, fand er. Tief und ernst, mit einer leichten Reibeisennote, aber gleichzeitig so, als würde sie bei jedem Wort lächeln. Manchmal hörte Kolja gar nicht auf das, was sie sagte, sondern nur auf ihren Klang, der sein Zimmer erfüllte. Sie hatte einen ähnlichen Effekt auf ihn wie ASMR: Man konnte gar nicht genug davon bekommen.

Der Host des Podcasts hatte Leyla Ahmadi als eine der »30 einflussreichsten Frauen des Landes unter 30« zu Gast. Er interviewte sie zu einem Fall, der vor einigen Monaten durch die Medien gegangen sein musste. Leyla hatte offenbar kurzen Prozess mit einem Topmanager gemacht, der versucht hatte, seine Macht über Mitarbeitende für sexuelle Gefälligkeiten auszunutzen. Gerade erklärte sie dem Podcaster, warum sexuelle Übergriffigkeit am Arbeitsplatz insbesondere durch hierarchisch höhergestellte Kolleginnen und Kollegen manchmal schwer zu identifizieren war, wie man sie aber trotzdem erkannte und sich dagegen wehrte.

Bestimmt spannend. Aber Kolja konnte sich auf ihre Worte kaum konzentrieren. Sie klangen zu schön. Und die Lichtverteilung ihres Porträts war wirklich interessant. Höchst interessant. Er studierte sie nun schon seit einer Viertelstunde Detail für Detail. Und er entdeckte immer wieder etwas Neues. Sie hatte da eine kleine Sommersprosse unterm linken Auge.

Aus einer Laune heraus machte Kolja einen Screenshot. Dann tippte er auf das Kamerasymbol auf seinem Handy und fotografierte seinen Ausblick in diesem Moment: seinen eigenen Körper hinab, den er, auf dem Bett liegend, bauchabwärts mit einem Laken bedeckt hatte. Das war so eine Macke von ihm. »Ein künstlerischer Spleen«, hatte Daisy mal gesagt. Wenn Kolja ein Bild ansprach, nahm er oft ein Foto der Situation auf, in der er das Bild betrachtet hatte. Der einzige Vorteil daran, als Hobbyfotograf keine vernünftige Kamera zu besitzen: Die an seinem Handy hatte er immer dabei. Kolja fand, dass der Moment, in dem man eine Fotografie zum ersten Mal sah, mindestens genauso zu deren Wirkung beitrug wie die Aufnahme selbst. Die Umgebung, in der man sich befand. Die Stimmung, die Gemütslage, die Tageszeit, das Licht. Sie alle spielten eine elementare Rolle dabei, wie man ein Bild sah. Das Spannende war, dass man anderen Menschen dabei helfen konnte, ein Bild ein Stückchen mehr so zu sehen wie man selbst. Einfach, indem man ihnen die Situation, in der man ein Foto betrachtet hatte, gleich mitzeigte.

Der Podcaster im Hintergrund begann, von einem ähnlichen Fall wie Leylas zu berichten. Kolja spulte vor. Als Leylas Stimme wieder aus dem Handy tönte, öffnete Kolja eine seiner vielen Apps. Er wählte die Vorlage, in der zwei Bilder übereinander Platz fanden, und lud den Screenshot von Leylas Porträt in die obere Hälfte. Dann bearbeitete er den Shot, den er gerade von sich selbst aufgenommen hatte – Lichtpunkte, Glanzlichter, Brillanz, nichts Besonderes –, und zog es in die untere Hälfte der Collage.

Perfekt.

Nein, noch nicht ganz.

Er zog die Stirn kraus, wählte die Text-Maske an und tat etwas, das er noch nie getan hatte, wenn er Fotografien und Momentaufnahmen, wie er sie nannte, collagierte. Er tippte ein paar Worte, für die er sich mehr Zeit nahm, als jeder normale Mensch es getan hätte, und platzierte sie auf dem unteren Bild. Weiße serifenlose Lettern.

Jetzt war es perfekt.

Es ergab keinen Sinn, aber das professionell ausgeleuchtete helle Studioporträt von Leyla und sein dämmriger Bettschnappschuss harmonierten. Das tiefe Schwarz ihrer Haare fand sich in seinen Schatten wieder. So war das mit dem Kuratieren: Man probierte so lange herum, bis zwei Werke miteinander resonierten. Je öfter man es tat, desto mehr Erfahrung gewann man. Und desto schneller gelang die Zusammenstellung. So wie heute.

Kolja tippte auf das Icon in der oberen linken Ecke, um die Collage zu speichern. Der Bildschirm flackerte. Apps öffneten und schlossen sich wahllos in rasender Geschwindigkeit. Neongrüne und rote Streifen zuckten über den Screen wie leuchtende Gitterstäbe.

»Nein«, hauchte Kolja.

Dann war alles schwarz.

In dieser Nacht, irgendwann gegen zwei Uhr früh, stand Leyla Ahmadi in der obersten Etage des zweithöchsten Gebäudes Aucklands in einem dunklen Flur und hatte keine Ahnung, was zu tun war.

Ihre Fingerkuppe schwebte über Koljas Profilbild. Sie zitterte. Story angucken oder nicht? Er würde es sehen. Leyla hatte keine besondere Privatsphäre-Einstellungen oder digitale Spurenverwischungs-Software für Instagram, obwohl die IT ihr so was schon mal angeboten hatte. Zum Credo der Agentur gehörten Fairness, Integrität und Nachhaltigkeit: Transparenz. Sie selbst hatte es unten in der Eingangshalle in Jade meißeln lassen.

»Okay. Dann siehst du halt, dass ich deine Instagram-Story gesehen habe. Was ist schon dabei?«, murmelte sie und tippte auf Koljas Bild. Sie hielt den Atem an, kniff die Augen zusammen. Schlug sie wieder auf, weil sie auf keinen Fall etwas verpassen wollte. Und dann ... rutschte ihr das Handy durch die Finger.

In einem Reflex ging Leyla in die Knie, schnappte nach dem Gerät, einmal, zweimal, und bekam es zwischen die Finger, wobei sie zufällig auf den Bildschirm tippte, und die Story verschwand. Doch diesmal zögerte sie keine Sekunde. Entschieden drückte sie noch einmal auf das Profilbild und klimperte mit den Wimpern, als wären es ihre Augen, die ihr einen Streich spielten, und nicht Kolja.

In der Story, die nur aus einem einzigen Bild bestand – nein, aus zwei übereinander –, blickte sie sich selbst entgegen. Leyla kannte das Foto. Es war eines ihrer Pressebilder und ihr Lieblingsporträt. Das Bild war schon häufig abgedruckt oder digital verwendet worden. Sie hatte es in Artikeln gesehen und auch in Infografiken, beispielsweise auf dem *LinkedIn's Loudest Voices Board*, aber noch nie in einer Instagram-Story.

Das allein hätte sie nicht allzu sehr schockiert. Wohl aber das Gegenmotiv, das die andere Hälfte des Bildschirms belegte.

Es war ein Foto, so düster und unterbelichtet, dass man auf den ersten Blick kaum etwas erkannte außer Schattenfeldern und geschwungenen Linien. Beim genaueren Hinsehen entpuppten sich die Flecken als Decke, in deren Falten die Dunkelheit verschwand. Eine Daunendecke. Auf einem Bett. Im Hintergrund erkannte Leyla Holz an den Wänden und am Fuß der Matratze. Und unter der Decke ... Da lag jemand. Er musste das Foto von sich auf dem Bett fläzend aufgenommen haben. Vielleicht ans Kopfteil gelehnt.

Kaum hatte Leyla die groben Konturen des Fotos eingefangen, schenkte sie ihm nicht länger Beachtung. Es war nicht wichtig. Denn es diente lediglich als Hintergrund für eine Text-Ebene, die darüber lag. Weiße serifenlose Lettern auf dunklen Schatten.

> WENT 2 WORK DRUNK
> FUCKED W/ THE GIRL BOSS
> WENT HOME

Bitte was?!

Leyla schüttelte den Kopf, ihr Gesicht lief heiß an, noch ein bisschen, und ihr Schädel würde platzen. Das Handy umklammert, wankte sie zu Albas Schreibtisch und ließ sich in den Stuhl plumpsen. Dann checkte sie die Instagram-Story ein drittes Mal. Der Zeitstempel verriet, dass sie nun schon seit fünf Minuten online war. Das heißt, Menschen hatten sie gesehen. Menschen hatten gesehen, dass Kolja Barker ein Porträt von ihr gepostet hatte – zusammen mit der Behauptung, er hätte mit ihr Sex gehabt!

»Scheiße.«

Leyla flog ein weiteres Mal über die Zeilen.

Went to work. Fucked with the girl boss. Went home.

Sie stöhnte. Kolja, dieser miese kleine Wortakrobat! Er hatte sich die englische Sprache zunutze gemacht. *To fuck with somebody* konnte wörtlich gemeint sein: mit jemandem schlafen. Es konnte aber auch übersetzt werden mit: *sich mit jemandem anlegen*. Im Sinne von *jemanden verarschen*.

Die Zeile war die unverschämteste Zweideutigkeit, die Leyla je untergekommen war. Und dann noch im Zusammenhang mit der Info davor!

Entweder: *Bin betrunken zur Arbeit gegangen. Habe die Chefin verarscht. Ging wieder heim.*

Oder: *Bin betrunken zur Arbeit gegangen. Erst mal die Chefin flachgelegt. Und wieder ab nach Hause.*

»Heilige Scheiße.« Es war nicht schwer, sich auszumalen, für welche Interpretation die Viewer sich entscheiden würden.

Leyla machte einen Screenshot der Story, nur einen Klick davon entfernt, ihn an Alba zu schicken. Doch dann entschied sie sich um. Sobald ihre Assistentin dieses Bild zu sehen bekam, wäre es ein Ding der Unmöglichkeit, sie davon zu überzeugen, Kolja weiterhin in der Agentur zu beschäftigen.

»Stopp!«, schimpfte sie leise. »Spätestens nach dieser Nummer wirst du es ja wohl nicht wagen, Leyla. Hast du jetzt vollends den Verstand verloren?«

Nein, sie würde ihn natürlich nicht weiter hier anstellen. Die Instagram-Story überschritt nicht eine Grenze, sie überschritt Tausende! Nicht nur, dass sie sexistisch und rufschädigend war. Was, wenn jemand aus der Kollegenschaft die Story sah und sie für voll nahm? Musste sie morgen eine agenturinterne Richtigstellung veröffentlichen? Dass sie natürlich keinen Sex mit dem kotzenden Praktikanten gehabt hatte? Nein. Das wäre albern. Niemand würde ernsthaft daran glauben. Koljas Behauptung war zu lächerlich.

Aber was, wenn die Presse davon Wind bekommen hatte?

Mit zitternden Fingern öffnete sie noch einmal Koljas Profil. Ihre Augenbrauen zuckten in die Höhe. Nur sieben Follower. Koljas Instagram-Aktivitäten folgten lediglich sieben Menschen. Sie scrollte durch die Liste. Die ersten vier Accounts waren öffentlich. Ein schneller Blick durch die Bilder und die Biografien zeigte Leyla, dass sie keine einzige dieser Personen kannte. Die drei übrigen Accounts waren privat und nicht einsehbar: @alegis1, @daiseeee_, @valencia-gano3.

Niemand davon klang auf den ersten Blick nach einem potenziellen Kontakt von ihr. Okay, das entschärfte die Situation zumindest ein klein wenig. Wie wahrscheinlich war es, dass sich hinter einem dieser Namen ein Investigativjournalist verbarg oder die Konkurrenz?

»Was habe ich mir nur dabei gedacht?« Leyla wusste selbst nicht so genau, was sie damit meinte. Dass sie so freundlich zu ihm gewesen war? Dass sie geglaubt hatte, sie würde etwas in ihm sehen, etwas Besonderes? Zu denken, es könnte eine gute Idee sein, diesen sexgesteuerten, pubertierenden Typen weiterhin in ihrer Agentur zu beschäftigen?

Leyla klatschte die Hände ins Gesicht und rieb sich die Schläfen. »Argh!«

Sie hatte den halben Tag damit verbracht, an diesen Typen zu denken. Zu verstehen, was in seinem Kopf vorging. Nachzuvollziehen, warum ihr Bauchgefühl sagte, dass sie Kolja Barkers Geschichte auf die Spur gehen musste. Sie hatte ihn interessant gefunden. Und jetzt?

Stand sie dort, blamiert, gedemütigt. Vorgeführt von einem … einem … einem Rookie, der dachte …

Ja, was hatte er sich eigentlich dabei gedacht? War diese Story sein verirrtes Verständnis von Kunst? Exhibitionistische Notgeilheit? Provokation?

Leyla richtete sich auf.

Verdammt. Das war es.

»Bravo«, wisperte sie. »Du hast es also doch noch geschafft.«

Leyla umklammerte die Schreibtischstuhllehnen so fest, dass sich ihre Fingernägel in das Holz unter der Polsterung bohrten. Das hatte er also gewollt: sie zu provozieren. Und er hatte sogar noch mehr geschafft. Sie war schachmatt gesetzt. Nach dieser Nummer konnte sie Kolja Barker unmöglich hier beschäftigen. Genau wie er es angestrebt hatte. Den neuen Arbeitsvertrag würde er selbstverständlich nicht mehr erhalten. Natürlich nicht. Allenfalls eine Anzeige. Mal davon abgesehen, dass er spätestens seit dieser Story unmissverständlich verdeutlicht hatte, dass er ihr Angebot so oder so nicht annehmen würde. Er hatte seinen Punkt gemacht: Das hier sollte scheiße sein.

»Tja. Da hast du wohl gewonnen.«

Himmel. Wenn Leyla etwas hasste, dann war es, zu verlieren. Und wenn sie eine Sache noch mehr hasste, dann, wenn ihr eine spannende Geschichte entging.

»Kacke!«

Ohne einen weiteren Blick auf ihr Handy sprang Leyla auf, lief schnurstracks durch die Dunkelheit zum Fahrstuhl in die Lobby und warf sich in das SharedCar, das unten bereits auf sie wartete.

Kolja hatte alles versucht.

Reis. Föhn. Auseinanderbauen. Küchenrolle.

Keine Chance. Das Handy war Schrott. Von wegen wasserdicht. Scheiße.

Er wollte sich gerade schlafen legen, da klopfte es an seiner Zimmertür.

»Morgen.«

»Guten Morgen!«

Leyla lächelte einem Kollegen zu, der gemeinsam mit ihr den Fahrstuhl betrat. Die gläsernen Türen schlossen sich hinter ihnen, und beide wandten sich der Fensterfront in Richtung Downtown zu, für die bevorstehende Fahrt im Sonnenaufgang.

Leyla war früh dran, hatte nicht schlafen können. Im Gästebett schlief sie sowieso immer schlecht, weil es kurz war und eng und unbequem. Aber heute Nacht hatten die Dämonen sie überhaupt nicht in Frieden lassen wollen. Hatten sie festgehalten im Dämmerzustand, ihr verboten, in die Bewusstlosigkeit zu sinken. Immer wieder, wenn sie kurz davor gewesen war, endlich einzunicken, hatten sie ihr Kolja gezeigt. Würgend im Badezimmer. Wie er wütend den Knopf unterm Schreibtisch drückte. Kolja in der weißen Bettwäsche ... Erst als das

Sonnenlicht über dem Ozean aufstieg und karamellfarbene Strahlen durch die Fenster in ihr Gästezimmer warf, war Leyla in einen Powernap verfallen. Nur um kurz darauf von einem Gedanken aus zwei Worten endgültig geweckt zu werden: Kolja Barker. Danach hatte sie nicht mehr einschlafen können.

»Ein Tag ohne Kolja Barker«, formte Leyla jetzt stumm mit den Lippen, während sich der Fahrstuhl in Bewegung setzte. Sie ließ ihren Blick über die Wolkenkratzer gleiten, die von der Morgensonne golden angestrahlt wurden. Er würde es ja wohl kaum wagen, hier aufzutauchen, nach gestern.

»Bleib bloß, wo der Pfeffer wächst, Kolja Barker.«

Nicht nur, dass sie ihm gestern viel zu viel Zeit gewidmet hatte. Nein. Schlimmer noch. Sie hatte unverhältnismäßig viele *positive* Gedanken an ihn verschwendet. Die zu rein gar nichts führten. Denn an Kolja Barker war nichts positiv, wenn sie ehrlich war. Zumindest nicht für ihre Agentur. Und Leyla hatte keine Zeit für Dinge, die nicht positiv zum Gedeihen ihres Unternehmens oder der Menschen darin beitrugen. Es war gut, dass er sich selbst ins Aus geschossen hatte.

Der Kollege verabschiedete sich mit einem Nicken auf der siebzehnten Etage. Leyla hielt den Daumen an das Scan-Feld, und der Fahrstuhl stieg weiter nach oben. Im *Glass Office* angekommen, begrüßte Alba sie, die trotz der frühen Stunde schon am Platz saß, eine leere Tasse neben sich, und gebannt auf ihren Monitor starrte.

»Leyla, ich hab keine Ahnung, was hier vorgeht.«

»Dir auch einen wunderschönen guten Morgen«, entgegnete Leyla und hängte ihren Vintage-Mantel an die Garderobe, ein ungutes Gefühl in der Magengegend. Sie hatte Alba die Story heute Nacht nicht geschickt. Und sie hatte keine Ahnung, wie sie reagieren sollte, wenn Alba sie ihr nun zeigte. Überrascht? Oder eher so, als hätte sich das Thema längst erledigt?

»Was geht denn vor?«, fragte sie unschuldig.

Die Assistentin schüttelte den Kopf, ohne den Blick vom Bildschirm zu heben.

»Ich habe die E-Mail jetzt dreimal gelesen. Dachte, ich verstehe was falsch, also habe ich angerufen. Aber sie meinen das wirklich ernst.«

Jetzt wandte sie sich Leyla zu und schob die Brille auf die Nase, die sie stets am Laptop trug.

»Die *Barker Media Company* hat heute Morgen einen achtstelligen Etat zum Pitch ausgeschrieben. Vier Agenturen nehmen an dem Wettstreit um den Etat bereits teil. Aber sie wollen ihn bevorzugt an uns vergeben, inoffiziell natürlich. Steht hier. Schwarz auf weiß.«

Da war er wieder. Der Rausch, der durch Leylas Adern toste, wann immer sie das Wort »Pitch« hörte. Oder »achtstellig«. Die Insta-Story verflüchtigte sich wie eine Rauchwolke im Wind.

»Lass mal sehen.«

Mit zwei Schritten umrundete Leyla den Schreibtisch und überflog gemeinsam mit Alba die Briefing-E-Mail. Ihr Herz donnerte in ihrer Brust.

»Haben wir gerade weitere Pitchs in Aussicht, abgesehen von dem gestern gewonnenen?«

»Nope. Nicht einen.«

»Hm.«

Leylas Gedanken rasten wie durch einen Hochleistungsrechner, sie sortierte, wog ab. Die Projektleitung für den *Patagonia*-Pitch hatte sie gestern an Charlie und Anh übergeben. In der Art Direction und der Redaktion war er am besten aufgehoben. Sams Team hingegen würde nach der großen Cruelty-Free-Fashion-Show – und nach ein paar freien Tagen, die sie dem Team gönnen wollte – Leerlauf haben. Bereit für neues Projektgeschäft.

»Lächerlich, dass sie sich bei uns melden«, spuckte Alba aus. »Haben sie unsere Richtlinien nicht gelesen? Deren Medien sind nicht gerade für ihren Qualitätsjournalismus bekannt. Oder für integres Handeln.«

»Vielleicht wollen sie genau das ja ändern.«

»Denkst du, wir könnten auf deren Budget angewiesen sein?«, fragte Alba, die mal wieder Leylas Gedanken las – womit der Standpunkt ihrer Assistentin schon mal feststand.

»Darauf angewiesen nicht, aber ...«

»Aber? Zum Henker, das heißt also, wir werden den Pitch annehmen. Schön, aber was ist denn nur mit dir los?«, schimpfte Alba, sprang vom Stuhl auf und drehte einen dramatischen Kreis. »Das Ding bedeutet Ärger, Leyla, das weißt du!«

Besser hätte man die ungemütliche Wahrheit kaum auf den Punkt bringen können. Sie liebte Alba dafür, dass die ihre Wahrheiten nie vor Leylas Position zurückschrecken ließ.

»Barker versucht, sich von dem Skandal seines Sohnes von gestern reinzuwaschen«, erklärte Leyla ruhig. »Das hohe Budget, das er uns in Aussicht stellt, ist sein Friedensangebot, damit auch wir über Koljas Fehltritt hinwegsehen.«

Ob er wohl auch dessen Instagram-Story gesehen hatte? Alba jedenfalls hatte offenbar nicht die halbe Nacht damit verbracht, Kolja hinterherzuspionieren. Besser so.

»Das denke ich allerdings auch! Sein Image bedeutet Barker alles. Und die Storyhacker *sind* Image. Wir produzieren Image. Gutes wie schlechtes. Er hat Angst. Vor uns. Deshalb dieser lächerliche Bestechungsversuch.« Alba senkte ihre Stimme ein paar Noten tiefer, um Ernst Barker zu imitieren. »Hier, ich gebe euch zwölf Millionen Dollar, damit ihr das Image meines zwielichtigen Medienhauses reinwascht und obendrein die Klappe darüber haltet, dass mein Sohn ein irrer Alkoholiker ist.«

»Ein bisschen irre vielleicht. Aber Alkoholiker bin ich nicht. Ich weiß, schwer zu glauben.«

Die Köpfe der Frauen flogen herum. In der geöffneten Fahrstuhltür stand, begleitet von Ray, der diskret zu Boden sah, als hätte er von alldem nichts mitbekommen – Kolja.

Leyla verlor alle Farbe. Sie hatte sich den ganzen Morgen darauf vorbereitet, auf einen Tag ohne Kolja. Sich an den Gedanken gewöhnt. Sich versichert, dass es besser so wäre, wenn er nie wieder bei ihnen auftauchte. Dass es dazu sowieso keine Chance mehr gab, nach dem, was er gestern Nacht online gestellt hatte.

O Gott, gestern.

Fucked with the girl boss.

Stressflecken breiteten sich auf ihrem Dekolleté aus, sie spürte es ganz genau. Ihr Blick zuckte zu seinen Lippen, auf denen sie glaubte, ein winziges Grinsen aufflimmern zu sehen. Verdammt, hatte er ihr angesehen, woran sie dachte?

»Kolja«, sagte Leyla ausdruckslos und dankte dem Universum stumm dafür, dass sie schon so viele Stresssituationen durchlebt, so häufig Krisen durchstanden hatte, dass ihrer Stimme nicht das Geringste anzumerken war.

»Ich habe nicht mehr mit dir gerechnet nach … gestern.«

»Ich auch nicht mit mir.«

»Du hast deinen Arbeitsvertrag zerrissen.«

»Du wolltest mir einen neuen zukommen lassen. Aber es scheint deiner Assistentin versehentlich durchgerutscht zu sein.«

Oh, richtig. Leyla sah prüfend zu Alba, die trotzig die Lippen aufeinanderpresste und unmerklich den Kopf schüttelte. Na, bestens.

»Bitte, setz dich einen Augenblick in mein Büro. Wir haben hier noch kurz was zu besprechen«, entgegnete Leyla.

»Über meinen Vater, richtig?«

Sie überging die Frage. »Ich war noch nicht drin, aber auf dem Schreibtisch müsste wie jeden Morgen frischer Tee stehen, der lieben Alba sei Dank. Und falls du die Toilette suchst, du weißt ja, wo du sie findest. Mülleimer unterm Tisch.« Den hatte Leyla sich nicht verkneifen können.

»Kein Problem«, antwortete Kolja ernst. Dann wandte er sich zu Ray um und streckte ihm aufrichtig die Hand entgegen wie ein Sportsfreund vor einem fairen Wettkampf.

»Vielen Dank für die Begleitung nach oben, Ray. War schön, dich wiedergesehen zu haben. Und liebe Grüße an Sparky.«

Der Sicherheitsbeamte rümpfte kaum merklich die Nase, ergriff die Hand höflichkeitshalber trotzdem und ruckte sie einmal auf und ab.

»Ganz meinerseits. Auf kein nächstes Mal.«

»Zumindest nicht so.«

Kolja schenkte ihm ein zuversichtliches Lächeln, schlenderte in Leylas Büro und zog die Tür hinter sich zu. Fast war sie ins Schloss gefallen, da streckte er noch einmal den Kopf durch den Spalt.

»Ach, und Leyla? Hat keiner gesehen.«

Stille.

Alba blinzelte irritiert zwischen ihnen hin und her. Aber Leyla wusste genau, was er meinte. Oh, verdammt, sie wusste es genau. Ihr

Blick fiel auf seine Lippen, die sich zu einem kaum merklichen Grinsen kräuselten. Augenblicklich wurde ihr wieder heiß.

»Das besprechen wir später.«

Kolja zuckte mit den Schultern. »Wollts nur gesagt haben.«

Und er verschwand endgültig im *Glass Office*.

»**Okay, okay-okay-okay,** ich geb's zu«, hörte Kolja die gedämpfte Stimme von Leyla Ahmadis Assistentin durch die schwere Stahltür schallen. Sie klang weit entfernt, aber verstehen konnte Kolja trotzdem jedes Wort.

»Ich habe ihm den Arbeitsvertrag extra nicht gesendet.«

Hatte er es doch gewusst!

»Und ich weiß, ich soll keine Missionen im Alleingang fahren. Aber ich kenne dich jetzt seit neun Jahren, Leyla, und mein Albarometer hat ausgeschlagen und mir zugeflüstert, dass du dich zu achtundneunzig Prozent sowieso umentscheiden und es bereuen wirst, und ...«

»Wir haben absolut keinen Spielraum dafür, dass du meine Arbeitsanweisungen nach deinem persönlichen Geschmack uminterpretierst, Alba. Oder dich im Weissagen der Zukunft probierst.«

Zeigs ihr, Leyla!

»Ich weiß. Sorry.«

»Kein Problem, wenn's nicht wieder vorkommt.«

Holy shit. Ihre Stimme klang live genauso kehlig wie in den Podcasts, pulsierte in seinem Unterleib nach. Es war eine hervorragende Idee gewesen, sich doch noch einmal persönlich davon zu überzeugen.

»In Ordnung«, seufzte Alba. »Also.« Kolja hörte, wenn er sich sehr anstrengte, wie jemand auf einer Tastatur zu tippen begann. »Fangen wir bei dem Pitch an. Du möchtest dich also wirklich um Ernst Barkers Etat bemühen, ja?«

In Koljas Bauch brach ein unangenehmes Flattern aus, seine Muskeln versteiften sich. Er hatte keinen Funken Interesse an dem Business seines Vaters. Aber er war in seinen zweiundzwanzig Jahren auf dieser Welt nicht drum herumgekommen, das eine oder andere aufzuschnappen. Zum Beispiel, was ein Pitch ist. Dabei schrieb sein Vater den Werbeetat des Medienhauses in einer Art Wettstreit zwischen verschiedenen Agenturen aus. Zu einem solchen Wettbewerb hatte Ernst Barker nun offensichtlich die Storyhacker eingeladen.

Leylas Agentur.

Verdammt. Kolja fuhr sich durch seine Locken und ließ die Hände auf dem Kopf liegen. Er hatte gewusst, dass es ein Fehler war herzukommen. Er hatte alle Verbindungen zu seinem Vater kappen und frisch anfangen wollen. Leyla Ahmadi – sie war eine solche Verbindung. Er sollte sie kappen. Sie und ihre schöne Stimme, die durch die Holzritzen drang.

Kolja beugte sich noch etwas näher an die Tür.

»Wir müssen daran teilnehmen, Alba. Es würde uns dem angestrebten Jahresziel einen signifikanten Schritt näherbringen. Vor allem, wenn wir während der Sommerzeit kein anderes Neugeschäft dieser Flughöhe in Aussicht haben.«

»Aber es ist mit einem Risiko verbunden, das einzugehen wir nicht nötig haben. Unsere Zahlen sind überdurchschnittlich. Unser Standing in der Unternehmenswelt ist besser denn je. Wir können uns unsere Kunden quasi aussuchen. Wir sind nicht darauf angewiesen, Kampagnen für ein konservatives Medienhaus mit fragwürdiger Geschäftsführung umzusetzen. Es passt nicht zu unserem Credo. *Wir glauben an Marken, die die Welt zum Besseren verändern wollen* – Barker hat alles im Sinn, aber bestimmt nicht das. Was er tut, grenzt an Bestechung.«

Gar nicht mal auf den Kopf gefallen, die gute Alba. Kolja konnte die Antwort kaum abwarten, er stand ganz still.

»Wir sollten uns zuerst das Briefing anschauen. Die meisten Unternehmen wenden sich an uns, wenn sie ihre Nachhaltigkeitsbemühungen weiter stärken *oder* aber sie von der Pike auf neu bauen wollen. Barker könnte zu Letzteren gehören. Stell dir vor, welchen Impact wir erzielen, wenn wir mal nicht einem von vorn bis hinten sozial aufgestellten Newcomer Sichtbarkeit verschaffen, sondern in die Strukturen eines etablierten Traditionsunternehmens wie *Barker Media* eingreifen, um es zum Besseren zu verändern.«

»Das Einzige, was der zum Besseren wenden will, ist *der da*.«

Kolja konnte nicht sicher sagen, was Alba damit meinte. Aber er sah es trotzdem so deutlich vor seinem inneren Auge, als wäre die Sicherheitstür aus Glas. Wie sie in seine Richtung nickte. Vielleicht noch mit dem Finger auf ihn zeigte. Volltreffer. Damit hatte Alba uneingeschränkt recht. Kolja zum Besseren zu wenden – daran hatte sein Vater sich sein ganzes Leben lang die Zähne ausgebissen.

»Vielleicht«, hörte er da wieder Leylas ruhige Stimme durch die Türritzen klingen. »Dass der Pitch gerade heute reinkam, vor allen Dingen mit diesem deutlichen Hinweis, wie gern sie ihren Etat bei uns aufgehoben wüssten ... Das ist kein Zufall.«

»Und sehr unethisch, nebenbei bemerkt.«

»Es steht mit an Sicherheit grenzender Wahrscheinlichkeit im Zusammenhang mit Koljas Show gestern, ja. Ich weiß nur nicht ...«

Dann senkte Leyla den Ton, sodass Kolja nur noch undeutliches Gemurmel vernehmen konnte. Zumindest so lange, bis Alba wieder die Stimme erhob.

»Heißt, deine Entscheidung steht fest. Du willst trotz allem um den Barker-Etat kämpfen.«

Stille. Leyla schien nachzudenken – oder sie antwortete mit irgendeiner Geste. Kolja hielt den Atem an, um nicht den kleinsten Laut von ihr zu verpassen. Aber es war Alba, die nach ein paar Sekunden weitersprach. Bloß klang ihr Ton jetzt ruhiger. Sanfter.

»Darf ich ganz ehrlich zu dir sein?«

Schweigen. Offenbar wieder eine Geste als Antwort.

»Okay. Mir ist klar, warum du diesen Pitch unbedingt gewinnen möchtest, Leyla. Obwohl wir der Compliance-Abteilung damit schlaflose Nächte bereiten. Obwohl kein logisches Argument dafür spricht.«

Fuck. Kolja schloss die Augen. Leyla wollte annehmen. Sie wollte um den Etat des Barker Medienhauses pitchen. Wollte das Unternehmen seiner Familie als Kunden gewinnen. Und das nach allem, was gestern passiert war. Warum? Scheiße, warum wollte sie das? Alles in ihm schrie nach der Antwort. Langsam, wie in Zeitlupe, damit kein Geräusch die beiden daran erinnerte, dass er hier drin war und alles mit anhören konnte, lehnte Kolja sich mit dem Rücken neben die Tür und legte lautlos den Hinterkopf an der Glaswand ab, die wie gestern schon auf undurchsichtig eingestellt war.

Leyla sagte nichts. Verflucht, wann antwortete sie denn endlich? Die Ader an seinem Hals pulsierte heftiger.

Wieder Alba. »Ich kenne dich, Leyla. Und was du da gerade machst ... das bist du nicht. Was du da tust, geht eindeutig zu weit.«

Ihre Gedanken rasten. Sie rasten so schnell, dass sie sie schwindelig machten, weshalb Leyla sich mit dem Oberschenkel an Albas Schreibtischkante lehnte und die Arme vor der Brust verschränkte. Alba beriet sie nicht leichtfertig. Nie. Ihre Einschätzungen kamen zwar schnell, und wenn man sie nicht kannte, könnte man meinen, sie folgten lediglich spontanen Impulsen. Aber das Besondere an ihrer persönlichen Assistentin war, dass sie in den meisten Fällen goldrichtig lag. Auch diesmal? Hatte Leyla tatsächlich den Blick fürs Wesentliche verloren? War sie blind für die richtige Entscheidung, weil sie gerade nicht ihr Unternehmen an erste Stelle setzte, sondern etwas – oder jemand – anderes?

»Sprich aus, was du sagen willst«, bat Leyla leise, legte den Zeigefinger an die Lippen und sah Alba konzentriert ins Gesicht.

»Du kannst deinen Schmerz nicht auf ewig betäuben, indem du dich ablenkst, Leyla«, platzte es aus ihrer Assistentin hervor, als hätte sie diese Worte seit Ewigkeiten zurückgehalten. Die beiden sahen sich schweigend an, als müssten sie kurz verdauen, welches Thema soeben auf dem Tisch gelandet war. Gott, davor fürchtete sich Leyla seit Monaten. Ihr Blick signalisierte weiterzusprechen, deshalb ergriff Alba wieder das Wort. »Weißt du, zu Beginn hielt ich es für eine Bewältigungsstrategie, mit deinem Verlust umzugehen. Dich in die Arbeit zu stürzen. Ablenkung in Projekten zu suchen, in Pitchs vor allem. Das bist einfach du. Aber so langsam nimmt das überhand. Du kommst seit bald einem Jahr jeden Tag mit der gleichen fröhlichen Maske ins Büro. Als wäre nie etwas geschehen. Du sprichst über nichts anderes als die Arbeit. Eine Zeit lang dachte ich, du hättest dich dafür entschieden, dein Privatleben stärker von mir fernzuhalten. Deutlichere Grenzen zwischen Arbeit und Privatem zu ziehen, seit ... Noah.«

Etwas in Leyla fiel. Es riss innerlich an ihr, zerrte sie hinab ins Bodenlose, aber sie hielt dagegen. Blieb aufrecht stehen.

»Aber ich glaube, das ist es nicht. Ich glaube, du führst gar kein Privatleben mehr. Du arbeitest bis tief in die Nacht. Du bist kaum zu Hause. Mir fehlt nur noch, dass du dir ein Gästebett ins *Glass Office* stellst.«

Alba hatte es als Spaß gemeint, das war Leyla klar, aber es kam nicht so an. Der letzte Satz hing zwischen ihnen fest. Ein Moment peinlicher Beklommenheit, der einfach nicht vergehen wollte.

»Wir haben im letzten Jahr so viele Pitchs angenommen wie nie zuvor. Einer jagt den nächsten, Woche für Woche. Es kursieren Gerüchte, ob es der Agentur wirtschaftlich nicht gut geht. Ob wir mit dem ganzen Neugeschäft überhöhte Gehaltszahlungen oder Fehlinvestitionen kompensieren müssen. Was wir nicht tun. Im Gegenteil. Ich habe mir die Zahlen angeschaut.«

Alba machte eine kurze Pause, vermutlich, um zu prüfen, wie offen sie sprechen durfte. Leyla hörte ihr weiterhin zu, die Augen geweitet, der Blick aufmerksam, das Herz in Tausende Fasern zerfetzt.

»Seit unserer Gründung setzen Gee und du auf ein gleichmäßiges, gesundes Wachstum. Plus zehn Prozent. Jedes Jahr. Aber dieses Jahr sieht es aus, als könnten wir um ein Vielfaches über unser Ziel hinausschießen. In den Büchern wirkt das wie ein immenser Erfolg. Aber in der Praxis übernehmen wir uns damit. Wir wachsen schneller als unsere Strukturen. Darunter leidet bald das Team. Du weißt das besser als ich.« Alba seufzte. »Mir ist klar, dass du das siehst. Du selbst hast mir erklärt, warum lineares Wachstum wichtig ist. Ich glaube nicht, dass du es aus den Augen verloren hast. Ich glaube stattdessen, dass du die Augen verschließt.«

Leyla streckte den Rücken durch. »Wovor, denkst du, verschließe ich die Augen?«

»Vor Noahs Tod, Leyla. Davor, dass du deine Trauer nicht in Arbeit und Pitchs ertränken kannst.«

Da war er. Der Satz, den Leyla sich seit fast einem Jahr nicht mal zu denken traute. Unwillkürlich schloss sie die Augen und griff nach der Schreibtischkante, um nicht das Gleichgewicht zu verlieren.

Alba sprach jetzt schneller, als wollte sie die Sache für Leyla möglichst flott über die Bühne bringen. »Ich denke, du brauchst den Thrill, wie in Anfangszeiten der Gründung für einen Auftrag kämpfen zu müssen. Weil du nur so den Schmerz und die Erinnerungen an Noah betäuben kannst. Deshalb nimmst du in letzter Zeit immer mehr Aufträge an, auch wenn sie gar nicht perfekt zu uns passen. Du willst sie gewinnen, um deinen Körper mit einem künstlichen Glücksgefühl zu nähren. Deshalb willst du den Barker-Pitch antreten. Und deshalb interessierst du dich so sehr für das Mysterium um Barker junior. Weil es dich ablenkt. Weil es deinem Gehirn andere Aufgaben gibt als jene, der du dich eigentlich widmen müsstest: der Verarbeitung deines Verlustes.«

Leyla schlug die Augen wieder auf. Alba saß nur Zentimeter von ihren Beinen entfernt auf dem Schreibtischstuhl ihr zugewandt und sah zu ihr hoch. Jetzt griff sie nach ihren Händen.

»Du bist mein Boss. Und du bist meine Freundin. Und als Freundin muss ich dich darauf hinweisen, dass der Barker-Pitch vielleicht eine hervorragende Ablenkung ist, um nicht daran denken zu müssen, dass Noah nie wieder zurückkommt.« Bei den letzten Worten wackelte Albas Stimme, aber sie fing sich sofort wieder. »Das Gleiche gilt für das Geheimnis hinter Baby Barkers Auftritt gestern. Er lenkt dich ab von deinem gebrochenen Herzen. Ich verstehe das. Aber du musst damit aufhören, deinen Verlust um jeden Preis verdrängen zu wollen, Leyla. Du musst den Schmerz fühlen, damit er seine Macht über dich verliert.«

Der Augenblick der Stille draußen im Flur vorm *Glass Office* kam Kolja vor wie eine Ewigkeit. Das Verlangen sich zu bewegen, vielleicht einen schönen Nervositätskreis zu laufen, sich die Haare zu raufen oder seine Rastlosigkeit in den Boden zu stampfen, war kaum zu ertragen. Aber er hielt stand. Für sie. Sie brauchte den Moment da draußen, das spürte er bis hierher, durch die dicken Glaswände. Er konnte ihr den Augenblick jetzt unmöglich nehmen, indem er auf sich aufmerksam machte. Er war nicht wichtig genug. Nicht wichtiger als sie. Spätestens seit er gestern den Podcast gehört und die Artikel gefunden hatte, stand das fest.

Die Augen zusammengekniffen, den Kopf weiterhin an die Wand gelehnt, wartete Kolja.

Endlich, nach ungefähr zwei unerträglichen Minuten, in denen er keinen einzigen Mucks hatte belauschen können, drangen gedämpfte Schritte zu ihm durch. Er spitzte die Ohren. Dann drückte jemand die Klinke herunter.

Oh, Shit, er stand ja noch immer direkt neben der Tür. Auf seinem Spionierposten!

Mit einem Satz hechtete Kolja in die Mitte des Raumes und taumelte herum. Die letzten paar Schritte lief er rückwärts, den Blick dabei schon auf Leyla geheftet, die gerade den Raum betrat.

Ihre rechte Augenbraue zuckte nach oben, und sie sah ihn fragend an.

»Ich ... ähm ... habe uns Tee gemacht?«, improvisierte Kolja und deutete auf den Schreibtisch, wo eine Edelstahlkanne und ein Teeglas bereitstanden.

Sie lächelte schwach und schloss leise die Tür hinter sich. Dann lief sie wortlos zur olivgrünen Couch und ließ sich fallen.

O Mann, sie sah schrecklich aus. Nein, eigentlich sah sie umwerfend aus, in diesem hautengen schwarzen Business-Kleid ohne Ärmel und mit Rollkragen; in den schwarzen abgefuckten Chucks, die schlimmer aussahen als seine. Nur warfen ihre Augenringe fast so dunkle Schatten wie ihre Haare. Und auch wenn sie offensichtlich versucht hatte, es zu überschminken, war der Ausdruck in ihrem Gesicht müde und kraftlos. Sie wirkte so geschafft. Als hätte sie heute Nacht kein Auge zugetan. Genau wie er.

»Hallo«, sagte Kolja, so leise, dass sie es über die Distanz zwischen ihnen eigentlich kaum verstehen dürfte. Aber Leyla antwortete trotzdem, ebenfalls im Flüsterton:

»Hallo.«

So wenig Worte. So viel gesagt. Auf einmal fühlte sich die Luft zwischen ihnen anders an. Als hätte sie jemand mit Energie aufgeladen. Einer kitzelnden, kaum zu ertragenden Energie, in die man sich trotzdem hineinstürzen wollte. Leyla-Energie, die in seinen Adern stetig knisterte. Ganz sanft.

Einen Augenblick stand Kolja unbehaglich in der Mitte des Raumes. Dann gab er sich einen Ruck, überwand die vier Schritte zum Sofa und setzte sich auf das andere, das ihr direkt gegenüberstand. Scheiße, er war ihr so nah. Ihre Knie berührten sich fast, der winzige Abstand zwischen ihnen schien zu vibrieren vor Spannung. Aber nahm Leyla das überhaupt wahr? Sie starrte aus einer der geschwungenen Glaswände des Büros in den Morgenhimmel, der ein orangegoldenes Licht auf ihr Gesicht warf.

Kolja räusperte den Kloß in seinem Hals weg. Was sollte er jetzt sagen? Wie zur Hölle sollte er ein Gespräch anfangen, nach dem, was gestern passiert war? Nachdem er *ihr* passiert war?

»Wer ist Noah?«

Ach du Scheiße. Wo kam das denn her?

Kolja presste die Lippen aufeinander, ehe sein Mund die nächste schlechte Idee in die Welt hinausposaunen konnte. Leyla verzog das Gesicht zu einer bitteren Miene. Er bereute die Frage schon jetzt.

»Du musst fragen: Wer *war* Noah? Ich darf seinen Tod nicht länger verdrängen. Hast du doch gehört.«

»Willst du, dass ich es gehört habe?«

Was für eine dumme Frage. Hätte sie ernsthaft nicht gewollt, dass er alles hörte, hätte sie das Gespräch mit Alba leiser geführt. Oder an einem anderen Ort. Niemand kannte das *Glass Office* so gut wie sie. Sie wusste genau, welche Gespräche man von hier aus belauschen konnte und welche nicht.

»Okay, sagen wir, ich habe alles mit angehört. Dann ist ... besagter Noah also der Grund dafür, dass du gestern bereit gewesen bist, den kotzenden Katastrophen-Praktikanten weiter zu beschäftigen? Weil dich solche Storys ablenken? Ist es das?«

Leyla zuckte mit den Schultern, die Miene ausdruckslos und leer. »Scheint so.«

Autsch. Kolja faltete die Hände im Schoß und heftete den Blick daran, um Leyla nicht anzustarren.

»Ich schätze, du würdest Noah sehr vermissen«, sagte er.

Wie in Zeitlupe wandte sie sich ihm zu, aber es sah aus, als würde sie durch ihn hindurchsehen. »Was?«

Kolja rutschte ein Stück weiter zu ihr, sodass er jetzt auf der Kante saß. »Du würdest ihn sehr vermissen. Diesen Noah. Wenn du es zulassen würdest. Ich meine, wenn du weniger Pitchs bestreiten würdest. Und Skandale wie mich in deiner Agentur nicht befeuern, sondern eliminieren würdest.«

Ein Funke glühte in ihren Augen auf, ihre Stirn zuckte.

»Ich befeuere keine Skandale.«

Mit aller Macht rang Kolja einen wilden Impuls nieder, nach ihrem Knie zu greifen.

»Doch, tust du. Du hättest mich hochkant rauswerfen müssen für diese ganzen Unverschämtheiten gestern. Aber du hast mich trotzdem hierbehalten. Ohne guten Grund.«

»Es hätte mir nützen können. Früher oder später. Ich wusste nur noch nicht genau, wofür.«

»Für nichts. Ich nütze dir nichts. Außer zur Zerstreuung, offensichtlich.«

»Du könntest mir von Vorteil sein, im Wettkampf um Barkers Etat. Ich habe seit Wochen vermutet, dass es bald so weit sein würde. Nur dass es heute passiert, damit habe ich nicht gerechnet.«

Verbale Backpfeife Nummer zwei. Kolja war sich nicht sicher, ob Leyla mit ihm sprach oder nur laut dachte. Ob sie überhaupt bemerkte, dass er im Raum war. Sie wirkte so in Gedanken versunken.

»Das Problem ist«, fuhr sie fort, »wenn ich den Pitch gewinnen will, kann ich dich auf keinen Fall feuern.« Jetzt blickte sie ihm unverwandt ins Gesicht. »Warum hast du das gestern gepostet?«

»Was, die Story?«

»Ja.«

»Ein Versehen.« Kolja presste die Lippen zusammen. »Mein Handy ist unbeabsichtigt in der Waschmaschine gelandet. Ich hatte Instagram nur kurz nutzen wollen, um die beiden Bilder zu collagieren und abzuspeichern. Normalerweise nutze ich für so was Bildbearbeitungs-Apps, aber die meisten kosten Geld. Und das war diesen Monat etwas knapp. Deshalb Instagram. Ich habe sie kurz übereinander positionieren, aber nie veröffentlichen wollen. Mein Handy ist währenddessen abgeschmiert. Ich habe erst erfahren, dass Instagram die Story hochgeladen hat, als meine Mitbewohnerin bei mir geklopft und mich gefragt hat, was das für eine Story sein soll. Ich habe mich dann über ihr Handy eingeloggt und die Collage rausgenommen. Mach dir keine Sorgen. Ich habe nicht so viele Follower.«

Leylas Mundwinkel zitterte, ehe sie überdeutlich zitierte:

»*Fucked with the girl boss?*«

Kolja atmete hörbar aus und zuckte lächelnd mit den Schultern. »Mit dir angelegt habe ich mich doch, oder?«

»Schon. Aber wofür das *girl*?«

»Wie meinst du das?«

»Wieso musstest du erwähnen, dass der Boss dieses Unternehmens weiblich ist?«

Kolja öffnete den Mund – und schloss ihn wieder.

Leyla nickte. Ihre Reaktion verriet nichts darüber, was sie von seiner Antwort hielt oder viel mehr seiner Nichtantwort. Und sie schien auch nicht vorzuhaben, ihn darüber zu unterrichten, denn sie schwieg wieder und starrte an ihm vorbei aus der Glasfront. Okay. Zeit, sie ein wenig aus der Reserve zu locken. Und endlich die Frage zu klären, die Kolja die halbe Nacht wach gehalten hatte.

»Warum hast du eigentlich das Bild meiner Schamhaare gelikt?«

Jetzt flog ihr Kopf zu ihm herum, und sie riss die Augen auf. Sehr gut, das hatte er gewollt. »Das mit dem Schaftansatz?!«

Er grinste, lehnte sich zurück und legte einen Arm über die Rückenlehne. »Genau das.«

»Habe ich nicht!«

»Hast du doch. Und du hast dein Like – anders als ich mein Bild – noch nicht zurückgezogen. Bis heute nicht.«

Und ich könnte nicht behaupten, dass mir das missfiele, fügte Kolja still hinzu und verpasste sich im Geiste die Ohrfeige, die er für diesen Gedanken verdiente.

Sie schüttelte den Kopf und rutschte ein Stück zurück, sodass sich der Abstand zwischen ihren Knien – traurigerweise – vergrößerte. »Das war ein Versehen. Mir ist das Handy aus der Hand gefallen, als ich deine Story zum ersten Mal angesehen habe. Dabei muss ich das Bild versehentlich angeklickt haben und auf *Gefällt mir* gekommen sein.«

»Und? Gefällt es dir?«

»Nein! Ich meine … es war ein Versehen.«

War das Rouge auf ihren Wangen, oder wurde sie rot?

»Siehst du. Und mir ist das Handy aus Versehen in die Waschmaschine gefallen.« Er suchte feixend ihren Blick und fügte dann hinzu, etwas leiser: »Zwei Versehen. Beide nicht so gemeint.«

Ein paar Sekunden lang änderte sich nichts in ihrer harten Miene. Dann endlich wurden ihre Züge weich. Es fühlte sich an, wie wenn der erste Schnee schmolz, nach einem langen, kalten Winter. Erleichternd irgendwie. Kolja atmete aus. Er wusste gar nicht, dass er die Luft angehalten hatte. Dann stützte er die Ellbogen auf die Knie, legte die Handflächen aneinander und das Kinn auf die Fingerspitzen ab.

»Du musst die Arbeitsanweisung zurücknehmen, mir einen neuen Arbeitsvertrag auszustellen. Du darfst mich auf keinen Fall weiter in deiner Agentur beschäftigen.«

»Warum bist du dann hier?«

»Um dir das zu sagen.« Lüge.

»Und wieso darf ich dich deiner Meinung nach nicht anstellen?«

»Weil deine Motive die falschen sind, wie ich gerade gelernt habe. Es tut dir nicht gut. Und deiner Agentur auch nicht.« Wahrheit.

Zu seinen Füßen beobachtete er, wie Leyla die Chucks abstreifte und sich im Schneidersitz in die Sofaecke fläzte. Wie machte sie das, ohne dass er unter ihr Kleid gucken konnte? Warum konnte er nicht unter ihr Kleid gucken? Warum war das wichtig, und warum verhielt er sich mit einem Mal wie ein dreizehnjähriger Pubertätskasper, zur Hölle?

»Das liegt ganz in deiner Hand.«

»Ähm. Was?«

Leyla verdrehte die Augen. »Ob du meiner Agentur guttust oder nicht. Kleiner Tipp: Wichtige Stoffmuster für Fashion-Shows bekotzen tut ihr nicht gut.«

Kolja lachte auf und musste gleich darauf husten, denn er hatte ehrlicherweise keine Ahnung, wann er das letzte Mal aufgelacht hatte. So vollkommen frei und aufrichtig. Ob er das überhaupt durfte.

»Warum hast du gestern diese Show hier abgezogen?«, fragte Leyla weiter. Die Art, wie sie das Kissen an die Brust drückte, wirkte, als würde sie sich auf guten Gossip bei einer Sleepover-Party vorbereiten. Sie so gelöst zu sehen, beruhigte ihn. Beruhigte ihn auf eine äußerst beunruhigende Art und Weise.

»Ist so ein Ding mit meinem Vater.«

»Dachte ich mir schon.«

»Er hat etwas gesagt. Etwas Unschönes.«

»Und zwar?«

»Das willst du nicht hören.«

»Doch, schon.«

Das glaube ich dir sogar, dachte Kolja. Aber leider sprach nichts dafür, es ihr zu erzählen. Nichts. Im Gegenteil. Was, wenn sie feststellte, dass sein Vater nicht nur ein Arschloch war – sondern dass er auch recht hatte mit allem, was er gesagt hatte? Was dann?

»Wir belassen es lieber dabei.« Kolja stützte sich auf den Oberschenkeln ab und drückte sich von der Couch hoch.

»Warum machst du das hier nicht einfach trotzdem?«, fragte Leyla weiter, ignorierte seine Aufbruchstimmung.

»Was? Das Praktikum?«

»Genau.«

Ja, Kolja, warum machst du das Praktikum nicht einfach trotzdem?

Vielleicht, weil das nicht so einfach war, wie sie sich das vorstellte? Weil nicht jeder alles, was er anatmete, in Gold verwandelte? Weil manche Menschen mehr als nur mit dem Finger schnipsen mussten, damit etwas gelang? Weil manche Menschen nicht über die Kompetenzen verfügten, die für eine Leyla Ahmadi selbstverständlich waren? Und weil wiederum andere Menschen – Kolja zum Beispiel – nicht mit offenen Karten spielten, um zu verbergen, dass ein bestimmtes Argument entschieden gegen ihre Anstellung sprach?

»Tja. Wenn man nichts auf dem Kasten hat, sollte man es manchmal gar nicht erst versuchen«, antwortete Kolja knapp und vergrub die Hände in den Hosentaschen. »Sonst kommt am Ende noch raus, dass man ein absoluter Versager ist.« Anders als dieser Noah. Der war bestimmt kein Loser. »Aber so was kannst du, Madame Wunderkind, höchstwahrscheinlich nicht nachvollziehen.«

Scheiße, verdammte. Warum hatte er das gesagt? Und warum hatte er sich mit ihrem Noah verglichen? Er wandte den Blick ab, konnte ihr jetzt unmöglich ins Gesicht sehen. Rückzug. Sie kam ihm zu nah.

»Wohin gehst du?«, fragte Leyla.

»Nach Hause«, rief Kolja über seine Schulter. Das hier war eine Scheißidee.

»Dein Arbeitstag dauert bis sechs.«

»Ich habe hier keinen Vertrag.«

Schnell, Junge, beeil dich. Ab zur Tür und raus hier.

»Doch, hast du. In deinem E-Mail-Posteingang. Sieh nach.«

Fuck.

»Selbst wenn«, schoss Kolja zurück. »Von Montag bis Freitag dauert der Arbeitstag vielleicht bis sechs. Aber heute ist *Leckt-mich-alle-am-Arsch*-Tag und da arbeite ich nur halbtags.« Er sah auf seine imaginäre Armbanduhr. »Oh, so spät schon? Ich muss los.«

Kolja wusste selbst nicht, woher diese plötzliche Verbitterung kam. Der Sarkasmus, diese Wut. Dieser Knoten in seinem Magen, während er zur Tür lief. Er wusste nur, er musste hier weg. Schnell. Abwehrhaltung und raus. So wie er es sein Leben lang schon tat, wenn jemand seinem Innersten zu nahe kam. Und Leyla war gefährlich nah.

Kolja beschleunigte, mit jedem Schritt wurde ein Kribbeln in seinen Adern stärker. So, als müsste er etwas tun. Noch etwas sagen, irgendwas. Etwas, das so gut klang, als hätte ein Noah es gesagt. Aber es gab nichts mehr zu sagen. Er war hier einfach nicht richtig, bei ihr. Er war nichts als eine billige Ablenkung. Und sie gefährdete gerade die Fassade, die er seit zweiundzwanzig Jahren aufrechterhielt. Seit zweiundzwanzig verdammten Jahren. Kolja griff nach der Türklinke.

Raus. Hier.

»Ich wünsche ein angenehmes Restleben, Miss Ahmadi.«

»Warte. Ich helfe dir.«

Ihr Fastpraktikant blieb stehen, noch immer mit dem Rücken zu ihr gewandt. Diesem in der Taille schmalen, sehnigen Rücken, an dem sich die Muskeln unter dem dünnen Shirt abzeichneten. Gosh. Leyla schluckte.

»Was?« Seine Stimme klang düster, fast so rauchig wie ihre eigene manchmal seit Noahs Tod.

»Bei deinem Praktikum. Ich helfe dir«, wiederholte Leyla und erhob sich vom Sofa, weil es sie nicht länger dort hielt. Ihr ganzer Körper bebte. Wollte er eine Warnung aussprechen, sich nicht mit diesem Typen einzulassen? Selbst wenn. Das war ihr gerade egal.

»Wie meinst du das?«, fragte Kolja nahezu tonlos, ohne sich zu ihr umzuwenden.

Leyla schlenderte zum Schreibtisch, griff beiläufig nach der Kanne und goss Tee ins Glas, um ihren Händen etwas zu tun zu geben. Sie war kurz davor, ihn zu verlieren. Sie musste eine andere Strategie anwenden. Eine, die alle Warnleuchten in ihrem Kopf tunlichst ignorierte.

»Pass auf, Kolja. Ein Journalist, den ich gut kenne, hat mal über mich geschrieben, ›das Geheimnis meines Erfolges‹ läge darin, dass ich die holprigen Stellen eines Weges gern überspringe. Und ich glaube, er hatte recht.«

Sie fixierte seinen Rücken weiterhin und wartete. Nichts geschah. Die Stimmung zwischen ihnen war zum Zerreißen gespannt. Leyla fühlte ihn hadern, sie fühlte es in ihren eigenen Knochen, an der Gänsehaut auf ihrem Nacken. Spürte, wie er mit sich rang, endlich diese Türklinke zu drücken, weil ihn etwas im Gespräch bedroht hatte. Etwas, das offensichtlich mit seinem Vater zu tun hatte und mit dem, was dieser gesagt hatte. Schon die Erinnerung daran hatte Kolja scheinbar bis ins Mark getroffen, hatte einen Fluchtinstinkt in ihm ausgelöst. Doch er gab ihm nicht nach. Er stand immer noch dort. Leyla wartete, bis Kolja sich endlich, endlich regte. Sich langsam ganz zu ihr umdrehte und ihr wieder in die Augen sah.

Uff. Sie schluckte. Die Abwehrhaltung, die er einnahm, ging mit einem so intensiven Blick einher. Sie musste alles in sich zusammennehmen, um ihm nicht auszuweichen. Aber sie schaffte es. Ihre dunklen Augen, die seine festhielten. So viel Dunkelheit. Keine Worte.

Leyla räusperte sich einmal und wischte sich unauffällig die feuchten Hände an ihrem Kleid trocken.

»Was ich damit meine, ist: Anstatt mich erst durch den lästigen dunklen Dornenwald zu schlagen, mache ich im Business gern direkt dort weiter, wo es wieder profitabel wird. Deshalb schlage ich vor, wir überspringen den reizlosen Teil. Den, in dem du jetzt Hals über Kopf aus dem Raum stürmst, aber heute Abend bereust, einem der coolsten Unternehmen des Landes einen Korb gegeben zu haben. Weil dir auffällt, dass dein Vater es bestimmt nicht witzig gefunden hätte, auch nur zu wissen, dass du weiter in der Agentur dein Unwesen treibst, nachdem du seinen Versuch, dich hier einzuschleusen, mit Füßen getreten hast.« Das war komplett geraten. Sie hatte keine Ahnung, ob sie in die richtige Richtung vorstieß. Aber Leyla folgte jetzt ihrem Bauchgefühl und redete einfach weiter. »Wir überspringen den Teil, in dem du dich entschließt, eine versöhnliche Instagram-Story zu posten, in der Hoffnung, dass ich sie sehe, nur damit du am nächsten Tag wieder bei mir auf der Matte stehen kannst. Und den Teil, in dem ich mir dann künstlich Zeit lassen müsste mit meiner Zusage, obwohl ich dich gern hier bei uns haben will, trotz allem. Diesen ganzen Teil schlage ich vor zu überspringen. Und wir machen direkt an dem Punkt weiter, an dem es für uns beide lukrativ wird.«

»Du glaubst, ich würde eine versöhnliche Instagram-Story posten, um hier arbeiten zu können?«, fragte Kolja, während er die Brauen hochzog, und seine Fassungslosigkeit klang so echt, dass Leyla sie ihm sogar abnahm. Peinlich. Glücklicherweise schien er keine Antwort auf seine Frage zu erwarten, denn er wechselte nur das Gewicht von einem Fuß auf den anderen, vergrub die Hände in den Hosentaschen und fragte: »Und was wäre der lukrative Punkt für uns beide?«

»Du bleibst im Praktikum und bist deinem Vater damit ein Dorn im Auge.«

Leyla wartete eine Sekunde – und Kolja protestierte nicht.

Bingo! Das war also sein Motiv. Sie spürte ein Kribbeln in ihrem Körper, das Zeichen, dass sie richtiglag. Wenn Kolja hier ein Praktikum machte, würde seinen Vater das also ärgern. Aber wieso? Er hatte ihm das Praktikum eigenhändig besorgt – zumindest im ersten Versuch. War das Koljas Problem? Und hatte er deshalb vielleicht die Kotz-Show veranstaltet, weil sich Ernst Barker *noch mehr* aufregte, wenn sein Sohn den Job, den er ihm in Aussicht gestellt hatte, nicht ablehnte, sondern annahm, sich aber unterirdisch an diesem Arbeitsplatz verhielt? Weil er so den Familienruf beschmutzte? Aber wenn Kolja seinem Vater auf der Nase herumtanzen wollte, wieso nahm er ihr Angebot dann nicht einfach an? Im Gegenteil – er wandte sich gerade wieder zur Tür, zog eine Hand heraus und hob sie in Richtung Klinke. Mist.

»Und«, schob Leyla schnell hinterher, »du erhältst natürlich deine dreitausend netto monatlich.«

Kolja

Mitten in der Bewegung hielt er inne. Dreifuckingtausend-bitte-was? Kolja wusste nicht, ob er jemals so viel Geld auf einmal auf seinem Bankkonto gesehen hatte. Ob die Zahl überhaupt jemals vierstellig gewesen war. *So viel* konnte man in einem Scheißpraktikum verdienen? Seine Beinmuskeln zuckten, wollten sich zurück zu Leyla Ahmadi umdrehen, aber er zwang sie zum Stillstand. Er würde sich jetzt nicht von einer Stange Geld überzeugen lassen. Auf gar keinen Fall. So tief am Boden war er noch längst nicht angekommen. Er konnte auch anders Geld verdienen.

»Dreitausend netto? Monatlich?«, hörte er seinen Mund fragen. Ach, verdammt.

»Du hast dich echt gar nicht informiert, oder?«, feixte Leyla in seinem Rücken. Er hörte am Ton, dass sie lächelte, sodass er seinen Körper nicht länger davon abhalten konnte, sich ihr zuzuwenden. Ihr ins Gesicht zu sehen. Sie saß auf der Schreibtischkante, hatte die Knöchel verschränkt und wackelte mit den Füßen vor und zurück.

»Rate mal, warum unsere Praktika so begehrt sind?« Ein Leuchten legte sich über ihren Blick, und unterdrückter Stolz färbte ihre Stimme. »Wir zahlen hier im Headquarter das höchste Gehalt der Agenturbranche. Die simpelste Strategie der Welt: Ein paar Tausend mehr im Jahr auf der Gehaltsliste, und wir erhalten Topbewerbungen hoch motivierter Kandidatinnen und Kandidaten. Die Begehrlichkeit steigt ins Unermessliche. Wir sind weltweit in den Schlagzeilen, führen jedes Praktikumsgehalts-Ranking an. Zugegeben, die Rechnung ist etwas komplexer, weil wir sämtliche Gehälter an diese Entscheidung angleichen wollten. Aber im Endeffekt ist die PR noch immer günstig. Weil wir den entsprechenden Gegenwert erhalten, in der wertvollsten Währung der Welt: Talent.« Sie strahlte, konnte ihre Begeisterung nicht länger unterdrücken. »Ich war sehr froh, als

Gee mir endlich grünes Licht für diese Idee gegeben hat. Übrigens kannst du unser Gehaltsspektrum online einsehen. Wir haben die möglichen Verdienste für jede Position transparent ausgeschrieben.«

Kolja nickte knapp. Dreitausend verdammte Dollar. Das war eine Systemkamera. Eine richtige, vernünftige. Mit einem zusätzlichen Makroobjektiv, wenn er sie gebraucht kaufte. Scheiße.

Da gab es nur ein klitzekleines Problem: Er hätte nicht einen einzigen Dollar davon *verdient*. Wenn man seinen Gegenwert, sein sogenanntes Talent, in Zahlen beschreiben wollte, lag das irgendwo bei minus drei. Grob geschätzt. Warum genau, das durfte sie niemals, aber auch wirklich niemals erfahren.

»Und«, begann Kolja und schluckte, »was genau hast du davon, wenn ich die Stelle annehme? Außer einer interessanten Ablenkung von deinen persönlichen Problemen? Was an mir ist nicht für dich privat attraktiv, sondern für die CEO der Storyhacker?« Kaum hatte Kolja den Satz ausgesprochen, merkte er, was er da gerade angedeutet hatte. Und sie merkte es auch, wie er dem verblüfften O entnehmen konnte, das ihre Lippen jetzt formten. Ach, Kacke. Er hatte gerade behauptet, er wäre für Leyla Ahmadi privat attraktiv. Und das Schlimmste daran: Während die Sekunden verrannen, während sie den Mund stumm schloss und wieder öffnete, während sie den Blick abwandte und ihn wieder anschaute ... stritt sie es nicht ab. Fuck. Kolja klopfte das Herz bis zum Hals. Hieß das, er war privat für sie interessant? Er? Für *sie*? *Privat*?

»Ernst Barker wird uns im Pitch bevorzugen«, brachte Leyla nach einigen Sekunden über die Lippen. Lippen, die Kolja seinerseits übrigens *privat* sehr attraktiv fand.

Er versuchte, das Chaos, das gerade in seinem Kopf tobte, auszublenden, und kniff die Augen zusammen. »Warum sollte dich ein Pitch-Vorteil so sehr interessieren? Du hast das Vitamin B nicht nötig und das Geschäft genau genommen auch nicht, wenn es stimmt, was die Medien über euren Erfolg berichten.«

Sonst kamen ihre Antworten wie aus der Pistole geschossen, aber jetzt zögerte Leyla und strafte sich damit selbst Lügen. Nach einigen Sekunden änderte sich etwas in ihrer Mimik, ihre Züge wurden weicher. Sie rutschte von der Schreibtischkante und kam langsam auf ihn zu. O Gott. Mit Mühe widerstand Kolja dem Drang, einen Schritt zurückzuweichen. Sie kam immer näher. Diese verwirrend-betörende Shampoo-Note war bereits bei ihm angelangt. Hilfe.

Mit ihren Lippen nur eine Handbreit von seinem Gesicht entfernt, blieb Leyla stehen.

»Okay. Karten auf den Tisch«, sagte sie leise, und der Klang ihrer Stimme zuckte direkt in seinen Unterleib wie ein kleiner Blitz. Er konnte ihren Atem an seinem Gesicht spüren. Wenn er sich jetzt nicht zusammenriss, wäre jeden Moment unübersehbar, wie sehr Kolja mochte, was er sah. Sicherheitshalber veränderte er seine Position und verschaffte sich so etwas Luft um den Hosenbund.

»Hier kommt die volle Wahrheit: Ich mache das, weil ich es einfach unerträglich finde, dass ein junger Mensch wie du denkt, er wäre so ein Loser, dass er nicht einmal versucht, für sich zu kämpfen.«

Kolja hielt die Luft an. Sie fand, dass er nicht kämpfte? Hatte sie überhaupt eine Ahnung, was für einen Kampf sein ganzes Leben darstellte? Tagtäglich? Nein. Hatte sie nicht. Konnte sie nicht. Denn sie hatte keinen Schimmer, welches Geheimnis Kolja vor aller Welt verbarg. So lange schon, wie er denken konnte.

Leyla Ahmadi wich keinen Schritt zurück. Er lehnte sich nach hinten, weg von ihrem Duft, so weit wie möglich. Verdammt, roch sie gut. So gut, dass augenblicklich seine Sinne benebelten. Was war das nur, irgendeine exotische Blüte? Allmächtiger, einen Eimer bitte. Ihm wurde schon wieder schlecht, aber diesmal vor Aufregung.

»Jeder verdient eine Chance«, fuhr Leyla flüsternd fort. »Und ich höre, dass jede deiner Fasern danach schreit. Erst recht, während du es mit aller Macht zu verhindern versuchst, um Hilfe zu bitten.«

Das saß. Kolja entgleisten die Gesichtszüge. Er schluckte, versuchte hinunterzuwürgen, was da in ihm hochstieg und sich anfühlte wie ein erster Schluchzer, was aber nicht sein konnte, und Leyla nutzte den Moment, um seinen Blick zu fesseln. Er spürte es ganz deutlich. Sie tat es, um zum nächsten Schlag auszuholen. Einen noch, und er wäre am Boden.

»Ganz ehrlich?«, wisperte Leyla. »Du verhältst dich wie ... wie ein Lappen.«

Kolja lachte heiser auf und trat einen Schritt von ihr zurück. »Ein Lappen?«

»Ja. Ein Lappen.« Sie lächelte. »Einfach erbärmlich. Wie du hier gestern reingekrochen bist mit deiner Fahne; die Augen so glasig, als hättest du drei Tage lang durchgekifft. Aber ich glaube, du kannst auch anders. Dein Instagram-Feed ist fantastisch. Du hast den Blick fürs Detail, ein Fotografenauge.« Das hatte sie in seinen Bildern gesehen? Ohne es zu wollen, spürte er, wie sich seine Gesichtsmuskeln entspannten. »Vielleicht auch das Auge eines Art Directors, wer weiß. Das muss Charlie einschätzen. Aber ich – ich sehe da was in dir.«

»Ach ja?«, war alles, was Kolja herauskrächzen konnte, ohne zu heulen. Unfassbar. Er stand im Büro der Chefin eines Unternehmens und stand kurz davor, in Tränen auszubrechen. Weil er auf keinen Fall in dem Job arbeiten wollte, den ihm ausgerechnet sein Vater besorgt hatte, und sich zugleich nichts mehr wünschte, als die Stelle anzunehmen. Ging es vielleicht noch etwas verwirrender?

»Aus dir könnte was werden, wenn du mitspielst. Ein ...«

»... ein Wischmopp?«, schlug Kolja vor.

Sie grinste. »Wenn das das Upgrade des Lappens ist, ja. Ein Wischmopp. Ich werde ein gutes Wort bei meiner Vorgesetzten für dein Praktikum einlegen. Mal sehen, ob sie ein Auge zudrückt.« Sie lächelte, machte eine Kunstpause und legte den Finger auf ihre volle Unterlippe, was in Koljas Gehirn einen kurzen Stromausfall verursachte. »Oh!«, rief Leyla und holte ihn mit einer übertriebenen Geste zurück in die Gegenwart. »Die Chefin bin ja ich. Gute Nachrichten, Kolja. Die Geschäftsführung hat deinem Praktikum stattgegeben. Viel Spaß.«

Sie streckte ihm die Hand entgegen. Die Leyla-Show war vorüber, aber in Kolja hallte sie immer noch nach. Er stand gerade vor der einzigen Person auf der Welt, die ihm jemals eine echte Chance gegeben hatte. Und er wollte nichts mehr, als ihr bis zum Feierabend auf die Lippen zu starren. Um auch danach weiterzumachen, mit ihren Lippen; er wollte einfach alles tun, was man mit Lippen anstellen konnte. Gerne auch mit allen, die sie hatte. Wirklich allen.

»Es gibt Dinge über mich, die du wissen wollen würdest«, hörte Kolja sich murmeln, während er den Blick auf die Hand senkte, die sie ihm immer noch hinhielt, nur Zentimeter von seinem Bauch entfernt.

»Dann erzähl sie mir.«

»Auf gar keinen Fall.«

»Okay.«

»Was?«

»Okay«, wiederholte Leyla und hakte die Hand, die Kolja nicht ergriff, locker in eine Tasche ihres Kleides.

Kolja schnaubte. »Ich sage dir, dass handfeste Argumente gegen meine Anstellung sprechen, und du willst nicht mal wissen, welche?«

»Jep. Ich muss nicht alles wissen.«

»Deine Assistentin hat recht. Du bist miserabel im Entscheidungentreffen.«

»Spielst du bei deinen handfesten Argumenten auf die Tatsache an, dass du aktuell bei einer Tankstelle arbeitest anstatt bei einer Topberatung, wie es dein Lebenslauf behauptet?«

Ähm. Eigentlich nicht. Aber woher wusste sie davon?

»Oder denkst du, mich würde deine abgebrochene Ausbildung stören? Oder das gescheiterte Studium?«

Und woher wusste sie *davon*?

»Falls du von deinem miesen Abschlusszeugnis sprichst, würde es mich ein wenig beleidigen, wenn du glaubst, ich lege auf so etwas Wert. Oh, und dass dein Lebenslauf allgemein ein kreativer Erguss deines Vaters war, dürfte sich von selbst erklären.«

Kolja nickte. Schluckte. »Du bist gruselig.«

»Ich weiß.«

Er nickte noch einmal. Vielleicht wäre es das Beste, wenn er einfach tat, was sie sagte. Wenn er es genauso handhabe wie sie: einfach auf seine Vergangenheit zu scheißen. Keine Ahnung, ob das funktionierte. Wenn man so eine große Sache zu verbergen hatte wie er, konnte das eigentlich nur schiefgehen. Aber er könnte es zumindest versuchen. Ein allerletztes Mal. Was hatte er schon zu verlieren – außer dem letzten kümmerlichen Rest Selbstwertgefühl?

Die letzten Worte seines Vaters schossen ihm durch den Kopf. *Ich rate dir hiermit inständig, nie wieder auch nur einen Fuß in die Nähe der Storyhacker Agency zu setzen. Ich rate dir, nicht einmal an die Agentur zu denken. Damit meine Abteilungen bereinigen können, was du versaut hast.*

Wenn du dich nicht daran hältst, erfährst du am eigenen Leib, wie Barker Media *mit Widersachern kurzen Prozess macht.*

»Wie lange geht so ein Praktikum hier?«, fragte Kolja.

»Sechs Monate.«

»Und ... ähm«, krächzte Kolja und räusperte sich. »Was denkst du, sollte ich jetzt tun?«

Leyla zog die Schultern hoch.

»Runtergehen, schlage ich vor. Dein Team im Marketing kennenlernen. Dich bei Marcie entschuldigen. Wie ich hörte, ist gestern ein Kotzfleck auf ihrer neuen Vegan-Leather-Tasche gelandet. Nicht schön. Vielleicht nutzt du einen Teil deines ersten unverschämt hohen Monatsgehaltes dafür, sie professionell reinigen zu lassen?«

Koljas Mundwinkel zuckte. Eine erleichternde Vorstellung, mit seinem ersten Geld – falls er es überhaupt so weit schaffte – jemand anderem etwas zugutekommen zu lassen. Er könnte Marcie zusätzlich zum Lunch einladen. Hatte sie ihm im Fahrstuhl gestern ja eh angeboten. *Die einzige Marcie.*

»Yes, Boss.«

»Super. Viel Erfolg, Kolja.«

Ein zweites Mal streckte sie ihm die Hand entgegen. Schon der Anblick elektrisierte ihn. Diesmal würde er sie berühren. Erfahren, wie sich ihre Haut anfühlte. Wie warm, wie weich ihre Hand in seiner lag, wenn er die seine nicht gleich wegzog vor Aufregung. Sein Herz schlug schneller. Hoffentlich würde sie seinen Puls nicht pumpen spüren ... Egal. Als er die Finger um ihre schloss, glaubte er, ein kleines Leuchten in ihren Augen aufblitzen zu sehen – als fühlte sie das Gleiche wie er. Wie gut konnten Hände ineinanderpassen? Und bildete er sich das ein, oder war dieser Händedruck nicht so stark wie letztes Mal, sondern irgendwie behutsam, fast zärtlich? Sie beide sahen einen Moment auf ihre verschränkten Hände. Dann war es Leyla, die ihre so plötzlich wegzog, als hätte sie sich an ihm verbrannt.

»Willkommen in meinem ...« Sie schien nach Worten zu suchen, während sie die Handflächen soldatengleich an die Oberschenkel legte und den Blick abwandte. Ehe Kolja einen Vorschlag unterbreiten konnte, beendete sie ihren Satz: »... in meinem Team. Willkommen in meinem Team, Kolja.«

Leyla

Ihr Herz raste, während sie die Fäuste ballte und sich zwang, von seinen Händen wieder in seine Augen zu sehen. Sie waren braun. Einfach braun. Gewöhnlich. Und doch unfassbar kompliziert. Sie erinnerten Leyla an Dinge, die nicht hierhergehörten. Nicht in dieses Büro, in dem auf einen Schlag die Luft dünner zu werden schien. Und nicht zu einer Geschäftsführerin, die alles im Sinn haben sollte außer dem Drang, die Hand zu heben und herauszufinden, wie sich sein Körper an anderen Stellen anfühlte. An den Unterarmen. Den Schultern. An der Ader am Hals. Den dichten Locken. Am Kieferbogen.

Sie seufzte leise. Der unfähigste Praktikant aller Zeiten ... Er fühlte sich jetzt schon an wie die größte Veränderung, die diese Agentur je zu Gesicht bekommen hatte. Nur so eine Vorahnung.

Kolja

Eine halbe Stunde später malte Dylan mit den Fingern einen Halbkreis in die Luft, um sinnbildlich die ganze Etage zu umfassen. »Du bist jetzt im siebzehnten Stock«, erklärte er Kolja in höflichem, jedoch leicht leierndem Ton, der verriet, dass er diese Führung schon viele Male zuvor gegeben hatte. Vielleicht lag es aber auch daran, dass er Kolja ein bisschen nachtrug, ihm noch mal dasselbe erklären zu müssen wie gestern. Filmriss sei Dank. Kolja konnte sich an nichts erinnern, obwohl er offensichtlich schon einmal hier gewesen war, in dem hellen Foyer der Agentur auf der siebzehnten Etage. Hier war er gestern angekommen, als er aus dem Fahrstuhl getorkelt war.

Dylan kam hinter dem Empfangstresen hervor, auf dem ein kleines Messingschild stand:

> Dylan Westphal
> Head of Welcome
> Storyhacker Agency

Ohne ihm eine Gelegenheit zu geben, sich weiter umzusehen, steuerte Dylan strammen Schrittes in den weitläufigen Flur. Kolja folgte ihm rasch.

»Hast du deine Onboarding-Dokumente gelesen?«

»Meine was?«

»Onboarding-Dokumente. Die Dateien, in denen die gesamte Agentur erklärt wird.«

Innerlich lachte Kolja auf. »Äh. Nein.«

»Herrje! Warum nicht? Es hätte uns so viel Arbeit erspart!«

»Ich habs lieber, wenn du mir alles persönlich vorträgst«, sagte er grinsend.

Dylan warf ihm einen finsteren Blick zu. »Die *Storyhacker Agency* belegt insgesamt vier Etagen von *The Cone*«, leierte er schließlich herunter. »Plus das *Glass Office* in der Turmspitze. Aber das kennst du ja schon gut.«

Dylan warf ihm einen Seitenblick zu, so flüchtig, dass Kolja nicht sicher war, ob er das schelmische Funkeln in den Augen des Empfangsherrn wirklich gesehen hatte oder ob es Zufall gewesen war.

»Hier bei uns spielt sich das meiste Leben ab. Wir haben drei Co-Working-Spaces. Das sind so was wie Großraumbüros. Unsere heißen *Imagination*, *Disruption* und *Reformation*. Jede oder jeder setzt sich tagtäglich in den Raum und an den Platz, der am besten zur persönlichen Arbeitsstimmung passt. Hier in *Imagination* zum Beispiel herrscht meist reger Austausch. Die Menschen spielen hier Ideen hin und her, brainstormen. Es ist oft laut, wuselig. Aber auch sehr kreativ.« Dylan zeigte auf den zweiten Raum, vor Kopf des Flures. »In *Disruption* tragen die meisten Kopfhörer. Hier sitzen alle, die sich nach

Stillarbeit fühlen, aber nicht remote arbeiten wollen. Viele motiviert es, mit eigenen Augen die Kollegschaft zu sehen, die ebenso ruhig und abgeschirmt arbeitet wie man selbst.« Als Nächstes wandte sich Dylan zum Raum zur Rechten. »In *Reformation* finden sich all jene zusammen, die außergewöhnlich fleißig sein oder etwas Bestimmtes schaffen wollen«, erklärte Dylan.

»Kurze Zwischenfrage«, unterbrach Kolja und musterte seinen Guide von oben bis unten. Von der Föhnfrisur über den glänzenden Smoking bis hin zu Dylans Lackschuhen. »Sind hier eigentlich alle … so drauf?«

»Nein«, antwortete Dylan trocken, die Schultern gestrafft, den Rücken durchgestreckt, während er mit gleichgültiger Miene Koljas graues T-Shirt musterte. Es war augenscheinlich schon so oft gewaschen worden, dass der Stoff ganz dünn geworden war. Kolja fühlte sich fehl am Platz.

»Lediglich Kleidung ist Pflicht«, bemerkte Dylan. »Bei aller Liebe – kein FKK. Keine nackten Ärsche. Das macht mich sonst ganz wuschig.«

Die Ausdrucksweise passte so wenig zu Mr Stock-im-Arsch, das Kolja husten musste.

»Alles klar. Kriege ich hin.«

»Bin gespannt«, erwiderte Dylan mit so deutlichem Zweifel in der Stimme, dass Kolja sich nicht sicher war, ob Dylan ihn ärgern wollte oder ob er es ernst meinte. Wahrscheinlich ein bisschen von beidem.

»Ich würde dir dann als Nächstes unsere Meeting- und Konferenzräume zeigen.«

»Jep. Noch 'ne kurze Frage vorher.«

Kolja vollführte eine halbe Drehung auf den Fersen seiner Sneakers und deutete mit dem Daumen auf den Co-Working-Space vor Kopf.

»Was machen die eigentlich alle dort drin?«

»In *Disruption?*«

»Ne. In allen drei Räumen.«

»Äh. Arbeiten?«

»Jaja. Aber *was* arbeiten die?«

Wie es schien, brauchte Dylan eine Sekunde, ehe er die Frage verstand. Als sie endlich sackte, fiel ihm die Kinnlade auf die Brust. »Du willst mir nicht wirklich erzählen, du wüsstest nicht, was die *Storyhacker Agency* macht, oder?«

Kolja schob die Hände in die Hintertaschen seiner Jeans und wippte von den Fersen auf die Zehenspitzen und zurück. Abgesehen von diesem Zeitungsartikel von gestern ...

»Hm. Nö. Nicht wirklich. Irgendwas mit Story-Stunts.«

»So einer wie du ist mir wirklich noch nie untergekommen.« Dylan unterdrückte sichtlich ein Seufzen und marschierte in Richtung der Fahrstühle. »Aber hey. Wir lieben Diversität, nicht wahr? Kann kaum erwarten zu sehen, welche Special Effects du noch zu bieten hast. Keine mehr mit Körperflüssigkeiten bitte, wenn ich mir was wünschen darf.«

»Legitim.« Kolja zuckte mit den Achseln und folgte Dylan auf den Fersen. »Planänderung?«

»Yes.«

»Wohin gehts?«

Anstatt zu antworten, hielt der Empfangschef eine Karte an den Aufzugsensor.

»Vorab bin ich verpflichtet, dich etwas zu fragen.«

»Ja?«

»Hast du Probleme mit Klaustrophobie?«

»Äh ... nein?«

»War das eine Frage?«

»Nein?«

Dylan rollte mit den Augen.

»Kolja, ich muss das wissen.«

»Sorry. Nein, ich habe keine Klaustrophobie.«

»Gut. Dann gehts in den zwanzigsten Stock. Meine Lieblingsetage.«

Seit Kolja von Dylan abgeholt worden war, um mit seinem offiziellen Onboarding zu beginnen, hatte Leyla wirklich gar nichts vollbracht, außer apathisch im Schneidersitz auf dem Sofa zu sitzen, Tee zu trinken, sich lustlos durch ein paar Onlineshopping-Seiten zu scrollen und aus der Solarglaswand ins Grüne zu starren. Alleine kam sie nicht raus aus ihrem Loch. Und sie wollte es auch gar nicht. Aber manchmal, nein, eigentlich immer hatte man als Geschäftsführerin keine Wahl. Pünktlich um zehn Uhr stieß jemand die Tür auf, und die Klinke krachte gegen den Bumper an der Wand.

»Good morning, Babe!«, donnerte ein hochgewachsener Mann, bei dem sich Leyla immer wieder fragte, was die Natur sich dabei gedacht hatte, ihn in jeder Hinsicht *breit* zu erschaffen: breiter Kopf, breite Schultern, breite Stirn, ein breites Lächeln. Und breite Schritte, mit denen er ihr Office binnen eines Wimpernschlags einnahm.

»Wir haben einen neuen *Puke*-tikanten, wie ich gehört habe!«, eröffnete Gee ihren wöchentlichen Jour fixe. Er ließ sich mit ausgebreiteten Armen so schwungvoll auf seinen Stammplatz in der Sofaecke fallen, dass seine Krawatte in die Höhe flog, seine breite grau melierte Frisur durcheinandergeriet und seine breiten Füße, die heute in Glückskleesocken steckten, in die Höhe flogen.

»Einen bitte was?« Leyla unterdrückte ein Lachen.

»*Puke*-tikanten!« Gee strahlte und faltete mit einem klatschenden Geräusch die Hände im Schoß. »Eine Mischung aus *puke*, wie kotzen, und Praktikant. Hat sich einer der Kreativen ausgedacht. Musa glaube ich. Genial, oder? Du hast den Typen also nicht rausgeworfen. Wie aufregend!«

»Kannst du mir mal verraten, warum Agentur-Gossip immer auf Platz eins deiner Agenda stehen muss? Noch vor den Quartalszahlen und dem Wettbewerbsmonitoring?«

»Na klar! Weil ich Zahlen unfassbar langweilig finde, Menschen aber nicht.«

»Ich weiß nicht, ob ich das von meinem Chief *Finance* Officer hören will.«

»Was hab ich aber auch für ein Scheißglück, dass ich mich von dir nicht einstellen ließ, sondern auf die Co-Founder-Position bestanden habe«, feixte Gee. »Rauswerfen ist wohl nicht.«

Leyla schüttelte den Kopf. »Alba hat recht. Ich bin einfach beschissen im Entscheidungentreffen.«

»Du bist die beste Entscheiderin, die ich kenne«, widersprach Gee, und sein Lächeln wich einer ernsten Miene. Stechende Konzentration lag jetzt in seinen stahlgrauen Augen. Das Zeichen, dass ihr Ritual, den Jour fixe mit albernem Geplänkel zu starten, beendet war.

»Ehe wir zum Geschäft übergehen, bin ich hinsichtlich dieser Personalentscheidung tatsächlich neugierig«, gab Gee zu und legte den Kopf schief. »Du hast den *Puke*-tikanten eingestellt. Strategische Entscheidung wegen des Barker-Pitchs? Von dem mir zu Ohren kam, du hättest ihn bereits angenommen, und zwar, ohne dich mit deinem Partner zu besprechen – vielen Dank dafür.«

Leyla seufzte und rieb sich, ungeachtet ihres Make-ups, mit den Händen über das Gesicht.

»Ich weiß. Tut mir leid, Gee. Es ist der letzte Pitch dieses Quartal. Versprochen.«

»Und nächstes Quartal auch. Wir müssen dringend zuerst Personal aufstocken. Das weißt du.«

»Absolut. Ich konnte lediglich der Herausforderung nicht widerstehen. Mal keinem aufstrebenden Start-up verhelfen zu müssen, ihre ohnehin nachhaltigen Prozesse sichtbar zu machen. Sondern wirklich in die Strukturen eines alteingesessenen Traditionskonzerns wie *Barker Media* einzugreifen. Wirklich etwas zu verändern. Ich finde es so verlockend, etwas Schlechtes besser zu machen anstatt *nur* die Guten größer.«

»Eine nette Lüge, die du dir da ausgedacht hast. Glaubst du sie dir eigentlich selbst?«

Leyla riss den Kopf herum.

»Was willst du damit sagen?«

»Dass ich deine Einschätzung absolut teile. Den Barker Medienkonzern auf links zu drehen, würde wahrhaftig einen spürbaren Unterschied machen. Kein Unternehmen kann einen Nachhaltigkeitsansatz dringender gebrauchen als dieses. Allein schon, dass sie immer noch täglich 150 000 Ausgaben des *Century Telegraph* drucken, obwohl die Analysen längst zeigen, dass nicht mal ein Viertel verkauft wird – nur weil sie zu eitel sind für geringere Druckauflagen. Pah! Das Problem ist nur, dass das nicht dein Hauptantrieb ist.«

Leyla ließ die Fäuste in die Kissen fallen, verärgert, dass Gee so eine schwerwiegende Anschuldigung in den Raum warf, ohne dabei auch nur eine Spur aufgebracht zu klingen. Manchmal brachte er sie echt auf die Palme mit seiner Gelassenheit.

»Wie kommst du darauf?«

Er zuckte mit den Schultern. »Ich kenne dich, Partnerin. Seit neun Jahren. Während deiner kleinen Ansprache zu Barker fehlte das Funkeln in deinen Augen. Das Strahlen. Und dieses trotzige Stirnrunzeln, mit dem du mich jedes Mal bedenkst, wenn du seltsame Entscheidungen verteidigst, von denen du auf keinen Fall bereit bist, abzurücken. Egal, wie viele finanzpolitische Argumente ich dagegen vorbringe. Das Unternehmen begeistert dich also offenbar nicht. Was ist es dann?«

Er beugte sich vor.

Leyla atmete aus und lockerte die Hände. Gee und sie waren nie wirklich Freunde geworden, in all der Zeit nicht. Sie waren Geschäftspartner, seit dem Tag, an dem Gee sie auf einer Messe angesprochen hatte, bei der sie auf einer winzig kleinen Bühne von ihrer Storyhacking-Idee philosophiert hatte. Trotzdem kannte kaum jemand sie besser als er. Und vielleicht konnte sie gerade deswegen, weil sie keine Freunde waren, so schonungslos ehrlich mit ihm sein. Manchmal sogar ehrlicher als mit sich selbst.

»Ich glaube, es sind die ungeklärten Fragen. Erst der *Puke*-tikant, wie du ihn nennst. Den Tag darauf dann der Pitch. Was steckt dahinter? Ich glaube in der Tat, dass eine inoffizielle Voraussetzung ist, Kolja Barker einzustellen, um am Pitch teilzunehmen«, erklärte Leyla nüchtern. »Kein Kolja – kein Pitch. Aber das ist keine schwierige Entscheidung. Es fällt mir leicht, ihn einzustellen. Ich sehe etwas in ihm. Bloß komme ich bisher nicht dahinter, was es ist. Da gibt es dieses Geheimnis um die Kotz-Story von gestern. Und scheinbar auch eine verzwickte Beziehung zu seinem Vater, der ihn gegen seinen Willen in der Agentur unterbekommen wollte.«

Gee nickte, wirkte nachdenklich, schwieg aber, damit Leyla weitersprach.

»Ich bin neugierig. Ich bin fasziniert von den Verstrickungen. Mein Journalistinnenherz will wissen, ob Ernst Barker nicht nur Dreck am Stecken hat, was seinen Sohn angeht, sondern auch hinsichtlich seiner Unternehmensführung. Denk mal an den Zeitpunkt seines Pitch-Angebots. Zuerst das Praktikum, dann die inoffizielle Etatzusage, wenn wir teilnehmen. Er will sicher, dass irgendetwas nicht ans Tageslicht kommt, indem wir die Weste seines Unternehmens blütenrein waschen. Aber vor allem will ich wissen, was hinter der Fassade von Kolja Barker steckt. Warum geht ein Junge aus diesem Haus so einen holprigen Bildungsweg? Warum besitzt er so viel Talent im Bereich Fotografie, hält sich aber für den größten Loser? Warum ist er so verletzt worden von seinem Vater, dass er einen Ausweg wählt wie den gestrigen? Warum ... Hey, warum lächelst du so?«

»Da ist es«, stellte Gee grinsend fest.

»Was?«

»Na, das Funkeln in deinen Augen. Das Strahlen. Das trotzige Stirnrunzeln.«

»Und ...?«

»Das ist der *sweet spot*, Leyla. Das, was dich wirklich interessiert. Das, worum es dir geht.«

Wann immer Leyla beruflich vor einem Hindernis stand, das zu überwinden ihr schwerfiel, zeigte Gee ihr das dafür nötige Werkzeug aus ihrer Toolbox, und es funktionierte. Immer. Aber gerade verstand sie kein Wort.

»Kolja Barker«, half er ihr auf die Sprünge.

»Ja?«

»Es geht dir um ihn.«

»Das ist mir klar. Worum auch sonst?«

»Nein, nein. Du verstehst nicht«, widersprach Gee in einem ungeahnt sanften Tonfall, dass Leyla das Herz in die Hose rutschte. Ein Tonfall, der eine Ebene öffnete, die sie sonst nie betraten.

»Ich weise dich darauf hin, dass du dich nach meinen Beobachtungen für Kolja Barker interessierst, Leyla. Als Person.«

Was passierte hier gerade? Sie schüttelte den Kopf, aber Gee sprach einfach weiter.

»Du kennst meine Coaching-Einstellung für gewöhnlich: Keine Antwort ohne Frage. Aber an dieser Stelle muss ich dir eine Antwort geben, ohne dass du gefragt hast. Wir machen das Ding jetzt lange genug zusammen, und ich sehe, was ich sehe. Hör zu. Privates Interesse an einem Mitarbeitenden kann gefährlich werden. Sobald die Verbindung zwischen einem Praktikant und einer Geschäftsführerin irgendeine andere Form als die einer wertschätzenden Arbeitsbeziehung annimmt, stehen wir vor ernsthaften Compliance-Verletzungen. Ich habe dich *so* seit einem knappen Jahr nicht gesehen – dass du dich für etwas anderes als die Arbeit interessierst. Oder, besser gesagt, für jemanden. Aber du musst dringend im Blick behalten, dass diese Sache deine geschäftlichen Angelegenheiten nicht tangiert. Und zwar in keiner Weise.«

Leyla richtete sich von der Couch auf und stemmte beide Füße fest in den Boden.

»Okay, Gee, du weißt, ich schätze deinen Rat immer. Aber ich glaube, hier liegt ein großes Missverständnis vor. Ich meinte nicht …«

»Vielleicht irre ich mich. Umso besser. Aber falls auch nur ein kleines bisschen dran sein sollte, kommst du besser früher als später dahinter. Das ist nicht böse gemeint. Ich will dich nur schützen. Dich und unser gemeinsames Agenturkind.« Jetzt zog sich wieder dieses lästige breite Grinsen über seine Wangen. »Ich weiß schon genau, was ich mit ihm mache, Ms Leyli.«

»Du machst natürlich gar nichts mit ihm«, stellte Leyla klar.

»Warts ab.«

»Gee!«

»Leyla-Baby!« Er warf ihr eine Kusshand zu. »Bock auf Quartalszahlen?«

Kolja

Die Fahrstuhltüren öffneten sich, und vor Kolja lag ein kleiner verkleideter Raum. Schwarzer gummiartiger Boden. Schwarze Akustikpaneele an den Wänden, die jeden Sound schluckten und indirekt angeleuchtet wurden von Strahlern in den Ecken.

Kolja ging voraus. Seine Schritte hörten sich seltsam an in dem schallgedämpften Zimmer. Als wäre die Außenwelt tatsächlich ausgesperrt. Es gab nur ihn. Und Dylan natürlich, der hinter ihm aus dem Aufzug trat. Die stählernen Türen hatten sich kaum geschlossen, da begann die Wand zur Linken so plötzlich, sich zu bewegen, dass Kolja zurücksprang. Sie schien auf einen Schlag durchsichtig geworden zu sein! Er riss die Augen auf. Dahinter erstreckte sich jetzt eine gleißend helle, dicht mit Pflanzen bewachsene Halle. Oder nein … Er blinzelte. Es sah nur so aus. Die durchsichtige Wand war gar keine Wand, sondern ein Bildschirm, vom Boden bis zur Decke. Ein Monitor, auf dem nun in höchster Auflösung ein Video startete. Gleichzeitig gingen die Strahler aus, und der Raum wurde nur noch schwach beleuchtet von dem Film, der sich über die ganze Raumseite erstreckte.

»Oha!«

»Viel Spaß«, wünschte Dylan und schob sich durch eine Geheimtür in der Ecke neben dem Fahrstuhl.

»Halt! Was soll das?«

»Ich lasse dich kurz mit der Chefin allein.«

»Allein mit der …«

»Für die *Experience*.«

Und mit einem dumpfen Knall fiel die Tür hinter Dylan ins Schloss. Kolja war wirklich allein in dem engen Zimmer. Und fragte sich, ob es nicht vielleicht doch an der Zeit war, eine kleine Klaustrophobie zu entwickeln. Dafür blieb jedoch keine Zeit. Im gleichen

Moment begann der Film nämlich, Fahrt aufzunehmen. Den Blick in die weite Halle gerichtet, die Kolja jetzt als Eingangshalle von *The Cone* identifizierte, begann er scheinbar, sich zu bewegen. Es sah aus, als würde Kolja in einer Drohne sitzend durch die Lobby fliegen, schneller und schneller, über den Jadeboden, an den bewachsenen Wänden entlang, hoch zur zersplitterten Glasdecke. Das Ganze erinnerte ihn an eine dieser Freizeitparkattraktionen, eine Achterbahnsimulation. Fehlte nur noch, dass der Boden gleich passend zur Flugkurve zu ruckeln begann. Doch das geschah nicht. Stattdessen wurde die Flugdrohne immer langsamer, bis sie in Schrittgeschwindigkeit durch eine ihm bekannte metallene Flügeltür schwebte. Moment. Was hatte Dylan da gerade gesagt? Er wäre gleich allein mit der Chefin?

»Schön, dass du da bist!«, schallte Leylas samtige Stimme aus allen Ecken des Raumes, und Koljas Herz machte einen Satz. O ja. Leyla in Dolby Surround. Ihre Stimme füllte jede Zelle seines Körpers, sie jagte ihm augenblicklich eine Gänsehaut den Rücken hinab. Da betrat sie auch schon das Bild und stand vor ihm, in Lebensgröße und HD, inmitten des *Glass Office*. Kolja atmete auf. Allein mit der Chefin also – zum Glück nur virtuell. So konnte er sie ungeniert anstarren, von oben bis unten. Sie trug einen atemberaubenden roten Hosenanzug und dazu knallrote Lippen, was sie wie eine Königin wirken ließ vor dem weiß gläsern eingerichteten Büro und der Begrünung hinter den Glaswänden. Sie war wirklich heiß.

»Im Namen aller Storyhacker darf ich dich heute ganz herzlich willkommen heißen in *The Cone* – dem Ort, an dem wir Geschichte schreiben. Für Menschen, für Marken und allen voran: im Sinne unseres Planeten.«

»Hui«, antwortete Kolja trocken, »wer hat dir das denn auf den Leib getextet?«

»Zusammen mit meinem Geschäftspartner Gee Rankin habe ich die *Storyhacker Agency* 2015 im festen Glauben daran gegründet, dass eine gute Geschichte die Welt zum Besseren verändern kann«, erzählte Leyla aus dem Off. »Seit Anbeginn der Zeit schon erzählen sich Menschen Geschichten. Vor Jahrtausenden malten sie ihre Heldentaten an die Wände von Höhlen. Vor Jahrhunderten saßen sie um Lagerfeuer und wisperten Legenden, die ihre Urgroßeltern sie einst lehrten. Bis heute schauen wir Serien und blättern in Büchern, hungrig darauf, schnell zu erfahren, wie es weitergeht. Die Faszination für Geschichten scheint universell.«

Der Film vor seinen Augen führte Kolja in ein antikes Büro.

»Im vergangenen Jahrhundert machte ein Mythenforscher eine atemberaubende Entdeckung. Joseph Campbell studierte damals die großen Weltreligionen und die bekanntesten Sagen. Dabei fand er heraus, dass sämtliche Geschichten seit jeher dem immer gleichen Muster folgten. Er fand dieselben Strukturen, denselben Aufbau in Geschichten des Ostens und des Westens, des Nordens und Südens. Überall auf der Welt erzählten Menschen Geschichten auf dieselbe Art und Weise! Unabhängig voneinander, in allen Stämmen und in allen Kulturen. Als gäbe es ein Grundmuster, dem wir intuitiv folgen. Als lägen den Menschen Geschichten im Blut.«

Aus der Vogelperspektive gefilmt, trug der Film Kolja über den Erdball. Leylas Stimme füllte als Voiceover den Raum.

»Donald Miller, Bestsellerautor und Story-Theoretiker, sagte mal: ›Alle Menschen sprechen die Sprache der Geschichte.‹ Deshalb erzählen wir in der *Storyhacker Agency* die Geschichten jener, denen die Welt zuhören sollte. Geschichten von Menschen, die etwas zu sagen haben. Von Marken, die die Welt zum Besseren verändern wollen. Geschichten von unserem Planeten, den es um jeden Preis der Welt zu erhalten gilt.«

Kolja merkte, dass ihm der Mund offen stand. Er schluckte. Der Film zeigte jetzt wieder Leyla im Close-up, ihre Lippen bewegten sich zur Tonspur. Verdammt guter Schnitt.

»Ich liebe Worte. Ich liebe, dass Worte Bilder im Kopf entstehen lassen, von fliegenden rosa Elefanten zum Beispiel, einfach so. Und ich liebe, dass Worte zu einer Geschichte verflochten Gefühle formen. Mehr noch: Sie lassen uns etwas spüren, hinterlassen Spuren. Einige von ihnen für immer. Ist das nicht magisch? Und irgendwie auch total verrückt?«

Unter crescendoartigem Trommelschlag flog das *Storyhacker*-Logo ein. Von einem ohrenbetäubenden Dröhnen begleitet, raste es mit einer solchen Wucht auf ihn zu, dass Kolja instinktiv einen Schritt zurücktrat, obwohl er wusste, dass er nur vor einem Bildschirm stand.

Kurz bevor das Logo den Screen zu zerbersten schien, stoppte es, nur eine Armlänge von seiner Nasenspitze entfernt.

Der Trommelschlag setzte aus. Kolja fühlte das Blut in seinen Adern schneller rauschen, da ging der Bildschirm aus. Er stand da in vollkommener Dunkelheit, in vollkommener Stille. Im Nichts. Er hatte keine Klaustrophobie, eigentlich nicht, trotzdem fühlte er, wie leichte Panik in seiner Bauchgegend aufstieg, wie sein Herz schneller pumpte und schneller, als sich eine der Wände teilte. Gott sei Dank. Eine Raumseite öffnete sich, als würde jemand zwei Schiebetüren auseinanderziehen. Das hereindringende Licht blendete Kolja, und er blinzelte gegen die Strahler an, die direkt auf ihn gerichtet waren. Einen Wimpernschlag später wurde das Licht heruntergedimmt, und Kolja nahm die Konturen des vor ihm liegenden Raumes wahr.

Schwarzer gummiartiger Boden wie der, auf dem er gerade stand. Schwarze Wände und stählerne Balken an den hohen Decken. Ein Filmstudio? An den Balken hingen nahezu unsichtbare dünne Fäden herab, an deren Enden rahmenlose Bilder befestigt waren. Sie wurden von Scheinwerfern angeleuchtet und aus der Dunkelheit in Szene gesetzt. Der ganze Aufriss erinnerte Kolja an ... ein Museum. Ein Museum inmitten eines Filmstudios.

Aus den Schatten des Raumes schälte sich eine Gestalt. »Na? Bereit für unseren Showroom?«

»Okay, vielen Dank. Sehr gut. Dann ...?«

Eine Etage unter Kolja blickte Leyla in jedes Gesicht der neun Führungskräfte, die um den ovalen Tisch im Konferenzraum versammelt saßen und zu ihr aufsahen. Einmal in der Woche trafen sich Leyla und

Gee mit jenen Kolleginnen und Kollegen, die in der Agentur ihr höchstes Vertrauen genossen: dem C-Level.

»Hat jemand noch ein Thema für heute?«, fragte sie.

»Eins noch«, meldete sich Kreationschefin Charlie zu Wort. »Ich habe heute Morgen eine Nachricht von Alice Jaeger bekommen. Wie es aussieht, dürfte sie mit sofortiger Wirkung raus sein, da die Gynäkologin sie als Risikoschwangerschaft eingestuft hat.«

»O nein.« Augenblicklich legte sich eine Schlinge um Leylas Herz – und zog zu. »Hat sie geteilt, ob es etwas Ernstes ist?«

»Ja. Alice darf auf keinen Fall weiterarbeiten. Sie muss ihre Projekte und die Organisation des Frühlingsfestes ans Team abtreten.«

»Die Arme. Ich melde mich später persönlich bei ihr.« Leyla nickte nachdrücklich und presste die Lippen zusammen. »Könntest du das bitte auf meine Erinnerungsliste setzen, Alba? Und sendet die Personalabteilung Alice einen Blumenstrauß, Dounia?«

»Na klar.«

»Super. Ich danke euch.« Leyla schluckte gegen den Kloß in ihrem Hals an. »Charlie, braucht ihr Unterstützung im Team, um Alice' Wegfall aufzufangen?«

»Prüfen wir gerade. Ich würde mich bei dir melden, sobald ich den Kapazitätsbedarf abschätzen kann.«

»Sehr gut, vielen Dank. Noch etwas?«

»Eine Frage hätte ich doch noch«, warf Musa ein. Als Chief Experience Officer sorgte er dafür, dass Unternehmen und Mitarbeitende außergewöhnliche Erlebnisse mit der *Storyhacker Agency* verbanden. Er klatschte die Handflächen auf die Tischplatte, legte den Kopf schief und beugte sich mit funkelnden Augen vor. »Was war denn das da bitte gestern mit dem Neuen?«

Ein paar kicherten, jemand schnaubte abschätzig – gewiss Charlie, die wegen des versifften Stoffmusters Sam hatte beruhigen müssen.

»Nimmt der einfach einen Eimer mit *Löchern!*«, brüllte Musa und lachte gackernd, was wie immer die gesamte Runde ansteckte.

»Kolja Barker«, sagte Leyla über das Gemurmel hinweg, und augenblicklich legte sich der Tumult, »litt an seinem ersten Tag als Praktikant gestern leider an einer Lebensmittelvergiftung, die auch der Grund für sein Zuspätkommen war. Er legt heute einen frischen Start hin.«

»Lebensmittelvergiftung?«, warf Charlie ein und fuhr sich durch das kurz geschnittene Haar. »Das verkommene Lebensmittel war wohl flüssig. In der Kreation geht das Gerücht um, der Gute hätte eine ordentliche Fahne hinter sich hergezogen. Dafür spricht auch sein *Umgang* mit Sams Kundenmaterialien.«

Die anderen murmelten zustimmend.

»Ich bin ehrlich, Leyla, ich habe kein gutes Gefühl dabei«, gab Camille zu bedenken, Chief Legal Officer und ungeschlagene Rekordhalterin im Aufrechtsitzen – trotz Bleistiftrock.

Leyla nickte. »Dounia, was denkt ihr in der HR darüber?«

Die Personalchefin überschlug die Beine und zupfte gedankenverloren an ihrem Hijab. »Schwierige Situation. Man könnte argumentieren, dass es ratsam wäre, für Kolja ein Auge zuzudrücken, um Ernst Barker nicht zu verärgern. Aber auf unserer Jadetafel im Foyer steht: *Fairness.* Für mich gehört dazu vor allem Unbestechlichkeit. Wir dürfen nicht die Augen vor seinem Fehlverhalten verschließen, nur um unsere finanziellen Interessen zu schützen.«

»Danke dir«, entgegnete Leyla konzentriert und sah in die Runde. »Ich teile deine Einschätzung, Dounia, dass wir uns nicht bestechen lassen dürfen. Für mich überwiegt jedoch ein anderer Aspekt: Wir bestrafen niemanden im Team für Fehler. Niemals. Wir vergeben zweite Chancen. Ganz egal, ob jemand ein Jahr oder einen Tag bei uns arbeitet.«

»Wenn jemand eine zweite Chance verdient hat, ja«, widersprach Camille. »Womit aber hat Kolja Barker eine zweite Chance verdient?«

»Es gibt einen Auswahlprozess in der HR. Den er bestanden hat. Nicht wahr, Dounia?«

Diese nickte widerstrebend. Leyla sah ihr an, dass die Personalchefin sich wegen dieser Entscheidung über sich selbst ärgerte. Aber sie hatte sie nun einmal getroffen, und das spielte Leyla in die Karten.

»Gut. Und wer einmal einen Arbeitsvertrag unterzeichnet hat, gehört ab diesem Moment zu uns.« Sie musste dem C-Level ja nicht auf die Nase binden, dass die Unterzeichnung erst heute Morgen stattgefunden hatte. »Storyhacker ist Storyhacker. Das allein qualifiziert zu einer zweiten Chance.«

Musa nickte und verschränkte die Hände hinter dem Kopf. »Klingt fair.«

Gee, der bislang schweigend im Konferenzraum auf und ab gewandert war, blieb vor dem Tisch stehen und wandte sich dem C-Level zu. »Ich sehe das wie Leyla. *Fairness* bedeutet auch, zu verzeihen und zweite Chancen zu geben. Unter strenger Aufsicht, versteht sich. Genau genommen wird unsere Chefin ihn sogar höchstpersönlich im Auge behalten. Nicht wahr?«

Leylas Kopf zuckte in Gees Richtung, aber sie unterdrückte die Überraschung in ihrem Blick. Ihr Führungskreis sollte nicht den Eindruck erhalten, Gee und sie würden keine klare, miteinander abgestimmte Linie fahren. Dieser Sausack.

»Die Pitches bringen uns momentan an unsere personellen Kapazitätsgrenzen«, erklärte Gee mit ruhiger, tiefer Stimme. »Deshalb brauchen wir hier zusätzlichen Support. Wie wir unseren Praktikanten bislang kennenlernen durften, ist er im visuellen und fotografischen Bereich äußerst talentiert. Deshalb wird er Leyla höchstpersönlich beim Layouting ihrer Präsentationen unterstützen.«

Bitte was?! Leyla öffnete den Mund.

»Seine direkte disziplinarische Vorgesetzte ist Charlie als Kreationschefin«, informierte Gee weiter, und zu ihrer Empörung musste sie beobachten, wie Charlie nickte – dieser Mistkerl schien also auch sie schon eingeweiht zu haben. Leyla presste die Lippen zusammen.

»Alles klar«, entgegnete Musa, stand mit energiegeladener Geste vom Tisch auf und deutete eine winzige Verbeugung in Leylas Richtung an. »Ich nehme das Fairness-Ding mit ins Team. Denke nicht, dass es ein Problem darstellen sollte. Hey, am Ende hat der Junge nicht viel mehr gemacht, als in einen ungeeigneten Eimer zu kotzen und sich in der Serviette zu vergreifen, oder?« Er kicherte. »Passiert mir auf jeder Weihnachtsfeier. Und mir kündigt auch keiner.« Musa grinste frech in die Runde. »Bis spätersilie, ihr Schnuckelchen!«, rief er über die Schulter und rauschte aus dem Zimmer.

Leyla atmete aus und warf Gee einen bitterbösen Blick zu.

Kolja wanderte durch den Showroom der Storyhacker, den Kopf ehrfürchtig in den Nacken gelegt. Bis auf den Klang seiner und Dylans Schritte war es hier mucksmäuschenstill, was es ihm ermöglichte, sich voll auf die ausgestellten Plakate und Bildwände zu konzentrieren. Er konnte sich kaum entscheiden, wo er anfangen sollte, da deutete Dylan auf eine Nahaufnahme von ... einem Hummer.

»Hast du *Cruella* gesehen? Den Disneyfilm?«, fragte er, womit er Koljas Verwirrung die Krone aufsetzte.

»Du meinst *101 Dalmatiner*.«

»Nein, *Cruella*. Sie haben auch einen Blockbuster über die Bösewichtin gedreht.«

»Nope.«

»In dem Film zeigen sie, wie Cruella ihr Modeimperium zum Ruhm zu führt. Dafür schleust sie sich undercover in die Schneiderei ihrer größten Konkurrentin ein und schneidert jener das Meisterstück für ihre nächste Fashion-Show: ein Kleid gemacht aus Edelsteinen. Alle Kleidungsstücke werden kurz vor der Show sicher in einem Tresorraum verschlossen, damit vor der Premiere nichts an die Öffentlichkeit dringt. Als Cruellas Konkurrentin am Tag der Show ihre Kollektion präsentieren will, geschieht der große Coup. Cruellas Rivalin öffnet die Türen des Tresors, um ihre Kleider herauszuholen, und wird nahezu erstickt von einem Schwarm von Insekten. Das Kleid, das Cruella ihrer Konkurrentin geschneidert hatte, hatte nämlich nicht aus Edelsteinen bestanden. Sondern aus Mottenkokons. Deren Bewohner waren in der Zwischenzeit geschlüpft und hatten nicht nur das Eröffnungskleid zerstört, sondern auch alle anderen Stücke komplett zerfressen. Die Show war ruiniert.«

»Das war aber unhöflich von Cruella.«

Dylan grinste. »Understatement des Tages.«

»Du willst mir nicht wirklich sagen, dass ihr so was organisiert.«

»Doch. Die Storyhacker tun genau das. Das nennen wir Story-Stunt. Ein Stunt, aus dem man eine großartige Geschichte erzählen kann.«

»Ihr seid die Bösewichte.«

»Ja. Bloß starten wir Aktionen dieser Art nicht aus Geldgier oder um uns selbst einen Vorteil zu verschaffen wie Cruella. Wir veranstalten sie ausschließlich für gute Zwecke. Für wichtige Themen, auf die man aufmerksam machen muss.«

»Zum Beispiel?«

Dylan tippte auf die Nahaufnahme, vor der sie standen.

»Da gibt es diese Restaurants, in denen man seinen Hummer aussuchen darf, damit er bei lebendigem Leib gekocht wird.«

»O Mann. Ja.«

»Eine Tierschutzorganisation wandte sich an uns, verzweifelt darüber, dass in einem neuen Film, der hochkarätig besetzt und groß angekündigt war, ein solches Restaurant als Schauplatz diente und die Hummerqualität darin über den Klee gelobt wurde. Die Organisation hatte Angst, dass der Konsum von lebendig gekochten Hummern künftig zunehmen würde. Deshalb haben wir anlässlich der Filmpremiere alles, was Rang und Namen hat, in ein solches Restaurant eingeladen. Mit dem Unterschied, dass man zur Überraschung der Gäste keinen Hummer aussuchen sollte. Sondern sein persönliches Ferkel.«

»Die waren niedlicher als Hummer.«

»Genau. Für manche stellte es kein Problem dar, ein Ferkel auszuwählen. Jene Prominente baten wir nach vorn auf eine Bühne, wo sie ein fünfminütiger Film über die persönliche Lebensgeschichte von genau dem Schweinchen erwartete, das sie währenddessen auf dem Schoß hielten.«

»Uff.«

»Wir ließen das Ganze von Kamerateams aufnehmen. Hatten Netflix vor Ort für eine Kurzdoku und diverse nationale Tagesmedien. Menschen im dreistelligen Millionenbereich sahen den Case. Im Folgejahr machten Hummerrestaurants weltweit im Schnitt knapp dreiundzwanzig Prozent weniger Umsatz.«

Kolja nickte anerkennend und deutete auf eine dreidimensionale Skulptur. Vor ihm ragte ein gigantischer Quader in die Höhe, dessen Außenwände aus Monitoren bestanden. Im Zusammenspiel erzeugten sie die Illusion eines Aquariums – das vor Müll und Dreck nur so starrte.

»Auch ein Tierschutzprojekt?«

»Jep. Der Case heißt *The Vivarium*. Vielleicht erinnerst du dich an den Hashtag. Als Vivarium bezeichnet man ein kleines Gehege, das für die Beobachtung oder Untersuchung von Tieren unter naturnahen Bedingungen gedacht ist. In 2022 haben wir einen Unterwasserzoo eröffnet, in dem die Tiere unter ekelhaften Bedingungen lebten. In den Aquarien trieb Plastik und Industriemüll. Fischernetzfetzen erschwerten den Tieren das Schwimmen. All so was. Am Eröffnungstag hatte der Shitstorm vor Ort und in den sozialen Medien schon nach wenigen Stunden seinen Höhepunkt erreicht. Die Bilder gingen um die Welt, Tierschutzorganisationen wandten sich an uns mit bitterbösen Forderungen, die Tiere an sie zu übergeben. Das war unser Zeitpunkt, um mit einem sogenannten *Open Letter* an die Öffentlichkeit zu gehen. In diesem Brief haben wir erklärt, dass der dargestellte Verschmutzungsgrad der Aquarien dem Zustand unserer Weltmeere vielerorts entspräche. Sämtliche Tiere, die wir zu Demonstrationszwecken einsetzen mussten, hatten wir aus weitaus schlimmeren Bedingungen gerettet. Sie waren veterinärmedizinisch versorgt worden und nach der Aktion entweder ausgewildert, wenn möglich, oder aber in größere, am ehesten bedürfnisgerechte Gehege versetzt.«

Kolja schluckte gegen den Kloß in seinem Hals an. Die Meeresschildkröte, die nahezu leblos in dem digitalen Becken vor seinen Augen trieb, war machtlos gegen die Schnur, die sich um ihre Flossen gewickelt hatte. Aus ihrer Nase ragte ein Stück Strohhalm.

»Wer hat sich das ausgedacht?«

»Das Team, in einem gemeinsamen Brainstorming. Aber die Idee kam von ihr.«

Keiner der beiden musste es aussprechen, um zu wissen, wer gemeint war.

»Und sie fand es richtig, die Tiere, wenn auch nur für eine kurze Zeit, weiter ihrem Leid auszusetzen, anstatt sofort zu helfen? Ich verstehe, dass ihr nur so die Aufmerksamkeit gewinnen konntet. Aber ...«

Dylan lächelte. »Richtige Frage. Genau das haben uns die Medien und Tierschutzorganisationen nach dem ersten *Open Letter* vorgeworfen. Das war der Zeitpunkt für unseren zweiten geplanten offenen Brief: Unser Vivarium war nie verschmutzt. Das Plastik und den Müll hatten wir mithilfe von Augmented-Reality-Technik über die Scheiben in die Becken projiziert.«

Kolja riss die Augen auf, als er verstand. »Damit habt ihr ein zweites Statement gesetzt: gegen die Verlängerung von Tierleid für die Content-Erstellung.«

»Korrekt.«

»Genial.« Gedankenverloren schüttelte Kolja den Kopf. »Was passiert bei der Fair-Fashion-Show?«

Dylan lachte trocken auf. »Du meinst die, für die wir kürzlich ein neues Stoffmuster für veganes Leder aus Pilzwurzeln auftreiben mussten, das wir eigentlich gestern der Kundin vorstellen wollten?«

»Äh ... Jep. Genau die.«

»Eine nachhaltige Modemarke hat uns engagiert, für ihre Show eine Idee zu entwickeln. Alle Models werden Tiere an der Leine oder auf dem Arm halten, die für ihre Outfits normalerweise hätten sterben müssen, wären sie aus Leder oder Pelz anstelle von veganen Textilien gefertigt. Die Show erweckt den Eindruck, wir würden ein Statement für den Tierschutz setzen, wie wir es häufig tun. Aber wir haben einen Plottwist eingewoben. Am Ende der Show stellt sich heraus, dass jedes der zwischen achtzehn und einundzwanzig Jahre alten Models seine Kindheit in einer Fabrik in Bangladesch als Kinderarbeiter oder -arbeiterin verbracht hat. Sie alle sind Zeitzeuginnen und -zeugen einer Industrie, gegen die unsere Fashion-Marke *LIORA* schon vor acht Jahren vorgehen wollte. Wir haben sie damals überredet, auf Geduld zu setzen. Und die wird sich jetzt auszahlen. Anstatt nur über Gutes zu reden, haben wir nämlich Gutes getan. Seit acht Jahren vergibt *LIORA* lebenslängliche Bildungsstipendien an Kinderarbeiterinnen und -arbeiter in Schwellenländern, um sie aus ihrer misslichen Lage zu befreien und ihnen ein neues Leben zu schenken. Am Tag der Fashion-Show wird dieses Engagement erstmalig global und pressewirksam bekannt, und wir stellen zusammen mit der Marke ein Forderungspapier an die Modeindustrie, die unter tier- und menschenunwürdigen Bedingungen produziert. Wir hoffen auf einen Wendepunkt.«

»Und ich habe mir mit einem Stoffmuster für genau diese Show die Kotze vom Mund gewischt?«

»Exakt.«

»Oh. Verstehe. Ähm ... sorry.«

»Schon okay. Jeder verdient eine zweite Chance.«

Sie schloss die Tür hinter Alba, die als Letzte das Konferenzzimmer verließ, und lehnte sich dagegen. Es waren nur noch Gee und sie im Raum, und Leyla hätte einiges dafür getan, die Stressflecken, die sie auf ihrem Hals glühen fühlte, umgehend zu überschminken. Stattdessen fragte sie mit erhobenen Brauen: »Was sollte das? Warum war das nicht vorher mit mir abgesprochen?«

Gee grinste und steckte die Hände in die Hosentaschen.

»Warum stört es dich so sehr? Ich dachte, da sei nichts zwischen dir und dem *Puke*-tikanten?«

»Da ist auch nichts, Gee. Ich möchte einfach nur über politische Unternehmensentscheidungen informiert werden, vor allem, wenn sie mich betreffen.«

»Hätte ich dich gefragt, hättest du nicht zugestimmt.«

»Absolut richtig. Ich muss ihn nicht in meiner Nähe haben. Ich will vor allem nicht, dass man mir Befangenheit im Barker-Pitch unterstellt.«

»Soso, es stresst dich also, ihn in deiner Nähe zu haben?«

»Nein. Aber ...«

»Wenn nichts zwischen euch ist, sollte er dich auch nicht stören. Wenn doch was zwischen euch ist, dann solltest du schnellstmöglich dahinterkommen.«

Leyla verdrehte die Augen, stieß sich von der Tür ab und lief im Meeting-Raum auf und ab.

»Gerald Rankin. Kolja ist zweiundzwanzig Jahre alt.«

»Schönes Alter. Genau wie mein Sohn.«

»Ich werde dreißig.«

»Noch dazu bist du CEO eines Multimillionen-Dollar-Unternehmens, und er ist dein Praktikant.«

»Genau.«

»Also?«

»Also *darf* zwischen uns nicht mal der allerkleinste Funke fliegen. Selbst wenn da Potenzial bestünde.«

Gee zog die Augenbrauen bis zum Haaransatz hoch.

»Wenn es zwischen euch echt ist, Leyla-Baby, etwas wirklich Wahrhaftiges, dann ist nichts mehr wert als der allerkleinste Funke. Denn ein Funke reicht manchmal, um einen ganzen Waldbrand zu entfachen.«

Es hatte sich seltsam angefühlt, heute früh zwischen Urwald und Weinkisten aufzuwachen – im vollen Bewusstsein, einen richtigen Job zu haben. Einen, bei dem man sozial geächtet wurde, wenn man nicht hinging. Einen, bei dem man eine Hose brauchte. Es hatte sich seltsam angefühlt, die Cornflakes zu löffeln, als müsste man sich nur stärken, um das eigene Potenzial voll zu entfalten.

Beim Frühstück hatte Daisy ihn kopfschüttelnd gefragt, woher seine plötzliche Motivation rührte, *so einen* Job anzutreten. Einen, den ihm noch dazu sein Vater organisiert hatte. Kolja hatte mit den Schultern gezuckt, die ehrlichste Antwort, die er geben konnte, und entgegnet: »Mein Vater hat von mir verlangt, nie wieder einen Fuß in die Agentur zu setzen. Damit er dem Laden in Ruhe zwölf Millionen rüberschieben kann, um sich von meiner Schande reinzuwaschen. Er denkt, damit hätte er gewonnen. Also sorge ich dafür, dass er sich irrt.«

Okay, und wegen der dreitausend Dollar vielleicht. Aber wer könnte reinen Herzens behaupten, solch ein Gehalt würde ihn nicht reizen? Und wer könnte ihm verdenken, dass ihn noch etwas ganz anderes in diesem Unternehmen reizte ...

Es hatte sich seltsam angefühlt, durch die Sicherheitskontrollen der gläsernen Halle von *The Cone* geschleust zu werden, als hätte Kolja es irgendwie verdient, hier zu sein. Es hatte sich seltsam angefühlt, dass die wenigen Anwesenden im Büro ihn zur Begrüßung angelächelt oder sogar gefragt hatten, ob er mitkommen wollte, um einen Kaffee zu holen. Okay, alle außer dem Mädchen mit den roten Haaren, das er am ersten Tag im Fahrstuhl getroffen und dem er allen Anschein nach auf die Tasche gekotzt hatte. Nun ja. Ihre Kaffee-Einladungen hatte Kolja mit einem schwachen Lächeln abgelehnt, weil er zu einem Termin musste. Wie ein Erwachsener.

Es hatte sich seltsam angefühlt, an einem runden Tisch im Co-Working-Space Platz zu nehmen, zehn Minuten früher sogar, schön brav. Da saß er also, die Kopfhörer um den Nacken gehängt, den aufgeklappten Laptop vor sich auf dem Tisch, während die Buchstaben vor seinen müden Augen tanzten und er sich fragte, wie um alles in der Welt er sich hier über Wasser halten sollte, wenn es ihm nicht mal gelang, diese kurze E-Mail zu lesen.

Wie zur Antwort tauchte *ihr* Gesicht vor ihm auf. Sein Herz täuschte einen kleinen Infarkt vor, als ihm klar wurde, dass er sie diesmal nicht nur vor seinem geistigen Auge visualisierte, sondern sie wirklich vor ihm stand – wahrhaftig, in einem Oversized-Blazer mit einer bauchfreien Bluse darunter. Er konnte die nackte Haut ihrer Taille sehen. Fuck, sah sie scharf aus. Durften Chefinnen das? So aussehen? Verstohlen blickte sich Kolja im Büro um. Gaffte ihr denn sonst keiner hinterher? Das war doch verboten! Oder gewöhnte man sich einfach mit der Zeit an den Anblick?

Bitte, schickte er ein Stoßgebet gen Himmel. Mach, dass man sich daran gewöhnt.

Leyla legte Laptop und Handy auf dem Tisch ab, schob den Stuhl zurück und setzte sich neben ihn.

»Guten Morgen«, wünschte sie an die Tischplatte gewandt und lächelte ihm blitzschnell zu. »Dein erster richtiger Arbeitstag am Laptop, was?«

»Nie einen richtigeren gehabt.«

Diesmal zogen sich ihre Mundwinkel etwas höher, aber gleich darauf kniff sie die Lippen zusammen, als wollte sie ihr Lächeln abwürgen. Sie sah ihm immer noch nicht in die Augen.

»Sehr gut. Charlie wird auch jeden Moment da sein.«

Sie musste sich also in die Anwesenheit einer Anstandsdame retten. Interessant.

»Alles klar. Aber wir können es auch gerne zu zweit vorantreiben«, raunte Kolja ihr zu.

»Was?« Jetzt wirbelte ihr Kopf zu ihm herum, und es war an ihm, ein Feixen zu unterdrücken. Er faltete die Hände auf dem Tisch, nur um sie direkt wieder zu lösen und eine lockere Faust wie beiläufig in Richtung ihrer Unterarme zu schieben. Wenn sie ihn provozierte, mit diesen umwerfend duftenden Haaren, durfte er das auch.

»Das Thema, das du gestern in deiner E-Mail angekündigt hast. Du sagtest, ich könnte dabei helfen, ein wichtiges Projekt *voranzutreiben*?«

Genussvoll beobachtete Kolja, wie sich ihre Augen kurz weiteten und wie ihr Adamsapfel beim Schlucken ganz leicht hüpfte.

»Oh. Das. Sicher. Ich bin mir sicher, du wirst das hervorragend tun. Es vorantreiben.«

Ihre Augen öffneten sich noch ein Stück mehr, als könnte sie nicht glauben, was sie da gerade gesagt hatte. Kolja lachte heiser auf.

»Schon okay. Du verrätst niemandem, dass ich nicht in Harvard, sondern bei Ernies Tanke gelernt habe, und ich verrate niemandem, dass die Chefin schmutzige Witze mit dem Praktikanten macht.«

»Ich *habe* nicht ...«

»Also. War das deine Idee, den Räumen diese Namen zu geben? *Imagination* ...«

»*Disruption* und *Reformation*. Nein. Ich habe lediglich die drei Begriffe als Leitbild unserer Agentur geprägt, damals mit unserem Start-Team. Es sind die Phasen unserer Arbeit. Sie spiegeln sich wider in allem, was wir tun.« Leyla sprach immer schneller. »Am Anfang jedes Story-Stunts steht eine unglaublich gute Idee. Mit dieser disruptieren wir die Branche, wie sie bislang funktioniert hat. Unsere Arbeit ist der Auslöser, etwas nachhaltig zu verändern. Der Grundstein für eine Reformation. Als wir in *The Cone* umgezogen sind, hatte Musa die Idee, die Büroräume nach den drei Phasen zu benennen. Musa ist unser Chief Experience Officer, er ist verantwortlich für alle Berührungspunkte mit unserer Marke. Du wirst ihn schnell kennenlernen. Er ist wie ein Paradiesvogel im Hühnerstall. Nicht zu übersehen.«

»Der, der gackert wie Eddie Murphy?«

»Genau der.«

Sie kicherten, und versehentlich kreuzten sich ihre Blicke. Scheiße, das hätte er lassen sollen. Es war das eine, Leyla mit Blicken zu durchbohren, während sie am liebsten im Erdboden versinken würde. Von ihr angelächelt zu werden, war eine ganz andere Hausnummer.

Sie biss sich auf die Unterlippe und wandte den Kopf ab, Kolja sog scharf die Luft ein und zog die Hand zurück. Warum mussten sie sich überhaupt in einem Großraumbüro treffen? Hätten sie sich nicht auch im *Glass Office* treffen können? Er wüsste so gern, wie weit sie gehen würden. Würde sie sich auf derbere Zweideutigkeiten einlassen? Dass da etwas zwischen den Zeilen mitschwang, war nicht abzustreiten. Was passierte, wenn er seine Hand noch ein Stück weiterschob und sein Handrücken ihren berührte? Was würde geschehen, wenn er beiläufig über den nackten Streifen Haut an ihrer Taille strich? Und was, wenn er sie in das Badezimmer in ihrem Büro ziehen würde, wo es nur sie beide gab, wo niemand nach ihnen suchen oder bemerken würde, wenn er seine Lippen auf …

»Einen wunderschönen guten Morgen.« Er sah auf.

Charlie knallte ihren Lederkoffer auf den Rundtisch, zog geräuschvoll den Stuhl zurück und setzte sich breitbeinig hin.

»Los gehts. Hast du schon angefangen, unser neues Talent einzuführen, Leyla?«

Einführen. Tolle Idee. Koljas Nasenflügel zuckten, aber Leyla verzog keine Miene. »Überlasse ich ganz dir, Charlie.«

»Alles klar. Kolja: Eine Kollegin von uns, Alice, geht in den sofortigen Mutterschutz und hinterlässt ein Projekt, das, wie wir gestern feststellen mussten, in weitaus schlimmerem Zustand ist, als wir dachten. Es handelt sich nicht um ein Kundenprojekt, sondern um ein internes.«

Innerlich atmete Kolja auf. Er bezweifelte, dass er bereit war für Kunden, solange er sie sogar beleidigte, ohne sie zu kennen.

»Was nicht bedeutet, dass wir an dieses Projekt geringere Ansprüche haben.«

Mist.

»In zweieinhalb Wochen sollte unser Frühlingsfest stattfinden«, fuhr Leyla mit ihrer Reibeisenstimme fort. »Die Location haben wir vor über einem Jahr gebucht und waren in der Planung längst bei letzten Feinheiten wie der Deko, dem Programmfeinschliff und den Briefings für die Security angelangt. In der Übergabe haben wir dann gesehen, dass Alice seit ein paar Tagen mit dem Veranstalter per Mail herumdiskutiert. Seit gestern steht es fest: Es gab eine Doppelbuchung für unseren Stichtag.«

»Shit.«

»Kannst du laut sagen«, knurrte Charlie. »Für über dreihundert Mitarbeitende findet sich so schnell keine Alternative. Wir sind längst davon abgerückt, das Fest an genau dem Tag stattfinden zu lassen. Aber ausfallen kann es auf keinen Fall. Das Frühjahrsfest ist eines der Jahreshighlights, wenn man bei den Storyhackern ist, und gerade in diesem Jahr können wir es uns nicht leisten, das Fest abzublasen. Wir gewinnen mehr Pitches denn je und generieren damit auch enormes Arbeitsaufkommen. Wir kommen mit den Neueinstellungen kaum hinterher. Viele Kolleginnen und Kollegen stemmen hundertfünfzig Prozent und gehen auf dem Zahnfleisch. Die Aussicht, mit dem Frühlingsfest wenigstens ein bisschen entlohnt zu werden, hält sie über Wasser. Es hat etwas mit Wertschätzung zu tun. Für uns hat diese Sache allerhöchste Priorität.«

»Ich glaube«, setzte Leyla an wie in einer Choreografie, die sie mit Charlie einstudiert hatte, »du könntest ein gutes Auge haben für die

Art der Location, die wir benötigen. Für den Stil und das Ambiente. Unsere Event-Agentur sitzt bereits an der Recherche. Aber es schadet nie, von zwei Seiten an die Sache heranzugehen.«

Scheiße. Er musste recherchieren. An einem Computer. Smartphones gingen ja noch, aber Laptops? Die hatten einfach ... viel zu viele Tasten!

»Ich dachte, ich sollte an irgendetwas mit Pitch-Präsentationen mitarbeiten«, versuchte Kolja es lahm.

»Eigentlich solltest du Leyla ja bei der Ausarbeitung unterstützen, ja, und das wirst du auch, früher oder später«, erklärte Charlie. »Wir haben aber entschieden, dich vorerst mit der Planung unseres Frühlingsfestes zu betrauen. Das ist dringender.«

»Du übernimmst also Alice' Verantwortlichkeit. Oder anders gesagt: Der Spaß der Agentur liegt in deinen Händen.«

Alba? Wir müssen eine andere Position für Kolja Barker finden.«

Leyla lehnte sich mit Schwung gegen die Kühlschranktür der Teeküche im obersten Stock, sah sich kurz um, ob sie alleine waren, und vergrub das Gesicht in den Händen.

»Ach, jetzt hör aber auf. Wieso? Du wolltest ihn doch im Auge behalten«, entgegnete Alba, während sie Leyla und sich je einen Teebeutel ins Glas legte.

»Ja, schon. Aber nicht so sehr im Auge wie einen Dorn.«

Alba grinste. »Macht er dich nervös?«

»Was! Nein! O Gott, er ist noch ein Kind, Al.«

»Aber ein gut gebautes. Von Gott reich beschenktes. Die Muskeln, meine ich.« Sie schob mit dem Finger die Haut an ihrem Oberarm in die Höhe, um einen Bizeps anzudeuten, schaute vielsagend über den Rand ihrer Brille und wackelte übertrieben mit den Augenbrauen.

Leyla schoss die Röte in die Wangen. »Das ist sexualisierend«, zischte sie. »Ich bitte dich.« Auch wenn Alba vollkommen recht hatte.

»Also soll ich ihn von dir runternehmen, ja?«

»Hör auf mit den Wortspielen. Was ist denn nur mit euch allen los? Aber ja. Ich glaube, das wäre besser.«

Sie war sich nicht sicher, wie lange sie ihr Pokerface aufrechterhalten konnte, wenn er noch einmal beiläufig seine Hand über den Tisch immer weiter an ihre rutschen ließ. Und ob sie es noch einmal höflich weglächeln könnte, wenn er beim Aufstehen vom Stuhl in einer Ladys-first-Geste seine Hand sachte auf ihren unteren Rücken legte. Ihren nackten Rücken. Schon wenn sie daran dachte, überkam sie eine Gänsehaut.

»Und wie erkläre ich dem Team, dass unser kleines Goldtalent an seinem dritten Arbeitstag zum zweiten Mal die Abteilung wechselt?« Alba löffelte haufenweise Zucker in ihr Teeglas und gab drei Stück Süßstoff in Leylas.

Kolja hatte seine Kaffeetasse heute früh ähnlich vollgeschaufelt. Dabei waren Leylas Gedanken abgeschweift und wie aus dem Nichts bei einem bestimmten Satz hängen geblieben. *Sie hatte beinahe ein Jahr keinen Sex gehabt.* Der Gedanke hatte in ihr so etwas wie eine Lawine losgetreten. Eine Gefühlslawine. Scham, dass sie so etwas dachte, nur eine Armlänge von Kolja Barker und seiner gebräunten Haut entfernt. Bestürzung darüber, wie sie so etwas überhaupt über einen Mitarbeitenden denken konnte. Überraschung, dass ihr Körper, der sich vor gut einem Jahr entschieden hatte, asexuell zu werden, scheinbar doch noch so etwas wie Verlangen entwickeln konnte. Enttäuschung darüber. Wut. Abscheu. Traurigkeit. Und dann kam die Panik.

Von einem Moment auf den anderen verschwamm die Theke in der Küche vor Leylas Augen, und sie stand wieder in diesem Zimmer.

Nackte Haut.

Blut überall.

Der Geruch nach Urin.

Erst schnürte sich ihr Herz zu, wie sie es seit diesem einen Tag nicht mehr erlebt hatte. Dann ihre Kehle, ihr wurde schwindelig und ...

Noch sechzehn Tage.

»Leyla?«

Sie blinzelte und schüttelte den Kopf, bis sie wieder in der Teeküche mit Alba stand. »Sorry. Vielleicht sagst du, es sei wegen des Barker-Pitchs?«, schlug sie vor und nahm die dampfende Tasse von ihrer Assistentin entgegen. Ihre Hände bebten.

»Oder Befangenheit? Persönliche Konflikte? Irgendwas?«

Alba schnaubte. »Ich glaube eher, die Kollegschaft denkt, er würde hier so verhätschelt, gerade *weil* er Barkers Sprössling ist. Sie reden sich sowieso schon den Mund fusselig. Glaub mir, meine Liebe, ich habe gut zu tun damit, vor den Leuten deine Entscheidung zu verteidigen, dass der *Puke*-tikant bleiben darf.«

»Okay.« Leyla legte den Kopf schief. »Was schlägst du vor?«

»Ihn da zu lassen, wo er ist. Wir beide behalten ihn im Auge, und bei dir kann er nicht viel falsch machen. Weil du die Einzige bist, die bereit ist, alles unter den Teppich zu kehren, was er verkackt.«

Leyla stutzte. Öffnete den Mund und schloss ihn wieder. Alba sagte immer freiheraus, was sie dachte, aber heute fühlte es sich seltsamerweise an wie ein persönlicher Angriff.

»Er wird es nicht verkacken«, antwortete sie eine Spur schärfer als beabsichtigt. Auf einen Schlag hörten ihre Hände auf zu zittern. »Ein Auge wie seines ist genau, was wir jetzt brauchen für die Location-Recherche.« Sie presste die Lippen zusammen und nickte, um ihre Aussage zu unterstreichen.

Albas Haltung veränderte sich augenblicklich, sie straffte die Schultern, nickte ebenfalls und bedeutete Leyla, voranzugehen. »Okay, Boss. Verstanden. Als Nächstes nach links, Meeting-Raum vier, bitte. Die *Patagonia*-Kundin wartet schon.«

Was konnte schon so schwer daran sein, eine Party zu organisieren? Man brauchte Getränke, einen DJ, der's draufhatte, was zwischen die Zähne und natürlich eine Location. War doch so, oder?

Scheiße. Garantiert nicht. Als ob es nicht ungefähr eintausend weitere Aufgaben gab. Wo sollte er anfangen?

Koljas Blick hing noch eine Sekunde lang an der Tür, aus der Leyla soeben verschwunden war, dann verkroch er sich in die hinterste Ecke von *Imagination*, wo er im Trubel unterging, und setzte seine Kopfhörer auf. Abgeschirmt von den Blicken der anderen durch ein Flipchart klappte er den Laptop wieder auf und starrte auf den Home-Bildschirm.

Er solle sich keinen Stress machen, hatte seine direkte Vorgesetzte Charlie gesagt. Zwar bräuchten sie aufgrund der Absage der Location auch ein neues Catering und Service-Personal, weil dieses ursprünglich in der Paketbuchung enthalten gewesen war. Aber ihm komme als Praktikant ja nur die unterstützende Rolle zu. Die Verantwortung würde jemand anderes tragen. Sobald sie diesen Jemand gefunden hatten.

Frage für einen Freund: Wer trug die Verantwortung bis dahin, wenn nicht er? Und was, wenn sie niemanden fanden? Würde irgendwer der dreihundert Kolleginnen und Kollegen seine Arbeit anders als katastrophal in Erinnerung behalten, wenn das Frühlingsfest floppte, weil es auf dem Parkplatz von *The Cone* stattfand?

Kolja vergrub das Gesicht in den Händen.

Und mal ganz anders gefragt: Wie sollte er jemandem weismachen, dass er *überhaupt* arbeitete? Er hatte keine Ahnung, wie das ging. Er war froh, dass er sich gestern in der IT wenigstens abgeschaut hatte, wie sich das E-Mail-Programm öffnen ließ, bevor es an den Home-Bildschirm angedockt war. Seine Generation bestritt ihren Alltag übers Smartphone und, wenn's hart auf hart kam, mit einem Tablet. Er konnte sich nicht erinnern, ob er überhaupt schon mal einen Laptop bedient hatte. Dafür wusste er noch, wie man bei EyeToy im Tischtennis gewann. Half das auch?

Kolja klickte das blinkende Icon mit den neuen E-Mails weg, von denen er noch keine einzige gelesen hatte, rieb sich durch die zottligen Locken und atmete durch. Schluss mit der Panik. Er war doch jetzt erwachsen. Zeit für einen Plan.

Mit zittrigen Händen griff er nach seinem Smartphone.

Heimlich schielte Leyla auf ihr Handy, das auf dem Konferenztisch lag und eine Pop-up-Nachricht hochspülte. Dreizehn Mails und eine neue Message bei Instagram. Shit. Flatterte da *@koljab22rker* über den Bildschirm?

Vorsichtig sah sie zum Wandscreen, auf dem eine Kollegin gerade durch die ersten Ansätze für den *Patagonia*-Pitch flippte. *Schulterblick* nannten Kunden diesen Termin, der wenige Tage nach dem Briefing stattfand und bei dem die meisten ein fertiges Konzept erwarteten, getarnt unter dem Es-muss-auch-noch-nicht-final-sein-aber-wäre-schon-schön-Mantel. Momentan präsentierte eine hoch talentierte junge Storyhackerin, Anh aus der Redaktion. Sie vermochte es auf natürliche Weise, die Aufmerksamkeit ihrer Zuhörenden zu fesseln. Gleich würde sie am Ende des strategischen Teils angelangt sein, und Leyla müsste einsteigen mit den operativen Details. Sie liebte es, die gewohnte Hierarchie umzukehren. In einem Termin war sie mal auf schmerzliche Weise daran erinnert worden, wie stark Respekt und Jobtitel in Verbindung standen. Der Kunde hatte nicht gewusst, dass Leyla die Geschäftsführerin war. Ein Praktikant übernahm an diesem

Tag die Moderation, begrüßte die Gäste, fragte nach Getränkewünschen, führte durch die Strategie und forderte Leyla an der richtigen Stelle zum Präsentieren auf. Nur Sekunden nachdem sie zu sprechen begonnen hatte, griff der zuvor höchst aufmerksame Klient nach seinem Handy und schielte darauf, während Leylas Worte zum einen Ohr hinein- und zum anderen hinauszufliegen schienen. Mehr als ein müdes Lächeln hatte er am Ende ihres Teils nicht für sie übrig gehabt und sich mit seinen Fragen an den Praktikanten gewandt.

Seitdem waren »Auszubildende« und »Trainee« gegenüber von Kundinnen und Kunden aus dem *Storyhacker*-Wortschatz gestrichen worden. Ersetzt hatten sie die Rollenbezeichnungen, die sich die Team-Mitglieder selbst aussuchten. Anh trug in ihrer E-Mail-Signatur den Titel *Junior Inspiration Officer* und hielt die Kundinnen passend dazu gerade in ihrem Bann. Schon seit einigen Minuten hatte Anh keine Absicherung durch Blicke mehr bei Leyla gesucht, sie saß fest im Sattel. Weshalb Leyla getrost einen zweiten Blick auf ihr Handy riskieren konnte.

> **@koljab22rker**
> wir beide wissen dass ich …

Was wussten sie beide? Die Pop-up-Nachricht kürzte den Inhalt auf die ersten Worte. Leyla seufzte. Was konnte so wichtig sein, dass Kolja ihr schon Minuten nach seinem Briefing schrieb? Vielleicht hatte er ja eine Frage, aber Charlie war gerade nicht greifbar? Oder sie hatte ihm bei etwas auch nicht weiterhelfen können? Besser, sie sah nach. Nur ganz kurz.

> **@koljab22rker**
> wir beide wissen dass ich keine ahnung habe was ich hier tue es ist als wär ich der elefant im porzellanladen aber an meiner brusttasche klemmt auch noch ein schild das mich als verkäufer auszeichnet hilfe

Leyla biss sich auf die Lippe, um nicht zu grinsen. Kurzer Blick zu Anh: Sie kam klar. Die Kundin tippte sich nachdenklich mit dem

Finger ans Kinn, ihre Begleiterin notierte etwas auf einem Tablet. Sehr gut.

Diskret tippte Leyla eine Antwort ins Handy. Einen Moment lang zögerte sie, ob sie die Nachricht wirklich so abschicken konnte. Sie hatte sich zwar etwas mehr Mühe mit der Rechtschreibung und Interpunktion gegeben als Kolja, war aber immer noch sehr ... informell. Das hier wäre eigentlich der Moment, eine Grenze zwischen Kolja und ihr zu ziehen, die klarmachte, dass ihr lockeres Geplänkel vom Vortag mit seiner Anstellung ein Ende gefunden hatte. Sie sollte etwas antworten wie: *Hallo Kolja, ich bin gerade im Termin. Wenn du Hilfe bei etwas brauchst, wende dich doch gerne an Charlie.* Bei dem Gedanken daran rümpfte Leyla die Nase. Bei anderen Praktikantinnen und Praktikanten, die die Agenturkultur noch nicht ganz verstanden hatten, wäre das die richtige Reaktion. Aber bei Kolja? Da war sowieso alles anders. Er brauchte eine Sonderbehandlung, wenn sie ihm weiterhelfen wollte. Leyla lächelte kaum merklich. Jemanden wie ihn musste man überraschen. Mit ein bisschen Sarkasmus zum Beispiel.

> **@leyla_ahmadi**
> Nicht schlecht, Kolja, eine erneute Premiere für dich. Bei Instagram hat mich auch noch keiner gebeten, bei der Arbeit ein bisschen was vorzusagen. Hm, ich könnte mein Meeting abbrechen, *Patagonia* verkünden, dass wir aus dem Pitch austreten, sie hinausbitten und stattdessen runterkommen, um dir ein bisschen das Köpfchen zu tätscheln bei der Google-Suche. Was hältst du davon?

Kurz überlegte Leyla, ob sie, als Anspielung auf Koljas Elefant-im-Porzellanladen-Metapher, das *Köpfchen* gegen *Rüssel* austauschen sollte. Dann würde da stehen: *dir ein bisschen den Rüssel tätscheln bei der Google-Suche.*

»Um Gottes willen«, murmelte Leyla und tippte in die Nachricht, um die Rüsselidee schnell wieder zu löschen. Das ging eindeutig zu weit und klang noch dazu total hirnrissig. Sie war doch keine fünfzehn mehr.

»Viel zu peinlich ...«

»Ja bitte?«

Leylas Kopf schnellte in die Höhe. »Hm?«

Fünf Augenpaare starrten sie an.

»Wolltest du etwas ergänzen, Leyla?«, fragte Anh höflich.

»Nein, bitte entschuldige. Du hast alles Wichtige gesagt, mach gern weiter.«

»Okay.«

Scheiße, wie unprofessionell. Blitzschnell tippte Leyla auf *Löschen*, schickte die Nachricht ab, lächelte der Kundin zu, ignorierte Albas fragenden Blick und legte ihr Handy zur Seite. Doch ein paar Keynote-Folien weiter leuchtete ihr Bildschirm wieder auf.

> **@koljab22rker**
> in der personalabteilung hat mir niemand gesagt dass den rüs...

O nein. O nein, nein, nein. Warum steht da »rüs«? Was hatte sie getan? Leyla schnappte nach ihrem Handy und entsperrte es.

> **@koljab22rker**
> in der personalabteilung hat mir niemand gesagt dass den rüsseltätscheln teil der mitarbeitenden vorteile ist super- großer fan des angebots das ich gern annehme und freue mich drauf mehr über das benefit programm zu erfahren props an meinen girl boss

Ach. Du. Scheiße.

Wieder dieses *girl boss*. Respektlos. Aber um sich darüber aufzuregen, hatte Leyla keine Zeit. Ihr wurde abwechselnd heiß und kalt, als sie erkannte, wo sie sich gerade höchstpersönlich hineinmanövriert hatte. Sie hatte den *Rüssel* versehentlich abgeschickt. Übelkeit wuchs als Kloß in ihrem Hals. Das Adrenalin kribbelte in ihren Adern, als würden tausend Ameisen hindurchrasen. Wenn ihre Nachricht an Kolja auf dem Tisch der Personalabteilung landen würde – Leyla würde so etwas normalerweise nicht bei einer Verwarnung belassen.

Tausend Worte wären nicht genug, um diesen Fauxpas hinreichend zu erklären. Ihre Nachricht konnte eindeutig als sexuelle Belästigung interpretiert werden. Sie war nicht so gemeint gewesen, natürlich nicht, aber wenn Kolja es so verstand …

Verdammt, sie schämte sich. Und das in ihrer Position, mit ihrem Erfahrungsschatz. Seit wann war sie so dumm, so unfassbar dumm? Seit wann konnte sie kein Smartphone mehr bedienen?

> @leyla_ahmadi
> Bitte entschuldige vielmals, Kolja, das war ein Autorkorrektur-Fehler meines Handys. Ich hatte etwas anderes gemeint, bin aber gerade im Termin und melde mich später noch einmal bei dir.
> Ich hoffe auf dein Verständnis und sende viele Grüße
> Leyla

Erst als sich jemand in die Stille räusperte, fiel Leyla auf, dass wirklich lange niemand mehr etwas gesagt hatte. Es war ganz ruhig im Meeting-Raum. Wieder waren fünf Augenpaare auf sie gerichtet, einige ihrer Besitzerinnen musterten sie diesmal mit gerunzelter Stirn. Allen voran Alba.

»Leyla? Möchtest du jetzt unseren Maßnahmenplan vorstellen?«

Der Ton ihrer Assistentin ließ nur eine Antwort zu.

Leyla schluckte den Kloß in ihrem Hals herunter. »Verzeihung«, wandte sie sich an die Runde, »ich habe mich von etwas Unverhofftem ablenken lassen. Aber ich bin jetzt ganz bei euch. Danke schön für die Überleitung, Anh. Basierend auf unserer Idee für *Patagonia* haben wir …«

Er hatte Leyla in den Garten gebeten.

Während Kolja wartete, wanderte er mit offenem Mund über den parkähnlichen, dicht bewachsenen Grünpfad, der sich spiralförmig um das Gebäude schlang. Der Ausblick durch die Bäume und auf die Skyline dahinter wirkte so surreal, dass Kolja sich kaum sattsehen konnte. Er hatte so viele Fotos gemacht wie schon lange nicht mehr, im Versuch, die verwirrende Perspektive der über den Dächern der Stadt wurzelnden Bäume und Sträucher einzufangen.

Leyla war immer noch nicht da.

Kolja nahm auf einer breiten Edelstahlbank Platz, die mehr eine Liege war – perfekt in Richtung Sonnenuntergang ausgerichtet. Das Blau des Himmels färbte sich allmählich in ein sanftes Lila. Wie cool konnte etwas aussehen? Und dort drüben wuchsen ernsthaft Erdbeersträucher. Das hatte das kleine Schild an der Gemüseschublade im Kühlschrank also gemeint: *Aus eigenem Anbau. Bedient euch, Hacker!*

Kolja lehnte sich zurück und verschränkte die Hände hinter dem Kopf. Liebend gern hätte er sich heute eine kleine Erdbeere geschnappt. Wäre ihm nicht seit dem Vormittag schon schlecht. Leylas Nachricht war bei ihm eingeschlagen wie eine Bombe. Er hatte Stunden darauf verwendet, ihre Worte zu analysieren. Klar, seine Antwort war frech, albern und unverschämt gewesen. Aber ihre, die mit dem Rüssel, doch ebenfalls. Er dachte, sie hätten ein wenig herumgealbert. Aber anscheinend war er dabei übers Ziel hinausgeschossen. Am Ende war sie seine Vorgesetzte. Seine Vor-Vor-Vor-Vor-Vorgesetzte sogar. Am Arbeitsplatz galten andere Regeln als in freier Wildbahn. Geschriebene und ungeschriebene. Wenn er sich schon mit ersteren schwertat, könnte er doch zumindest die letzteren einhalten.

Kolja schnaubte, setzte sich auf und legte die Unterarme auf den Knien ab. Den halben Tag über hatte er darüber sinniert, was er ihr auf die *Viele Grüße*-Nachricht bei Instagram antworten sollte. Aber nichts war einsichtig, respektvoll, bedauernd, aufrichtig und entschuldigungshaft genug gewesen. Er hatte so intensiv überlegt, bis gegen Mittag eine neue Nachricht bei ihm eingegangen war, in seinem E-Mail-Postfach. Er kannte sie mittlerweile auswendig.

Von: leyla.ahmadi@storyhacker-agency.com
An: kolja.barker@storyhacker-agency.com
Betreff: Gespräch

Hallo Kolja,

ich hoffe, du hast einen angenehmen Arbeitstag und kommst mit deinen ersten Aufgaben gut zurecht.

Gerne würde ich mich mit dir persönlich austauschen bezüglich meiner Nachricht von heute Morgen an dich, die versehentlich durch die Autokorrektur unglücklich verändert wurde. Schon an dieser Stelle möchte ich gern festhalten, dass ich das Missgeschick sehr bedauere, und möchte mich in aller Form bei dir entschuldigen.

Ich würde mich freuen, wenn du zu einem persönlichen Gespräch bereit wärst. Selbstverständlich steht es dir frei, eine Person deines Vertrauens mitzubringen. Auch Dounia aus der Personalabteilung stünde für dich bereit.

Zur Hölle, er würde doch keine dritte Person mitbringen, wenn er die Chance hatte, Zeit mit Leyla Ahmadi allein zu verbringen! Was dachte sie denn nur, würde er ihr vorwerfen?

Wenn es zeitlich für dich passt, dann schlage ich 18:00 Uhr vor.
Die Ortswahl überlasse ich ganz dir.

Danke schön und viele Grüße
Leyla

Sie übertrieb. Konnte sie mal bitte mit diesen vielen Grüßen aufhören? Jeder einzelne fühlte sich an wie ein Stich ins Herz. Kolja hatte, nachdem er die E-Mail dreimal durchgegangen war, aus dem Fenster geschaut und den Grünstreifen entdeckt, der so breit war, dass er einem Garten glich. Er hatte ihr seinen Vorschlag, das Gespräch dort stattfinden zu lassen, in einer kurzen Sprachmemo mitgeteilt und den Rest des Tages gezittert.

Was, wenn es gar nicht um seine Instagram-Nachricht ging, sondern um etwas viel Schlimmeres? Hatte sie sein Geheimnis aufgedeckt? Konnte das sein? War er nicht vorsichtig genug gewesen? Oder sie einfach zu gefuchst? Ihr traute Kolja alles zu. Vielleicht war das der Grund, weshalb sie ihn *nach* Feierabend treffen wollte. Um ihm die Blamage zu ersparen, vor allen anderen rausgeworfen zu werden.

Jetzt war es schon 18:07 Uhr und …

»Eine sehr schöne Wahl hast du getroffen«, unterbrach eine rauchige Stimme seine Gedanken. Kolja sortierte umständlich seine Gliedmaßen, setzte sich hampelnd auf der Liege auf und sah sich um. Hinter ihm stand Leyla, ein kleines Holztablett in der Hand, auf dem sie zwei Gläser und eine Karaffe mit Wasser, Zitronen- und Limettenscheiben darin balancierte.

»Ich bin auch gern hier und beobachte den Sonnenuntergang. Ich verstehe gar nicht, warum es so wenige unserer Kolleginnen und Kollegen nach Feierabend hierher verschlägt.«

»Vielleicht weil sie auch mal ihr Zuhause und ihre Freunde sehen wollen und nicht immer nur die Arbeit und ihre Chefin?«, rutschte es Kolja raus. Fuck, schon wieder respektlos.

Aber Leyla schmunzelte zum Glück.

»Touché. Darf ich mich zu dir setzen, oder möchtest du ein Stück laufen?«

»So steil, wie es da hochgeht? Auf keinen Fall, ich bleibe hier. Ich habe Feierabend.«

»Ich au...« Leyla zog die Stirn kraus. »Ich kann mich nicht erinnern, wann ich das letzte Mal um achtzehn Uhr Feierabend gemacht habe.« Dann änderte sich ihr Gesichtsausdruck auf einen Schlag, und sie riss die Augen auf. »Was dich nicht unter Druck setzen soll, länger zu arbeiten. Ich erwarte von meinen Teams, dass sie sich nach Feierabend um nichts als ihre Familien, Freunde und sich selbst kümmern. Das hat höchste Priorität.«

Das klang ja schon mal nicht, als wollte sie ihn rauswerfen.

»Und warum hat es das nicht für dich?«

Leyla starrte ihn an, öffnete den Mund und schloss ihn wieder. In der Hand hielt sie immer noch das Tablett. Kolja griff danach, stellte die Gläser neben sich ab und klopfte auf den breiten Teil der Liege, um sie aufzufordern, sich neben ihn zu setzen.

»Gute Frage«, murmelte Leyla, während sie um die Edelstahl-Chaiselongue herumlief und sich niederließ.

»Es ist wegen Noah«, stellte er ohne Umschweife fest und goss Wasser in ihre Gläser, ehe er sie wieder ansah.

Sie setzte sichtbar zu einer Antwort an, kräuselte dann aber die Nase. »Kolja ...«

»Entschuldige. Ich wollte dich nur noch mal kurz daran erinnern, dass auch du einen Feierabend verdient hast«, sagte er leise. »Damit du es nicht vergisst.« Damit du *dich* nicht vergisst, hatte er sagen wollen. Er schluckte. »Aber ich verstehe schon. Du wolltest über etwas anderes reden.«

Sie nickte, rückte sich auf der Bank zurecht und zupfte ihre Bluse glatt.

Und dann sagte sie eine ganze Minute lang gar nichts.

Er hatte recht. Es lag an Noah, dass Leyla seit über einem Jahr nicht zu einer humanen Uhrzeit in den Feierabend gegangen war. Dass sie gearbeitet hatte in nahezu jeder wachen Minute, aus Angst, eine düstere Erinnerung könnte sich sonst in ihre Hirnwindungen schleichen und sie heimtückisch überfallen. Sie lähmen – für das Leben. Sie wusste das. Aber warum verschlug es ihr, so unumwunden von Kolja ausgesprochen, die Sprache? Warum raubte es ihr den Atem und schnürte ihr den Hals zu? Pumpte Blut in ihr Gesicht und ließ ihre Handflächen schwitzig werden?

»Ich würde ja fragen, worüber du reden möchtest«, fuhr Kolja gedehnt fort, als sie nichts sagte. »Aber ich glaube, der Elefant im Raum ist ziemlich unübersehbar, oder?«

»Tja, bei dem Rüssel ...« Leylas Herz setzte einen Schlag aus. »O mein Gott«, entfuhr es ihr, und sie verbarg das Gesicht in den Händen.

Einen Moment lang schien die Welt stillzustehen. Dann spürte sie eine Berührung an ihrem Handgelenk, wie jemand ganz sacht ihre Hände von ihrem Gesicht löste. Sie sah ihn wieder an, sah auf seine Lippen, die sie aufmunternd anlächelten. Leyla ließ die Hände in den Schoß fallen.

»Sorry. Bitte, Kolja, es tut mir so leid. Ich habe keine Ahnung, wieso mir all diese peinlichen Dinge rausrutschen, wenn ich versuche, lustig zu sein, ich bin sonst nicht so, ich ...«

»Ich weiß.«

»Was?«

»Ich habe deine Podcasts gehört. Die Folgen, in denen du zu Gast warst. Eigentlich hast du deine Zunge immer im Griff und sagst ziemlich coole Dinge. Meistens. Ich muss zugeben, ich bin ein wenig erleichtert, sehen zu dürfen, dass du gar kein KI-gesteuerter Roboter bist, wie ich es eine Zeit lang dachte.«

Bei seinen Worten musste Leyla lachen, und sie fühlte, wie sich etwas in ihr löste. Ihre Schultern sackten herab, als hätte Kolja ein Gewicht runtergenommen.

»So ein Mist«, seufzte sie und ließ sich gegen die viel zu harte Edelstahlliege fallen. »Ich wollte wirklich, dass das hier ein seriöses Gespräch wird, Kolja. Ein richtiges, offizielles Mitarbeitendengespräch, wenn auch in einem Garten zum Feierabend. Aber mit dir gelingt mir das nicht.«

»Weil du mal eine andere Unterhaltung führen musst als Mitarbeitendengespräche vielleicht.«

»Vielleicht.«

»Dann tun wir das doch.«

Ja. Ja, ja, ja! Lange hatte Leyla schon keinen so starken Drang mehr gespürt, mit jemandem zu reden, wie in diesem Moment. Über etwas anderes als die Arbeit. Über ihn. Es würde sie besser ablenken als jeder Pitch. Es gab so vieles, was sie wissen musste. Wissen wollte. Wann hatte er mit dem Fotografieren begonnen? Wo war diese eine Aufnahme mit den Fußspitzen über den Klippen entstanden, die mit dem schwarzen Strand und dem tosenden Meer in der Tiefe? Warum konnte sich sein Vater für dieses Talent nicht begeistern, sodass er Kolja lieber in ein Praktikum hier einschleuste als bei einem Fotostudio? Die Kontakte hätte er sicher. Was machte Kolja, wenn er nicht fotografierte? Und hatte er eigentlich eine Freundin? Oder einen Freund?

Aber nein.

Leyla holte Luft. »Falls du mir ein Lunchdate einstellen magst, gern. Ansonsten dürfte das schwierig werden.«

»Ein Lunchdate ginge?«

»Oh, denk nichts Falsches, das heißt nur bei uns so. Mit wem auch immer man gern mal Mittag essen gehen würde, man schickt ihm oder ihr eine Kalendereinladung. Und dann redet man dabei fast ausschließlich über die Arbeit.«

Den letzten Satz betonte Leyla besonders.

»Haben wir nicht gerade herausgestellt, dass du mal über etwas anderes reden musst als den Job?«

»Ja, aber ...«

Verdammt. Bei allem Rumgeplänkel, sie kam um diesen Part des Gesprächs nicht herum. Auch wenn sich alles in ihr sträubte.

»Hör zu, Kolja«, sagte sie bewusst sanft. »Ich ... ich kann mich nicht mit dir unterhalten. Privat, meine ich. Das hat viele Gründe. Regulatorische, rechtliche. Ich glaube, ich habe noch nie so ein Tohuwabohu mit einem Mitarbeiter erlebt, kaum dass er zwei Tage bei uns war, wie mit dir. Ich habe noch nie so viel über einen Mitarbeiter bei Arbeitsantritt gewusst.« Sie warf ihm einen vielsagenden Blick zu und fuhr leise fort: »Noch nie hat ein Mitarbeiter nach so kurzer Zeit so viel über mich gewusst.«

Und doch wusste er bloß einen Scheiß. Aber das sagte sie nicht laut.

Stattdessen räusperte sie die Worte weg. »Zwischen uns lief es holprig. Und persönlich. An einigen Stellen zu persönlich, dafür muss ich mich noch mal entschuldigen. So, wie ich das zwischen den Zeilen lese, nimmst du mir meinen Text nicht übel, was gut ist. Ich will, dass du weißt, dass ich auch weiterhin für dich da sein werde, als deine Chefin. Als deine Mentorin, wann immer du Hilfe brauchst. Aber diese Plänkeleien, dieses *Etwas*, das über alles Berufliche hinausgeht – das muss ich als Geschäftsführerin ab sofort unterbinden.« Leyla atmete in einem langen Zug aus. Sie hatte beim Reden nach immer mehr Luft geschnappt, sodass ihre Lungen bald platzten. Zumindest fühlte es sich so an. Das war ihr zuletzt als Studentin in aufregenden Präsentationen passiert. Und eben bei Kolja Barker.

Er antwortete nicht, schaute nur, die Hände vor den Schienbeinen verschränkt, auf den Sonnenuntergang. Dann ruckte sein Kopf zu ihr herum, und sein eindringlicher Blick haute sie um wie eine Flutwelle. Ein schelmisches Funkeln blitzte in seinen Augen auf.

»Du findest, da ist *etwas* zwischen uns?«

»Nein«, beeilte sich Leyla zu sagen. »In der Agentur ist kein Raum dafür.«

»Und außerhalb? Was, wenn ich nicht mehr bei dir angestellt wäre? Was dann?«

Sie öffnete den Mund – und schloss ihn wieder.

»Was, wenn ich einfach nur irgendein Typ wäre, der dir mal über den Weg gelaufen ist, an einem Strand, zum Beispiel. Und der dich, nachdem ihr euch ein bisschen kennengelernt habt, fragt, ob du auf ein Date mit ihm gehen würdest – ein normales Date?«

Ach du Scheiße. Bei der Erwähnung eines *normalen* Dates hämmerte ihr Herz mit einem Mal gegen ihren Brustkorb, es hörte gar nicht auf zu rasen.

»Was, wenn du dann neben diesem Typ auf einer Klippe sitzt, bei Sonnenuntergang, und ihr plaudert und *plänkelt*, könnt gar nicht aufhören. Irgendwie wird dieser Schlagabtausch nicht langweilig, immer nur feuriger ...«

»Kolja ...«

»Bis er sich irgendwann zu dir rüberbeugt.«

Ach du Scheiße, ach du Scheiße, ach du Scheiße. Kolja bewegte sich in Zeitlupe auf sie zu, und verdammt, ihr treuloser Körper kam ihm auch noch entgegen! Stopp! Doch anstatt sich selbst Einhalt zu gebieten, fuhr Leyla ein sehnsüchtiges Brennen durch die Eingeweide. Ihr Atem ging stoßweise.

»Was«, flüsterte Kolja, »wenn er nach deiner Hand tasten und sie auf sich ziehen würde?«

Verstohlen, sodass niemand, der nicht unmittelbar vor ihnen stand, es bemerken konnte, tastete Kolja nach ihren Fingern und zog sie zu sich. Legte sie auf seinen Oberschenkel, dessen Muskeln sich augenblicklich unter ihrer Berührung verspannten. Hilfe.

»Was, wenn er eigentlich langsam machen wollte, ihm bei deiner Berührung aber alle Sicherungen durchbrennen – sodass er seine Hand an dein Kinn legt, dich zu sich dreht und seine Lippen …«

»Okay, stopp.« Leyla sog schwer atmend die Luft ein, zog die Hand weg und rückte auf der Liege von ihm ab. »Ich sag dir, was dann wäre.« Sie schluckte und versuchte, die aufwallende Lust hinunterzuwürgen, aber auch das schlechte Gewissen, das ihr Verlangen bittersüß begleitete. »Mal davon abgesehen, dass es für mich aus Compliance-Gründen nicht infrage kommt, irgendein anderes als ein professionelles Verhältnis mit einem Praktikanten zu pflegen, Kolja.« Sie blickte ihn aus weit aufgerissenen Augen an, während sich ihre verräterische Brust noch immer schwer hob und senkte. Seinetwegen. Und gleichzeitig wegen des Mannes, der sie früher einmal außer Atem gebracht hatte. »Du weißt mehr über meine Vergangenheit, als du solltest. Du weißt von Noah. Deshalb sage ich es dir jetzt einmal ganz deutlich: Er mag vielleicht nicht mehr auf dieser Welt sein. Trotzdem gibt es keinen Platz für einen anderen Mann in meinem Leben. Beruflich, ja. Aber keinesfalls privat.«

Sie griff nach ihrem Handgelenk. 14/14. Das hier ist dein letztes Leben. Dann rückte sie ein Stück von ihm ab. Sie durfte es auf keinen Fall versauen. Nicht nach allem, was sie bereits zerstört hatte.

Das hatte gesessen.

Kolja hielt noch einen Moment den Blick auf ihre glänzend roten Lippen und ihre geröteten Wangen gerichtet, dann wandte er sich ab.

»Tut mir leid, Boss«, sagte er leise. »Das war unangemessen.«

»Schon in Ordnung«, wisperte Leyla, und in ihrem Tonfall schwang mit, was auch er gerade empfand: dass wirklich nichts in Ordnung war, dass das gerade zwischen ihnen sich aber sehr in Ordnung angefühlt hatte. Vor allem ihre Hand auf seinem Oberschenkel, verdammt. Kolja hatte immer noch Sorge, dass ihm jeden Moment der Knopf von der Hose platzte.

»Sorry für mein Rumgealbere eben. Und sorry für ... die Sache mit Noah.«

»Ich will nicht darüber reden.«

Er warf ihr einen Seitenblick zu und runzelte die Stirn.

»Hab ich verstanden. Aber früher oder später musst du mit jemandem sprechen, glaub ich. Nicht mit mir, aber mit jemand anderem. Alba vielleicht.«

»Überlass das mir.«

Sie setzte ihr Wasserglas an die Lippen und leerte es in einem Zug, als machte sie Anstalten zu gehen. Aber sie erhob sich nicht. Eine Brise blies ihr durch die Haare und wehte den Geruch ihres Shampoos zu ihm.

»Eine kluge Frau sagte mal zu mir«, setzte Kolja zu sprechen an, »sie würde die holprigen Teile eines Weges gern überspringen.«

Ihre Augen weiteten sich.

»Kolja, das kannst du nicht verglei...«

»Was sie damit meinte, ist«, rezitierte Kolja weiter, »anstatt sich erst durch den lästigen dunklen Dornenwald zu schlagen, ist es manchmal besser, einfach dort weiterzumachen, wo es wieder profitabel wird.«

Sie verdrehte die Augen, aber Kolja ließ sich nicht beirren.

»Deshalb schlage ich vor, wir überspringen den reizlosen Teil. Den, in dem du jetzt aufspringst und mich hier sitzen lässt, weil du denkst, du würdest auch sehr gut klarkommen, ohne über ihn zu reden. Wir überspringen den Teil, in dem du weitermachst wie bisher, zu viele Pitches annimmst, die Traurigkeit weglächelst und dich ins Burn-out arbeitest. Und den Part, in dem ich ständig Ausreden finden muss, um dein Büro herumzuschwänzeln, um allmählich deine harte Schale der Verdrängung zu knacken. Diesen ganzen Teil schlage ich vor zu überspringen.«

»Warum sollte ich?«, murrte Leyla, die es offensichtlich hasste, mit ihren eigenen Waffen geschlagen zu werden. Kolja unterdrückte das Zucken seiner Mundwinkel. Punkt für ihn!

»Weil der Part öde ist.« Er zuckte mit den Schultern. »Wir hassen den langweiligen Mittelpart in Geschichten, wenn die eine Figur die andere unnötig lang hinhält, weil sie ihre Dämonen der Vergangenheit nicht überwinden kann. Dabei wissen wir doch alle, dass sie sich früher oder später überwinden wird. Ich halte dich für stärker.«

»Stärker.«

»Ja. Du bist eigentlich eine ziemlich heftige Hauptfigur, Ms Ahmadi. Typ Endgegner. Aber wenn du jetzt nicht deinen maximalen Handlungsspielraum ausreizt, hält dein Publikum dich für langweilig ... oder schwach.«

»Ach ja, Meister Storyteller? Und was schlägst du vor, würde eine heftige Hauptfigur jetzt tun?«

»Direkt an dem Punkt weitermachen, an dem es für uns beide lukrativ wird.«

Leyla ließ den Kopf in den Nacken fallen und stöhnte.

»Kannst du vielleicht auch mal deine eigenen Argumente anwenden?«

Kolja grinste. »Besser gut geklaut als schlecht erdacht. Fake it till you make it.«

Leyla schien noch nicht überzeugt. Sie umklammerte etwas an ihrem Handgelenk.

»Je früher du anfängst, über ihn zu reden, desto eher kannst du dich lösen, von was immer dich zurückhält«, murmelte Kolja.

Leyla schnaubte. »Gilt das nicht auch für dich? Je früher du anfängst, mir von der Sache mit deinem Vater zu erzählen, desto eher kannst du dich von ihm lösen.«

»Zugegebenermaßen, ja. Der Unterschied ist nur: Wenn du endlich anfängst, die Sache mit Noah zu verarbeiten, ist uns allen geholfen. Wenn ich dir von meiner Sache erzähle, wirst du mich feuern.«

Sie zog die Brauen hoch, erwiderte aber nichts darauf. Dann presste sie die Lippen zusammen und nickte ihrerseits. »Okay.«

»Okay?«

»Okay. Ich glaube nicht, dass uns das besonders viel bringt, aber dann erzähle ich dir eben von ihm.«

Kolja spürte, wie sich alle Muskeln in seinem Rücken anspannten, als er sich auf der Liege komplett ihr zuwandte und wartete. Als Leyla endlich weitersprach, klang ihre Stimme tonlos, kalt und leer – nichts erinnerte mehr an die Frau, die Kolja bislang kennengelernt hatte.

»Noah hätte bald mein Ehemann werden sollen, aber er ist tot. Und ich bin es, die seinen Tod unmittelbar, direkt und zweifellos zu verantworten hat.«

Den ganzen Weg über, seit Leyla den Dachgarten verlassen hatte, bis zu ihrem Penthouse, klingelte der Satz in ihren Ohren.

Noah hätte bald mein Ehemann werden sollen, aber er ist tot. Und ich bin es …

Kolja hatte irgendeine Rückfrage gestellt. Aber sie erinnerte sich nicht mal daran. Es war, als wären die Hochleistungsrechner in ihr auf einen Schlag heruntergefahren worden, kaum hatte sie ihr Geständnis ausgesprochen. Danach hatte sie kein Wort mehr über die Lippen gebracht, obwohl sein Tonfall immer sanfter geworden war. Erst als die Sonne schon ein ganzes Stück weiter untergegangen war und er sie am Unterarm berührt hatte, jagte ihr ein Blitz durch den Körper. Auf einmal stand sie. Im nächsten Moment trugen ihre Beine sie roboterartig ins Gebäude, durch die Eingangshalle und bis in das SharedCar, das sie nach Hause fuhr, und vor ihre Wohnungstür, wo sie aus einem Impuls einen der Amazon-Kartons wegkickte, die den Arbeitstag über geduldig dort auf sie gewartet hatten.

Er glaubte also, sie sei stärker, ja? Das war sie. Wenn sie die Deckung oben hielt. Aber nicht, wenn sie vor Kolja Barker ihr Innerstes entblößte, verdammt noch mal. Sie war zu ihm gegangen, um ihm klarzumachen, dass zwischen ihnen keinerlei persönlicher Austausch mehr stattfinden würde. Stattdessen küsste er sie um ein Haar und brachte sie dazu, ihm ihr zweitschlimmstes Geheimnis anzuvertrauen. Was für ein Manipulator! Und was für eine schwache Hauptfigur.

Leyla schloss die Hand um ihren Schlüsselbund, bis die Kanten in ihre Finger schnitten und rote Striemen hinterließen. Sie wollte den Schlüssel in die Wohnungstür stecken, aber ihr Körper blockierte. Die Hand erhoben, verharrte sie vor der schweren Sicherheitstür. Sobald sie den Schlüssel im Schloss drehen würde, wäre der Tag offiziell vorbei.

Und ein anderer rückte näher.

Ein Schauder raste ihren Rücken hinab. Verflucht, es war kaum acht Uhr. Was tat sie denn hier! Sie sollte im Büro sein. Was dachte sie sich dabei, schon herzukommen, wenn nicht einmal der nächste Morgen angebrochen war? Leyla machte auf dem Absatz kehrt, nur um sich gleich wieder der Tür zuzuwenden und sich mit den Fäusten dagegen zu lehnen. Die Schlüssel in ihrer Hand klimperten gegen das Türblatt.

»Ich kann nicht«, flüsterte sie.

Und als stünde er gleich hinter ihr, erklang plötzlich eine Stimme. Leyla hörte sie so deutlich, als wäre sie real, aber sie wusste genau, der einzige Ort, an dem sie diese Stimme noch hören konnte, war ihre eigene Erinnerung.

»*Ist es heute besonders schlimm, Hase?*«, flüsterte er. Ihr war, als berührte er sie am Rücken, so überdeutlich erinnerte sie sich an die Form seiner Hände. An die Wärme, die von ihnen ausging, an den leichten Druck. Die perfekte Mischung zwischen sachte und fest.

»Ich schaff das nicht ohne dich«, formte Leyla mit den Lippen.

»*Ich bin doch hier. Gleich hinter dir.*«

Obwohl sie es besser wusste, drehte Leyla sich um. Und blickte in den düsteren, kahlen Flur. Ihr Herz krampfte sich zusammen.

»Bist du nicht.«

Da war nichts. Niemand wartete auf sie. Nur die paar Pakete.

»*Stimmt. Wie fühlt sich das für dich an?*«

»Hör auf. Du bist nicht mein Therapeut, Noah.«

»*Aber du könntest einen gebrauchen.*«

Leyla musste gleichzeitig lachen und schluchzen, einer dieser ekligen Schluchzer, bei denen man den Rotz hörte. Sie lehnte sich mit dem Rücken gegen die Tür.

Er kicherte leise. »*Nimm doch diesen Jungen.*«

»Bitte du nicht auch noch.«

»*Ich mag ihn. Er macht, dass du dich lustig verhältst.*«

»Er macht alles kaputt.«

»*Meinst du mit ›alles‹ diese lächerliche Schutzmauer, die du um dich herum hochgezogen hast? Wenn ja, wird auch Zeit.*«

»Diese Mauer hält mich am Leben, Noah.«

»*Nie sprichst du über mich. Nie denkst du an uns. Ich könnte fast ein bisschen beleidigt sein. Ich bin dir nichts wert!*«

»Du bist ein Melodramatiker.«

»*Ich war ein Melodramatiker.*«

Leylas Gesicht verzog sich zu einer schmerzlichen Fratze. Sie wandte sich herum, ihre Stirn sank gegen die Tür.

»Du fehlst mir so sehr.«

»*Ich weiß.*«

»Ich kann nicht ertragen, dass du nicht hinter dieser Tür wartest.« Sondern etwas anderes.

»*Ich weiß, Hase.*«

»Seit ein paar Tagen ist es so schlimm, dass ich es nicht mehr unterdrücken kann.«

Leyla schwieg. Lauschte in der Stille ihrer perfekt gedämmten Flurwände auf eine Antwort. Nichts.

Noah war wieder verschwunden. Genauso schnell und unvorhersehbar, wie er gekommen war.

Sie wusste nicht, wie lange sie dort noch stand und regungslos auf ihren Atem lauschte, als ein leises *Ping* die Stille durchbrach. Ein Schauder floss ihren Rücken hinab. Sie ahnte schon, wer ihr geschrieben hatte. Die Person schrieb ihr oft, nachdem Noah sie besucht hatte. Es war ein bisschen gruselig. Als würde er stets erst bei Leyla vorbeischauen – und gleich darauf bei *ihr*. Der anderen Frau in seinem Leben. Sie wühlte in ihrer Handtasche nach ihrem Smartphone und entsperrte es.

> Du vergisst übernächsten Freitag doch nicht. Oder?

Der Text enthielt wie immer weder Emojis noch einen Gruß. Worte, aber keine Stimme. Leyla tippte ihre Antwort schnell.

> Nein. Natürlich nicht.
> Wir sehen uns vor Ort, pünktlich um zehn Uhr.

Noch sechzehn Tage.

Dann steckte sie das Handy weg. Plötzlich musste sie sich beeilen, die Tür zu öffnen, es konnte kaum schnell genug gehen.

Noah hätte bald mein Ehemann werden sollen.

Hastig nestelte Leyla am Schloss und stieß den Eingang mit einem Ruck auf.

Aber er ist tot.

Einer der Amazon-Kartons knickte. Egal. Sie schmiss ihre Handtasche in die Ecke des Foyers ihrer Wohnung. Stürzte in die Marmorküche. Schob einen Geschirrstapel zur Seite, beugte sich über die Spüle.

Ich habe ihn umgebracht.

Und übergab sich.

»Hallo, Leyla«, begrüßte sie Grace' tonlose Stimme aus den Lautsprechern. »Willkommen zu Hause.«

Kolja

»**Charlie!**«, **rief Kolja,** während er schnurstracks in *Imagination* stürmte und vor dem Platz anhielt, auf dem es sich die Kreativchefin in einem Kissenberg auf dem Boden gemütlich gemacht hatte. Sie war fast immer die Letzte, die die Agentur verließ. Gott sei Dank auch jetzt.

»Kolja, *was?*«, stöhnte Charlie und sah mit rollenden Augen von ihrem Laptop auf. »Was willst du? Das ist das zwanzigste Mal heute. Du hast Feierabend. Kannst du mich dann nicht wenigstens online belästigen, wenn du was willst? Müssen wir wirklich über alles persönlich reden?«

»Ja«, antwortete Kolja ohne Umschweife und ließ sich auf ein Kissen ihr gegenüber plumpsen.

»Ich denke nicht. Wird das genauso dringend wie deine Frage heute Mittag, ob man die Spülmaschine einfach ausräumen darf, sobald sie fertig ist? Falls ja, schreib mir eine gottverdammte E-Mail. Oder texte mich im Chat an.«

»Ungern.« Persönlich gab es einfach so viel mehr aus Gesichtern zu lesen. Und Informationen waren alles, wenn man Kolja Barker hieß.

»Willst du nicht morgen mal Homeoffice machen?«

»An meinem vierten Tag?«

»Da ich deine Fragerei jetzt schon kaum ertrage: ja. Bitte.«

»Hm.« Kolja tippte sich nachdenklich ans Kinn. Dann zuckte er mit den Schultern. »Sorry. Ich mag leider kein Homeoffice.«

»Zu schade.« Charlie stöhnte, aber Kolja spürte genau, dass seine Chefin es amüsierte, sich künstlich über ihn aufzuregen.

»Jetzt spucks schon aus. Was gibts, todesnerviger Prakti?«

»Was erzählt man sich über den Tod von Leylas Verlobtem?«

Charlie erstarrte. Dann nahm sie die Brille von der Nase und strich sich durch die kurzen Haare, während sie sich reckte.

»Nichts.«

»Nichts?«

»Nichts. Und es geht auch niemanden etwas an. Leylas Verlobter ist irgendwann vor einem Jahr verstorben, es gab einen tragischen Vorfall. Das ist alles, was ich dir sagen kann. Leyla und ihre Familie haben damals eine Unterlassungsklage eingereicht, sodass Medien nicht über seinen Tod oder die Umstände berichten dürfen. Um seine Persönlichkeitsrechte zu schützen.«

Deshalb hatte er also keine Informationen dazu online finden können.

»Und wie ist Noah gestorben? Du weißt es doch bestimmt.«

Charlie runzelte die Stirn, während sie ihn mit ihrem stechenden Blick durchbohrte und eine Spur zu bissig fragte: »Warum interessiert dich das?«

Oh, oh. Rückzug.

Kolja zuckte mit den Schultern. »Nur so. Neugier. Interesse. An der Agentur, versteht sich.«

Damit rappelte er sich auf, verabschiedete sich von Charlie, holte seinen Laptop, seinen Rucksack und seine Kopfhörer aus der Ecke, in der er heute gearbeitet hatte, und verließ *The Cone*. Er hatte genug gehört. Es gab eine Geschichte hinter Noahs Tod. Eine brisante, offenbar. Und er würde davon erfahren, irgendwann. Aber von niemand anderem als Leyla Ahmadi höchstpersönlich.

Wenn man so faul war wie sie und schon vor acht Uhr abends in den Feierabend ging, dann konnte man am nächsten Morgen wenigstens früh da sein.

Leyla saß auf der Kante des Sessels an ihrem Holzschreibtisch im *Glass Office* und starrte gebannt auf den Monitor. Eigentlich müsste sie die Lampen anmachen, weil es draußen erst dämmerte, aber was brachte das schon, ihr Laptopbildschirm spendete ja ebenfalls Licht und hüllte ihr Gesicht in einen bläulichen Schein. Geistesabwesend hob sie die Hand und knabberte an ihrem Daumennagel, während sie die E-Mail noch einmal durchging.

Das könnte funktionieren, dachte sie. Ja, wenn sie sich ein wenig reinhing, könnte das funktionieren! Ihre Haut kribbelte. Den ganzen Morgen schon. Als wuselte eine Horde Ameisen durch die feinen Härchen auf ihren Armen.

Heute früh hatte sie festgestellt, dass sie am gestrigen Abend noch eine Nachricht erhalten hatte. Eine, die ihr jetzt weiterhelfen konnte. Ihre Augäpfel zuckten von links nach rechts, als sie die Worte auf dem Bildschirm zum unzähligsten Mal scannte.

Eine Pitch-Anfrage. Anspruchsvoller Kunde. Eiliges Timing. Großes Budget. Leylas Herz klopfte unerlässlich schnell, wie bei einem Marathonlauf, es ließ sich gar nicht beruhigen.

Ihre Finger rasten über die Tastatur, um alle Informationen zusammenzusuchen, die sie brauchte. Eigentlich herrschte absolutes Pitch-Verbot, um die Agentur nicht zu überlasten. Aber was, wenn sie das einfach allein machte, ohne ihr Team? Sie hatte schon viel zu lang nicht mehr operativ gearbeitet und die ganze Prozedur selbst durchgesteuert. Das war auch schön gewesen, damals, als es nur Gee und sie gab. Nur sie beide und den Geruch des Erfolges, der in der Luft waberte, zum Greifen nah. Näher, als sie es sich hätten erträumen können. Es war so schnell gegangen, dass die Agentur gewachsen und sie von der operativen in die steuernde Tätigkeit gewechselt war. Vorbei die Zeiten der eigenhändigen Wettbewerbsrecherchen und Reportinganalysen; vorbei die Zeit, in der sie eine PowerPoint-Präsentation nach der anderen baute. Das machten jetzt andere.

Aber es musste ja nicht so sein, oder? Sie könnte dem Kunden anbieten, dass sie aufgrund des knappen Timings so kurzfristig nur eine einzige Person auf die Aufgabe ansetzen konnten – aber dafür sie selbst, die Geschäftsführerin höchstpersönlich! Wirkte das unprofessionell? Oder originell und überraschend und damit genau so, wie man es von den Storyhackern erwartete?

Leyla strich sich die Haare aus dem Gesicht, die ihrem Dutt entwichen waren. Keine Zeit, sie hatte keine Zeit für Ablenkungen wie diese.

Die Idee kam ihr mit jedem Moment besser vor. Ein Pitch nur für sie allein. Einfach perfekt. Dann hätte ihr Gehirn etwas zu tun. Und die Gedanken würden schweigen, die sie seit gestern Abend im Würgegriff hielten. Nervige Gedanken, die sich einfach nicht abstellen lassen wollten, die ganze Nacht über nicht. Seit Noah verstummt war.

Ja. Sie brauchte definitiv etwas zu tun. Bis acht Uhr wollte sie noch abwarten, das war eine humane Uhrzeit für eine Rückmeldung. Dann würde sie zum Hörer greifen.

Leyla war so sehr in ihre Arbeit versunken, dass sie nicht bemerkte, wie Kolja durch einen Spalt in der angelehnten Tür spähte, die Leylas Büro von Albas Vorzimmer abtrennte. Vor den Trennwänden konnte er nicht stehen, denn Leyla hatte das Glas heute auf durchsichtig gestellt. Aber die Stahltür bot die perfekte Gelegenheit, um unentdeckt zu bleiben. Kolja beugte sich vor und lugte noch einmal durch den Spalt. Die goldene Morgensonne blendete ihn. Er blinzelte, bis sich seine Augen an das Licht gewöhnten. Kaum hatte Kolja einen klaren Blick auf Leyla erhascht, die frontal zur Tür gewandt am Schreibtisch saß, zuckte er einen Schritt zurück. O Gott.

Sie sah furchtbar aus.

Was mal eine Art Dutt gewesen sein musste, war nur noch ein kleines Büschel auf ihrem Scheitel. Ihre Haare standen in alle Richtungen ab, ihre Bluse, die sie anscheinend noch von gestern anhatte, war ihr über eine Schulter gerutscht, und sie trug kein Make-up. Was sie in Koljas Augen gleich doppelt so schön machte, aber leider deshalb noch lange kein gutes Zeichen war. So gut kannte er sie schon jetzt.

Kolja stieß absichtlich-unabsichtlich mit der Fußspitze gegen das Türblatt. Nichts. Sie zuckte nicht mal mit der Wimper, so vertieft schien sie über ihren Laptop gebeugt. Auf dem ganzen Schreibtisch verteilten sich Snickers-Packungen und Tassen mit Kaffeerändern. Dabei trank sie doch gar keinen Kaffee.

Gerade überlegte er, etwas heftiger gegen die Tür zu treten, da griff sie nach ihrem Handy. Sie wählte und sprach gleich darauf in den Hörer, ohne den Fokus vom Bildschirm zu nehmen. Kolja warf einen prüfenden Blick hinter sich zum Schreibtisch von Alba. Aufgeräumt und leer, der Stuhl noch ordentlich an die Tischkante geschoben.

»Einen wunderschönen guten Morgen! Leyla Ahmadi hier, *Storyhacker Agency!*«, flötete Leyla im Büro mit einer Kraft und Zuversicht ins Telefon, die er ihr bei diesem Anblick in seinen kühnsten Träumen nicht zugetraut hätte.

»Ich würde gerne mit …« Sie nannte den kompliziert klingenden Namen irgendeiner Person und wartete. Währenddessen knabberte sie an einem Fingernagel und sah seitlich aus dem Fenster.

Anscheinend hatte die Weiterleitung schnell geklappt, denn Leyla stellte sich nur Augenblicke später ein zweites Mal vor, jetzt ein strahlendes Lächeln auf den Lippen.

»Selbstverständlich habe ich die gelesen! Was soll ich sagen, es ist uns eine Ehre.«

Moment, was ging da vor sich? Was hatte sie gelesen? Höchstwahrscheinlich eine E-Mail oder eine Nachricht. Oder eine Online-Berichterstattung.

»Ja, das stimmt.« Leyla lachte. »Ich bin sehr früh dran. Deshalb habe ich über Ihre Anfrage tatsächlich auch noch nicht mit meinem Team gesprochen, aber ich habe gerade mit meinem Partner telefoniert.«

Komisch. Hatte Kolja gar nicht mitbekommen. Und schien auch glatt geflunkert zu sein, denn Leyla stellte einen Ellbogen auf dem Schreibtisch ab und verkreuzte die Finger, als könnte sie sich so von ihrer kleinen Lüge reinwaschen. Süß irgendwie.

»Wir möchten Ihnen gern ein besonderes Angebot unterbreiten«, sagte Leyla.

Halt. Was wollte sie da anbieten? Kolja trat einen Schritt näher an die Tür und verschränkte die Hände im Nacken.

»Ihr Pitch-Briefing ist, wie Sie selbst schon schreiben, extrem kurzfristig. Deshalb kann ich Ihnen keine Kapazitäten meiner Hacker anbieten. Wir können Ihre geschätzte Einladung allerdings auch auf keinen Fall ausschlagen, weshalb wir Ihnen vorschlagen möchten, dass sich die Geschäftsführung des Pitches annimmt. Genau genommen ich selbst. Persönlich.«

Moment, was? Leyla wollte also ein scheinbar wichtiges Projekt als One-Woman-Show annehmen? Das war unmöglich. Kolja hatte als Jugendlicher einige Male mitbekommen, wie sein Vater und Alex sich über Pitch-Situationen für das Medienhaus austauschten, und immer klang es, als würden daran normalerweise vier oder fünf Leute in Vollzeit arbeiteten. Mal davon abgesehen, dass es völliger Wahnsinn und garantiert unschaffbar war, einen Pitch allein zu organisieren, wenn man nebenbei ein Unternehmen führte. Der Barker-Pitch sollte der letzte sein, hatte er eigens belauscht. Erst vorgestern hatte Alba in aller Deutlichkeit vorgerechnet, dass die Agentur auf keinen Fall weitere Pitches annehmen durfte, ohne sich und den Mitarbeitenden zu schaden. Ja, Leyla war süchtig danach, um sich von den Gedankenstürmen in ihrem Kopf abzulenken. Das hatte Alba seiner Meinung nach ganz richtig erkannt. Aber irgendwo musste damit Schluss sein. Spätestens dann, wenn Leyla anfing, sich selbst vor lauter Arbeit zu zerstören.

Nicht mit ihm.

»Irgendwann reichts auch mal.« Kolja schnaubte und drückte die Tür auf. Er hatte keine Ahnung, was er tun sollte, aber irgendwas würde ihm schon einfallen. Er trat durch die Tür, schloss sie hinter sich und lief mit langen Schritten in den Raum.

Leyla zuckte zusammen und starrte ihn an wie ein Kind, das beim Naschen erwischt worden war.

»Ähm ... ja, das ist ... ungewöhnlich«, antwortete sie dem Kunden oder der Kundin am Telefon, weitaus weniger selbstbewusst als gerade eben noch. Gut so.

»Aber Sie kennen uns. Die *Storyhacker Agency* geht ungekannte Wege, wann immer sich uns die Möglichkeit dazu bietet.«

»Was machst du da?«, formte Kolja leise mit den Lippen und gestikulierte ihr, das Gespräch zu beenden. »Du weißt, dass das eine dumme Idee ist.«

Leyla schüttelte energisch den Kopf.

»Absolut, für ein oder zwei Personen ist das Timing umso herausfordernder«, versicherte sie an ihren Gesprächspartner gewandt, ohne den Blickkontakt zu Kolja abzubrechen. »Andererseits vereinfachen und beschleunigen wir dadurch die Prozesse.«

»Sag das ab«, flüsterte Kolja und schüttelte wild den Kopf. Obwohl er leise sprach, schirmte Leyla als Reaktion das Mikrofon ab und sah weg, bestimmt, um sich nicht beirren zu lassen. Dann sprach sie in den Hörer: »Entschuldigung. Ja, genau. Wir würden, von der personellen Sondersituation abgesehen, den Pitch ganz normal durchführen. Inklusive Marktanalyse und Präsentation. Ich würde ihn verantworten.«

Okay, das reichte.

Vielleicht war es töricht, einer Geschäftsführerin in ihre Verantwortlichkeiten reinzureden. So als kotzender Praktikant, ohne Ahnung von irgendwas. Aber was er wusste, war, dass Leyla auf keinen Fall einen Pitch annehmen durfte. Wenn Alba hier wäre, würde sie gewiss eingreifen. Aber Alba war nicht hier. Also brauchte Leyla ihn. Im Zweifel wäre er eben ein törichter, kotzender Praktikant. Was hatte er schon zu verlieren? Und noch viel wichtiger: Was hatte Leyla zu verlieren? Die Kontrolle über ihre Arbeit.

Kolja stürzte auf den Schreibtisch zu und hechtete drumherum. Gleichzeitig sprang Leyla vom Stuhl, die Handfläche noch immer schützend vor dem Mikrofon, und lief in die andere Richtung davon. Kolja war schneller. Mit zwei großen Schritten holte er sie ein, schlang einen Arm um ihre Taille, zog sie zurück und luchste ihr mit der anderen Hand das Handy ab.

Shit. Und jetzt? Einfach das Gespräch wegdrücken? Damit wäre das Telefonat beendet, aber das Problem nicht gelöst. Einem spontanen Impuls folgend, stellte Kolja das Gespräch auf laut und hielt sich den unteren Part des Handys vor die Lippen.

»Hallo, einen schönen guten Morgen«, schmetterte er in einem so tiefen Ton, wie seine Stimme es nur zuließ. »Ich muss mich für die

Verspätung entschuldigen. Gee Rankin mein Name. Co-Founder und zweiter Geschäftsführer neben der reizenden Leyla Ahmadi.«

Ach. Du. Scheiße.

Er warf ihr einen Blick zu. Jetzt war es an Leyla, ihm stumm zu gestikulieren, wobei sie zappelte wie eine Trickfigur, die jeden Moment zu explodieren drohte. Sie wand sich aus seiner Umarmung, schlug mit beiden Fäusten gegen seine Brust und griff nach dem Telefon. Aber Kolja riss es hoch.

»Mr Rankin«, antwortete eine freundliche männliche Stimme am anderen Ende der Leitung. Sie war viel sanfter, als Kolja sie sich vorgestellt hatte. »Es freut mich, Ihre Bekanntschaft zu machen.«

»Ganz meinerseits«, freestylte Kolja und streckte den Arm aus, um Leyla von sich fernzuhalten. »Ich habe gerade mit einem Ohr gehört, wie meine Kollegin Ihnen von unserer kühnen Idee erzählt hat.«

»Ja, allerdings. Damit haben wir nicht gerechnet. Aber wieso sollten wir nicht einverstanden sein? Die Entscheidung der personellen Besetzung liegt bei den Agenturen. Uns ist es natürlich eine Ehre, von Ihnen beiden persönlich betreut zu werden.«

»Jaaa ...«, sagte Kolja gedehnt und brach abrupt ab, weil Leyla leise schimpfend gegen seine Hand sprang, um das Handy zu fassen zu kriegen. »Natürlich war das erst einmal nur eine *Idee*. Von der wir zunächst *hören* wollten, ob sie überhaupt für Sie *infrage* kommen könnte. Wir müssen dies an nächster Stelle intern genau prüfen. In der Schwebe ist noch, ob Ms Ahmadi eine wichtige Geschäftsreise nächste Woche absagen kann.«

Leyla riss die Augen auf und schüttelte wild den Kopf.

»Wenn dies nicht klappen sollte«, fuhr Kolja unbeirrt fort, »und ich hoffe, Sie verstehen, dass wir bereits zugesagten Terminen Vorrang einräumen müssen, können wir die Idee leider so nicht umsetzen.«

»Wobei ich zuversichtlich bin, dass ich mit der Verschiebung Erfolg haben werde«, rief Leyla aus dem Hintergrund.

Kolja warf ihr einen ärgerlichen Blick zu und drückte das Gespräch auf stumm.

»Du darfst keine Pitches mehr annehmen. Ich *rette* dich hier.«

»Du zerstörst ein Millionengeschäft und unsere Reputation. Du bist Praktikant, Kolja. Nein – du *warst* Praktikant.«

Der Praktikant schaltete das Mikrofon wieder frei.

»Ich bin da leider etwas weniger optimistisch, dass es klappt«, gab er mit bedauerndem Tonfall in Richtung des Kunden zu bedenken. »Es tut mir wahnsinnig leid, aber wir geben natürlich unser Bestes.«

»Du bist gefeuert, Kolja«, zischte Leyla und verpasste ihm einen leichten Schubs.

Er hielt leicht taumelnd das Mikrofon zu. »Und du geliefert, wenn der *echte* Gee Rankin Wind davon bekommt, dass du die Agentur überlastest, nur um mit dir selbst klarzukommen«, raunte Kolja zurück und setzte schnell wieder ein Lächeln für das Telefonat auf.

»Verstehe«, antwortete der Kunde gedehnt. Man hörte ihn im Hintergrund etwas tippen, dann räusperte er sich. »Also, wir stehen Ihrer Idee sehr offen gegenüber und würden uns über Ihre Zusage über alle Maßen freuen. Sollten Sie es derzeit nicht so kurzfristig einrichten können, haben wir dafür aber natürlich Verständnis.«

Kolja zog die Augenbrauen hoch. »Ist der nervös?«, fragte er Leyla flüsternd, die Hand wieder über dem Mikrofon. »Wer ist denn hier der Kunde, er oder wir?«

»Ja, er ist scheinbar nervös«, knurrte Leyla so nah an seinem Hals, dass er ihren Atem spüren konnte. Sie verdrehte die Augen. »Jede Marke will von uns vertreten werden.«

»Er ist nervös, ob er uns *sein Geld* geben darf?«

»Jap.«

»Wo bin ich hier nur gelandet.«

»Bei deiner Ex-Chefin.«

Du hast das S davor vergessen, dachte er sehnsüchtig. Kolja musste hart schlucken.

Aus dem Hörer raschelte es. »Hallo? Sind Sie noch dran?«

Jetzt drängte sich Leyla so entschlossen zum Telefon, dass Kolja ihr keinen Einhalt mehr gebieten konnte. Er hielt ihr das Gerät vor die Lippen. Diese vollen Lippen, dunkelrot vor Aufregung.

»Natürlich«, versicherte Leyla mit samtig-ruhiger Stimme. »Mr Agarwal, ich kann mich für Ihr Entgegenkommen nur bedanken und melde mich schnellstmöglich bei Ihnen zurück.«

Kolja riss die Augen auf, die Kinnlade fiel ihm herab. Auf einmal wurden ihm die Knie weich. »Moment. Agarwal? So wie Sanjiv Agarwal, von *Canon*?«, wisperte er eine Spur zu laut, sodass Leyla ihm den Hörer wegriss und ihm wieder den Rücken zuwandte. »Ich habe gerade mit Sanjiv Agarwal gesprochen, dem Vizepräsidenten des größten Kameraherstellers der Welt?«

Damn. Er hatte gerade mit seinem Idol gesprochen, und zwar höchstpersönlich. Kolja schluckte. Noch konnte er zurückrudern. Als Gee Rankin behaupten, dass er sich vertan hatte und sein vermeintlicher Termin doch eine Stunde später stattfand. Vielleicht könnte er Leyla bei dem Pitch unterstützen und einen echten Story-Stunt für einen der größten Kamerahersteller der Welt mitentwickeln. Da bemerkte er, dass Leylas Blick auf ihm ruhte.

Verdammt. Nein. Es ging einfach nicht.

Widerwillig schüttelte Kolja den Kopf.

Leyla drehte sich ruckartig wieder weg von ihm und hielt sich das freie Ohr zu. Dann kniff sie die Augen zusammen, so als ob sie innerlich mit sich rang und eine wirklich schwere Entscheidung traf.

»Tatsächlich kann ich mir auch vorstellen, dass wir diesmal leider passen müssen, angesichts des Termins, den Mr Rankin erwähnt hat«, hörte Kolja sie schließlich sagen.

Moment – hatte Leyla auf seine Seite rübergewechselt? Sagte sie den Pitch doch ab? Zu seiner Aufregung mischte sich ein Hauch von Stolz.

»Ja ... richtig ... Es widerspricht unserer Firmenphilosophie, Kunden zugunsten eines anderen abzusagen, weil wir ihn lieber betreuen würden. Auch wenn ich offen gestehen muss, dass ich das an dieser Stelle gern würde, Mr Agarwal. Aber da Mr Rankin in der Zwischenzeit überprüft hat, ob wir den Termin verschieben können, und es düster aussieht ...«

Kolja ließ sich auf das olivgrüne Sofa plumpsen, während er Leylas Abmoderation verfolgte. Fasziniert zum einen, wie elegant sie die Kurve kriegte. Am Boden zerstört zum anderen, weil die Chance zum Greifen nah gewesen war, Sanjiv Agarwal persönlich zu treffen. Aber nein. Er hatte alles richtig gemacht. Abgesehen davon, dass er gerade gefeuert worden war. Na ja. *Nobody is perfect.*

Einen kurzen Wortwechsel später legte Leyla auf. Sie wandte ihm noch immer den Rücken zu. Der zerzauste Haarbommel wackelte auf ihrem Kopf und klappte schließlich zur Seite.

Dann drehte sie sich wie in Zeitlupe zu ihm herum.

Augenblicklich spürte sie, wie ihr Gesicht puterrot anlief. Das Blut pumpte in ihren Adern, als Leyla auf Kolja zuging, ihre Bluse zurechtzupfte und sich vor ihm aufrichtete.

»Kolja. Ist. Das. Dein. Verdammter. Ernst?«

Ihre Stimme zitterte, sie schwitzte, aber er erdreistete sich, keine Miene zu verziehen.

»Gern geschehen, Ms Ahmadi. Ich glaube, ich habe dir gerade das Leben gerettet.«

»Du hast ...« Leyla schnappte nach Luft, in der Hoffnung, es wären auch Worte dabei. Worte, die ihr fehlten. Worte, die seit über einem Jahr fehlten – weil sie gnadenlos in ihr feststeckten.

Kolja stand langsam von der Couch auf. »Ja?«

»Du hast ...«

Er trat einen Schritt näher, überragte sie nun leicht, und in seinen dunklen Augen wurde etwas ganz weich, während er sie ansah.

»Du hast mir gerade den Arsch gerettet«, platzte Leyla heraus. »Zu einhundert Prozent.«

»Oh, Gott sei Dank.« Kolja schloss die Augen.

Leyla rang nach Atem. »Es war eine Schnapsidee von mir. So eine richtig beschissene. Sie hätte uns Kopf und Kragen kosten können. Das war vielleicht das Bescheuertste, das ich je gemacht habe! Aber ich kam da einfach nicht raus, es hat mich überrannt, dieser Drang, mir etwas zu tun zu geben, mir eine gute Aufgabe, einen Sinn zu suchen.«

»Hey ...« Er hob die Hände und berührte sie an den Unterarmen, nur mit den Fingerspitzen. Ganz zaghaft.

»Und seit ein paar Tagen, seit vier, um genau zu sein, habe ich die Kontrolle verloren, ich kriege sie einfach nicht gebändigt, diese Gedanken! Sie lassen sich nicht wegschließen, nicht wegschminken, nicht abwaschen, was auch immer ich tue. Und dann kommst *du*!«

Sie pikte ihn mit dem Finger in die Brust. Er wich keinen Millimeter zurück, obwohl ihr Gesicht rot vor Wut glühte und sie gewiss bedrohlich wirkte. Aber es war nicht wirklich er, gegen den ihre Erzürntheit sich richtete. Das wusste sie genau – und er offensichtlich auch.

»Du täuschst vor, zur Abwechslung mal eine andere Art von Ablenkung zu sein, mit deiner Geheimniskrämerei und deinen rotzfrechen Sprüchen und deinen Penisfotos, aber *nein!*«

»Aktfotos«, korrigierte Kolja.

Leyla rang in einer melodramatischen Geste die Hände. »In Wirklichkeit bist du nur gekommen, um mich immer wieder zurück in dieses Loch zu schubsen, aus dem ich mich jeden Tag so mühevoll raushieve. Ich will nicht an ihn denken, aber du lässt mir keine Wahl. Du ... du ...« Leyla fuhr zusammen, als die verlorenen Worte endlich aus ihr herausbarsten. »Du *erinnerst* mich an ihn!«

Sie beobachtete, wie auch Kolja zusammenzuckte und eine Nuance zurückwich.

»Ich erinnere dich an Noah?«, murmelte er und schüttelte den Kopf.

Leyla zögerte, dann nickte sie.

»Ihr unterscheidet euch wie Stille und Lärm. Er war anders als du. Blond, ruhig, immer kontrolliert, bedacht, strategisch, ernst. Er hat in Harvard studiert und als Analyst im Risikomanagement gearbeitet. Er war herzlich, lustig, leicht. Liebevoll, mein Fels in der Brandung. Und ... manchmal kann ich dich kaum ansehen, ohne an ihn zu denken.«

Einen Moment lang blickte Kolja ihr schweigend in die Augen. Und dann tat er etwas, das Leylas Herz aufatmen ließ. Es fühlte sich an wie »Endlich«, wie »Gott sei Dank«, wie »Ich hätte es keine Sekunde länger ertragen«. Federleicht ließ er seine Fingerspitzen an ihren Armen hinaufwandern. Sie glitten über ihre Schulterblätter, schlangen sich um sie. Kolja schob eine Hand um ihre Taille, die andere an ihren Hinterkopf. Er legte sein Kinn auf ihren Scheitel. Und dann drückte er sie an sich. Sie fühlte die Form seiner Hände, die an ihrem Kreuz runterwanderten. Die Wärme, die von ihnen ausging. Den leichten Druck. Die perfekte Mischung zwischen sachte und fest.

Ihre Muskeln ließen locker, und sie schmolz näher an die Silhouette seines Körpers, drückte sich ihm entgegen, in diese Arme, die sich anfühlten wie eine Zuflucht. Wie ein Zuhause, das sie seit über einem Jahr nicht besucht hatte. Nicht Noah. Nicht ihr Zuhause. Aber eins.

Sie drückte die Stirn in seine Halskuhle und schluckte. Endlich waren ihre Atemwege frei.

»Weißt du, dass kaum jemand sich traut, seinen Namen in meiner Gegenwart auszusprechen? Nicht einmal ich selbst.«

Kolja lachte leise, ein spürbares Vibrieren ging durch seinen Körper, das ihr wie ein Donnergrollen durch die Adern rauschte.

»Das kann ich mir vorstellen. Aber du musst ihn laut aussprechen, Leyla.« Er murmelte in ihre Haare. »Du musst ihn oft sagen, so oft du nur kannst, tausendmal. Ich glaub, irgendwo in den Sternen steht eine Zahl geschrieben, wie oft du seinen Namen benutzen musst, bis es nicht mehr wehtut. Und solange du diese Zahl nicht kennst, musst du seinen Namen sagen und sagen, immer wieder, verstehst du? Alles aussprechen, was dich an ihn erinnert. Erzähl seine Geschichte, das kannst du doch. Bis du die magische Marke eines Tages erreichst. Stell dir vor, es sind tausend. Und dann wird es leichter.«

Sie nickte, ihre Haare blieben in seinen Bartstoppeln hängen. Dann drückte sie sich noch etwas tiefer in seine Umarmung. Noch etwas näher an ihn. Die Berührung tat so gut. Seit fast einem Jahr war sie nicht so berührt worden. Hatte sich nicht anfassen lassen, von niemandem. Weder von ihren Eltern, die für Noahs Beerdigung aus dem Iran angereist waren, noch von Alba oder sonst wem. Nicht auf diese Weise. Aber Koljas Haut, sie war wie Sonnenschein auf ihrer. Sie wollte mehr, noch ein Stück näher. Und immer näher, bis nichts mehr zwischen sie passte. Sie trat einen Schritt vor – und stockte. Daran, wie Kolja sich anspannte, erkannte sie, dass auch er es bemerkt hatte. Sie sah zu ihm hoch.

Er kniff die Augen zusammen und rieb sich die Nasenwurzel.

»Sorry«, flüsterte er heiser. »Ich habs versucht, aber konnte es nicht vermeiden.«

Sanft zog er seinen Unterleib nach hinten, an dem sich eine Ausbuchtung überdeutlich abzeichnete. Leyla spürte die Stelle, an der er sie damit berührt hatte, noch immer brennen.

»Du bist eine ziemlich heftige Hauptfigur, Ms Ahmadi.«

Leyla lachte leise, das Herz klopfte ihr bis zum Hals.

»Und du ein ziemlich *harter* Gegenspieler.«

Sie grinste breiter und zog sich ebenfalls zurück, strich ihre knitterige Bluse glatt.

»Entschuldigung?«

Als wäre der Blitz zwischen ihnen eingeschlagen, sprangen Leyla und Kolja einen weiteren Schritt auseinander und wirbelten herum. Im Eingang stand Marcie, die mit beiden Händen das Türblatt umklammert hielt, als würde sie sonst umfallen.

»Verzeihung«, piepste sie, und ihr Kopf lief beinahe so rot an wie ihre Haare, wobei Leyla nicht sagen konnte, ob sie etwas gesehen hatte oder einfach nur errötete, weil sie mit Leyla sprach – so, wie es ihr immer passierte. »Charlie hat mich gebeten nachzuschauen, ob du im Büro bist, Leyla. Für euren Termin. Charlie sagt, du seist nicht ans Handy gegangen, und Alba steckt im Berufsverkehr fest.«

Ihr Blick zuckte immer wieder zu Kolja.

»Richtig. Der Termin mit Charlie ist mir entfallen«, sagte Leyla so, als würde ihr nicht das Herz in der Brust hämmern. Selbst wenn Marcie etwas gesehen hatte: Es war eine Umarmung gewesen. Eine tröstliche Umarmung unter Kollegin und Kollege. Mehr nicht.

»*Na klar*«, frotzelte Noah in ihrem Kopf.

»Ich hab noch mal nachgeschaut, der Termin steht bei euch beiden im Kalender.« Marcie nickte übertrieben wie eine Comicfigur. »Ihr trefft euch in *Imagination*.«

»In Ordnung«, entgegnete Leyla. Und als Marcie sich keinen Zentimeter von der Stelle rührte, ergänzte sie: »Ich komme in zehn Minuten nach. Ich muss hier noch etwas erledigen.«

»Oh!« Marcie zuckte mindestens so ertappt zusammen wie Leyla und Kolja zuvor. »Okay! Na klar! Sorry! Kolja, kommst du mit?«

»Nein, ich, äh, muss hier auch noch was erledigen.«

»Ach so. Na gut. Ein andermal vielleicht.« Mit diesem seltsamen Abschiedsgruß wandte sie sich ab und schloss mucksmäuschenstill die Tür hinter sich. Gemeinsam lauschten sie in die Stille, bis sie sichergehen konnten, dass Marcie die Etage verlassen hatte.

Leyla räusperte sich und blickte zu Kolja, der mit schreckgeweiteten Augen zurückstarrte.

»Dann ... ähm ... gehen wir auch mal runter. Nicht wahr?«

»Ja.« Kolja nickte und stakste auf wackeligen Knien zur Tür.

Leyla schnappte sich ihr Handy vom Schreibtisch – neun Anrufe von Alba in Abwesenheit – und folgte. »Meinst du, sie hat etwas gesehen?«

»Was genau?«

»Na, die ...« Sie machte eine wedelnde Handbewegung. »Die Umarmung.«

»Oh! Nein. Nein. Glaube ich nicht. Ich hatte die Tür im Blick. Sie ist in dem Moment aufgetaucht, als du deine Bluse glatt gestrichen hast. Aber knapp war es. Wir müssen vorsichtiger sein.«

Das klang, als hätten sie vor, es zu wiederholen. Wider Willen machte Leylas Herz einen Hüpfer. Kolja öffnete die Tür ins Vorzimmer und bedeutete ihr, zuerst durchzugehen.

»Gut.« Leyla schluckte. »Gut.« Wieso fühlte sie sich neben ihm auf einmal wie ein kleines Schulmädchen? »Warum ... ähm ... bist du überhaupt so früh hier?«

Er kratzte sich im Nacken, während Leyla den Fahrstuhl holte. »Ich ... ich konnte nicht schlafen, heute Nacht. Und ich wollte auch nicht zu spät kommen.«

»Wozu?«

»Ich ...« Kolja rieb sich die Handflächen und vergrub sie in den Taschen seiner Jeans, während sie warteten. »Ich soll doch heute meine Recherche-Ergebnisse von gestern mit euch teilen. Für die Location.«

Leyla lachte kurz auf, bereute es aber gleich darauf. Für sie war das kein Handschlag, aber für ihn ein so großes Ding, dass es ihn offenbar sogar nachts wach gehalten hatte.

»Dann bist du also aufgeregt?«

»Nein.« Er hielt inne, ehe er ihr fest in die Augen sah. Seine Stimme klang auf einmal rauer als sonst. »Nicht mehr als vorhin.«

Leyla schluckte, ihr Magen krampfte sich auf wundervolle Weise zusammen.

»Du wirst das großartig machen, Kolja.«

Ein Geräusch riss sie beide zurück in die Wirklichkeit. Und es war nicht der ankommende Fahrstuhl. In Leylas Hand surrte ihr Handy. Auf diese undefinierbare Weise, bei der man tief im Inneren schon wusste, dass dieser Anruf nichts Gutes verhieß.

»Ich komme nach, fahr schon mal runter«, murmelte sie. Sie schenkte Kolja ein letztes Lächeln und kehrte, einem Bauchgefühl folgend, um. Zurück ins *Glass Office*.

Von der neunzehnten Etage war der Ausblick noch eindrucksvoller als von der siebzehnten, stellte Kolja fest. Die Außenwände in den Meeting-Räumen bestanden genau wie unten komplett aus Glas. Aber der Grünstreifen, der sich ums Gebäude schlängelte, war hier weniger stark bewachsen, sodass man mehr Dächer Downtowns überblickte. Kolja wischte sich die nassen Hände zum unzähligsten Mal an der Hose ab, sodass er fürchtete, eine feuchte Schweißspur auf dem Jeansstoff zu hinterlassen. Oder Spurrillen auf dem Korkboden, weil er die ganze Zeit über im selben Bogen vor dem massiven Konferenztisch auf und ab lief.

Charlie fummelte gerade an seinem Laptop herum, um ihn an den Screen anzuschließen. Kolja brauchte die Folien zwar nicht zwingend für seine Präsentation. Aber er hatte die ganze letzte Nacht daran gearbeitet. Was niemand sehen würde, denn er hatte nicht etwa lange gebraucht, weil er etwas von außerordentlicher Qualität vorbereitet hatte. Sondern weil er schlichtweg zu dämlich gewesen war, sich in das verdammte Programm einzuarbeiten. Erst mit Daisys Hilfe war es ihm gelungen.

Die Kreativchefin drückte ihm ein stiftgroßes Gerät mit einem Knopf darauf in die Hand. Einen Laserpointer.

»Da. Zum Weiterschalten deiner Slides.«

»Wer wird alles dabei sein?«, fragte Kolja, seine Stimme hallte von den Wänden wider.

»Du, Leyla, ich.« Charlie gähnte. »Sam vielleicht.«

Mist, Sam. Er hatte seit dem Kotzvorfall noch kein Wort mit der Fair-Fashion-Show-Plannerin gewechselt.

»Und Dounia«, ergänzte eine Stimme aus Richtung der Tür. Eine junge Frau betrat mit festen Schritten den Raum, ihr Hijab wehte auf Höhe ihrer Schulterblätter hinter ihr her.

Charlie sah vom Laptop auf und runzelte die Stirn.

»Was machst du denn hier?«

»Ich bin die Personalerin, Char. Ich schaue mir an, wie unsere Praktis sich machen. Für das Zwischengespräch.«

»Holst du dir das Feedback nicht normalerweise über deren Vorgesetzte ein? Über mich?«

»Manchmal auch nicht.«

Dounia machte es sich auf einem der hinteren Stühle am Tisch bequem und zeigte damit unmissverständlich, dass sie nicht mit sich verhandeln ließ. Kolja schluckte gegen seinen zugeschnürten Hals an und sah zwischen den Frauen hin und her.

Charlie zuckte mit den Schultern. »Meinetwegen bleib.«

»Hallo zusammen.«

Jemand klopfte leise an den Türrahmen, schlüpfte hinein und nahm neben Dounia Platz. Was, noch ein Zuhörer? Hilfe suchend sah Kolja zu seiner Vorgesetzten.

»Dylan.« Eine steile Falte bildete sich zwischen Charlies Augenbrauen. »Was macht unser Head of Welcome in der Frühlingsfest-Location-Besprechung?«

»Ich muss mir immer wieder Praxiseinblicke holen, damit ich unseren Gästen erklären kann, was uns ausmacht«, platzte er heraus, sodass Kolja zweifelnd die Augenbrauen hob. Dylan lief rot an.

Eine weitere Gestalt steckte ihren Rotschopf durch die Tür. O nein. Auch das noch. Kolja unterdrückte einen Impuls, die Hand gegen die Stirn zu schlagen und wandte sich leicht ab.

»Kolja, du präsentierst hier gleich zum Frühlingsfest, oder?«

Konnte Marcie eigentlich auch irgendetwas sagen, ohne rosig anzulaufen?

»Ja? Warum, Marcie?«

»Ich war Alice' engste Kollegin. Vielleicht kann ich wichtiges Hintergrundwissen einbringen.«

»Bestimmt«, entgegnete Kolja mit krächzender Stimme, während er vermied, ihr ins Gesicht zu sehen.

»Na klar.« Charlie verdrehte die Augen, deutete aber auf einen freien Stuhl. »Hauptsache, ihr lasst einen Platz für Leyla frei. Die brauchen wir nämlich *wirklich*.«

»Schon da!«, erklang eine Stimme, die Kolja *instant* eine Gänsehaut über den Rücken jagte. In seinem Magen flatterte es, als sich Leyla auf einem der vorderen Sessel niederließ, ihr Handy auf dem Tisch platzierte und ein Notizbuch auf die übergeschlagenen nackten Beine legte. Sie hatte sich umgezogen. Ihre wunderschönen Kurven steckten in einem schwarz-weißen Tenniskleid, und die Haare trug sie in einem strammen Zopf zurückgebunden. Alles wieder unter Kontrolle.

Sie nickte Kolja aufmunternd zu. »Kann es losgehen?«

»Jetzt ja«, donnerte eine tiefe Stimme, und schwere Schritte ließen den Boden vibrieren.

»Hallo, Gee«, begrüßte Charlie ihren zweiten Geschäftsführer, der sich in der hinteren Ecke breitmachte. Kolja beobachtete aus den Augenwinkeln, wie Leyla ihm einen durchdringenden Blick zuwarf.

»Ich hatte gerade einen freien Slot«, verteidigte er sich flüsternd, aber für alle hörbar in ihre Richtung und hob entschuldigend die Hände.

»O nein, nicht du auch noch!«, rief Charlie entnervt, allerdings nicht an ihren Chef gewandt, sondern an die zwei Personen, die gerade die Bühne betraten.

»Hi, Sam, setz dich. Und Musa, was willst du hier?«

»Das Spektakel lass ich mir auf keinen Fall entgehen«, rief der

Eddie-Murphy-Verschnitt mit einem breiten Lachen, sodass der Raum giggelte. Alle ... außer Kolja. Am liebsten wäre er mit Vollgas aus dem Raum galoppiert.

Musa zwinkerte Kolja zu. »Ich bin der Chief Experience Officer. Das Frühlingsfest wird eine Experience. Ich bin quasi unmittelbar zuständig. Hau rein, Kolja!«

»Sicher.« Charlies Stimme triefte vor Ironie. »Falls nicht noch irgendwer der Meinung ist, er könne hier einer kostenlosen Zirkusvorstellung beiwohnen, fang gerne an, Kolja.«

O Gott, es ging los. Ein kurzer Stromschlag fuhr durch seine Adern und machte ihn mit einem Mal hellwach. Kolja klammerte sich an den Laserpointer in seinen Händen, damit er ihm nicht durch die zittrigen Finger glitt, und wandte sich um. Da prangte das Startbild seiner Präsentation schon an der Wand. So riesig groß. Seine Arbeit war acht talentierten Augenpaaren schutzlos ausgeliefert. In seinem Magen rumorte es. Warum wurde ihm an diesem Ort einfach ständig übel?

Na ja. Zeit, mal wieder zu verkacken. Was sollte ein Zirkusclown wie Kolja Barker sonst schon tun?

Er räusperte sich.

Showtime.

Leyla schlug ein Bein über das andere und richtete sich in ihrem Sessel auf. Am liebsten hätte sie die ganze neugierige Bande hochkant rausgeschmissen. Aber sie konnte Kolja jetzt unmöglich in Schutz nehmen, so stark, wie er in den Augen des Teams eh schon in ihrer Gunst stand. Ihr blieb nichts übrig, als ihm telepathisch all ihre Aufmerksamkeit und Zuversicht zu schicken. Ihr Herz hämmerte in ihrer Brust. Und das lag ganz bestimmt nicht daran, dass sie ihn in den nächsten dreißig Minuten ungeniert anstarren durfte, ohne dass ihr irgendwer einen Vorwurf deswegen machen konnte. Seine sehnigen Hände, die sie von hier aus zittern sah und die irgendwie sexy waren, wenn er diesen länglichen Laserpointer umfasst hielt. Seine Schultern, die trotz der Aufregung ruhig und entspannt wirkten, wie ein Fels, den auch ein Sturm nicht zum Einkrachen brachte. Seine schmalen Hüften, die sich vor ein paar Stunden noch an ihre gepresst hatten ... Und natürlich sein konzentrierter Blick, der jetzt über die erwartungsvolle Menge zuckte.

»Nächstes Mal nehme ich Eintritt«, eröffnete Kolja seinen Vortrag, einige Anwesenden kicherten. Gut. Sehr gut, Kolja. Weiter so. Leyla grinste.

»Wobei die Chance besteht, dass ich ihn heute an euch zurückzahlen müsste.«

Wieso?

»Ihr seid hier in der Erwartung, dass ich meine Recherche-Ergebnisse präsentiere, welche Locations wir für unser Frühlingsfest anfragen könnten. Aber da muss ich euch leider enttäuschen.«

Scheiße. Bitte nicht. Leylas Magen rutschte eine Etage tiefer. Tu mir das nicht an, Kolja. Tu *dir* das nicht an, flehte sie in Gedanken.

Klick.

Das Eingangsfoto eines sensationellen Sonnenuntergangs über den Dächern einer Großstadt wich ... einer Baustelle.

»Lasst es mich sagen, wie es ist: Um Locations anzufragen, ist es längst zu spät. Das Fest soll in knapp zwei Wochen stattfinden, drei, wenn wir uns Aufschub gewähren. Es ist unmöglich, in der Kürze der Zeit mit unzähligen Anbietern zu verhandeln, ob sie dreihundert Leute bewirten und bespaßen können. Und dabei noch etwas Außergewöhnliches auf die Beine stellen.«

Leyla spürte, wie die Stimmung im Raum auf den Gefrierpunkt sank. Das Schlimmste daran: Kolja hatte recht. Charlie und Gee wanden sich unruhig auf ihren Stühlen. Sie fühlten sich vorgeführt von dem Praktikanten, der ihnen den Spiegel des Realismus vorhielt. Kacke, Kacke, Kacke.

»Und doch bleibt uns nichts, als es zu versuchen«, knurrte Charlie, deren Dekolleté von Stressflecken überzogen war. »Weil wir Storyhacker das *immer* tun.«

Kolja nickte ungerührt.

»Richtig. Aber wir sollten die Recherchen einstellen und in die Umsetzung gehen.«

Das Bild an der Wand wich wieder, diesmal einer farbigen Skizze eines Gebäudes. Sie erinnerte Leyla an den Entwurf von *The Cone*, den man Gee, ihr und den Investorinnen und Investoren zur finalen Abnahme bei Baubeginn vorgelegt hatte.

»Ich habe keine Recherche-Ergebnisse mitgebracht. Aber ich möchte euch eine Komplettlösung vorstellen, wie wir unseren Kollegen in nicht mal zwei Wochen ein umwerfendes Fest bieten könnten.«

»**Was ihr hier seht,** ist das *Grand Green Hotel*«, fuhr Kolja fort, wobei er alle Mühe hatte, seine Stimme unter Kontrolle zu halten, damit sie nicht ausbrach. So oft hatte er sich in der letzten Nacht ausgemalt, wie es sein würde, seine Idee zu enthüllen, dass jetzt, wo der Moment gekommen war, sein ganzer Körper bebte.

»Es ist ein Fünf-Sterne-Haus auf einer Klippe am Meer, fünf Zugstunden vor Auckland. Das Hotel verschreibt sich dem Luxus-Öko-tourismus. Es bietet *Nature Retreats* an, bei denen sich Gäste in Yoga- und Meditationssessions wieder mit der Natur rückverbinden sollen. Es bietet spektakuläre Wanderungen über den nahe gelegenen Bergkamm. Es gibt Thermalquellen, einen aus dem Meer gespeisten Naturpool, ein Ayurveda-Zentrum, eigene Gemüseplantagen für das Hotelrestaurant. Und: Es gibt eine bombastische Event-Halle.«

Klick.

Das nächste Foto erschien auf dem Screen, ein etwa vier Etagen hoher Glaspavillon im Dämmerlicht, dessen Deckengewölbe von gusseisernen Stahlranken getragen wurde und mit Abertausenden Lichtern verkleidet war. Jemand im Raum schnappte nach Luft. Klang nach Dylan.

»Das *Grand Green Hotel* eröffnet in sechs Wochen erstmalig seine Pforten«, erklärte Kolja. »Die Bauarbeiten befinden sich in den letzten Zügen. Die Bungalows sind noch nicht fertig und die Etagen mit den normalen Suiten auch nicht. Aber sämtliche Gemeinschaftsräume und Anlagen sind abgenommen.«

Er machte eine Pause und sah in die Runde. Einige Blicke hingen wie gebannt an dem Glaspavillon, Gee und Musa tippten in ihre Handys und waren offenkundig dabei, das Hotel zu googeln.

Charlie rümpfte die Nase. »In sechs Wochen ist es eigentlich zu spät.«

»Und auch nichts verfügbar«, bestätigte Kolja. »Das Hotel ist zur Eröffnung vollends ausgebucht. Aber es gibt noch eine andere Möglichkeit.«

Er tippte auf den Laserpointer. Mit einem wischenden Übergang flog nach und nach eine Drohnenaufnahme ein, die das Hotel und seine beeindruckende Anlage aus der Vogelperspektive über dem Meeresspiegel zeigte.

»Der Geschäftsführer und Hauptinvestor wäre bereit, eine Kooperation mit uns einzugehen. Er würde unter Ausschluss der Öffentlichkeit die dreihundert Storyhacker in seinem Hotel vorab begrüßen. Als Generalprobe für sein Team zur großen Eröffnung. Alles soll perfekt sein. Mit uns als Gästen können sie prüfen, ob es noch Schwachstellen in ihren Prozessen und Besetzungen gibt. Und: Er lässt sich das natürlich etwas kosten. Genau genommen die Fertigstellung seiner Bungalows, die sein Budget zum Ende der Bauphase ziemlich strapazieren. Wir müssten das ihm fehlende Geld zur Verfügung stellen. Dafür wäre er aber bereit, in nicht einmal zwei Wochen ein Frühlingsfest für uns auf die Beine zu stellen. Vom Catering über das Personal bis hin zu den Übernachtungen. Mehrtägig.«

»Bei der Zahl an aktuellen Pitches und Neukunden dürfte das Budget unser geringstes Problem sein«, schnaubte Musa, der die geweiteten Augen nicht von seinem Handy lösen konnte und swipte, wahrscheinlich durch Hotelbilder.

»Müsste ich prüfen, halte ich aber für wahrscheinlich«, bestätigte Gee.

»Das klingt zu gut, um wahr zu sein«, hörte Kolja diese raue Stimme von rechts, nach der er seit Kurzem verrückt war. Er durfte ihr jetzt auf keinen Fall in die Augen sehen. Sonst würde er vor Aufregung sterben.

»Wie kommst du zu dieser Verbindung?«

»Ein Kontakt der ... Familie«, presste er heraus.

Na ja, einer Familie, aus der er gestrichen worden war. Aber davon hatten seine Brüder glücklicherweise noch nichts mitbekommen. Gerade sein älterer Bruder Alex, Jura-Alegis, dürfte für solche Lappalien wie Kolja derzeit keinen Kopf haben. Zumindest nicht, bis er als Storyhacker auf ihn zugegangen war. Alex hatte einen Teil seines Erbes eingesetzt, um das Hotel seiner Träume zu finanzieren. Er war der Hauptinvestor und verbrachte derzeit schlaflose Nächte mit der Eröffnungsplanung. Ihn anzurufen, hatte Kolja den ganzen gestrigen Tag Überwindung gekostet, viel Schweiß und auch die ein oder andere nächtliche Träne. Alex stand ihrem gemeinsamen Vater nah. Früher hatte er nichts ohne dessen Zustimmung getan, was die Beziehung zwischen den Brüdern in den letzten Jahren hatte erkalten lassen. Aber in diesem Fall hatte Alex dem Deal zugestimmt, ohne ihren Vater einzuweihen – Koljas einzige Bedingung. Denn Ernst Barker hasste nichts mehr, als die Kontrolle über seine Marionetten zu verlieren. Grund genug für Kolja, genau das zu bewirken.

»Wie sicher ist seine Zusage?«, fragte Leyla.

»Achtundneunzig Prozent«, beantwortete Kolja prompt. Er hatte Alex das Gleiche gefragt. »Der einzige Dealbreaker seinerseits wäre, wenn wir kein gemeinsames Datum finden oder Wünsche stellen, die sie nicht erfüllen können. Und natürlich allen voran das Budget.«

»Hab keine Wünsche«, brummte Charlie und hob ergeben die Hände. »Soll er unser Geld nehmen. Hauptsache, er macht uns 'ne richtig fette Absturzparty.«

»Gibts bei Ayurveda Alkohol?«, erkundigte sich Musa. »Ja, oder?

Mich entschlackt das immer. Spätestens am nächsten Morgen ist nix mehr in mir drin.«

»Nennt man auch Kater«, konterte Dounia.

»Ich nenne das Wellness für den Enddarm. Bis dahin schafft es bei mir dann nämlich gar nix, und das gute Stück kann sich mal so richtig schön entspannen.«

»Vielen Dank, Musa«, unterbrach Leyla das Gelächter. »Kolja, bitte. Wir haben dazwischengefunkt. Warst du fertig, oder hast du noch etwas?«

»Die Kostenaufstellung«, entgegnete er nüchtern.

Unter den konsternierten Blicken seines Zirkuspublikums materialisierte sich eine Tabelle auf dem Screen, die den Totalbetrag in der unteren rechten Ecke bis ins Kleinste aufschlüsselte. Sie hatte ihn die zweite Hälfte der Nacht im Videocall mit seinem Bruder gekostet.

Eine Zeit lang sagte niemand etwas, während sie den Voranschlag überflogen.

Schließlich klopfte Musa auf den Tisch.

»Hey, Leyla!«

Sie wandte sich zu ihm um. Kolja folgte mit seinen Blicken.

Er deutete mit dem Daumen auf Kolja. »Ich mag den Jungen. Ich komm jetzt immer zu seinen Auftritten.«

Sie grinste, vielleicht etwas breiter, als sie es normalerweise tat, wenn ihr Team ihr bestätigte, einen guten Riecher gehabt zu haben.

»Was wären die nächsten Schritte, Kolja?«

»Neben den Kostenverhandlungen gilt es, das Datum festzulegen. Ich würde eine gemeinsame Videokonferenz organisieren. Der Zeitplan ist aufgrund der Bauarbeiten relativ eng gestrickt. Sie würden übernächsten Donnerstag für das Fest bevorzugen.«

In Leylas Magen bildete sich ein Stein. Übernächsten Donnerstag ...

Das war der Tag vor dem Freitag.

Du vergisst übernächsten Freitag doch nicht. Oder?

»Gibt es da noch Spielraum?«, fragte Alba, die ihre Bedenken offenbar spürte.

»Das müssen wir nicht in großer Runde besprechen«, ging Charlie dazwischen. »Ich werde dafür einen Folgetermin ansetzen. Dich nehme ich natürlich mit drauf, Alba. Vielen Dank, Kolja. Ich glaube, wir sind uns da alle einig: ganz tolle Leistung.«

Klatschen ertönte, einige klopften auf den Tisch.

»Hat jemand noch etwas?«

Gee reckte einen Daumen hoch. »Gut gemacht. Props von mir.«

»Wirklich super, wie du das in der Kürze der Zeit eingefädelt hast«, bemerkte Sam, und Leyla beobachtete, wie Koljas Mundwinkel in die Höhe schossen.

»Danke«, sagte er sichtlich erleichtert, und jeder im Raum verstand, dass er sich nicht nur für das Lob bedankte, sondern auch für Sams Vergebung für die Stoffmustergeschichte.

»Gut.« Charlie klatschte in die Hände. »Dann ...«

»Ich will noch was sagen.«

Alle Blicke richteten sich auf Marcie, die die in die Luft gereckte Hand langsam senkte.

»Ich ... ich wollte noch sagen: Du hast auch sehr frei gesprochen und gute Bilder benutzt.«

Das Gemurmel im Raum verstummte. Einige wandten den Blick ab, Leyla fixierte ihr Notizbuch. Aus den Augenwinkeln sah sie, wie Kolja irritiert zu ihr blickte, schaute aber sofort wieder weg und biss sich auf die Lippe.

»Jaaa«, sagte Kolja und kratzte sich im Nacken. »Danke, Marcie. Die sind von mir. Die Bilder.«

Leyla schielte hoch. Rot. Wieder mal knallrot, das Gesicht der lieben Marcie. Sie konnte sie gut verstehen. Sie fühlte sich in Koljas Gegenwart nicht anders.

»Oh!«, rief Dounia, um die peinliche Situation zu durchbrechen. »Du hast die Hotelbilder geschossen, Kolja?«

»Es sind nicht die offiziellen Presseabzüge. Dafür haben sie mittlerweile einen professionellen Fotografen. Nur die vorläufigen Aufnahmen aus den Anfängen sind von mir.«

Musa sprang von seinem Stuhl und riss die Arme in die Luft. »Himmel, Arsch und Zwirn! Ich sags euch: Was für ein Goldkind hat die Chefin da wieder entdeckt! Krasser Typ. Mach mal die Fotos auf dem Frühlingsfest, dann gibts vielleicht mal ein gutes von mir. Danke, Kolja. Muss los, Termin.« Damit schnappte er sich seine Laptopmappe und wirbelte genauso schnell aus dem Raum, wie er gekommen war. Die anderen schlossen sich an, einschließlich Marcie, deren Gesichtsfarbe mittlerweile ihren Haaren in nichts nachstand, wie Leyla befand.

»Du könntest ihn echt auf dem Frühlingsfest für ein paar Bilder einteilen«, warf Dounia Charlie beim Rausgehen zu. »Vielleicht ist das ja sein Praktikumsprojekt. Eine digitale Fotomappe oder so.«

»Was auch immer du willst, Dou.«

Noch eine, die rot anlief, während sie den Raum verließ. Leyla schmunzelte.

Auch Charlie grinste, biss sich auf ihr Unterlippen-Piercing und wandte sich dem Laptop zu, um die Technik abzubauen.

Währenddessen lief Kolja um den Tisch herum und streckte Leyla die Hand entgegen, um ihr aus dem Sessel zu helfen. Gott, warum wurden denn hier alle heute rot? Sie ergriff sie, ignorierte krampfhaft das Kribbeln, das von ihren Fingern in ihre Mitte schoss, und ließ sich hochziehen.

Kolja beugte sich flüsternd zu ihr. »War es wirklich sehr frei, wie ich gesprochen habe? Und sehr gute Bilder?«

Leyla schmunzelte abermals. »Ich glaube, das habe ich zuletzt in der Grundschule gehört. Aber im Kern hat Marcie doch recht. Du hattest keine Notizen dabei und hast keinen einzigen Stichpunkt auf deinen Folien gebraucht. Deine Fotos sind wieder mal umwerfend. Du bist ... wirklich ein visueller Typ.«

»Hmm.« Er machte ein Geräusch, als würde er schnurren. »Eine

Frau sagte mal, ich gleiche einem Gemälde, so visuell ansprechend sei ich.«

Leyla unterdrückte das gurgelnde Gefühl aufbrandender Eifersucht – schließlich gab es dafür überhaupt keinen, wirklich gar keinen Grund – und zwang sich zu einem Grinsen.

»Kann ich so nicht beurteilen.«

»Wie denn? Sag nicht, etwa nackt?«

»Habt ihr es gleich, ihr Turteltauben? Vielleicht nehmt ihr einfach ein Zimmer im *Grand Green* zusammen?«

Leyla und Kolja fuhren auseinander. Sam stand, die Hände in die Hüften gestützt, im Türrahmen und wippte mit der Fußspitze. Als die beiden sie mit im Schock geöffneten Mündern anstarrten, rollte sie mit den Augen.

»Beruhigt euch, Leute, das war ein *Spaß*. Weil ihr so nah beisammenstandet. Ganz locker.«

Die Hände erhoben, lief sie rückwärts aus dem Raum.

»Kolja!«

»Ja?«

»Wir brauchen noch ein Jungchen-für-Alles bei der Fashion-Show.«

»Okay?«

»Du wirst das machen!«

»Alles klar.«

»Super.«

Sam reckte ein Peace-Zeichen in die Höhe und verschwand endgültig.

»Komm«, befahl Leyla mit erstickter Stimme und zog Kolja hinter sich her. Sie konnte sich jetzt unmöglich allein mit ihm im Raum aufhalten. »In die Teeküche.«

Geschützt vor den Blicken der anderen, atmete Leyla durch und griff zwei Tassen aus dem Schrank.

»Du hast deine Sache gerade wirklich gut gemacht. Sams Einladung zur Show bestätigt das. Ich würde dich deshalb heute gern auf ein Lunchdate einladen.«

Kolja wackelte mit einer Augenbraue und lehnte sich mit vor der Brust verschränkten Armen an die Theke. »Ich bekomme nicht nur extra Wochenendarbeit, sondern auch ein Date mit der Chefin. Wird ja immer besser.«

»Ein *Lunch*date, Kolja. Ich habe dir das erklärt. Es findet in der Öffentlichkeit statt. Und man redet übers Business.«

»Kommt drauf an, was das Business ist. Bist du mein Business?«

»Kolja!«

Eine der Tassen glitt Leyla aus der Hand. Doch kurz bevor sie auf der Küchenplatte landete, hechtete Kolja vor, schnappte sie aus der Luft und hielt sie ihr wieder hin. Während Leyla fassungslos auf die Tasse blickte, griff Kolja nach ihrer Hand und schloss ihre Finger um den Henkel.

»Du zitterst ja«, raunte er in ihr Ohr, so nah stand er bei hier. An seinem Tonfall hörte sie ihn grinsen. »Mache ich dich etwa nervös, Boss?«

Mit einem Scheppern knallte Leyla die Tasse auf die Arbeitsplatte und trat einen Schritt von ihm weg. Kolja lachte leise.

Sie funkelte ihn ärgerlich an. »Komm einfach zum Lunchdate!«

Wenige Stunden später saß Kolja in dem schummerigen Running-Sushi-Restaurant, das Leyla vorgeschlagen hatte, und nippte an einer kleinen Cola. Er war ein bisschen zu früh dran, sie ein bisschen zu spät. Wenigstens etwas, das an normale Praktikanten-CEO-Verhältnisse erinnerte. Sie hatte ihn in einer kurzen Sprachnachricht gebeten, schon mal vorzugehen, was ihn nicht weiter störte. Kolja hatte einen Podcast auf den Ohren, und die Folge, wie sich nicht verarbeitete Trauer auf die körperliche Gesundheit auswirkte, war wirklich hörenswert. Neben ihm zogen kleine Sushi-Teller auf einem Laufband vorbei. Würde es zum Business zählen, wenn er Leyla gleich von seinen neuesten Wissensperlen berichtete? Sozusagen als CEO-Beratung?

Jemand zog den Stuhl ihm gegenüber zurück, und Kolja riss den Blick vom Sushi-Band. Eine breite Gestalt nahm mit einem »Uff« Platz, faltete ihre Pranken auf dem Tisch und grinste ihn an.

Kolja nahm seine In-Ear-Kopfhörer heraus.

»Ich weiß«, sagte der hochgewachsene Mann, als könne er Koljas Gedanken lesen. »Ich bin nicht ganz so hübsch wie die Tischbegleitung, die du erwartet hast. Aber du darfst den Mund gern wieder schließen. *So* schlimm ist es auch nicht.«

»Na ja«, erwiderte Kolja trocken.

Gee Rankin grinste.

»Hast recht. Ich hab keine Chance ihr gegenüber. Story of my life. Rate mal, warum die Presse nie über mich berichtet, sondern immer über sie. Dabei sind wir uns als Geschäftsführer ebenbürtig.« Er bedeutete der Servicekraft mit einem Fingerwink, ihm ebenfalls eine Cola zu bringen, und wandte sich wieder Kolja zu.

»Also. Ganz so viel Zeit haben wir nicht. Sie war noch am Telefon, als ich los bin, aber mehr als fünfzehn Minuten verspätet sie sich selten.«

»Okay.«

Kolja zog erwartungsvoll die Augenbrauen hoch.

»Du hast das sehr gut gemacht heute.«

»Danke.«

»Wir werden das wahrscheinlich so umsetzen mit dem Hotel deines Bruders. Danke noch mal für die Kontaktdaten. Ich habe gerade kurz mit ihm gesprochen. Sein Angebot ist happig, aber in Anbetracht unserer Notlage und seiner Sondersituation nur fair.«

»Freut mich. Alex wird euch nicht enttäuschen. Wenn er sagt, er würde etwas Vernünftiges auf die Beine stellen, wird er sich eher selbst übertreffen, als hinter den Erwartungen zurückzubleiben.«

»Das haben die Barker-Sprösslinge offensichtlich alle gemein.«

Gee lachte, und Kolja zuckte zusammen. Er war noch nie auf diese Weise mit einem seiner Brüder verglichen worden.

»Aber deshalb hab ich nicht vorbeigeschaut.«

Gee Rankin beugte sich zu ihm vor. Der Tisch war so schmal, dass sie sich beinahe an der Stirn berührten.

»Ich muss mit dir über *sie* reden.«

Keinen Zweifel, wen er meinte. Kolja wurde auf einen Schlag heiß, sein Herz begann zu pochen. Er lehnte sich ein Stück zurück.

»Wo fange ich an. Erst einmal bin ich sehr froh, dass Leylas Instinkt sie auch diesmal nicht getrogen hat. In dir steckt mehr, als du zu Beginn hast durchscheinen lassen, Barker. Viel mehr.«

Und vieles auch nicht. Aber Gee Rankin wäre der Letzte, dem Kolja davon erzählen würde.

»Auf der anderen Seite stellst du, und das sage ich bewusst in aller Deutlichkeit und ohne Umschweife, eine Bedrohung dar.«

»Eine Bedrohung.« Nun zog Kolja die Augenbrauen hoch. Sein Ernst?

Rankin nickte erst ihm zu, dann zum Dank der Bedienung, die eine Cola vor ihm abstellte.

»Ja. Du bist jung, Kolja. Und mir ist es wichtig, dass du dir vollends bewusst bist, was du da tust. Glaub nicht, dass ich nicht sehe, was du im Schilde führst.«

Scheiße. Ein kalter Schauder fuhr Kolja den Rücken hinab. Woher wusste er ...?

»Dass du in die Agentur gekommen bist, hatte irgendetwas mit deinem Vater zu tun. Keine Ahnung, was. Aber es spielt auch keine Rolle. Denn dass du geblieben bist, hat nicht mit ihm zu tun, sondern mit *ihr*. Deshalb möchte ich, dass du dir einer Sache klar wirst: Leyla Ahmadi ist Geschäftsführerin von weltweit fast fünfhundert Mitarbeitenden. Mit der Betonung auf *Führerin*. Anders als viele andere Menschen, die sich Führungskraft nennen, ist sie präsent. Niemand kennt die Agentur so gut wie sie, niemand beeinflusst Entscheidungen wie sie, und niemand nimmt eine Vorbildfunktion ein wie sie. Sie handelt ehrlich und wahrhaftig im Interesse ihres Teams. Die Agentur braucht sie. Die Mitarbeitenden sind orientierungslos ohne sie.« Gee Rankin hob das Glas an den Mund und leerte es in einem Zug.

»Leyla Ahmadi ist eine Marke. Sie steht für Integrität, für Führungsstärke, für Female Empowerment und Zukunftsvisionen. Auch über das Büro hinaus.«

»Ich weiß. Ich kenne die Berichterstattung über sie.«

»Gut.« Rankin runzelte die Stirn, was Kolja nur noch mehr verwirrte. »Ich will hoffen, das war es nicht, was dich zu ihr getrieben hat. Die Berichterstattung.«

Kolja wollte einen Einwand erheben, aber Rankin ließ ihm keinen Raum.

»Was ich sagen will, ist Folgendes: Leyla Ahmadi ist eine Urgewalt. Sie hat sich etwas aufgebaut, das nur einer Frau von Millionen gelingt. Sie ist stolz auf ihr Werk. Es ist alles, was sie hat; alles, was sie am Leben hält. Du, *Puke*-tikant …«

Bitte was? Was sollte ein *Puke*-tikant sein?

»Du bist ihr wichtiger, als du der Agentur wichtig bist. Noch weiß ich nicht, warum, aber sei dir gewiss, so ist es. Damit bist du vielleicht die einzige Person im gesamten Unternehmen, die diese Rolle genießt. Wodurch dir eine besondere Macht obliegt.« Rankin verzog das Gesicht.

Worauf wollte der Kerl hinaus?

»Du bist in der einzigartigen Lage, ihre weiße Weste mit einem Fingerschnips zu beschmutzen. Es braucht dafür nur ein heimliches Foto. Nur einen anonymen Hinweis an die Presse. Nur ein dummes Gerücht. Ein kleiner Kuss mit dem Praktikanten vor den Augen der falschen Leute, und Leylas Lebenswerk fällt wie ein Kartenhaus in sich zusammen, verstehst du? Sei dir im Klaren darüber, dass ich mir dessen bewusst bin. Begreife, dass es neben mir noch andere gibt, die mit allen Mitteln dafür sorgen, dass das, was Leyla aufgebaut hat, beschützt wird.«

Irrte er sich, oder drohte Rankin ihm gerade? Kolja schluckte.

»Ich habe auf keinen Fall vor …«

»Ich weiß. Ich glaube es zumindest zu wissen. Aber wenn du nicht klug genug bist, wirst du sie trotzdem ruinieren. Ohne Absicht, ganz aus Versehen. Sie ist die Geschäftsführerin. Du der Praktikant. Es braucht nicht viel, um daraus eine Bombe zu basteln. Und wenn die unkontrolliert hochgeht …«

Rankin demonstrierte eine Explosion mit den Händen, ein seltsames Glitzern in seinen Augen, bei dem Kolja eine Gänsehaut den Nacken hinabjagte.

»Was macht ihr zwei denn da?«

Eine kleine Handtasche landete auf dem Tisch zwischen Kolja und

Gee, die sich in die Augen starrten. Kolja wagte nicht, den Blickkontakt zuerst abreißen zu lassen. Also tat es Rankin.

»Oh, ich wollte mir nur kurz To-go-Sushi holen, da habe ich unsere neue Geheimwaffe hier so einsam rumsitzen sehen.« Er rückte lautstark den Stuhl vom Tisch, erhob sich und drehte den Stuhl in Leylas Richtung – als Einladung, sich zu setzen.

»Dann feiert ihr zwei mal die Rettung unseres Frühlingsfestes.« Er zwinkerte Kolja zu.

»Kolja. Leyla-Baby.«

Damit drehte er sich um, nahm – perfekt getimt – eine prall gefüllte Sushi-Box von der Bedienung entgegen und verließ das Restaurant.

»Was hat er wirklich gewollt?«, fragte Leyla ohne Umschweife und rückte den Stuhl näher an den Tisch heran. Kolja antwortete nicht gleich, er starrte nur mit gerunzelter Stirn auf die vorbeiziehenden Sushi-Tellerchen, was ihr ein mulmiges Gefühl bereitete – nein. Mulmig traf es nicht ganz. Das Wort war zu schwach. Das flattrige Gefühl in ihren Eingeweiden grenzte an Panik.

Gee war der einzige Mensch, der in Leyla las, selbst wenn sie versuchte, die Buchdeckel geschlossen zu halten. Wenn er Kolja offenbart hatte, was und wie sie sich ihm gegenüber fühlte, welche alles einnehmende, alles überlagernde Rolle Kolja gerade in ihrem Leben spielte – o Gott, dann könnte sie jeden Versuch, professionelle Haltung vor ihm zu bewahren, fortan in die Tonne stopfen. Dann war auch alles egal. Auf der anderen Seite hoffte ein klitzekleiner Funke in ihr sogar, Gee hätte ihr vielleicht dazu verholfen, die Dämme zu brechen ...

»Traust du ihm?«, raunte Kolja.

Bitte was? Leylas Brauen schossen in die Höhe.

»Ob du denkst, dass er ausschließlich zu deinem Besten handelt«, antwortete er auf ihre entsetzte Miene. »Oder hat er schon mal versucht, an deinem Thron zu sägen?«

»Gee braucht nicht an meinem Thron zu sägen«, schnappte Leyla eine Spur zu bissig, was an der enttäuschten Erwartung lag, dass Gee ihr offenbar nicht den Weg geebnet hatte. Im Gegenteil. »Er sitzt direkt neben mir auf gleicher Höhe. Unsere Throne sind verbunden. Wenn er daran sägt, stürzen wir beide.«

»Es sei denn, er hat sich abgesichert, und das Stuhlbein stützt nur dich.« Koljas Stirn kräuselte sich noch mehr, während er über den Tisch in ihre Richtung griff. Einem Impuls folgend, zog Leyla die Hand weg und strich sich den Zopf über die Schulter.

»Ich will dich damit nicht ärgern oder verunsichern. Ich will nur ausschließen, dass er etwas gegen dich in der Hand hat, das er bereit wäre einzusetzen. Und dieses Etwas wäre definitiv ...« Er deutete zwischen ihr und sich hin und her. »... das hier. Denn davon weiß er zur Genüge. Er hat es sehr deutlich gemacht.«

Leyla atmete aus und reckte das Kinn. Wenn jemand die ihr am nächsten stehenden Personen in der Agentur angriff, bemächtigte sich ihrer immer ein Loyalitätsgefühl, das anfing, ihr Rudel wie eine Löwin zu verteidigen. Aber jetzt riet ihr ein leises Bauchgefühl, erst mal zuzuhören.

»Mir kam nur komisch vor, dass er erwähnt hat, die Presse würde sich immer auf dich, aber nie auf ihn stürzen. Als wäre er eifersüchtig. Außerdem hat er das explosive Potenzial erwähnt, dass diese Geschichte hier hat.« Er starrte demonstrativ auf ihre Lippen, und Leyla beobachtete voll Verzücken, wie in seinen Augen die Zurückhaltung dahinschmolz. In ihrem Bauch wurde es mit einem Mal ganz warm. »Mir kam sein Tonfall komisch vor. Als würde ihn die Vorstellung, jemand könnte uns – dir – einen Strick hieraus drehen, ein Stück weit faszinieren.«

Jetzt schluckte Leyla die Galle herunter, die urplötzlich bitter in ihrem Rachen aufgestiegen war. Sie vertraute Gee, und das seit Jahren. Natürlich. Aber sie hatte auch keinen Grund, Kolja zu misstrauen.

Oder? Kannte sie seine wahren Absichten hier in der Agentur? Konnte sie sicher sein, dass er dem Praktikum vor ein paar Tagen zugestimmt hatte, weil sie ihn auf seine Seite gezogen hatte, und nicht etwa, weil er darin einen Vorteil sah, weitermachen zu können, womit er an seinem allerersten Tag begonnen hatte: Zwietracht und Zerstörung in der Agentur säen?

Nein. Sie konnte nicht sicher sein.

So lautete die einzig rationale Antwort.

Und doch meldete ihr Bauchgefühl keinerlei Zweifel an seiner Aufrichtigkeit.

»Wenn ich dir schaden wollte, Leyla«, insistierte Kolja, als erriete er ihre Gedanken, und heftete seine dunklen Augen fest auf ihre. »Dann würde ich es so machen, wie Gee es gerade beschrieben hat. Ich würde eine Situation initiieren ...« seine Stimme wurde eine Tonlage tiefer, »... in der du mir nicht mehr widerstehen könntest. Ich würde versuchen, einen unbeobachteten Moment zu finden und dich kalt zu erwischen.«

Mit einem Mal spürte sie seine warmen Finger auf ihrem nackten Knie – und absolut gar kein Impuls bedeutete ihr, zurückzuzucken. Stattdessen stieg Feuer von ihren Beinen auf und setzte ihren Unterleib in Flammen, während sich ihre Augen weiteten und sie sich darauf konzentrierte, wie Koljas Daumen quälend langsam in ihre Kniekehle fuhr. Und den Oberschenkel hinauf. Leyla sog scharf die Luft ein und presste die Knie zusammen. Weiter. Was würde sie darum geben, dass er weiterging, ihr Herz zum Rasen brachte, ihre Zellen zum Pulsieren. Kein Pitch hatte sie die letzten Monate je abgelenkt wie *das* hier. Doch Kolja zog seine Hand zurück, faltete sie auf dem Tisch und hinterließ eine gähnende Leere auf ihrer hitzigen Haut.

»Wenn ich dir schaden wollte, würde ich einen solchen Moment ausnutzen, und ein Foto machen – mit diesem Handy, das da vor dir liegt – und es an die Presse senden. Tu ich aber nicht.«

Leyla folgte der Richtung, in die Kolja nickte. Vor ihr auf der Tischplatte lag sein Smartphone, das er ihr offenbar zugeschoben hatte, als sie dachte, er würde nach ihrer Hand greifen wollen.

»Wenn ich dir in den Rücken fallen wollte, würde ich jetzt weitermachen ...« Kolja blickte vielsagend in Richtung ihrer Beine, »... anstatt dir Anlass zu geben, an mir zu zweifeln. Was ich gerade tue, mit meinem Misstrauen Gee Rankin gegenüber. Aber ich gehe das Risiko ein, dass du mir gegenüber skeptisch wirst – weil alles, was ich will, dein Wohlergehen ist.«

Scheiße. Entweder war das die cleverste Manipulationsstrategie, die ihr je untergekommen war, oder der selbstloseste Akt, den je jemand für sie unternommen hatte. Leyla runzelte die Stirn.

»Ich bin nicht sicher, ob ich Skepsis an Gee wirklich als Zeichen deiner guten Absichten werten sollte.«

Kolja überlegte einen Moment, griff dann in seine Hosentasche und schob ihr ein schwarzes Kästchen über den Tisch zu.

»Hier. Meine Kopfhörer. Mach einen rein. Die Playlist geht automatisch los.«

Leyla klappte die Plastikbox auf, pfriemelte einen kabellosen Kopfhörer heraus und hakte ihn in ihre Ohrmuschel. Kolja griff nach dem anderen.

»*Zu den häufigen Symptomen einer Depression gehört in achtzig bis neunzig Prozent der Fälle eine sogenannte sexuelle Anhedonie. Dabei handelt es sich um die Unfähigkeit, Lust oder Freude an etwas zu empfinden, das zuvor noch Freude bereitet hat*«, erklärte die Podcasterin gerade.

»Okay, das reicht«, ging Kolja dazwischen und schnappte mit hochrotem Kopf nach ihrem Kopfhörer.

»Ich wollte dir eigentlich nur zeigen, was ich gerade höre. Einen Podcast über die Folgen von unterdrückter Trauer. Nicht ... na ja. Nicht das.« Er lächelte schief, wirkte auf einmal verunsichert. Das hier hatte er eindeutig nicht geplant. Einen schrecklichen, schwindelerregenden Moment lang sagte niemand von ihnen etwas. Ihr Schweigen schwoll an zu etwas, das sich in Leyla anfühlte wie – verdammt, das war Lust. Es war Erregung, gemischt mit dem unbändigen Verlangen, Kolja Glauben zu schenken. Sie presste die Schenkel zusammen.

»Ich denke nicht, dass ich an sexueller Anhedonie leide.«

»Vielleicht nicht.«

»Danke«, sagte Leyla mit Pokerface.

Kolja zog die Augenbrauen hoch. »Dafür, dass ich zum selben Schluss komme?«

»Nein. Weil du deine Bedenken zu Gee mit mir geteilt hast. Ich weiß das zu schätzen. Auch wenn ich dir versichern kann, dass du unbesorgt sein kannst. Von Gee geht keine Gefahr aus.«

Koljas Stirn legte sich wieder in Falten.

»Besser wärs für ihn.«

Ihr Mundwinkel verzog sich zu einem Lächeln.

»War das eine Drohung?«

»Nicht mehr, als er mir gedroht hat.« Aha! Daher wehte also der Wind! »Ich sage ja nur, dass man keine hohe Position im selben Unternehmen braucht, um jemandem, der's verdient, gehörig das breite Grinsen aus dem Gesicht zu polieren.«

Während er das sagte, inspizierte er ein Gurken-Maki so missmutig, dass Leyla lachen musste.

»Falls das mit dir in der Kreation nichts wird, stelle ich dich in Rays und Janes Team ein. Praktikanten sind heutzutage recht kriegslüstern, kam mir zu Ohren. Der Trend geht zum Dritt-Bodyguard.«

»Glaub mir.« Kolja verzog keine Miene. »Ich würde deinen Körper beschützen wie kein anderer.«

Leyla biss sich auf die Unterlippe.

»Push-Benachrichtigung an uns: Das hier ist ein *Lunch*date.«

Sie griff nach zwei Tellerchen auf dem Laufband und setzte sie ihnen beiden vor. Weil das nicht reichte, um ihre Aufmerksamkeit von seinem Schlüsselbein abzuwenden, wo ein winziger serifenloser Schriftzug aus seinem T-Shirt-Kragen lugte und ihr Herz zum Rasen brachte, lud sie weitere Teller auf ihren Tisch, bis kein Platz mehr übrig blieb.

»Es geht hier ums *Business*«, erinnerte sie ihn.

»Dein Erfolg als Unternehmerin ist mein Business.«

»Absolut.« Leyla lächelte eine Spur breiter. »Aber den musst du weder sicherstellen, indem du mit mir meine Dämonen bekämpfst, noch, indem du versuchst, potenzielle Widersacher zu identifizieren. Du bist unser Praktikant, nicht mein ...«

Sie schluckte, als sie merkte, was sie im Begriff war zu sagen.

»Nicht dein Partner?«

Ihr Hals schnürte sich zu, kein Wort passte hindurch. Sie nickte.

»Verstehe.«

Er senkte den Blick auf seine verschränkten Hände und fiel in ihr Nicken ein.

»Du hast recht. Das ist auch besser so. Ich bin ... Sagen wir einfach, ich bin auch kein guter Partner.«

Etwas in seinem Gesicht verhärtete sich, sodass Leyla am liebsten sofort nachgehakt hätte. Aber sie musste sich entscheiden. Abstand oder Intimität? Und – kleiner Reminder an sie selbst – die Zeiger standen eindeutig auf *Lunch*date. Nicht auf Flirtkurs.

Sie schlug die Handflächen auf den Tisch, um ihren Überlegungen Nachdruck zu verleihen.

»Also. Reden wir übers Geschäft, Kolja, denn dafür sind wir hier. Ich habe Neuigkeiten für dich, bei denen ich mir nicht sicher bin, ob du gleich vor Freude im Dreieck springst oder umgehend kündigst.«

Denk ans Geschäft, zwang Kolja seinen Kopf. Denk verdammt noch mal an die Arbeit.

Nicht daran, wie es wäre, ihre Hände auf dem Tisch zu fotografieren. Nicht daran, was er ihre Hände in einem Shooting tun lassen würde, während er sie aufnahm. Nicht daran, was er ihre Hände tun lassen würde, wenn er die freie Wahl hätte. Und sie auf seiner Matratze vor sich.

Er zuckte innerlich zusammen. Noch nie hatte er das Bedürfnis verspürt, eine zweite Person in seinen kleinen Dschungel einzuladen. Was eventuell daran lag, dass gerade kein Blut in seinem Gehirn zirkulierte, weil es sich zwischen seinen Beinen sammelte. Seit er ihre glühend heiße Haut an ihren Oberschenkeln berührt hatte. Lag es daran, dass sie älter war und sich schlichtweg besser im Griff hatte, oder daran, dass sie ihn nicht so sehr begehrte wie er sie, dass sie scheinbar mühelos von ihrem sogenannten Geplänkel zum Geschäft übergehen konnte? Sein Herz hämmerte noch immer.

»Deine Präsentation heute war schlicht, aber fesselnd«, fuhr Leyla fort, während sie nach der Sojasoße griff und sie in ein Schälchen goss. »Der ganze Raum hing an deinen Lippen, du hast sie mühelos in deinen Bann gezogen. Das ist dir gelungen, weil du ihnen das Gefühl vermittelt hast, ihnen in einer schwierigen Situation, mit der sie selbst überfordert sind, den richtigen Weg zu weisen.«

Denk ans Business!

Sie griff nach den Essstäbchen in einer kleinen Holzbox und verteilte sie an sie beide.

»Diese Stärke würde ich gern für die Agentur nutzen. Ich möchte, dass du Teil des Barker-Pitch-Teams wirst.«

Moment. Was? Instinktiv rückte Kolja mit seinem Stuhl ein Stück zurück, er schabte lautstark über den Boden.

»Ich weiß, niemand ist befangener als du. Vor dem eigenen Vater zu präsentieren, ist etwas anderes als vor der Kollegschaft. Und genau deshalb will ich, dass wir es tun. Ganz im Sinne von *Disruption*.«

Ihr Blick verfinsterte sich, was Kolja zeigte, dass noch etwas anderes dahintersteckte. Aber egal, was es war, auf gar keinen Fall konnte er ...

»Dein Verhältnis zu deinem Vater ist kompliziert, das ist mir klar. Heute Morgen noch mal klarer geworden. Und ich habe beschlossen, die Sache keinesfalls so stehen zu lassen.«

Worauf wollte sie hinaus? Seine Arme baumelten kraftlos an seiner Seite.

»Ich habe die Nase voll davon, dass du glaubst, seinetwegen nichts auf die Kette kriegen zu können, seinetwegen«, schnaubte Leyla. »Und ich habe die Nase voll davon, dass er glaubt, es wäre ihm und seinem Millionenetat zu verdanken, dass wir dich beschäftigen.« In ihrem Blick loderte es, während sie ihren Ärger an einem wehrlosen Omelett-Nigiri ausließ, das sie zerpflückte, als gäbe es kein Morgen. »Was nicht stimmt.«

»Ehe ich dir erkläre, dass ich das unter keinen Umständen tun werde«, antwortete Kolja nüchtern und tauschte seinen Teller mit ihrem, sodass wieder eine wohlgeformte Sushi-Kreation vor ihr stand, die sie verdutzt musterte, während er seelenruhig die einzelnen Reis-körner von ihrem Chaos aufpickte, »was ist heute Morgen passiert, das dich auf die Idee gebracht hat, mich ins Pitch-Team aufzuneh-men?«

Sie klemmte das unversehrte Reisbällchen zwischen ihre Stäbchen.

»Zu der Entscheidung hat mich deine Performance im Meeting gebracht.«

»Anders gefragt: Woher weißt du, dass mein Vater ...«, Kolja schluckte, und schon die wenigen Reiskörner lagen ihm schwer im Magen, »... denkt, ich sei nur seinetwegen hier?«

Leyla steckte den Happen ganz in den Mund, wie um Zeit zu schinden. Augenscheinlich bereute sie, dass sie die Info mit ihm ge-teilt hatte. Eindeutig. Aber er ließ sie da nicht mehr heraus. Und das wusste sie genau.

»Der Anruf heute Morgen, während du in meinem Büro warst«, gestand sie. »Er kam von ihm.«

Fünf Stunden zuvor

»Jetzt geh schon!«

Leyla schickte Kolja aus dem *Glass Office* in den Fahrstuhl, obwohl sie nichts lieber getan hätte, als sich noch einmal an seine Brust zu lehnen. Sie spürte ihn noch immer nachhallen, überall, wo seine Haut ihre berührt hatte. Jeder Kontakt schien umgehend in ihre Mitte zu schießen, wo sich alles sammelte, was sie bei Kolja Barkers Anblick fühlte. Dieses Gefühl, es ließ sie mit einer ungekannten Leichtigkeit vergessen. Es ließ sie alles ausblenden, was sonst wichtig war. Aber was sie jetzt brauchte, war Klarheit.

Ihr Handy drehte sich surrend auf der Schreibtischplatte. Gleich-zeitig hörte sie, wie im Vorzimmer Albas Schreibtischstuhl zurückgerollt wurde. Ihre Assistentin war angekommen – und würde sterben vor Neugier, was der Praktikant so früh am Morgen in ihrem Büro zu suchen gehabt hatte. Was sich Leyla, nebenbei bemerkt, ebenfalls fragte. Später.

Mit einem ungeten Gefühl aus Scham und schlechtem Gewissen schloss sie die Bürotür hinter Kolja und eilte zu dem Telefon, das unerbittlich auf dem Schreibtisch vibrierte.

»Leyla Ahmadi, schönen guten Morgen?«

Es knisterte in der Leitung. Knackte. Der Sound stockte, als hätte jemand vom Lautsprecher auf Kopfhörer umgestellt. Dann meldete sich eine dunkle Stimme, die etwas so Aalglattes an sich hatte, dass Leyla sich augenblicklich die Härchen aufstellten.

»Ms Ahmadi«, säuselte die Stimme und zog dabei jede Silbe in die Länge. »Wie nett, dass ich Sie persönlich erreiche. So früh am Morgen schon fleißig?«

»Natürlich, jederzeit. Mit wem habe ich die Ehre?«, konterte Leyla ungerührt.

»Ernst Gustav Barker, *Barker Media*. Ihnen auch einen guten Morgen«, sagte er mit einem leichten Vorwurf in der Stimme, als hätte Leyla ihm diesen nicht schon zuerst gewünscht.

»Mr Barker. Was für eine Überraschung. Ich bin aktuell voll in Ihrem Briefing versunken.«

»So? Das kann ich mir vorstellen. Es sei Ihnen verziehen. Ich weiß, dass einige Ihrer Mitbewerber längst an der Umsetzung sitzen, aber eine solide Einarbeitung hat noch keinem geschadet. Die Briefing-Unterlagen sind schließlich recht umfassend. Und einiges davon nicht so leicht zu verstehen.«

Arsch. Bleib professionell, ermahnte sich Leyla stumm.

»Je mehr Infos, desto besser«, entgegnete Leyla und ignorierte die Spitze. »Wir sind immer froh, wenn unsere potenziellen Kundinnen und Kunden uns so tiefe Einblicke wie möglich gewähren. Je präziser die Ausgangslage, desto passender das Endergebnis.«

»Eben drum, eben drum.«

»Haben Sie angerufen, um sich nach einem ersten Stand zu erkundigen?«

»Unter anderem«, entgegnete Barker und legte eine Kunstpause ein. Als erwartete er, dass Leyla riet, weshalb er anrief. Aber sie hielt die Stille aus. Als ihr Schweigen unerträglich wurde, gab Barker schließlich nach. »Mir ist zu Ohren gekommen, dass Ihre Agentur jüngst Zuwachs erhalten hat.«

Ah. Darum ging es also.

»In der Tat. Ihr Sohn hat gleich zu Beginn, sagen wir, Eindruck hinterlassen.«

»Ich hörte davon.«

Wut schlug Leyla durch den Hörer entgegen, obwohl ihr Gegenüber versuchte, sie zu unterdrücken. Leyla überhörte sie galant.

»Eine Magen-Darm-Geschichte«, sagte sie. »Das muss furchtbar für Kolja gewesen sein. Er tat mir sehr leid.«

»Ja. Furchtbar war es. Wenn auch, wie wir beide wissen, nicht wirklich von mangelnder körperlicher Gesundheit geprägt. Man könnte meinen, von geistiger.«

Halt. Hatte Ernst Barker gerade angedeutet, sein Sohn wäre nicht ganz bei Trost? Leyla presste die Lippen zusammen.

»Wie meinen Sie das?«

»Ich will ehrlich mit Ihnen sein, Ms Ahmadi.« Barker unterstrich seine Worte erneut mit einer Pause. Einer dieser Typen, die es genossen, wenn Menschen sich Zeit für sie nehmen mussten. Ätzend. »Das Auftreten des jungen Mannes, den ich bedauerlicherweise als meinen Spross bezeichnen muss, ist intolerabel. Ich bin ganz bei Ihnen, dass ein solches Profil in einem Hause wie dem Ihren nichts verloren hat. Aber ich hoffe und nehme an, die Aussicht auf unseren mehr als großzügigen Etat könnte Ihre Erzürntheit besänftigen.«

Leyla blieb der Mund offen stehen. Hatte Barker ernsthaft gemeint, was sie da glaubte, gehört zu haben? *Sein* Etat wäre es, der sie *besänftigt* hätte? Nicht dass sie nicht wirklich mal eine verlockende Sekunde darüber nachgedacht hätte, Kolja zu beschäftigen, um in Barkers Gunst für den Pitch zu stehen. Aber es war nie wirklich der Grund gewesen, ihn in der Agentur zu behalten. Jetzt, da sie mit dem Senior sprach, ekelte sie sich davor, diese Gedanken überhaupt je gehabt zu haben.

Einen Augenblick dauerte es, bis Leyla die Worte wiederfand.

»Mr Barker«, antwortete sie, ihre Stimme triefte vor Kälte, »ich glaube, da missverstehen wir uns. Ihr Sohn Kolja ist bei uns im Team bestens aufgehoben und wird sein Praktikum wie geplant bei uns verbringen. Wir sind sehr froh darüber und empfinden seine Tätigkeit hier keinesfalls als unglücklich oder erzürnend.«

Und erst recht nicht so sehr, als dass er nur hier wäre, weil du mit deinen Scheinen vor unserer Nase herumwedelst!

»Sehr gut. Genau das habe ich hören wollen, Ms Ahmadi. Es freut mich, dass wir uns ganz und gar nicht missverstehen.«

Verstand sie es falsch, oder unterstellte er ihr jetzt, sie hätte diese Antwort gegeben, um ihm nach dem Mund zu reden, um ihm als Kunden zu gefallen? Leyla spürte, wie ihr Puls stieg.

»Nein, dann missverstehen wir uns wohl nicht. Solange wir einer Meinung sind, dass Koljas Anstellung hier nicht in Verbindung mit der Etatausschreibung steht. Beide begrüßen wir bei uns in der Agentur ganz herzlich. Aber unabhängig voneinander.«

»Natürlich. Vollkommen unabhängig.«

»Ich kann es nur noch einmal betonen.«

»Tun Sie dies nur weiter. Es kommt gut rüber. Man könnte wirklich meinen, Sie stünden dahinter. Es ist mir eine Wonne, mitanhören zu dürfen, wie Ihnen kein böses Wort zum Namen Barker über die Lippen kommt, Ms Ahmadi. Ich hoffe, das bleibt so.«

Leyla schnappte nach Luft. Sie hatte im Geschäft schon viel erlebt. Aber so sehr beleidigt hatte sie selten jemand.

»Ich stehe immer hinter meinem Wort«, presste sie zwischen zusammengebissenen Zähnen hervor. »Und hinter meinen Mitarbeitenden.«

»Schön. Teamgeist ist ein wertvolles Gut. Ich bin ganz zuversichtlich, dass Sie und Ihre Leutchen etwas Schönes für uns zaubern werden.«

Das war es also, was er über Ihre Agentur dachte. Er hätte genauso gut sagen können: dass Sie und Ihre Wichtel in Ihrer kleinen Geschichtenküche etwas Feines für uns backen. Es war kein Respekt, der Ernst Barker und seinen Etat zu den Storyhackern getrieben hatte. Es war kein unethischer Versuch, sich mit dem Etat für das Verhalten seines Sohnes zu entschuldigen – was Leyla zwar nicht geschätzt, aber verziehen hätte. Nein. Es war die zweifellose Annahme, ihre

Agentur ohne Weiteres schmieren zu können. Die Überzeugung, dass er nur genug Nullen an den Betrag hängen musste, damit sein Name in der Agentur – und darüber hinaus – nicht beschmutzt würde. Ernst Barker genoss es sichtlich, wie die Aussicht auf sein Geld ihre Firma dazu brachte, nach seiner Pfeife zu tanzen. Aber mit so einem politischen Machtgehabe würde sie ihn nicht durchkommen lassen. Niemals.

Blitzschnell traf Leyla eine Entscheidung.

»Ich werde die besten Leute auf Ihren Etat ansetzen. Genau wie *Barker Media* es verdient«, versicherte sie zuckersüß, während sie nach einem Bleistift griff und ihn zwischen den Fingern bog, bis er brach.

»Hervorragend.« Barker lachte heiser. »Es könnte nicht besser laufen für uns zwei, nicht wahr?«

»Absolut«, entgegnete Leyla kühl.

Sie könnte Barker in hohem Bogen von ihrer Kundenliste streichen. Oder sie könnte etwas noch viel Besseres tun. Sie würde den Pitch mit ihrem Team antreten. Sie würde Kolja weiterhin beschäftigen. Aber sie würde sich nicht von einem Typen wie Barker erpressen lassen.

Du wirst dich noch wundern, dachte Leyla, wie gut es bei uns läuft.

»**Du wirst den** Pitch leiten.«

Kolja drehte sich der Magen um. Das passierte oft beim Sushi-All-You-Can-Eat, aber nie nach gerade mal einem halben Nigiri. Weshalb sein Bedürfnis, mal wieder auf die Suche nach einem Eimer zu gehen, eindeutig an Leylas Worten liegen musste und nicht etwa an einer Fischvergiftung. Wobei er Letztere gerade bevorzugt hätte. Definitiv.

»Du willst mir die Leitung eines Zwölf-Millionen-Dollar-Pitchs überlassen. Mir. Dem Praktikanten.«

»Du wärst nicht der erste Prakti, der ein Neugeschäftprojekt übernimmt.«

»Aber der erste Kolja, der eins vollumfänglich gegen die Wand fährt.«

»Das wird so langsam langweilig.« Leyla verdrehte die Augen. »Wenn du damit meinst, du würdest diese Sache genauso *verkacken*, wie du die Planung des Frühlingsfests *verkackt* hast, bitte fahre fort mit dem *Verkacken*. Du *verkackst* das nämlich wirklich gut.«

»Ich meins ernst.«

»Ich auch«, fuhr Leyla in ungewohnt scharfem Ton dazwischen. »Hör auf, jedes Mal anzudeuten, dass du ein Versager wärst. Es bremst dich aus. Und es untergräbt mein Urteilsvermögen, wenn du meinst, du könntest den Personaleinsatz besser einschätzen als ich.«

Kolja zog die Augenbrauen hoch und lehnte sich zurück.

»Wow. Warum so hitzig?«

Augenblicklich entspannten sich ihre bitteren Gesichtszüge, und sie zog ihren Zopf stramm.

»Entschuldige. Es ist nur ... Ich kann kaum an diesen Pitch denken, ohne dass mir das Blut kocht.«

»Du meinst, an meinen Vater. An meinen Vater kannst du nicht denken, ohne dass dich üble Lust überkommt, ein Auto mit einem Baseballschläger zu zertrümmern.«

»So ungefähr.«

»Ich kenne das Gefühl. Also bist du in den Genuss seiner charmanten Überheblichkeit gekommen?«

»So ungefähr.«

»Warum sagen wir den Pitch nicht ab?«

Überrascht sah Leyla auf.

»Wäre es nicht ...« Kolja suchte nach den richtigen Worten. »Also, wenn ich es richtig verstehe, willst du mir die Leitung aufdrücken in diesem Projekt, um meinem Vater eins reinzuwürgen, oder?«

Sie öffnete den Mund, wahrscheinlich, um zu protestieren, aber Kolja kam ihr zuvor, um ihr den Wind aus den Segeln zu nehmen.

»Halt. Keine Sorge, ich verstehe schon. Du tust das auch, damit ich mich vor ihm beweisen kann. Schon klar. Aber davon einmal abgesehen, gibt es nur zwei Gründe, warum man als Agentur einem Kunden den eigenen Sohn als Hauptberater vorsetzt. Erstens: Wenn der Vater den Sohn liebt, ist er geschmeichelt und stolz, weil er vor seinen Kollegen mit dem Sohn angeben kann. Zweitens: Wenn der Vater den Sohn verachtet ... na ja, dann schaufeln wir uns als Agentur unser eigenes Grab damit, den Pitch dem Sohn zu überlassen. Spätestens nach deinem Telefonat mit ihm heute wissen wir beide ...«, Kolja schluckte, »... was Barker senior über mich denkt. Selbst wenn ich überirdische Leistungen erbringen könnte, würde er den Etat niemals an uns vergeben. Schon aus Prinzip. Was mich zu dem Schluss führt, dass du den Pitch gar nicht wirklich gewinnen willst. Und dann würde ich gern wissen: Warum sagen wir ihn nicht von vornherein ab?«

Leyla verzog den Mund zu einem Grinsen, als wollte sie sagen: *Und du denkst, du hättest nichts auf dem Kasten?* Stattdessen stapelte sie leere Sushi-Tellerchen und antwortete schlicht: »Chapeau. Du hast mich durchschaut.«

»Was habe ich durchschaut?«

»Dass wir den Pitch zwar antreten werden, aber nicht vorhaben, ihn zu gewinnen. Genau das ist unser Plan.«

Kolja rieb sich über den schmerzenden Brustkorb.

»Aber wieso sollten wir unnötig Kapazitäten binden, wenn wir den Pitch eh verlieren wollen? Das verschwendet doch nur unsere knappen Ressourcen.«

»Perfekter Einwand. Warum wir von dem Pitch trotzdem profitieren und die Teilnahme keinesfalls Verschwendung ist, erkläre ich dir im weiteren Verlauf des Pitchs.«

Kolja verzog das Gesicht. »Nicht dass es mich nicht freut, wenn *Barker Media* kein *Storyhacker*-Kunde wird. Aber ...« Er sah ihr unumwunden in die Augen. »Ich bin nicht sicher, ob das im Interesse der Agentur ist. Was auch immer du vorhast.«

Ein winziger Muskel an ihrem Auge zuckte.

»Aber ich weiß es. Du wirst schon sehen.«

Leyla

Als Leyla an diesem Abend reglos vor ihrer Wohnungstür stand, auf der Suche nach Kraft, um endlich den Schlüssel ins Schloss zu stecken, umzudrehen und zu ertragen, was hinter verschlossenen Türen auf sie wartete, besuchte Noahs beruhigende Stimme sie nicht.

»Ich weiß nicht, ob ich einen Fehler mache«, flüsterte Leyla in den leeren dunklen Flur und meinte alles damit. Kolja. Barker. Den Pitch. Ihr Leben. Durch diese Tür zu treten.

Sie verharrte, lauschte auf eine Antwort.

Aber niemand sagte etwas. Weder im Flur noch in ihrem Kopf. Noah war nicht hier. Das war er nie.

Nach einer gefühlten Ewigkeit schluckte sie den bitteren Geschmack der Enttäuschung herunter und steckte mit zitternden Fingern den Schlüssel ins Schloss. Auch in dieser Nacht würde sie sich schweißgebadet im Gästebett hin und her wälzen, das wusste sie genau. Wie schon Hunderte Nächte zuvor.

Nur noch fünfzehn Tage.

Kolja

»Sie ist unglaublich, Daisy!«, rief Kolja, und seine Stimme überschlug sich beinahe, während er kerzengerade in der durchgenudelten Sofaecke ihrer WG saß und wild herumgestikulierte. Ein Teller kalter Nudeln mit Tomatensoße wartete auf dem zerkratzten Wohnzimmertisch vor ihm, aber Kolja beachtete sein Abendessen, das Daisy ihm zubereitet hatte, gar nicht.

»Glaub mir, sie ist beeindruckend. Vielleicht auch ein bisschen irre, weil sie jemandem wie mir Zugriff auf ihre Server gewährt. Aber beeindruckend. Jeder findet sie toll. Jeder schmachtet sie an. Das müsstest du sehen.«

Daisy faltete ihre Beine in eine bequemere Schneidersitzposition, pikste rot bekleckste Penne auf ihre Gabel und lächelte breit, sodass sich Grübchen auf ihren Wangen bildeten.

»Ist das so?«

»Ja! Öffne mal das Internet! Fuck, sie spielt zehn Ligen über mir.«

Kolja ließ sich rückwärts in die faserigen Polster fallen, schnaubte und starrte an die Decke.

Daisy murrte mit vollem Mund, als Zeichen, dass sie einen Einwand hatte, ehe sie runterschluckte. »Das Ding mit den Ligen, in denen die Leute angeblich spielen«, schmatzte sie, »habe ich noch nie verstanden. Magst du sie nun oder nicht? Mag sie dich nun oder nicht?«

»Ja! Sie mag mich!«

»Du musst nicht schreien.«

»Okay. Ja. Sie mag mich. Keine Ahnung warum, ich habe ihr genau null Komma null Anlässe dafür gegeben. Aber ich schätze, sie findet meine Arme gut.«

Er grinste, und Daisy zog die Augenbrauen hoch, als hätte sie nichts dagegen einzuwenden, wie er mit den Muskeln unter dem T-Shirt-Ärmel zuckte.

»Wenn ich sie sehe«, sinnierte Kolja laut, »ist bei mir Stromausfall. Und wenn ich sie nicht sehe, sehe ich sie vor meinem inneren Auge trotzdem. Ihre Lippen und ihre Taille und ihre Haare und … Scheiße, wenn ich noch einmal in dieses Büro gehen muss, ohne sie anfassen zu dürfen, ich glaube, dann … dann …«

Daisy gabelte neue Pasta auf. »Dann platzen dir die Eier?«

»Ja!«

»Dich hats ja komplett erwischt.«

»Selbst wenn – das ist das Problem.« Er schob sich ein Kissen unter den Hinterkopf. »Selbst wenn ich sie interessant fände und sie mich und unverschämt heiß und alles, was man sich wünscht, sie ist ein Typ für monogame und vor allem langfristige Beziehungen. Und ich nicht.«

»Wie kommst du darauf?«

»Na ja, falls ich das noch nicht erwähnt habe: Sie ist meine verdammte Chefin. Sie kann es sich nicht erlauben, eine kleine Spaßaffäre mit einem mindertalentierten Praktikanten zu feiern. Das ist ihr Lebenswerk nicht wert, das wissen wir beide. Und zum anderen ...« Kolja runzelt die Stirn.

»Ja?«

»Zum anderen gab es da diesen Noah.«

»*Gab* klingt doch gut. Vergangenheitsform.«

»Er ist auf tragische Weise umgekommen, und Leyla trägt ihrer Ansicht nach die Schuld daran.«

»Oh. Vergiss alles, was ich gesagt habe.«

»Besser wärs.«

»Glaubst du ...« Daisy zögerte, weshalb Kolja aufsah. »Glaubst du, sie ist in ein Verbrechen verwickelt gewesen?«

»Ein Verbrechen?«

Wie in Zeitlupe setzte Kolja sich auf.

»Ich meine, wenn sie schuld ist ...?«

Er schüttelte den Kopf.

»Kann ich mir nicht vorstellen. Sie scheint ihn zu vermissen und über seinen Tod überhaupt nicht hinwegzukommen. Auf mich wirkt sie eher zu Tode betrübt und traumatisiert.«

»Was ein Verbrechen nicht ausschließt.«

Kolja schluckte. »Nein. Stimmt. Aber sie hat gesagt, sie habe seinen Tod *verursacht*. Es muss etwas Schlimmes gewesen sein, auf jeden Fall. Aber ein Verbrechen? Mein Bauchgefühl sagt einfach, das ist es nicht. Das ist es nicht. Ich ... ich kenne sie! Fühlt sich zumindest so an. Vermutlich gibt sie sich aus Trauer grundlos die Schuld, damit wäre sie ja nicht die Erste. Sie braucht einfach Hilfe.«

»Okay.«

Auch optimal an Daisy war, dass sie sich auf ihr Gegenüber einließ und nie darauf bestand, einem ihre Überzeugungen aufzuzwingen, wenn es nicht dringend nötig war.

»Und du denkst, Leyla wäre noch nicht bereit für jemanden, der ihr bei der Sache hilft, weil sie zu sehr mit sich selbst zu kämpfen hat?«

»So ungefähr. Was ich definitiv weiß, ist, dass sie niemanden gebrauchen kann, der solo-poly lebt.«

Koljas Blick verdüsterte sich. Daisy zog die Stirn kraus.

»Kolja ...«

»Daisy, ich lebe jetzt seit zwei Jahren nach diesem Konzept. Wie lange willst du es noch anzweifeln?«

»Du hattest seit zwei Jahren keine verbindliche Beziehung. Das ist etwas vollkommen anderes, als Solo-Polyamorie auszuleben.«

»Ich weiß«, entgegnete Kolja gereizt und warf ein Kissen gegen die Wand. Daisy und er hatten das so oft durch, trotzdem kamen sie nie auf einen Nenner. »Was zur Hölle unterscheidet dich so sehr von mir, dass das Label deiner Meinung nach auf dich zutrifft, auf mich aber nicht?«

»Kein Grund, wütend zu werden, Süßer«, besänftigte ihn Daisy. »Der Unterschied ist, dass ich zwar intime, durchaus auch liebevolle Beziehungen eingehen, mich aber nicht einschränken lassen möchte, um meine Unabhängigkeit und Freiheit zu bewahren. Es geht darum, einen offenen, unabhängigen Lebensstil zu führen, ohne für mich und meine Partner:innen störende Verpflichtungen und Einschränkungen. Ich kann jemanden küssen, mich in jemanden verlieben, aber trotzdem mit einer anderen Person in den Urlaub fahren, die mir noch mehr am Herzen liegt. Die Basis dafür ist eine maximal offene und ehrliche Kommunikation über Bedürfnisse und Gefühle. Du kennst das Motto ...«

»›Alles ist okay, solange sich alle damit gut fühlen‹«, leierte Kolja runter.

»Exakt. Was du hingegen hast, sind gelegentliche Affären mit monogam lebenden Personen, denen du dich nicht öffnest, aus Angst, sie könnten deine Geheimnisse aufdecken. Das hat nichts mit Solo-Polyamorie zu tun.«

Kolja klappte der Mund auf – und schloss ihn wieder. So ehrlich hatte Daisy ihre Bedenken noch nie formuliert. Klar, sie äußerte immer wieder Zweifel, wenn Kolja bekräftigte, dass er ein ebensolcher Beziehungsmensch sei wie sie. Was er verstehen konnte, weil keine seiner letzten Bettgeschichten so innig war wie Daisys Verbindung mit Lorena, der Masseurin, oder so liebevoll wie ihr Umgang mit Devon, den sie schon über ein Jahr datete. Aber noch nie hatte sie es gewagt, ihm seine Überzeugung so deutlich abzusprechen.

»Menschen können diesen Lebensstil unterschiedlich ausleben«, verteidigte sich Kolja.

»Richtig.« Daisy stellte ihren leeren Nudelteller zu Koljas vollem auf den Tisch. »Aber ein paar Kriterien müssen schon erfüllt sein, damit die Bezeichnung passt.«

»Was ich weiß, ist, dass diese Liebes- und Lebensart nicht zu Leyla passt.«

»Möglich.« Daisy stand auf, küsste Kolja auf die Stirn und griff nach den Tellern. »Magst du noch?« Er schüttelte den Kopf. Daisy machte sich auf den Weg in die Küche, vermutlich um seine Nudelportion in den Kühlschrank zu stellen. »Aber bevor du es voraussetzt«, rief sie ihm über die Schulter zu, »solltest du mit ihr darüber sprechen. Offene Kommunikation ist alles. Wie immer. Ich glaube, ihr könntet gut füreinander sein.«

Kolja brummte, was Daisy nicht mehr hören konnte, aber sicherlich trotzdem spürte. Sie kannte ihn einfach zu gut.

»Ach, übrigens: Ich gehe jetzt ins Bett. Hast du noch was für mich, das ich mir anschauen soll? Für morgen?«

»Nee. Danke.«

Er griff nach seinem Handy, entsperrte es und landete bei seiner zuletzt geöffneten App. Instagram. Ihr Profil. Nachdenklich scrollte sich Kolja durch Leylas Presse- und Privatbilder, als Daisy noch einmal den roten Schopf durch die Tür steckte.

»Oh, und wenn deine Eier gleich immer noch kurz davor stehen zu platzen ...«, sie senkte ihre Stimme zu einem Raunen, »... du weißt ja, wo du mich findest. Nur eine Tür weiter.«

Kolja lächelte schief, sein Blick fiel auf ihre erröteten Wangen und das neckische Glitzern in ihren grünen Augen.

»Danke, Days. Aber ich glaube, heute lieber nicht.«

Sie lächelte wissend zurück, als hätte sie nichts anderes erwartet.

»Kein Problem. Melde dich, falls doch. Oder falls du bei was anderem meine Hilfe brauchst.«

Leyla

Von der gigantischen Zufahrt aus betrachtet, wirkte das *Grand Green Hotel*, als würde es jeden Moment hinabrutschen ins tosende Meer.

Auf ihren Reisen hatte Leyla bereits viele architektonische Meisterwerke bewundert. Manche hatten ausgesehen wie kleine Disney-Schlösser, und in einigen von ihnen hatte sie sogar gewohnt. Aber ein Schlosshotel, das so nah an der Klippe gebaut war, dass die gläsernen Speisesäle rechts und links über dem Abgrund zu schweben schienen, das hatte sie noch nie erlebt.

Ihr Atem stockte, als die Limousine vor dem marmorsäulengesäumten Haupteingang hielt und ein Portier mit schwarzen Lederhandschuhen ihre Tür öffnete. Eine warme Brise wehte schweren Blütenduft ins Auto und mit ihm das Rauschen sich brechender Wellen. Leyla warf dem Portier ein dankbares Lächeln zu, ließ sich aus dem Wagen helfen und schaute sich um. Genau wie auf den Bildern, die Kolja vor zwei Wochen in seiner Präsentation gezeigt hatte. Die Gartenanlage um sie herum war frisch angelegt, aber schon bald würde hier ein üppiges Pflanzenmeer um das Rondell vor dem Entree wuchern. Sie konnte die Salznote riechen, die vom Ozean herüberwehte. In den smaragdgrünen Schindeln auf den Spitzdächern der Hoteltürme brach sich das Licht. Der helle Sandstein der massiven Außenwände warf die Wärme der Sonne zurück.

Alles war perfekt.

Man fühlte sich perfekt.

Das Frühlingsfest heute würde perfekt.

Für alle, außer für Leyla.

Nur noch ein einziger Tag.

So lange hatte sie sich davor gefürchtet. Sich gefragt, wie es sein würde, in den Himmel zu schauen und sich zu fragen, ob es jetzt immer so laufen würde, Jahr für Jahr. Die Tage vergingen, aber die Wunden blieben. Keinen Deut mehr verheilt als damals. Ein Jahr wäre morgen vergangen, aber das Loch in ihrer Brust nicht einen Millimeter zugewachsen. Sie blutete noch immer. War nach all der Zeit kurz davor auszubluten.

Il tempo passa, l'amore resta, hatte sich Leyla vor einigen Monaten auf den Knöchel stechen lassen. *Zeit vergeht, Liebe bleibt.* Aber die Liebe blieb nicht. Was blieb, waren Schmerz und Zerstörung. Wofür lohnte es sich eigentlich, noch weiterzumachen?

Nur noch ein einziger Tag.

»Ms Ahmadi?«, grüßte eine kräftige Stimme, sodass Leyla den Blick vom wolkenlosen Himmel über dem Horizont riss. Der Mann, der aus dem Eingangsportal schritt, überragte sie um einen ganzen Kopf. Sie sah einmal an ihm herab und wieder herauf. Seine Lackschuhe glänzten und wirkten ebenso frisch poliert wie die bodentiefen Fenster in der Mittagssonne; sein Smoking umschmiegte ihn wie maßgeschneidert, und jede Bewegung saß, als hätte er seine Gesten stundenlang vorm Spiegel einstudiert. Vermutlich hatte er das sogar. Er wirkte live keinen Hauch weniger makellos als auf den Pressefotos.

»Mr Barker«, grüßte Leyla zurück und reckte ihm noch immer lächelnd die Hand entgegen. Ihr war ein wenig schwindelig. »Der dritte, den ich kennenlernen darf.«

»Meinerseits ist es die erste Ahmadi. Aber ich bezweifele, dass es eine zweite geben kann. Es ist mir eine Ehre.«

Schleimer.

Alexander Barker deutete einen Handkuss an – würg – und wies einladend in Richtung der Eingangshalle.

»Willkommen im *Grand Green*. Wie war Ihre Anreise?«

Eine Qual.

»Fantastisch. Ich hoffe, mein Team und ich haben Ihre letzten zwei Wochen nicht zum Höllentrip gemacht? So kurz vor der Eröffnung.«

Der älteste Barker-Sohn lachte, und eine Millisekunde lang sah Leyla in seinem erschöpften Blick, dass er am liebsten mit der Wahrheit geantwortet hätte: Es war die reinste Hölle.

Na, da hatten sie doch etwas gemein.

Stattdessen antwortete er: »Zugegeben, wir hatten alle Hände voll zu tun. Aber ich glaube, die Mühen haben sich gelohnt. Mein Team hat alles gegeben für Ihren großen Tag heute. Möchten Sie sich erst in Ihrer Suite frisch machen, oder darf ich Sie gleich in den Festpavillon führen?«

»Ich fühle mich bestens«, log Leyla und schluckte den bitteren Geschmack in ihrem Mund hinunter. Als eine Servicekraft mit einem Tablett Champagnergläser um die Ecke bog, erhellte sich ihr Gesicht. O ja. Ja, ja, ja. Eine hervorragende Idee.

Sie griff nach einem Glas und leerte es halb.

»Wir können gern direkt in den Pavillon gehen.«

»Ausgezeichnet. Mein Bruder ist auch schon dort. Darf ich ehrlich sein? Ich kann gar nicht fassen, was Sie aus ihm gemacht haben, Ms Ahmadi.«

»Sie kommt!«

Charlies Stimme klang schrill wie ein Rauchmelder, was Kolja prompt vom Porzellanteller aufsehen ließ, auf dem er gerade ein QR-Code-Kärtchen platzierte. Über den Code konnten die Kolleginnen und Kollegen heute Abend ihre eigenen Fotos hochladen und die der anderen ansehen. Auf jeder Rückseite war eine individuelle Challenge vermerkt: Fotografiere jemanden, der oder die mit dir tanzt. Zeige, wie gut dir das Essen schmeckt. Hilf Musa dabei, endlich ein gutes Foto von sich zu bekommen.

»Los, Leute, macht alles bereit!«, ertönte Charlies Stimme erneut quer durch den Raum, und sie fuhr sich mit den Händen durch den Stoppelhaarschnitt. Was genau dachte sie wohl, würde das Team jetzt tun?, überlegte Kolja. Ein Spalier vor dem Eingang zum Pavillon bilden, durch das Leyla sich hindurchducken musste?

Er legte die Kärtchen beiseite und schlenderte durch die weiß gedeckten Tischreihen zum Haupteingang. Leyla und er hatten sich die letzten zwei Wochen kaum gesehen, weil sie beide in ihre Arbeit versunken gewesen waren: Sie in Geschäftsführerinnen-Dinge, von denen Kolja keine Ahnung hatte. Er in eine brisante Achterbahnfahrt zwischen Barker-Pitch-Planungen, Fashion-Show-Vorbereitungen und dem Einsatz vor Ort im *Grand Green*. Kolja konnte sich nicht erinnern, jemals so viele Themen gleichzeitig im Kopf jongliert zu haben. Und trotzdem waren seine Gedanken ständig zu ihr abgedriftet. Trotzdem schlug sein Herz jetzt schneller, als sie im Eingang erschien, zusammen mit seinem Bruder, um den Kolja bislang einen großen Bogen gemacht hatte. Was jetzt leider nicht mehr ging. Charlie hatte ihn nämlich dazu verpflichtet, Leyla rumzuführen, sobald sie ankam. »Das hier ist dein Werk, Kolja. Dafür kannst du auch ruhig mal die Lorbeeren ernten.« Das Einzige, was er normalerweise von Alex erntete, war eine Salve abschätziger Sprüche.

»Kolja, mein Bester«, donnerte sein großer Bruder und ließ Leyla stehen, um ihn spontan in den Arm zu nehmen und ihm auf den Rücken zu klopfen. Alles klar, heute spielten sie dann wohl ein anderes Spiel. Typisch Familie Barker. Mehr Schein als Sein.

Kolja schluckte und warf Leyla aus der zu engen Umarmung heraus ein Lächeln zu.

»Hey.«

»Hey.«

Sie lächelte zurück, aber ihr Blick wirkte irgendwie glasig.

»Gute Anreise gehabt?«, fragte Kolja leise an sie gewandt, als Alex ihn aus seinen Fängen entließ.

»Den Umständen entsprechend«, entschlüpfte es ihr, und sie biss sich auf die Lippe, als bereute sie, auf die höfliche Frage nicht einfach eine unverbindliche Antwort gegeben zu haben.

Kolja hob die Brauen. »Was für Umstände waren das?«

Sie blickte ihn mit einem Anflug von Panik an und schüttelte den Kopf. Okay. Was war hier los?

Alex sah fasziniert zwischen ihnen hin und her.

»Tja ... Kolja, ich hörte, du würdest deiner neuen Chefin präsentieren, was das Team von *Grand Green* hier in den letzten zwei Wochen Tolles für euch aufgefahren hat? Ms Ahmadi, den Himmel aus Efeuranken hat unser Botanikpartner extra vorzeitig für Sie angebracht. Sobald es dunkel ist, wird er von einem Meer aus solarbetriebenen LED-Glühwürmchen beleuchtet. Für die weißen Stoffbahnen an den Decken wurde ein Garn verwendet, das aus recycelten PET-Flaschen gewebt wurde. Die weißen Polster an den Rattanstühlen sind aus einer veganen Lederalternative gefertigt, die aus Resten der Olivenölproduktion produziert wird, und ...«

»Danke, Alex, ich übernehme ab hier«, unterbrach Kolja und deutete entlang der Reihen in den hinteren Teil. »Wenn du einmal vorausgehen magst?«

Sein Bruder warf ihm einen bitterbösen Blick zu, lächelte aber schnell wieder in Leylas Richtung gewandt und sagte: »Selbstverständlich. Ihr Gepäck haben wir auf Ihr Zimmer geliefert.« Damit verzog er sich in Richtung Eingangshalle.

»Also«, sagte Kolja an Leyla gewandt, die sich an ihre Champagnerflöte klammerte, den Raum inspizierte und allen ein leeres Lächeln zuwarf, die sie neugierig musterten.

»Wie geht es dir wirklich?«

»Gut«, log Leyla so offensichtlich, dass Kolja auflachen musste. »Was du hier auf die Beine gestellt hast, ist der schiere Wahnsinn, Kolja. Besser als unsere ursprüngliche Planung.«

»Schön, dass wir die Standardfloskeln jetzt durchhaben.« Er deutete in Richtung der erhöhten Bühne. »Da vorne hältst du später deine Eröffnungsrede. Ich frage noch mal: Wie geht es dir wirklich?«

Leyla wich seinem Blick aus und exte ihren Champagner.

»Gut! Ich freue mich auf den Abend. Es wird bestimmt großartig.«

»Weil sie dort unbegrenzt Champagner servieren und du dich nicht so verstohlen umschauen musst wie jetzt, um ans nächste Glas zu gelangen?« Kolja zog eine Augenbraue hoch.

»Eventuell werde ich mir das ein oder andere Gläschen genehmigen. Ja. Um meiner Eröffnungsrede etwas Schwung zu verleihen. Hab sie nämlich nicht vorbereitet«, erklärte Leyla trocken.

»Warte, du hast deine Rede nicht vorbereitet? Weil du so etwas auch spontan rockst. Richtig?«

»Hm. Nein. Ich wollte es im Flieger machen. Aber mein Kopf fand leider, er hätte Besseres zu tun.«

Sie sah ihn aus großen rot geränderten Augen an. In ihrem Blick mischte sich künstliche Gleichgültigkeit mit stiller Verzweiflung, die etwas in Kolja anrührten.

Ach du Scheiße. Weinte sie?

Kolja packte ihren Arm und zog sie hinter einen Indoor-Eukalyptusbaum, wo sie von den Blicken der anderen abgeschirmt waren.

»Uff!«

Leyla verlor das Gleichgewicht und schwankte mit dem Rücken gegen eine Wand. Die Nische war unerwartet eng, sodass Kolja beinahe gegen sie prallte, aber er stützte sich gerade rechtzeitig mit einem Arm neben ihrer Stirn ab.

»Was ist passiert?«

»Was meinst du?«, antwortete Leyla – ausweichend, wie ihm schien – und spähte über den Eukalyptus, wahrscheinlich auf der Suche nach dem nächsten herumlaufenden Champagnertablett.

»Keine Ahnung, warum du so am Ende bist. Und du musst es mir auch nicht verraten. Was hältst du davon, wenn du in deine Suite eincheckst und dir Zeit für dich nimmst, bis es losgeht? Wir haben das hier im Griff.«

»Ich brauche keine Suite. Ich schlafe hier eh nicht«, antwortete Leyla abwesend, und die tonlose Kälte in ihrer Stimme löste ein Panikgefühl in ihm aus. Es kam ihm vor, als würde sie ihm mit jedem Satz mehr entgleiten. Nein – als würde sie sich gerade selbst entgleiten und in ein Loch rutschen, dessen Boden man nicht sah. Er kannte das Gefühl gut.

»Zumindest kurz«, antwortete Kolja und strich ihr in einem Impuls eine Strähne hinters Ohr. Shit. Hoffentlich hatte das keiner gesehen. »Glaub mir, das ist besser. Los gehts.« Er stieß sich von der Wand ab, ehe er noch auf dumme Gedanken kam.

»Lass mich hierbleiben. Ich will nicht auf irgendein Zimmer.« Sie zögerte, wandte den Blick ab. Gott, es war regelrecht schmerzhaft, sie, die sie sonst so selbstbewusst und stark wirkte, derart verunsichert zu sehen.

»Wieso, was ist los?«

»Ich will nicht allein mit meinen Gedanken sein. Mit meinem Kopf.«

»Mit deinem Kopf.«

»Ja. Ich … ich kann ihn kaum zum Schweigen bringen.«

Oh. Kolja spürte, wie sich seine Gesichtsmuskeln entspannten.

»Was denkt dein Kopf zum Beispiel?«

»Nur wilde Sachen, die hier nicht hergehören.« Ihr Blick verfinsterte sich. Dann, als würde ihr plötzlich etwas einfallen, senkte sie das Kinn. »Zum Beispiel, dass ich nicht aufgeräumt habe.«

Was? Er schüttelte irritiert den Kopf.

»Du hast nicht aufgeräumt?«

»Ja. Bevor ich gefahren bin.« Sie ließ ihren Blick in die Ferne gleiten, schien mehr mit sich selbst als mit ihm zu sprechen. »Hab ich gar nicht aufgeräumt. Dabei musste ich doch alles herrichten, bevor ich abfahre. Alles ordentlich wegräumen.«

Eine Gänsehaut zog sich über Koljas Körper. Leyla verhielt sich so entrückt, so … unvorhersehbar. Wirkte regelrecht gruselig, wie sie durch die Glaswände zum Horizont starrte, als hätte sie sich von ihren eigenen Gedanken vollends abgekoppelt.

Charlie winkte zu ihnen herüber, sie bemerkte es nicht einmal. Kolja hob grüßend die Hand und hoffte, sie würde nicht näher kommen.

»Wieso räumst du nicht einfach morgen auf, wenn du zurück bist?«, fragte er vorsichtig und rieb die schwitzigen Handflächen an seiner Hose ab. Diese Unterhaltung, sie war so durch und durch seltsam.

»Das geht nicht.« Eine Träne rollte Leylas Wange hinab, sie strich sie fort.

»Wieso sollte das nicht gehen?«

Jetzt drehte sie den Kopf zu ihm und sah ihm fest in die Augen. »Ich wollte es erledigt haben, bis morgen. Unbedingt.«

Kolja brannten tausend Fragen auf der Zunge. Warum war das so wichtig? Was war morgen für ein besonderer Tag? Warum musste es dafür unbedingt ordentlich in ihrer Wohnung sein, und wieso konnte sie nicht gleich als Erstes nach ihrer Rückkehr aufräumen? Aber er versuchte es gar nicht erst. Leylas Miene verriet, dass sie für ihren Geschmack schon zu viel verraten hatte. Sie verschränkte die Arme vor der Brust.

»Ich würde doch gern auf mein Zimmer. So kann ich nicht vor das Team treten.«

Gott sei Dank. »Warte hier kurz.«

In der Eingangshalle angekommen, ließ Kolja sie stehen und sprintete zum Tresen. Die Empfangsdame händigte ihm Leylas Zimmerkarte aus, ohne dass er darum bitten musste, er sprintete zurück und fing Leyla, die nicht gewartet hatte, vor den Aufzügen ab, wo sich gerade die Fahrstuhltüren öffneten. Sie traten ein, die Türen schlossen sich mit einem hydraulischen Schnaufen – und mit einem Mal war es still um sie. Unangenehm still.

Sie waren allein. Unbeobachtet. Standen so dicht beieinander, dass er dieses vermaledeit-fantastische Shampoo riechen konnte. Ihr Blick streifte seine Lippen.

Kolja schluckte. Scheiße.

Sie räusperte sich.

»Ich hab wirklich noch nie verstanden, was Fahrstühle an sich haben«, murmelte Leyla und sprach damit aus, was sie offensichtlich beide dachten.

Kolja drückte sich in die am weitesten von ihr entfernte Ecke. Der Aufzug setzte sich sanft in Bewegung.

»Na ja. Ich vermute, sie haben etwas Verwegenes an sich, diese Dinger, weil der Raum so eng ist, dass sich die Vibes zwischen zwei Personen zu einer Konzentration zusammenballen, die schwer zu ertragen ist. Will man wissen, wie zwei Menschen zueinander stehen, muss man sie nur in einen Fahrstuhl sperren. Und die Gefühle zwischen ihnen werden überdeutlich spürbar.«

Leyla zwang sich, ihn nicht anzustarren. Warum hatte er das gesagt? Es fühlte sich an, als würde auf einen Schlag aller Sauerstoff aus der engen Kammer gesogen. Sie lehnte sich an die Wand gegenüber und hob den Blick. Kolja sah ihr in die Augen, und augenblicklich spürte sie seine Präsenz überall auf der Haut, im Nacken, auf den Armen, am Bauch. War das der Fahrstuhleffekt, von dem er geredet hatte? Wenn es stimmte und man all die Gefühle überdeutlich spürte, dann waren das hier ... Neugier. Hingabe. Und Anziehung. Sie musste sich konzentrieren, nicht einfach die zwei Schritte zwischen ihnen zu überwinden und ihn zu berühren. Ihr Körper sehnte sich nach ihm – viel zu lange schon –, denn Kolja Barker brachte ihren verdammten Kopf zum Schweigen wie nichts und niemand sonst. In seiner Gegenwart, ohne die Einflüsse der Außenwelt, verspürte sie etwas, das sie sonst nie bekam: Frieden. Ruhe. Und Erregung. Alles zusammen. Als würde der Rest der Welt stillstehen, wenn es nur sie beide gab. Gerade noch hatte sie über mögliche Optionen nachgedacht, ihre Gedanken zum Schweigen zu bringen, das Karussell in ihrem Kopf zu stoppen. Dann kam er. Und er schaffte es mühelos, einfach nur, indem es ihn gab. Sie wollte mehr von diesem wunderbaren Gefühl. Mehr.

Einer Eingebung folgend, drückte Leyla sich von der Wand ab und bewegte sich auf ihn zu.

»Mach das nicht.« Seine Stimme war kaum mehr als ein heiseres Flüstern. Leylas Herz wummerte bis in ihre Kehle. Er schien sich zwingen zu müssen, den Kopf zu schütteln. »Ich will nicht, dass du das hier bereust.«

Autsch.

Mit einem Ruck blieb Leyla stehen. Augenblicklich spürte sie, wie der Verstand zurück in ihren Körper sickerte. Und mit ihm alles, was Kolja zuvor aus ihrem Kopf vertrieben hatte: das Chaos. Die Dunkelheit. Der Schmerz.

»Richtig.«

Leyla räusperte sich abermals, strich ihren Rock glatt und wandte den Blick ab. Der Raum zwischen ihnen fühlte sich mit einem Mal an wie eine unüberwindbare Kluft. Endlich hielt der Fahrstuhl an.

»Nicht dass Gee hinter den Türen wartet, scharf darauf, uns auf frischer Tat zu ertappen«, scherzte Kolja, offensichtlich darum bemüht, die Situation aufzulockern. Aber alles, was Leyla vollbrachte, war ein müdes Lächeln. Sie war mit einem Mal so unendlich müde.

Die Türen glitten auf.

»Wo genau ist mein Zimmer?«

»Da vorn.«

In unangenehmem Schweigen liefen sie den kurzen Gang hinab bis zur *Presidential Suite* vor Kopf. Kolja entriegelte die Tür mit der Magnetkarte, hielt sie für Leyla auf – und blieb abrupt stehen.

Wow. Schon was er von hier aus sah, übertraf alles, was Kolja je erlebt hatte. Die Panoramafront, die raus zum tobenden Ozean am Fuß der Klippen zeigte, hatte wenig zu tun mit seinem kleinen Sprossenfenster daheim, das mit dem blättrigen Anstrich. Die helle Sofalandschaft würde selbst in ihre Einzelteile zerlegt und gestapelt nicht in seine acht Quadratmeter passen. Und der Kronleuchter an der Decke überstrahlte die kahle Glühbirne, die an einem Seemannsseil von seiner WG-Decke baumelte, um Längen.

Ein Grummeln machte sich in Koljas Magengegend breit. Das hier war so anders als alles, was er war. Alles, was er zu bieten hatte. Mit einem Mal fühlte Kolja sich lächerlich.

»Du könntest auch eine Haushaltshilfe an deinen Wohnort bestellen«, sagte Kolja lahm, während er seinen Blick staunend über das Lounge-Interior gleiten ließ. »Dann hast du es morgen genauso ordentlich wie hier. Wenn dir das wichtig ist. Fiel mir gerade so ein.«

Leyla lief an ihm vorbei und legte auf dem Weg ins Schlafzimmer, das sie mühelos fand, beiläufig ihr Handy auf eine Kommode, als wäre sie schon tausendmal hier gewesen.

»Das wird nicht nötig sein.«

»Weil du lieber meine Hilfe willst?«, versuchte er es mit einem Scherz.

Sie wandte sich zu ihm um, ihre Augen so leer, dass es ihm einen Stich in die Brust versetzte. Okay, irgendetwas lief hier schief. Und zwar gewaltig. Ob sie sich im Fahrstuhl zurückgewiesen gefühlt hatte? Einem Impuls folgend, lief er auf sie zu und setzte sich auf die Bettkante am Fußende.

»Hey. Was ist los? Was sind das für Umstände, die du bei deiner Ankunft erwähnt hast?«

Als sie nicht antwortete, fügte er leise hinzu: »Sprich mit deinem Lieblingspraktikanten.«

Ihre Mundwinkel zuckten, und sie ließ sich auf der anderen Seite neben ihm nieder. Kolja musste alle Konzentration aufbringen, die er hatte, um sich von dem Gedanken abzulenken, dass er gerade ganz allein in einem Hotelzimmer mit Leyla Ahmadi auf dem Bett saß. Ganz allein! Er müsste nichts tun, als den Arm auszustrecken, um sie anzufassen. Sich nur nach vorne beugen, um ihre Wange in seine Hand zu nehmen, ihre Lippen ...

Sein Herz setzte einen Schlag aus, als sie den Kopf zu ihm wandte. »Sorry. Das ist nicht so leicht.«

Kolja presste seine Hände im Schoß fester zusammen.

»Verstehe ich«, entgegnete er heiser und schluckte. »Mal davon abgesehen, was auch immer es sein mag: Das hier ist leider gerade auch echt scheiße aufregend.«

Er löste seine Finger, strich über das weiße Bettlaken, und sie schnappte nach Luft, während sich ihr Kopf bewegte. Wieder in seine Richtung. O Gott, sie kam näher. Oder?

»Leyla-Baby?«, rief da eine Stimme, die nicht vom Bett herrührte und einschlug wie ein Hieb in die Magengrube.

»Scheiße!«

Leyla sprang von der Matratze und glättete ihre Haare, geistesgegenwärtig erhob sich auch Kolja, da betrat Gee Rankin bereits die Suite.

»Ah! Hier bist du, dachte ich mir doch, dass du die *Presidential* hast, ich bin nebenan in der *Royal*. Bei dir stand die Tür offen, da dachte ich ... Oh. Kolja.«

»Gee. Nett, dich zu sehen.«

Er nickte ihm zu, und Kolja nickte zurück, während er sich an der Wand entlang in Richtung Ausgang schob.

»Keine falsche Gedanken, Gee«, mahnte Leyla kühl und verschränkte die Arme vor der Brust, wie Kolja mit einem raschen Blick registrierte. Sie nahm Abwehrhaltung ein. »Er hat mich lediglich aufs Zimmer gebracht. Und mir den weisen Rat erteilt, eine Flasche Wasser zu trinken, ehe ich später auf die Bühne gehe.«

Kolja ließ seinen Blick von Leyla zu Gee schweifen. Ihr Geschäftspartner zog die Augenbrauen hoch. »Geht es dir nicht gut? Soll ich übernehmen?«

»Nicht nötig, danke. Etwas Ruhe und Wasser werden reichen.«

Gutes Ablenkungsmanöver, dachte Kolja, dafür, dass eigentlich überhaupt nichts geschehen war, wovon man ablenken müsste – was verdammt noch mal ätzend war. Oder? Er konnte sich gar nicht entscheiden, ob er dankbar war über Gees Aufkreuzen oder sich selbst am liebsten den Hintern anzünden würde.

»Gut.« Gee klopfte sich auf die Oberschenkel. Bildete Kolja sich das ein, oder war das Enttäuschung in Gees Blick? »Dann erhol du dich mal gut. Ich hole dich später wieder ab. Kolja?«

Schnell raus hier, schoss es Kolja durch den Kopf, und er eilte noch vor dem Geschäftsführer aus der Suite.

Sie hörte die Zimmertür hinter den zwei Männern ins Schloss fallen und warf sich rücklings in die weichen Kissen.

Fuck. Hätte sie gerade wirklich etwas mit dem Praktikanten auf dem Hotelzimmer angefangen, wenn Gee nicht dazwischengegangen wäre?

»Nicht dein Ernst«, murmelte sie sich selbst zu und lehnte sich gegen das Kopfteil. Gees plötzliches Auftauchen hatte sie mit Adrenalin geflutet und die Schwere, die auf ihrer Seele lastete, kurzfristig aus ihren Muskeln gespült. Doch jetzt kehrte sie wieder zurück, mit voller Wucht. Der Champagner von der Ankunft kribbelte in ihren Beinen, und augenblicklich wurden ihre Gliedmaßen bleischwer. Als würde ein unsichtbares Gewicht Leyla in die Polster pressen. Dasselbe, das sie jede Nacht zu erdrücken versuchte.

Was zur Hölle war nur los mit ihr? Während der Fahrt hierher hatte es sie alle Kraft gekostet, unter der Last ihrer Gedanken nicht zusammenzubrechen. Das Team brauchte sie heute. Doch kaum war sie im Glaspavillon Kolja gegenübergetreten, waren ihr Tränen in die Augen gestiegen. Das passte doch nicht zu ihr.

»Du funktionierst jetzt seit neun Jahren nahezu tadellos. Wie eine Maschine«, schreckte Noahs Stimme sie aus ihren Gedanken. Leyla sah auf. Sie konnte ihn förmlich an dem kleinen Schreibtisch rittlings auf dem Stuhl sitzen sehen, von wo aus er sie in Hotelzimmern oft beobachtet hatte, während sie sich fertig machte und schminkte. »Find ich völlig in Ordnung, dass bei dir mal nicht alles perfekt läuft.«

»Es gibt einen Unterschied zwischen nicht perfekt und katastrophal«, hauchte Leyla.

»Na ja. Schon«, gab Noah zu. »Du könntest versuchen, den Abend stehend und ohne zu weinen über die Bühne zu bringen. Und nicht in löchrige Mülleimer kotzen! Damit bist du manch anderen schon einen großen Schritt voraus.«

Leyla verdrehte die Augen.

»Er macht mich wahnsinnig.«

»Ich kann ihn gut leiden. Er ist aufmerksam, fürsorglich, und ich glaube, er könnte dich bis in dein Bett tragen, falls du heute von der Bühne plumpst. Wäre er gewiss gerne bereit zu.«

»Solltest du nicht lieber eifersüchtig sein, anstatt mich von seinen Qualitäten zu überzeugen?«

»Ich bin tot, Hase.«

Leyla schnappte nach Luft, als hätte ihr jemand in den Magen geboxt. Die Realität traf sie immer so unvermittelt, dass sie ihr die Sicht und das Gleichgewicht raubte. Augenblicklich ergriff die Dunkelheit, die in ihrem Herzen wohnte, die Gelegenheit und drückte sie tiefer in die Polster. Und tiefer. Und tiefer.

In dem Sessel am Schreibtisch saß niemand. Und es würde auch nie wieder jemand dort sitzen. Nie wieder würde Noah sie aufziehen, während sie sich zu viel Make-up ins Gesicht schmierte. Nie wieder würde er ihr selbst dann noch widersprechen, wenn niemand anders es sich mehr traute. Nie wieder würde er ihren dauerüberhöhten Cortisolspiegel mit seinen warmen Umarmungen senken, und nie wieder würde er ihr über die Wange streicheln und sagen, dass er sie liebte. Dass er niemals ohne sie sein wollte.

Genauso wie sie nicht ohne ihn.

Die endgültige Erkenntnis fuhr wie ein Blitzschlag durch ihren Körper. Sie wollte verdammt noch mal nicht ohne ihn sein!

Als Leyla heute im *Grand Green Hotel* angekommen war, hatte sie sich die Frage gestellt, wofür sie all das noch ertrug. Warum sie eigentlich weitermachte. *Il tempo passa, l'amore resta,* hieß es. Zeit vergeht, Liebe bleibt. Aber leider blieb echte Liebe auch, wenn sie nur noch wehtat. Zeit heilte keine Herzen. Nicht an einem Tag und auch nicht in einem Jahr.

Jetzt, während Leyla allein zwischen den Kissentürmen in den weichen Polstern lag – um sie herum Luxus, Prunk, Einsamkeit und Leere –, hatte sie die Antwort. Sie kam ihr, einfach so. Nachdem sie ein ganzes Jahr lang so verbissen danach gesucht hatte, zwischen Pitches und Nachtschichten, allein in ihrem Penthouse, allein an ihrem Schreibtisch. Auf einmal war sie einfach da. Leyla wusste, was zu tun war. Sie war sich sicher. Es war vollkommen egal, ob die Wohnung morgen ordentlich war oder nicht. Darauf kam es nicht länger an. Sie hievte sich aus dem Bett und stellte sich neben das Panoramafenster, den Blick gesenkt.

Sollte sie es wirklich tun? Es war dumm. Gee würde ausrasten. Alba würde alles aus dem Gesicht fallen. Kolja ... Er wäre so enttäuscht von ihr.

Aber scheiß drauf.

Scheiß einfach drauf!

Sie konnte nicht ein Leben lang nur für andere existieren. Sie musste auf sich hören. Weder auf die Agentur noch auf Kolja oder auf ihren toten Verlobten – nur auf sich. Und wenn dieser Sturm in ihr, dieser verdammte Hurrikan einfach keine Ruhe geben wollte, wenn doch nichts anderes half …

Leyla bückte sich, umklammerte den breiten Türgriff und drückte ihn herunter.

Leyla war immer noch nicht da.

Kolja schob den Ärmel seines frischen weißen Hemdes zurück und sah auf seine Armbanduhr. Die Storyhacker hatten sich längst im Glaspavillon unter den Pflanzenranken versammelt und ihre ersten Aperitifs intus. Wo blieb sie? Unpünktlichkeit war keines von Leylas Markenzeichen, wohl aber Verlässlichkeit. Das Einzige, worauf er sich gerade verlassen konnte, war jedoch, dass vor ein paar Stunden irgendetwas mit Leyla nicht gestimmt hatte. Das mulmige Gefühl in seinem Bauch wurde stärker.

»Es tut mir leid, Mr Barker, aber wir müssten wirklich mit der offiziellen Eröffnung starten. Die Küche wäre servierbereit«, drängte die Service-Chefin, eine bildhübsche junge Frau Ende zwanzig mit ordentlich zurückgebundenen Haaren.

»Ich kümmere mich«, murmelte Kolja und steuerte in Richtung Eingangshalle. Zu den Fahrstühlen. Irgendetwas stimmte ganz und gar nicht.

Kolja hatte keine Ruhe, um auf den Fahrstuhl zu warten, er nahm die Treppe. Letzte Stufe.

Im Laufschritt durchquerte er den kurzen Flur und bog um die Ecke zu Leylas Suite. Eine Gestalt stand davor. Klopfte an die Tür. Hämmerte. Vergeblich.

Atemlos blieb Kolja neben ihr stehen.

»Macht nicht auf.« Gee Rankin runzelte die Stirn. »Wir hatten eigentlich vereinbart, dass ich sie abhole.«

»Komisch.«

Einen Moment lang starrten die Männer die verschlossene Tür an. Lauschten. Kein Ton war zu hören.

Da fuhr Kolja zusammen. Er schlug sich die Hand vor die Stirn. »Ich hab doch noch ihre Magnetkarte. Von heute Mittag.«

Er pfriemelte in seiner Hosentasche.

»Warum hast du ihre Magnetkarte, Junge?«

»Weil ich sie auf ihr Zimmer gebracht habe, alter Mann.«

Gee grunzte.

»Dann bete mal, dass alles gut ist mit ihr.«

Eine Gänsehaut überkam Kolja bei der Andeutung, die der Geschäftsführer da machte, aber gerade beschäftigte ihn etwas anderes. Er hoffte nämlich *wirklich*, dass alles gut war, so stark, wie sein Bauchgefühl verrücktspielte.

Endlich gab er sich einen Ruck und entsperrte die Suite. Gee schnappte ihm die Zimmerkarte aus der Hand und schob sich an ihm vorbei.

»Leyla?«

Die Lounge war leer. Nur eine Tür stand offen.

»Jesses«, murmelte Gee, den auf einmal ein ebenso seltsames Gefühl zu überkommen schien wie Kolja.

Dem Finanzchef dicht auf den Fersen, stürmte Kolja weiter ins Schlafzimmer bis zu den Panoramafenstern. Und da lag Leyla. Die Haare wie ein Fächer ausgebreitet, mit dem Gesicht nach unten.

Leyla

Jemand ruckelte an ihrer Schulter.

»Leyla-Baby, komm schon, aufwachen! Leyla! Hey, Leyla! Komm schon, Mädchen, werd wach. Werd wach.«

Was denn?, fragte sie sich stumm. Schon Frühstückszeit?

Leyla brummte, streckte die Gliedmaßen, rollte sich auf der weichen Matratze auf die Seite und strich sich die Haare aus dem Gesicht. Na ja, zumindest ein paar, bis sie wieder etwas sehen konnte.

»Oh! Ihr seid das.«

Über sie gebeugt standen zwei Männer, einer links, der andere rechts, und beide wirkten wirklich außerordentlich nervös dafür, dass man von hieraus so eine schöne Aussicht auf den Ozean genoss.

»Was schaut ihr denn so grimmig drein? Am Meer muss man sich doch entspannen.«

»Gott sei Dank«, murmelte der Jüngere, von dem sie schwören könnte, dass sie ihn ziemlich gut kannte, und er wandte sich ab, um sich mit den Händen durch die Haare zu fahren.

»Leyla«, schimpfte der Ältere und ruckelte wieder an ihr, diesmal an beiden Schultern. Warum ruckelte er denn immerzu so viel? Es drehte sich doch eh schon alles vor ihren Augen.

»Da bist du, um Himmels willen. Was ist passiert, was ist los?«

»Nun ja. Ich glaube, es ist recht offensichtlich, was hier passiert ist«, antwortete der Jüngere an ihrer Stelle.

Sowohl Leyla als auch der ältere Typ, den sie als Gee, den guten alten Gee, erkannte, wandten sich um. Da stand Kolja inmitten der Lounge, neben dem Panoramafenster, den Griff der offenen Kühlschranktür in der Hand wie Leyla ein paar Stunden zuvor. Hinter der Tür verbarg sich die Minibar. Die überraschend leer aussah. Was die leeren Sekt- und Weinfläschchen, die säuberlich darauf aufgereiht standen, nur unterstrichen.

»Gott.« Gee vergrub das Gesicht in den Händen und rubbelte seine Falten, Kolja roch an einer der Flaschen, als hoffte er, dass vielleicht doch nur Wasser drin gewesen war.

»Sorry.« Leyla zuckte mit den Schultern. »Tut mir leid. Muss ich dich enttäuschen. War Alkohol drin.«

Sie gluckste, stieß ein wenig Luft aus und strampelte sich aus den Bettlaken.

»Ich mach mich lieber mal fertig.«

»Das Einzige, was du dich machst, ist bettfertig«, korrigierte Gee und drückte sie zurück in die Kissen. »Du bist ja komplett zugedröhnt.«

»Angetrunken! Ein bisschen«, protestierte Leyla. »Nicht zugedröhnt. Aber wer ist das heute nicht? Wette, Musa ist betrunkener als ich?«

»Aber Musa ist nicht die Geschäftsführerin. Und außerdem ist Musa nun mal Musa. So was hier ist nicht dein Stil. Du bleibst besser hier.«

»Ich gehe mit, Gee. Ich hab das im Griff.«

»Genau.«

»Ich gehe zur All-in-white-Party.«

Sie drängelte sich an ihm vorbei, lief so aufrecht wie möglich zu ihrem Koffer, den sie noch immer nicht ausgepackt hatte, und kramte daraus ein hautenges weißes Kleid hervor. »Das hier ist das Outfit.«

Sie hielt es sich an und drehte sich mit fragendem Blick zu den beiden Männern.

»Fantastisch.«

»Wunderschön.«

»Gut.« Ein denkwürdiger Abend wie dieser erforderte eine bemerkenswerte Garderobe. Leyla streifte ihr knittriges Oberteil über den Kopf, woraufhin Gee die Augen verdrehte und ihr im Einklang mit Kolja den Rücken zuwandte.

»Ihr seht auch gut aus. Kolja ein bisschen mehr als Gee. Aber das ist ja immer so. Du darfst dich auch gerne umdrehen, Kolja!«

»Schätze, du hältst die Eröffnungsrede«, raunte Kolja an Gee gewandt.

»Ich halte so was von die Eröffnungsrede.«

»Okay«, sang Leyla hinter ihnen. »Du hältst die Eröffnungsrede, Gee-Gee. Ich eröffne währenddessen mit Kolja die Bar.«

Kolja

Ich bin nervös, Kolja«, flüsterte Leyla, während der Saal aufmerksam Gees Präsentation darüber folgte, wie sie gedachten, die enormen Personalengpässe in den Griff zu bekommen. Unruhig rutschte sie auf dem Barhocker neben Kolja am Rand des Pavillons herum und nippte an dem Wasser, das er für sie bestellt hatte.

»Ich merk schon«, raunte Kolja zurück. »Ich bringe dich jederzeit auf dein Zimmer, wenn du willst. Aber du lässt dich ja nicht überzeugen. Deshalb solltest du da jetzt zuhören, denke ich. Und dein Wasser trinken, vielleicht.«

»Ja, schon. Aber ich würde lieber selbst was sagen.«

Kolja verkniff sich ein Lächeln. »Später vielleicht. Jetzt müssen wir so tun, als würden wir höchst aufmerksam Gees spannenden Inhalten lauschen und die Sache voll im Griff haben.«

»Ich *hab* die Sache voll im Griff. Ich bin nicht so betrunken, wie du denkst.«

»Und warum musste ich dir dann gerade die Schuhe zubinden?«

»Cinderella hat ihren Schuh auch nicht selbst angezogen.«

»Richtig. Ich vergaß.«

»Ich mag dich, Kolja.«

»Sagtest du bereits.«

»Okay, gut.«

»Ich mag dich auch, Leyla.«

»Sogar angetrunken?«

»Sogar dann.«

»Kolja?«

»Ja?«

»Vertraust du mir?«

»Zu einhundert Prozent.«

»Ich muss dem Team was sagen.«

Leise sog Kolja die Luft zwischen den Zähnen ein. »Mein Vorschlag: Warten wir damit noch bis morgen.«

»Nein. Jetzt. Ich muss es ihnen jetzt sagen. Heute.«

Sie nickte nach vorn, wo Gee gerade zur letzten Folie der Präsentation überging.

»Leyla …«

»Du hast gesagt, dass du mir vertraust«, insistierte sie so nachdrücklich, dass Kolja zusammenzuckte.

»Okay. Okay. Ich möchte nur nicht, dass du einen Fehler begehst, den du nicht rückgängig machen kannst. Nur zur Erinnerung: Du bist betrunken. Oder zumindest noch angetrunken, nach deinem Nickerchen. Und das bist du nie, wie ich gelernt habe. Sicher, dass du es allein hoch zur Bühne schaffst?«

»Nein. Aber ich machs trotzdem.«

Leyla

Der Boden schwankte unter ihren Füßen, und ihre Knie drohten jeden Moment wegzuknicken. Aber das hatte nichts mit Alkohol zu tun. Sie war wirklich nicht so betrunken, wie Kolja dachte. Sie war nur vollkommen verrückt.

Leyla hangelte sich am Rand des Saals an den Stuhllehnen entlang und schenkte jedem Storyhacker, der ihr einen Blick zuwarf, ein kleines Lächeln. Ihr Herz hämmerte so laut in ihrer Brust, dass es sogar Gees Dankesworte übertönte. Los. Sie musste den richtigen Moment abpassen. Und keinen Rückzieher machen. Aber das würde sie nicht.

Dafür hatte sie sich extra Mut angetrunken. Ein wenig zu viel, ganz eventuell. Aber den brauchte sie auch.

Leyla lief schneller, schlängelte sich an einem Kellner mit einem Tablett leerer Gläser vorbei und steuerte auf den Bühnenrand zu, an dem drei Treppenstufen nach oben führten. Sie spürte Koljas Blick in ihrem Rücken; er gab ihr Aufwind, als schöbe er sie langsam voran.

Die ganze Hinfahrt über hatte Leyla gegrübelt, ob sie wirklich tun wollte, was sie im Begriff war zu tun. Sie hatte die Unterlagen, die Alba ihr zur Vorbereitung der Eröffnungsrede hatte zukommen lassen, nicht einmal geöffnet. Stattdessen war sie gedanklich bei diesem Thema hängen geblieben. Und kurz darauf leider bei den Drinks in der Suite. Aber sie musste da großzügig mit sich sein: So sehr entblößt, wie sie es vorhatte zu tun, hatte sich Leyla in ihrem ganzen Leben noch nicht.

An Gees Tonfall hörte sie, wie er seinen Vortrag zum Abschluss brachte. Das Publikum merkte es ebenfalls, Applaus brandete auf, und einige Pfiffe ertönten. Sehr viel weniger, als wenn Leyla Präsentationen hielt. Was nicht an ihr persönlich lag, sondern daran, dass Gee seine Talks immer mit Fakten füllte, Leyla mit Leben. So viel Leben, wie sie ihrem Team gleich zumuten würde, hatte es in der Geschichte der Storyhacker noch nie gegeben.

Gott, am liebsten würde sie noch einen Drink mit nach oben nehmen.

Unter dem Klatschen des Teams stieg Gee von der Bühne und prallte dabei um ein Haar in Leyla, die ihm blitzschnell das winzige Bluetooth-Mikrofon vom Revers knipste.

»Was machst du da?«, fuhr Gee sie an und griff harsch nach ihrem Arm, aber Leyla wand sich raus und bestieg die Bühne, während sie sich das kabellose Mikro selbst an den Ausschnitt haftete. Anstatt dass der Applaus abflachte, aus Neugier, was die zweite Geschäftsführerin noch zu sagen hatte, nahm er zu. Jemand aus der hinteren Reihe, der sich gewiss schon ein paar Drinks mehr gegönnt hatte als Leyla, grölte ihren Namen. Sie lächelte, blieb mitten auf der Bühne stehen, wandte sich an das Publikum und verwurzelte beide Füße fest im Boden wie ein Baum. Sie ließ den Blick über die knapp dreihundert Menschen gleiten, die allesamt in Weiß gekleidet zu ihr aufsahen. O Gott. Sie tat das wirklich. Leyla tippte an das Mikrofon, es pochte dumpf.

Mit einem Mal fuhr ihr Puls herunter. Sie wurde ganz ruhig. Manche Menschen litten unter Lampenfieber. Leyla verspürte eher Lampen*feuer*. Bereit, die Bühne zum Brennen zu bringen und ihr Publikum anzustecken. Adrenalin flutete ihre Adern und löschte den Restalkohol in ihren Blutzellen.

»Liebe Storyhacker.«

Ihre samtige Stimme füllte den Saal, und der Geräuschpegel sank.

»Auch von meiner Seite ein herzliches Willkommen zum diesjährigen Frühlingsfest und ein Dankeschön an euch alle, dass ihr die lange Reise an diesen wundervollen Ort auf euch genommen habt. Ganz besonders an Charlie Devengue und Kolja Barker, die den heutigen Abend ermöglicht haben.«

Auflodernder Applaus, dem Leyla die Zeit einräumte, die den beiden gebührte.

»Den offiziellen Part habt ihr hinter euch gebracht – vielen Dank an dich, Gee. Ihr habt erfahren, wie unser Geschäftsjahr bis jetzt gelaufen ist, warum viele von euch in Arbeit versunken sind und welche Entwicklungen uns in naher Zukunft bevorstehen. Damit wisst ihr bereits viel. Aber noch nicht alles.«

Leyla atmete durch, im Raum war es jetzt mucksmäuschenstill.

»Ich wende mich heute mit einem höchstpersönlichen Thema an euch, liebe Storyhacker. Ich möchte mich bei euch entschuldigen.«

Kolja

»**Was macht sie** da, um Gottes willen, was macht sie denn da? Sie hat doch keine Ahnung, was sie da gerade tut«, wisperte Gee Rankin zwischen zusammengebissenen Zähnen in Richtung Kolja, der gerade an seine Seite neben der Bühne trat. Der Geschäftsführer sah sich panisch um.

»Was suchst du?«

»Die Bühnentechnik!«

Stumm deutete Kolja zum hinteren Ende des Raumes, von wo aus das Digitalteam die Bühnentechnik steuerte. Gerade schickte Gee sich an, dorthin loszusprinten, da hielt Kolja ihn unauffällig am Arm zurück.

»Du willst ihr nicht wirklich das Mikrofon abdrehen. Der Geschäftsführerin. Deiner Geschäftspartnerin. Oder?«

Kolja sah fest in die Augen von Gee, der mit loderndem Blick zurückstarrte und sich schließlich fluchend losriss.

»Lass sie«, sagte Kolja Barker ruhig. »Ich weiß, du machst dir Sorgen. Aber sie hat mich gebeten, dass wir ihr vertrauen. Sie hat das voll im Griff.«

Hoffte er.

Leyla

»**In den vergangenen** Monaten habt ihr, liebes Team, zu viel gearbeitet«, hallte Leylas Stimme kraftvoll durch den gläsernen Saal. »Arbeiten müssen, damit unser Kartengerüst an Projekten nicht zusammenbricht. Ich freue mich über den Einsatz, den ihr gezeigt habt. Aber ich bekomme auch eure Überlastung mit. Und damit einhergehend euer schwindendes Vertrauen in die Führungsebene, die für einen gesunden Arbeitsalltag verantwortlich ist. Euer schwindendes Vertrauen in mich.«

Jemand von den mittleren Tischen protestierte, aber Leyla brachte ihn mit einem kurzen Kopfschütteln zum Schweigen.

»Nein, das ist schon ganz angemessen. Wir haben in den vergangenen Monaten zu viel Neugeschäft angenommen bei zu wenig Anstellungen. Das hat Gee umfassend erklärt. Einen der vielen Gründe dafür hat er euch jedoch verschwiegen. Und dieser Grund bin ich.«

Gemurmel erhob sich in den Reihen.

»Lange Zeit habe ich mit einem Thema hinterm Berg gehalten, das seit einem Jahr meinen Alltag bestimmt. Ich dachte, es hätte auf der Arbeit nichts zu suchen. Ich dachte, es gehöre in mein Privatleben. Ich dachte, in der Agentur könne ich es zur Seite schieben, wenn ich nur genügend Aufträge annähme, die uns beschäftigt hielten. Aber das stimmt nicht. Alles, was ich damit bewirke, wenn ich meine Sorgen unterdrücke und sie in Arbeit ertränke, ist Mehraufwand und Orientierungslosigkeit für euch – was ich über die Maßen ausgereizt habe. Das sehe ich jetzt. Das bereue ich. Dafür möchte ich mich von Herzen entschuldigen. Und seid euch gewiss: Damit ist jetzt Schluss.«

Das Gemurmel wurde lauter, Leyla hörte Verwirrung heraus und Irritation, ließ sich davon aber nicht beirren.

»Ich habe nicht darüber gesprochen«, fuhr sie fort, »weil es gesellschaftlich und kulturell nicht anerkannt ist, private Herausforderungen mit der breiten Öffentlichkeit zu teilen. Und ich möchte betonen, dass das auch so bleiben soll für alle, die sich damit am besten fühlen. Ich glaube allerdings, oft ist der Grund, dass Menschen am Arbeitsplatz schweigen, nicht der, dass es ihnen damit wirklich besser geht. Sondern weil sie sonst gesellschaftlich geächtet oder beruflich benachteiligt würden. Und das darf nicht sein.«

Leyla schluckte und umklammerte die eigenen Finger fester.

»Noch immer brauchen wir eine offizielle Diagnose, damit es annähernd akzeptiert wird, aus psychischen Gründen dem Arbeitsplatz fernzubleiben. Noch immer melden wir uns krank, wenn wir anatomisch nicht funktionieren – niemals aber bei emotionalen Notständen, wie zum Beispiel einer Trennung. Noch immer muss sich unsere Erschöpfung erst den Titel Burn-out verdienen, ehe wir die Reißleine ziehen. Und noch immer verschweigen wir, wenn uns etwas Privates im Arbeitsalltag belastet. Als wären wir hier und dort zwei verschiedene Menschen. Aber das sind wir nicht. Wir können Arbeit und Leben nicht trennen. Wir leben, während wir arbeiten. Und deshalb müssen wir damit aufhören, unsere psychische und emotionale Gesundheit auf der Arbeit zu ignorieren.«

Leyla sah in die Runde. Streifte die weit aufgerissenen Augen von Charlie, den konzentriert zusammengepressten, ausnahmsweise mal nicht lächelnden Mund von Musa, und Dounia, die voller Bestürzung die Hand an die Lippen gelegt hielt.

»Die ganze Fahrt hierher über habe ich mir den Kopf zerbrochen, ob ich wirklich mit euch teilen sollte, was mich so sehr bewegt, dass es im vergangenen Jahr meine Geschäftsentscheidungen beeinflusst hat, wodurch euch Mehrarbeit, Stress und ein Überstundenkonto jenseits von Gut und Böse entstanden ist. Was dagegen sprach, war immer nur Angst. Ich möchte nicht zulassen, dass die Angst meine Werte überschattet, mein Handeln lähmt. Ich möchte wieder zu eurem Vorbild werden. Ich möchte normalisieren, dass emotionale Unpässlichkeit als Abwesenheitsgrund akzeptiert wird, ohne dass es einer Diagnose bedarf. Deshalb habe ich für mich entschieden, mit einem Thema offen umzugehen. In der Hoffnung, dass es einige von euch dazu inspiriert, eure Sorgen und Nöte ebenfalls zu äußern, falls es euch guttut. Damit wir einander beistehen und uns emotional unterstützen können. Als Team.«

Leyla atmete einen Luftschwall aus, den sie bei ihren letzten Sätzen vor Aufregung in sich angesammelt hatte.

»Wer damit hadert, im Folgenden vom Verlust eines lieben Menschen zu erfahren, den möchte ich hiermit warnen. Jeder und jede, der oder die sich damit unwohl fühlt, ist von Herzen eingeladen, kurz den Raum zu verlassen. Als Zeichen für das, wofür ich in Zukunft stärker einstehen möchte: einen ehrlichen Umgang mit und Rücksichtnahme auf persönliche Umstände.«

Leyla machte eine Pause und sah zu Boden, um ihren Mitarbeitenden die Gelegenheit zum Gehen zu geben. Sie rieb ihre zitternden Finger und schaute hoch.

Niemand erhob sich.

»In Ordnung.« Leyla nickte, und jetzt – viel später, als sie es erwartet hätte – sammelten sich in ihren Augen die ersten Tränen. Als sie weitersprach, leise und gebrochen, zitterte ihre Stimme.

»Ich möchte euch darüber informieren, dass ich am morgigen Tag vor einem Jahr neben meinem Verlobten auch ein Baby verloren habe. Und deshalb kann und werde ich morgen nicht zur Arbeit kommen. Ich hoffe auf euer Verständnis.«

Beklommenheit.

Das war es, was im Pavillon anschwoll und ihn hoch bis zur gläsernen Dachkuppel füllte; was jede einzelne von Koljas Zellen füllte.

Leute keuchten auf oder stießen Laute der Bestürzung aus, Gemurmel brandete auf. Einen Moment dauerte es, ehe Kolja sich aus seiner Versteinerung lösen konnte und wieder Leyla sah, die mit gesenktem Kopf die Bühne hinabstieg. Er stürzte auf sie zu, aber Gee hielt ihn zurück.

»Keine gute Idee, Praktikant«, raunte er und drängelte sich vorbei. Doch ehe Gee bei Leyla ankam, überholte ihn Alba, die erst dicht an Leylas Seite angelangt eine Vollbremsung hinlegte, ihrer Chefin eine Hand in den Rücken legte und mit ihr den Raum verließ.

»Fuck«, murmelte Kolja, fuhr sich durch die Haare und sah sich um. Sein Herz hämmerte so laut wie die Bestürzung, die um ihn herum wuchs. Jeder tauschte sich mit seinem Nachbarn über das gerade Gehörte aus, einige wenige saßen schweigend auf ihrem Stuhl zurückgelehnt, um es erst einmal sacken zu lassen. Ein paar wischten sich über die Augen.

»Boah, im Ernst, ich mache jede Woche drei weitere Pitches, wenn's ihr damit nur besser geht«, hörte Kolja irgendeinen Kollegen sagen, der sich mit weit aufgerissenen Augen über die käsebleichen Wangen strich. »Mann, sah die fertig aus. Muss ja furchtbar sein.«

Allerdings.

Ein Baby.

Leyla hatte ihr Kind verloren.

Dabei hatte sie doch gesagt, Noah hätte ihr Ehemann werden sollen und wäre gestorben. Hatte er etwas falsch verstanden? Oder hatte sie – um Himmels willen – wirklich zwei Menschen an den Tod verloren? All die Zeit war er davon ausgegangen, dass es um ihn ging, Noah. Sein Magen krampfte sich schmerzhaft zusammen. Es musste nichts sein im Vergleich zu dem, was Leyla erlitten hatte. Das ganze letzte Jahr über empfunden hatte.

Kolja scannte den Raum. Seine Aufgaben beim Fest hatte er abgeschlossen. Seine Vorgesetzte war voll und ganz damit beschäftigt, leise mit ihrem Team zu sprechen, offensichtlich, um das Geschehene einzuordnen. Niemand würde ihn vermissen. Er schlüpfte aus dem Eingangstor in Richtung Eingangshalle und von dort aus ins Treppenhaus, wo er die Stufen bis nach oben doppelt nahm. Die Tür zu Leylas Suite stand sperrangelweit auf. Kolja joggte hin, blieb vor dem Eingang aber dicht an die Flurwand gepresst stehen.

»Warum hat sie diese Bombe denn ausgerechnet jetzt platzen lassen?«, hörte er Gee wispern, mit einer Mischung aus Ärger, Schock,

Schmerz und Verzweiflung in der Stimme. Anscheinend war Leyla im Bad, sonst hätte er nie so frei gesprochen.

»Gee!«, schimpfte Alba flüsternd. »Das ist jetzt wirklich nicht der richtige Moment dafür.« Sie schnaubte und klang, als würde sie sich energisch über die Wangen wischen. »Ich hoffe nur, wir haben keine Kolleginnen oder Kollegen dabei, die ein ähnliches Schicksal erlitten haben und sich jetzt zurückerinnert fühlen ... Herr im Himmel, hätte sie uns doch wenigstens vorbereitet! Na ja. Das ist alles egal. Was wir jetzt tun müssen, ist, für Leyla da zu sein.«

»Bin ich dabei.«

Kolja betrat den Raum und lehnte sich, die Hände in den Hosentaschen seiner weißen Chino vergraben, in den Türrahmen.

Alba rang die Hände gen Himmel.

»Ach, Grundgütiger, nicht noch ein Problem!«

»Musst du dich überall einmischen?«, brummte Gee.

»Lasst gut sein. Wir können ihn gebrauchen.«

Die beiden fuhren herum und standen Leyla gegenüber, die, noch immer in ihr enges weißes Cocktailkleid gehüllt, aus dem Badezimmer trat und nach dem Teleskopgriff ihres Koffers langte. Sie war blass um die Nase, ihre Augenränder leuchteten rot.

»Gee, du musst als einziger anwesender Geschäftsführer die Stellung halten. Alba, du bist heute meine Pressesprecherin. Nur heute mal nicht für die Presse, sondern für feierwütige Storyhacker.«

»Was soll ich ihnen sagen, Liebes?«, fragte Alba eine Spur zu hysterisch und stützte sich am Sofa ab.

»Die Wahrheit. Wiederhol alles, was ich ihnen gesagt habe, wenn es nötig ist. Und erklär ihnen, dass ich nach Hause muss. Prioritäten setzen.«

Einen Augenblick sah es aus, als wäre Alba mit der Situation überfordert, wie Kolja befand. Dann wurde ihr Gesicht weich. Sie lief auf Leyla zu und drückte sie kurz an sich.

»Das mache ich. Es tut mir von Herzen leid, Liebes. Eine ... ungewöhnliche Entscheidung hast du da heute Abend getroffen. Aber ich bin sicher, es wird das Richtige gewesen sein. Wenn nicht für alle, dann mindestens für dich. Ich bin stolz auf dich.«

Ein kurzes, trauriges Lächeln. »Danke.«

Gee nickte ihr zu und vergrub die Hände in den Hosentaschen. »Bei Gott, ich hatte keine Ahnung. Mein herzliches Beileid, Leyla. Du machst das. Ich bin da, wenn du mich brauchst.«

»Danke, Gee.«

»Und du chauffierst sie jetzt also zum Bahnhof, ja?« Alba deutete mit dem Finger auf Kolja und musterte ihn kritisch von oben bis unten. »Hast du überhaupt schon einen Führerschein, Barker?«

Kolja ignorierte die Spitze. »Leyla braucht niemanden, der sie zum Bahnhof fährt. Ich werde sie bis vor die Haustür bringen.«

Nachdem der Sturm vorüber war, lag das Meer für gewöhnlich blank dar. Winzige Wellen schwappten ans Ufer, vereinzelte Möwen kreischten, während sie auf einer warmen Luftschicht über den Ozean glitten. Der Strandhafer stand wie erstarrt in der Windstille, nur hin und wieder strich ein Hauch durch die Halme und ließ sie sacht knistern.

Alles wirkte friedlich.

Leise.

Leer.

Der Sturm in Leyla hatte sich gelegt.

Milde Abendluft wehte Salzbrisen um ihre Nase, während sie auf den geschwungenen Stufen zum *Grand Green Hotel* neben ihrem Koffer wartete. Kolja hatte gesagt, sie würde von einem Taxi abgeholt werden. In weiter Ferne konnte sie Partymusik hören, die aus dem Glaspavillon herüberschallte, aber das Hotel erhob sich zwischen ihnen wie ein Berg, der Leyla vor Fragen und neugierigen Blicken schützte. Nur noch ein paar Augenblicke, dann hätte sie es geschafft. Und sie konnte den Tag und alles, was sie ihm auferlegt hatte, hinter sich lassen. Weit hinter sich.

Kurz darauf bog ein Taxi um die Ecke, das offensichtlich irgendwo hinter dem Hotel geparkt hatte. Es hielt vor ihr, und der Fahrer stieß von innen die Beifahrertür auf, doch sie fiel gleich wieder zu. Leyla winkte dem Portier ab, der andeutete, ihren Koffer in den Kofferraum verfrachten zu wollen, und übernahm das lieber selbst. Sie öffnete die Beifahrertür einen schmalen Spalt, quetschte sich hindurch, sodass ihr Kleid nur knapp an der Karosserie vorbeischwang. Dann sank sie in den durchgesessenen Sitz. Die Tür fiel ins Schloss und sperrte auch die letzten Geräusche eines perfekten Frühlingsabends aus.

Stille.

»Bereit?«

Leyla nickte erleichtert beim Klang seiner warmen, weichen Stimme.

Kolja startete den Motor und lenkte das Taxi aus der Auffahrt.

»Ich nehme an, du hast ein paar Fragen«, sagte Leyla leise, nachdem sie gut zwanzig Kilometer in Schweigen hinter sich gebracht hatten und auf den Highway bogen.

Ein paar? Tausende. Tausend offene Fragen. Aber Kolja schluckte sie alle herunter und zuckte unbestimmt mit den Schultern, um ihr das Reden zu überlassen.

»Ich auch. Eine Antwort gegen eine Antwort?«, schlug Leyla vor. »Was hältst du davon?«

Ja, bitte, unbedingt. Ruhig bleiben, Kolja.

»Schieß los.«

»Du zuerst.«

Kolja umklammerte das Lenkrad fester. Lichter zogen gleichmäßig an ihnen vorbei, während die Sonne unterging und lange Schatten auf den Asphalt warf. Er wählte seine Worte mit Bedacht.

»Wie geht es dir?«

Leyla auf dem Beifahrersitz entspannte sich sichtlich, ohne den Blick von der Windschutzscheibe zu lösen, wie Kolja aus den Augenwinkeln bemerkte.

»Gut. Wie auf Werkseinstellung zurückgesetzt.« Die nächsten Worte sprudelten aus ihr heraus, als hätte die Frage alle Schleusen geöffnet. »Als ich herkam, war alles in mir laut. Wild. Chaotisch. Ich war hin- und hergerissen, was ich tun sollte. Wie ich mit dem Schmerz umgehen sollte, der tagtäglich in mir tobt und mich innerlich auffrisst. Ich war verzweifelt, weil ich kein Ventil fand. Morgen ist der erste Jahrestag, und ich hatte immer noch keinen Weg gefunden, Druck abzulassen. Auf der Hinfahrt zum Hotel kam mir erstmalig der Gedanke, den Schmerz einfach ausbrechen zu lassen. Aufzuhören damit, ihn bändigen zu wollen und einfach die Fesseln zu lösen. Irgendwann müsste ich darüber reden, hast du im Garten von *The Cone* zu mir gesagt. Da habe ich zum ersten Mal drüber nachgedacht, öffentlich zu meinen Verletzungen zu stehen, aber ich habe mich nicht getraut.«

»Dafür hat es erst ein, zwei, drei Champagner gebraucht?« Kolja lächelte traurig.

»Champagner zum einen. Aber viel mehr noch Rückhalt.«

Deinen Rückhalt. Kolja hörte ihre Worte, auch ohne dass sie sie aussprach.

»Ich hab gesehen, wie du Gee daran gehindert hast, mein Mikro stumm zu schalten. Danke.«

»Das ist mein Job als Praktikant. Dafür zu sorgen, dass die Technik funktioniert.«

Leyla winkte ab. »Es war so viel mehr als das.«

»Gern geschehen. Mehr als das.«

Für einen Moment blickte er zu ihr und sah ihre Augen aufblitzen.

»Ich glaube«, fuhr Leyla fort, »das heute Abend war mein Ventil. Die Offenheit. Einerseits mir selbst gegenüber. Ich musste mir eingestehen, dass es niemals besser wird, wenn ich das, was mir passiert ist, weiterhin unterdrücke. Die Erkenntnis kam mir auf dem Hotelzimmer, kurz nachdem ihr den Raum verlassen habt. Und im zweiten

Schritt brauchte ich andererseits das Eingeständnis meinem Leben gegenüber. Denn das sind die Storyhacker: mein Leben. Die Sache vor der Agentur geheim zu halten, hat sich angefühlt, als würde ich mich vor mir selbst maskieren. Aber ich kann das, was mir widerfahren ist, nicht aus meinem Leben raushalten. Ich muss mein Leben auf mich zuschneiden, so gut es geht.«

Erstmalig wandte sie den Kopf in seine Richtung.

»Es hat gutgetan, darüber zu sprechen. Ich muss mich nicht mehr verstellen.«

Ein Kloß bildete sich in Koljas Hals, gegen den er nicht vermochte anzuschlucken. Sosehr er sich auch bemühte. Leyla lebte seit einem Jahr mit der Last, die sie heute Abend öffentlich gemacht hatte. Für ihn war die Info vollkommen neu.

»Morgen vor einem Jahr. Hast du da also Noah und ein Baby verloren? Zwei Menschen?«

»Erst bin ich dran. Eine Antwort gegen eine Antwort.«

Kolja nickte widerwillig. »Fair.«

Dann platzte Leyla mit ihrer Frage heraus. An der Art, wie sie sie stellte, hörte Kolja, dass sie sich ebenfalls Gedanken darüber gemacht hatte, wie sie sie am besten formulieren sollte. Und sie war ihr offensichtlich noch wichtiger, als zu erfahren, warum zur Hölle er ein Taxi fuhr.

»Was hat dich dazu gebracht, an deinem ersten Tag bei uns dein Praktikum anzutreten?«

Kolja verzog das Gesicht, als hätte er in eine Zitrone gebissen.

»Das ist kompliziert.«

»Und das ist keine Antwort.«

»Stimmt.« Er holte Luft. »Es hat mit meinem Vater zu tun.«

»Sag bloß.«

»Er hat etwas gesagt.«

Leyla wartete geduldig.

Kolja seufzte. »Er hat schon immer Dinge gesagt, mein Leben lang. Über mich. Darüber, wie ich die Familie enttäusche. Darüber, dass an der Tanke zu arbeiten und nebenbei Taxi zu fahren einem Barker nicht gerecht wird. Und dass es eine Schande ist, dass ich offenbar zu nichts anderem in der Lage bin.«

In Leylas Gesicht fand ein seltsames Schauspiel zwischen Wut und Mitgefühl statt. »Das hätte ich als Nächstes gefragt: Dann ist das hier *dein* Taxi? Das du fährst?«

Kolja nickte. »Es war die einzige Möglichkeit, mir ein Auto leisten zu können. Ich fahre nach Feierabend Leute umher, und dafür darf ich den Wagen der Taxigesellschaft privat nutzen. Ich brauche ihn, um zu ein paar Fotospots zu gelangen, zu den Klippen von Auckland, zum Beispiel. Mit dem Taxi kann ich auch zur Agentur fahren. Und nach dem Praktikum sichert es mir weiterhin meinen Lebensunterhalt, weshalb ich den Job nicht gekündigt, sondern auf die Wochenendschichten reduziert habe. Ich fahre es deshalb immer noch gelegentlich.«

»Du lässt dir die Fahrtkosten hier von Alba erstatten, ja?«

Kolja lachte auf. »Die Fahrtkosten sind mein geringstes Problem bei dem unverschämten Gehalt, das mir die Storyhacker zahlen. Na ja. Gezahlt hätten. Meine Anstellung bei euch könnte gleich beendet sein.«

Leyla zuckte zusammen und fuhr zu ihm herum.

»Wieso?«

»Eine Antwort gegen eine Antwort.« Koljas Blick verdüsterte sich. »Du wolltest eine, also kriegst du sie. Aber von vorn. Mein Vater hat in der Vergangenheit immer wieder versucht, meinen Weg in eine Richtung zu leiten, die seiner Ansicht nach einem Barker würdig wäre. Irgendwas mit Agenturen hatte er noch nicht probiert. Wenn, dann musste es aber das Beste vom Besten sein. Natürlich. Er rief mich eines Tages an, um mir mitzuteilen, dass er eine Bewerbung für mich bei den Storyhackern eingereicht hatte. Und dass ich angenommen worden war.«

Kolja schwieg und gab Leyla damit einen Augenblick, die Info zu verdauen, auch wenn sie das schon lange wusste.

»Er hoffte, ich würde hier endlich Fuß fassen und meine Nutzlosigkeit in etwas Sinnvolles verwandeln. Aber ich lehnte ab. Weil ich wusste, dass er all das nicht für mich tat. Sondern für den Namen. Es ging ihm nur darum, dass hinter jedem Barker etwas Großes, Glorreiches steht. Nicht ... ich.« Kolja schluckte. »Also sagte ich ihm, ich würde lieber weiterhin Taxifahrer bleiben, womit ich genug Zeit hätte, die Klippen zu fotografieren. Ich erklärte ihm, ich sei da an einer neuen Bilderserie dran, für die ich die Felsen und Riffe zu sämtlichen Tageszeiten einfangen wollte. Ich sagte ihm, ich hätte keine Zeit für das Praktikum, bei dem er mich gerne sehen würde. Und dann erwiderte er etwas ... Einschneidendes.«

Kolja schluckte erneut, biss sich auf die Lippe, als er spürte, wie seine Augen zu brennen begannen. Er hatte das doch eigentlich hinter sich. Er hatte *ihn* hinter sich.

Pah!

Wie töricht war er gewesen, auch nur zu glauben, er könnte den Klauen eines Ernst Barker einfach so entfliehen.

»Was hat er gesagt?«, flüsterte Leyla und legte eine Hand auf seinen linken Unterarm.

»Er hat ...« Kolja würgte einen seltsamen Sound herunter, der aus seiner Kehle ausbrechen wollte. »Er hat gesagt: ›Noch nie in meinem Leben habe ich in ein Projekt so viel Zeit fehlinvestiert wie in dich, Kolja.‹ Als wäre ich nicht mehr als ein Punkt auf seiner To-do-Liste. Als wäre ich ein missglückter Versuch, Profit zu generieren. Ein Konzept. Ein Plan.«

Er hätte sich viele Reaktionen bei Leyla vorstellen können. Doch sie schloss einfach nur die Augen. Ihre Kiefermuskeln traten hervor. Kurz darauf öffnete sie die Lider wieder, heftete ihren Blick auf Kolja, und der Griff um seinen Arm festigte sich.

»Kolja. Du bist kein ...«

»Schon gut. Er fuhr fort, dass man sich das Vermächtnis dieser Familie verdienen müsse. Womit er nicht wirklich vom Erbe gesprochen hat. Sondern von der puren Daseinsberechtigung. Er sagte, er würde mir eine letzte Chance geben, mit dem Praktikum. Aber wenn ich diese nicht nutzen würde, sei es Zeit, sich voneinander zu verabschieden.«

»Noch nie in meinem Leben habe ich in ein Projekt so viel Zeit fehlinvestiert wie in dich, Kolja.« Die Worte seines Vaters hallten abermals in ihm nach.

Leyla starrte ihn mit offenem Mund an und schüttelte stumm den Kopf.

»Tja, und das habe ich getan«, fuhr Kolja mit bitterem Grinsen auf den Lippen fort. »Ich habe meine Chance genutzt, ihm zu demonstrieren, was ich von seinen Qualitäten als Vater halte. Ich bin zum Praktikum gegangen, wie er es verlangt hat. Ich habe getan, was er erwartet hat. Ich habe es verkackt. Aber diesmal auf meine Art. So, wie er es sich nicht mal in seinen kühnsten Albträumen hätte vorstellen können. Wenn Ernst Barker schon damit recht behalten sollte, dass ich versage, dann doch wenigstens auf meine Art: mit Pauken und Trompeten.«

Was für ein Arsch.

Was für ein Unmensch.

Was für ein Abschaum von Vater, der seinen Sohn auf seine berufliche Leistung reduzierte. Der seine Liebe und Unterstützung abhängig machte von dessen Erfolg. Der seinem Sohn nur dann gestattete, um ihn zu kreisen wie der Mond um die Erde, wenn er tat, was er wollte. Wenn er *war*, was er wollte.

Leyla spürte, wie ihr Herz an diesem Abend ein zweites Mal brach. Ihr war es nie vergönnt gewesen, Mutter eines Kindes zu sein, dem sie ins kleine Gesichtchen sagen konnte, was es verdiente. *Ich bin stolz auf dich. Ich liebe dich für die Person, die du bist. Ich stehe hinter dir, wenn du selbst es nicht tust. Ich bin an deiner Seite, wenn kein anderer es ist. Ich bin der Ort, an den du zurückkehren kannst. Ich trage dich durch die tiefsten Schluchten, durch deine bittersten Zeiten. Komm zu mir, und ich bin für dich da.*

Was hätte sie dafür gegeben, es ihrem Baby sagen zu dürfen? Nur ein einziges Mal. Nur einen einzigen Tag lang.

Aber sie konnte es nicht. Sie würde es niemals können.

All die tausend verpassten Worte, die sie jeden Tag betrauerte –

Ernst Barker hatte die Chance, sie seinem Sohn zu vermitteln. Jeden Tag. Aber er ergriff die Chance nicht. Er trat sie mit Füßen. Und indem er seine Chance vergab, brach ein Mensch entzwei, Leyla konnte es sehen. Alle Hoffnung floss aus ihm, alle Liebe, aller Glaube und alle Zuversicht; während er in den Pfützen ungesagter Worte bitterlich ertrank.

»Fahr links ran.«

»Was?«

»Fahr links ran, Kolja.«

Kolja setzte die Warnblinker und lenkte das Taxi bei nächster Gelegenheit an den Straßenrand.

»Hey, alles in Ordnung bei dir?«

Leyla schnallte sich ab, riss den Gurt von ihrer Brust und stemmte sich aus dem Sitz hoch. Dann schwang sie sich über die Mittelkonsole. Als das Auto zum Stehen kam, landete sie rittlings auf Koljas Schoß.

»Uh.«

Der Wagen würgte ab, sie ruckten ein letztes Mal nach vorn, sodass Leyla auf Koljas Knien saß, ehe der Motor erstarb. Stille. Nichts als die Lichter der vorbeirasenden Autos auf dem Highway.

»Leyla«, murmelte Kolja fragend, nur eine Armlänge von ihren Lippen entfernt.

Aber sie schüttelte den Kopf, nahm sein Gesicht zwischen ihre Hände und sah ihm fest in die Augen.

»Pass auf, Kolja. Du musst mir jetzt ganz genau zuhören. Folgendes ist deine vielleicht wichtigste Lektion in deinem ganzen Praktikum.«

Kolja hob die Augenbrauen.

Kolja

»Dein Vater ist ein Idiot.«

Das Feuer in Leylas Augen loderte, als sich ihre Hände fester um seine Wangen legten, wie um ihren Worten Nachdruck zu verleihen.

»Er hat keine Ahnung, wer du bist. Er ist blind für das, was in dir steckt. Er denkt, einen anspruchsvollen Job zu bekleiden, wäre das, was einen Menschen besser macht. Er glaubt, weil er ein Imperium leitet, wäre er wertvoller als andere. Als ob es das ist, worum es im Leben geht! Worauf es ankommt!« Sie lachte freudlos auf. »Du kannst CEO sein und ein menschliches Wrack. Du kannst nach außen hin stark sein und innerlich tot. Du kannst machtvoll sein und doch nichts bewegen. Es geht nie darum, wie viel Einfluss man hat, Kolja. Es geht darum, wie du den Einfluss, den du hast, nutzt. Welchen Unterschied du machst.«

Ihre Finger glitten von seinen Wangen. Sie legte sie zwischen sich ab, mitten auf seiner Brust, die sich schwer hob und senkte. Es fühlte sich an, als würde sie gleich unter ihrer Berührung ein Feuer entfachen. Flammend heiß breitete sich das Gefühl in seinem Oberkörper aus.

»Dein Vater hat dich gelehrt, in Hierarchien zu denken, Kolja. In eurer Beziehung ist er der Geschäftsführer und du der Praktikant. Aber das stimmt nicht. Ihr seid als Vater und Sohn auf Augenhöhe. Ebenbürtig. Dass er dir etwas anderes weismachen will, zeigt nur, dass es ihm um nichts geht als um sein eigenes Ego. Und das ist schwach. Willst du wirklich jemandem die Macht über dich geben, der denkt, Karriere zu machen, wäre alles, was es für einen guten Menschen zu erreichen gilt?«

Kolja schaute sie aus geweiteten Augen an, öffnete den Mund und schloss ihn wieder. Das Feuer in ihrem Blick regelte sich runter zu einer sanft lodernden Flamme.

»Du bist großherzig und freundlich, Kolja. Selbstlos und klug. Gewitzt. Du fängst die Schönheit ein, wo andere nur Grau sehen. Du bist mutig, weil du Grenzen überschreitest, wenn du es musst. Du hast die Stärke, deine eigenen Dämonen zu bekämpfen – und meine gleich mit. Du bist empathisch. Rücksichtsvoll. Du liest in Gesichtern und weißt, was Menschen brauchen. Du scheißt auf Prinzipien, wenn dein Instinkt dir was anderes rät. Ein Praktikant kann einer Geschäftsführerin nicht aus der Patsche helfen? Shit und wie er das kann!«

Sie lächelte, und Koljas linker Mundwinkel zuckte in die Höhe.

»An deinem ersten Arbeitstag hast du dich allein gegen dreihundert Storyhacker gestellt. Das war leichtsinnig, ein bisschen wahnsinnig, zugegeben. Aber auch mutig. So verdammt mutig. Du bist an diesem Tag für dich selbst eingetreten, obwohl niemand von uns das sehen konnte. Noch viel mutiger war es aber, danach zu bleiben. Gegen dreihundert Storyhacker, gegen deinen Vater. Weil du gesehen hast, dass es das Richtige ist, weil …«

»… weil ich dich gesehen habe.«

Seine geflüsterten Worte verklangen, und ohne einen weiteren Atemzug verstreichen zu lassen, seinem Instinkt folgend – scheiß auf Prinzipien –, griff Kolja nach ihren Wangen. Er zog ihren Kopf zu sich heran und legte seine Lippen auf ihre. Diese wundervollen dunkelroten, samtweichen Lippen.

Einen Wimpernschlag lang verspannte sich Leylas Körper über ihm. Ein schwacher Widerstand gegen das, was schon seit Wochen auf sie beide zurollte wie eine Flutwelle. Ein letztes Mal wurden ihre Muskeln hart. Dann gaben alle Dämme nach. Leylas Körper schmolz in seinen Händen dahin, brach über ihm zusammen. Sie sank tiefer auf seine Schenkel, schloss die Augen, ihre Finger krallten sich in seine Brust, an der sie sich abstützte, sandten tausend Blitze durch seine Adern und Nervenenden. Ihre Nasenspitze drückte sich in seine Wange, als sie ihr Gesicht näher an seins presste, während sie ihn immer wieder küsste, wieder und wieder, so, als wollte sie nicht mehr von ihm ablassen. Dann schließlich strich ihre Zungenspitze über seine. O Gott.

Ein Stöhnen entwich ihm, während er eine Hand an ihren Hals gleiten ließ und die andere in ihre dichten Locken. Der Duft ihrer Haare wehte ihm in die Nase, vernebelte seine Sinne. Er langte nach ihrem Nacken. Ihre Lippen schlossen sich fester um seine Unterlippe; als wollten sie sagen: *Ich hab dich,* und *Endlich,* und *Halt uns fest.* Und das tat er.

Die Hand in ihrem Nacken reichte nicht. Kolja ließ sie über ihren Rücken streichen, ertastete jeden einzelnen Wirbel. Er schlang den Arm um ihre Taille und hob Leyla mühelos ein Stück höher auf seinen Schoß. Zog sie ein Stück näher an sich. Aber auch das reichte nicht. Verdammt, nichts reichte, wenn es um Leyla ging.

Ihre Lippen verlangten nach mehr. Sie saugte ihn ein, lechzte nach seinen Atemzügen. Heiß füllte ihr leises Seufzen seinen Mund, und Kolja erschauerte. Sie ließ die Finger so fest über sein Hemd streichen, als wollte sie ihre Spuren in ihn einbrennen. Und bei Gott, er brannte. Alles an ihm stand in Flammen, kurz davor, unter ihren Küssen zu explodieren.

Leyla keuchte, ihre Finger flatterten jetzt über ihn, suchten scheinbar eine Stelle, die reichte; deren Berührung genug war, um die Sehnsucht zu stillen, die mit jedem Kuss zwischen ihnen wuchs, statt zu schwinden.

»Ich hab dich auch gesehen«, wisperte Leyla zwischen ihren Küssen und presste gleich darauf nicht nur ihre Lippen, sondern ihren ganzen Körper an ihn. Und er verstand. Ja. *Sie sah ihn.* Sie sah in *ihn.* Für ihn, mit ihm.

Kolja legte einen Arm unter Leylas Po und zog sie endgültig an sich. Ihre Knie glitten links und rechts am Fahrersitz vorbei, ihr über ihre Schenkel gespanntes weißes Kleid rutschte hoch, während sich ihre Oberkörper aneinanderschmiegten und miteinander verschmolzen. Sie schlang die Arme um seinen Hals, und *shit,* ihre weichen Brüste wurden aus ihrem Korsett gedrückt und pressten sich warm an sein Schlüsselbein. Mit ihren Händen fuhr sie durch seine Haare, zerrte leicht daran. Neckte ihn, als hätte sie das schon tausendmal gemacht. Ihre Zungenspitze teilte quälend langsam seine Lippen, erst unten, dann oben, sandte ein Prickeln von seinem Mund zu seinen Lenden hinab und dann – *fuck.*

Sie begann, sich auf seinem Schoß zu bewegen. Als wollte sie noch näher an ihn rutschen. Näher, näher und immer näher. Mit jeder Welle aus Küssen ein kleines Stück. Ihre Bewegungen waren winzig, nur für sie zwei, von außen unsichtbar. Fast so, als würde er sie sich einbilden. Aber nein. Noch nie hatte Kolja etwas so intensiv gespürt, noch nie hatte er etwas so sehr gewollt. Nicht nur körperlich, sondern *innerlich*. Mit jener Hand, die Leyla eben auf ihn gezogen hatte, fuhr Kolja jetzt unerbittlich langsam ihre Hüfte entlang und presste sie auf ihr Steißbein, um sie an sich zu drücken. Ihre winzigen Vibrationen noch fester zu spüren. Der Druck, mit der ihre Schenkel über seine rieben und ihre Scham über seine Mitte, seinen ... Kolja schnappte nach Luft.

Leyla ließ eine Papierbreite von ihm ab, ihre Nasenspitze berührte seine noch immer. Ihre Stirn sank an seine, sie schloss die Lider.

»Aufhören?«, flüsterte sie.

»Niemals«, stöhnte Kolja in ihren Mund und umschloss ihre Lippen fest, ließ sie nicht raus, damit sie nie wieder so eine törichte, einfältige Frage stellte.

Er würde nicht aufhören. Auf keinen Fall. Kolja legte die Hände an ihre Wangen und strich mit dem Daumen eine Träne weg, die keiner Erklärung bedurfte.

Er würde nicht aufhören. Um ihn von Leyla zu trennen, bräuchte es rohe Gewalt. Und nicht mal das würde reichen, damit er freiwillig aufgab, was er gerade gefunden hatte.

Der Rastplatz, auf den sie gefahren waren, war dunkel. Lediglich vereinzelte Laternen warfen einen kühlen Lichtkegel auf das Straßenpflaster. Leyla saß wieder auf dem Beifahrersitz, diesmal quer. Sie hatte die Beine über die Mittelkonsole geschwungen, ihre Waden ruhten auf Koljas Oberschenkeln. Auf ihren Knien lagen ihrer beider Hände, die einander unentwegt erforschten. Sich umschlangen, nur um dann wieder miteinander zu spielen. Sie konnten kaum aufhören, sich zu berühren, fast so, als müssten sie einander andauernd versichern: *Ich will das, ich will das unbedingt. Bitte hör nicht auf, ich hab darauf so lange gewartet, ich will dich berühren.*

»Ich bin dran«, flüsterte Kolja irgendwann, den Blick auf ihr Knäuel aus Fingern gerichtet. Er strich mit dem Daumen über ihren Handrücken, fast schon entschuldigend, und Leyla wusste genau, was als Nächstes kam.

Sie nickte.

»Morgen ist der erste Todestag«, formulierte Kolja vorsichtig und schloss seine Hand fester um ihre. »Ich glaube, ich hab noch gar nicht gesagt, dass mir das alles leidtut, Leyla. Sehr.«

Sie lächelte traurig.

»Brauchst du auch nicht. Manchmal sind tausend Worte nicht genug. Sie richten nichts aus. Ich weiß dein Beileid trotzdem zu schätzen.«

Mit seiner linken Hand strich er federleicht über ihr Schienbein.

»Also«, wisperte er heiser. Im Dunkeln kam ihr seine Stimme noch intensiver vor. »Du musst nicht darauf antworten, wenn du nicht möchtest. Der Gedenktag morgen, ist es Noahs? Oder der eures Babys?«

Leyla schloss kurz die Augen, während diese altbekannte Schwere sie überkam. Wie immer fühlte es sich an, als versuchte sie, Leyla von oben hinunterzudrücken, sie in die Knie zu zwingen. Doch heute, heute schaffte sie nur den halben Weg. Die innere Dunkelheit stoppte an ihren Fingern. So, als wäre sie dort auf eine unüberwindbare Barriere gestoßen.

»Beide«, antwortete Leyla knapp und zog aus einem Impuls heraus die Hände zurück, obwohl Koljas Wärme wie pure Stärke in sie geflossen war. Sie bereute es im selben Moment, traute sich jedoch nicht, seine Hände erneut zu ergreifen. Der Schritt war zu groß für die zarten Bande, die sie gerade erst knüpften. Auch wenn dieser Kuss gerade sich nicht nach zarten Banden angefühlt hatte, sondern nach einer Urgewalt. Als wäre etwas entfesselt worden, das über Jahrzehnte in der Stille gewachsen war.

Sie legte ihre Hände in ihren Schoß und umklammerte sie an ihrem

Bauch, damit sie nicht zitterten. Kolja rieb sich erst durchs Gesicht – dann umfasste er ihre Beine, als wollte er sie so großflächig wie möglich berühren. Er hatte sich nicht zurückgewiesen gefühlt. Hatte sich nicht von ihr zurückweisen lassen. Gott sei Dank.

»Scheiße, Leyla«, wisperte er kaum hörbar.

»Ja.«

Dann sagte Kolja nichts mehr und damit zugleich das Beste, was es gab. Sie konnte förmlich sehen, wie hinter seiner Stirn die Fragen wüteten. Warum waren Noah und ihr Baby gestorben? Wie war es passiert? Warum war Leyla schuld daran? Aber er stellte keine einzige davon. Gab ihr stattdessen die Zeit, die sie brauchte.

»Ich bin dran«, brach Leyla die Stille.

Kolja sah sie auffordernd an. Oha. Schon in der Vergangenheit hatte sein Blick sie kalt erwischt und war ihr bis ins Mark gekrochen. Jetzt, nachdem sie wusste, wie gut seine Lippen schmeckten, brannte er auf ihrer Haut wie ein Laserstrahl.

Leyla zog die Brauen hoch. »›Fucked with the girl boss‹?«

Kolja warf den Kopf in den Nacken und lachte.

»Ich verstehe die Frage nicht.«

»Warum zur Hölle hast du das geschrieben? Das frage ich mich schon die ganze Zeit. Was sollte das?«

»Mein Plan ist zu einhundert Prozent aufgegangen.« Er grinste mit einem Mal so jungenhaft, dass Leyla sich schlagartig daran erinnerte, wie alt Kolja war. Zweiundzwanzig. Eigentlich müsste ein solcher Altersunterschied in den Zwanzigern zwischen ihnen stehen wie ein Bergmassiv. Tatsächlich war er Leyla vollkommen egal.

Scheiß auf Prinzipien. Zumindest noch heute Nacht, ehe die Realität sie einholte.

»Du hast also doch geplant, dass ich die Insta-Story sehe, ja?«

»Absolut. In einer wilden Hoffnung, dass du mich genauso stalken würdest wie ich dich.«

»Um meine Aufmerksamkeit mit einer Beleidigung zu erregen?«

»Erregen?« Koljas Augen funkelten, als sein Blick über ihre erröteten Wangen streifte. »Ich wollte dich aufregen. Es tut mir ja auch leid, aber es ist das reinste Vergnügen, dich zu ärgern.«

Sie langte nach links, um ihn zu knuffen, aber Kolja fing ihre Hand in der Luft ab.

»Du hast mal gesagt, meine Fähigkeit, aus der Spur zu brechen, würde dich faszinieren. Wenn ich ehrlich bin, sind das alles nie Fähigkeiten, sondern vollkommen unbeabsichtigte Pannen und Missgeschicke. Aber davon abgesehen, hatte ... nein, *habe* ich das Gefühl, das könnte genau das sein, was du brauchtest. Aus der Spur brechen.« Er lächelte schief. »Und wenn ich an den heutigen Abend denke, lag ich vielleicht nicht ganz falsch.«

Nein. Vielleicht nicht.

»Antwort gegen Antwort«, fuhr Kolja fort, zog die Knie an und lehnte sie gegen das Lenkrad, sodass Leylas Schenkel in seine Leisten rutschten. »Warum wolltest du heute so dringend deine Wohnung aufräumen?«

Tiefschlag. Leyla schlang die Arme um den Oberkörper, um die Gänsehaut zu verbergen, die Kolja ihr mit dieser einfachen Frage beschert hatte. Auf keinen Fall sollte er sehen, wie ihr dabei eiskalt wurde und dann heiß, wie ihre Finger schwitzten und rote Stressflecken ihr Dekolleté überzogen.

»Äußere Unordnung beseitigen, um das innere Chaos aufzuräumen?«, schlug er vor.

Ja. Das war gut. Sie nickte.

»Weißt du ... ich habe immer geglaubt, mein Leben bis zum morgigen Tag in Ordnung bringen zu können. Aufzuräumen, im wahrsten Sinne. Ich hatte mir vorgenommen, eine Art Grundreinigung in meiner Wohnung vorzunehmen«, behauptete Leyla. »Aber das war es nicht, was ich brauchte. Mein Leben aufzuräumen, bedeutete, zu ihm zu stehen. Nicht länger einen Teil dessen zu verstecken. Das war meine Wahrheit.«

Zumindest zum Teil. Jetzt war nicht der richtige Moment, Kolja erfahren zu lassen, was Leyla seit nun bald einem Jahr hinter verschlossenen Türen ihres Penthouse verbarg. Vielleicht kam dieser Moment auch nie.

Kolja

»**Danke fürs Fahren.**«

»Wo genau ist es?«

»Da.«

Leyla deutete auf ein Hochhaus aus Glas, das Kolja an eine Miniaturversion von *The Cone* erinnerte, nur dass sich kein grüner Rundweg um das Gebäude schlang, sondern riesige Moosflächen überall dort, wo keine Fenster die Lichter der Stadt reflektierten. Der Eingangsbereich war erleuchtet, und durch die offene Schiebetür konnte Kolja einen Concierge erkennen, der hinter einem Stehtresen in seinen Laptop vertieft war. Links und rechts vom Gebäude glänzte das Meer am Fuß der Klippen im Licht der Morgendämmerung. Kolja bremste auf Schrittgeschwindigkeit herunter.

»Nein«, stieß Leyla aus, legte eine Hand auf seinen Unterarm, zuckte aber gleich wieder zurück, als hätte sie sich an ihm verbrannt. Was sie vielleicht auch hatte, denn die Stelle, an der sie ihn berührt hatte, glühte.

»Fahr noch ein Stück«, bat sie leise und wandte den Kopf zum Beifahrerfenster. »Die Leute kennen mich hier.«

Mit Absperrband quer über der Mittelkonsole hätte sie die Grenze nicht deutlicher ziehen können. Koljas Herz krampfte sich zusammen wie eine Faust. »Natürlich.«

Er fuhr drei Häuser weiter und hielt am Straßenrand.

»Gott sei Dank ist das hier ein Taxi, nicht wahr?« Er lachte unsicher, als er den Motor abstellte und den Fuß von der Bremse nahm. »Ich meine, dann ist es nicht ganz so auffällig, dass ... dass ich dich heimgebracht habe.«

Bitte, flehte er stumm. Bitte widersprich mir.

Leyla nickte widerstrebend und lächelte. »Ja. Das macht es einfacher.«

Autsch.

»Okay.« Kolja biss sich auf die Unterlippe und senkte den Blick. »Dann nehme ich an, du brauchst morgen früh keinen Chauffeurdienst?«

Es hatte sarkastisch rüberkommen sollen, weshalb Kolja die leise Hoffnung hasste, die sich in seinen Ton mischte.

»Nein, ich ...«, Leyla schluckte hörbar, räusperte sich kurz, »... ich fahre morgen nicht ins Büro.«

»Ich weiß. Das habe ich auch nicht angeboten.«

Ihr Gesicht erhellte sich, konnte aber nicht die Traurigkeit aus ihrem Blick vertreiben, während sie gen Rückspiegel blickte, wahrscheinlich darin ihren Hauseingang beobachtete.

»Danke. Aber ich gehe allein.«

Okay, sie wollte irgendwohin, sie hatte etwas vor am morgigen Tag. Gut.

»Wer bringt dich?« Alba und Gee waren noch im *Grand Green*, und so viel, wie Leyla arbeitete, konnte sich Kolja nur schwer vorstellen, dass sie außerhalb ihres Storyhacker-Universums intensive Kontakte pflegte. »Deine Eltern? Geschwister? Beste Freundin?«, hakte er wie beiläufig nach.

»Keine Geschwister. Und meine Eltern leben im Iran. Sie sind dort aufgewachsen, zu Zeiten der Islamischen Revolution hierher ausgewandert und zurückgegangen, als ich aufs College wechselte.«

Kein Wort über eine beste Freundin. Interessant.

»Okay. Wer begleitet dich dann?«

Leyla presste die Lippen zusammen, als wappnete sie sich schon jetzt gegen den Widerstand, der sich in Kolja umso mehr zusammenbraute, je länger sie nicht antwortete.

»Niemand. Wie gesagt, ich gehe allein.«

Kolja öffnete den Mund, um zu protestieren, schloss ihn aber nach einem kurzen Blick auf Leyla wieder. Es hatte keinen Sinn, mit ihr zu diskutieren. Diesen *Meine Entscheidung steht fest*-Blick kannte er von ihr. Sie war die Chefin ihres eigenen Lebens, und sie würde sich nicht von ihrer Überzeugung abbringen lassen.

»In Ordnung«, wisperte er und strich sich über die Oberschenkel. Scheiße, warum war da auf einmal nicht nur die Handbremse zwischen ihnen, sondern ein gesamtes Universum? Er wollte sie küssen. Zum Abschied oder einfach nur so. Wollte wieder spüren, wie verzweifelt sich ihre Lippen nach seinen verzehrten; wie sich ihre Hände in seine Oberarme krallten, als würde sie ohne seinen Halt in ihren Küssen ertrinken. Gerade aber, während sie die Arme vor der Brust verschränkte und auf ihrer Unterlippe kaute, um die Tränen zu unterdrücken, schien es ebenso surreal, Leyla Ahmadi zu berühren, wie an seinem allerersten Tag in ihrem Büro.

»Ich muss dann mal los«, flüsterte sie und lachte mit einem kurzen Blick aus dem Fenster freudlos auf, ehe sie wieder in seine Richtung sah. »Die Sonne geht ja schon auf. Meine übliche Schlafenszeit.«

»Du schläfst nicht, ehe die Sonne aufgeht?«

»Selten. Vorher fühlt es sich irgendwie … zu dunkel an.«

Kolja nickte, hob den Blick von seinen Händen im Schoß und sah Leyla unverwandt in die Augen.

»Gute Nacht, Boss.«

Etwas in ihren Augen blitzte auf, aber er konnte nicht sagen, ob es schmerzlich oder belustigt war.

»Gute Nacht, Kolja.«

Sie langte nach dem Türgriff und streckte die Fingerspitzen der anderen Hand zum Abschied aus. Während sie die Beine aus dem Auto schwang, berührte sie ihn am Oberarm. Unverbindlich und doch intensiv. Aus einem Impuls heraus packte Kolja ihr Handgelenk und zog sie zurück. In einer fließenden Bewegung, als hätte sie darauf gehofft, sank Leyla wieder auf ihren Platz und stützte sich auf Koljas Sitz ab. Ihr Oberkörper beugte sich zu ihm herüber, während er ihr Kinn an sein Gesicht führte und seine Lippen auf ihre presste. Fest und schnörkellos, ohne viel Aufhebens. Die Sekunden verstrichen, keiner von ihnen regte sich, die Augen geschlossen. Nachdem er den Druck seiner Lippen ein letztes Mal intensiviert hatte, ließ Kolja von ihr ab und hielt sie, während sie sich wieder aufrecht in ihren Sitz setzte, den Blick leicht benommen.

»Das reicht«, log Kolja. »Ab jetzt bin ich wieder dein Praktikant.«

Mit einem Blick, den er unmöglich deuten konnte, drückte Leyla sich endgültig hoch, stieg aus dem Taxi, hob die Finger zum Gruß, ließ die Tür ins Schloss fallen. Den Koffer aus dem Kofferraum geholt und an seinem Teleskopgriff vor sich herschiebend, eilte sie zu ihrem Hauseingang. Ihre schwarze Silhouette zeichnete sich vor der aufgehenden Sonne ab. Als sie sicher über die Schwelle ihres Hauseingangs trat, ließ Kolja sich schwungvoll gegen die Rückenlehne fallen und atmete aus. Dann schlug er mit den Händen gegen das Lenkrad.

»*Fuck!*«

Leyla

»**Guten Morgen, Leyla**«, grüßte Grace' freundliche KI-Stimme, als Leyla aus dem Gästezimmer trat. »Du hast 173 neue E-Mails. Zwei Lieferungen erreichen dich heute. Wie hast du geschlafen?«

»Gar nicht«, murmelte Leyla und schlich den Gang entlang in den sonnendurchfluteten Flur, der die offene Küche, Wohnzimmer und Kaminecke miteinander verband. Der Himmel über dem Ozean versprach einen wunderschönen Tag. Einen rundum perfekten Tag.

An der Küchenzeile stand das Glas Wasser unter dem in der Rückwand verbauten Zapfhahn bereit. Leyla leerte es in einem Zug, stellte es ungespült wieder zurück und setzte ihre Morgenrunde fort ins Badezimmer. Sie erledigte den Toilettengang und streifte in der Mitte des Raumes das weiße Kleid ab, das auszuziehen sie gestern Abend, oder vielmehr heute früh, nicht mehr in der Lage gewesen war. Aus der Regendusche prasselte das Wasser. Ohne die Temperatur zu testen, stellte Leyla sich darunter, um die letzten Spuren der Nacht von dem eiskalten Strahl fortspülen zu lassen. Um sich zu wappnen für heute.

Noch null Tage.

Es war so weit.

Heute vor einem Jahr hatte sie unter genau dieser Dusche gestanden. Damals war sie nicht kalt auf ihren reglosen Körper herabgeprasselt, sondern lauwarm, während im Hintergrund ein Morgenmagazin im Radio lief und Leyla sich einseifte. Unter der Dusche getanzt wie sonst hatte sie zu dem Zeitpunkt schon nicht mehr. Dafür hatten sie bereits zu viele Sorgen umgetrieben. Aber noch war nicht geschehen, was sie an diesem Tag erwarten sollte. Noch war *es* nicht geschehen.

Als Leyla spürte, wie die Dunkelheit sich näherte, drohte ihr die Sicht zu rauben und das Gleichgewicht, drängte sie die Erinnerungen fort und stellte den Hahn ab. Klitschnass trat sie aus der Kabine und stellte sich vor ihre Make-up-Vitrine. An einer der Türen hing an einem Bügel, eingepackt in etwas Folie, das tiefschwarze Etuikleid, das vor einigen Wochen geliefert worden war.

Ungeschminkt. Sie würde den Tag heute ungeschminkt über sich ergehen lassen.

Leyla griff nach dem Föhn. Auch heute vor einem Jahr hatte sie danach gegriffen – und zusätzlich nach vier weiteren Tools. Sie hatte ihre Haare an jenem Tag nicht nur trocken und glatt geföhnt wie heute, sondern in Form sanft schwingender, ja glänzender Wellen. Es hatte schließlich ein wichtiger Tag werden sollen. So unglaublich wichtig.

Sie hatte ja keine Ahnung gehabt wie sehr.

Leyla schälte das schwarze Kleid aus seiner Verpackung. Sie hatte es nicht anprobiert; anders als den schneeweißen Jumpsuit, den sie damals vor einem Jahr schon eine Woche vorher testgetragen und von Grace über einen speziellen Service sogar hatte abändern lassen, damit er noch besser saß. Sie war ja so vorbereitet gewesen. So unglaublich gut vorbereitet.

Das schwarze Etuikleid schlackerte um ihre Hüften und stand unter den Armen ab. Es passte überhaupt nicht. Aber warum sollte das in irgendeiner Form relevant sein? Niemand würde sie heute für ihr gutes Aussehen beglückwünschen. Jeder würde sie hassen, allerdings aus anderen Gründen als für ihr schlecht sitzendes Kleid.

Ihre Haare stellten sich heute widerspenstig an, als wollten sie sich ebenfalls weigern, das Penthouse zu verlassen. Aber ihnen blieb keine Wahl. Selbst wenn Leyla es gewollt hätte: Wenn sie nicht kommen würde, kämen *sie* zu ihr. Sie ließ die krausen Wellen einfach herabhängen wie einen Vorhang, hinter dem sie sich verstecken konnte, und zog den Reißverschluss des Kleides bis zum Halsausschnitt hoch. Schlüpfte in die schwarzen Lackpumps. Griff nach irgendeiner schwarzen Baguette-Bag, die ihre Ankleide als Erstes ausspuckte. Vor ihrer Haustür blieb sie noch einmal stehen. Ihre Hände zitterten so sehr. Würde sie überhaupt in der Lage sein, die Klinke zu drücken?

»Ich schaff das nicht allein«, wisperte sie in die Stille der Wohnung.

Und, dem Himmel sei Dank, Noahs Stimme antwortete. Er klang heute weiter weg als sonst. Ein ganzes Jahr entfernt. Aber er war immer noch da.

»*Du schaffst das*«, widersprach er. »*Geh.*«

Nicht mehr als das. Einfach nur »Geh«, und das wars.

»*Vertrau mir*«, fügte seine Stimme nach einer Weile hinzu, jetzt aus noch weiterer Ferne.

Dann war es still. Leyla holte ein letztes Mal Luft, atmete gegen den reißenden Schmerz in ihrem Bauch an und drückte die Klinke.

Selbstverständlich würde er sie *nicht* allein gehen lassen. Was auch immer sie tun würde. Wo dachte sie denn hin?

Seit einer Stunde wartete sein Taxi nun schon vor ihrem Eingangsportal. Zweimal war der Concierge rausgekommen und hatte gefragt, ob er ihm behilflich sein könne, aber Kolja hatte dankend abgelehnt und war im Parkverbot stehen geblieben.

Um kurz nach neun trat sie aus der Eingangstür, von einem sackartigen Kleid verschluckt und mit einer kleinen Handtasche, an die sie sich klammerte wie an einen Rettungsring. Ihr Blick fiel im selben Moment auf sein Taxi, als die Glastüren aufglitten, und sie blieb wie angewurzelt stehen. Dann beschleunigte sie, rannte die letzten drei Schritte sogar und riss die Beifahrertür auf, als könnte sie so verhindern, dass ihn doch noch jemand entdeckte.

»Kolja«, japste sie, und ihre Stimme klang noch viel dünner, schwächer, als er sie sich vorgestellt hatte. Sie untermalte ihre Augenringe und ihre fahle Haut. »Was machst du hier?«

»Dreimal darfst du raten, Boss.«

»Auf keinen Fall.« Sie schüttelte den Kopf zum Nachdruck. »Das geht nicht. Wenn jemand ...«

»Wohin du auch willst. Niemanden macht das skeptisch«, widersprach Kolja und stieß die Beifahrertür weiter auf. Er hatte die halbe Nacht Zeit gehabt, darüber nachzudenken. »Du hast einfach ein Taxi genommen. Nach wohin auch immer. Und am Steuer saß nun mal dein Praktikant, der seinen wegen des Frühlingsfestes freien Tag nutzt, um etwas Extrageld zu verdienen. Am Montag im Büro kannst du ihn gern bezüglich seiner Nebenbeschäftigung zur Rede stellen. Aber heute ...«, er klopfte auf den Sitz neben sich, wie um seine Worte zu untermalen, »... ist nicht der richtige Tag zum Streiten. Ich weiß, das hier ist übergriffig. Ich weiß, du willst allein sein. Das hier ist eine Sache zwischen deiner Familie, Noah und dir. Es ist schwer genug. Ich gehöre hier nicht rein. Ich weiß das alles. Aber ich will mich auch überhaupt nicht dazwischendrängen, keine Sorge. Ich ...« Er kratzte sich im Nacken und ließ die Hand wie ergeben auf das Lenkrad fallen. »Ich kann lediglich den Gedanken nicht ertragen, dass du den Weg heute allein meistern musst. Dass irgendein Fremder dich zu einem der wichtigsten Tage deines Jahres kutschiert. Das hast du nicht verdient. Ich ... ich will einfach nur sichergehen, dass du gut ankommst.«

Wenn du wüsstest, wie mein Herz ausgesetzt hat, dachte er, als du auf dem Frühlingsfest erst nicht erschienen bist.

»Bitte, Leyla.«

Leyla

Die kleine Friedhofskapelle am Stadtrand versteckte sich zwischen Buchen und Platanen – Leyla erinnerte sich an jedes Detail. Diskret ergab sich das alte Gemäuer der an ihm hochrankenden Botanik, die die hellgelbe Fassade überwucherte, als wüsste sie, dass es den Menschen, die herkamen, nicht um sie ging. Im Gegenteil. Dass sie ihnen sogar Angst machte. Dass allein ihr Anblick Panik heraufbeschwören konnte. Panik davor, was einen in ihrem Inneren erwartete.

Endgültigkeit.

Kolja stoppte das Taxi an dem kleinen Kiesweg, der sich den Weg hoch zur Eingangspforte schlängelte. Leyla rührte sich nicht. Auch einige Atemzüge später starrte sie noch immer regungslos aus dem Beifahrerfenster auf das winzige Gotteshaus.

»Ich glaube, du musst hier raus«, murmelte Kolja. »Hey. Leyla.«

Vor der Kirche wuselte eine Handvoll schwarz gekleideter Gestalten herum. Zwei von ihnen hielten inne. Dann kamen sie strammen Schrittes auf das Auto zu. Leyla fuhr zusammen.

»Ich muss gehen«, keuchte sie, ohne sich einen Millimeter zu bewegen. Sie krallte die schwitzigen Finger um ihre Handtasche. »Ich muss gehen. Aber ich kann nicht.«

Jetzt langte Kolja zu ihr herüber und legte seine warme Hand über ihre. »Du schaffst das.«

»Nein, schaffe ich nicht. Tu ich nicht. Ich schaff das nicht!«

Ihr Kopf fuhr zu ihm herum, sein Blick wurde weich.

»Ich weiß, dass du das schaffst. Ich warte hier draußen auf dich. Okay?«

»Nein.« Sie schüttelte wild den Kopf. »Ich kann nicht. Die beiden, sie werden …«

Zitternd deutete sie auf die Personen, die den halben Weg hinter sich gebracht hatten. Eine hagere Frau mit spitzer Nase in einem

Kleid wie Leylas, die blonden Haare zu einem festen Knoten gebunden. Dicht gefolgt von einem Mann, der sich in gebückter Haltung hinter ihr herschleppte und sich auf einem Regenschirm abstützte.

Du vergisst übernächsten Freitag doch nicht. Oder?

Das war sie. Die Frau, deren emotionslose Nachrichten Leylas Herz jedes Mal erfrieren ließen. Deren Worte sie schon dazu brachten, sich für ihre Existenz zu schämen; aber deren Anblick allein in ihr den Wunsch auslöste, Noah auf der Stelle zu folgen, wohin auch immer er nach seinem Tod gegangen sein mochte.

»Ich kann nicht«, keuchte Leyla. »Die beiden, sie werden ...«

Sie hatte keine Ahnung, was sie tun würden, wenn sie sie zum ersten Mal seit fast einem Jahr wiedersahen. Was auch immer es war – sie würde es nicht aushalten.

»Sie werden ...«, wiederholte Leyla mit gepresster Stimme und zog ihren Arm aus Koljas warmem Griff. Für die beiden würde er zwar niemand anderes sein als ein anonymer Taxifahrer, der Leyla hergebracht hatte und sie vielleicht gerade tröstete. Aber für sie war er mehr. Unmöglich könnte sie es ertragen, Noahs Eltern gemeinsam mit einem Mann unter die Augen zu treten, den sie am Vorabend von Noahs Gedenkfeier mit einer Leidenschaft geküsst hatte, wie ihr Verlobter es seit Jahren nicht mehr getan hatte.

Die beiden waren fast am Taxi angekommen. Hastig nestelte Leyla sich noch aus seiner Berührung heraus und sortierte seine Hände auf seine Seite, als Mary Hemmingway aus stahlblauen Augen durch das Fenster ins Auto starrte. Man konnte ihre schneidende Stimme sogar durch die geschlossene Scheibe hören.

»Was machen *Sie* denn da?«, stieß Noahs Mutter hervor. An Kolja gewandt.

Kolja

Er ließ das Fenster herunter, beugte sich auf die andere Seite und schluckte. Er musste jetzt vorsichtig sein.

»Na ja. Ich bin Taxifahrer«, sagte er so unbescholten wie möglich. »Und ich habe offensichtlich einen Fahrgast hergefahren.«

Die Frau kniff die Augen zu Schlitzen. Sie war kalkweiß. Aber wenn er richtiglag, sollte ihr das als Noahs Mutter, die sie gewiss war, an einem solchen Tag verziehen sein. Abwechselnd sah sie zwischen Leyla und Kolja hin und her und immer wieder zu ihrem Mann.

»Das weiß ich«, schnappte sie. »Ich frage mich nur, warum Sie Ihre Finger dann nicht auf Ihrer Seite des Wagens lassen. Aber wenn ich recht überlege, wundert mich da gar nichts mehr, gar nichts.«

»Mary.« Der Mann strich über seinen grauen Schnurrbart und schüttelte den Kopf. »Bitte ...«

»Ich habs immer gesagt, Patrik«, zischte die Frau zwischen zusammengebissenen Zähnen. Ihr Finger wedelte zwischen Leyla und Kolja hin und her. »Es hatte seine Gründe, dass wir seit der Beerdigung kein Wort mehr von ihr gehört haben. Kein Wort! Ich habe immer geahnt, dass sie gleich darauf einen Neuen hatte. Oder auch schon während der Zeit mit meinem Noah. Wer weiß das schon.«

Der Mann vergrub sein Gesicht in den Händen. Kurz darauf blickte er zu Leyla.

»Es tut mir leid. Ich versuche weiterhin, sie vom Gegenteil zu überzeugen, aber ...« Er beendete seinen Satz nicht, doch Leyla schien ihn auch so zu verstehen, denn sie nickte.

»Vielleicht ist der Grund, dass sie keinen Kontakt mehr zu uns will, auch der, dass du ihr seit Noahs Tod nichts als Vorwürfe machst, Mary.« Er warf seiner Frau einen scharfen Blick zu, der Kolja nicht entging. »Vielleicht sind der Grund all deine Textnachrichten und Anrufe und Sprachmemos und E-Mails.«

»Und womit? Mit Recht!«, giftete die Frau zurück. Tränen strömten jetzt über ihre Wangen. »Aber steh du nur hinter ihr, hinter deiner lieben, unschuldigen Leyla. Du würdest sie ja sogar dann noch verteidigen, wenn sie dir offen ins Gesicht lacht, mit ihrem schmierigen neuen Macker gleich daneben. Sei du nur auf ihrer Seite! Auf der Seite einer … einer … einer Mörderin!«

Sie hatte es gesagt. Endlich.

Wie lange hatte Leyla darauf gewartet, dass jemand aussprach, was alle dachten? Was sie ihr seit einem Jahr vorhielten, ohne es ihr direkt vorzuhalten.

Mörderin.

»Mary-Anne!«, polterte Noahs Vater Patrik jetzt mit einer Entschlossenheit, die seine Frau einen Schritt zurückzucken ließ. Mehrere Sekunden vergingen, dann verschränkte sie die Arme vor der Brust.

»Es ist ihre Schuld«, insistierte sie, ohne Leyla eines Blickes zu würdigen. »Wenn sie damals nicht ihre verfluchte Arbeit über das Wohl des Kindes gestellt hätte – immer die Arbeit, die Arbeit! –, wenn sie auf den Arzt gehört hätte und alles etwas ruhiger angegangen wäre, dieser Workaholic, dann hättest du heute einen Enkel, Patrik. Und auch einen Sohn.«

»Hör auf, Mary. Nicht hier. Nicht heute.«

»Sie hat es nicht mal verdient, hier zu sein, aber wir lassen sie trotzdem. Und dann besitzt sie die Frechheit, an der Trauerfeier ihres eigenen Verlobten mit einem anderen Mann …«

»Schluss!«

Patrik fasste seine Frau sanft, aber bestimmt am Oberarm und führte sie den Kiesweg entlang zurück zur Kapelle. Über seine Schulter warf er Leyla einen flehenden Blick zu.

»Wir sehen uns drinnen, hoffe ich«, flüsterte er, ehe er seine Frau weiter voranschob. Mary-Anne Hemmingway. Noahs Mum.

Die Fensterscheibe vor Leylas Augen fuhr automatisch hoch. Sie blickte zu Kolja, der gerade den Finger vom Knopf nahm. Er starrte sie an. Leyla starrte zurück.

»Sie hat es gesehen. Uns.« Leylas Gesicht verzog sich zu einer traurigen Grimasse. »Was habe ich nur getan?«, wisperte sie und meinte damit alles. Noah. Das Baby. Kolja. Verdammt, sie hatte ihren eigenen Verlobten betrogen, in der Nacht vor dessen erstem Todestag. Und den Mann dieser Schande gerade den ahnungslosen, trauernden Eltern vorgesetzt. Nun spürte sie eine einzelne Träne ihre Wange runterlaufen.

Kolja fuhr sich durch die Haare und drehte sich im Sitz zu ihr um. »Okay, Leyla. Ich habe keine Ahnung, ob ich das da gerade alles richtig verstanden habe. Aber was ich gehört habe, darfst du dir auf keinen Fall zu Herzen nehmen. Noahs Mutter – das ist sie doch? – macht dich für den Tod deines Babys verantwortlich. Weil du zu viel gearbeitet hast? Was zur Hölle! Ich weiß nicht, was dahintersteckt. Aber ich bin sicher, Leyla, dass du deinem Baby niemals schaden ...«

Sie hob die Hand. In zwanzig Minuten würde die Gedenkfeier in der kleinen Kapelle stattfinden. Und sie würde den zwei wichtigsten Menschen ihres Lebens gegenübertreten müssen. Wenn auch nur auf ihren Porträts.

»Ich kann jetzt nicht darüber reden, Kolja.«

Nicht über den heutigen Tag vor einem Jahr, an dem sie ihr Baby und Noah auf einen Schlag verloren hatte. Aufgrund einer dummen, dummen Entscheidung. Und nicht über den Grund, weshalb Mary Hemmingway sie eine Mörderin nannte – und das, genau wie sie sagte, völlig zu Recht.

Über nichts davon wollte Leyla heute reden.

Kolja sank zurück. »Okay.«

Leyla blickte über den Kiesweg bis zu der durchs Dickicht scheinenden Kapelle.

»Ich kann da nicht reingehen.«

»Du kannst nicht nur. Du musst sogar. Um deines eigenen Friedens willen.« Er löste erst ihren Gurt, schnallte sich dann selbst ab und öffnete schwungvoll seine Tür. »Ich begleite dich.«

»Unmöglich.« Leyla folgte ihm mit den Augen einmal ums Auto, ehe er ihre Tür öffnete und ihr die Hand reichte. »Wenn du bei mir bleibst, wissen sie sicher, dass wir uns nicht nur aus dem Taxi kennen.«

Er nickte. »Stimmt. Sie dürfen mich nicht sehen. Aber ich lasse dich nicht allein. Ich bleibe so nah bei dir, wie es nur geht.«

Ehe sie Einwände erheben konnte, schnappte Kolja nach ihrer Hand und zog sie aus dem Wagen.

Noah Hemmingway war neunundzwanzig Jahre alt geworden. Elias Patrik Hemmingway war dreiundzwanzig plus zwei Wochen alt geworden und hatte das Licht der Welt nie erblickt.

Das Ultraschallbild eines ungeborenen Kindes stand in Gold gerahmt an ein größeres Schwarz-Weiß-Bild gelehnt. Ein junger Mann lachte der kleinen Trauergemeinde davon entgegen. Sein Strahlen nahm sogar vom Foto aus das Kirchengewölbe ein. Die Wangen wurden von Grübchen geziert und seine Augen von Falten, so herzlich freute er sich über etwas, das hinter der Kamera stattfinden musste.

Das war also Noah. Leylas große Liebe. Der Vater ihres nie geborenen Kindes. Er strotzte so voller Kraft und Lebensgeist, dass Kolja sich kaum vorstellen konnte, dass es etwas gab, das diesen Mann aus dem Leben gerissen hatte. Er verstand, was Leyla an ihm gefunden hatte. Halt. Lebensfreude. Zuversicht. Sorglosigkeit. Neben seinem Abbild fühlte Kolja sich klein. Wirkungslos. Bedeutungslos.

Von seinem Platz am Eingangsportal aus, versteckt hinter einer holzvertäfelten Säule, beobachtete er Leylas Hinterkopf. Sie saß in der vordersten Reihe, einen Platz neben Mr Hemmingway. Manchmal bebte ihr Oberkörper, beispielsweise immer dann, wenn die Orgel einsetzte oder als der Pastor zum ersten Mal ihre Namen nannte. Dann wieder saß sie ganz still, als wäre sie gemeinsam mit ihnen gestorben. Diese Momente waren es, die an Koljas Herz zerrten, als wollten sie es in der Mitte zerreißen. »Du schaffst das«, sandte er dann via Gedankenübertragung an Leyla. »Du bist stark.« Und einmal schienen sich ihre Schultern wirklich zu entspannen. Als hätte sie ihn gehört.

Nach ungefähr einer halben Stunde zog die Trauergemeinde aus der Kapelle, angeführt von Noahs Eltern und Leyla, der Patrik Hemmingway eine Hand tröstend ins Kreuz legte. Sie steuerten in Richtung des dahinterliegenden Friedhofs. Diesen Moment nutzte Kolja, um zum Taxi zu eilen, es aus dem Halteverbot zu fahren und in einer Seitenstraße zu parken. Dann eilte er zurück zum Kiesweg und postierte sich, die Hände hinter dem Rücken verschränkt, direkt daneben. Gut sichtbar, nicht versteckt. Wie ein engagierter Taxifahrer es tun würde, der von seinem Fahrgast schnell entdeckt werden wollte. Nicht wie ein heimlicher Liebhaber – was er schließlich auch nicht war. Es war ein Kuss gewesen. Gefolgt von ein paar weiteren. Nicht mehr. Kolja bereute, dass er aus Respekt vor Leyla die schwarze Jeans und den dünnen schwarzen Pullover angezogen hatte. Gewöhnliche Kleidung wäre unverdächtiger gewesen.

Eine weitere Dreiviertelstunde später kehrte die Trauergemeinde zurück. Leyla unterhielt sich leise mit ihrem Fastschwiegervater, während Noahs Mutter mit so viel Abstand wie möglich am Ende lief, flankiert von zwei Frauen ihres Alters, die sie links und rechts eingehakt hatten. Auch eine Frau wie Mary Hemmingway hatte gute Freundinnen verdient.

Leyla verabschiedete sich, und sogar aus der Entfernung konnte Kolja sehen, wie eine Last von ihr abfiel, als sie der Kapelle sowie dem Friedhof den Rücken kehrte und den Weg zu ihm entlanglief. In ihrem Arm trug sie etwas, das aussah wie ein kleines Päckchen. Oder vielleicht ein Buch? Er konnte es nicht genau erkennen.

Als sie näher kam, fiel ihr Blick auf Kolja. Er straffte die Schultern, versteifte sich. Scheiße. Was eigentlich, wenn sie ihn nach so einem

Morgen gar nicht sehen wollte? Was, wenn sie ein anderes Taxi nach Hause wollte? Dann hätte er sie jetzt in eine unangenehme Situation gebracht. Andererseits müsste sie dann auch nicht auf ihn zusteuern. Einen Wimpernschlag lang hielt sie inne. Zögerte sie? Seinetwegen?

Dann beschleunigte sie ihren Schritt.

Da stand er. Wie ein Fels, der der Brandung trotzte, aufrecht und stark, imposant, ohne dass er es beabsichtigte. Bereit, sie aufzufangen, sobald sie von der Klippe stürzte.

Mit einem Mal konnte Leyla es gar nicht erwarten, von der Kapelle wegzukommen, von den Hemmingways und deren Lästerschwestern von Freundinnen, die sie gemustert hatten wie Hyänen, während Noahs Mutter in einem unbeobachteten Moment mal wieder auf sie eingeredet hatte.

Weg hier. Weg. Zeit, es hinter sich zu lassen. Sie presste das goldgerahmte Foto von Elias an die Brust und zügelte sich, nicht zu rennen.

»Hallo«, stieß sie atemlos hervor, als sie vor Kolja zum Stehen kam.

Er löste die Hände hinter dem Rücken und streckte sie ihr leicht entgegen. »Hey.«

»Könntest du …? Also, könntest du mich heimfahren?«

Kolja nickte und bedeutete ihr, in welche Richtung sie zum Taxi vorgehen sollte. Als die Autotüren hinter ihnen ins Schloss gefallen waren, atmete Leyla auf. Kolja hielt einen Moment inne, ehe er sich anschnallte.

»Ich habs geschafft«, flüsterte Leyla und strich sacht über Elias' Foto auf ihrem Schoß.

»Ja. Das hast du.« Kolja sah zu ihr herüber. Gut gemacht, sagte sein warmer Blick. Die Hand auf seinem Oberschenkel zuckte in ihre

Richtung. Leyla verstand genau, was sein Impuls andeutete, sie sehnte sich ebenfalls nach einer Berührung. Aber sie hatte gleichzeitig keine Ahnung, wie sie sie ertragen sollte.

Sie lächelte entschuldigend. »Lass uns erst mal fahren.«

Kolja steuerte aus der Seitenstraße und bog auf die Schnellstraße ins Zentrum von Auckland. Mit jedem Meter, den sie hinter sich ließen, füllte sich das Taxi mit frischer Luft, die durch die offenen Fenster in Leylas Lungen strömte.

»Sie hat es sogar während der Gedenkfeier getan.« Sie seufzte, als sie endlich wieder atmen konnte, und drückte Elias schützend an ihre Brust. »Mich beschimpft. Behauptet, wir beide hätten eine Affäre. Seit einem Jahr schon.«

»Sie hat kein Recht dazu, dich so zu behandeln. Vor allem nicht, dich als Mörderin zu bezeichnen. Sie kann sich ihren Sohn zurückwünschen, ja. Aber sie kann dich deswegen nicht terrorisieren.« Kolja schlug die Faust mittig auf das Lenkrad, sodass Leyla kurz zusammenzuckte.

»Es ist okay«, behauptete sie und fügte etwas leiser hinzu: »Sie hat schließlich nicht unrecht.«

Koljas Profil verfinsterte sich.

»Leyla. Du musst mir etwas versprechen.«

Du musst mir versprechen, dass du dich nicht länger für ihren Tod verantwortlich machst. Egal, was Noahs Eltern behaupten. Ich mag zwar nicht die ganze Geschichte kennen, aber niemand ist davon gestorben, dass du so viel arbeitest. Erst recht nicht Noah. Jedenfalls nicht so, wie ich ihn von seinem Foto her einschätze. Er hätte sich doch niemals von deiner Arbeit unterkriegen lassen. Oder?«

Als Leyla nichts entgegnete, blickte Kolja zu ihr hinüber, mehrfach kurz, solange das Autofahren es ihm erlaubte, ohne einen Unfall zu bauen.

Keine Antwort.

»Ich habe nachgedacht«, sagte Leyla irgendwann, ohne seinem Versprechen einzuwilligen. »Während der Trauerfeier. Und auf dem Weg zum Grab.«

»Schieß los.«

»Ich ...« Leyla stockte.

Wieder linste er zu ihr hinüber, sie knetete ihre Finger im Schoß.

»Ich mag dich, Kolja.«

»Das sagtest du gestern schon.«

»Ja. Aber seit der Gedenkfeier weiß ich, was ich mit dieser Erkenntnis anfangen will.«

Mit einem Mal begann sein Herz zu rasen.

»Das mit uns fühlt sich falsch an.«

Fuck.

»Dass ich mich von einem Mann, den ich küsse, zur Trauerfeier des Mannes fahren lasse, den ich liebe, war ein Fehler. Eindeutig. Gestern im *Grand Green* habe ich versucht, mein Leben aufzuräumen und endlich die Dämonen zu besiegen, die meinen Alltag zum Versteckspiel gemacht haben. Mit uns, habe ich das Gefühl, füttere ich gleich wieder neue heran.«

Kolja klammerte sich an das Lenkrad. Sie mied seinen Blick, sprach einfach weiter, ehe er etwas entgegnen konnte.

»Das Problem ist: Dir an dieser Stelle zu sagen, dass das aufhören muss, wäre verrückt. Zu glauben, es würde gelingen, dass wir fortan nüchterne Arbeitsgespräche führen, im Flur mit einem höflichen Lächeln aneinander vorbeigehen – nahezu lächerlich. Wir habens versucht, wir sind gescheitert. Ich kanns nicht. Ich schaffs einfach nicht. Zumindest nicht aus Überzeugung.«

Du schaffst alles, wollte Kolja am liebsten entgegnen, doch das wiederum misslang ihm.

»Ich mag dich, Kolja. Sehr. Aber es wäre vermessen, auch nur zu glauben, ich könnte Noah ersetzen. Er ist der Mann meines Lebens, und er wird es für immer bleiben. Er wohnt in meinem Kopf, in meinem Herzen, begleitet jeden meiner Schritte. Wo auch immer er ist. Nichts wird sich jemals zwischen uns stellen. Und niemand.«

Endlich traute sie sich, ihm vorsichtig in die Augen zu schauen. Sein Hals schnürte sich zu beim Anblick ihres traurigen Blicks und der Tränen, die auf ihren Wimpern glitzerten.

»Es ist okay«, flüsterte Kolja. Er beschleunigte, weil er vor lauter Konzentration in ein Schneckentempo zurückgefallen war.

»Wir müssen das hier nicht mehr werden lassen, als es ist.« Jede Faser seines Herzens schmerzte. »Das ... kommt mir ganz gelegen.«

Leyla zog die Brauen hoch und schniefte. »Ist das so?«

»Ja.« Kolja nickte. Sein rumorender Magen strafte ihn Lügen. »Ich habe auch nachgedacht.«

Ihr fragender Blick bedeutete ihm weiterzusprechen.

»Du musst wissen, dass ich die Sache mit Beziehungen etwas anders handhabe als andere Menschen.«

Vor seinem geistigen Auge sah er Daisy warnend die Augenbrauen heben. »*Wag es nicht, Kolja*«, hörte er sie in seinen Gedanken flüstern.

»Hast du schon mal von Solo-Polyamorie gehört?«

»*Du Idiot!*« Die Daisy in seinem Kopf warf die Hände in die Luft.

»Gehört«, entgegnete Leyla zögerlich. »Aber ich habe kein fundiertes Wissen dazu.«

»Es ist eine bindungsbezogene Orientierung, die eine Alternative zum monogam-normativen Leben darstellt. Ein Dating-Style. Aber auch eine Lebensweise.«

»*Warum tust du das?*« Wieder Daisy in seinem Kopf, inzwischen lief sie nervöse Kreise in den Wohnzimmerteppich. »*Kannst du ihr nicht einfach so sagen, dass du sie trotz allem behalten willst? Ohne irgendeinen falschen Vorwand?*«

»Manche Menschen haben das Gefühl, dass sie in der Monogamie einen Teil ihrer selbst verlieren. Solo-polyamoröse Menschen führen eine oder auch mehrere bedeutsame Beziehungen. Es geht nicht nur um sexuelle Bindungen, sondern auch um liebevolle, menschliche. Da sind durchaus tiefe Gefühle involviert. Aber Solo-Poly-Leute verweben ihre Leben meist nicht so stark mit einem einzelnen Partner, wie man das in einer monogamen Beziehung tut: zusammenziehen, gemeinsame Urlaube, Heirat, Eigenheim, vielleicht Kinder, all so was.

Sie verständigen sich eher nicht auf Exklusivität, sondern auf stetige offene Kommunikation über die aktuellen Bedürfnisse, was Nähe, Beziehungsintensität und andere Partner angeht. Es geht darum, zwar Beziehungen einzugehen, aber die eigene Unabhängigkeit und Eigenständigkeit auf eine Art zu bewahren, bei der man weniger Kompromisse eingehen muss, als es vielleicht in einer monogamen Beziehung der Fall ist. Man selbst ist sich der wichtigste Partner, sozusagen.«

»*Wenigstens das stimmt.*« Daisy schnaubte.

Die steile Falte zwischen Leylas Brauen bekundete Zweifel, aber ihre Augen waren gleichzeitig weit geöffnet. »Dann lebst du also solo-polyamorös? Heißt ... du hast mehrere Partnerinnen? Oder auch Partner?«

Daisy in seinem Kopf lief fleckig vor Ärger an. »*Lüg. Jetzt. Nicht. Kolja.*«

»So was in der Art.«

»*Idiot!*«

»Ich meine ... Nein. Da sind keine anderen. Aber ob ich solo-polyamorös leben will – ich weiß es noch nicht genau.«

»*Besser.*«

»Was ich weiß, ist, dass ich momentan keine festen Bindungen eingehen kann.«

»*Was du meinst, ist, dass du vor ihr nicht zu deinen Geheimnissen stehen willst. Und dass du ein Idiot bist.*«

Kolja fuhr fort: »Du willst dich gerade auch nicht binden, wenn ich dich richtig verstehe?«

Leyla nickte.

»Aber«, sagte er und senkte die Stimme, »du *fühlst* Dinge. Und willst sie nicht unterdrücken.«

Leyla hielt einen Augenblick inne und nickte dann wieder. Er reckte ihr seine geöffnete Handfläche hin. Als sie sie zögerlich ergriff, sagte er leise: »Vielleicht passt das dann doch ganz gut.«

Daisy verdrehte die Augen.

»Wir sind einfach wir. Nehmen alles so, wie es kommt. Wie es sich richtig anfühlt. Ohne Versprechungen. Ohne Verpflichtungen.«

Ohne Verletzungen, setzte er gedanklich hinzu. Und ohne zu tief blicken zu lassen.

Leyla antwortete erst nicht, während sie mit der rechten Hand gedankenverloren Muster auf Elias' Bilderrahmen zeichnete. Dann setzte sie vorsichtig an: »Weißt du, es kommt mir vor, als würden wir uns mit der Solo-Polyamorie-Sache einen Stempel aufdrücken. Ein Label, das es uns erlaubt, Dinge zu tun, gegen die wir uns sträuben. Weil wir Angst haben. Was mir unfair vorkommt gegenüber den Menschen, die wirklich so leben. Ich bin es nämlich nicht, Kolja: solo-polyamorös. Ich liebe noch immer meinen verstorbenen Verlobten. Nur ihn allein. Und ich werde es immer tun.«

»*Hab ich's dir doch gesagt*«, feixte Daisy.

»Was wäre, wenn wir es ohne Label versuchen?«, schlug Kolja vor, das Herz hämmerte ihm in der Brust.

»Heißt?«

»Nichts Festes. Nichts Lockeres. Nichts Exklusives. Nichts Offenes. Einfach nur das, was zu uns und unseren verqueren Leben passt.«

»Und das wäre?«

Kolja bremste den Wagen vor Leylas Penthouse.

»Das Richtige. Dass ich dich jetzt hoch in deine Wohnung begleite, zum Beispiel. Weil ich bei dir sein will – wenn du es willst.«

Leyla sog scharf die Luft ein. Begehren blitzte in ihren Augen auf, als sie sich zu ihm umwandte, aber gleichzeitig auch etwas, das wie Reue aussah. Oder Gewissensbisse.

»Das geht nicht«, sagte sie mit rauer Stimme, und sein Herz erlitt einen Riss. »Ich glaube, ich muss heute ein wenig allein sein.« Und nach einigen Bedenksekunden fügte sie hinzu: »Nur heute.«

Kolja strich ein letztes Mal über ihre Hand, führte sie zu seinem Mund, drückte einen Kuss auf das mysteriöse 14/14-Tattoo und legte sie ihr in den Schoß.

»Alles klar, Boss.« Ja, es tat weh. »Was auch immer sich richtig anfühlt. Wir sehen uns Montag.«

Sie baute eine Barriere. Sie würden die Mauer zwischen ihnen nicht zum Einsturz bringen. Aber irgendwo war das auch okay, in Anbetracht der Umstände. Er konnte ihr sein schlimmstes Geheimnis, das ihn seit seinem ersten Agenturtag verfolgte wie ein giftiger Schatten, schließlich auch nicht anvertrauen.

Leyla

An Samstagen waren die Hallen der *Storyhacker Agency* gähnend leer. Einen Tag nach der Trauerfeier hallten Leylas Schritte im großen Foyer von dem Onyx-Jade-Schieferboden wider, den sie noch immer liebte. Lediglich ein Sicherheitsbeamter bewachte die Schleusen, durch die sie in Windeseile trat, um in den Fahrstuhl zu steigen. In der Spiegelung der Scheibe blickte ihr ein matt-blasses Gesicht entgegen. Der zweite Tag in Folge ungeschminkt. Eine Premiere. Sie hielt ihre Karte an das Lesegerät.

Oben angelangt, musste sie sich bemühen, nicht zu rennen. Sie stürzte durch die Schiebetüren auf das *Glass Office* zu. Durch die angelehnte Flügeltür zu Albas Vorzimmer konnte sie eine Gestalt an ihrem Schreibtisch sitzen sehen. Genau wie Grace, ihre KI, es ihr zu Hause prophezeit hatte. Sie riss die Stahltür auf.

»Gott sei Dank bist du da!«

»Ah. Meine Sonne, mein Stern, Hüterin der guten Ideen und all meines Geldes. Wie geht es dir?«

Gee nahm die Lesebrille von der Nase, sah von seinem Laptop auf und lächelte.

Leyla ließ sich auf das Kunstledersofa fallen.

»Ganz ehrlich? Am Rande eines Nervenzusammenbruchs.«

Ihr Partner klappte den Laptop zu, stand mit knackenden Knien vom Schreibtisch auf und setzte sich ihr gegenüber auf seinen Stammplatz in der Sofaecke.

»Das kann ich mir vorstellen«, sagte er und schüttete ihnen beiden ein Wasser aus dem Krug ein, den Alba auf dem kleinen Kaffeetisch über die Woche stets gefüllt hielt. »Ich habe schon geahnt, dass ich dich heute hier treffen würde. Wie hast du den gestrigen Tag überstanden?«

»Gut. Schlecht. Beides. Aber ich komme zurecht. Also komme ich eigentlich nicht. Aber ich möchte gerade trotzdem nicht darüber reden.«

»Sondern?«

»Ich hab den Praktikanten geküsst.«

Stille.

Gee strich sich mit einer Hand über das grau-braun gestoppelte Kinn, machte jedoch keinen überraschten Eindruck.

»Einmal? So ganz aus Versehen?«, hakte er schließlich nach.

»Mehrfach. Oft. Absichtlich.«

»Und wie wars?«

»Gee! Such dir gefälligst eine Frau und verbring die Wochenenden mit ihr anstatt mit deiner Arbeit, wenn du so scharf auf Kuss-Content bist.«

»Wie wars?«

»Ähm. Großartig? Fantastisch. Ziemlich gut eigentlich. Also. Er weiß, was er tut. Wolltest du das hören?«

Gee machte eine unbestimmte Kopfbewegung, schürzte die Lippen und legte die Fingerspitzen aneinander.

»Ich fange mal mit dem Offensichtlichen an. Du kannst dir eine Affäre mit dem Praktikanten in deiner Position nicht leisten.«

»Richtig.«

»Aber es ist trotzdem passiert.«

»Richtig. Beziehungsweise: nein. Es ist keine Affäre. Es waren nur Küsse.«

»Können wir damit wieder aufhören, mit dem Küssen?«

Stille, nun ihrerseits.

»Also nein, dachte ich mir schon.« Gee nickte. Dann gluckste er. »Leyla-Baby, ich dachte schon, deine Weste würde auf ewig blütenweiß bleiben. Ich war kurz davor zu glauben, du wärst ein gut getarnter humanoider Roboter.«

Leyla stöhnte, ließ den Kopf auf die Rücklehne fallen und vergrub das Gesicht in den Händen.

»Spaß beiseite. Wenn man erst mal etwas älter wird, stellt man fest, dass nichts so heiß gegessen wird, wie es gekocht wird. Dennoch sind deine Strapazen gerade enorm: Dein gestriger Tag muss dich Unmengen an Kraft gekostet haben. Kraft, die du eigentlich brauchst, um in den nächsten Tagen mit deiner, ich nenne es mal, Enthüllung in der Agentur umzugehen. Garantiert wirst du darauf angesprochen werden, und für jedes einzelne Gespräch benötigst du Ressourcen. Vor allem, falls dein Plädoyer für mehr Offenheit mit privaten Umständen nicht gut aufgenommen werden sollte.«

»Hast du dahin gehend schon erste Rückmeldungen?«

»Keine negativen. Auf dem Frühlingsfest habe ich ausschließlich Mitgefühl von den Storyhackern empfangen und den Wunsch, deine Marschrichtung zu unterstützen. Was aber nicht heißt, dass das so bleibt.«

»Ich weiß.«

»Und dann kommt nebenbei hinzu, dass du dein Herz in die Löwenarena geworfen hast. Glückwunsch! Lass mich das ganz sachlich betrachten: Wenn wir die Sache nicht stoppen können, können wir sie vertagen?«

»Du meinst, diese ... also, diese Verwirrungen und Verirrungen kurzfristig zu ignorieren, bis ich dafür wieder Kapazitäten habe?«

»Exakt.«

»Du fragst, ob ich diese Anziehung und die Gefühle auf später verschieben kann.«

»Schon gut, verstanden. Können wir nicht. Wenn das so ist, lautet meine Empfehlung: Kündige ihm.«

Leyla setzte sich auf dem Sofa auf. »Bitte was?«

»Kolja Barker muss die Agentur verlassen. Ein Verhältnis zwischen ihm und dir ist eine schwerwiegende Compliance-Verletzung, die dich aufgrund der Interessenkonflikte und des Machtmissverhältnisses das Vertrauen der Mitarbeitenden kosten wird.«

»Moment, stopp.« Leyla setzte beide Füße auf den Boden und stützte sich mit den Unterarmen auf den Knien ab, während sie die Hände aneinanderlegte. »Willst du gerade einen Machtmissbrauch zwischen Kolja und mir andeuten?«

»Das ist nicht meine Meinung. Aber es könnte dir so ausgelegt werden, ja.«

»Wenn Kolja Barker nun aus persönlichen Gründen von mir befördert würde, ich sein Gehalt unverhältnismäßig erhöhen oder eine heimliche Zahlung aus Firmengeldern an ihn veranlassen würde – ja.

Da stimme ich dir zu. Wenn jedoch einvernehmliche Entwicklungen zwischen uns pauschal als Machtmissbrauch eingestuft werden, entmündigt das dann nicht denjenigen, der in der beruflichen Rangordnung unter mir steht?«

»Schon, aber ...«

»Und suggeriert nicht die Annahme, ich würde Macht über Kolja Barker ausüben, dass er außerstande ist, selbstbestimmt über Beziehungen zu entscheiden?«

»Ist er dazu denn imstande?«

»Zur Hölle, ja!«, rief Leyla und warf sich frustriert in die Polster. »Ihm diese Fähigkeit abzusprechen, grenzt an Diskriminierung, getarnt als Opferschutz.«

»Das hast du in deinen Podcast-Interviews über Machtmissbrauch am Arbeitsplatz noch anders gesehen. Vergiss nicht, es geht hier auch um unsere firmeninternen Regelungen, die für alle gelten.«

»Stimmt. Ich habe im Podcast zu viel Fokus auf den ausnutzenden Machthabenden gesetzt, ohne die Entscheidungsfreiheit des Untergebenen zu berücksichtigen.«

»Und das ist hier auch ein wirklich inspirierendes Gespräch, Leyla. Ich bin froh, dass du siehst, dass manchmal Dinge geschehen, die auf dem Papier nicht richtig sind, in der höchst individuellen Privatsphäre zweier Menschen aber schon. Das Problem ist nur: Worüber wir gerade sprechen, ist keine Theorie oder eine kleine Romanze am Arbeitsplatz. Sondern das Schicksal eines fast fünfhundertköpfigen Unternehmens, das weltweit mediale Aufmerksamkeit genießt.«

»Ich weiß.«

»Andere Frage: Können wir ausschließen, dass Kolja Barker dir einen Strick aus der Sache drehen will?«

Langsam spürte Leyla Wut in sich aufsteigen, obwohl sie wusste, dass Gee es nur gut meinte.

»Kolja versucht nicht, mich auszubeuten. Er will weder mir noch der Agentur Schaden zufügen.«

»Es gibt ein paar Ungereimtheiten. Die Sache mit dem Barker-Pitch, der rein zufällig parallel in unser Postfach flattert. Ist das nicht merkwürdig? Wie sicher weißt du, dass Kolja Barker zu einhundert Prozent authentisch ist?«

Gar nicht. Sosehr sie auch wollte, sie wusste es genau genommen gar nicht.

»Der Pitch hat andere Gründe. Barker senior will sich gute Publicity von uns erkaufen, damit wir die Familie nach Koljas miesem Start nicht schlecht dastehen lassen.«

»Und das sagst du mir jetzt?«

»Es bestand vorher keine Notwendigkeit. Ich habe die Sache im Griff.«

»Mit Verlaub, ich vertraue dir bei all deinen Entscheidungen, Leyla. Aber in dieser Sache wünsche ich mir, dass du mich als deinen Geschäftspartner eng miteinbeziehst, da deine persönlichen Interessen deine geschäftlichen überwiegen.«

Verdammt. Und sie hatte noch nicht mal ein vernünftiges Gegenargument.

»Ich beziehe dich mit ein.«

»Gut. Wann präsentieren wir?«

»In knapp zwei Wochen. Charlie und das Team sind dran.«

Sie musste ihm ja nicht genau jetzt auf die Nase binden, dass vor allem Kolja an dem Projekt arbeitete – falscher Moment.

»In Ordnung. Nimm mich gerne mit in den Termin. Und Kolja? Was machst du jetzt mit ihm?«

An der Glasfront klebte ein kleiner Fleck, den Leyla fixierte.

»Ich werde ihm nicht kündigen.«

»Wieso nicht? Ihr beide wärt frei. Unbelastet. Als Barker ist er auf das Geld nicht angewiesen. Oder du bezahlst ihm das Monatsgehalt aus dem Münzfach deines Portemonnaies.« Er kicherte.

»Es geht nicht ums Geld. Sondern darum, dass Kolja die Chance hier bei uns verdient. Er ist gut darin. Er braucht das hier.«

»Pass auf, Leyla.« Gee lief rüber zum Schreibtisch, holte aus seinem Aktenkoffer ein Tablet und setzte sich neben sie. Dann öffnete er das Zeichenprogramm und malte drei Kreise nebeneinander.

»Es ist im Grunde genommen ganz einfach. Wir haben drei Dinge zur Auswahl. Erstens das Wohl der Agentur. Zweitens Kolja Barker behält seine Chance. Drittens euch beide, als Romanze. Oder wie auch immer du es nennen magst. Du darfst zwei auswählen – zulasten des dritten. Such dir was aus.«

Leyla starrte auf die Kreise mit ihren Optionen. Scheiße. Alles war wichtig. Sie wollte alle drei.

»Alles geht nicht«, unterstrich Gee, als hätte er ihre Gedanken gehört. »Nur zwei.«

Sie überlegte. Dann schnappte sie sich den digitalen Stift und ordnete die Kreise so an, dass sie einander überschnitten. Mit dem Stift tippte sie auf das kleine entstandene Dreieck in der Mitte.

»Ich nehme das.«

»Wie du siehst, schließt die Schnittfläche aber nur von allem ein bisschen ein. Nichts so ganz. Man kann nicht immer alles haben.«

»Nein. Aber manchmal schon.«

Abrupt stand sie auf und zupfte ihre Culotte von den schwitzigen Oberschenkeln, bis sie wieder luftig fiel.

»Überschätz dich nicht«, knurrte Gee und erhob sich ebenfalls. Er stand ihr gegenüber, einen ganzen Kopf größer, doppelt so breit. Mit grimmigem Ausdruck sah er auf sie herab. »Die Agentur bedeutet mir alles, Leyla. Du bedeutest mir alles. Aber ich werde nicht mit ansehen, wie das eine das andere zerstört.«

Wir können uns ...

Er starrte auf die Worte auf seinem Display. Sie waren schwer zu lesen. Hier oben auf den Klippen von Auckland schien die Sonne unerbittlich, sie wurde reflektiert von seinem Handyscreen und blendete ihn. Außerdem tanzten die Buchstaben vor seinen Augen, seit Kolja gelesen hatte, dass die Nachricht von ihr gekommen war.

... nicht mehr in der Agentur treffen.

Wir können uns nicht mehr in der Agentur treffen, schrieb Leyla, an einem Samstag. Lautete so ihre Antwort auf seinen Vorschlag, nichts Festes, nichts Lockeres, nichts Exklusives, nichts Offenes miteinander einzugehen? Dass sie sich gar nicht mehr sehen konnten? Warum zur Hölle sprach Leyla in Rätseln? Wenn eine was von der Bedeutsamkeit klarer Kommunikation verstand, dann doch wohl sie.

Er verstaute die uralte Spiegelreflex, die er sich von Daisy geliehen hatte, in seiner Tasche und schloss die SD-Karte über einen Adapter an sein Handy an. Die Aufnahmen von heute waren gut. Im Nachmittagslicht hatte er die Klippen bislang noch nicht eingefangen. Hatte es in letzter Zeit nie geschafft, wegen der Arbeit.

> Wir können uns nicht mehr in der Agentur treffen.

Vielleicht hatte er sie aber auch unterschätzt. Und sie hatte glasklar mit ihm kommuniziert.

Sie hatte Grace' melodisches *Ping* so lange nicht mitten am Tag gehört, dass sie jetzt zusammenfuhr. Der Laptop, an dem sie gerade ein paar Mails abarbeitete, rutschte von ihrem Schoß und landete auf der weißen Couch.

»Leyla? Eugen ruft an. Möchtest du abnehmen?«

Augenblicklich zog sich ihr Magen zusammen. Dass ihr Concierge sämtliche Paketlieferungen einfach in ihrem Flur abstellte, hatten sie schon vor Jahren abgesprochen. Andernfalls wäre er kaum mit etwas anderem beschäftigt. Er kontaktierte sie ausschließlich, wenn jemand persönlich für sie im Foyer stand.

»Ja, bitte.«

Es knackte in der Leitung.

»Einen wunderschönen guten Tag, Leyla«, grüßte Eugens freundliche Stimme. »Verzeihen Sie bitte die Störung. Ich darf Besuch für Sie anmelden. Mr Kolja Barker wartet derzeit im Foyer und bittet um Zugang zu Ihrer Privatetage. Er lässt ausrichten, dass Sie sich beide hier ausdrücklich *nicht* in der Agentur befinden. Darf ich ihm den Fahrstuhl freigeben?«

Scheiße. Scheiße. Scheiße.

Was für ein verdammter Fuchs. Ja, sie hatte in ihrer Nachricht, die sie Kolja heute nach ihrem Gespräch mit Gee geschickt hatte, eine Andeutung eingebaut, dass sie sich nicht in der Agentur sehen konnten. Wohl aber außerhalb. Aber doch nicht jetzt. Und auf keinen Fall, auf *gar* keinen Fall hier!

»Leyla?«

Sie konnte ihm absagen. Behaupten, sie wäre nicht da, wofür übrigens auch ihr ungeduschter Körper und der Haarbommel auf ihrem Kopf sprachen – nicht aber das Flattern in ihrem Bauch. Was für ein unmissverständlicher Verräter! Verdammt, sie wollte ihn doch auch sehen. Sie könnte vorschlagen, selbst runterzugehen, aber dann wären sie beide Eugens Blicken ausgesetzt und denen neugieriger Nachbarn. Kolja konnte nicht reinkommen, natürlich nicht. Aber der Flur. Der schalldichte lang gezogene Schlauch zwischen ihrer Wohnungstür und dem Fahrstuhl …

Scheiße. Seine Knie zitterten. Er war bei Leyla. In ihrem Haus. Er würde sie gleich persönlich sehen. Also vielleicht. Wenn er denn durfte. Der Concierge hinter dem Tresen, den ein kleines Messingschild am Revers als Eugen auswies, hielt sich noch immer den Hörer ans Ohr und musterte ihn, als würde er ihn sich richtig gut einprägen. Dann endlich stellte er den Hörer zurück in die Station. Inspizierte Kolja noch einmal von den Fußspitzen bis zum Scheitel.

»Sie dürfen«, hauchte der Concierge dann mit geweiteten Augen, als könnte er es selbst kaum glauben. »Bitte.« Er deutete auf die Fahrstuhltüren, die sich wie von Geisterhand öffneten. »Nicht wundern. Ich darf Ihren Fahrstuhl erst in sechzig Sekunden hochschicken und soll so tun, als gäbe es hier ein technisches Problem. Also, Mr Barker. Ich bitte um Verzeihung. Ich habe hier gerade ein technisches Problem. Geht gleich los. Und vermasseln Sie es nicht, Mr Barker.«

Schnell, Haare kämmen. Gott sei Dank waren sie noch von gestern halbwegs frisch gewaschen. Flott ein frisches Oberteil ohne Apfelsaftflecken und ein winziges, wirklich nur ein winziges bisschen Rouge.

Leyla stürzte zur Tür, schlüpfte durch einen Spalt in den Flur und steckte den Schlüssel von außen ins Schloss, damit sie sich nicht versehentlich aussperrte. Dann zog sie die Wohnungstür hinter sich zu, lehnte sie sich an die Flurwand und wartete, während ihr das Herz in den Ohren hämmerte.

Scheiße, sie trafen sich. Privat. Sie trafen sich gerade heimlich. Von wegen nur ein paar Küsse, das hier *war* eine Affäre, oder? Wie sollte sie ihn überhaupt begrüßen? Was wollten sie tun, einen netten Kaffeekranz abhalten? Musste sie den Kaffee dafür nach draußen in den Flur bringen? Denn, sie blieb dabei, rein konnte er unter gar keinen Umständen.

Der Fahrstuhl pingte.

O Gott.

Die Türen öffneten sich. Einen Herzschlag lang brannte ihr Magen vor Schmerz, weil es bis jetzt Noah gewesen war, der nach Hause kam, immer nur Noah. Sie hatte Eugen damals gebeten, ihr über Grace ein Zeichen zu senden, sobald er das Foyer betrat, sodass sie an der Wohnungstür auf ihn warten und ihn begrüßen konnte. Immer nur Noah. Jetzt war es Kolja. Und sosehr es schmerzte, so sehr leuchtete ihr Inneres auf, als er, den schwarzen Rucksack einseitig geschultert, aus dem Fahrstuhl trat und sich umblickte, ehe er entdeckte, dass es hier nur einen einzigen Eingang gab. Vor dem sie stand, Leyla, die zittrigen Hände hinter dem Rücken versteckt.

Abrupt blieb er stehen, als wüsste er mit einem Mal auch nicht so recht, was er hier machte. Da waren sie schon zu zweit. Sie sah zu ihm auf. Er fuhr sich verlegen mit der Hand durch das Haar, wobei sein T-Shirt-Ärmel hoch an seine Schulter rutschte und einen adrigen Bizeps freilegte.

Holy Shit. Leyla schluckte.

»Hey.« Kolja grinste und schlenderte lässig auf sie zu.

Nicht rennen. Nicht rennen, befahl Kolja seinen zuckenden Beinen, während er betont langsam auf Leyla zuging, anstatt sich auf sie zu stürzen. Sie sah umwerfend aus in diesen Leggins, die ihr tief auf den Hüften saßen, und dem bauchfreien T-Shirt, über das ihre obsidianfarbenen Wellen fielen. Sie war ungeschminkt, und bei Gott, ihr Gesicht in all seiner Natürlichkeit war mit Abstand das hübscheste, das er je gesehen hatte.

Er blieb vor ihr stehen. Sie rührte sich nicht, starrte ihn nur aus großen, erwartungsvollen Augen an. Also trat er einen Schritt näher. Hatte sie den Atem angehalten? Noch einen, bis er sie leise nach Luft schnappen hörte. Kolja unterdrückte ein Lächeln und tat einen letzten Schritt, dank dem sie sich nun fest an die Wand neben der Tür drücken musste, um ihn nicht zu berühren.

Er stützte den freien Arm, mit dem er nicht den Rucksack geschultert hatte, neben ihrem Kopf an die Wand. Dann senkte er die Stirn an ihre.

»Richtiger Book-Boyfriend-Move, weißt du das eigentlich?« Leyla keuchte an seinem Kinn mit geschlossenen Augen – und ihren heißen Hauch zu spüren, ließ ihn endgültig durchdrehen.

Fast gleichzeitig pressten sich ihre Lippen so verzweifelt aufeinander, als küssten sie einander in einer Hetzjagd. Fast gleichzeitig entschieden sie, dass es keinen Grund gab, länger zu warten, um einander mit den Zungen zu umschlingen. Fast gleichzeitig umfasste er ihre Taille und drückte sie an sich, während sie ihn am T-Shirt gegen ihre Brust zerrte. Beim letzten Mal waren ihre Hände zögerlich und forschend über ihn geflattert, jetzt krallte sie sich in seine Muskeln und Sehnen, selbst ein Orkan hätte sie nicht mehr von ihm wegtreiben können.

O ja. Genau so.

Kolja löste die Hand, mit der er sich abgestützt hatte, legte sie an ihren Hinterkopf und ließ ihre beiden Körper nach hinten fallen, sodass sie gegen die Wand knallten. Ihr Kopf wurde von seinem Handrücken geschützt. Von hier aus küsste er sich weiter, weiter, weiter. Über ihr Kinn und ihre Kieferlinie in die warme, pulsierende Kuhle unter ihrem Ohr. Leyla neigte den Kopf zur Seite und seufzte. Ihr Haar fiel vor sein Gesicht wie ein Vorhang und hüllte ihn in eine Sphäre aus purem Leyla-Duft. Scheiße, er raubte ihm den Verstand, ließ ihn an nichts anderes denken als an mehr davon, *mehr*. Er wollte noch so viel mehr.

Mit den Lippen an ihrem Hals angelangt, ließ Kolja die Hand von ihrer Taille zu ihrem nackten Bauch wandern. Er verweilte dort, spürte, wie ihre Muskeln in einem kurzen Widerstand hart wurden und gleich darauf wieder weich. Er strich über ihre warme Haut, erforschte ihre spitzen Hüftknochen und die Vertiefungen, die von dort aus nach unten führten und im Bund ihrer Leggins verschwanden. Als Reaktion auf die Berührungen drängte ihr Unterleib nach vorn und presste sich gegen seinen. Kurz wurde Kolja schwindelig vor Lust. Der unerwartete Druck in seiner Lendengegend entzog dem Raum seine Luft. Es war ein Fehler von ihm gewesen, eine weiche Stoffjogginghose anzuziehen. Dadurch fühlte er jede Berührung so viel intensiver. Und die Hose verbarg nicht im Geringsten, was Leyla mit ihm anstellte.

Kolja atmete scharf ein, und jetzt war sie es, die sich seine Lippen zurückerkämpfte. Mit ihren Fingern fuhr sie alle sensiblen Stellen seines Nackens gleichzeitig entlang, während sie mit ihrer Zunge immer wieder über seine Unterlippe leckte. Ihn neckte. Fuck, er wünschte, sie würde das an noch anderen Stellen tun … Als hätte sie seine Gedanken erraten, griff sie nach den Kordeln an seiner Jogger und zog ihn noch näher an sich, zog seine Erektion direkt an den Bund ihrer Leggins.

»Oah, scheiße«, entfuhr es Kolja, und er verdrehte kurz die Augen, als sie sich sanft an ihn drückte. Mit ihren Hüften malte sie winzige Kreise auf ihm. Sie waren einander so nah. So scheiße nah. Nur zwei Bahnen Stoff zwischen ihnen. Leyla keuchte im gleichen Moment auf, als Kolja noch ein Level härter wurde, als hätte sie seine Lust ebenfalls gespürt.

»Weiter?«, stöhnte Kolja, was nicht besonders geistreich war, aber das Einzige, was gerade seinen Kopf beherrschte. Er wollte weitergehen mit ihr, wollte viel mehr von ihr fühlen, sehen, schmecken.

Einen Augenblick hielt Leyla inne, dann schmolz sie wieder in ihre Umklammerung und nickte, die Lippen noch immer an seinen. Ihr Daumen fuhr wie beiläufig unter seinen Hosenbund, das Gummi seiner Boxershorts. Sie strich die empfindliche Hautlinie kurz vor seinem Intimbereich entlang und verschwand genauso schnell wieder, wie sie gekommen war. Aber verdammt, er wusste genau, dass das keine Absicht gewesen war.

Kolja ging in die Knie, legte einen Arm um ihre Oberschenkel und hob sie mit einem Ruck hoch. Sie japste überrascht auf. Er presste ihren Rücken gegen die Flurwand und schlang ihre Schenkel um seine Hüften. Sie war zwischen der Wand und ihm eingeklemmt. Und sie saß, um Himmels willen, sie saß mit gespreizten Beinen auf genau der Höhe, wo seine Erektion nach oben ragte und sich mit der Spitze in den weichen Bereich zwischen ihren Schenkeln bohrte.

»Ich wusste nicht, dass *weiter* so ... viel ist.« Leyla stöhnte, ihre Augen glitzerten vor Aufregung und Vorfreude, ein Spiegel seiner selbst. Kolja ließ sie auf seinem Arm ein Stück tiefer sinken. Der Stoff zwischen ihnen spannte. Leyla schloss die Augen, riss sie aber im nächsten Moment wieder auf, als sie ein Geräusch hörte.

Klick.

Der leise Sound des Türschlosses, als Kolja den Schlüssel drehte, um Leyla in die Wohnung zu tragen.

»Halt«, japste diese plötzlich und zappelte so wild auf seinem Arm, dass Kolja Mühe hatte, sie unfallfrei auf dem Boden abzusetzen.

»Was ist denn jetzt los?«, murmelte er irritiert, da drückte Leyla sich so kraftvoll von ihm ab und stürzte sich auf den Türgriff, dass Kolja das Gleichgewicht verlor. Er versuchte noch, sich an der Wand abzustützen. Griff aber ins Leere, da er den Beginn des Türrahmens übersehen hatte. Unkontrolliert wankte er nach vorn, mit seinem ganzen Körpergewicht gegen das Türblatt, das aufgrund des umgedrehten Schlüssels nicht mehr im Schloss eingerastet war. Wie in Zeitlupe schwenkte die Tür nach innen und Kolja mit ihr.

»Nein«, hauchte Leyla noch, aber es war zu spät.

Kolja stolperte bereits an ihr vorbei in die Wohnung. Suchte Halt mit den Händen, bis er ihn am Türgriff fand. Aber da war er schon mitten in ihrem Flur angelangt, Leyla gleich hinter ihm. Und vor ihm entblößt lag ihr Leben in Trümmern. Ihr Leben des letzten Jahres; genauso aus den Angeln gehoben und in tausend Teile zersprungen wie ihr Herz. Die leibgewordene Dunkelheit, die sie Nacht für Nacht, Tag für Tag unter sich erdrückte.

Er stand in einem marmornen Eingangsbereich. Zumindest vermutete Kolja, dass es das war. Er sah sich um. Links, rechts. Die Sekunden verstrichen.

Was sich vor ihm erstreckte, war wie bei einem Umzug. Nur schlimmer.

Das weitläufige Foyer, das normalerweise Gäste in einem licht-durchfluteten Loft mit einer herrlichen Aussicht über die Klippen willkommen hieß, verkümmerte unter Bergen von Kisten. Tüten, wohin er nur blickte. Wäschekörbe voll Kleidung. Lose Kleidung, einfach über die Kisten gelegt. Plastikboxen und Pappkartons. Eimer. Säcke. Amazon-Pakete.

Dinge.

Dort vorne stapelte sich ein brandneues Porzellan-Set, daneben eine silberne Gießkanne. Bücherstapel, Lackierer-Werkzeug, eine Topfpflanze. Auf den marmornen Küchenblöcken türmten sich Konserven, Nudelkartons, noch mehr Konserven, Gurkengläser, Schattenmorellen, Oliven. Was sich ihm hier bot, war die Selektion eines Feinkostladens. Nur unter einem aus der Wand ragenden Wasserhahn war eine kleine Stelle freigeräumt, auf der ein Glas auf seinen Einsatz wartete.

Auf dem blütenweißen Sofa sammelte sich, bis auf die Stelle, auf der Leylas Laptop stand, Deko. Windlichter und Kerzen – große und kleine –, Bilderrahmen, originalverpackte Gardinen, Rattankörbe. Würden die Fensterfronten nicht vom Parkett bis zur Decke reichen, wäre es dunkel im Wohnbereich, so viele Kunstwerke und Drucke, gerahmte und ungerahmte, waren an die Scheiben gelehnt. Sie warteten darauf, in Szene gesetzt zu werden, doch kein einziges Bild würde jemals wirken, in diesem Meer von Chaos. Es war zu viel. Viel zu viel. Wie wollte man hier noch *atmen*?

Eine Ecke voller Vasen. Ein Haufen eingerollter Teppiche, manche noch eingeschweißt. Lampenschirme. Wolldecken. Nagellacke. Make-up-Kisten. Und immer wieder Kleidung. Kleidung, Kleidung, so weit das Auge reichte.

Kolja war einmal in dem einzigen Supermarkt auf einer winzigen thailändischen Insel gewesen. Die Regale dort waren nicht voller gestopft gewesen als Leylas gigantisches Penthouse. Damals hatte er das lustig gefunden. Heute spürte er, wie der Anblick der Massen als Gewicht auf seine Brust drückte, das ihm nach und nach die Luft aus den Lungen presste, bis er atemlos zurückblieb.

Hinter verschlossenen Türen fand statt, was eine Familie im tiefsten Kern ausmachte. Hinter verschlossenen Türen spielte es sich ab, wenn eine Familie zerbrach. Und hinter verschlossenen Türen übernahm die Zerstörung, wenn es keine Familie mehr gab.

Leylas Herz raste nicht. Es schlug nur jeden zweiten Beat. So, als würde ihr Herz und alles um sie herum in Zeitlupe ablaufen. Kolja, wie er sich immer wieder um sich selbst drehte und dabei tiefer in das Penthouse vordrang, das zur Wohnhölle verkommen war. Nichts als ein Lager wertloser Gegenstände, die die Leere in Leylas Innerem hatten füllen sollen. Für einen kurzen Moment des Hochs, wenn sie auf *Bestellen* klickte. Doch sobald die Pakete vor ihrer Haustür standen oder im Büro ankamen, war das Glücksgefühl immer verflogen, längst ersetzt von einer eiskalten Schlinge, die ihr die Eingeweide abschnürte und bis in ihre Seele schnitt, mit jeder Lieferung neu.

Aber sie konnte nicht aufhören. Sie konnte nicht. Was sollte sie denn sonst tun, wenn die Gefühle wiederkamen? Sie musste sich doch ablenken. Wenn kein Pitch in der Nähe war, auf den sie sich konzentrieren konnte, brauchte sie doch eine Alternative.

»Leyla«, hauchte Kolja und drehte sich zu ihr um. Er war leichenblass. »Was ...?«

Ja, was war geschehen? Wie erklärte man jemandem, dass man über ein Jahr hinweg versucht hatte, die Trauer unter Gegenständen zu vergraben, in der Hoffnung, sie so zu ersticken? Wie erklärte man, dass man ein Ventil gebraucht hatte dafür, im Job über alles die Kontrolle zu behalten? Dass sich der Druck entladen hatte in etwas, das das Internet ihren Recherchen nach als *Kaufsucht* betitelte? Dass sie sich verabscheute für ihren Überkonsum, den Hass gegen sich selbst aber auf verzwickte Weise genoss – weil er war, was sie verdiente?

»Schätze, ich habe ein wenig die Kontrolle verloren«, wisperte Leyla, das Gesicht in den Händen vergraben, die Knie zittrig. Sie lugte durch ihre Finger.

Kolja nickte. »Schätze, wir müssen deine Wohnung tatsächlich mal aufräumen.«

Untertreibung des Jahrtausends.

»Wie gut, dass ich ein Meister in bestmöglicher Raumausnutzung bin.«

Dann stürzte er auf sie zu. Er schlang die Arme um sie. Und er drückte sie an sich. Fest. So fest, dass Leyla zum ersten Mal seit einem Jahr zu Hause nicht das Gefühl hatte, jeden Moment in Abermillionen Scherben zu zerspringen.

»Wir müssen das mit System angehen.«

Am Sonntag kam Kolja mit einem Rucksack voller bunter Page-Marker – kleinen Zettelchen, die wie Post-its an einer Seite von selbst klebten.

»Wir gehen damit durch alle Räume«, erklärte er und klebte Leyla den ersten pinken Schnipsel an den Arm. Auf ihren panischen Blick hin ergänzte er: »Zusammen. Wir gehen zusammen durch alle Räume. Und dann kleben wir diese Streifen an die Dinge, die wegkommen. Sie werden entweder gespendet, verkauft oder verschenkt. Für jedes eine Farbe. Ich habe eine Firma gefunden, die so etwas übernimmt. Alles, was wir tun müssen, ist, die zu entsorgenden Sachen zu markieren.«

Leyla biss sich auf die Unterlippe. »Lass uns lieber die Teile markieren, die wir behalten. Das sind weniger.« Fest entschlossen sah sie auf und straffte die Schultern. »Ich hänge an nichts davon.«

Kolja lächelte, warf ihr einen Stapel zu, und die Arbeit begann.

»Ernsthaft, Leyla?«, fragte Kolja gespielt vorwurfsvoll, als sie im Wohnzimmer einen Haufen von *allerhand Gebrauchsgegenständen*, wie Leyla sie nannte, durchsahen. Er hielt eine Tüte mit dreieckigen Plastikteilen hoch.

»Das sind Stoßdämpfer für Tischkanten«, erklärte sie nüchtern und versuchte, die Röte zu unterdrücken, die ihr ins Gesicht stieg und ihre Wangen färbte.

»Das sehe ich. Die sind für Zweijährige, Leyla. Bist du zwei?«

Kolja grinste so breit, dass auch Leylas Mundwinkel zuckten.

»Oh, das ist auch phänomenal!«, rief Kolja ein paar Stunden später und hielt eine Box mit zwei Einkerbungen in die Luft. »Ein To-go-Messerschleifer! Hervorragende Kapitalanlage. Sag, wie oft hast du schon unterwegs gedacht: Mensch, hätte ich jetzt mal einen portablen Messerschleifer zur Hand. Ist es sehr oft?«

Leyla kicherte. »Aber er hat zwei Stufen.«

»Mann. Episch. Man kann sogar seine *beiden* To-go-Messer damit schleifen! Ich bin kurz davor, der Welt zu sagen, diese Frau sollte ein Unternehmen führen – so clever, wie sie investiert.«

»Hör auf.« Sie boxte ihm gegen die Schulter.

»Womit? Etwa damit, mich selbst an diesem Minitischkicker hier abzuziehen? Das macht allerdings tatsächlich Spaß.«

»Du kannst ihn behalten.«

»Hast du in deinen wilden Momenten auch mal ein paar *Beoplay H95er* bestellt?«

»Ein paar was?«

»Ein paar nette Kopfhörer.«

»Vergiss es.«

»Meinst du, du könntest nur noch ein einziges klitzekleines Mal die Kontrolle verlieren? Ich schicke dir auch einen Link.«

Ein originalverpacktes Kissen landete an Koljas Kopf.

»Verstehe.«

Bis der Mond über dem Horizont aufging, schafften sie das Wohnzimmer und den Übergang zur offenen Küche. Manchmal beobachtete Kolja Leyla dabei, wie sie das Zimmer verließ, um sich an eine Wand zu lehnen und zu atmen. Dann ließ er ihr Raum. Und manchmal, wenn sie reglos auf dem Boden saß und die Wand anstarrte, irgendein Ding ohne Sinn und Bedeutung in der Hand, setzte er sich so dicht neben sie, dass sich ihre Oberarme berührten, und starrte mit ihr zusammen.

Als der Mond hoch oben am Himmel stand, rappelte Kolja sich hoch. »Ich glaube, es wird Zeit«, murmelte er, weil er merkte, dass Leyla zwischendurch die Augen zufielen.

Auf einen Schlag war sie hellwach. Sie sprang hoch auf die Füße.

»Kommst du morgen wieder?«, fragte sie erstickt. Und auch ein wenig angsterfüllt.

»Ich kann morgen nicht.« Ein winziges bisschen genoss Kolja die Enttäuschung in ihrem Blick, ehe er hinzufügte: »Morgen ist Montag. Ich muss arbeiten. Praktikum. Muss einen Pitch rocken und eine Fashion-Show mitplanen. Mein Boss feuert mich sonst.«

Leyla lächelte schwach und flüsterte: »Ich meine ... danach.«
»Selbstverständlich. Was dachtest du denn?«

In den nächsten Tagen konnte sie sich in der Agentur kaum konzentrieren. Immer wenn ihr Finger über der nächsten App oder einem x-beliebigen Onlineshop schwebte, schloss sie den Tab und öffnete stattdessen Koljas Chat. War es unfair, ihn als Ersatzventil zu missbrauchen? Vielleicht. Fühlte es sich so richtig an wie das Amen in der Kirche? O ja. Ja. So was von. Es gab nichts Besseres, als in einem schwachen Moment seiner beruhigend tiefen Stimme in der neuesten Sprachnachricht zu lauschen – egal, was er sagte.

Meist machte Leyla pünktlich Feierabend. Ihre Mitarbeitenden fassten ihren Sinneswandel als eine Auswirkung ihrer Neuorientierung auf, sich stärker auf ihr mentales und emotionales Wohlergehen zu konzentrieren. Sie hatte so wundervolle Aufmerksamkeiten erhalten. Blumensträuße, privat von ihren Teams organisiert, Postkarten und Briefe, in denen manche ihr von persönlichen Geschichten erzählten, die sie zu Tränen rührten – mehr noch, als sie las, wie befreiend es sich für jene Kolleginnen und Kollegen anfühlte, damit nicht länger hinterm Berg zu halten.

Wenn Kolja länger blieb als sie, dann weil er Sam bei den Vorbereitungen der Fair-Fashion-Show unterstützte oder mit Charlie am Barker-Pitch arbeitete. Die Präsentation rückte immer näher, nächste Woche Donnerstag würde es so weit sein. Wenn Kolja dafür bis in den späten Abend hinein arbeitete, wartete Leyla mit ihrem Laptop im Foyer bei Eugen, bis Kolja durch die Schiebetür trat. Ins Penthouse ohne ihn zu gehen, fühlte sich immer noch an wie ein Kraftakt der Unmöglichkeit. Aber mit ihm kam es ihr leicht vor. Federleicht.

Es war Freitag, als Kolja und ihr nur noch ein einziger Raum bevorstand. Der, in dem sie schlief. Leyla wurde schwindelig bei dem Gedanken an das letzte Mal, als Kolja und sie auf einem Bett gesessen hatten. Im *Grand Green*. Seit sie das Penthouse entrümpelten, hatten sie einander nicht mehr geküsst. Wann immer das Chaos drohte sie zu überrollen, war Kolja zwar an ihrer Seite, und schon leichte Berührungen seiner Haut vollbrachten es, den Knoten, der ihr die Luft abschnürte, zu lösen. Er hielt sie im Arm, wenn sie zitterte, und er wischte die Tränen weg, die ihr manchmal wie aus dem Nichts über die Wangen liefen. Er war immer da. Zum Abschied küsste er sie auf die Stirn. Aber für mehr war in letzter Zeit kein Raum gewesen. Nur noch ein Zimmer mit Page-Markern zu versehen. Irgendwie fühlte es sich an, als könnte es heute anders sein.

Leyla drehte den Schlüssel im Schloss und betrat, Kolja im Rücken wie einen schützenden Schatten, ihre Wohnung.

»Wohin heute?«, fragte Kolja voller Tatendrang, obwohl er eigentlich müde sein müsste von einem Tag Pressepakete packen für Redaktionen und Medienhäuser.

»Mein Schlafzimmer.«

Leyla deutete auf eine Tür. Kolja steckte einen Kopf hindurch und runzelte die Stirn. Sie sah ihn an. Sein Blick fiel auf das Neunzig-Zentimeter-Bett.

»Versteh mich nicht falsch, Leyla. Aber ich fresse einen Besen, wenn die Architekten diesen Raum hier als Schlafzimmer angedacht haben. Der ist kleiner als deine Abstellkammer!«

»Es sieht nur so aus wegen des vielen Ramschs. Eigentlich ist es ein Gästezimmer.«

»Okay.« Die Falten auf seiner Stirn wurden tiefer. »Und wieso schläfst du nicht einfach im richtigen Schlafzimmer? Ich hab da eine Tür gesehen, hinter der wir noch nicht waren.« In Windeseile wandte er sich um und steuerte ans andere Ende der Wohnung. »Der Raum dort vorne müsste nach hinten raus auf die Klippen zeigen. Und wenn er größer ist als die kleine Streichholzschachtel von Zimmer dort ...«

»Halt!«

Leyla sauste an Kolja vorbei und stellte sich vor die weiße Tür, die er im Begriff war zu öffnen.

»Dieses Zimmer können wir nicht betreten, es ist tabu.«

Koljas Gesichtszüge wurden weich. »Hey. Das hatten wir doch schon mal. Erinnere dich, wie ich beim letzten Mal reagiert habe, als du nicht wolltest, dass ich all das hier sehe. Es ist okay. Selbst wenn uns dahinter noch mal so viel Unordnung erwartet wie in der gesamten restlichen Wohnung.«

Leyla schüttelte den Kopf. »Kein Chaos. Es ist ordentlich.«

»Oh. In Ordnung? Dann ...« Kolja zuckte mit den Schultern und streckte die Hand aus.

»Nein. Der Master Bedroom ist keine Option.«

Sie presste die Lippen zusammen, ihre Augen funkelten.

»Aber warum denn nicht?«

»Das ist meine Sache, Kolja. Nimms mir nicht übel.«

»Na ja. Schon. Ein bisschen zumindest. Wir räumen hier jetzt seit einer Woche gemeinsam rum, ich dachte, du würdest mir vertrauen, während du mich durch all deine privaten Sachen wuseln lässt – und dann versperrst du ein Zimmer vor mir?«

»Dann ist es also nicht in Ordnung, wenn ich mir für ein einziges Zimmer in meiner eigenen Wohnung etwas Privatsphäre wünsche? Hab ich die an dich verkauft, im Austausch gegen deine Unterstützung?«

Kolja trat einen Schritt zurück, als hätte sie ihn geschlagen. Seine Brust krampfte sich eiskalt zusammen, er fuhr sich mit der Hand durch die Haare.

»Das ist unfair, Leyla. Du bekommst so viel Privatsphäre, wie du willst. Mich beschleicht nur das Gefühl, dass du hinter dieser Tür noch ein paar Dämonen, wie du immer sagst, beherbergst. Ich will doch nur, dass du endlich frei bist.«

»Ich bin frei, wenn das Chaos weg ist. Und ich sage dir, hinter dieser Tür herrscht kein Chaos. Also müssen wir auch nicht reingehen. Ich bin dankbar für deine Hilfe, Kolja, natürlich. Ohne dich hätte ich das nie geschafft. Aber wenn die Bedingung dafür ist, dass du auch in dieses Zimmer sehen darfst, dann ... dann mache ich den Rest ab hier lieber alleine.«

Er erstarrte. Einen Moment lang stand die Zeit zwischen ihnen still. Kolja räusperte sich. Okay. Kurswechsel.

»Auf keinen Fall«, antwortete er nachdrücklich, bemüht um eine versöhnliche Tonlage. Das hier war überhaupt nicht die Richtung, die er für diese Unterhaltung vorgesehen hatte. Wo er ihr doch eine besondere Frage stellen wollte. »Ich dachte nur ... Der Raum da vorne könnte eventuell zu klein sein ... für zwei.« Er deutete auf das Gästezimmer. »Heute ist Freitag. Morgen muss ich nicht arbeiten. Der Räumungstrupp kommt ganz früh. Und ehe ich heute Nacht nach Hause fahre, nur um morgen Vormittag wieder herzukommen, dachte ich ...«

Er deutete auf seinen Rucksack, den er noch immer über einer Schulter trug.

Einen Wimpernschlag brauchte Leyla, um zu verstehen, was er andeutete. Dann lächelte sie erleichtert.

»Wir würden uns etwas quetschen müssen, zu zweit darin. Aber es gäbe ja auch noch das Sofa, wenn dir das lieber wä...«

»Nein!«, rief Kolja eine Spur zu schnell. Und eine Spur zu laut. »Ich meine: nein. Das ist schon okay. Ich bin ja schließlich auch dein Gast. Und damit im Gästezimmer perfekt aufgehoben. Wenn du möchtest und es zu eng wird oder so, kannst du ja jederzeit rübergehen – in den Master Bedroom, meine ich.«

Leyla nickte. »Das passt schon. Du bist mir ein sehr willkommener Gast.«

Sein Adamsapfel hüpfte, als er schluckte.

»Möchtest du, dass wir die letzten Dinge im Gästezimmer heute bekleben? Oder wollen wir das vielleicht auch einfach morgen machen, während der Räumungstrupp die ersten Kisten aus den Zimmern trägt?«

»Das wäre maximal effizient, nicht wahr? Was anderes können wir morgen eh nicht tun, während sie ausräumen.«

Er nickte. »Dann könnten wir die Zeit heute Abend nutzen, um ...«

»Pizza zu bestellen«, schlug Leyla vor.

»Ja. Pizza. Und Netflix. Hast du *Liebes Kind* schon gesehen, diese deutsche Serie?«

Sie schüttelte den Kopf. »Pizza und Netflix?«

»Netflix and Chill.« Er nickte erneut. Seine Stimme nahm einen rauen Tonfall an. »Zum Glück habe ich gegenüber vom Gästebett einen Fernseher gesehen. Die Couch ist so unfassbar vollgestellt. Haben wir wohl übersehen.«

»Ja. So voll. Kein Millimeter frei. Wir müssen ins Bett gehen.«

Ein Schwall Schwerelosigkeit fuhr Kolja durch die Adern, vom Scheitel bis in seine Zehenspitzen.

»Jetzt vielleicht schon.«

»Ja.«

Kolja griff nach ihrer Hand, zog sie von der Tür zum Master Bedroom weg und hinter sich her. Am Gästezimmer angelangt, ließ er den Rucksack von seiner Schulter gleiten und bedeutete ihr vorzugehen. Er warf seine Tasche in eine Ecke zu dem anderen Gerümpel und beugte sich über Leyla, die sich auf der Bettkante niederließ.

Sie hatte Noah mit siebzehn kennengelernt. Deshalb war sie seit fast dreizehn Jahren von niemand anderem berührt worden als von ihm.

Es fiel ihr ein, als Koljas Fingerspitzen über die nackte Haut am Bund ihres Slips tanzten, die Welt von der Daunendecke ausgesperrt, um sie herum nur Dunkelheit und die Wärme ihrer erhitzten Körper. Instinktiv zuckte Leyla unter seiner Berührung zusammen. Er nahm die Hand weg.

»Soll ich aufhören?«, murmelte er, und sie bewunderte ihn im Stillen für seine Umsicht, dass er die Frage so herum gestellt hatte, anstatt zu fragen, ob er weitermachen solle. Weil ein Ja oft leichter war als ein Nein.

Sie schüttelte den Kopf.

»Nein. Mach weiter.«

Quälend langsam kehrten seine Finger zurück. Leyla stieß Luft aus, während er sich unter ihren Slip schob, weiter herunter. Weiter, zwischen ihre Beine. Verdammt, es waren nur Finger. Wie konnten sie sich so anders anfühlen als alles, was sie je erlebt hatte?

Noah hatte immer genau gewusst, was er zu tun hatte. Und deshalb hatte er das auch getan. Nur das. Kolja hingegen erkundete sie. So aufregend. Obwohl sie unter der Decke nur seine Umrisse sah, hörte sie es an seinem Atem und spürte an seinen Bewegungen, dass er jede Reaktion wahrnahm, selbst die winzigste Veränderung in ihrem Rhythmus. Er scheute sich nicht etwa, sie zu fragen, was ihr gefiel. Er verstand sie auch ohne Worte.

Ihre Hitze staute sich unter den Daunen. Sanft forschend gelangten seine Fingerspitzen am Zentrum ihrer Nervenbahnen an. Als er stoppte, stockte Leylas Atem mit ihm. Sein Mund streifte ihre Stirn, während er den anderen Arm ausstreckte, um enger bei ihr zu liegen. Seine Lenden pressten sich jetzt hart an ihre Hüften, verrieten ihr, dass ihm das alles keinen Deut weniger gefiel als ihr. Mit den Fingerkuppen an ihren Venuslippen übte er Druck aus, erst sanft, dann mehr, als würde er bei jeder Intensität ihre Reaktion erspüren wollen. Dann begann er, langsame Kreise um sie zu ziehen, ohne den Finger wirklich zu bewegen. Er tat so wenig. Und doch pulsierte sie schon jetzt unter ihm, fühlte dieses unabwendbare Verlangen, sich ihm entgegenzubäumen.

»Weiter«, murmelte sie – aber Kolja zog seine Hände vorsichtig weg. Zurück blieb nur sehnsüchtiges Verlangen.

»Eins nach dem anderen«, flüsterte er und lächelte an ihren Lippen, als sie empört schnaufte. »Kein Grund, irgendwas zu überstürzen. Wir haben alle Zeit der Welt.«

Kolja

Die Morgensonne tauchte den Meeting-Raum der neunzehnten Etage in einen goldenen Schein. Koljas Blick haftete an Alba, die das Smartphone vom Ohr nahm. Sie drückte das Gespräch weg und nickte in die Runde.

»Sie sind da.«

Adrenalin fuhr Kolja durch die Adern, es ließ seinen Magen flattern und seine Eingeweide rumoren.

»Du schaffst das«, raunte Leyla ihm zu, die neben ihm an dem runden Meeting-Tisch saß und sich nun gleichzeitig mit ihm erhob.

Sie sah bombastisch aus in diesem bauchfreien pinken Zweiteiler, einer Mischung aus edlem Kostüm und glamourösem Bühnenoutfit; und mit dem Lippenstift, dessen Knallrot sich mit dem Pink biss. Ein Wagnis, das nur Leyla tragen konnte. Eine Branchenkollegin von ihr namens Tijen hatte ihn gelauncht, als Zeichen, dass Lippenstift in Businessmeetings nicht das Gehirn schrumpfen ließ, hatte Leyla ihm heute Morgen vorm Badezimmerspiegel erklärt. Kampfmontur. Blitzschnell zuckte ihr prüfender Blick jetzt an Kolja auf und ab, dann nickte sie in Richtung seines Halses.

»Kragen.«

Er richtete den Kragen seines gestärkten hellblauen Hemdes und rückte den Bund der Anzughose zurecht, die er sich von Dylan geliehen hatte. Ein bisschen eng, aber passte schon.

»Fünf Minuten, schätzt Blake, dann sind sie oben«, informierte Alba.

Leyla und Gee ihm gegenüber blieben stumm, in vorbereitender Konzentration auf den Termin, der ihnen bevorstand. Gees Stirnfalten waren tiefer als sonst, registrierte Kolja. Charlie prüfte ein letztes Mal die Technik. »Alles bestens.«

»Gut«, sagte Leyla und faltete die Hände vor dem Bauch. »Leute, auch wenn das heute anders ausgehen sollte, als wir es erwarten – ihr habt hervorragende Arbeit geleistet. Ich bin sehr stolz auf eure Team-Leistung. Danke für die Mühe, die ihr in den letzten Wochen in das Projekt gesteckt habt. Auf unseren letzten Pitch für lange Zeit!«

Sie erhob ihr Wasserglas zum Toast, und die anderen tranken lächelnd einen Schluck mit ihr mit.

Kaum hatten sie die Gläser wieder abgestellt, klopfte es an der Tür. Sie schwang auf, und Dylan rauschte in den Meeting-Saal mit einem angewiderten *Was sind das nur für Leute?*-Ausdruck im Gesicht, woraufhin er den ihm nachfolgenden fünf Herren im Anzug mit einem bittersüßen Lächeln den Weg in den Raum wies. Ganz am Ende folgte eine junge Frau in einem Nadelstreifenkostüm, die sich an einen Laptop klammerte und hektisch den Raum sondierte, als müsste sie ihre Feinde ausspähen.

Kolja rutschte das Herz in die Hose. Bella Sinclair. Er hatte sie noch nie persönlich getroffen. Zu wissen, dass sie in all den Nächten, in denen Ernst Barker nicht nach Hause kam, das Bett mit ihm teilte, hatte Kolja immer gereicht.

Die Anzugtypen schwärmten aus, als würden sie einen Stützpunkt einnehmen. Einer sah sich, den Kopf in den Nacken gelegt, im Saal um. Ein anderer klopfte leicht gegen die Wandverkleidung, als müsste er den Raum erst auf grundlegende Statikprobleme überprüfen. Der dritte im Bunde rüttelte leicht an einer Stuhllehne, als würde er die Qualität der Einrichtung testen. Wieder ein anderer stützte sich mit beiden Händen auf die Tischplatte, um sein Revier zu markieren. Dylan hatte recht. Was waren das nur für Leute? Kolja schüttelte kaum merklich den Kopf und schaffte es so gerade noch, die Augen nicht zu verdrehen.

Aus dem Pulk schälte sich eine fünfte Gestalt, und Kolja brachte alle Willenskraft auf, keinen Schritt zurückzutreten. Leyla schien es zu spüren, denn ihre Hand neben ihm zuckte, als wollte sie ihn ebenfalls davon abhalten.

»Ah!«, stieß Ernst Barker kraftvoll aus und öffnete die Arme wie ein Zirkusdirektor, der seine Manege einnahm, während er nach vorne trat. Er überragte seine Begleiter um einen halben Kopf, war dafür jedoch nur halb so breit. Seit Kolja ihn das letzte Mal persönlich getroffen hatte, waren seine Hände sehniger geworden, und seine Wangen hingen noch lebloser als sonst an seinem teigigen Gesicht herab. Lediglich seine silbernen Haare lagen in stählernen Wellen, perfekt wie eh und je.

»Mr Rankin. Ms Ahmadi. Welche Freude, Sie persönlich kennenzulernen.« Er trat auf sie zu und schüttelte Hände, ohne die anderen Kollegen im Raum eines Blickes zu würdigen oder seine eigene Begleitung vorzustellen. Kolja beobachtete, wie Charlie die Lippen zusammenkniff. Sein eigener Mund war so trocken, würde er gleich auch nur ein einziges Wort hervorpressen können?

»Danke, dass Sie hergefunden haben, Mr Barker«, entgegnete Leyla und wandte sich zu ihrem Team um. »Ich darf Ihnen Alba Hernandez vorstellen, meine persönliche Assistentin und Managerin. Charlie Devengue, unsere Chief Creative Officer. Und, last but not least, unseren Projektleiter. Ich denke, eine Bekanntmachung ist an dieser Stelle nicht nötig.«

Barker ließ seinen Blick desinteressiert über die Storyhacker im Raum gleiten – bis er an Kolja hängen blieb. Einen Wimpernschlag lang fiel ihm alles aus dem Gesicht, während er seinen Sohn von oben bis unten musterte. Wie er ihm aufrecht gegenüberstand. Ihn überragte, in dem engen Hemd, das seine ausgeprägten Schultern betonte, und der Bundfaltenhose, die Hände hinter dem Rücken verschränkt. Es war nur eine winzige Sekunde lang, aus der Kolja alle Kraft schöpfte, die er für die nächste halbe Stunde benötigte. Die ihn beflügelte, einen Energiestoß durch seine Adern jagte.

»Ah«, sagte Barker noch einmal, jedoch weitaus weniger energisch. Für die anderen im Raum blieb sie unsichtbar, aber Kolja sah die Wut in seinen Augen aufblitzen.

»Kolja. Habe ich mir doch gedacht, dass du am Meeting teilnehmen wirst.« Lüge. Sie war seinem Vater ins Gesicht gemeißelt. »Und? Hast du der *Storyhacker Agency* ein paar Wettbewerbsvorteile einräumen können, indem du ihnen ein paar Geheimnisse über das Familienunternehmen verraten hast? Na, ich glaube kaum. Viel hast du davon ja nicht mitbekommen.« Er lachte, und Bella und seine Gefährten stimmten ein.

Kolja musste etwas sagen. So war es abgesprochen. Aber mit jedem

Wort, jeder Silbe von Barker schnürte sich ihm die Kehle fester zu. Sein Vater war wie ein Dementor, dessen Schatten ihn einhüllten, das Licht aus ihm saugten und ihn als leere Hülle zurückließen.

Leyla neben ihm rührte sich. Als hätte sie ihn telepathisch an etwas erinnert, fielen ihm ihre Worte aus dem Taxi wieder ein. *Du hast die Stärke, deine eigenen Dämonen zu bekämpfen – und meine gleich mit.* Er spürte Charlie hinter sich, die ihren Blick in seinen Rücken bohrte, damit sie Barker nicht versehentlich an die Gurgel sprang. *Mach schon Kolja, zeigs ihm!* Alba, die ihm gerade sicherlich wie ein Mantra die Einstiegszeilen gedanklich soufflierte. Dylan, der neben ihm nervös mit dem Fuß tippelte. *Warum steht dir die Hose eigentlich so viel besser als mir?* Und Leyla, die jederzeit für ihn in die Bresche springen würde, wenn er sie brauchte. *Du bist nicht allein. Ich verspreche es dir.* All ihre Worte ballten sich in ihm zusammen wie ein Kraftbündel, das ihn nun nährte.

»Gentlemen, Mylady«, stieg Kolja endlich mit ruhiger Stimme ein, ohne auf die Worte seines Vaters einzugehen. Er postierte sich neben dem Präsentationsscreen und umfasste seine Finger auf Höhe des Bauchnabels, wie Leyla es immer tat. »Ich darf Sie heute im Namen der *Storyhacker Agency* begrüßen. Bitte, nehmen Sie Platz. Alba wird Sie mit Wasser oder Tee versorgen, während wir beginnen.«

»Sind Wasser und Tee nicht Praktikantenaufgaben?«, flüsterte sein Vater für alle hörbar, und Bella kicherte.

»Wir bei den Storyhackern verteilen Aufgaben nicht nach Hierarchieebene«, erklärte Kolja ungerührt, obwohl ihn die Worte getroffen hatten wie Messerstiche in die Bauchhöhle. »Wir arbeiten als Team zusammen, in dem jedem die Aufgabe zukommt, die ihm liegt und die für die Sache am meisten Sinn ergibt. Damit wir gemeinsam das Beste für alle erreichen können. Wie in einer Familie.« Kolja sah aus den Augenwinkeln, wie sein Vater die Zähne zusammenbiss. »Mit Ihrem Einverständnis, meine Herrschaften, würde ich dann gern loslegen.«

»Nur für mein Verständnis«, warf Barker noch mal ein. »Sehe ich das richtig, dass mein Etat von zwölf Millionen Dollar in dieser Agentur von einem Praktikanten verteidigt wird?«

»Vollkommen richtig.«

»Die Rolle des Projektleiters obliegt also einem ohne Kompetenz und ohne Arbeitserfahrung?«

»Wieso ohne Arbeitserfahrung?«, warf Leyla ein. »Seinem Lebenslauf zufolge hat Kolja ein paar renommierte Stellen durchlaufen, ehe er sich bei uns bewarb. Und ausgezeichnete Bewertungen erhielt er dort auch. Hier in der Agentur haben wir seine Kompetenzen nur bestätigen können. Wie wir schon einmal besprochen haben, Mr Barker: Ich stehe hinter meinem Team.«

Sie lieferte sich ein Blickduell mit Barker, bei dem Koljas Blut augenblicklich wieder brodelte. Aber er zwang sich, bei seinem Text zu bleiben. Charlie warf die Startfolie der Präsentation an die Wand. Ein Drohnenbild von *The Cone*, das Sonnenlicht brach sich genau auf der Spitze.

»Ich darf Sie also noch einmal herzlich begrüßen und freue mich, Sie durch unsere Antwort auf Ihre im Briefing gestellten Fragen und Aufgaben zu führen.«

Barker schnaubte leise und verschränkte die Arme vor der Brust, aber Kolja ließ sich nicht beirren.

»Wenn Sie schon einige unserer Pitch-Mitstreiter anhören durften, dann erwarten Sie an dieser Stelle höchstwahrscheinlich eine Wettbewerbsanalyse. Man durchleuchtet den Markt, seine Potenziale und Risiken, betrachtet den Wettbewerb sowie dessen Stärken und Schwächen. Vielleicht haben Sie mit unseren Mitstreitern auch Marktlücken identifiziert, die die *Barker Media Company* künftig besetzen könnte, oder Zielgruppen und deren Bedürfnisse analysiert. Wir machen das grundsätzlich anders.«

Charlie schaltete auf die nächste Folie, und Kolja deutete auf ein Drohnenbild des Headquarters von *Barker Media*.

»Wie Sie sicher wissen, entwickelt die Agentur ihre legendären Story-Stunts ausschließlich für Marken und Unternehmen, die gewisse Kriterien erfüllen. Zum einen müssen sie unseren Unternehmenswerten entsprechen. Sie haben sie in der Eingangshalle auf der Jadetafel vorgefunden: Fairness, Transparenz, Integrität und Nachhaltigkeit. Zum anderen muss ihre Vision zu unserer passen. Was wir tun, lässt sich in drei Worten zusammenfassen: *Imagination*, *Disruption* und *Reformation*. Wir träumen von einer besseren Welt. Wir disruptieren mit unseren Story-Stunts die aktuellen Zustände, um sie zum Besseren zu verändern. Und wir treiben einen nachhaltigen Wandel, eine Reformation, voran, um die Verbesserung langfristig zu implementieren. Anstatt den Markt und den Wettbewerb zu analysieren, richten wir den Blick an erster Stelle deshalb immer auf die Unternehmen. Unsere potenziellen Kunden selbst. Auf Sie, verehrtes *Barker Media*-Team.«

Charlie klickte eine Folie weiter. Man sah vier Screenshots von Skandalartikeln, die in der vergangenen Woche von dem Medienhaus veröffentlicht worden waren.

»Es ist allgemein bekannt, dass die Medien Ihres Unternehmens des Öfteren in Verruf geraten. Reißerische Aufmachungen zu Clickbaiting-Zwecken. Dünn recherchierte Artikel; Gerüchte, die unter dem Dach des Investigativjournalismus verbreitet werden; unsachliche, schlichtweg falsche Darstellungen. In der Vergangenheit haben Sie auch die Verletzung von Persönlichkeitsrechten in Kauf genommen, um eine Story als Erste zu bringen.«

»Wir lassen unsere Leser wissen, was unsere Leser wissen müssen«, warf einer der Anzugtypen ein. Der Einwand prallte einfach an Kolja ab. Er fühlte sich, als würde er eine unsichtbare Rüstung tragen – sie alle konnten ihm gar nichts. Er war ein Storyhacker.

»Unsere tiefer gehenden Investigativrecherchen«, betonte er ungerührt, »ergaben außerdem Klimaklagen sowie Fälle der Veruntreuung von Firmengeldern.«

Verunsicherte Blicke schossen in Richtung von Ernst Barker, der starr geradeaus blickte.

»Aber«, fuhr Kolja fort, »wir verlassen uns nicht auf Gerüchte. Damit wären wir keinen Deut besser als Ihre Redaktionen. Also haben wir unsere eigenen Ermittlungen initiiert. Die vier Artikel, die Sie hier sehen ...«, Kolja deutete auf den Screen, »... wurden allesamt in der letzten Woche von Ihnen veröffentlicht. Und sie alle basieren auf Falschinformationen, die *wir* Ihren Redaktionen haben zukommen lassen. Manche davon gut getarnt, andere lächerlich schlecht. Sehen Sie zum Beispiel den Artikel ganz rechts, auf *century-telegraph. com*? Die dort zitierte Studie über die positiven Auswirkungen des Klimawandels gab es nie. Und wir haben uns nicht mal die Mühe gemacht, es so aussehen zu lassen. Hätte Ihre Redaktion mal auf den Link zur Studie in der Pressemeldung geklickt, wäre sie auf dieser Seite hier gelandet ...«

Charlie klickte weiter. Das großflächige Gesicht eines Schimpansen, der die Zunge rausstreckte, füllte den Screen. Kolja bemühte sich, seine professionelle Haltung zu bewahren, aber ein leichtes Grinsen umspielte trotzdem seine Lippen. Dann wurde er wieder ernst.

»Wir helfen gern Unternehmen dabei, sich zukunftsfähig aufzustellen, nicht nachhaltige Prozesse zu verbessern und ihre Bestrebungen in der Welt bekannt zu machen. Besonders wenn sie so eine richtungsweisende Rolle in der Gesellschaft einnehmen wie die *Barker Media Company*. Das ist unser Kerngeschäft und unser Antrieb. Aber wenn wir weder Fairness noch Transparenz oder Integrität vorfinden ...«, Kolja warf einen Seitenblick auf Bella, »... dafür aber die verwerflichsten Zustände in der Nachhaltigkeitsaufstellung Ihres Unternehmens, entscheiden wir uns nicht nur hinter verschlossenen Türen dagegen. Wir nehmen diesen Auftrag öffentlich und offiziell nicht an. Nicht für zwölf Millionen. Und nicht für alles Geld der Welt.«

Barker zog die Luft scharf ein, aber Kolja war noch nicht fertig. Die Worte sprudelten jetzt aus ihm heraus, jedes einzelne eine Befreiung, jedes einzelne wie eine Fessel, die sich löste.

»Das ist unsere Antwort auf Ihr Briefing, meine Herrschaften. Wir teilen Ihnen hier und heute unsere Absage mit – der Fairness halber persönlich. Damit Sie von uns davon erfahren. Und nicht aus den Medien, die wir kontaktiert haben. Und die ab heute Mittag liebend gern über den neuesten Enthüllungs-Story-Stunt der *Storyhacker Agency* weltweit berichten werden.«

Leyla

Schweigen. Nichts als Schweigen erfüllte den Meeting-Raum, und doch war die Luft zum Zerreißen gespannt, als könnte jeden Augenblick etwas explodieren.

Ein paar Wimpernschläge später rückte Ernst Barker seinen Stuhl zurück, er schabte lautstark über den Kork. Alle Blicke richteten sich auf ihn. Kontrolliert, ja mechanisch wie ein Roboter schnappte er nach seiner Lederkladde, stand auf, sodass er alle am Tisch überragte, und wandte sich an Leyla.

Ein Schauder fuhr ihr den Nacken hinab, als er sie mit seinen stahlgrauen Adleraugen durchbohrte. Er schien seine Worte bedacht zu wählen. Dann endlich, mit einer beängstigenden Ruhe in der Stimme, sagte er: »Sie haben sich von meinem Sohn offenbar vollkommen den Kopf verdrehen lassen, Ms Ahmadi.«

Etwas in ihr fiel. Woher wusste er das? Hatte ihr Blick Bände gesprochen, während Kolja so exzellent präsentiert hatte? Aber er sagte nichts weiter dazu. Barker drehte sich nur mit einem Ruck um und stolzierte mit langen Schritten aus dem Raum. Stühle rückten, die Anzugtypen und die Kostümfrau beeilten sich, hinterherzukommen. Niemand traute sich, ihnen in die Augen zu blicken.

Scheiße.

Dylan, der sich noch immer mit beiden Händen an der Tischplatte festklammerte, atemlos von dem, was gerade geschehen war, sah mit großen Augen zwischen seinen Kolleginnen und Kollegen hin und her.

»Macht ihr das immer so?«, stieß er hervor, seine Stimme überschlug sich zu einem heiseren Piepsen. »Meine Nerven! Ich weiß ja, dass wir Aufträge absagen oder diese Exit-Pitchs hier abhalten, aber ...«

»In dieser Deutlichkeit sind wir selten unterwegs, stimmt«, bestätigte Gee mit einem scharfen Seitenblick auf Leyla. »Ich glaube, Dylan, du solltest die Herrschaften besser nach unten begleiten.«

»Richtig! Richtig. Das ist mein Job.«

Dylan rückte seinen Stuhl ebenfalls zurück und stürzte den Ex-Kunden hinterher.

Leyla sah in die Runde, blickte jedem der Verbliebenen einmal in die Augen. Sie atmete durch. »Puh. Geschafft.«

Charlie klappte lautstark den Laptop zu, von dem aus sie die Präsentation abgespielt hatte. »Kolja? Sorry, aber dein Vater ist echt ein Wichser. Auch persönlich.«

Kolja, der noch immer wie angewurzelt neben dem Screen stand, lächelte – auf Leyla wirkte es erschöpft.

»Danke, Charlie.«

»Ey, und lass dir das auf gar keinen Fall von ihm sagen, ja? Dass wir die Entscheidung hier nur getroffen hätten, weil du uns einen Floh ins Ohr gesetzt hast. Lächerlich, dass er so etwas überhaupt suggeriert. Wir hätten den Exit in jedem Fall auch ohne dich so umgesetzt. Die Agency wird mit dem Stunt weltweite Publicity generieren – und verdeutlichen, dass wir unsere schonungslos aufrichtige Haltung durchziehen, komme, wer wolle. Es gibt kein stärkeres Marketing für unsere Marke.« Charlie schnaubte. »Barker ist ein Arsch. Und sein Medienhaus ist ein Saftladen. Ich hoffe für dich, du erbst das nicht?«

Kolja schüttelte den Kopf. »Wenn er sich reinhängt, nicht mal den Pflichtteil.«

»Ich sags ja. Wichser.«

Leyla schaltete sich ein. »Dass die Kunden nicht begeistert sein würden, war zu erwarten, das sind sie bei Exit-Pitchs nie«, ergänzte sie. Ihre Stimme zitterte noch immer. »Seine Reaktion zeigt jedoch, dass er die Sache persönlich nimmt.«

»Was nicht weiter verwunderlich ist. Unser Auftritt war auch sehr persönlich. Wir haben angefangen«, warf Gee ein. »Nicht dass ich nicht dahinterstehen würde. Der Exit passte perfekt zu unserer DNA. Aufmerksamkeitsreiche Story-Stunts – für die Guten, aber auch gegen die Schlechten. Das hier wird eine Kracher-Story.«

»Wir haben nicht angefangen«, widersprach Leyla. »Er hat angefangen. Mit seinem Versuch, uns mit seinem Geld zu schmieren.«

Gee zuckte mit den Schultern und kramte seine Sachen zusammen. »Jedenfalls ist das Thema durch. Beobachten wir, wie sich die Berichterstattung weiter entwickelt.«

Leyla schielte zu Kolja, der sich vollkommen abgekämpft an einem Stuhl abstützte und schwach nickte.

Ja. Das Thema Ernst Barker war durch. Und sie hatten gewonnen. Kolja hatte gewonnen.

Der Bass pulsierte über den Dächern von Auckland. Kolja schob sich durch die Storyhacker-Mengen, die fröhlich plaudernd und mit gefüllten Gläsern den Grünstreifen rund um *The Cone* belagerten. Die untergehende Abendsonne spiegelte sich in den Glasscheiben und warf lange Schatten auf den Rasen, während ein lauer Wind den Schall über ihre Köpfe trug.

»Hey, Kolja!«, rief jemand. Verdammt, er wäre so gern unsichtbar geblieben. Kolja drehte sich langsam um zu der Gruppe von Kollegen. Marcie winkte ihm entgegen. »Komm, setz dich zu uns!«

Er lächelte entschuldigend. »Ich würde ja gern. Aber ich muss …« Er deutete unbestimmt in Richtung einer leicht erhöhten Terrasse. Da der Grünstreifen leicht abfallend verlief, würden einen alle Storyhacker sehen können, wenn man dort oben stand. Noch konnte er fliehen. Aber Leyla hatte nicht sehr verhandlungsbereit geklungen mit ihrem Wunsch, dass er bitte gegen 18:30 Uhr nahe der Bühne stehen sollte. »Das ist eine Arbeitsanweisung« ließ wenig Interpretationsspielraum.

»Das hier ist eine Party!«, rief Marcie ihm etwas zu schrill entgegen. »Was kann man denn da für wichtige Termine haben?«

Zum Glück – oder zu seinem Leidwesen, das würde sich gleich zeigen – knackte in diesem Moment ein Mikrofon. Alle Köpfe blickten zu der weiß gefliesten Terrasse, die Leyla gerade über drei Stufen bestieg. Sie trug wieder dieses umwerfende pinke Kostüm, das sie letzte Woche im Duell gegen seinen Vater angehabt hatte.

»Einen wunderschönen guten Abend, meine Lieben«, hauchte Leyla ins Mikro und begann ihre lockere Rede mit einem Toast, dem die Storyhacker nur zu gern nachkamen. Kolja drückte sich so weit an den Rand, wie es nur möglich war.

»Ich hoffe, eure Gläser sind alle randvoll gefüllt, denn wir werden heute mehr als einmal anstoßen«, versprach Leyla grinsend. »Wir feiern heute unseren letzten Pitch für eine lange Zeit. Cheers drauf! Normalerweise wäre es mir wichtig gewesen, dass wir mit einem Gewinn abschließen. Aber heute schließen wir die Saison mit einem Exit-Pitch. Und ich sage euch, Leute, wir haben ihn auf ganz besondere Art dem Wettbewerb überlassen: mit Pauken und Trompeten.«

Leyla warf Kolja einen Blick zu, den nur er verstand. *Mit Pauken und Trompeten … Sein Herz hüpfte.*

»Für alle neueren Kolleginnen und Kollegen hier: Letzte Woche ist die Pressemitteilung zu unserem Exit-Pitch verschickt worden, die erklärt, warum sich die *Storyhacker Agency* dagegen entschieden hat, am Pitch von *Barker Media* teilzunehmen. Die Info ist im ganzen Land aufgegriffen worden, unser Monitoring hat bis jetzt über hundert Artikel gefunden. Die Zahl entstand nicht nur durch den Skandal, den wir aufgedeckt haben. Sondern auch aufgrund einer bestimmten, ich nenne es mal, *strategischen Entscheidung*.«

Seine schlimmsten Befürchtungen wurden wahr. Leyla suchte seinen Blick.

»Ein weiser alter Mann, er heißt Albus Dumbledore, sagte sinngemäß mal so etwas wie: Es erfordert einiges an Courage, sich gegen seine Feinde zu stellen. Aber noch viel mehr Mut braucht es, um seinen Freunden in den Weg zu treten. Und, das ist jetzt meine persönliche Meinung: Sogar noch mehr Mut erfordert es, der eigenen Familie die Stirn zu bieten.«

Kolja hatte das Gefühl, ein paar Zentimeter zu wachsen, da machte Leyla eine Sprechpause. Unter den Storyhackern kehrte gespannte Stille ein.

»Wie ihr alle mitbekommen habt, hat unsere Kritik an *Barker Media* niemand anderes präsentiert als Kolja Barker selbst, der aktuell als Praktikant bei uns arbeitet. Er wollte die unlauteren journalistischen Machenschaften seines eigenen Familienunternehmens nicht länger unterstützen. Er wollte sich einsetzen für Integrität, Authentizität und Fairness. Und das hat er getan.«

Kolja schluckte gegen den Kloß in seinem Hals an. Nur sie beide wussten, dass Leyla nicht wirklich vom Medienhaus sprach, gegen das er sich aufgelehnt hatte.

»Von Kolja stammte die Idee mit den Fake-Pressemitteilungen. Er hat sich damit gegen den Vorstand und gegen seine eigene Familie gestellt, um zu zeigen, dass man aus alten Strukturen ausbrechen kann – ja, sogar muss! –, um für das Richtige einzutreten. Seine Familie kann man sich manchmal nicht aussuchen. Manchmal aber auch schon. Deswegen ist es heute an der Zeit, Kolja in die Familie aufzunehmen, in die er gehört.«

Moment. Was? Er riss die Augen auf.

»Kolja, würdest du einmal zu mir hochkommen auf die Bühne?«

Nein! Wollte er nicht! Langsam setzten seine Füße sich trotzdem in Bewegung. Gott, Leyla. Was machte sie nur mit ihm. Oben auf der Terrasse angelangt, sah Kolja auf die hundert Storyhacker herab, die hangabwärts im Gras saßen und zu ihm aufsahen. Lächelnd. Freundlich. Wohlwollend. Was war denn bloß in die gefahren? Leyla wandte sich zu ihm um, und er tat es ihr gleich, um den vielen Augenpaaren auszuweichen. Doch jetzt sah er in ihres. Und das war nicht leichter zu ertragen.

»Kolja, du hast heute deine sechste Woche bei uns beendet. Ich gebe zu, du hattest einen schwierigen ersten Tag.« Kichern brandete unter den Storyhackern auf. »Ich glaube, viele hätten nach so einem Start nie wieder unsere Türschwelle übertreten. Aber du bist trotzdem wiedergekommen. Und hast das ein oder andere Vorurteil, das über dich entstanden sein mag, aus dem Weg geräumt. Du hast unser Frühlingsfest nicht nur gerettet, sondern mit deiner *Grand Green*-Planung alle Partys der letzten Jahre getoppt. Gleich darauf hast du – neben einem beeindruckenden Arbeitspensum, das du für unsere Cruelty-Free-Show morgen Abend übernommen hast – mit Charlie einen unserer spektakulärsten Exit-Pitchs vorbereitet. Deine Geschichte bei uns ist außergewöhnlich. Und eine richtig gute Geschichte, *deine* Geschichte, hat uns bewegt. Aus diesem Grund möchten wir dir eine weitere Premiere anbieten.«

Kolja schlug das Herz bis zum Hals, und auch Leyla sah er an, wie gerührt sie war. Glänzten ihre Augen feucht, oder bildete er sich das nur ein?

»Wir möchten dir heute Abend gern eine vorzeitige Festanstellung anbieten. Ab der kommenden Woche als *Junior Hacker*. Als Zeichen unserer Wertschätzung und Anerkennung für deine Leistung. Du musst heute Abend nicht antworten, selbstverständlich nicht. Überleg es dir in Ruhe. Hauptsache, du weißt: Du bist in der Storyhacker-Familie herzlich willkommen.«

Jubel brandete auf, aber Kolja nahm das Klatschen wie durch eine Wattewolke wahr, so fassungslos verloren stand er dort oben der Frau gegenüber, die ihn verrückt machte, und vor hundert Gesichtern, vor denen er sich fürchtete wie vor kaum jemandem sonst. Er? Fest angestellt? In der Agentur? Sie mussten einen Fehler gemacht haben. Kolja schüttelte den Kopf, um die Benommenheit loszuwerden, und ließ den Blick über die Menge schweifen. Die Storyhacker applaudierten. Dounia klatschte, Charlie pfiff, Musa ließ die Pranken über dem Kopf aneinanderknallen, als wäre er bei einem Rockkonzert.

Sie meinten das ernst. Er hatte es geschafft. Er hatte sie tatsächlich getäuscht. Sie alle.

Kolja schluckte. Er sollte fair sein. Und ablehnen. Endlich zugeben, was er seit sechs Wochen vor seinen Kollegen verbarg. Er *durfte* nicht annehmen. Eine der Grundregeln für Menschen wie ihn.

»Gerne«, hörte Kolja sich stattdessen entgegnen. »Es wäre mir eine Ehre, ich … ich würde gern hierbleiben.«

Der Jubel wurde noch lauter, Leyla neben ihm schnappte vor Freude nach Luft. Einen Augenblick sah es aus, als wollte sie ihm um den Hals fallen, aber sie hielt sich zurück und legte ihm nur eine Hand auf den Rücken.

Dylan stieß ein lautes »Whoohooo!« aus. Alba nickte anerkennend und flüsterte ihrem Nachbarn etwas zu, vielleicht, dass sie sich diesmal nicht so leicht weigern konnte, einen Arbeitsvertrag auszustellen. Marcie klatschte in wilden Bewegungen wie ein Kolibri und hüpfte auf und ab. Blake ließ ein Lämpchen an seinem elektrischen Rollstuhl blinken. Sie freuten sich ehrlich für ihn. Nur Gee sah nicht begeistert aus. Er lehnte mit kritischer Miene, die Arme vor der Brust verschränkt, an der Glasfassade und beobachtete ihn. Womit er wohl der Einzige war, dessen Bauchgefühl richtiglag. Nämlich damit, dass Kolja diese Festanstellung nicht verdient hatte.

Weil seit über einem Monat nicht wirklich *er* hier arbeitete.

Die Sonne war längst untergegangen, nur noch die Bodenstrahler tauchten den Grünstreifen in ein schummeriges Licht. Der Bass schallte lauter als noch vor ein paar Stunden über die Dächer, und das fröhliche Geplauder der Hacker war in ausgelassene Feierei übergegangen.

»Herzlichen Glückwunsch zu deinem neuen Lieblingsmitarbeiter«, raunte Leyla jemand von hinten ins Ohr. Sie fuhr herum. Ihr gegenüber stand Gee, die Hand um ein Glas Wasser geklammert, die Augen zu Schlitzen zusammengekniffen.

»Danke«, antwortete Leyla leicht heraus.

Gee schnaubte und kippte einen Schluck Wasser in seinen Rachen. »Das C-Level mag das anders sehen, aber ich bleibe bei meiner Meinung: Du gefährdest damit die Agentur.«

»Indem ich jemanden fest anstelle, der die Chance verdient? Es war keine unverdiente Beförderung.«

»Vielleicht nicht. Aber auch keine unparteiische. Und das allein reicht schon für Vorwürfe, die dir das Leben zur Hölle machen können.« Mit einem Ruck kippte Gee den Rest seines Wassers in die

Pflanzen. »Ich bin nicht sicher, ob du deine Rolle als Geschäftsführerin unter den aktuellen Umständen noch so bekleidest, wie die Agentur es braucht, Leyla.«

Damit stellte er das Glas auf der Bar ab und verschwand mit langen Schritten in der Agentur.

Eine quälende Stunde lang musste Kolja abwechselnd nervöse Spurrillen in den Marmorboden des Penthouse laufen oder mit wippendem Fuß auf dem Sofa sitzend am Handy spielen. Leyla und er hatten die Party nicht zusammen verlassen dürfen, um nicht gesehen zu werden – aber heute fühlte sich die Vorsichtsmaßnahme beinahe schlimmer an, als entdeckt zu werden. Kolja drohte beinahe zu platzen vor Aufregung, da hörte er endlich ihren Schlüssel im Schloss knarzen.

Kaum war Leyla über die Türschwelle getreten, sprang Kolja von der Couch und stürzte auf sie zu. Er legte eine Hand an ihren Nacken, eine an ihren Hinterkopf und drückte sie gegen die Wand. Diese weiße Wand in ihrem Flur, die nicht länger vollgestellt war mit Klamotten und Kisten, sondern einfach nur eine Wand. Frei und breit genug für zwei atemlose Menschen, deren Herzen um die Wette pochten. Sie war zu Hause. Endlich.

»Scheiße, was war das?«, fragte Kolja, während er die Stirn an ihre legte und die Augen schloss.

»Die Sache mit der Bühne? Sorry«, murmelte Leyla so nah an seinen Lippen, dass sie ihn beinahe schmecken musste. »Das musste sein. Du hast es verdient, den Applaus, die ...«

»Nein!« Kolja keuchte und fuhr mit der Nase ihre Halsschlagader entlang. »Die Festanstellung, verdammt. Du hast mir einen Job besorgt. Einen richtigen Job.«

»Warum auch nicht?«, japste Leyla, als er in ihrer Halsbeuge ange-langte und leicht hineinbiss. Sie stöhnte auf, und das Geräusch sandte ein Feuer in seine Lenden, das er nur mit Mühe daran hindern konnte, zum Flächenbrand auszuarten.

»Warum nicht? Weil ich verfickt noch mal nichts leiste, Leyla.«

»Das entscheide immer noch ich.«

Du hast ja keine Ahnung, donnerte es in seinem Kopf.

»Das Frühlingsfest war nur Glück. Und zum Pitch hast du mich gezwungen.«

»Ich habe dich zu deinem Glück gezwungen. Maximal. Deinen Vater geschlagen, das Fest organisiert und den Story-Stunt initiiert, hast du ganz allein.«

»Du hättest mich niemals anstellen dürfen. Wenn irgendwer das hier rausbekommt, heißt es, du hättest mich nur ...«

»Hab ich aber nicht.«

Sie legte die Hände an seine Wangen, und der Knoten in seiner Brust platzte, als sich ihre samtweichen Lippen auf seine pressten. So verharrte sie, bis er sich unter ihrer Berührung entspannte und an sie sank. Kolja konnte nicht anders, er stöhnte in ihren Mund, während sie mit den Fingern durch seine Haare fuhr und ihn streichelte, am Hals, an den Schultern, der Brust, während sie ihn langsam vor sich her tiefer in die Wohnung schob. Über nichts konnte man stolpern. Nichts stand im Weg. Weder im Penthouse noch ihnen beiden heute Nacht.

Kolja schloss die Arme um sie und drückte sie an sich, während sie küssend nach hinten taumelten, bis er mit den Oberschenkeln gegen etwas Hartes stieß. Er umklammerte Leyla und ließ sich mit ihr nach hinten fallen auf die schneeweiße Sofalandschaft, die ihrem Namen mehr als gerecht wurde. Sie war breiter als ein Queensize-Bett und bestimmt vier Meter lang.

»Danke«, formte er an ihren Lippen, ihren warmen Körper über sich, und er spürte sie lächeln.

»Grace, Licht aus«, murmelte Leyla, und nur noch der Mond über dem Meer erhellte den Raum durch die Fensterfront.

»Grace, Licht wieder an«, sagte Kolja bestimmt. Leyla sah über-rascht auf.

»Schluss mit der Dunkelheit«, flüsterte er. »Schluss mit Decken über unseren Körpern. Ich will dich sehen. Ganz.«

»Okay«, flüsterte sie heiser.

Kolja nickte bedächtig und kniete sich ihr gegenüber, sodass sie einander in die Augen sehen konnten. Dann begann er, sein Flanellhemd zu öffnen, Knopf für Knopf. Einen Augenblick lang beobachtete Leyla ihn zögerlich, ehe sie die Arme überkreuzte und ihr Oberteil ebenfalls über den Kopf zerrte. Kolja streifte die Ärmel ab, und sie waren beide entblößt.

Leyla mied den Blickkontakt, konnte aber gleichzeitig nicht von ihm lassen, denn ihr Blick zuckte immer wieder zu ihm zurück. Ihre Augen flogen nahezu über die verblassten Gürtelnarben auf seinen Schultern. In den letzten Tagen hatte sie sie mit den Fingern erkundet, gestreichelt und nachgezeichnet. Jetzt schien sie sich jede einzelne Spur, die Ernst Barker in Koljas Kindheitstagen auf ihm hinterlassen hatte, einprägen zu wollen.

Koljas ließ seinen Blick quälend langsam, vorsichtig, über ihren wunderschönen Oberkörper gleiten. Er hatte noch nie eine Frau mit so viel Oberweite gesehen und noch nie so dunkle Brustwarzen. Sie sah atemberaubend aus, wie sie versuchte, ihre Brüste unter ihrem glänzenden schwarzen Haar zu verstecken, was nicht gelang. Entschieden strich Kolja ihr die Strähnen über die Schulter.

»Hör auf. Die siehst bildhübsch aus. Ich bin hellauf begeistert von *allem*, was ich sehe.«

Vielsagend blickte er in seinen Schritt, wo sich seine Erektion schmerzhaft gegen den steifen Stoff seiner Jeans presste.

Leylas Augen blitzten auf, als er sie wieder ansah, und sie beugte sich über ihn. Kolja ließ sich nach hinten auf die Couch sinken, bis sie über ihm kniete und – *shit*, Kolja sog scharf die Luft ein – begann, sich an seinem Oberkörper hinabzuküssen. Über seinen Hals, über die blassen Narben, die sie mit der Zunge entlangfuhr, über seine Brust bis zu seinem Nabel. Reflexartig spannten sich seine Bauchmuskeln an, und er spürte, wie sich ihre Lippen an seiner Haut zu einem Grinsen verzogen.

»Weiter?«, fragte sie unschuldig, und Kolja ließ ergeben den Kopf in den Nacken fallen.

»Ja«, stöhnte er. »Was für eine Frage.«

Sie ließ ihre Zunge nach unten tanzen. Mit jedem Zentimeter, den sie sich in Richtung seines Schritts vorarbeitete, brannte sein Körper mehr. Er begann zu schwitzen, so sehr raste sein Herz, drohte sich zu überschlagen, wenn sie ihn nur weiter so reizte, während sie die Zungenspitze in den Kuhlen verschwinden ließ, die v-förmig zu seiner Härte führten.

»Leyla, bitte«, murmelte Kolja unbestimmt, als er ein Ziehen in den Lenden spürte. Er hatte das nur bei ihr. Dass er so sehr erregt war, dass es wehtat, weil sich seine Muskeln verkrampften, so vehement pumpten sie das Blut in ihn. Nach ein paar quälenden Sekunden langte sie endlich nach dem Knopf an seiner Hose. Er schnappte auf. Der Reißverschluss rutschte automatisch herunter, jetzt, da er nicht mehr auf Spannung war, und Kolja seufzte erleichtert, als die Enge wich. Doch anstatt sich ihm zu widmen, zerrte Leyla seine Hose immer weiter runter und küsste sein Bein hinab. Nein, falsche Richtung!

Er knurrte, stemmte sich hoch und rollte sie auf den Rücken, während er seinerseits ihre Taille hinunterküsste, an ihrem Hosenbund stoppte, nur um ihren Knopf geschickt zu öffnen und gleichzeitig die Hose über ihren Hintern zu ziehen. Vor einer Woche im Gästezimmer unter der Bettdecke waren sie nicht weiter gegangen, als sich zu berühren. Aber heute ...

Leyla seufzte, zuckte erwartungsvoll unter ihm. Kolja lächelte und zog sich wieder zu ihr hoch, auf Augenhöhe.

»Nichts, was wir tun, ist mir heute genug, so viel will ich von dir«, flüsterte er in ihre geöffneten Lippen und küsste sie, während er seine Hand erneut an ihrem Körper entlangfahren ließ und ihren Atem trank.

Leyla erreichte seine Boxershorts. Und dann, so federleicht, dass er am liebsten zersprungen wäre vor Überreizung, strich sie an ihm entlang.

Leyla

Es war ihr erstes Mal.

Das erste Mal, dass Kolja und sie weitergehen würden als unter die Stoffbahnen ihrer Kleidung. Das erste Mal, dass sie vollends spüren würde, wie sehr er sich nach ihr verzehrte. Er stöhnte an ihrem Hals, während sie ihn langsam massierte. Seine eigene Hand zwischen ihren Beinen wurde langsamer, zuckte in voller Konzentration und kam dann ganz zum Erliegen, was Leyla zum Schmunzeln brachte, weil er so sehr versank in der Lust, die sie ihm bereitete.

»Weiter?«, flüsterte Leyla in sein Ohr, und Kolja knurrte nur zur Antwort.

Scheiße. Es war so weit. Leyla wurde übel vor Aufregung, als Kolja sich aufsetzte, in der Tasche seines Hosenknäuels nach einem Kondom fischte und es vor ihren Augen überzog. Sie zitterte. Verdammt, sie konnte gar nicht aufhören zu zittern.

»Du frierst nicht wirklich, oder?«, flüsterte Kolja lächelnd, und sie schüttelte den Kopf. Nein. Das war es nicht.

Er nickte verständnisvoll, zog aber dennoch eine dünne Decke heran, die er halb über ihr ausbreitete. Dann beugte er sich über sie.

»Willst du mit mir schlafen, Leyla?«

Heilige Scheiße!

»Ja«, keuchte sie atemlos, und Kolja sank zwischen ihr nieder.

Er navigierte, führte. Es war alles so anders, ungewohnt. Die Proportionen, die Druckstellen. Anders als das, was sie kannte. Anders als der Mann, den sie immer noch liebte, der ihr ausgerechnet jetzt durch den Kopf schoss, während Kolja im Begriff war, in sie einzudringen – aber der auch wieder ging. Einfach so. Ihr war, als könnte sie den Gedanken in Frieden davonflattern sehen.

Ja, das hier war anders. Ja, sie war noch längst nicht über ihre Vergangenheit hinweg. Ja, es waren Gefühle im Spiel. Ja, sie rissen ihre

Wunden auf und ließen sie aufs Neue bluten. Aber ja, sie wollte es trotzdem. So sehr!

Kolja fand den richtigen Ort und schob sich langsam vor. Leylas Augen weiteten sich kurz – Gott, sie hatte über ein Jahr mit niemandem mehr geschlafen. Sie fühlte sich fast ein wenig jungfräulich und merkte, wie sie sich vor Nervosität verkrampfte. Kolja hielt inne, blieb genau, wo er war. Er strich ihr die Haare aus der Stirn und eine Träne von der Wange.

»Alles okay? Soll ich nicht weitermachen?«

»Doch.« Leyla nickte heftig. »Doch. Weiter.«

Er lächelte ihr beruhigend zu und streichelte ihr Gesicht, streichelte Tränen weg und Sorgen. Seine Lider flatterten, während er jeden Millimeter ihres wunderschönen Gesichts überprüfte, jede Muskelzuckung wahrnahm, um darauf zu reagieren. Währenddessen wurde sein Blick dunkler, und zwischen seine sanften Stöße mischte sich immer wieder ein kurzer, außer Kontrolle geratener, heftigerer.

Leyla drückte sich ihm entgegen und spannte sich bewusst an. Kolja stöhnte, schloss die Augen und sank mit der Nase an ihre, als sie innerlich sanft zu pulsieren begann.

»Sorry«, murmelte er und lächelte das sexyeste Lächeln, das Leyla jemals gesehen hatte. »Aber ich halte heute nicht sehr lange durch.«

Sie lächelte zurück und schlang die Beine um seine Hüften, womit sie ihn noch ein Stück näher ranzog und ihn an sich fesselte. Er glitt über die empfindliche Stelle ganz tief in ihr, sodass Leyla erschauerte, als eine erste sanfte Welle über sie hinwegrollte.

Er stöhnte heftiger.

»Zum Glück können wir das noch unzählige Male wiederholen«, wisperte sie, ehe sie sich der Lust vollends ergab.

Kolja drückte die Lippen auf ihre und schob sich ganz langsam so tief in sie, wie er konnte. Bis er in ihren Armen erzitterte.

Kolja

Kolja knöpfte gerade den Manschettenknopf an seinem Hemdsärmel zu, als Leyla das ausladende Badezimmer betrat und sich neben ihm vor den Spiegel stellte.

»Und?«

Langsam ließ er seinen Arm sinken und drehte sich zu ihr um. Das weiße Galakleid, das Wellen über ihre Hüften warf, war über den Knien kurz, zog aber eine Schleppe hinter sich her. Schmale weiße Stoffbahnen schlangen sich um ihren Oberkörper und hielten jede einzelne ihrer wundervollen Kurven an ihrem Platz, während an den richtigen Stellen ihre goldglänzende Haut durchschimmerte.

»Du siehst einfach atemberaubend aus«, stellte Kolja fest, griff nach ihrer Hand und drehte sie einmal um sich selbst. »Wie kann man nur so schön sein?«

Verdammt, er wollte sie schon wieder. Dabei hatten Leyla und er nach ihrem ersten Mal gestern Abend kurz darauf ein zweites Mal hinterhergeschoben und auch noch ein drittes. Kolja fühlte sich ausgelaugt und leer und gleichzeitig so, als könnte er Bäume ausreißen. Keine Ahnung, wie er heute einen ganzen Tag lang die Finger von ihr lassen sollte.

»Danke«, lächelte Leyla und zupfte seinen Hemdkragen zurecht. »Selber. Smoking steht dir. Solltest du immer tragen.«

»Ich kenne den Stoff«, flüsterte Kolja, während er eine der Wellen ihrer Robe durch seine Finger gleiten ließ.

»Tust du«, bestätigte Leyla grinsend und drehte sich vor dem Spiegel hin und her – vermutlich, um zu prüfen, wie ihr Rock sich in Bewegung verhielt. Es war ein herrliches Bild, sie so gelöst zu sehen.

»Wie aus dem Stoffmuster, oder? Das ich als Kotztuch benutzt habe.«

»Exakt. Veganes Leder, gemacht aus Pilzwurzeln. Stella McCartney hat als Erste eine Tasche daraus gefertigt.«

»Ich dachte, das Muster wäre für ein Kleid gewesen, das eins der Models heute Abend tragen wird.«

»Ist es ja auch. Ich bin ein Teil der Show. Ich halte eine Art Rede mit der Gründerin Liora, die die Bildungsstipendien an die ehemaligen Kinderarbeiterinnen, also an die Models, vergibt.«

Oh. Kolja war in den letzten Wochen so sehr damit beschäftigt gewesen, die Tiere zu organisieren, die die Models auf dem Laufsteg im Arm halten sollten – als Zeichen, wer für ihre Outfits normalerweise hätte sterben müssen, wären die Kleidungsstücke aus echtem Leder statt veganen Textilien gefertigt –, dass er von den übrigen Planungen zur Show kaum etwas mitbekommen hatte.

»Heißt, ich darf dich hemmungslos anstarren?«, murmelte er.

»Während ich auf der Bühne stehe, ja. Sonst ...«, sie schlang ihre Arme um seine Taille und zog ihn dichter zu sich, »... nicht. Wir müssen uns konzentrieren. Erst wenn wir uns das nächste Mal privat treffen.«

»Also ... heute Abend? Nach der Show?«

Ihre Augen funkelten erleichtert. »Ja. Heute Abend.«

Das letzte Mal, das Leyla aus einer Limousine am roten Teppich ausgestiegen war, war mit Noah gewesen. Heute ging von dem Platz links neben ihr eine gähnend leere Kälte aus. Aber überraschenderweise fühlte sie sich nicht nach Verlust an. Sondern nach Sehnsucht. Sehnsucht nach jemandem, den sie heute Abend gern an ihrer Seite gehabt hätte. Der aber in einem Taxi anreisen würde. Durch die Lieferanteneinfahrt.

Jeder Gedanke an ihn kribbelte in ihrem Bauch, sie spürte seine Spuren überdeutlich. Ihre Lippen waren wund, weil sie die halbe Nacht nicht voneinander hatten ablassen können. Und das betraf ihre Venuslippen gleichermaßen. Nicht mal die kurze Fahrt getrennt hatten sie aushalten können, ohne einander Sprachnachrichten zu senden.

»Ms Ahmadi, bleiben Sie sitzen, ich öffne«, wies die Chauffeurin sie an, während sie vor dem Trennzaun hielt, der den roten Teppich von den Journalistinnen und Journalisten abgrenzte. Sie streifte sich weiße Handschuhe über, während Leyla ein letztes Mal das Werk ihrer Visagistin im Spiegel prüfte.

»Bereit?«

Die Fahrerin stieg aus, lief einmal um den Wagen herum und öffnete Leylas Tür.

Shit. Sie hatte vergessen, wie aufregend das war. Auch nach all der Zeit noch. Leyla warf ihre Schleppe aus der Tür, drehte sich auf dem Sitz, hielt die Beine zusammen und streckte ihre Pumps hinaus. Geübte Schritte. Die Chauffeurin reichte ihr eine Hand.

Heute war noch etwas anders, stellte Leyla fest. Die Aufregung beflügelte sie nicht. Während diese Momente sie früher belohnt hatten für die Anstrengungen der vorherigen Wochen, verspürte sie heute den Wunsch, den Auftritt einfach nur hinter sich zu bringen. Was sie wollte, war kein Rampenlicht, sondern Privatsphäre. Am liebsten unsichtbar sein.

Für alle außer einen.

Die Chauffeurin half Leyla aus ihrem Sitz und geleitete sie zwei Schritte auf den Teppich, der zu der filmreif beleuchteten viktorianischen Event-Halle führte, die früher einmal eine Oper gewesen war. In den Filmen setzte in diesem Moment das Blitzlichtgewitter ein, und Menschen schrien ihren Namen. In der Realität geschah nichts davon. Weder fotografierte jemand vor der gut ausgeleuchteten Logo-Wall mit Blitz, noch machte es *klick* oder rief jemand nach ihr – sie schaute schließlich freiwillig in ihre Richtung. Lediglich ein paar gut gemeinte ermunternde Zurufe von Fotografierenden fielen, damit sie sich nicht unwohl fühlte, während sie geduldig in alle Richtungen posierte.

Unter den Journalistinnen und Journalisten erkannte Leyla die meisten Gesichter wieder. Sie wechselte mit einigen ein freundliches Wort und beantwortete die Standardfragen, jedoch nicht, ohne in jede einzelne Antwort zu verweben, dass die Damen und Herren in der heutigen Show ein Plottwist ohnegleichen erwartete. Zufrieden beobachtete sie, wie die Medienvertreterinnen und -vertreter nervöser wurden und spezifischere Fragen abfeuerten, die sie aber elegant überging. Punkt eins, Spannung aufbauen: erledigt. Liora würde zufrieden mit ihr sein.

Leyla wandte sich ab zum säulengesäumten Haupteingang als Zeichen, dass sie ihren Auftritt beendete. Die meisten verstanden und senkten ihre Kameras. Lediglich eine hartnäckige junge Kollegin folgte ihr den Weg entlang auf der anderen Seite des Zaunes und hielt ihr ein Smartphone hin, auf dem sie offensichtlich eine Tonaufzeichnung mitlaufen ließ.

»Leyla, Verity Drummond mein Name. Ich schreibe an einem Artikel über die *Storyhacker Agency* für die *Femmetastical*. Welche Dynamik hat im Exit-Pitch zwischen Ernst Barker senior und Kolja Barker junior geherrscht?«

Nicht schlecht, die Frage. Ehrgeiz und Mut belohnte Leyla immer.

»Danke für dein Interesse an der Agentur, Verity. Die Stimmung war angespannt. Ich glaube, Ernst Barker hat seinen Sohn unterschätzt.«

»Stimmt es, dass Kolja Barker im Gegenzug für den Verriss seines Vaters eine feste Stelle angeboten bekommen hat?«

»Nein. Die Stelle hat er bekommen, weil er sie sich durch seine herausragenden Leistungen verdient hat.«

»Was waren das für Leistungen, außer den eigenen Vater zu vernichten?«

Okay, das reichte.

»Verity, melde dich doch gerne bei meiner Kollegin Alba Hernandez, um einen Interviewtermin zu vereinbaren, in Ordnung? Ich muss mich an dieser Stelle leider verabschieden.« Leyla lächelte und nickte Verity zu. Die nickte zurück, ihre weit aufgerissenen Augen glänzten vor Bewunderung und Aufregung. »Bis dann, Verity.«

Leyla hob die Hand zum Gruß und trat ins kerzenüberflutete Foyer.

Es klang nicht nur wie in einem Zoo, es roch auch so. Er rümpfte die Nase.

»Alles bereit machen, zweiundzwanzig Minuten!«, rief Sam zum wiederholten Mal in das leise Summen von Stimmen. Für den Backstage-Bereich einer Fashion-Show war es ungewöhnlich still, aber das mussten sie auch sein – heute warteten schließlich nicht nur Menschen auf ihren großen Auftritt.

Hände wuselten in Frisuren, Finger zupften an den Kleidungsstücken der Models, hin und wieder ein gewisperter Fluch. Die Tiertrainer zählten die letzten schweißtreibenden Minuten, die sie ihre Vierbeiner bei Laune halten mussten, ehe die große Show begann.

Kolja hakte das letzte Model-Tier-Duo auf seinem Tablet ab. Eine junge Frau mit asiatisch geschwungener Gesichtsform, die sich verzückt zu ihrem Kaninchen in seiner Box beugte und sich von dessen Trainerin erklären ließ, wie sie es zu behandeln hatte. Perfekt. Alle Darstellerinnen, Darsteller und zugehörigen Tiere befanden sich an ihrem Platz.

Kolja schaltete die Audiodatei aus, die er als Organisationsstütze den ganzen Tag über durch einen Knopf im Ohr gehört hatte. Darauf liefen die Namen der Models und der zugehörigen Tiere, damit er sie sich besser einprägen konnte. Nun kannte er alle Informationen zu den Vierbeinern und Darstellenden auswendig, sodass er nicht mal in seine Unterlagen schauen musste, falls jemand eine Frage stellte. Bei einer solchen Show kam es manchmal auf Sekunden an.

»Vierzehn Minuten!«

Zeit, die Reihe von vorn nach hinten durchzugehen und alle ein letztes Mal daran zu erinnern, wie sie ihr Tier zu halten oder zu führen hatten, ehe die Designerin den finalen Check vornehmen würde.

»Du kommst klar?«, fragte Sam ihn im Vorbeirasen.

»Ja.« Eine andere Antwort hätte sie eh weder akzeptiert noch ertragen.

»Und stimmt das auch?«, vergewisserte sich Charlie, die mit einem etwas strammeren Nervenkostüm hinter Sam hereilte.

»Yes, Ma'am.«

Kolja hatte tatsächlich über vierzig Kleintieren samt Besitzern ihren richtigen Platz zugewiesen. Er war sozusagen ein Fashion-Dompteur. Die Prozedur hatte ihn einen ganzen hitzigen Tag gekostet, an dem er unzählige Male bereut hatte, seinen Smoking schon morgens in Leylas Badezimmer angezogen zu haben. Aber ihr Blick, als sie ihn zum ersten Mal darin gesehen hatte, war es wert gewesen. Und ihr Blick, als sie ihm die Jacke wieder vom Leib gerissen hatte, gleich doppelt.

»Vier Minuten!«, rief Sam gedämpft durch den Backstage-Bereich, als Kolja etwas im Nacken kribbeln spürte.

»Na, alles bereit?«, hauchte Leyla.

Er fuhr herum. Sie lächelte ihn aus großen Augen an, während ein paar flinke Hände die Robe hinter ihr zurechtlegten. Mit den langen schwarzen Haaren, die in den gleichen Wellen über ihre Schultern fielen wie ihr weißes Kleid über ihre Hüften, fehlte nur noch ein Schleier – und sie wäre die schönste Braut der Welt.

Kolja schluckte. Woher war dieser Gedanke gekommen?

»Yes, Boss. Hast du deine Eingangsrede noch einmal durchgehen können?«

»Ja, im Auto.«

»Und?«

Sie zuckte unbestimmt mit den Schultern und verzog das Gesicht.

»Vielleicht wäre es doch gut gewesen, hätte ich mich der Sache gestern Abend kurz gewidmet und nicht nur ... anderen Dingen.«

Ihr Blick zuckte so blitzschnell zu seinem Schritt, dass man es für ein Versehen hätte halten können.

»Mist«, murmelte Kolja und spürte, wie heißer Ärger in ihm aufstieg. »Ich hätte dich nicht ablenken dürfen. Das war verantwortungslos.«

»Schon okay.« Sie schmunzelte und bog das kabellose Mikrofon an ihrem Kinnbogen zurecht. »Ich hab so was doch schon ein paarmal gemacht. Also – eine Keynote halten, meine ich.«

Kolja fuhr sich durch die Haare. »Aber das hier heute ist wichtig. Noch mal passiert mir das nicht. Einer muss ja hier erwachsen sein.«

Leyla kicherte.

»Eine Minute«, informierte Sam. »Absolute Stille, bitte. Wir öffnen die Schallschutztüren, jedes Geräusch dringt fortan in den Publikumsraum.«

Das stimmte zwar nicht, weil sich noch eine Schleuse dazwischen befand, trotzdem verstummten alle Gespräche abrupt. Die Tiere wurden aus ihren Boxen gehoben. Die Reihe an Models setzte sich in Bewegung, eins nach dem anderen verschwand in Richtung des Laufstegs.

Fuck, war das aufregend. Hoffentlich ging nichts schief, hoffentlich benahmen sich die Tiere, hoffentlich hatten sie genügend Vorkehrungen getroffen, damit sich keines von ihnen ängstigte. Sie hatten lange überlegt, ob sie den Tieren die Strapazen zumuten konnten, um ihr Statement zu setzen, und waren nach stundenlangen Diskussionen in der Agentur zu dem Entschluss gekommen, nur ausgewählte Tierarten zu inkludieren. Niemals hätte Kolja gedacht, dass ihn eine Fashion-Show so mitnehmen konnte.

Leyla und er kamen der Tür immer näher, dahinter erwartete sie ein schwarzer schwach beleuchteter und schallgeschützter Raum. Ein bisschen wie die Tunnel zum Flugzeug. Er verschluckte ein Model nach dem anderen, bis auch Leyla und Kolja darin verschwanden. Die Türen schlossen sich hinter ihnen. Niemand verlor ein Wort in dem düsteren Schlauch, als sich am anderen Ende ein Tor öffnete. Mit einem Mal flutete sanfte Musik die Schleuse, das Intro zur Show. Koljas Herz schlug schneller, und auch Leyla neben ihm verspannte sich.

»Go«, wisperte jemand mit unterdrückter Stimme, und die Models setzten sich in Bewegung, eines nach dem anderen, bis Leyla und Kolja nach etwas mehr als einer Viertelstunde am Ende angelangt waren. Er konnte von hier aus durch die Gassen einen Teil der Stage sehen, wo gerade alle Models zusammen liefen, um sich danach zu formieren.

»Ihr noch nicht«, wies ein Bühnenhelfer mit Tablet in der Hand sie schroff an. »Wer bist du überhaupt?«

»Für die Tiere verantwortlich«, wisperte Kolja halblaut über die Musik hinweg, und der Typ brummte.

»Leyla Ahmadi?«

»Ja.«

»Hier warten. Auf meine Anweisung hin gehen Sie mit der Designerin raus.«

»Ich weiß.«

Ohne ein weiteres Wort verschwand er, den Blick auf sein Tablet gerichtet, in der Dunkelheit.

Leyla und Kolja standen dicht nebeneinander in einer der Gassen und beobachteten fasziniert das perfekte Schauspiel, das lief wie ein Schweizer Uhrwerk, obwohl sie nur wenige Male am heutigen Tag geprobt hatten. Das Publikum hielt sich mustergültig an seine Anweisung, nicht zu klatschen. Gerade bildeten die Models eine Schneise in der Mitte des Laufstegs. Der Moment war gekommen.

Mit einem Mal zuckte Leyla zusammen.

»Was ist los?«, fragte Kolja an ihrem Ohr.

»Meine Eingangszeilen«, keuchte Leyla und tastete an sich herab, als hoffte sie, überraschend eine Tasche an ihrem Kleid zu finden, in der sich ein Spickzettel versteckte. »Sie sind weg. Ich komme nicht mehr drauf, sie …«

Kolja packte ihre Hände, drehte sie zu sich herum und sah ihr tief in die Augen.

»Ganz ruhig. Sie fallen dir im rechten Moment ein.«

»Tun sie nicht. Scheiße, ich hatte noch nie einen Blackout, ich …«

»Und du hast auch jetzt keinen. Denk nach. Was ist das Bemerkenswerteste an dieser Show?«

Leyla stierte konzentriert auf sein Kinn. »Sie ist das erste Projekt der Storyhacker jemals gewesen. Wir planen sie seit über acht Jahren, es …« Ein Blitzschlag schien durch ihren Körper zu fahren, er spürte den Ruck in seinen Händen. Ihr Blick schoss hoch zu seinen Augen. »Acht Jahre! Das ist es. So fängt es an!«

Sie lachte auf. Dann schnappte sie sich sein Gesicht, zog es zu sich herunter und drückte ihm einen Kuss auf die Lippen, zwar leicht, aber fest genug, um in Kolja eine Adrenalinexplosion auszulösen.

»Leyla Ahmadi?«

Sie fuhren auseinander. Der Bühnenhelfer sah gelangweilt zwischen ihnen hin und her.

»Noch dreißig Sekunden.«

»Ähm ... okay.« Sie lief rot an und wedelte sich Luft zu, während sie ihre ersten Zeilen mit den Lippen formte.

»Go.«

»Du rockst das.«

Leyla straffte die Schultern, hob das Kinn und betrat die Bühne.

Lampen*feuer*.

Es erfasste Leyla in dem Moment, als sie die Stage betrat und ihre Schritte im Rhythmus der sacht pulsierenden Musik über die Bühne schwebten, als hätte sie nie etwas anderes getan. In der Mitte traf sie auf Liora, die Gründerin des Mode-Labels, und ihre Energien bündelten sich. Seite an Seite eroberten die Frauen den Laufsteg, um an seiner Spitze, begleitet von spannungsgeladener Hintergrundmusik, eine ergreifende Rede zu halten über das Projekt, das sie gestartet hatten, um sich für verbesserte Bedingungen in der Fashion-Welt starkzumachen.

Das Publikum hing wie gebannt an ihren Lippen. Branchengesichter. Fashion-Verrückte. Medienvertretende. Content Creators. Storyhacker. Sie lauschten der Geschichte, wie die Idee zu diesem Story-Stunt entstanden war und wie sie acht Jahre lang auf den heutigen

Tag hingearbeitet hatten. Sie keuchten auf, als sie erfuhren, dass die Tiere symbolisch standen für all die Leben, die für diese Fair-Fashion-Show gerettet worden waren. Und sie jubelten, wie gewünscht, lautlos in Gebärdensprache, indem sie mit den aufgerichteten Händen wackelten, als Leyla erklärte, dass sämtliche Models von LIORA dank Bildungsstipendien aus unwürdigen Arbeitsbedingungen in Entwicklungsländern befreit worden waren.

Den ersten Handybildschirm, der irgendwo in den hinteren Reihen aufleuchtete, nahm Leyla kaum wahr. Auch nicht den zweiten. Erst als sich die Handysucht im Publikum ausbreitete wie ein Lauffeuer, regte sich in ihren Eingeweiden ein Gefühl, das sie erst ein einziges Mal in ihrem Leben verspürt hatte. Auch damals war eine Katastrophe auf sie zugerollt, still und leise, um sie dann in ihrem vollen Ausmaß unter sich zu begraben.

Die Blicke der Zuschauenden zuckten zur Bühne. Wieder aufs Handy. Zurück zur Bühne. Fassungslos. Liora warf Leyla einen irritierten Seitenblick zu, ließ sich aber nicht aus dem Konzept bringen. Auf der Seite der Storyhacker machte sich Gemurmel breit. Jemand schnappte nach Luft. Der Raum schien auf einmal wie elektrisiert. Das Bühnenlicht wurde heiß, viel zu heiß. Leyla schwitzte. Menschen beugten sich über Smartphones. Scrollten. Jemand schlug eine Hand vor den Mund, ein anderer lachte auf. Mehr bläulich leuchtende Bildschirme. Wer kein Handy in der Hand hielt, beugte sich über das seiner Nachbarin.

Liora an ihrer Seite beendete ihren Redepart, den Blick aufs Publikum gerichtet. Hin, her, über all die Menschen ließ sie ihn gleiten, die ihr längst keine Aufmerksamkeit mehr schenkten, sondern hinter vorgehaltener Hand über das murmelten, was sie auf ihren Screens verfolgten.

Leyla war dran. Aber ihre Worte waren wie weggewischt. Ihr Blick hing in der ersten Reihe fest, an einer Redakteurin von *The Female Financier*, die nicht nur auf ihr Handy starrte, sondern parallel in das Mikro eines In-Ear-Kopfhörers flüsterte, das sie dicht an den Mund hielt. Nachdem einige Augenblicke lang nichts zu hören war als das Wispern aus dem Publikum, erhob sie sich. Sie steckte sich den Kopfhörer ins Ohr und suchte Leylas Blick. Dann reckte sie langsam den

Arm in die Höhe, als wäre sie sich in der Schule mit einer Antwort nicht ganz sicher.

Liora warf Leyla einen flehenden Blick zu, Leyla warf ihr einen beschwichtigenden zurück. Was geschah hier? In Windeseile traf sie eine Entscheidung.

»Ja bitte, Alicia?«, sagte sie in Richtung der Redakteurin, während sie sich alle Mühe gab, das Zittern in ihrer Stimme zu unterdrücken. »Was gibt es denn?«

Alicia senkte den Arm und wischte sich die Handflächen an ihrer Bundfaltenhose ab. In ihrer Miene lieferten sich die Gefühle einen wilden Kampf: Aufregung kämpfte gegen Neugier, Unglaube gegen Fassungslosigkeit, Hoffnung gegen Verzweiflung. Sie räusperte sich.

»Ms Ahmadi«, sagte sie dann, obwohl Leyla und sie sich normalerweise duzten. »Alicia Sommer, *The Female Financier*. Bitte verzeihen Sie, dass ich Ihre Show unterbreche. Aber ich fürchte, die Aufmerksamkeit Ihres Publikums richtet sich gerade auf eine andere Thematik.«

Sie verzog das Gesicht als Zeichen, dass es ihr wirklich leidtat, schloss die Augen und öffnete sie wieder. Jetzt voller Entschlossenheit.

»Stimmt es, dass Sie ein romantisches Verhältnis haben mit Ihrem Praktikanten und Erben des landesweit größten Medienimperiums – Kolja Barker?«

Er fiel. Zumindest fühlte es sich so an, als die Worte der Frau aus dem Publikum in seinen Ohren widerhallten.

Ein Verhältnis.
Mit dem Praktikanten.
Kolja Barker.

Die Zeit stand still. Etwas zerbrach. Und er war schuld.

Der Bühnenhelfer trat neben ihn. »Du bist der Praktikant von ihr da?«, fragte er stirnrunzelnd und scrollte auf seinem Tablet, als könnte er da weitere Informationen finden. »Ich dachte, du seist ihr Freund.«

Kolja antwortete nicht.

»Ist ja krass.«

Er drängelte sich an dem Typen vorbei zu den vorderen Gassen.

»Hey, hierbleiben! Du kannst da nicht durch.«

Leyla. Er musste sie sehen. An einem Vorhang fand Kolja einen Spalt, um in den Publikumsraum zu spähen. Sie stand an der Spitze der Bühne, seine Sicht auf sie war durch die Models verdeckt, die sie flankierten.

»Ich«, setzte Leyla gerade an, ihre Stimme schallte durch den jetzt mucksmäuschenstillen Saal, während Augen sie durchbohrten, als könnten sie so hinter ihre Geheimnisse blicken. Kolja schauderte. Sogar die Tiere waren nahezu verstummt.

»Ich denke, das hier ist nicht der richtige Rahmen für diese Frage, Alicia«, presste Leyla hervor. »Ich schlage vor, dass ich die Bühne dem Show-Ensemble überlasse und wir uns dem Thema zu einem späteren Zeitpunkt widmen.«

Das war gut. Diese starke, starke Frau.

Leyla machte auf dem Absatz kehrt. Irgendein geistesgegenwärtiges Genie in der Regie kam auf die Idee, die Outro-Musik anzuwerfen, woraufhin sich die Models in Bewegung setzten. Liora, die Designerin, stand einen Moment lang wie versteinert auf der Bühne, fasste sich aber schnell.

»Da gebe ich ihr recht. Leyla Ahmadis private Angelegenheiten gehen nur sie etwas an. Deshalb mache ich weiter und möchte mich an dieser Stelle bedanken: bei meinem wundervollen Team …«

Liora zählte unwichtige Namen auf, während Leyla roboterartig zwischen den Models den Catwalk entlangstakste. Hinter den Kulissen lief Kolja neben ihr her, bis er am Ende des Laufstegs angelangt war. Sie wandte sich in seine Richtung. Gott sei Dank. Kaum hatte sie den letzten Schritt von der Bühne gemacht, sprintete Charlie aus der Dunkelheit herbei.

»Okay, Liebes, we got you«, murmelte sie und zog die stockssteife

Leyla in eine kurze, für sie ungewöhnlich herzliche Umarmung. »Wir kriegen das in den Griff, okay? Jetzt schaffen wir dich erst einmal hier raus.«

Leyla war leichenblass. Beinah so hell wie ihr Kleid.

»Kolja?« Charlie warf ihm einen auffordernden Blick zu.

»Ja.«

»Könnt ihr in die Agentur fahren?«

Er blinzelte sie verständnislos an.

»So überraschend kommt das für mich jetzt nicht«, ranzte Charlie und verdrehte die Augen. »War nur eine Frage der Zeit, wenn ihr mich fragt. Ob du Leyla in die Agentur fahren kannst, will ich wissen.«

Auf einmal kehrte das Leben in ihn zurück. Er straffte die Schultern.

»Ja! Ja, natürlich. Mach ich.«

»Gut. Wir kommen nach, sobald es geht. Muss hier erst noch einiges regeln, denke ich. Du hast deine Karte nicht dabei, nehme ich an? Hier.«

Sie kramte in ihrer hinteren Hosentasche und warf ihm ihre Schlüsselkarte für den Fahrstuhl von *The Cone* zu.

»Danke.«

»Und jetzt ein bisschen Hackengas, bitte. Die Leute werden sich jeden Moment um euch scharen wie ein Rudel Hyänen.«

---

www.century-telegraph.com

+ + + BREAKING NEWS + + +

STORYHACKER-SKANDAL
IN DEN EIGENEN REIHEN:
CEO Leyla Ahmadi verheimlicht Affäre mit Praktikanten
und Milliardenerbe Barker

(vd) Erst jüngst machte die viel diskutierte PR-Stunt-Agentur *Story-hacker* auf sich aufmerksam, als sie bewusst falsche Informationen an eines der renommiertesten Medienhäuser des Landes spielte, um einen Skandal zu initiieren (wir berichteten). Der Projektleiter der von Geschäftsführerin Leyla Ahmadi verantworteten ruchlosen Attacke: niemand anderes als der Sohn des Geschäftsführers der *Barker Media Company*, Kolja Barker, der in der Agentur als Praktikant arbeitet. Seitdem brodelt die Gerüchteküche. Was hatte die Agentur zu dem Tiefschlag unter die Gürtellinie veranlasst? Steckt mehr hinter den Anfeindungen als professionelles Interesse und vermeintlicher Aktivismus für mehr Transparenz?

Diese Frage dürfte sich nun ein für alle Mal geklärt haben. Während einer von der Agentur organisierten Fair-Fashion-Show für das Mode-Label *LIORA* erwischt *Century Telegraph* das verbotene Paar in flagranti. Leyla Ahmadi küsst Milliardenerbe Kolja Barker leidenschaftlich – kurz vor ihrem Bühnenauftritt, bei dem sie sich, unschuldig in ihre blütenweiße *LIORA*-Robe gehüllt, für faire Arbeitsbedingungen in der Modebranche ereiferte.

>> Der Bildbeweis! Hier klicken <<
Knutschen backstage hemmungslos rum: CEO Leyla Ahmadi (links) und Kolja Barker, Erbe der Barker Media Company *(rechts)*

Nun kommt die Frage auf: Wo ist das noch fair? Sollte Leyla Ahmadi sich nicht zuerst den *Arbeitsbedingungen* in ihren eigenen Reihen widmen? Den Mann – oder viel eher Jungen – ihres Begehrens und sie trennen nicht nur sieben Jahre, er verdankt seinen begehrten Praktikumsplatz in der Agentur auch der Geschäftsführerin höchstpersönlich. »Ohne ihren Einsatz wäre er an seinem ersten Tag schon rausgeflogen«, verrät ein Insider. Ahmadi hält dagegen: »Die Stelle hat er bekommen, weil er sie sich durch seine herausragenden Leistungen verdient hat.« Welche Leistungen das waren, kann die in Verruf geratene Geschäftsführerin nicht beantworten.

Dass Ahmadi und Barker junior bei ihrem Angriff auf das Medienhaus vor allem persönlich motiviert gewesen sein dürften, steht nun außer Frage. Geprüft werden muss, welche Gesetze durch die heimliche Affäre gebrochen wurden. Als Praktikant gilt Barker als Untergebener der Geschäftsführerin. Zahlreiche Vorwürfe des Machtmissbrauchs wurden laut – ein Thema, gegen das die Angeklagte in der Vergangenheit ironischerweise selbst vorgegangen ist. Fest steht: Diese Sensation hat gerade erst begonnen.

Alle News zur Boss-Affäre als Erste erfahren? Jetzt unserer Chronik folgen >>

Leyla legte das Handy in den Schoß, nachdem sie den Artikel ein drittes Mal gelesen hatte. Verity Drummond. Von wegen, sie arbeitete für *Femmetastical* – wenn dann allenfalls für *Femme fatale*. Sie war eine von Barkers Leuten. Eine, die den Link zur Klimawandelstudie nicht angeklickt hatte. Dass ihr das nicht früher aufgefallen war.

»Wie schlimm ist es?«, fragte Kolja, ohne den Blick von der Straße zu nehmen.

»Neun von zehn«, antwortete Leyla knapp und kniff die Augen zu konzentrierten Schlitzen zusammen. Verity Drummond war ihr also hinter die Bühne gefolgt. Dass sie da keinerlei Hemmungen verspürte, hatte sie ja schon am roten Teppich bewiesen. Was Leyla jedoch am meisten beschäftigte, war die Frage, wer ihr die Grundlage geliefert hatte, diesen Artikel vorzubereiten. Unmöglich hatte sie ihn in der kurzen Zeit ihrer Bühnenshow schreiben können. Maximal hatte sie die Fotos eingefügt. Aber den Rahmen hatte sie schon vorher verfasst und gezielt mit ihren gesammelten Zitaten vom roten Teppich vervollständigt. Wer war der Insider? Am wahrscheinlichsten Ernst Barker selbst. Der konnte jedoch nicht mit Sicherheit wissen, dass Leyla sich *höchstpersönlich* für Koljas Bleiben eingesetzt hatte.

Das wussten nur Storyhacker. Und, genau genommen, nur die aus dem Führungskreis. Jene Kolleginnen und Kollegen, die in der Agentur ihr höchstes Vertrauen genossen: das C-Level.

Er zitterte, als er die Schlüsselkarte gegen den Glasfahrstuhl von *The Cone* hielt. Kolja hatte das alles nicht gewollt. Er hatte das nie gewollt. Nicht für Leyla. Nicht für sich. Aber vor allem nicht für Leyla.

Sie musste ihr Designerkleid zusammenraffen, damit die Schleppe in die Aufzugskabine passte. Schweigend fuhren sie in die einundzwanzigste Etage. Beim *Glass Office* schwangen die Türen auf. Ihre Schleppe schliff raschelnd über den Boden.

Leyla wirkte erstaunlich gefasst. Seit sie im Taxi gesessen hatten, hatte sie weder eine Träne vergossen noch die Nerven verloren. Sie war in ihren Krisenmanagerinnenmodus verfallen, konzentriert, nüchtern, strategisch. Nur dass sie diesmal keine Image-Krise für ihre Kunden lösen musste, sondern für sich selbst. Für die Zukunft ihres Unternehmens. Trotzdem wirkte sie ruhig, als sie sich mit ernster Miene auf ihrem Schreibtischstuhl niederließ, die Ellbogen auf die Tischplatte stützte, die Fingerspitzen aneinanderlegte und nachdachte.

Kolja warf sich in die Sofaecke und starrte auf den Artikel, den Leyla ihm im Auto vorgelesen hatte.

»Das ist von vorn bis hinten gelogen«, sagte er heiser, während er ihr Foto anstarrte. Ihr wunderschönes Foto, auf dem sie sich zu seinen Lippen hochstreckte und seine Wangen hielt, als würde er ihr alles bedeuten.

»Genau das ist das Problem«, erwiderte Leyla nüchtern. »Nichts davon ist gelogen. Der Artikel ist gut. Geh ihn durch. Es gibt keinen einzigen Satz, den wir nachweislich als unwahr anprangern könnten. Er ist zwar stark gefärbt von einer Meinung, die nicht die unserige ist. Sie nennen unseren Exit-Pitch *Angriff* oder *Anfeindung* oder *Attacke*. Aber all das fällt unter freie Meinungsäußerung. Nichts davon ist kritikfähig im rechtlichen Sinne. Nicht einmal den Satz über die Machtmissbrauchsvorwürfe können wir anzeigen, obwohl ich bezweifele, dass irgendwo in der Öffentlichkeit schon derartige Anschuldigungen kursieren. Aber sie könnten einfach argumentieren, dass die Vorwürfe in ihrer Redaktion laut wurden, während der Artikel verfasst wurde, und wären fein raus.«

Sie hatte recht.

»Was mich interessiert, ist deshalb – bevor wir uns damit beschäftigen, was wir jetzt tun: Wie konnte das passieren? Wer hat ein Zitat abgegeben über deinen ersten Tag bei uns?«

Kolja wurde abwechselnd eiskalt und glühend heiß.

»Und: Wer hat ein Interesse daran, meinen und auch deinen Ruf zu vernichten? Und die Integrität der Agentur zu untergraben? Wem können wir nicht vertrauen?«

»Gee«, entschlüpfte es Kolja aus einem Impuls heraus.

Leyla runzelte die Stirn und sah zu ihm rüber. »Ich weiß nicht, woher deine Zweifel kommen. Gee ist vielleicht nicht der größte Fan unserer Sache hier, das stimmt. Aber er wäre der Letzte, der die Agentur in Verruf bringt.«

»Der Artikel hat in erster Linie dich in Verruf gebracht, nicht die Agentur. Und Gee hat ein Motiv.«

»Das da wäre?«

»Rampenlicht. Er ist vielleicht einer der Geschäftsführer, aber die Aufmerksamkeit und Lorbeeren als Kopf der Agentur erntest immer nur du.«

»Das war eine bewusste strategische Entscheidung, die wir gemeinsam getroffen haben.«

»Wann? Vor neun Jahren, bei der Gründung? Was, wenn er seine Meinung in der Zwischenzeit geändert und keine Lust mehr hat, in deinem Schatten zu stehen? Du hättest mal seine verbitterte Miene im Sushi-Restaurant sehen sollen. ›Ich hab keine Chance ihr gegenüber. Story of my life. Rate mal, warum die Presse nie über mich berichtet, sondern immer über sie.‹«

Er sah, wie sich Leylas Augen kurz weiteten und ihr Kehlkopf hüpfte, als sie schluckte.

»Das hat er gesagt?«

»Genau so. Wort für Wort. Ich kann nicht viel – aber mir Dinge merken, darin bin ich gut.«

Sie nickte. »Vor ein paar Wochen hab ich ein Gespräch mit ihm geführt. Er hat hier gearbeitet, heimlich. Er dachte, ich wüsste es nicht, aber Gee arbeitet oft samstags an meinem Tisch, auf meinem Stuhl. Im *Glass Office*. Am Ende hat er so was zu mir gesagt wie: ›Die Agentur bedeutet mir alles, Leyla. Du bedeutest mir alles. Aber ich werde nicht mit ansehen, wie das eine das andere zerstört.‹ Und wenn er entschieden hat, dass ich nicht länger richtig an der Spitze bin?«

Sie fuhr zusammen, als hätte sie sich vor ihren eigenen Worten erschreckt. Dann flüsterte sie: »Genau das hat er sogar gesagt. Gestern. Bei deiner Beförderung. ›Ich bin nicht sicher, ob du deine Rolle als Geschäftsführerin unter den aktuellen Umständen noch so ausfüllst, wie die Agentur es braucht, Leyla.‹«

Koljas Magen krampfte sich zusammen.

»Papperlapapp!«, widersprach Alba, die in diesem Moment ins Büro rauschte, ihr Körper in ein rosa Abendkleid gequetscht, das eindeutig eine Nummer größer hätte sein dürfen. »Was habt ihr denn nur mit Gee? Du weißt doch, wie er ist, Leyla. Absolut versessen, wenn es um den Erfolg der Agentur geht. Und das schließt dich mit ein, schon immer. Barker senior – gegen den solltet ihr wettern.«

Sie schnaubte, warf ihre kleine Clutch in eine Ecke und schloss Leyla in die Arme. »Bist du okay, Liebes?«

»Geht schon, danke. Was meinst du mit Barker?«

Alba ließ von Leyla ab und setzte sich auf die Sofakante, nicht ohne genügend Abstand zwischen sich und Kolja zu bringen.

»Das liegt ja wohl auf der Hand. Der *Century Telegraph* kommt aus seinem Haus und positioniert sich, natürlich klar pro *Barker Media*. Beim Exit-Pitch hat Barker mit seinen sensationsgeilen Adleraugen sofort durchblickt, was da zwischen euch beiden läuft. Den Kopf hat Kolja dir verdreht, hat er sogar gesagt. Schaut mich nicht so an!« Alba winkte ab. »Glaubt ihr wirklich, ich hätte davon nichts mitbekommen? *Ich?*«

Leyla rieb sich über die Stirn. »Okay. Ich gebe dir recht, dass Barker aktuell den vielleicht größten Hass auf mich hat und noch dazu auf Kolja. Aber mein Bauchgefühl sagt mir, dass er diesen Vorstoß nie gewagt hätte, wenn er sich nicht mindestens auf einen Informanten oder eine Informantin berufen konnte. Seine Redaktionen stehen bereits in der Prüfung. Ein erdachtes Zitat in diesem Fall könnte seinen endgültigen Untergang bedeuten. Und Barker ist nicht dumm.«

Alba zuckte mit den Schultern. »Dein Bauchgefühl hat meistens recht.«

»Ja. Trotzdem bin ich mir sicher, dass er den Artikel höchstpersönlich abgesegnet hat. Sein Image genießt bei ihm oberste Priorität. Und ob er das Zitat nun frei erfunden oder ordnungsgemäß integriert hat – in jedem Fall hat Charlie recht, und die anderen Medien werden fortan wie Hyänen um uns kreisen, um das nächste Sensationshäppchen zu erwischen.«

»Charlie hat das gesagt?« Alba runzelte die Stirn. »Wann habt ihr gesprochen?«

»Kurz nach dem Bühnenauftritt. Sie hat Kolja und mich in der Gasse abgefangen.«

Albas Stirnfurchen wurden tiefer.

»Was hat sie dort zu suchen gehabt? Sie hätte während der Show auf dem Technikbalkon sitzen sollen. Also am anderen Ende des Saals, oben. Gegenüber von der Bühne. Von dort aus hätte sie es niemals so schnell bis zu dir schaffen können.«

Ein nervöser Schauer fuhr Kolja durch die Eingeweide. Irgendetwas stimmte hier nicht.

»Vielleicht hat sie irgendwo hinter der Bühne einspringen müssen«, gab er zu bedenken. »Ich weiß nicht, ob ich das wirklich verdächtig ...«

»Warte einen Augenblick, sorry.«

Alba lief zu ihrer Clutch auf dem Boden, in der ihr Handy vibrierte.

»Ja?«

Wer auch immer am anderen Ende der Leitung sein mochte, Alba hörte ihm ganz genau zu.

»Danke.« Sie legte auf, tippte aber weiterhin auf ihrem Handy herum.

»Was ist los?«

»Ein neuer Artikel.«

Sie hielt Leyla mit weit aufgerissenen Augen ihr Handy unter die Nase. Kolja war wie zur Salzsäule erstarrt.

+++ LIVETICKER +++

WILL SIE SICH VON IHRER AFFÄRE SCHWÄNGERN LASSEN?
Neue Gerüchte um *Storyhacker*-CEO und Praktikanten-Loverin Leyla Ahmadi

(vd) Die geplatzte Bombe rund um die zweifelhafte Affäre zwischen *Storyhacker*-Geschäftsführerin Leyla Ahmadi und ihrem Praktikanten Kolja Barker, Erbe der traditionsreichen *Barker Media Company*, bringt neue Abgründe zum Vorschein. Nun gibt die Mitarbeiterin einer Befruchtungsklinik an, dass Leyla Ahmadi kürzlich das Kinderwunschzentrum aufgesucht habe – kaum ein Jahr nach dem unglücklichen Todesfall ihres Ex-Verlobten.

»Ahmadi hat unsere Einrichtung schon mal letztes Jahr besucht«, erklärt die Informantin, die anonym bleiben will. »Sie hatte schwanger werden wollen, damals noch mit ihrem Verlobten. Dass sie jetzt wieder dort aufkreuzt, wundert mich nicht. Schließlich ist sie noch nicht schwanger. Aber der Zeitpunkt ist seltsam. Eigentlich dürfte sie ihren Neuen noch nicht so lange kennen. Wenn sie jetzt schon einen Kinderwunsch zusammen haben, vielleicht ja doch! Vielleicht hat der Praktikant den Job ja nur bekommen, weil er schon *vorher* ihr Lover war.«

Einige Monate zuvor habe die Geschäftsführerin die endgültige Vernichtung der eingefrorenen Samenspenden ihres Ex-Verlobten angewiesen. War das der Zeitpunkt, zu dem die Liaison mit dem Barker-Erben begann?

Leyla

Jetzt konnte Leyla das Zittern nicht länger unterdrücken. Es ergriff Besitz von ihren Händen, ihren Unterarmen, ihren Beinen und ihrer Brust. Sie klammerte sich an ihre Stuhllehne.

»Haben die jetzt ernsthaft ein *Kinderwunschzentrum* mit reingezogen?«, quiekte Alba mit hochrotem Kopf.

»Das ist nicht wahr«, murmelte Leyla, während ihr Tränen in die Augen stiegen. »Ich war vor einigen Wochen dort, ja. Aber doch nur zur regelmäßigen Kontrolle. Ich bin nach der Fehlgeburt dort in der Praxis geblieben, die Gynäkologinnen hatten mich jahrelang bei unserem Kinderwunsch begleitet. Es ist eine wundervolle Einrichtung. Ich ... Kolja und ich haben doch kein Kind geplant.«

Verdammt, wenn Mary davon las. Und Patrik.

»Was sind das nur für Arschlöcher?«, kreischte Alba und drückte wütend auf ihrem Handy herum. »Dürfen die das? Dürfen die so etwas veröffentlichen? Das greift viel zu tief in die Privatsphäre ein, das ist Verleumdung! Ich sag dir, was sie definitiv *nicht* dürfen: Noah und seinen Tod auch nur erwähnen. Dagegen haben wir alle Gerichtsbeschlüsse, die wir brauchen. Ich kontaktiere sofort Camille. Und unsere Anwälte. Zum Teufel, warum habe ich das nicht früher gemacht ...«

Alba stand auf und lief, das Smartphone ans Ohr gepresst, in den Flur, wo sie beinahe mit Charlie zusammenstieß.

»Du!«, fuhr Alba sie an, musste sich dann aber abwenden, weil ihr Gesprächspartner offensichtlich abgehoben hatte.

»Habt ihr den neuen Artikel schon gesehen?«, fragte Charlie atemlos und hielt zum Zeichen ihr Smartphone in die Luft. Ihre kurzen Haare waren zerzaust, sie hatte den obersten Knopf ihres Hemdes geöffnet, die zwei Enden ihrer gelösten Fliege hingen links und rechts von ihrem Hals herab.

Kolja nickte, die Augen zu Schlitzen zusammengekniffen.

»Alles erstunken und erlogen.« Mittlerweile stand er vor dem Sofa, er hatte es sitzend offenbar nicht länger ausgehalten. »Wir haben uns gerade gefragt, warum du nicht auf der Techniktribüne warst, als Leyla vom Laufsteg kam.«

»Weil Sam auf den letzten Metern einen kleinen Nervenzusammenbruch erlitten hat. Ich hab ihren Platz in der Regie hinter der Bühne eingenommen«, erklärte Charlie nüchtern. »Da gibt es auch Zeugen für.« Sie wirkte nicht beleidigt, eher so, als könnte sie die Frage gut verstehen. Sie zuckte mit den Schultern. »Ist schon okay. Ich habe bei der Show gerade auch niemandem mehr vertraut. Wer ist dieser verdammte Insider?«

Leyla ignorierte ihre Frage und umklammerte ihre Hände, um sie halbwegs ruhig zu halten. »Warst du das, die die Outro-Musik angewiesen hat, damit die Show schnell weitergehen konnte?«

»Jep.«

»Danke, Charlie.«

»Nicht dafür.« Die Kreationschefin fuhr sich durch die Stoppelfrisur und setzte sich breitbeinig auf die Couch, Kolja gegenüber. »Wo ist eigentlich Gee?«

»Das hätten wir eigentlich dich gefragt.«

»Jedenfalls nicht bei der *LIORA*-Show. Er ist weit vor mir aufgebrochen. Er wollte auf direktem Wege zu dir fahren, Leyla. In die Agentur. Ist er nicht hier?«

Leylas und Koljas Schweigen sprach Bände. Charlie kaute auf dem Piercing in ihrer Unterlippe. »Seltsam. Er war bestimmt eine halbe Stunde vor mir weg.«

»Ich kann sein Handy orten«, sagte Leyla laut, was ihr just in dem Moment eingefallen war. Sie fingerte nach ihrem eigenen Smartphone, das vor ihr auf dem Tisch lag. »Wir haben das vor fünf oder sechs Jahren bei einem wuseligen Dreh eingerichtet, damit wir uns schneller wiederfinden.«

»Ja, schau mal nach«, murmelte Charlie, deren Miene nach dem Bauchschmerz aussah, den Leyla verspürte. Am liebsten hätte sie sich zusammengekrümmt auf den Boden gelegt.

Sie öffnete die App. Ein kleiner blauer Punkt materialisierte sich auf der Karte von Auckland.

Gee.

»Und?«

Leyla zoomte heran. Das konnte nicht sein. Ihr Herz gefror in ihrer Brust zu einem eiskalten Stein.

»Nun sag schon!«

»Er ist im Verlag von *Barker Media*.«

Kolja

Gee nahm sofort ab. Was sollte er auch anderes tun, wenn er nicht auffliegen wollte, dieser Drecksack, dieses Partnerschwein? Kolja presste die Fäuste so fest zusammen, dass seine Fingernägel leuchtend rote schmerzende Halbmonde in seinen Handballen hinterließen. Gut, dass Leyla schlau war. So viel schlauer als er. Gebannt verfolgten sie zu dritt, wie sich Gees Lokalisierungspunkt auf der Karte bewegte.

Leyla stellte das Gespräch auf Lautsprecher.

»Hey!« Gee schnaufte. Er klang, als wäre er gerade auf dem Sprung und würde sich schneller bewegen als sonst. »Danke, dass du zurückrufst. Wie geht es dir?«

Was für ein Scheißheuchler.

»Den Umständen entsprechend. Wo bist du, Gee?«

»Puh …«

Wieder hörbares Luftholen. Im Hintergrund waren seine Schritte zu vernehmen. Er antwortete nicht gleich, aber Leyla saß die Stille aus. Kolja wäre an ihrer Stelle längst explodiert.

»Das wirst du mir höchstwahrscheinlich nicht glauben«, sagte Gee schließlich.

»Versuchs doch mal.«

»Auf dem Weg zu *Barker Media*.«

»Oh. Und was hast du da vor?«

»Hoffentlich einen Fehler wiedergutmachen.«

Kolja sah, wie Leyla im Schmerz die Augen langsam schloss.

»Was für einen Fehler, Gee?«, fragte sie eine Spur zu schrill.

»Hey, Leyla-Baby. Beruhig dich. Es wird alles wieder gut, vertrau mir. Und wenn es noch nicht gut ist, ist es noch nicht das Ende. Weißt du doch.«

»Was hast du getan, Gee?«

Seine Schritte verstummten abrupt. Eine Sekunde lang klang es, als wäre das Gespräch abgebrochen. Dann atmete Gee wieder in den Hörer.

»Ich? Gott, Leyla. Selbstverständlich nichts! Ich versuche hier nur gerade, etwas wieder auszubügeln. Ich habe etwas rausgefunden, auf der Fashion-Show. Und jetzt gebe ich mein Bestes, es wiedergutzumachen, sagte ich doch schon.«

Leyla atmete stockend aus. »Und was soll das sein?«

Gee schwieg einen Augenblick, ehe er vorsichtig entgegnete: »Das soll dir die Person am besten selbst sagen. Bitte stell den Lautsprecher aus.«

Kolja rutschte das Herz in die Hose.

Es knisterte am anderen Ende der Leitung, als Gee den Hörer weiterreichte. Gleichzeitig tippte Leyla auf den Knopf, der das Gespräch wieder auf privat stellte. Sie drückte sich das Smartphone ans Ohr, hielt sich das andere zu und drehte Kolja und Charlie den Rücken zu, um kein Wort von dem zu verpassen, was als Nächstes geschehen würde.

»Hallo?«, tönte eine dünne, vor Aufregung ganz piepsige Stimme aus dem Hörer. Leylas Herz schlug schneller.

»Hallo, Leyla?«

»Ja. Ich bin dran.«

»Es ... o Gott, es tut mir so schrecklich leid!«

Die Person begann zu wimmern, dann so hemmungslos zu schluchzen, dass Leyla kein Wort verstand. Sie versuchte, sie zu beschwichtigen, aber es gelang nicht, das Weinen wurde nur stärker. Ein bisschen beneidete Leyla sie darum, ihre Gefühle auf diese Weise rauslassen zu können. Ihre eigenen fühlten sich an wie hinter den Gitterstäben ihres Herzens weggeschlossen.

»Es ... tut ... mir ... leid«, presste die Person am anderen Ende der Leitung hervor. »Ich ... ich hab nicht nachgedacht, ich ... ich hab es doch einfach nur so schwer ertragen, mit anzusehen, dass Kolja ... dass mein Kolja ...«

Ein weiterer Weinkrampf überrollte sie. Leyla presste die Zähne zusammen.

»Entschuldigung. Es ist so, ich habe ein paarmal versucht, mich mit ihm zu verabreden. Mit Kolja. Ich m-m-mag ihn. Aber er hat immer abgesagt, er hatte nie Zeit. Und dann hab ich einfach nicht nachgedacht. Ich wollte doch nur, dass das mit Kolja und di-di-dir aufhört, weil das doch eh keine Chance hat. Ich meine, du bist die Geschäftsführerin und er nur ein Praktikant!« Die Person schniefte. »Bei allem Gerede über Hierarchielosigkeit, und so hat man am Ende ja doch keine Chance nach oben. Und als ich einer Freundin von euch erzählt habe ...«

»Moment«, unterbrach Leyla harsch. »Was erzählt? Was hast du gesehen?«

»Na, wie ihr euch angeschaut habt, zuerst nur. Wie er dir auf dem Frühlingsfest nach deiner Rede gefolgt ist. Und dann gestern, bei der Beförderung, als ihr zusammen drinnen verschwunden seid und er dir ... Er ist dir so seltsam nahe gekommen.«

Leyla nickte. Das war kurz bevor sie Kolja zu sich nach Hause geschickt hatte, damit man sie nicht zusammen sah. Verdammt. »Was genau hast du deiner Freundin dann erzählt?«

»Ich kenne sie aus dem Studium. Wir haben beide Literaturwissenschaft studiert, um später was mit Storytelling zu machen. Ich hi-hi-hier, bei den Storyhackern – o Gott, verliere ich jetzt meinen Job?«

Sie brach erneut in Tränen aus, aber Leyla hatte keine Geduld mehr.

»Bitte, darüber sprechen wir zu einem anderen Zeitpunkt.«

»O-okay. Also, ich bin hier gelandet, aber sie ist nicht durch das Bewerbungsverfahren gekommen. Deshalb hat sie sich bei Medienhäusern beworben und ist Journalistin geworden. Veri hat in letzter Zeit alles über euch wissen wollen. Und ich hab mir nichts dabei gedacht. Ich hab ihr alles erzählt.«

»Verity Drummond ist deine Freundin«, stellte Leyla mit fest und ballte die freie Hand zur Faust.

»J-j-ja.«

»Und sie hat dir von dem Artikel erzählt, den sie plant.«

»J-ja.«

»Dann bist du der Insider, den sie benennt?«

»Ja. Aber ich wusste nicht, was genau sie vorhatte, bitte, glaub mir das. Ich dachte, dass sie vielleicht ein paar Gerüchte streuen würde, ein paar Fragen stellen wollte oder so was – aber nicht *das!*«

Leyla schüttelte den Kopf. Vielleicht war die Einschätzung gar nicht so falsch. Vielleicht hatte Verity Drummond tatsächlich erst gar nicht vorgehabt, sie zu zerstören. Zumindest nicht, bis sie eine Abmahnung von ihrem Arbeitgeber *Barker Media* erhalten hatte, wegen grob fahrlässiger Fehler. Ausgelöst von irreführenden Fake-Presseaussendungen der *Storyhacker Agency*.

Scheiße!

Leyla ließ die Handfläche auf den Schreibtisch sausen und wedelte gleich darauf damit, um den prickelnden Schmerz abzuschütteln. Verity Drummond wusste alles. Was wiederum bedeutete, dass sie auch von Koljas gestriger Beförderung wusste. Aber sie hatte die Info nicht in ihren Eröffnungsartikel gepackt. Das ließ vermuten, Drummond baute mit den Infos, die sie gesammelt hatte, eine Geschichte auf. Und sie war noch nicht mal beim Mittelteil angelangt. Geschweige denn beim Höhepunkt.

»Okay«, quetschte Leyla zwischen zusammengebissenen Zähnen hervor. »Verstanden. Was habt ihr jetzt vor?«

»Gee begleitet mich in die Redaktion, wo ich mein Zitat zurücknehmen will. Ich hab ihm auf der Show davon erzählt.«

»Gut. Haltet mich auf dem Laufenden.«

»Ja. Und Leyla? Es tut mir unfassbar leid. Ich wollte das alles nicht, du hast schon genug erlebt im letzten Jahr, ich … ich war einfach naiv, nein dumm.«

Leyla holte scharf Luft. Atmete langsam wieder aus. »Ich würde wirklich gerne sagen, ist schon in Ordnung. Aber das ist es leider nicht. Nicht einmal ansatzweise.«

Sie biss die Zähne zusammen.

»Wir hören uns später, Marcie.«

---

www.century-telegraph.com

+ + + LIVETICKER + + +

HAT ER ÜBERHAUPT EINEN SCHULABSCHLUSS?
Die Geschäftsführerin wusste Bescheid!
Alles über den Eklat-»Puketikanten« Kolja Barker

(bs) Seit die wohl skandalöseste Workplace-Affäre des Jahres bei der *LIORA*-Fashion-Show am letzten Wochenende aufgeflogen ist, kommt ein düsteres Geheimnis nach dem anderen ans Licht. *century telegraph* durchleuchtete die Vergangenheit von Kotzpraktikant (wir berichteten) Kolja Barker und stieß dabei auf – nichts. Weder fand die Investigativredaktion einen Nachweis über eine abgeschlossene Ausbildung oder ein Studium, noch konnte sie Barkers Schulabschluss bestätigen. Zwei Qualifikationen, die für eine Anstellung bei der *Storyhacker Agency* laut Website als absolute Minimum-Qualifikation gelten – wenn man nicht gerade eine romantische Affäre mit der Geschäftsführerin pflegt.

»Was ich sicher weiß, ist, dass Kolja eine Ausbildung und ein Studium begonnen hat, aber nie etwas davon abgeschlossen«, verrät eine Kontaktperson aus Barkers engstem Bekanntenkreis. »Die Geschäftsführerin wusste das. Es ist mir ein Rätsel, wie man mit dieser Vergangenheit eine Anstellung bei einem der beliebtesten Arbeitgeber des Landes erhalten kann, *ohne* dass persönliche Beziehungen eine Rolle gespielt haben sollen.«

>> Kolja Barkers Steckbrief: Hier klicken <<

CEO Ahmadi steht seit vergangenem Samstag unter Verdacht, ihre Einflüsse als Geschäftsführerin missbraucht zu haben, um ihrem Lover einen persönlichen Vorteil zu verschaffen. Immerhin ist die Agentur bekannt dafür, Praktika mit monatlich dreitausend Dollar netto überdurchschnittlich gut zu vergüten. Ein Gehalt, das dem ehemaligen Tankstellenmitarbeiter und Taxifahrer Barker junior mehr als willkommen gewesen sein dürfte.

Ahmadi hat sich seit vergangenem Montag »auf eigenen Wunsch temporär aus dem Alltagsgeschäft der Agentur zurückgezogen«, wie die Pressestelle der Agentur in einer offiziellen Meldung verlauten ließ. Für ihre Kunden sei sie »weiterhin jederzeit ansprechbar«, doch wer will jetzt noch mit ihr arbeiten? Über den Verbleib ihres Praktikanten ist derzeit nichts bekannt.

Wird Leyla Ahmadi vom Dienst dauerhaft suspendiert? Jetzt unserer Chronik folgen >>

Leyla

Leyla stand vor der Panoramafront in ihrem Penthouse und starrte hinab auf die Klippen. Sie konnte sich nicht erinnern, wann sie zuletzt an einem Mittwochnachmittag nichts getan hatte, anstatt zu arbeiten. Einfach nichts.

In ihrem Postfach war es still. Die Leute hatten sie sogar aus dem cc genommen. Sie wurde in der Agentur nicht gebraucht. Im Gegenteil. Ihre Anwesenheit schadete nur. Das Gefühl zerrte so stark an ihrem Herzen, dass sie darauf wartete, bis die Narben endgültig rissen. Denn das würden sie. Ohne Zweifel. Wenn Noah sie nicht mehr brauchte, Elias, ihr süßes Baby, sie nicht brauchte und die Storyhacker sie nicht brauchten: Wofür zur Hölle war sie dann eigentlich noch hier? Ob es das Gefühl war, das auch Mary Hemmingway verspürte?

Leyla hatte die Hemmingways noch am selben Abend angerufen. Aber die zwei hatten nicht mit ihr sprechen wollen. Patrik, weil er nicht ertrug, dass der freundliche junge Mann von der Trauerfeier mehr gewesen war als nur ein Taxifahrer. Mary, weil Leyla für sie neben einer Mörderin nun auch noch eine Betrügerin war.

Leyla hatte auch überlegt, ihre eigenen Eltern anzurufen. Da sie sich noch nicht bei ihr gemeldet hatten, war im Iran vermutlich noch nichts von ihrem Skandal angekommen. Aber ihr fehlte die Kraft, die Geschichte von vorn zu erzählen. Ihre Eltern hatten von nichts eine Ahnung. Weder von ihrer Kaufsucht noch von Kolja. Es hatte einfach immer zu wehgetan. Sie hatte mit ihren Eltern in den letzten Monaten lieber über die Arbeit und den Gemüsegarten ihrer Mutter geredet. Das rächte sich nun.

Durch die vierfach verglasten Fenster konnte Leyla das Rauschen der Wellen nicht hören. Es war totenstill in ihrer Wohnung. Sie drehte sich einmal um sich selbst. Klinische Leere. Minimalistische Ordnung. Die schneeweiße Couchlandschaft. Ein Teppich. Die Marmorküchenblöcke. Ein Glas unterm Wasserhahn. Sonst nichts.

Es war so leer, dass Leylas Finger, einem Impuls folgend, zu ihrem Smartphone zuckten, um etwas Deko zu bestellen. Um die Leere zu füllen, die sie beinahe erdrückte. Aber es würde ja doch nicht helfen. Was ihr fehlte, war keine Einrichtung. Es war seine Anwesenheit.

Noah.

Kolja.

Seit vier Tagen hatten sie sich schon nicht mehr gesehen. Es war zu gefährlich, ehe sie entschieden hatten, wie sie weiter vorgehen würden. Vor ihrem Wohnhaus musste ihr Concierge regelmäßig Journalistinnen und Journalisten abwimmeln. Und Verity Drummond war überall, sie verfolgte Leyla sogar in ihren Albträumen.

»Bist du da?«, flüsterte Leyla in die Stille. In der Hoffnung, Noah würde vielleicht antworten, sein Abbild würde sich irgendwo in der Wohnung materialisieren, wie er es früher getan hatte. In der Hoffnung, seine Stimme zu hören, wenigstens in ihrem Kopf. Aber seit seinem ersten Todestag hatte Noah sich nicht mehr bei ihr gemeldet.

Sie war allein.

---

www.the-female-financier.com

STORYHACKER AGENCY ZIEHT VERTRAGSANGEBOT AN BARKER-ERBE ZURÜCK

DIE *STORYHACKER AGENCY* HAT SICH ENTSCHIEDEN, von einer Festanstellung von Kolja Barker, aktuell Praktikant der Agentur und Sohn von Familienunternehmer Ernst Barker, abzusehen. Dies verkündete die Pressestelle der Story-Stunt-Agentur in einem offiziellen Statement am Mittwoch. »Aktuell prüfen wir die Situation aus sämtlichen Perspektiven – aus rechtlichen und ethischen«, so Camille Beauchamp, Leiterin der Rechtsabteilung der Agentur. »Mit der aktuellen Lage für alle Beteiligten verantwortungsvoll und gerecht umzugehen, hat für uns oberste Priorität.«

In der vergangenen Woche hatte CEO Leyla Ahmadi die vorzeitige Festanstellung des Praktikanten vor versammelter Kollegschaft auf einer After-Work-Party persönlich angekündigt, wie mehrere Angestellte der Agentur bestätigten. Einen Tag später drangen Fotos an die Öffentlichkeit, die die Geschäftsführerin in einem intimen Moment mit dem Praktikanten zeigten. Seitdem kursieren Vorwürfe des Machtmissbrauchs und Compliance-Bruchs. Die Geschäftsführerin hat sich aus dem Alltagsgeschäft vorerst zurückgezogen. (as)

Leyla

Es pingte aus den unsichtbaren Lautsprechern.

»Ja, Grace?«

»Leyla, Eugen verkündet das Eintreffen deines Besuchs. Möchtest du ihn hochschicken lassen?«

»Ja, bitte.«

Automatisch überprüfte Leyla ihr Erscheinungsbild im Ganzkörperspiegel im Flur – und resignierte. Sie trug den cremefarbenen Jogginganzug seit fünf Tagen. Genauso lange hatte sie sich die Haare nicht gewaschen. Jetzt bereute sie, dass sie sich nicht mal heute Mühe gegeben hatte. In dieser Verfassung könnte es schwieriger sein, Alba und Gee zu überzeugen, dass sie bereit war, in die Agentur zurückzukehren.

Es klopfte an ihrem Türrahmen.

»Nett hast du es hier«, sagte Gee, während er ins Penthouse schlenderte, die Hände in den Taschen seiner anthrazitfarbenen Anzughose vergraben. Er schob bewundernd die Unterlippe vor. »Warum hast du uns noch nie eingeladen?«

Alba rammte ihm einen Ellbogen in die Rippen und schnalzte mit der Zunge. Leyla und Noah hatten das Penthouse kurz vor dem großen Unglückstag gekauft. Zu einer Einweihungsparty war es nie gekommen. Zu einem Auszug hatte Leyla sich nie überwinden können.

»Vielleicht ein wenig kalt.« Gee runzelte die Stirn. »Eine persönliche Note würde den heiligen Hallen nicht schaden, meinst du nicht? Vielleicht ein paar Fotos am Kühlschrank?«

»Gee!«,

»Alba hilft dir«, behauptete Gee und deutete mit dem Daumen auf Leylas Assistentin. »Wette, sie kann aus dem Stegreif drei Innenarchitekten benennen?«

Leyla wandte sich Hilfe suchend an ihre Freundin. Alba verdrehte die Augen und seufzte. »Du bist unmöglich! Wie wäre es, wenn wir sie erst einmal begrüßen?« Sie schüttelte den Kopf und schloss Leyla in die Arme. Leyla entging ihre bei ihrem Anblick geschockte Miene dennoch nicht. Alba hielt sie kurz darauf an ausgestreckten Armen von sich weg und lächelte tapfer.

»Aber ich komme nicht drumherum, dich darauf hinzuweisen, dass Gee recht hat, Liebes: Falls du Unterstützung bei der Einrichtung deiner Wohnung brauchst – nur zu. Gib mir Bescheid. Alles, was ich bräuchte, wäre Zugriff auf deine privaten Bilddatenbanken, und deine Wohnung würde im Nu eine ganz persönliche Note erhalten.«

»Den Zugriff kriegst du nicht«, spottete Gee und ließ sich genauso in die Ecke des weißen Sofas fallen, wie er es im *Glass Office* immer tat. »Schon vergessen? In ihren privaten Fotos finden sich neuerdings Nacktbilder von ihrem Praktikanten.«

Er gluckste. Alba warf ein Kissen nach ihm. Irgendwie beruhigend, dass dieser Termin genauso begann wie all ihre Jour fixes: Gee, der Leyla verarschte, Alba, die ihn dafür bestrafte. Die zwei würden einander guttun, dachte Leyla. Wenn sie nicht beide so sture Single-Böcke wären.

»Also«, kam Leyla zur Sache und setzte sich auf einen Hocker Gee gegenüber. »Wie ist die aktuelle Lage?«

»Camille prüft weiterhin die arbeitsrechtlichen Aspekte, gemeinsam mit den Anwälten«, antwortete er. »So etwas dauert länger, als man denkt, und es ist seitdem noch nicht mal eine Woche vergangen. Sie suchen unermüdlich nach Präzedenzfällen. Die Lage ist kompliziert, weil alle Zeichen auf Amtsmissbrauch stehen, aber zahlreiche Leute zu deinen Gunsten aussagen. Die Compliance-Abteilung ist auch involviert, natürlich. Parallel haben wir eine Anzeige erhalten, von der *Barker Media Company*. Wegen unlauteren Wettbewerbs und Rufschädigung. Sie behaupten, unser Exit-Pitch sei rein persönlich motiviert gewesen und erfülle lediglich den Zweck, die Wirtschaftskraft von *Barker Media* zu schwächen. Laut Camille könnte *Barker Media* tatsächlich als Wettbewerber der Storyhacker aufgefasst werden. Barker verkauft Anzeigenformate und lässt sich ebenso fürs Erzählen von Markengeschichten bezahlen wie wir.«

Kalte Wut brodelte in Leyla auf.

»Lasst mich dazu öffentlich aussagen. Es wird ein Leichtes sein, dagegen zu argumentieren!«

Gee verzog das Gesicht, als hätte er in etwas Saures gebissen. Alba und er wechselten einen schnellen Blick.

»Wir denken«, begann Alba vorsichtig, »es wäre das Beste, wenn du dich vorerst nicht äußerst. Um das Feuer nicht weiter anzufachen.«

»Okay.« Leyla bemerkte die Überraschung im Blick ihrer Assistentin, als sie schulterzuckend und ohne Widerstand klein beigab. »Dann werde ich unter dem Radar agieren. Ich muss nicht im Mittelpunkt der Öffentlichkeit stehen, wenn eure Strategie das Gegenteil vorsieht. Ich kann auch von zu Hause arbeiten.«

Gee sah aus, als wünschte er, der Erdboden würde sich unter ihm auftun. Was zur Hölle sollte das?

»Ehrlicherweise«, setzte Alba wieder an, »würden wir dich aktuell aus dem Alltagsgeschäft der Storyhacker rausziehen. Und zwar komplett.«

Leyla lachte auf. »Was, wollt ihr mich kaltstellen?«

»Nicht kaltstellen«, beeilte Alba sich. »Sagen wir, es könnte keinen perfekteren Zeitpunkt geben, um Urlaub zu nehmen. Wann hattest du zum letzten Mal frei? Zeit, deine Gedanken zu sortieren? Denkst du nicht, das wäre jetzt der perfekte Zeitpunkt?«

»Nein?!«, antwortete Leyla, sprang vom Hocker auf und wandte sich an ihren Partner. »Gee. Ihr könnt mich nicht suspendieren.«

»Freistellen.«

»Das ist das Gleiche.«

»Technisch gesehen hast du weiterhin Zugang zu deinem Arbeitsplatz.«

»Der mir ja auch gehört!«

»Richtig. Und deshalb wirst du das Beste für die Agentur wollen, Leyla, nicht wahr?«

Ihre Augen brannten, aber es war Empörung statt Wut, die sie in Atem hielt.

»Es tut mir unheimlich leid«, sagte Gee. »Ehrlich. Ich verfluche mich jeden Tag dafür, dich nicht anders beraten zu haben. Hätten wir Kolja gekündigt, wäre all das nicht passiert. Andererseits ...«, er lächelte schief, »... wäre all das nicht passiert.«

Leyla wanderte ziellos durchs Wohnzimmer und stützte sich nach wenigen Sekunden auf der Sofalehne ab. »Wie geht es danach weiter?«

»Wir warten, bis Ruhe eingekehrt ist. Bis *Century Telegraph* alle Karten ausgespielt hat. Danach bewerten wir die Situation neu. Vielleicht haben sich die Wogen geglättet, und wir machen weiter wie zuvor. Vielleicht müssen wir uns – dich – aber auch gänzlich neu aufstellen.«

»Wer sitzt in der Zwischenzeit an der Spitze? Gee?«

Alba schüttelte den Kopf. »Gee hat sich dagegen ausgesprochen, die Agentur im Alleingang zu führen.«

Er zuckte mit den Schultern. »Ist einfach nix für mich.«

»Stattdessen wird ein Board der Agentur vorstehen. Geformt aus dem C-Level. Charlie, Dounia, Camille, Musa, die ganze Brigade. Gee ist Vorsitzender.«

Leyla nickte. Das war eine gute Entscheidung, an die sie selbst in den letzten Tagen schon gedacht hatte.

»Wir haben Umfragen zusammen mit einem Marktforschungsinstitut durchgeführt«, fuhr Alba fort. »Um das Stimmungsbild im öffentlichen Diskurs einzufangen. Leider hat *Century Telegraph* ganze Arbeit geleistet: Die Öffentlichkeit schätzt dich aktuell überwiegend als hinterhältig, unethisch, heuchlerisch und unglaubwürdig ein.« Jedes einzelne Wort traf Leyla wie ein Dolch. »›Affären am Arbeitsplatz ...‹«, Alba setzte es in Anführungsstriche, »›... sind stark negativ konnotiert und werden per se abgelehnt. Es gibt wenige Umstände, unter denen die Öffentlichkeit sie toleriert.«

»Die da wären?«

Alba und Gee tauschten einen weiteren dieser nervigen kurzen Blicke.

Gee räusperte sich. »Ähm. Liebe.«

»Liebe.«

»Ja. Liebe. Und Commitment. Wenn ein Paar sich nach der Enthüllung einer Liebschaft zueinander bekennt, Absichten einer exklusiven, monogamen Beziehung äußert und diese mit zärtlichen Gefühlen füreinander begründet, ergibt das die größte Wahrscheinlichkeit, dass die Liaison gesellschaftlich akzeptiert wird.«

Leyla schnaubte. »Ist das die goldene Formel, mit der du die Wahrscheinlichkeit berechnet hast, ja?«

»Ja. Nein. So was in der Art. Entschuldige die nüchterne Betrachtungsweise. Ich bin Finanzmensch.«

Leyla verdrehte die Augen, aber auf eine zugewandte Art.

»Was ist mit beidseitigem Konsens? Zählt das nicht?«

»Äh ... nein.«

»Wieso nicht?«

»Weil ...« Hilfe suchend, wie Leyla befand, sah Gee zu Alba. So kannte sie ihn gar nicht.

»Weil die Menschen nicht so weit sind. Und das sage ich völlig wertfrei. Sie wollen das ihnen bekannte Bild der exklusiven, monogamen Liebe, weil es das ist, was sie verstehen. Alles andere fernab dessen haben sie als verrucht und verwerflich abgespeichert. Es ist, aus ihrer Sicht, eine niedere Form der Beziehung, in der folglich eine der beiden Parteien ungleichgewichtig profitieren muss.«

Einem spontanen Reiz folgend, schnappte Leyla sich ein Sofakissen und pfefferte es gegen die Wand.

»Was ist das bitte für eine Gesellschaft, die Paaren auferlegen will, wie sie zueinander zu stehen haben, damit es *richtig* ist?« Sie knurrte frustriert. »Das ist doch absurd!«

Alba senkte den Blick.

»Absolut«, entgegnete Gee heiser und schluckte, als müsste er einen ganzen Schwall Gefühle zurückhalten, damit genügend Platz für Leylas blieb. »Es ist nicht fair. Aber es ist, wie unsere Welt funktioniert, leider. Noch.«

»Ich werde das nicht unterstützen.«

»Aber vielleicht verlierst du dann.«

»Ich werde nicht mit Kolja eine Beziehung eingehen, um ein Gesellschaftsbild zu unterstützen, in dem die einzige, voll akzeptierte Beziehungsform die exklusive Monogamie ist.«

Alba seufzte. »Ich verstehe dich, Leyla. Und ich liebe es, wenn du ein Zeichen in der Gesellschaft für Wandel setzt. Es ist wichtig. Viel zu selten tun Menschen das. Aber: Ich liebe auch, wenn du glücklich bist. Deshalb ... Vielleicht gibt es ja doch eine Möglichkeit.«

»Wofür?«

»Eine Beziehung mit Kolja zu führen und damit dein Image, die Storyhacker und dein Leben zu retten.«

Leyla lachte auf. »Und was soll das bitte für eine Möglichkeit sein? Sag mir, wie soll das klappen?«

Alba verschränkte die Hände im Schoß.

»Indem du es willst. Wahrhaftig. Und von Herzen.«

Von hier aus konnte Kolja ihr Haus sehen. In weiter Ferne, an den Klippen entlang, glitzerten die gläsernen Apartmenthäuser mit den begrünten Fassaden im Sonnenlicht. Zwischen ihm und ihr lag das tosende Meer. Ein ganzer Ozean.

Motorengeräusche rissen Kolja aus seinen Gedanken. Er wandte sich um. Ein Auto kam den schmalen Schotterpfad zu der geheimen Stelle oben auf dem Felsen hochgeruckelt, ein SharedCar. Es hielt am Rand im Strandhafer, womit es noch immer den halben Weg blockierte. Umso besser. Leyla und er konnten keine Zeugen gebrauchen, weshalb er diesen Ort hier vorgeschlagen hatte, einen seiner Fotoplätze.

Die Tür öffnete sich, und sie stieg aus, eine Hand an der Stirn, mit der sie sich die Haare zurückstrich, die die salzige Meeresbrise ihr um die Ohren wirbelte. Sie sah so hübsch aus. Und gleichzeitig fürchterlich. So blass wie nie zuvor. Und abgemagert, als hätte sie in der vergangenen Woche keinen Bissen runterbekommen. Genau wie er.

Als sie näher kam, sprang Kolja von dem Felsvorsprung, auf dem er gewartet hatte, und lief auf sie zu. Sie schenkte ihm ein dünnes Lächeln, das die Traurigkeit nicht aus ihren Augen vertrieb. Scheiße. Unbeholfen öffnete er die Arme und ließ sie wieder fallen.

»Hey.«

»Hey.«

Aber Leyla wickelte ihre Arme um ihn, scheißegal, dass er sein Angebot einer Umarmung nicht aufrechterhalten hatte. Sie presste alle Luft aus seinen Lungen, und Kolja umschlang sie zurück. Atmete ihren Shampoo-Geruch ein, verdammt, sie hatte sich die Haare frisch gewaschen; er inhalierte die Leyla-Note darin, die den Duft erst so richtig gut machte. Ihre weichen Wellen strichen über sein Gesicht. Er hatte sie vermisst. Dagegen hatten auch die kargen Sprachnachrichten nicht helfen können, die sie einander seit ihrem letzten Sehen in der Agentur nach der Fashion-Show geschickt hatten. Im Versuch, ihre Verbindung nicht abreißen, aber auch nicht stärker werden zu lassen. Im Wissen, dass es ja doch nichts mit ihnen werden würde. Dass es bereits vorbei gewesen war, ehe es richtig angefangen hatte.

Kolja führte sie an der Hand zu seinem Lieblingsplatz, einer windstillen Kuhle zwischen den runden Felsbrocken. Seine persönliche Höhle, in der er immer seine Habseligkeiten versteckte, wenn es regnete und er fotografierte. Hier bestand der Boden aus feinem, unberührten Sand, in den sie sich nebeneinandersetzten, um gemeinsam auf den grau bewölkten Horizont zu starren.

»Wie geht es dir?«, flüsterte Leyla als Erste.

Kolja zuckte mit den Schultern.

»Ich weiß es nicht so recht. Mal so, als hätte ich alles verloren, was ich besaß. Mal so, als hätte sich nichts verändert und ich wäre einfach in mein altes Leben zurückgekehrt: zwischen Coladosen und halb verwelkte Schnittblumensträuße, die verzweifelte Ehemänner mit schlechtem Gewissen auf ihre Tankrechnung setzen. Dann wieder taub und leer. Dann ... verzweifelt, weil ich gern bei dir wäre. Und dann nüchtern und klar. Weil ich weiß, dass es das Beste ist, dich nicht zu sehen.«

Leyla nickte. Ihrer Miene war keine Gefühlsregung anzusehen.

»Und dir? In der Hoffnung, dass du es mir nicht übel nimmst: Du siehst einfach grauenvoll aus. Im Ernst, ich weiß nicht, ob ich mich so noch für dich interessieren könnte.«

Sie lachte, garantiert zum ersten Mal seit langer Zeit. Dann lehnte sie den Kopf an seine Schulter.

»Mir gehts genauso«, flüsterte sie. »Dass ich dich abstoßend finde, meine ich.«

»Klar.« Kolja schnippte sachte gegen ihr Kinn. »Was wolltest du persönlich besprechen, das nicht auch in einer Sprachnachricht gesagt werden kann?«

Leyla schluckte und setzte sich wieder aufrecht hin, woran er erkannte, dass das Folgende ihr wirklich wichtig sein musste. Scheiße. Bitte, lass es nicht sein, wovor ich mich am meisten fürchte, flehte er stumm.

»Alba und Gee waren gestern zu Besuch«, begann Leyla und knetete ihre Finger im Schoß. »Sie haben berichtet, wie es agenturintern aussieht. Und an der rechtlichen Front. Zusammengefasst: beschissen.«

»Du kannst nicht wieder arbeiten?«

»Nein.« Sie schluckte. »Die Affäre«, sagte sie und verzog das Gesicht bei dem Wort, »war rufschädigend. Sie haben Sorge, mein Image könnte sich auf das der Agentur übertragen, wenn ich zu früh zurückkehre. Schlimm genug, dass mein Gesicht in der Öffentlichkeit synonym für die Agentur steht. Deswegen bin ich vorerst freigestellt.«

»Suspendiert?!«

»Freigestellt.«

»Das ist das Gleiche!«

Leyla lachte freudlos auf. »Hab ich auch gesagt.« Sie rieb sich kurz über das Gesicht.

Kolja schnaubte. »Sie finden wirklich keine Möglichkeit für dich, in deine alte Rolle zurückzuschlüpfen? Nicht mal, wenn du dich öffentlich entschuldigst? Dich von der Sache distanzierst? Mich feuerst? Vorgibst, dass *ich* dich hinter der Bühne geküsst habe, du das aber eigentlich gar nicht wolltest und in dem Moment überfordert warst?«

Sie lächelte. »Danke, dass du all das auf dich nehmen würdest. Aber nein. Nichts davon macht die Sache besser. Und Lügen sind für mich keine Option.«

Kolja schlug mit der flachen Hand in den Sand. »Es kann doch nicht sein, dass es *keine einzige* Möglichkeit gibt!« Leyla schwieg eine Sekunde zu lange. Kolja wandte sich zu ihr um. »Oder doch?«

»Na ja.« Sie holte tief Luft und atmete langsam wieder aus. Dann wandte sie den Blick ab, als könnte sie ihm bei ihren nächsten Worten nicht in die Augen sehen. »Es gibt eine Möglichkeit. Aber sie fühlt sich in so vielerlei Hinsicht falsch an.« Ein Schluchzen bahnte sich seinen Weg über ihre Lippen, sodass Kolja die Arme um sie schloss und sie an sich zog.

»Hey. Schon gut. Was ist das für eine Möglichkeit? Wir kriegen das hin.«

Leyla schniefte, löste sich leicht von ihm. Straffte die Schultern und sprach aus, was Kolja sich die ganze Woche über ausgemalt hatte – jedoch nie, ohne dass sich sein Magen zu einem einzigen harten Knoten verkrampft hatte. Genau wie jetzt.

»Eine Beziehung. Eine öffentliche Beziehung. Alba meinte, es sei die einzige Erklärung, die die Gesellschaft als Grund akzeptieren würde. Zusammen mit einem Geständnis, dass wir tatsächlich in keinem guten privaten Verhältnis zu Ernst Barker stünden. Unsere Ablehnung seines Etats aber in keiner Verbindung damit stehe.«

»Puh.« Kolja fuhr sich durch die Haare und umklammerte seine Knie mit den Unterarmen. Genau das hatte er befürchtet. Es war auch die einzige Möglichkeit gewesen, die ihm eingefallen war.

»Ich weiß«, fuhr Leyla fort und verhaspelte sich, so schnell schob sie die nächsten Worte hinterher. »Ich habe mich sofort dagegen gewehrt. Eine Beziehung anzufangen, nur weil der Druck aus der Gesellschaft es verlangt, ist einfach ...« Sie schielte zu ihm, als hoffte sie, er würde ihren Satz beenden, aber er konnte nicht. »Wahnwitzig«, sagte sie schließlich. »Ich will nicht unterstützen, dass Beziehungen nur akzeptiert werden, wenn sie exklusiv-monogam und aus Liebe geschlossen werden. Solange das Unternehmen davon nachweislich nicht benachteiligt wird, sollte Konsens genügen.«

»Vielleicht könntest du genau damit an die Öffentlichkeit treten«, schlug Kolja vor, wohl wissend, dass es eine feige Antwort war. »Indem du dich für die Akzeptanz von alternativen, ja unverbindlichen Beziehungskonzepten starkmachst.«

Etwas in Leylas Blick blitzte auf. Etwas wie Schmerz. Sie schüttelte den Kopf.

»Das geht nicht. Zum jetzigen Zeitpunkt käme es der Öffentlichkeit vor wie ein schwacher Rechtfertigungsversuch. Selbst wenn ich jedes Wort ernst meine.«

Kolja nickte. Zwischen ihnen machte sich peinliches Schweigen breit. Ein Ozean ungesagter Worte.

»Ich musste gestern Abend über etwas nachdenken, das Alba gesagt hat«, nahm Leyla leise den Faden wieder auf.

»Und was war das?«

»Sie sagte, wir müssten nicht *vorgeben*, in einer Beziehung zu sein. Wenn wir es wollten. Aufrichtig und von Herzen.«

Die Zeit stand still. Sogar der Wind gefror, als Leyla langsam den Kopf in seine Richtung wandte und mit ihm all ihre Hoffnung, all ihr Schmerz, all ihre Verletzlichkeit. Sie schlugen ihm entgegen wie eine Flutwelle.

Kolja schloss die Augen. »Willst du das denn?«, fragte er heiser.

Sie schluckte hörbar. Ihre Stimme zitterte, als sie weitersprach. »Ich muss immer an Noah denken. Er bewohnt einen Teil meines Herzens, den ich niemals wieder neu verschenken kann. Deshalb dachte ich erst: nein. Auf keinen Fall. Aber als ich darüber nachgedacht habe – die halbe Nacht, um ehrlich zu sein –, kam ich zu dem Schluss, dass es vielleicht gar nicht immer nötig ist, sein ganzes Herz zu verschenken. Dass das zu viel verlangt ist. Ich bin nicht mehr siebzehn, Kolja. Ich werde bald dreißig, ich habe eine Geschichte, ein Drittel Leben hinter mir. Ich kann nicht mehr von mir erwarten, mich jemandem unbelastet, ohne Narben und ohne Erinnerungen an schlechte und schöne Zeiten hinzugeben. Wenn ich mich heute auf jemanden einlasse, dann muss dieser Jemand das nehmen, was ich bin: kein leeres Buch, dessen Seiten es zu befüllen gilt. Sondern ein neues Kapitel, der Beginn einer weiteren Geschichte. Die wir gemeinsam schreiben könnten.«

Er hörte, wie sie neben ihm die Luft anhielt, spürte, wie sie ihn aus den Augenwinkeln beobachtete. Aber wenn Kolja eins von ihr gelernt hatte, dann war es, die Stille auszuhalten. Bis Leyla schließlich fortfuhr: »Was, wenn wir gemeinsam unsere Geschichten weiterschreiben würden, Kolja?«

Scheiße. Scheiße. Scheiße.

»Leyla«, wisperte Kolja, als er den Blick hob. Und musste mit anse-

hen, wie all ihre Hoffnungen bei dem einen Wort in sich zusammen-
fielen. »Es ... es tut mir so leid, ich ...«

*Ich kann keine Beziehung mit dir eingehen. Obwohl ich dem Gedanken an
eine Beziehung nie näher war als mit dir. Nicht etwa, weil ich ein verkorks-
tes Stück Scheiße bin, das in seiner Familie nie gelernt hat, was wahre Liebe
ist. Das hättest du mir schon beigebracht, da bin ich sicher. Korrigiere: Das
hast du mir schon beigebracht. Aber das ist es nicht. Nicht wirklich. Ich kann
nicht mir dir zusammen sein, weil ich dir nicht die Wahrheit gesagt habe.
Weil ich dich seit dem ersten Tag, an dem ich in dein Büro gestolpert bin, be-
lüge. Weil ich die letzten Wochen nicht wirklich in deiner Agentur gearbeitet
habe, wie du vielleicht denkst. Ich habe ein Geheimnis vor dir, das ich in
einer Beziehung nicht länger bewahren könnte. Und wenn es rauskäme, bei
Gott, wenn du und die Welt davon erführen, hättest du ein noch viel größeres Problem als jetzt schon. Wenn die Journalisten dahinterstiegen, würdest
du dir wünschen, es wäre bei den Gerüchten über eine Büro-Affäre geblieben.
Ich würde dich blamieren. Dir für immer dein Gesicht nehmen. Und das
kann ich nicht zulassen, das kann ich dir nicht antun. Dass du mich hasst,
wenn ich dir die Wahrheit sage, allerdings auch nicht. Es würde mir das
Herz brechen und das gesamte Selbstwertgefühl zerstören, das du die letzten
Wochen so mühevoll in mir aufgebaut hast. Ich glaube nicht, dass ich das
ertragen würde. Und deshalb kann ich, anstelle von tausend Worten Wahrheit, nur das hier sagen:*

»Leyla, ich ... ich glaube nicht, dass ich dazu bereit bin. Dass ich
das will. Eine feste Beziehung. Das Licht der Öffentlichkeit. Du
weißt, du bedeutest mir eine unfuckingfassbare Menge. Aber eine
Beziehung ...«

»Schon okay«, fiel Leyla ihm ins Wort. Obwohl ihre Augen das
Gegenteil sagten, schaffte sie es, ihre Stimme klingen zu lassen, als
meinte sie es so. »Ich verstehe das. Du warst von Anfang an offen
zu mir. Dass du noch nicht weißt, wo du stehst. Mit der Solo-Poly-
Geschichte, mit dir. Und mir.«

*Das hat damit überhaupt nichts zu tun. Ich will nicht solo-polyamorös
leben, Leyla. Nicht seit dir. Und wenn ich ehrlich zu dir wäre, müsste ich zugeben, dass ich das auch nie gewollt habe.*

»Ich habe damit schon gerechnet«, fuhr Leyla fort und wurde tatsächlich noch bleicher, als sie es eh schon war. »Nur damit du nichts

Falsches denkst – du hast mir nie das Gefühl gegeben, es könnte mehr sein als das, was wir besprochen haben: nichts Festes. Nichts Lockeres. Nichts Exklusives. Nichts Offenes. Einfach nur das, was zu uns und unseren verqueren Leben gepasst hat. Das habe ich zu jeder Zeit gewusst.«

Scheiße, *er* brach ihr das Herz, und *sie* stellte sicher, dass er sich keine Vorwürfe machte? Wie gut konnte ein Mensch sein?

»Ich hatte nur gedacht, jetzt da das nicht mehr zu unseren verqueren Leben passt ...« Sie lachte auf. »Schon gut. Ich glaube, wir haben alles gesagt.«

Nicht einmal ansatzweise. Aber ich bin eben ein scheißfeiger Hund.

»Ja. Es tut mir wirklich leid.«

»Ich weiß.« Sie lächelte ihn aufmunternd an. »Bringst du mich ein letztes Mal zum Auto?«

Verdammt, er durfte das doch nicht so stehen lassen! Nur weil er ein Arschloch war, das sich hinter seinen Lügen versteckte. Er konnte die ganze Sache doch nicht hier und jetzt enden lassen; sie gehen lassen, sie sich selbst und den Trümmern überlassen, die er über ihr zum Einsturz gebracht hatte. Was wäre er denn für eine Figur in ihrer Geschichte, wenn er sie jetzt hängen ließ? Die erste Person, der sie nach Noah vertraut hatte – und die ihr Vertrauen gebrochen hatte.

»*Das finde ich allerdings auch, Idiot*«, stimmte ihm eine schnippische Daisy in seinem Kopf zu.

Leyla rappelte sich hoch, klopfte den Sand von ihren Oberschenkeln und sah auf ihn herunter.

»Kommst du?«

Kolja rührte sich nicht.

»Warte.« Jetzt, aber auch allgemein.

Leyla setzte sich noch einmal in den Schneidersitz neben ihn.

»Ich ...«, setzte Kolja an, und die Worte in ihm tobten in einem Sturm, wurden durcheinandergewirbelt, er konnte sie kaum greifen. Jedes einzelne davon ein unbezwingbarer Kraftakt.

»Ich ... ich muss darüber nachdenken«, presste er schließlich hervor. »Mir über ein paar Dinge klar werden.« Ein paar Dinge im Hintergrund regeln. »Könnte ich mich mit meiner Antwort auf alles, was du gesagt hast, in einiger Zeit melden? Sobald wie möglich?«

Leylas Augen weiteten sich.

»Ja«, flüsterte sie. »Warum nicht. Du musst nicht gleich antworten. Es ist schließlich eine große Frage.«

Auch wenn ich mich gefreut hätte, wenn du sie gleich eindeutig hättest beantworten können – er las die ungesagten Worte in ihrem Blick. Aber mehr konnte er nicht anbieten.

»Danke.«

»Dann warte ich einfach, dass du dich bei mir meldest, okay?«

Kolja nickte. Leyla erhob sich ein zweites Mal. Diesmal sah er etwas in ihrem Blick, das vorhin gefehlt hatte. Zuversicht.

Es fühlte sich erleichternd an. Und vernichtend zugleich.

---

www.century-telegraph.com

+ + + BREAKING NEWS + + +

»KÄMPFT MIT DEN TRÄNEN«
So hat Leyla Ahmadi ihr erstes Baby verloren

(vd) Ruchlos: Leyla Ahmadi verkündete Fehlgeburt bei legendärem Frühlingsfest vor versammelter Mannschaft. »Sogar aus ihren Schicksalsschlägen macht sie eine Story, um Profit daraus zu schlagen.« Ein *Storyhacker*-Kontakt packt aus! […]

www.the-female-financier.com

OFFICE-AFFÄRE UNCOVERED:
Was hat der Vater damit zu tun?

DIE KRITIK AM BARKER FAMILIENUNTERNEHMEN im legendären Exit-Pitch könnte persönlich motiviert gewesen sein – die aufgeflogene Liaison danach aber auch. Hatte Vorstandsvorsitzender Ernst Barker, Eigentümer von *Century Telegraph*, die Beziehung möglicherweise missbilligt und Ahmadi eine harte Rache einstecken müssen? Das steckt hinter den aktuellen Vorwürfen an die *Storyhacker-*

CEO aus dem Barker Medienhaus. Im Gespräch mit Alba Hernandez […] (as)

www.century-telegraph.com

+++ BREAKING NEWS +++

»FUCKED WITH THE GIRL BOSS«
Schock! Neue Analyse-Tools zeigen ehemalige Instagram-Storys von Kolja Barker – das kam dabei raus

(vd) Leyla Ahmadi und Kolja Barker hatten schon an seinem allerersten Praktikumstag Sex – und das in ihrem Büro! Das zeigen neueste Ergebnisse eines Social-Media-KI-Tools, das frühere Instagram-Storys des Ex-Praktikanten auswertete. […]

www.femmetastical.com

Female Future Fucker:
Is SHE still our role model? Hell, YES!

(lt) Seit Leyla Ahmadis Affäre mit ihrem sieben Jahre jüngeren Praktikanten öffentlich wurde, erreichen uns zahlreiche Anfragen, »ob wir die Female-Empowerment-Fanatikerin noch immer so hypen wollen wie zuvor«. Ihr wollt ein Statement, wir liefern. Hier ist es:

Entschuldigung?! JA!

Unsere *Femmetastical*-Kollegin Lea hat sich mit euren Fragen vom Ehrenkodex bis zum Machtmissbrauch auseinandergesetzt und kommt zu einer klaren Haltung. Schon mal vorab: *Century Telegraph*, über euren »investigativen Journalismus« können wir nur den Kopf schütteln […]

Leyla

Leyla Ahmadi wartete drei Monate lang. Drei Monate und drei Weihnachtsfeiertage, in denen Kolja sich nicht bei ihr meldete.

Seit ihrem Gespräch auf den Klippen hatten sich die Blätter an den Bäumen saftig grün gefärbt. Die Sonne ging später unter, was bedeutete, dass Leyla immer quälend lange in ihrem Penthouse saß, bis der Tag endlich vorüberzog. Die Medien hatten sie mit Haut und Haaren gefressen. Aber genauso hatten sie, als sie zerfleischt und blutend am Boden lag, wieder von ihr abgelassen und sich spannenderen Themen gewidmet. Leyla hatten sie einfach zum Sterben zurückgelassen.

Vor ein paar Wochen, kurz nachdem sie zum ersten Mal im Gästezimmer aufgewacht war und nicht auf ihr Handy geschaut hatte, ob Kolja eine Sprachmemo geschickt hatte, hatte Leyla wieder zu arbeiten begonnen. Aber es war nicht das Gleiche. Sie hatte nicht länger das Gefühl, ihr dreihundertköpfiges Team durch jede Flut und jeden Sturm zu navigieren. Eher fühlte es sich an, als reichten dreihundert Storyhacker nicht, um die Last, die sie mitbrachte, hinter sich herzuziehen.

Es war leicht, die Maske aus Make-up wieder aufzusetzen, die sie nach Elias' und Noahs Tod getragen hatte. Mit dem entscheidenden Unterschied, dass ihr die jetzt niemand mehr abnahm seit ihrem Geständnis beim Frühlingsfest. Sie kannten sie zu gut. Die Leute sahen sie mitleidig an, versuchten, sie aufzumuntern, ihr gut zuzureden, ihr Rückhalt zu geben. Aber das war nicht, was Leyla unter Führung verstand. Und tief im Inneren wussten das auch die Storyhacker: Sie hatten vielleicht Leyla zurück. Nicht aber den kühlen Kopf und die Entscheidungsgewalt, die ihnen fast ein Jahrzehnt den Weg geebnet hatte. Das C-Level-Board war deshalb weiterhin im Einsatz für sämtliche Entscheidungen höchster Ebene. Was Leyla nur guthieß. Es war das Beste für die Agentur. Aber es zeigte ihr gleichzeitig, wie wertlos sie war. Die Storyhacker-Welt drehte sich auch ohne sie. Vielleicht hatte sie das schon immer getan.

Seit Leyla nicht mehr vor dem Chaos in ihrem Penthouse flüchten musste, arbeitete sie immer häufiger von zu Hause aus, bis sie es schließlich fast ausschließlich tat. Über Grace unterhielt sie eine digitale Standleitung zu Alba, die ihr manchmal zum Arbeitsbeginn einen heißen Tee liefern ließ, der schon ein wenig kalt war – genau so wie sie ihn Leyla früher selbst serviert hatte. An Dienstagen kam Gee vorbei und schmiss sich für ihren Jour fixe in die Sofaecke, wie er es auch im *Glass Office* getan hatte. Nur dass er zu Beginn weniger über Agenturtratsch frotzelte, sondern darüber, dass Leyla sich für ihn durchaus mal die Haare waschen könnte. Oder frische Leggins anziehen, im Gegenzug dafür, dass er ihr jedes Mal frische Schnittblumen mitbrachte. Aber mal im Ernst: Wofür?

Ihre Entscheidungen schätzten sie in der Agentur noch immer. Wann immer sie Leyla ein Problem brachten und sie eine Lösung anbot, feedbackte man ihr wenig später, dass ihr Vorschlag goldrichtig gewesen war. Wenigstens etwas. Aber es füllte Leylas inneres Glücksglas nicht an, jedes Lob floss rückstandslos durch sie hindurch. Sogar als Dylan eines Tages einen riesigen Blumenstrauß vorbeibrachte für einen Pitch, den Leyla für die Agentur im Alleingang umgesetzt und gewonnen hatte – irgendwie musste man sich ja beschäftigen –, berührte sie das nicht. Erst als Dylan vorsichtig fragte, ob sie wisse, ob Kolja ihm noch seine Hose wiedergeben würde, weil er sie wirklich sehr gern mochte, regte sich zum ersten Mal seit Langem etwas in ihr. Es war derselbe Schmerz wie seit jeher, gemischt mit der Gleichgültigkeit, mit der sie ihn in den vergangenen drei Monaten betäubt hatte.

Und dann, eines Tages, es war ein Mittwoch, klingelte es wie aus dem Nichts an der Tür.

Grace kündigte Besuch an.

Kolja

»**Sie empfängt Sie**«, sagte Eugen verschnupft, während er Kolja über den Rand seiner Brille musterte.

»Danke«, entgegnete Kolja atemlos, aber er brachte kaum einen Ton über die Lippen, so stark pochte ihm das Herz bis zum Hals. Zum unzähligsten Mal wischte er sich die Hände an den Hosenbeinen trocken. Eugen machte keine Anstalten, den Aufzug zu holen.

»Dann ...« Kolja deutete fragend in Richtung der Stahltüren.

Eugen schnalzte. »Wenn ich mich recht daran erinnere, hatte ich Ihnen aufgetragen, es nicht zu vermasseln, Mr Barker.«

Kolja nickte. »Ich weiß.«

»Sie haben es auf ganzer Linie vermasselt.«

»Ich weiß.«

»Ich ziehe in Erwägung, ein technisches Problem mit dem Fahrstuhl vorzutäuschen.«

»Diesmal mach ich's besser. Versprochen.«

Der Concierge zog die Augenbrauen hoch.

»Ich will auch, dass sie glücklich ist, Eugen.«

Er schnaubte und drückte auf den Knopf.

»Und nennen Sie mich Kolja!«

Während die Türen sich schlossen, schüttelte Eugen noch immer den Kopf.

Als der Fahrstuhl nach oben fuhr, sackte Koljas Magen nach unten. Er hatte sich wochenlang auf diesen Moment vorbereitet. Tagelang vor dem Spiegel geübt, was er sagen würde. Er hatte die tausend Worte in seinem Kopf auf zehn reduziert, damit er es nicht verkackte, heute nicht. Er musste endlich aussprechen, was er sich mehr als sein halbes Leben schon nicht zu sagen traute, und dafür musste er seine Rede so kurz halten wie möglich. Er formte die Worte mit den Lippen, wieder und wieder. Er musste sie gleich nur noch aussprechen, einfach rauslassen. Sich vorstellen, dass er in den Spiegel blickte, wenn er ihr gegenüberstand, was er gewissermaßen ja auch tat. Sie war sein Spiegel. Sein zweites Ich.

Die Türen glitten auf. Kolja lauschte. Nichts. Entweder hatte sie das Penthouse schon geöffnet und wartete schweigend im Türrahmen auf ihn, wie immer – nein, wie früher. Oder er stünde gleich vor verschlossener Tür. Kolja holte tief Luft.

Trat über die Schwelle. Lief strammen Schrittes zu dem einzigen Eingang auf dem Flur, der halb offen stand. Leyla wartete darin, gegen die die Tür gelehnt. Die langen Haare offen, das Gesicht ungeschminkt, in einem dünnen cremefarbenen Wollpullover, die Lippen zusammengepresst. Sie war schlichtweg atemberaubend.

Steif wie ein Roboter kam Kolja vor ihr zum Stehen.

Jetzt. Nicht lange nachdenken. Jetzt. Sags einfach. Er schlug eine Faust in seine Handfläche, wie um sich selbst anzufeuern, biss sich auf die Unterlippe, trat von einem Fuß auf den anderen. Verdammt.

»Hey«, sagte Leyla schließlich leise.

Scheiße.

»Ich bin Analphabet«, sagte Kolja. »Ich kann weder richtig lesen noch schreiben.«

Es war so still im Hausflur des Penthouse, man hätte eine Münze auf den weichen Teppich fallen hören können.

Kolja stand Leyla gegenüber, die Luft angehalten, die Hände am Hinterkopf verschränkt, sodass ihm das T-Shirt vorn aus der Hose rutschte. Er war leichenblass, seine Stirn glänzte. Als Leyla ihn das letzte Mal so gesehen hatte ...

»Scheiße, Kolja, musst du dich übergeben?«

»Vielleicht. Ja. Eventuell.«

Leyla trat aus der Tür, und Kolja stürzte an ihr vorbei zum Gäste-WC. Doch statt sich über die Kloschüssel zu beugen, blieb er in der Tür stehen, stützte sich gegen den Rahmen oberhalb seines Kopfes und atmete schwer. Lange Atemzüge, bis sein Rücken sich nicht mehr schwer hob und senkte. Er füllte die Tür fast vollständig aus.

Leyla legte ihm eine Hand ins Kreuz. »Gehts wieder?«

Er verspannte sich unter ihrer Berührung, ohne sich umzudrehen.

»Nein.« Kolja keuchte, mit einer Stimme so tief, wie Leyla sie noch nie zuvor bei ihm gehört hatte. »Erst wenn du alles weißt. Alles.«

Sachte schob er sich an ihr vorbei, wobei seine Hand wie beiläufig über ihre Hüfte strich, und steuerte in Richtung Sofa. Er setzte sich in dieselbe Ecke, in die Gee sich sonst fläzte, und klopfte neben sich auf die Polster. Zögernd kniete Leyla sich auf das Kissen daneben und wandte sich ihm zu.

»In Neuseeland hat mehr als ein Drittel aller Teenager im Alter von fünfzehn Probleme mit dem Lesen und Rechnen«, begann Kolja in seiner mechanischen Präsentationsstimme, die er auch beim Pitch und bei der Frühlingsfestpräsentation angewandt hatte. »Ein großer Teil davon ist schlecht ausgebildet, was an vielen Gründen liegt. Unter anderem am Schulsystem. Aber ein kleiner Teil davon zählt zu den funktionalen Analphabeten. Funktionaler Analphabet zu sein wie ich, bedeutet nicht zwingend, dass man überhaupt keine Buchstaben kennt. Ich kann einzelne Wörter und kurze Sätze lesen und schreiben, aber keine zusammenhängenden Texte. Mir rieseln die Wörter, die Buchstaben einfach durch die Hände, wenn ich lese. Wenn mein Gehirn etwas schreiben soll, ist es, als wollte ich Wasser mit einem Sieb auffangen. Ergibt das Sinn?«

»Deshalb schickst du lieber Sprachmemos als Textnachrichten«, merkte Leyla an, den Blick fest auf seine Lippen gerichtet.

Kolja nickte. »Und wenn, dann haben meine Textnachrichten keine Satzzeichen, wegen der Diktierfunktion. Ich mache immer drei Kreuze, wenn sie mich richtig versteht. Die Digitalisierung ist im Grunde genommen ein Segen für Menschen wie mich: Es gibt Apps für alles. Sprachassistenten. Grafische Kalender. Merklisten. Wobei ich die nicht brauche, mein Gehirn kann sich, als kleiner Trostpreis, Menschen und Situationen ganz gut merken.«

»Wie damals, als du mich eins zu eins zitiert hast, auf dem Dachgarten von *The Cone*.«

»Zum Beispiel. Ich glaube, ich habe ein fotografisches Gedächtnis. Das hilft manchmal. Aber vor allem bin ich auf mein Handy angewiesen. Ich habe so eine Erweiterung für Webbrowser, die Texte auf Websites in gesprochene Sprache umwandelt. Damit kann ich nicht barrierefreien Content verstehen. Ich kann mir E-Books vorlesen lassen, wenn es eins mal nicht als Hörbuch gibt. Außerdem habe ich Apps, die mir Wörter in Bilder übersetzen, wenn ich gerade mal keine Kopfhörer aufhaben kann. Die ich, wie du vielleicht bemerkt hast, ständig trage.«

»Stimmt.« Leyla verlagerte ihre Sitzposition, stützte sich mit dem Ellbogen auf der Sofarückenlehne ab und legte den Kopf auf ihrer Hand ab. Sie grinste. »Dylan hat mir erzählt, dass du deine Onboarding-Dokumente nicht lesen wolltest. Du hast darauf bestanden, dass er dir jeden einzelnen Aspekt in der Agentur persönlich erklärt.«

Er nickte. »Tat mir ein bisschen leid für ihn.«

»Meine Arbeits-E-Mails hast du immer frühestens am nächsten Tag beantwortet.«

»Nachdem meine Mitbewohnerin über meine Antworten geschaut hat. Ja.«

»Und bei deiner *Grand Green*-Präsentation hattest du keine Sicherheitsnotizen dabei – ich hatte mich schon gewundert. Das hat sich noch niemand bei seiner ersten Vorstellung getraut.«

»Na ja. Ich hätte mich vermutlich in Verlegenheit gebracht, wenn ich fünfzehn Minuten lang versucht hätte, die erste Zeile meines Spickzettels zu entziffern.«

»Du besprichst wirklich alles, was geht, persönlich«, zählte Leyla weiter auf, während sie gedanklich die Puzzleteile weiter zusammensetzte. »Charlie hast du damit immer auf die Palme gebracht.«

Sie sah, wie Koljas Hände in seinem Schoß zitterten. Kurzerhand ergriff sie sie und schloss ihre Finger um seine.

»Ich habe mal eine Kampagne zum Thema Analphabetismus mit

den Storyhackern gefahren. Wir haben aufmerksam gemacht auf die kleinen Dinge des Alltags, die für Analphabetinnen und Analphabeten eine Herausforderung darstellen oder sogar nackte Angst auslösen können. Spieleabende. Beförderungen mit ungewissen neuen Aufgaben. U-Bahn-Fahrpläne. Gemeinsames Kochen nach Rezept. Restaurantbestellungen, wenn die Gerichte auf der Karte nicht nummeriert sind.«

»Der Running-Sushi-Laden war mein Himmel auf Erden!«

»Oder auch einen Laptop zu bedienen.« Leyla legte den Kopf schief. »Wie hast du das gemacht, mit deinem Firmenlaptop?«

Kolja lächelte traurig. »So, wie ich mich schon mein ganzes Leben lang durchmogele: kreativ sein. Ich habe noch nie richtig einen Laptop benutzt, weil man dafür entweder lesen oder tippen können muss. Das fängt schon beim Passwort an, aber mit den E-Mails ist es richtig scheiße. Deshalb mache ich nie Homeoffice, damit ich die Leute persönlich etwas fragen kann. Ich sitze immer in *Imagination*, wo ich mir Texte über Kopfhörer anhören und einsprechen kann. Ich höre Podcasts zu Themen, anstatt sie zu googeln. Im Sushi-Restaurant zum Beispiel, falls du dich erinnerst?«

Leyla nickte, seine Hände noch immer zwischen ihren.

»Den allerersten Artikel über dich habe ich mir damals übrigens digital vorlesen lassen. Mein Laptop fährt zudem übermäßig viele Updates, ist gerade in der IT, oder der Akku ist leer, wenn ich vor Charlie rechtfertigen muss, warum ich ihr nicht einfach schreibe. Ich hab ihn auch schon zu Hause vergessen. Mehrfach. Und die Dinge, die in der Agentur partout nicht gingen, habe ich nach Feierabend in Ruhe erledigt, mit Daisy. Wenn du einen längeren Text gesehen hast, kam der immer von ihr.« Er verzog das Gesicht, als hätte er in etwas Bitteres gebissen. »Wenn man es genau nimmt, war eigentlich *sie* es, die all die Wochen über in der Agentur meine Arbeit übernommen hat. So ziemlich alles außer das Denken.«

»Wer genau ist Daisy?«

»Meine Mitbewohnerin. Ich habe ihr nie offiziell von der Sache erzählt, aber ich bin mir sicher, sie weiß, warum ich sie regelmäßig bitte, über manche Texte drüberzulesen. Sie kennt mich manchmal besser als ich mich selbst.«

Aus einem Impuls heraus hob Leyla eine Hand und strich Kolja sacht über die Wange. »Wer weiß denn noch davon?«

»Niemand. Zumindest habe ich nie jemandem davon erzählt.«

Fassungslos schüttelte Leyla den Kopf. »Dein ganzes Leben lang nicht?«

»Nein.« Seine Miene verfinsterte sich, sein Blick wurde hart – als spiegelte sich alles darin, was er je erlitten hatte. Leyla fuhr sein Schmerz direkt ins eigene Herz. Sie nahm die Hand herunter und umschloss seine Finger wieder ganz fest.

»Es war immer leichter, auf mich allein gestellt zu sein, als zuzugeben, dass ich den grundlegendsten Anforderungen meiner Familie nicht entspreche.« Kolja ließ sich rückwärts in die Polster fallen, ohne sie loszulassen. »Weißt du, meine Mutter und mein Vater, sie waren immer so fuckingstolz auf meine Brüder. Alex ist um einiges älter als ich, verglichen habe ich mich deshalb mehr mit meinem jüngeren Bruder Valentin. Er hat schon im Kindergarten lesen und schreiben gelernt, und sie haben jedem erzählt, was für ein Wunderkind er ist, etwas ganz Besonderes. Und das ist er ja auch.« Kolja zog knapp die Mundwinkel hoch. »Als wir in die Schule kamen, wollte ich das ebenfalls. Ein Wunderkind sein. Mir fiel das Lesen nicht so leicht wie ihm. Also habe ich Sätze und Texte auswendig gelernt, denn das lag mir gut. Manchmal musste ich sie nur ein einziges Mal hören – wenn jemand etwas vorlas, zum Beispiel –, und ich hab sie mir gemerkt. Meine Eltern waren zufrieden, was ich für Fortschritte machte. Und so fiel meine Masche in der ersten und zweiten Klasse nicht auf. In der dritten wurden dann die Texte zu lang. Auf einmal kamen spontane Diktate dazu. Ich hatte längst das Gefühl, von allen anderen Kindern abgehängt worden zu sein und nie wieder aufholen zu können. Also habe ich das Durchmogeln perfektioniert. Ich hab Kinder mit Süßigkeiten bestochen, damit sie mir die Hausaufgaben machen.«

Er lächelte, doch es war ein trauriges Lächeln. Ein gebrochenes, das seine Augen nicht erreichte. Es schnürte Leyla das Herz zu, sie umfasste seine Hände fester. Er sah auf einmal aus wie der kleine Junge, den er beschrieb.

»Die meisten Menschen können sich nicht vorstellen, dass so etwas funktioniert«, fuhr Kolja leise fort. »Spätestens bei den Klassenarbeiten müsste es doch auffallen, denken sie. Aber sie würden sich wundern. Viele Analphabeten haben Schulabschlüsse, ohne je eine Arbeit mitgeschrieben zu haben. Wenn du dich in der mündlichen Mitarbeit gut anstellst, liegt der Gedanke einfach zu fern, dass man nicht schreiben kann. Für einen schlechten Abschluss reicht es oft trotzdem. Meine Devise war kreativer Betrug: mich durchwurschteln. Täuschen. Untertauchen, wenn es brenzlig wurde. Keine zu engen Freundschaften pflegen, damit niemand hinter meine Masche blickt. In meiner Familie war Versagen nie eine Option, also stellte ich sicher, dass ich es nicht tat. Und wenn ich kurz davor stand, doch aufzufliegen – im Studium, in meinen Ausbildungen –, dann brach ich ab. Suchte mir etwas, wo meine Taktiken funktionierten. Wo ich anonym bleiben konnte, mich nicht zu eng binden und keine Verpflichtungen eingehen musste. Produkte an der Tanke einräumen. Taxi fahren. Und dann kamst du.«

Bei seinen letzten Worten schaute er zu ihr auf. Leyla brachte kein Wort über die Lippen, hatte Mühe, alles zu verarbeiten, weshalb Kolja fortfuhr: »Du erinnerst dich an die Insta-Story?«

Ihre Brauen zuckten in die Höhe. »Wie könnte ich nicht?«

Er lachte freudlos auf. »Willst du wissen, wie lange ich damals für die drei Zeilen mit dem *fucked with the girl boss* gebraucht habe? Zwei ganze Stunden. Trotz Apps. Weil ich sichergehen wollte, dass alles richtig ist.« Er schluckte, fuhr sich mit einer Hand übers Gesicht. »Ich hätte das nie gemacht, wenn ich geahnt hätte, was daraus noch wird ... Der Artikel von *Century Telegraph*. Ich glaube nicht, dass sie die Story mit Social-Media-Analyse-Tools rekonstruiert haben. Das war mein Vater. Er hat die Story damals gesehen. Deshalb kam am nächsten Tag auch der Beschwichtigungsversuch mit dem Riesenetat.«

Leyla klatschte sich eine Hand gegen die Stirn. »Ich hab mich all die Zeit gefragt, woher er von deinem Auftritt gewusst hat.«

Kolja zuckte mit den Schultern, die Lider gesenkt. »Es war sein Gegenangriff wegen Albas Interview mit dem *Female Financier*. Die Storyhacker haben ihm persönliche Interessen an der Berichterstattung über unsere Liaison unterstellt. Das wird ihm gar nicht geschmeckt haben.« Er biss sich auf die Unterlippe, was einen winzigen Schauder durch Leylas Adern sandte.

»Es tut mir leid, dass ich dich und die Agentur von vorn bis hinten beschissen habe, Leyla.« Kolja suchte ihren Blick. »Ich ... ich wollte das nie. Mein fester Plan vom ersten Tag an war es, reinzugehen, es zu verkacken, um mich an meinem Vater zu rächen, und nie wiederzukommen. Aber dann bin ich auf dich getroffen. Und auf einmal sah alles ganz anders aus.«

Jetzt löste Kolja seine Hände und umfasste ihre, drückte sie ganz fest, als ob er sie so zusammenhalten wollte.

»Ich *bin* ein Typ für Gefühle, Leyla«, flüsterte er. »Und für Bindung. Sogar für die Liebe. Obwohl ich sie nie wirklich kennengelernt habe. Schätze, gerade *weil* ich sie nie richtig kennengelernt habe. Wie könnte ich auch anders, nachdem ich all das immer schmerzlich vermisst habe? Ich wollte immer Beziehungen. Aber niemand sollte mich dabei so gut kennenlernen, dass er oder sie mein Geheimnis aufdeckt. Also habe ich alles, was sich je angebahnt hat, nach kurzer Zeit wieder beendet. Als ich durch Daisy dann auf das Solo-Poly-Konzept gestoßen bin, fand ich das perfekte Label für das, was ich wollte. Die perfekte Ausrede, um Beziehungen einzugehen, aber genug Abstand zu halten, als dass jemand meinen Geheimnissen auf die Schliche kommen konnte. Aber ich lebe diesen Lebensstil nicht, nicht wirklich. Es gibt viele Menschen, die sich mit sich selbst auseinandergesetzt haben, Solo-Polyamorie als Lebenskonzept durchführen und sehr glücklich damit sind, wie zum Beispiel Daisy. Aber ich? Ich gehöre nicht dazu. Ich bin immer nur weggelaufen. Und das ist nicht fair. Weder mir selbst gegenüber noch all jenen Menschen, die wirklich solo-poly leben.«

Kolja

Zum ersten Mal in ihrer Gegenwart spürte Kolja, wie eine Träne über den Rand seiner Augenlider trat und seine Wange hinunterlief. Er wischte sie energisch weg und lachte trocken, als könnte er sie so zu einer Nebensächlichkeit machen. Leyla lehnte sich an ihn, legte den Kopf in seine Halskuhle und schlang ihren Arm um seine Brust.

»Ich glaube, du bist der mutigste Mensch, der mir je begegnet ist.«

»Ich war feige«, widersprach Kolja, eine Spur harscher, als er es beabsichtigt hatte. »Vor allem oben auf der Klippe. Als *du* mutig warst und mich gefragt hast, ob wir nicht eine Beziehung eingehen wollen. Obwohl du Angst davor hast, nach deiner Vergangenheit mit Noah, das weiß ich. Obwohl ich dich die ganze Zeit auf Abstand gehalten habe. Aber ich hatte immer noch nicht den Mumm, einfach ehrlich zu dir zu sein und die *Chroniken des koljaschen Verkackens* vor dir zu offenbaren.«

Leyla lachte, eine Mischung aus Schluchzen und Kichern.

»Wieso zur Hölle hast du denn drei Monate dafür gebraucht?«, wimmerte sie in seine Halsbeuge. »Das war wirklich lang.«

»Weil lesen zu lernen vielleicht nicht so einfach ist, Ms Wunderkind Ahmadi?«

Leyla stutzte. »Warte. *Was?*«

Kolja sah zu ihr runter, sein Blick genauso offen und aufrichtig wie die Haltung, die er nun einnahm. Leyla löste sich von seinem Hals, drückte sich an seiner Brust ab und sah ihm direkt ins Gesicht. »Hast du gerade wirklich gesagt, du hättest *lesen gelernt?*«

Kolja lächelte. Erschöpft, aber er lächelte, und in seinen Tonfall verirrte sich ein Funken Stolz. »Nach dem Tag auf den Klippen habe ich mit zwei Sachen angefangen: zum einen, den Mut zu sammeln, die zehn Worte zu dir zu sagen, obwohl ich natürlich wusste, dass du niemals schlecht darauf reagiert hättest: *Ich bin Analphabet. Ich kann weder richtig lesen noch schreiben.* Und dann habe ich mich darum gekümmert, dass das nicht mehr der Wahrheit entspricht. Ich habe Kurse besucht. Besuche sie noch immer, ehrlicherweise. Es geht mir höllisch auf die Eier. Aber es hilft. Ich schreibe vielleicht noch nicht so großartige E-Mails wie Alba. Aber immerhin weiß ich jetzt, dass man ›Chefin‹ nicht mit ›Sch‹ schreibt.«

Einen Moment lang wirkte Leyla wie versteinert. Sie starrte Kolja an, öffnete den Mund und schloss ihn wieder. Dann schnappte sie nach seiner Hand und zog ihn von der Couch. Was hatte sie vor? Ein mulmiges Gefühl machte sich in seiner Magengegend breit, trotzdem folgte Kolja ihr widerstandslos durch das Wohnzimmer, ließ sich in den Flur ziehen. Als er merkte, wohin Leyla ihn führte, blieb er abrupt stehen.

Er schluckte. »Bist du sicher, Leyla?«

Sie wischte sich über die feuchte Wange und zog ihn weiter.

O Gott. »Du musst nicht ...«

»Doch.« Sie hob das Kinn und stoppte am Ende des Gangs. Ihre dunklen Augen glänzten, sodass er die hellbraunen Fasern in ihrer Iris sehen konnte. »Krasse Hauptfiguren müssen irgendwann den Mut finden, all ihre Dämonen zu besiegen, oder?«, flüsterte sie.

»Schätze schon«, wisperte Kolja zurück und strich ihr über den Arm. Ihre Haut fühlte sich kalt an.

Leyla nickte. »Dann muss ich das auch.«

Und damit öffnete sie die Tür zum Master Bedroom.

Leyla

Der ihr entgegenschlagende Duft von abgestandener Luft und benutzter Bettwäsche raubte Leyla beinahe den Verstand. Sie sank gegen die Wand. Kolja lief an ihr vorbei und betrachtete schweigend das Zimmer, das seit über einem Jahr niemand betreten hatte.

Vor ihm erstreckte sich ein wunderschöner heller Raum, dessen verglaste Außenfassade hinaus aufs weite Meer zeigte. Leylas einstiger Lieblingsraum. In der Mitte gegenüber der Tür prangte das überdimensionale Queensize-Bett, das sie und Noah aufgrund des schönen Kopfteils ausgesucht hatten. Es war kunstvoll aus einer einzigen Baumscheibe herausgeschnitzt worden und hob sich opulent von der schneeweiß verputzten Wand ab. Links und rechts davon die passenden Nachtkonsolen, auf Noahs Seite stand noch ein halb volles Glas Wasser. Eine trübe Staubschicht hatte sich auf der Oberfläche gesammelt. Leyla fühlte, wie sich ihr Herz zusammenzog, mehr und mehr, sodass sie fürchtete, es würde gleich für immer in den Tiefen ihres tobenden Schmerzes verschwinden.

Sie beobachtete, wie Kolja noch einen Schritt weiter in den Raum trat. Wie sein Blick über die weißen Laken fuhr, die zerwühlt waren, als wären Noah und sie gerade erst aufgestanden. Links und rechts vom Bett lagen Zierkissen verteilt. Selbst ein Blinder sah, dass niemand sie ordentlich an die Seite gelegt hatte. Sondern dass sie quer durchs Zimmer geflogen sein mussten. Voller Lust. Voller Leidenschaft.

Leyla sank mit dem Rücken an der Wand auf den Boden.

Koljas Blick glitt zu dem perlweißen Bettvorleger, der quer im Raum lag, weil er verrutscht war. Er inspizierte die Kleidungsstücke, die auf dem Boden verteilt lagen, als wäre eben erst jemand hinausgestiegen. Bluse, Rock, Slip. Ein Hemd. Eine Anzughose. Boxershorts. *O mein Gott.* Eine Krawatte.

Leyla wurde der Atem knapp, verzweifelt schnappte sie nach Luft. Wie in Zeitlupe bückte Kolja sich zu dem Teppich. Ein wilder Schluchzer brach aus ihrer Kehle und zerriss die angespannte Stille. Aber Kolja beachtete sie nicht. Er war wie gefangen von dem Vorleger. Streckte einen Finger aus, aber zog ihn wieder zurück, ohne die Fasern zu berühren. Erst dann schaffte er es, sich endlich loszureißen von dem, was er gerade entdeckt hatte. Aber Leyla konnte die Augen nicht abwenden. Von dem großen Fleck, der sich über dem Teppich ausbreitete.

Über ein Jahr lang tief in die Fasern eingetrocknet.

Einst blutrot. Heute rostbraun.

Über ein Jahr zuvor

Leyla hörte einen dumpfen Knall. Dann war alles still.

Die Nacht war bewölkt, sodass nicht mal der Mond sein Licht in das stockfinstere Schlafzimmer warf. Nur noch ihr schwerer Atem hallte von den kahlen Wänden wider. Als wäre sie allein. Leyla konnte nicht genau sagen, warum, aber auf einmal veränderte sich die Stimmung im Raum. Von erregt zu gespenstisch.

»Noah?«, fragte Leyla vorsichtig und setzte sich auf der Mitte des Bettes auf, auf das Noah sie gerade noch geworfen hatte. Plötzlich fühlte sie sich entblößt. Entblößt vor ihrem eigenen Verlobten, wie sie so splitterfasernackt auf den gestärkten Laken saß. Nicht einmal die Dunkelheit schützte sie. Leyla griff nach einer der Decken und zog sie vor ihre Brüste.

»Schatz?«

Keiner antwortete.

Da überkam Leyla eine Ahnung wie eine Urgewalt. Sie konnte sie noch nicht einordnen. Aber sie wusste instinktiv: Wenn sie sie zuließ, würde sie das Gefühl in eine Schlucht reißen, deren Tiefe sie noch nicht abschätzen konnte. Also schob sie ihren Verdacht beiseite. Zumindest für den Moment. Lebte ganz bewusst die letzten Sekunden, in denen ihre Welt noch in Ordnung war.

»Grace, Licht an«, sagte sie mit zittriger Stimme.

Langsam tauchte das indirekte Licht an den Deckenleisten den Master Bedroom in einen warmen Schein. Sie sah sich um. Das Zimmer war leer. Nirgends eine Spur von Noah. Die Tür gegenüber zum Flur stand sperrangelweit offen. Vor nicht mal ein paar Minuten waren Noah und sie ineinander verschlungen hindurchgetaumelt. Hatten sich wild zerrend und reißend ihrer Klamotten entledigt. War er wieder hinausgegangen?

Etwas Dunkles klebte am hölzernen Fußteil des Bettes. Ein Fleck. Langsam rutschte Leyla im Sitzen nach unten, die Decke an die Brust gepresst. Das Laken berührte den Fleck. Er hinterließ eine feuchte Spur auf dem Stoff. Leuchtend rot.

Auf einmal fuhr Leyla ein Adrenalinstoß durch die Adern. Sie sprang auf, stand nun auf der Matratze. Jetzt endlich entdeckte sie ihn: Noah, seltsam gekrümmt vor dem Fußende. Nackt, mitten auf dem Bettvorleger. Wenigstens liegt er weich, schoss es Leyla durch den Kopf. Weich. Aber regungslos.

»Noah!«, kreischte Leyla und sprang vom Bett. Sie fühlte sich hilflos, lächerlich, so nackt, als fehlte ihr die Rüstung, um zu tun, was jetzt zu tun war. Was war jetzt überhaupt zu tun?

Neben seinem Kopf ging Leyla in die Knie. Sie wollte ihn berühren, zuckte aber zurück, weil in seinem Schädel eine Wunde klaffte. Die blutete. So viel Blut.

»Noah!«, schrie Leyla noch einmal, als würde er davon aufwachen. Aber Noah bewegte sich nicht. Sein Oberkörper hob und senkte sich nicht. Ein unkontrollierbares Zittern ergriff von Leyla Besitz. Sie musste sich am Bettrahmen abstützen, um nicht umzukippen.

»Noah«, murmelte sie und drückte sich an der Matratze hoch. Sie musste etwas tun.

Was war zu tun?

Was. War. Zu. Tun?

Puls.

Sie beugte sich wieder runter und legte zwei Finger an seinen Hals. Nichts. Lag es vielleicht daran, dass sie zu aufgewühlt war, um ihn zu spüren? Nein. Tief in ihrem Inneren wusste sie es, auch ohne zu fühlen: Da war nichts.

»Noah!«

Das Blut floss langsamer. Breitete sich gemächlich über dem Teppich aus. Hilfe. Sie brauchte Hilfe.

»Grace!«, kreischte Leyla, und ihre künstliche Intelligenz pingte. »Hilfe! Wir brauchen Hilfe! Ruf den Notarzt!«

»Ich habe einen Notruf abgesetzt, Leyla«, antwortete Grace mit einer stoischen Ruhe, die sich höhnisch anfühlte, so sehr stand sie im Kontrast zu dem Sturm, der sich in Leyla zusammenbraute. *Am liebsten würde sie Grace anschreien.*

»Bitte beschreibe mir, was passiert ist, Leyla«, wies Grace sie freundlich an.

Fassungslos starrte Leyla auf Noah herab. Er hatte sich immer noch nicht bewegt. Keinen Millimeter. Aber das musste er doch. Bei all dem Tumult um ihn herum.

»Leyla?«, fragte Grace. »Ich habe den Concierge-Service gebeten, nach dir zu sehen. Um was für einen Notfall handelt es sich?«

Tod, schoss es Leyla durch den Kopf. Es handelt sich um Tod.

Kolja wiegte Leyla in seinen Armen vor und zurück. Sie war kurz hinter der Tür zum Master Bedroom zusammengebrochen. Zum ersten Mal hatte sie wieder nach Luft geschnappt, als er sie auf seinen Schoß gezogen und seine Arme um ihren bebenden Körper geschlungen hatte. Eine Hand lag an ihrem Hinterkopf, während sie gemeinsam auf dem Holzboden kauerten. Mittlerweile kam nur noch alle paar Sekunden ein Schluchzer, gefolgt von ihrem verzweifelten Ringen nach Atem. Jedes Mal setzte Koljas Herz einen Schlag aus, wenn sie einatmete, sich ihre Brust aber nicht hob, weil ihr Hals wie zugeschnürt schien, woraufhin sich ihre Augen panisch weiteten. Aber ein paar unerträgliche Wimpernschläge später löste sich der Krampf immer, und sie saugte gierig den Sauerstoff ein.

»Ganz ruhig«, flüsterte Kolja wie ein Mantra, während er über ihre Haare streichelte. »Ganz ruhig. Dann bekommst du auch wieder Luft. Ganz ruhig. Du bekommst Luft. Keine Sorge. Ganz ruhig. Ich bin da.«

Leyla nickte und konzentrierte sich, kontrolliert zu atmen, die Augen geschlossen.

»Sehr gut«, wisperte Kolja an ihrem Ohr. »Ganz ruhig.«

Während er sie vor und zurück schaukelte, haftete sein Blick an diesem Fleck, der Leylas Welt aus den Angeln gehoben hatte. Sogar ihm war bei dem Anblick das Herz stehen geblieben. Und er hatte nicht all die Erinnerungen. Erinnerungen an das, was hier vor über einem Jahr geschehen sein musste.

»Ich fühle mich so schuldig«, flüsterte Leyla eine halbe Stunde später mit brüchiger Stimme. Sie saß auf dem Sofa, eine Decke um die Schultern gelegt, ein dampfendes Teeglas in den Händen, und starrte aus der Fensterfront zum Horizont. »Er hat mich unzählige Male gebeten, einen Rutschhemmer für den Teppich im Schlafzimmer zu bestellen, weil er ständig auf dem dummen Ding weggerutscht ist. Unsere Einrichtung war immer mein Aufgabenbereich. Aber ich bin nie dazu gekommen. Obwohl er mich so oft darum gebeten hatte. Ich hatte einfach keine Zeit. Meine Arbeit war mir immer wichtiger gewesen als dieser eine dumme Onlineshopping-Klick, den es gebraucht hätte.«

Sie verzog das Gesicht, um einen Schluchzer wegzuatmen, der sich in ihrer Kehle aufbaute.

»Noah und ich haben uns geliebt. Leidenschaftlich. Er hat mich dabei aufs Bett geworfen und muss kurz darauf auf dem Teppich ausgerutscht sein. Er hat sich den Kopf an der Bettkante aufgeschlagen und ist davor zusammengesackt. Aber er war nicht gleich tot, anders als ich dachte. Die Sanitäter konnten ihn reanimieren. Im Krankenhaus mussten sie ihn in ein künstliches Koma versetzen. Da lag er also – lebendig und doch wieder nicht. Um mich von meinen Schuldgefühlen abzulenken, fing ich an zu bestellen.«

»Bestellen?«

»Dinge. Sachen. Am Anfang nur Antirutschmatten für alle Teppiche im Haus. Dann Sicherheitsvorkehrungen.«

»Wie die Stoßdämpfer für Tischkanten.«

»Ja. Und später dann, als Noah aus seinem Koma einfach nicht aufwachen wollte, auch andere Sachen. Kleidung, Deko, Möbel. Alles, was die Leere in mir füllte, wann immer ich mich nicht mit Arbeit ablenken konnte.«

Kolja nickte.

»Ich weiß natürlich, dass es ein Unfall gewesen ist. Dass ich nicht verantwortlich bin, nicht wirklich. Dennoch komme ich nicht von dem Gedanken los, dass Noah vielleicht nicht gestorben wäre, hätte ich die Arbeit nicht immer über alles andere gestellt.«

Kolja schickte sich an, die Arme um sie zu legen, aber Leyla hob die Hand. »Ich bin noch nicht fertig.«

Geduldig wich er wieder zurück.

»Noah lag etwa zwei Monate lang im Koma. Dann erfuhr ich von Elias.«

Kolja

Als Leyla ihr Baby zum ersten Mal erwähnte, änderte sich ihre Miene auf einen Schlag. Während sie gerade noch hart und unnachgiebig aus dem Fenster gestiert hatte, lockerten sich ihre Muskeln jetzt. Wie geistesabwesend legte sie eine Hand auf den Bauch.

»Ich war so glücklich, als ich von ihm erfuhr«, flüsterte sie und lächelte. »Ein gemeinsames Kind. Ein kleiner Noah. Wir hatten ewig lang versucht, ein Baby zu bekommen, hatten es sogar mit künstlicher Befruchtung versucht. Aber kurz vor Noahs Unfall hatten wir eine Pause eingelegt, weshalb ich gar nicht damit gerechnet hatte. Die ausbleibende Periode hatte ich auf den Stress geschoben.

Meine Gynäkologin riet mir, ab sofort kürzerzutreten – der Druck bei der Arbeit, die Sorgen wegen Noah. Und ich folgte ihrer Empfehlung selbstverständlich. Ich arbeitete weniger. Sagte Projekte ab. Doch mit jedem Tag, den Noah nicht aufwachte, schwanden meine Hoffnungen mehr. Ich drohte zu zerbrechen. Also wählte ich den einzigen Weg, der mir blieb, damit mein Baby und ich nicht zusammen untergingen. Ich entdeckte Pitches als Ablenkung für mich. Sie boten das größte Risiko und den größten Thrill – beides brauchte ich dringend, um nicht durchzudrehen. Doch darunter litten wiederum meine Werte. Meine Frauenärztin sorgte sich und riet mir, im Bett zu bleiben. Aber egoistisch, naiv und verblendet, wie ich war, dachte ich: Ich schaffe das schon. Noch einen letzten Pitch, dann würde ich mich der Bettruhe beugen.«

Als Leyla nicht weitersprach, nahm Kolja ihr das Teeglas aus der Hand, stellte es auf den Tisch und zog sie an sich. An seiner Brust entspannten sich ihre Muskeln.

»Ich schäme mich so«, flüsterte sie.

Kolja schüttelte den Kopf. »Ich stehe hinter dir«, flüsterte er zurück. »Egal, was passiert ist.«

Sie nickte.

»Weiter.«

Leyla schluckte.

»Der letzte Pitch sollte am anderen Ende des Landes stattfinden. Ich ... musste dafür in den Flieger steigen. Alle haben mich gewarnt. Die Frauenärztin. Meine Eltern. Mary und Patrik. Nicht weil man im fünften Monat auf keinen Fall fliegen dürfte. Sondern wegen der sich verschlechternden Werte. Aber ich wollte nicht richtig zuhören. Ich musste uns schließlich retten. Wenn *ich* es nicht schaffte zu überleben, würden wir beide untergehen. Und Noah konnte uns nicht helfen, er lag immer noch im Koma. Also tat ich, was nötig war, um selbst über Wasser zu bleiben. Ich wollte nie, dass Elias etwas zustößt. Wie könnte ich? Wir haben Jahre und Monate gewartet, um endlich mit ihm gesegnet zu werden. Aber ich war kopflos, komplett von Sinnen. Also bin ich in den verdammten Flieger gestiegen. Der größte Fehler meines Lebens.«

Ihr Körper erbebte an seinem. Kolja schlang die Arme noch fester um sie.

»Was ist dann passiert?«

»Ein paar Stunden nachdem ich gelandet war, im Hotelzimmer am anderen Ende des Landes, habe ich ihn verloren. Da war so viel Blut, wie ... wie bei Noah. So viel. Ich bin sofort ins Krankenhaus gefahren worden. Aber sie konnten nichts mehr für uns tun.«

Kolja drückte Leyla fester an sich, so fest er nur konnte. Was würde er nur tun, um diesen Schmerz von ihr zu nehmen, ihr etwas von dem Gewicht der Schuld zu nehmen, das auf ihr lastete? Aber vielleicht musste er das auch gar nicht. Vielleicht waren es die Tränen und Worte, die aus ihr sprudelten, mit denen sich ihr Herz endlich, endlich nach über einem Jahr erleichterte.

»Noch am selben Nachmittag rief Patrik an«, fuhr Leyla leise fort. »Ich hatte mir die letzte Stunde genau überlegt, wie ich ihm und Mary beibringen konnte, dass ich ihren Enkel verloren hatte. Aber er kam mir zuvor. Er berichtete, dass Noah den Kampf soeben aufgegeben hatte. Er war in Marys Armen gestorben. Nicht mal zwei Stunden nachdem Elias gegangen war, als hätte er es gespürt. Und da stand ich nun. Und hatte sie beide umgebracht.«

Leyla

Sie stand im Türrahmen zum Master Bedroom. Kolja hatte gestern Nacht noch das Bett gemacht. Er hatte die Laken glatt gezogen und die Zierkissen darauf drapiert. Außerdem hatte er Noahs Wasserglas weggekippt, gespült und ein frisches auf den Nachttisch gestellt, was irgendwie verrückt war und absolut unsinnig, aber auch genau richtig.

Die Kleidung hatte er gefaltet und in zwei Stapeln im begehbaren Kleiderschrank verstaut. Der Teppich lag wieder gerade auf seinem Platz. Und über dem grausamen Fleck ausgebreitet befand sich eine weiße Wohnzimmerdecke, darauf eine der Lilien aus dem Strauß, den Gee bei seinem letzten Besuch mitgebracht hatte. Sie war Kolja so dankbar, dass er den Teppich nicht einfach zusammengerollt und in die Kammer gestellt hatte.

Leyla ließ den Blick durch das Schlafzimmer gleiten. Bis heute fragte sie sich, wie man das, was vor einem knappen Jahr geschehen war, als Zufall bezeichnen konnte. Noah, der im gleichen Moment losgelassen hatte wie ihr gemeinsames Kind. Sooft sie auch darüber nachdachte, Leyla kam immer wieder zum gleichen Schluss: Die Wahrscheinlichkeit war höher, dass irgendeine Verbindung zwischen ihnen bestand, als dass der Zufall ihr beide Männer zur selben Zeit genommen hatte. Und vielleicht, hatte sie gestern Nacht mit Kolja überlegt, war das ja gut. Denn es bedeutete, dass Noah selbst entschieden hatte, wo er sein wollte. Bei ihrem gemeinsamen Sohn. Wenn Leyla gekonnt hätte, sie hätte ihn genau darum gebeten: sich an ihrer Stelle lieber für Elias zu entscheiden.

»Ich glaube nicht, dass eine schlechte Mutter so etwas denken würde«, hatte Kolja gestern Abend geflüstert. Und mit diesem einen Satz hatte er ihr Herz ein winziges Stückchen heilen lassen. Nicht ganz. Sie würde sich niemals verzeihen, diesen Flug angetreten zu haben – ob er nun der Grund für ihren Abort war oder nicht.

Aber es half. Es half ein wenig.

Die Morgensonne warf ihre goldenen Strahlen durch die Schlaf-zimmerfenster, ihr Licht fiel bis in den Flur. Über das letzte Jahr hatte Leyla vollkommen vergessen, wie die Sonne auch einen Teil des Gangs erhellte, wenn der Master Bedroom offen stand. Denn das war er nun. Weit offen.

Kolja trat aus dem Gästezimmer. Seine nackten Füße platschten leise auf dem Marmorboden. Er blieb hinter ihr stehen und berührte sie an der Hüfte. Leyla nahm seine Hand und zog ihn heran, bis Kolja sie von hinten umarmte und seinen Kopf auf ihre Schulter legte. Schweigend betrachteten sie das aufgeräumte Schlafzimmer.

»*Gefällt mir, Hase*«, hörte Leyla eine ihr sehr vertraute Stimme in ihrem Kopf wispern. Aber sie kam aus weiter, weiter Ferne. »*So kann es bleiben.*«

»Ich glaube«, murmelte Kolja ganz nah an ihrem Ohr, »der An-alphabetismus ist lange Zeit mein Master Bedroom gewesen.«

Fragend schaute Leyla sich zu ihm um.

»Wie eine verschlossene Tür, die ich mit allen Mitteln gemieden habe. Um zu verdrängen, was sich dahinter verbirgt. Aber dank dir ...«, er drückte seine Lippen auf ihren Hals und atmete ihren Mor-genduft ein. »... wollte ich sie nicht länger meiden. Ich wollte hinein-gehen und aufräumen. Um weiterzumachen.«

Leyla nickte. Ein leises Lächeln stahl sich auf ihre Lippen.

»Bereit für ein letztes Geheimnis?«

Kolja in ihrem Rücken verkrampfte sich kurz. Dann drückte er sie an sich. »Immer.«

Sie drehte sich um, lehnte sich in den Türrahmen und nahm sein Gesicht in die Hände.

»Ich wusste die ganze Zeit über, dass du nicht richtig lesen und schreiben kannst.«

Kolja

Als hätte sie ihm eine Ohrfeige verpasst.

Erst erstarrte Kolja, dann stolperte er drei Schritte zurück, bis er auf der anderen Seite des Flurs gegen die Wand prallte.

»Bitte *was*?«

Leyla lachte leise.

»Ist das so schlimm? Dass ich gegen Diskriminierung aller Art bin und dir trotzdem eine Chance geben wollte? Die du ja auch genutzt hast.«

Kolja schüttelte den Kopf. Nein, natürlich war das nicht schlimm, aber ... »*Wie*?«

»Ich hab mir deine Unterlagen auf dem Server angesehen. Darunter befand sich die Datenschutzerklärung, die du an deinem ersten Tag im Foyer an den Sicherheitsschleusen unterzeichnet hast. Signaturen sehen ja oft seltsam aus oder lassen nicht den Nachnamen erkennen. Aber deine, Kolja, sieht wirklich aus, als hätte sie ein Sechsjähriger gemacht! Das Gleiche dann später auf deinem Vertrag.«

Kolja schüttelte den Kopf heftiger. Noch nie, wirklich noch *nie* war jemand offiziell hinter sein Geheimnis gestiegen.

»Und daher hast du gewusst ...«

»Nicht ganz. Ich bin nur stutzig geworden, wodurch ich empfänglicher für die Hinweise wurde: die Frühlingsfest-Präsentation, die nur aus Bildern bestand. Ständig Sprachmemos oder Anrufe. Textnachrichten ohne Satzzeichen. Keine Notizen beim Barker-Pitch – und ich sage dir noch mal, wirklich jeder Praktikant und jede Praktikantin kommt zu so einem Termin mit Sicherheitsnotizen. Als der erste Verity-Drummond-Artikel auf der Fashion-Show live ging, bist du nicht ans Handy gestürzt, obwohl es darin ja auch um dich ging. Du hast mich erst im Taxi gebeten, ihn dir vorzulesen. All diese Dinge.«

Kolja suchte an der Wand nach Halt. »Also, noch mal zum Mitschreiben ...« Sie lachte auf, aber Kolja fuhr fort: »Du hast die ganze Zeit über *gewusst*, dass ich funktionaler Analphabet bin, aber *nichts gesagt?*«

»Nicht wirklich gewusst. Geahnt. Und nein, ich habe dich nicht darauf angesprochen. Du hast dadurch nie schlechtere Arbeit abgeliefert. Ich habe dich genauso wenig darauf angesprochen, wie ich Blake darauf anspreche, dass er im Rollstuhl sitzt. Er wird es schon selbst mitbekommen haben, denke ich mir. Und ich vertraue darauf, dass er sich bei Dounia oder mir meldet, sollte er Probleme haben, damit wir mit ihm eine Lösung finden können. Was du schließlich auch gemacht hast. Wenn auch ein bisschen spät. Aber das ist deine Sache.« Leyla grinste. »*Ready when you are.*«

Kolja hieb leicht mit der Faust gegen die Wand. »Heißt das, ich habe mir all die Zeit über *umsonst* den Kopf zerbrochen?«

»Ähm. Ja. So ungefähr.«

»Scheiße!« Mit aufgerissenen Augen fuhr er sich durch die Locken und zog daran. »Du machst mich schon gerade ein bisschen lächerlich, weißt du das?«

Leyla schüttelte den Kopf. »Du hast dich gestern Abend deinen schlimmsten Ängsten gestellt. Das ist alles andere als lächerlich. Ich bin froh, wie es gelaufen ist. Du nicht? Schau, wo wir heute stehen.«

Kolja schluckte, atmete dreimal tief durch. »Ich stehe nicht.« Er ließ sich an der Flurwand zu Boden sinken. »Ich befinde mich in Schockstarre. Wie ein Opossum.«

»Ich wusste nicht alles, falls dich das beruhigt«, sagte Leyla lächelnd und lehnte sich an die Wand ihm gegenüber. »Wann zum Beispiel hast du angefangen, es besser zu lernen?«

Kolja schluckte noch einmal. Seine Stimme klang heiser, als er weitersprach, die Augen hatte er noch immer aufgerissen. »Nach unserem Gespräch auf dem Dachgarten. Ich wollte mich über unverarbeitete Trauer informieren und habe mit Podcasts angefangen, wie immer. Aber auf einmal hatte ich Angst, in den Texten, die sich nicht so leicht vorlesen ließen, etwas zu übersehen. Ich wollte alles wissen, um dir zu helfen. Da habe ich mir die erste App zum Lesenüben runtergeladen. Aber die Kurse besuche ich erst knapp zweieinhalb Monate.«

Leyla wechselte die Flurseite und rückte ganz nah an Kolja heran.

»Und die Führerscheinprüfung für dein Taxi? Wie hast du die gemacht?«

»Mein Bruder.« Kolja lächelte schief. »Ich bin der Mittlere, weißt du ja. Alex, den du im *Grand Green* kennengelernt hast, ist zehn Jahre älter. Valentin – das lesende Kindergarten-Wunderkind – vier Minuten jünger.«

»Ist nicht wahr!«

»Doch. Eineiige Zwillinge. Hast du ihn beim Stalken auf Instagram unter meinen Followern nie entdeckt?«

»Nein!«

»Such mal nach *@valenciagano3*. Eine Mischung aus seinem Namen, Valentin, seiner Lieblingsmarke, BALENCIAGA, und Nummer drei. Der dritte Sohn. Charakterlich ein Scherz des Universums, so unterschiedlich sind wir. Aber optisch ist er meine Kopie.«

»Das heißt, ich könnte einen genauso attraktiven Barker junior daten, der mir aber abends im Bett *Harry Potter* vorliest?«

Kolja rempelte sie mit der Schulter an.

»Nicht ganz so attraktiv. Aber ja. Du wirst ihn wohl bald kennenlernen.«

Aus den Augenwinkeln beobachtete er, wie Leyla lächelte.

»Und Valentin hat nie etwas bemerkt?«

Er zuckte unbestimmt mit den Schultern. »Valentin hat in der Schule bestimmte Klausuren für mich mitgeschrieben, wenn es bei mir brenzlig wurde. Wir haben dieselben Kurse besucht. Weil er hochbegabt ist, fiel es ihm nie schwer, nach der Hälfte der Klausurzeit die Blätter unter dem Tisch zu vertauschen und einen Teil meiner Arbeit mitzuschreiben.«

»Und das fand er nicht seltsam?«

»Nein. Also, vielleicht. Es war unser Deal. Im Gegenzug dafür, dass ich mich nicht für Klassenarbeiten anstrengen musste, habe ich für ihn alles Aktive übernommen. Unsere Eltern wollten, dass wir beide einem Sport nachgingen, was Valentin gar nicht lag. Er wollte lieber zu Hause sitzen und seine Bücher lesen.« Kolja lachte leise.

»Was hast du für ihn übernommen?«, fragte Leyla.

»Basketball.«

»Und du glaubst wirklich, er hätte nie bemerkt, dass es für dich mehr war als ein praktischer Deal?«

»Valentin war zwischenmenschlich schon immer etwas ... unsensibel. Während er im Logischen und Mathematischen brillant ist, fehlt es ihm im Sozialen ein wenig an Empathie.« Kolja runzelte die Stirn. »Dass ich nicht richtig lesen und schreiben *kann*, hat er nie bemerkt, glaube ich. In seiner Welt ist so was unvorstellbar.«

»Oder er hatte wie ich seine Vermutungen, aber sagt nichts, um dir zu überlassen, wann du darüber reden willst«, warf Leyla ein.

»Vielleicht. Aber glaube ich nicht.« Kolja schüttelte den Kopf und tastete nach ihrem kleinen Finger. »Du bist die Einzige, die es jemals wirklich geschafft hat, hinter meine verschlossenen Türen zu blicken.«

Als der Wecker an einem Morgen fünf Monate später klingelte, saß Leyla Ahmadi auf einen Schlag aufrecht im Bett. Die Wintersonne blitzte zwischen den Lamellen hindurch in ihr Schlafzimmer. Ein neuer Tag. Ein neues Leben. Schnell schaltete sie den Handywecker aus und schwang die Beine aus dem Bett.

»Ist es schon so weit?«, murmelte Kolja von der anderen Seite.

»Eigentlich nicht«, flüsterte Leyla zurück. »Aber ich mache mich trotzdem schon mal fertig.«

Er drehte sich zu ihr herum, streckte einen Arm nach ihr aus und lächelte. »Bist du aufgeregt?«

»Total.«

Auf nackten Füßen tappte Leyla durch ihr Penthouse. Raus aus dem Master Bedroom durch den weitläufigen Flur über den Marmorboden. Rein in den offenen Wohnraum mit dem frei stehenden Kamin inmitten der blütenweißen Sofalandschaft. Wie jeden Morgen hielt Leyla einen Moment inne, lauschte in die Stille und genoss, dass sie hier stehen und atmen konnte. Frei atmen.

Sie lief weiter in den Essbereich.

»Guten Morgen, Grace. Jalousien rauf«, instruierte Leyla. »Und einen Tee, bitte.«

Lautlos glitten die weißen Rollos vor der Fensterfront zur Seite und eröffneten den atemberaubenden Blick über den Ozean. Auf der Küchenzeile begann die *Avoury*-Teemaschine leise zu summen.

»Und Grace?«

Das System pingte freundlich als Zeichen, dass es zuhörte.

»Sobald Alba im Office eingeloggt ist, bitte weise die Blumenlieferung an.«

»Gerne, Leyla«, antwortete Grace. »Brauchst du heute ein Shared-Car zur Arbeit?«

»Nein danke. Ich fahre Taxi.«

Ein paar Stunden später parkte Kolja das Taxi am Straßenrand und blickte durch das Seitenfenster auf die andere Seite der Straße. Damals, an seinem ersten Tag vor einem Dreivierteljahr, hatte er lieber in einem Eimer Kotze baden wollen, als hineinzugehen. Heute fühlte er ein wehmütiges Ziehen in der Brust, als er den Blick über den Bürgersteig und den gepflasterten Vorplatz gleiten ließ hin zum Eingangsportal des in der Sonne funkelnden Wolkenkratzers. Kolja legte den Kopf in den Nacken und sah zu dem imposanten Platinschriftzug auf halber Höhe des Gebäudes. *The Cone.* Weder verschwammen die Buchstaben vor seinen Augen, noch begannen sie sich zu drehen. Sie blieben glasklar.

Kolja schaltete den Motor aus, langte über die Mittelkonsole und legte eine Hand auf Leylas Oberschenkel.

»Bereit?«

Sie holte hörbar Luft. Linste durch die Windschutzscheibe, auf die sich bis zur Spitze hochzwirbelnden Glasfassaden. Zitternd atmete sie wieder aus.

»Ja«, wisperte sie.

»Sicher?«, fragte Kolja und meinte damit alles. Das Aussteigen. Den heutigen Termin. Die Zukunft, für die sie sich entschieden hatte.

Sie lächelte. Dann wiederholte sie, diesmal mit fester Stimme: »Ja.«

»**Ich fasse noch** einmal zusammen«, sagte Camille geschäftig, während sie die Unterlagen sortierte, die in kleinen Papierstapeln auf der langen Tafel in der neunzehnten Etage aufgereiht lagen. Von einem Stapel nahm sie das oberste Blatt, um das Folgende abzulesen.

Alle im Meetingraum hielten den Atem an.

»Mit Leyla Ahmadis Unterschrift gehen ihre Anteile an der *Story-hacker Agency* sowie sämtliche Anteile an zugehörigen Gesellschaften über in den Besitz des jüngst aufgesetzten *Employee Ownership Trust*. Durch diese Treuhandgesellschaft hält fortan die Mitarbeiterschaft die Mehrheit an der *Storyhacker Agency*. Die übrigen Anteile verbleiben im Besitz von Gerald Rankin.«

Ein Schniefen durchbrach die Stille. Alba schnaubte zum vierten Mal in ihr Taschentuch und flüsterte: »'tschuldigung.«

»Leyla Ahmadi«, nun geriet Camilles Stimme ins Wanken, »scheidet gänzlich aus der Agentur aus. Ihre Rolle als Geschäftsführerin übergibt sie an das Board, das der Agentur vorsteht – angeführt von Gee Rankin. Des Weiteren wird Leyla Ahmadi nicht länger an den Erträgen des Unternehmens beteiligt sein. Die jährlichen Gewinne schüttet die Treuhandgesellschaft an alle Mitarbeitenden aus, die länger als ein Jahr Teil der Agentur sind.«

Camille senkte das Blatt. Leyla konnte es von hier aus zittern sehen. Aber nichts zitterte so sehr wie ihre eigenen Hände. Niemand sagte etwas. Nur Alba schniefte weiterhin, und Charlie stieß geräuschvoll Luft aus, als müsste sie den Stress wegatmen.

»Tja, Leyla …«, begann Camille und lächelte sanft. »Wenn du einverstanden bist und dein Rechtsbeistand nichts mehr gegen die vorliegenden Verträge einzuwenden hat, wäre es jetzt Zeit für deine Unterschriften.«

Die Notarin am Tischende nickte. Ihre Anwältinnen links und rechts von ihr ebenfalls.

Leyla holte Luft. »Okay.« Sie blickte zu Gee, dessen Augen feucht glänzten. »Wollen wir?«

Er trat vor und zückte einen edlen Füller aus der Brusttasche seines Jacketts. Leyla nahm seine Hand und drückte sie kurz. Dann beugte sie sich über den Tisch und unterzeichnete ein Dokument nach dem anderen, dicht gefolgt von Gee, der bei jedem einzelnen geräuschvoll die Nase hochzog.

In den letzten Tagen und Wochen hatte sich Leyla diesen Moment unzählige Male vorgestellt. Wie würde es sein, das Leben ein für alle Mal hinter sich zu lassen, das aufzubauen sie so viele Jahre Energie gekostet hatte? Wie würde sich das Loch in ihrer Brust anfühlen, das zurückblieb, wenn die *Storyhacker Agency* mit jeder Signatur ein Stückchen weiter aus ihr hinausgerissen würde? Leyla hatte sich gewappnet, sich innerlich vorbereitet auf Tränen, Zweifel, Reue. Aber nichts davon regte sich. Stattdessen fühlte sie, wie ein Gewicht durch ihre Hand aufs Papier floss. Mit jedem Schwung, jeder Schlaufe aus Tinte, die sie auf den Dokumenten hinterließ, löste sich eine Fessel um ihre Lunge, die sie freier atmen ließ.

Sie sah von den Papieren hoch. Ihr Blick fiel auf den Mann am anderen Ende des Raumes, der scheinbar in ein leises Gespräch vertieft war, sie in Wirklichkeit aber aus den Augenwinkeln beobachtete.

Um sie herum steckten sich die Storyhacker gegenseitig mit ihren Schluchzern an, sodass Alba eine Taschentuchbox herumreichte, an der sich Charlie, Dounia, Camille, Musa und das restliche C-Level gemeinschaftlich bedienten.

Es war okay. Sie würden klarkommen. Alles war genau so, wie es sein sollte.

»Du hattest recht«, flüsterte Leyla, so leise, dass nur Gee es hören konnte, während sie das letzte Dokument unterschrieb.

»Hatte ich?«, raunte Gee zurück.

»Ja. Man kann wirklich nicht immer alles haben.«

Er zog die Brauen hoch.

»Die Agentur, Kolja eine Chance geben oder unserer Beziehung. Du sagtest, ich könne nur zwei von den drei Möglichkeiten haben. Und du hattest recht.« Sie legte ihren Kugelschreiber neben den letzten unterzeichneten Vertrag. »Ich habe mich für Kolja und die Beziehung entschieden, zulasten der Agentur, und es ist die zweitbeste Entscheidung meines Lebens – nach der Gründung, mit der alles begonnen hat.«

Gee steckte den Füller zurück in seine Brusttasche. »Nicht ganz«, widersprach er und legte Leyla eine Hand in den Rücken, um sie einen Moment lang an die Seite des Raumes zu führen, damit Dylan ausreichend Platz hatte, um Beruhigungs-Champagner an alle zu verteilen.

»Falls du dich erinnerst, war Punkt eins nie ›die Agentur‹, sondern ›das Wohl der Agentur‹. Und genau das hast du heute mit einer bahnbrechenden Lösung für die Zukunft gesichert.« Gee lächelte. »Ich glaube, ich muss meinen Rat an dich abändern: Man kann wohl alles haben. Nur sieht ›alles‹ manchmal anders aus, als man es erwartet.«

Er deutete auf die Kolleginnen und Kollegen im Raum, die fassungslos die Zettel anstarrten, laut denen Leyla kein Teil der *Storyhacker Agency* mehr war.

»Manchmal bilden wir uns ein, genau zu sehen, was wir wollen und was wir brauchen. Dann fahren wir uns fest in dem Gedanken, es erreichen zu wollen – alles davon. Doch sobald wir merken, dass sich manche Dinge gegenseitig ausschließen, verzweifeln wir, werden frustriert. Ich glaube aber«, sinnierte Gee leise, »wenn man zwischendrin das Gefühl hat, dass man nicht alles haben kann, dann ist das eigentlich nur ein Warnsystem, das einen darauf aufmerksam macht, dass man den falschen Zielen hinterherrennt. Anstatt zu paralysieren angesichts der Wünsche, die sich widersprechen, sollte man anfangen, seine Wünsche zu hinterfragen. Schauen, ob die eigenen Erwartungen nicht vielleicht Aspekte enthalten, die einen in Wahrheit ausbremsen, anstatt das voranzutreiben, was man im tiefsten Herzen braucht.«

Leyla folgte seinem Blick und blieb hängen an dem, was ihr Herz wirklich brauchte. Kolja unterhielt sich gerade mit Charlie.

»Danke«, flüsterte sie und stieß ihren Partner – ihren Ex-Partner – sanft in die Seite. »Für bald zehn Jahre Achterbahn, Nervenkitzel und immer den richtigen Rat.«

Er schmunzelte. »Zusammen haben wir das ganz gut hingekriegt, nicht wahr?«

»Mehr als das.«

»Ich schätze, jetzt ist es an der Zeit, endlich herauszufinden, ob ich mir meine guten Ratschläge auch selbst erteilen kann.«

»Du schaffst das«, stellte Leyla ohne Zweifel fest. »Ruf mich an, wenn du mal einen Pep Talk brauchst. Aber nicht zu oft. Ich hab zu tun.«

Gee lachte. »Abgemacht. Welche Branche darf sich als Nächstes darüber freuen, von Leyla Ahmadi auf links gedreht zu werden?«

»Keine Branche. Und auf links drehe ich gar nichts mehr. Vielleicht werde ich etwas gründen außerhalb des Rampenlichts. Ohne rote Teppiche und ohne Blitzlichtgewitter. Vielleicht eröffne ich eine Plattform, die Kaufsüchtige mit Menschen verbindet, die ihnen helfen, die richtigen Türen zu öffnen. Vielleicht investiere ich in ein Start-up, das Eltern von Sternenkindern unterstützt. Aber zunächst werde ich etwas von dem Leben nachholen, das ich in meiner Workaholic-Ära verpasst habe.« Sie grinste Gee an. »Ich werde erst mal nichts tun. Ein bisschen mehr aus der Spur brechen. Etwas mehr drauf scheißen.«

Als hätte er ihren Blick in seinem Rücken gespürt, drehte Kolja sich zu ihr um und grinste zurück.

Ein eisiger Winterhauch pfiff durch den raschelnden Strandhafer, während Leyla und Kolja Hand in Hand über den kleinen Sandpfad wanderten, der sich um das Felsmassiv schlängelte. Sie hätten auch wieder mit dem Auto hochfahren können. Aber heute fühlte es sich irgendwie an, als sollten sie den Weg bis zur Klippenkante aus eigener Kraft bestreiten.

»Also.« Leyla keuchte, als sie über den Rand des Abgrundes schon den Ozean erkennen konnten und ihnen ein salziger Duft in die Nase wehte. Bald würden sie den Vulkanstrand sehen. Es war nicht mehr weit. »Rück raus, Kolja. Was willst du als Nächstes machen?«

Er drückte ihre Hand und lächelte. Da verkaufte Leyla ein Multimillionen-Dollar-Unternehmen, hibbelte aber den ganzen Tag über auf nichts mehr, als zu erfahren, welche berufliche Laufbahn der arbeitslose Ex-Praktikant nun einschlagen würde. Dass sie kein Popcorn mitgebracht hatte, war alles.

»Es könnte sein, dass ich dabei deine Hilfe brauche«, warnte Kolja, während er seine Worte künstlich in die Länge zog.

Leylas Brauen schossen in die Höhe. »Wo ich nur kann. Ich habe Zeit, wie du weißt. Und definitiv nichts Besseres vor.«

»Obwohl du nicht mal weißt, was es ist?«

»Ja.«

Kolja warf den Kopf in den Nacken und lachte. Vor ihnen erstreckte sich die Tasmanische See, auf der die untergehende Nachmittagssonne glitzerte. Kolja zog Leyla heran und legte die Arme um ihre Taille, ihre Hände auf seiner Brust.

»Also, willst du es jetzt wissen, ja?«

»Ja, verdammt!«

Langsam beugte Kolja sich zu ihr herunter und legte seine warmen Lippen an ihr Ohr. Dann flüsterte er vier Worte.

Leylas Blick schoss hoch zu ihm. »Das ist nicht dein Ernst.«

Er grinste über beide Ohren. »Warum nicht?«

»Wie willst du denn ...?«

»Ich habe mich zweiundzwanzig Jahre lang durchs Leben geschummelt, ohne dass jemand meinen Analphabetismus bemerkt hat. Da wäre es doch gelacht, wenn ich das nicht schaffen würde.«

»Du bist größenwahnsinnig.«

»Aber auch stets sehr bemüht.«

»Auf jeden Fall. Hätte es nicht trotzdem auch ein ... etwas kleineres Projekt getan? So zu Beginn?«

»Nein.«

»Verstehe.«

»Kolja Barker ist kein Loser, Leyla. Der kriegt das hin.«

Federleicht strichen ihre Finger über seine Brust, während sich ihre Mundwinkel zu einem Lächeln hoben. »Daran hatte ich auch nicht einen Tag lang Zweifel, Kolja. Keinen einzigen Tag.«

Nachwort

Liebe Leserinnen, liebe Leser,

ich glaube, irgendwann im Leben kommt der Punkt, an dem es Zeit wird, seine eigene Geschichte zu schreiben. Leider fangen viele Menschen erst spät damit an, ihren persönlichen Handlungsstrang zu verfolgen. Manche sogar nie. Anstatt die Hauptfigur in ihrem Leben zu besetzen, spielen sie lediglich die Nebenrolle und lassen den Plot von etwas oder jemand anderem dirigieren. Der Grund dafür? In den meisten Fällen Angst. In den zweitmeisten Fällen Selbstzweifel. Was im Grunde genommen das Gleiche ist.

Ich mag kein guter Berater sein. Aber immer noch ein besserer als die Angst. Also, hören Sie mir genau zu: Sollten Sie an einem Punkt im Leben stehen, an dem Sie das Gefühl haben, dass etwas oder jemand anderes Ihre Geschichte schreibt, scheißen Sie auf diesen jemand. Sollten Sie das Gefühl haben, dass Sie vom roten Faden abgekommen sind, kehren Sie um bis zu dem Zeitpunkt, an dem Ihre Geschichte noch Sinn ergeben hat – und ändern Sie was. Ich weiß, in manchen Fällen wirkt das erst einmal unmöglich. Man kann eben nicht alles haben. Aber vielleicht ja doch. Ich meine, schauen Sie mich an. Ich war Analphabet und habe ein Buch geschrieben. Ha! Sie halten gerade höchstpersönlich in den Händen, woran Leyla Ahmadi oben auf der Klippe einen winzigen Augenblick lang gezweifelt hat – obwohl sie felsenfest das Gegenteil behauptet. Aber ich habe es geschafft. Kolja Barker, trockener Analphabet und Buchautor.

Also. Wenn ein Ex-Loser wie ich so was auf die Kette kriegt, dann werden Sie es doch wohl schaffen, endlich diesen Job zu kündigen, der Sie nicht glücklich macht, oder? Endlich dieser Frau zu verraten, dass Sie schon viel zu häufig ihren Insta-Feed gecheckt haben. Endlich diese Person aus Ihrem Leben zu verbannen, die Sie immer nur ausbremst, anstatt Ihnen beim Fliegen zu helfen.

Wenn mir eins geholfen hat, dann, mich mit Menschen zu umgeben, die mir zeigen, wer ich sein kann. Man muss das nicht immer alleine schaffen. Bei diesem Buch hier zum Beispiel hatte ich wahnsinnig viel Hilfe. Zufälligerweise ist meine Partnerin eine Meisterin im Geschichtenerzählen und hatte nach ihrer Kündigung nichts Besseres zu tun, als ihrem Verlobten bei dem ein oder anderen Plot-Problem zur Seite zu stehen. Außerdem waren da die netten Menschen vom *ALFA Telefon*-Team, die immer nur einen Anruf entfernt sind, um Analphabeten die Richtung in ein neues Leben zu weisen.

Was ich sagen will: Wenn Ihre Geschichte hakt, finden Sie den Menschen, der Ihnen zeigt, wo Sie kürzen und streichen, wo Sie umplanen und neu schreiben müssen, um zu dem Happy End zu gelangen, das Ihre Geschichte birgt. Es ist da, irgendwo. Versprochen.

In meinen Recherchen zu diesem Buch hier habe ich erfahren, dass ein etwas faltiger, aber dafür sehr kluger Mann so etwas sagte wie: *Wenn es etwas wirklich Wahrhaftiges ist, Leyla-Baby, dann ist nichts mehr Wert als der allerkleinste Funke.* Er meinte damit, dass jede große Veränderung mit einem winzigen Funken beginnt. Einer Idee. Einem Gefühl. Woran müssen Sie gerade denken, wenn Sie das lesen? Jetzt in diesem Moment? Vielleicht ist das ja Ihr Funke.

Wenn Sie als Hauptfigur durch die Irrungen und Wirrungen Ihres Lebens stolpern, auf der Suche nach dem, wofür Sie brennen, suchen Sie nach den Hinweisen. Schauen Sie verdammt gut hin. Zuerst muss man den Funken finden. Und dann den Mut, ihn zu entzünden. Selbst wenn man sich fast in die Hose macht – oder in einen Eimer kotzt – vor lauter Angst, anstelle eines Feuerwerks so was wie einen Waldbrand zu entfachen. Die richtigen Menschen an Ihrer Seite werden Ihnen helfen, das Feuer im Zaum halten, damit Sie endlich brennen können für das, was Ihnen aus tiefstem Herzen wichtig ist. Hab ich im Praktikum gelernt. Also: Was ist Ihr Funke?

Mit Pauken und Trompeten
Ihr Kolja Barker
(und Leyla Ahmadi, die aber echt nur ein bisschen geholfen hat)

Content Note

Folgende Themen (alphabetisch geordnet) werden in Leylas und Koljas Geschichte angesprochen oder ausführlich behandelt. Die Auflistung enthält massive Spoiler.

Intensiv oder ausführlich thematisiert:

Abort/Fehlgeburt/Totgeburt, Analphabetismus, blutige Szenen/Kopfverletzung, emotionale oder physische Gewalt, Oniomanie/Kaufsucht, Tod (Ehepartner, Kind), Trauer/Verlust, unerfüllter Kinderwunsch, Unfälle

Erwähnt oder geringfügig thematisiert:

Alkohol, Burn-out, Depression, Diskriminierung, Emesis/Erbrechen, Klaustrophobie, Machtmissbrauch am Arbeitsplatz, Tierleid, Übergriffigkeit

Die meisten Analphabetinnen und Analphabeten haben Mitwissende oder Menschen in ihrem Umfeld, die etwas ahnen. Kennst du jemanden, der oder die Hilfe brauchen könnte? Hier findest du Rat: www.alfa-telefon.de